Moissons sanglantes

Peter Robinson

Moissons sanglantes

ROMAN

Traduit de l'anglais
par Pierre Reignier

Albin Michel

Ce livre est un ouvrage de fiction. Les noms, les personnages et les événements relatés sont le fruit de l'imagination de l'auteur ou sont utilisés à des fins de fiction. Toute ressemblance avec des faits avérés, des lieux existants ou des personnes réelles, vivantes ou décédées, serait purement fortuite.

Édition originale américaine parue sous le titre :
IN THE DARK PLACES
chez Harper Collins, New York, 2015

À Sheila

« Mais voyez ces maisons isolées, perdues au milieu de leurs champs, habitées pour la plupart par de pauvres gens incultes qui ne savent presque rien de la loi. Imaginez les actes de cruauté infernale, les atrocités cachées qui peuvent se produire dans ces endroits, année après année, à l'insu de tous. »

Sir Arthur Conan Doyle,
« Les Hêtres-Dorés »,
Les Aventures de Sherlock Holmes (1892)

1

Terry Gilchrist sortit de la forêt en face de l'immense hangar qui lui évoquait toujours quelque base secrète, perdue au milieu du désert du Nouveau-Mexique, pour engins spatiaux aliens crashés sur Terre. Sauf qu'il n'était pas au Nouveau-Mexique, mais dans le North Yorkshire.

Le hangar se dressait sur une vaste dalle de béton zébrée de fissures, colonisée par les mauvaises herbes, et entourée d'un grillage de deux mètres de haut couronné de fil barbelé. Une pancarte bien visible, sur le portail à deux battants condamné par une chaîne et un cadenas, disait : PROPRIÉTÉ PRIVÉE, INTERDICTION D'ENTRER. Sur la voie de l'East Coast Line, cinq cents mètres derrière le hangar, un train qui descendait vers Londres et la gare de King's Cross passa à vive allure.

Comme il en avait l'habitude à ce stade de sa balade, Gilchrist détacha Peaches. En lisière du bois, à côté de ce terrain plat et dégagé, il n'avait plus besoin de la tenir en laisse. En plus, obéissante comme elle était, elle accourait dès qu'il l'appelait ou la sifflait.

Peaches décampa le long du grillage, le museau au sol, et se glissa bientôt par la brèche qu'il l'avait déjà vue prendre bien des fois – sans doute celle qu'empruntaient aussi les ados du coin lorsqu'ils venaient ici pour jouer au cricket, fumer des joints et essayer de peloter leurs copines. Aujourd'hui, au lieu de se mettre à renifler le béton et les mauvaises herbes de-ci, de-là à travers le terrain, comme elle le faisait d'habitude, Peaches fila droit vers l'entrée obscure du hangar. Et y disparut.

En attendant qu'elle ait terminé ses petites explorations, Gilchrist posa sa canne contre un arbre, prit appui sur le tronc, bras tendus, et entama une série d'exercices simples, pour sa jambe, que les toubibs de l'armée lui avaient montrés. Tous se disaient ravis de ses progrès : quatre mois seulement et voilà qu'il remarchait déjà, alors qu'ils avaient cru sa jambe pour ainsi dire perdue ! Mais son objectif, désormais, était de se débarrasser de la canne, et pour cela il n'y avait qu'une seule solution : reconstruire petit à petit le tissu musculaire endommagé. Sa jambe ne retrouverait peut-être jamais l'apparence qu'elle avait autrefois, mais il était déterminé à ce qu'elle fonctionne aussi bien.

Quand Gilchrist eut terminé ses mouvements, Peaches n'était pas encore ressortie du hangar. Il siffla et cria son nom. Elle répondit en aboyant, tout d'abord, puis en poussant des gémissements sourds. Il l'appela de nouveau, avec davantage d'autorité dans la voix. Elle gémit de plus belle mais ne reparut pas. Apparemment, elle était décidée à rester là où elle se trouvait. Mince. Que lui arrivait-il ?

Agacé, Gilchrist saisit sa canne et longea la clôture en y cherchant l'ouverture par laquelle la chienne était passée. Il soupira en la découvrant : elle était assez large pour qu'il s'y glisse, oui, mais l'exercice serait pénible et probablement très douloureux. Salissant, par-dessus le marché. Il appela une fois encore Peaches. Elle se remit à aboyer et à gémir. Comme si c'était *elle* qui l'appelait.

Pour franchir l'ouverture, il devait s'allonger sur le sol détrempé en commençant par tendre les bras devant lui avant de replier les coudes, au-delà du grillage, pour se propulser en avant. Une fois à plat ventre il fut assailli par des sensations familières, et terrifiantes – sans doute celles de quelque mémoire cellulaire ou musculaire –, et il faillit se pétrifier sur place. Mais Peaches se remit à aboyer, l'attaque de panique se dissipa et il réussit à poursuivre sur sa lancée. Pour se remettre debout il dut exécuter une autre manœuvre délicate – il ne pouvait plier la jambe sans éprouver une douleur violente –, mais il parvint à ses fins en se retournant sur le dos et en agrippant les losanges du grillage qu'il utilisa comme des prises d'escalade. Enfin il s'adossa à la clôture quelques instants, reprenant son souffle et examinant les taches d'humidité et de boue qu'il avait sur ses vêtements, avant de ramasser sa canne et de gagner le hangar.

L'intérieur en était sombre, à première vue, mais la lumière pénétrant dans le bâtiment permit à Gilchrist, lorsque ses yeux eurent fait la transition, d'y voir à peu près bien. Peaches se trouvait à une trentaine de mètres de lui, sur la droite, près du mur. Elle aboyait et remuait la queue. Il marcha dans sa direction en se demandant pour quelle raison elle se montrait si têtue et excitée. Son agacement céda à la curiosité.

Le sol du hangar était bétonné, comme le terrain alentour, et tout aussi parcouru de fissures entre lesquelles s'épanouissaient, malgré le manque de soleil, des touffes de mauvaises herbes. La pluie crépitait sur la toiture métallique, très haut au-dessus de sa tête, et le vent circulait en de longues plaintes dans le vaste espace vide. Gilchrist frissonna malgré lui alors qu'il arrivait auprès de Peaches.

La chienne se tenait au bord d'une large tache noire qui ressortait nettement sur le béton en dépit de la semi-obscurité, mais il fallut la lumière de son téléphone à Gilchrist pour découvrir qu'il s'agissait d'une flaque de sang parsemée d'éclats d'os et de grumeaux de matière grise. Réflexe de la mémoire, l'image d'une étendue sableuse rougie par le sang envahit aussitôt ses pensées. Un jet de bile acide lui remonta dans la gorge.

Du calme ! songea-t-il. Pas de panique. Il respira profondément, plusieurs fois, puis s'accroupit pour examiner le sol sous le faisceau du portable. Il n'avait certes pas le flair de Peaches, mais maintenant qu'il avait le nez plus près de la flaque il était certain d'y percevoir le relent cuivré du sang. C'était une odeur dont il ne se souvenait que trop bien.

Une pensée s'imposa alors à son esprit : *quelqu'un est mort ici.*

– Un tracteur volé, putain, se plaignit Annie Cabbot. Bonjour le cadeau ! Je vous pose la question, Doug : c'est pour ça que j'ai trimé toutes ces années pour devenir inspecteur ?

Que j'ai risqué ma vie ? C'est *ça*, notre boulot aux Homicides et crimes majeurs ? Les vols de tracteurs ? Le voilà, le but de mon existence ?

– C'est un crime en milieu rural, dit l'agent Dougal Wilson, et il quitta un instant la route des yeux pour offrir un sourire réjoui à Annie. Or le crime en milieu rural est lui aussi un crime majeur. D'après notre nouveau directeur régional de la police, en tout cas.

– J'y crois pas. À croire qu'on est de nouveau en période électorale.

– Le truc, c'est que ce n'est pas le premier vol de ce genre. Depuis quelque temps il y a eu plusieurs disparitions de véhicules agricoles dans la région. De vaches et de moutons, aussi. Et il faut reconnaître que ce tracteur vaut vraiment très cher.

– Ouais... mais quand même, grogna Annie. Ce fermier que nous allons voir, ce ne serait pas un copain du directeur régional ?

– Non, mais je crois que sa femme est une amie de la commissaire Gervaise. Elles fréquentent le même club de lecture, paraît-il.

– Hmm... Je ne savais pas que Dame Gervaise lisait. Alan et elle doivent avoir des tas de choses à se raconter. Et lui, à propos ? Où est passé l'inspecteur principal Banks, en cette heure difficile ? Je vais vous le dire. Il s'est débiné en Cumbrie pour un week-end sous les draps avec sa copine. Voilà !

– Vous voulez plutôt dire en *Ombrie*, chef, marmonna Wilson. En Ombrie, qui est une région de l'*Italie*...

– L'Italie ? Encore pire ! Il doit faire grand soleil, par là-bas.

Annie se crispa sur son siège alors que Wilson abordait un étroit pont de pierre en dos-d'âne. Le franchissement de ces édifices la rendait toujours un peu nerveuse, car on ne voyait absolument pas si un autre véhicule arrivait d'en face. La seule solution était de fermer les yeux et d'accélérer franco. Elle ferma les yeux. Wilson accéléra franco. Ils passèrent le dos-d'âne sans souci.

– Elles ont quoi de plus, ces Italiennes, en fait ? reprit-elle. D'abord il y a eu Joanna Passero, celle avec qui il est allé en Estonie...

– Elle n'est pas italienne. Elle est écossaise. Et depuis son divorce elle a repris son nom de jeune fille. Maintenant c'est tout bonnement Joanna MacDonald, précisa Wilson, qui rougit avant d'ajouter : Enfin non, pas tout bonnement, mais… heu, vous voyez ce que je veux dire. Et puis c'est une étoile montante ! Elle a été affectée au QG du comté. Au Renseignement criminel.

– Mouais. J'ai toujours pensé qu'il y avait quelque chose de criminel au QG du comté. Même si ce n'est que le renseignement, dit Annie, et elle jeta un regard intrigué à Wilson. Comment vous savez tous ces trucs, vous ?

– C'est un des avantages qu'il y a à être simple flic, répondit-il en remontant ses lunettes sur son nez. Privilège des sans-grade, si vous voulez. On capte tous les bons potins.

– Je me souviens. Vaguement, dit Annie avec un léger sourire. N'empêche. Un tracteur, putain. On croit rêver.

Elle plissa les yeux. Elle distinguait un panneau de signalisation à travers le pare-brise inondé de pluie que les essuie-glaces balayaient avec frénésie.

– Je crois que nous y sommes, Doug. La ferme Beddoes. Voilà le chemin.

– J'ai vu.

Wilson prit le virage de façon si abrupte que la voiture dérapa et faillit basculer dans le fossé. Le chemin de terre, détrempé, semblait avoir la consistance d'une bouillie visqueuse. Et les ornières s'y succédaient. Annie s'accrocha au bord de son siège et Wilson agrippa le volant à deux mains tandis que la voiture brinquebalait sur les trois ou quatre cents mètres qui les séparaient de la ferme, les amortisseurs couinant sans interruption contre cette séance de gymnastique dont ils se seraient bien passés. Annie se félicita qu'ils aient fait le trajet avec une voiture du commissariat et pas dans sa nouvelle Astra rouge.

Wilson s'engagea dans la cour de la ferme, où la boue n'avait pas l'air plus accueillante, pour se ranger à côté d'une BMW gris perle derrière laquelle se trouvait une Range Rover manifestement flambant neuve. L'agencement de la propriété était des plus classiques : une maison d'habitation à deux niveaux, avec des murs en pierre calcaire et un toit en lauze, et plusieurs bâtiments répartis autour de la cour : une grange, elle aussi en pierre, dotée d'une imposante double porte en bois dont la peinture verte s'écaillait ; une remise, ou ce qui semblait être une remise, en tôle ondulée ; une porcherie dont les résidents avaient l'air ravis de se vautrer dans la boue ; un poulailler, enfin, si bien fortifié que les renards du coin devaient tous en repartir la queue basse.

Des odeurs caractéristiques de ferme assaillirent les narines d'Annie quand elle descendit de voiture. Bien sûr, se dit-elle, les cochons devaient contribuer pour une large part à cet arôme puissant. À la composition de la boue, aussi. Quand on pataugeait dans la cour d'une exploitation agricole, on ne savait jamais vraiment dans quoi on mettait les pieds. Elle porta son regard au-delà de la grange et de la maison. Les champs de colza ondoyants, que la floraison parerait au mois de mai d'un somptueux jaune d'or, paraissaient maussades, sinon menaçants, sous le ciel gris ardoise. Les nuages roulaient lentement sur eux-mêmes en lâchant presque sans discontinuer tantôt des averses violentes, tantôt un simple crachin, tandis que le vent sifflait à travers la campagne. Pas de doute, le spectacle est digne des *Hauts de Hurlevent*, pensa Annie – même si l'action de ce roman se situait en fait à des kilomètres d'ici.

Pour parer au froid et à l'humidité de la campagne – prévisibles, après tout, car on était seulement en mars –, Annie avait enfilé des bottes en caoutchouc rouges par-dessus son jean et une parka épaisse sur un pull en laine. Elle s'était aussi coiffée d'un chapeau de pluie en plastique à motif floral. Doug Wilson, avec son complet Marks & Spencer, son chapeau mou et son imperméable marron clair à épaulettes, la ceinture solidement nouée autour de la taille, faisait plus sérieux. Il a même un peu l'allure d'un détective privé dans un film des années cinquante, se dit-elle en le regardant faire le tour de la voiture. Si l'on oubliait ses lunettes, bien sûr. Et dès qu'il retirait son chapeau il retrouvait toute sa ressemblance avec Daniel Radcliffe dans le rôle de Harry Potter.

Un porche voûté encadrait la porte de la maison. À l'abri de la pluie, Annie se libéra de sa parka tandis que Wilson en faisait autant avec son imperméable. Ses cheveux châtains retombèrent sur ses épaules quand elle enleva son chapeau en plastique. Annie la blonde, c'était terminé. Elle avait laissé ses cheveux repousser dans leur teinte naturelle et elle pouvait aujourd'hui certifier que les blondes ne s'amusaient pas plus que les autres femmes.

Quand Doug eut sonné, la porte s'ouvrit sur un homme de grande taille, très mince, au visage hâlé et à la belle chevelure grise, qui était vêtu d'un jean et d'un pull rouge, à col en V, par-dessus une chemise bleu pastel. Annie lui donna autour de cinquante-cinq ans. Malgré sa tenue décontractée, il avait davantage l'air d'un cadre supérieur, ou même d'un magnat des affaires, que d'un fermier. Il respirait trop l'argent et le pouvoir.

– Vous êtes la police, je présume, dit-il avant qu'elle ait pu se présenter.

Il ouvrit la porte en grand et fit un pas de côté.

– Vos vêtements sont mouillés ? demanda-t-il en jetant un coup d'œil aux portemanteaux du porche. N'hésitez pas à les apporter à l'intérieur, si c'est le cas. Nous allons les mettre à sécher.

– Ce n'est pas grave, dit Annie, frottant ses mains l'une contre l'autre, pour les réchauffer, avant de tirer sa carte de police de sa poche. Je suis l'inspecteur Cabbot. Et voici l'agent Wilson.

– John Beddoes. Entrez, je vous en prie.

Chez la plupart des fermiers auxquels elle avait jamais rendu visite – ils se comptaient certes sur les doigts d'une main –, Annie avait humé d'appétissantes odeurs de gâteaux et autres préparations à la pâte d'amandes, à la cannelle, aux clous de girofle. La maison de Beddoes ne sentait que le désodorisant parfum citron.

– Allons nous installer au salon, dit-il. Vous considérez sans doute cette histoire comme une immense perte de temps. Et un vrai gaspillage des ressources de la police. Mais depuis un an et quelques, voyez-vous, nous avons eu plusieurs vols de ce genre dans le Yorkshire.

– Nous ne l'ignorons pas, monsieur. C'est la raison de notre venue.

Le salon était aménagé avec goût. D'un geste, Beddoes leur signifia de prendre place sur le canapé ou l'un des fauteuils assortis – un ensemble qu'il n'avait manifestement pas acheté chez un discounteur. Puis il appela sa femme :

– Pat ? La police est arrivée, chérie !

Patricia Beddoes apparut sur le seuil de la cuisine. Elle était vêtue d'un jean moulant de créateur, d'un tee-shirt orange et de baskets fashion. Ses cheveux bruns étaient coiffés avec art. C'était une femme séduisante, distinguée, qui avait une bonne dizaine d'années de moins que son époux. Alors qu'elle revenait tout juste de vacances au soleil, son bronzage avait l'air faux – badigeonné au spray, comme celui des filles de *Coronation Street*. Annie lui trouva aussi un côté un peu froid et sévère, sans doute à cause de son physique anguleux. Son sourire de maîtresse de maison avenante semblait toutefois sincère, et elle avait une bonne poignée de main. Elle proposa de préparer du thé. Annie et Wilson, qui n'avaient pas encore pris de véritable petit déjeuner, acceptèrent de bon cœur. Des bourrasques, dehors, précipitaient la pluie sur la maison, les voitures et la remise en tôle. Les gouttes crépitaient sur les carreaux des fenêtres comme si quelqu'un y jetait de pleines poignées de gravier.

– Quel temps affreux, n'est-ce pas ? dit John Beddoes. Et ça va continuer, paraît-il.

Tout le monde disait qu'on n'avait jamais recensé mois de mars plus pluvieux depuis l'existence des relevés météorologiques. Annie voulait bien le croire. Par-dessus le marché, les températures restaient bien froides ; ils n'avaient eu que trois ou quatre petites journées relativement douces fin février. On annonçait même de la neige dans la semaine ! Tout ça à la suite d'un hiver épouvantable – particulièrement pénible pour les éleveurs qui avaient perdu beaucoup de moutons bloqués sur la lande par les congères.

– Vous revenez de vacances, je crois ? demanda-t-elle.

– En effet, répondit Beddoes. Nous étions au Mexique. Je précise tout de suite, au cas où vous penseriez que c'était un moment étrange pour partir – si tant est qu'il y ait jamais un *bon* moment pour prendre des congés quand on est fermier, évidemment –, que nous n'avons pas de bétail chez nous. Nous n'avons donc pas à nous préoccuper de l'agnelage ou du vêlage.

Beddoes fit un signe de tête en direction de la cuisine :

– Et puis Patricia avait besoin de changer d'air.

– C'est très sympa, dit poliment Annie.

Elle aurait été étonnée que beaucoup d'agriculteurs aient les moyens de se rendre au Mexique, eux qui semblaient toujours se plaindre des taxes accablantes de l'Union européenne, des prix trop bas des produits laitiers et de tout le tintouin. D'un autre côté… avec la multitude de vols low cost et les séjours bonne-affaire-tout-compris que les voyagistes proposaient aujourd'hui, le Mexique n'était peut-être plus si cher. Elle, en tout cas, n'avait aucune envie de tenter l'expérience : l'idée de côtoyer des hordes de beaufs en maillot de bain léopard, badigeonnés d'huile de coco et bourrés à la bière pisseuse, l'enthousiasmait à peu près autant que la perspective d'un dimanche de pluie au pays de Galles. Ou même dans le Yorkshire.

– Et donc, vous venez tout juste de rentrer ? relança-t-elle.

– Hier soir. Vers vingt-trois heures trente. Nous aurions dû être ici hier matin, mais comme notre premier vol, de Cancún à New York, a été retardé, nous avons manqué la correspondance. Et alors là ! Vous savez ce que c'est. Coincés toute la journée dans un salon Classe affaires.

Annie ne savait pas, non, n'ayant jamais eu le privilège d'attendre son avion dans un salon Classe affaires.

– C'est donc hier soir que vous avez constaté le vol ?

– Voilà. Dès notre arrivée j'ai vu que la porte de la remise avait été forcée. Et j'ai aussitôt téléphoné à la police. Je dois dire que vous avez réagi au quart de tour. Vous êtes bien plus réactifs qu'autrefois. Et puis le petit gars en uniforme qui est venu hier soir m'a fait très bonne impression.

– L'agent Valentine ? Vous avez raison, monsieur, c'est un jeune homme très compétent.

– Et maintenant ? Que fait-on pour retrouver mon tracteur ?

– Nous avons sa description – c'est un Agrotron vert de la marque Deutz-Fahr, si je suis bien informée – et un certain nombre de personnes se chargent déjà de le rechercher. En ouvrant l'œil, notamment, dans les ports. Nous sommes en contact avec les douanes qui ont l'immatriculation du véhicule, le numéro de série de son moteur et tous les détails nécessaires. Bien sûr les voleurs ont sans doute pris des mesures pour modifier ces informations, mais il arrive que les criminels soient paresseux ou commettent des erreurs. L'expérience montre, hélas, que la plupart des engins agricoles volés sont sortis du pays dare-dare.

John Beddoes soupira.

– À l'heure qu'il est, alors, il est sans doute déjà en Albanie. Et merde ! Cet engin vaut plus de cent mille livres, vous savez.

Sa femme reparut avec un plateau. Pendant qu'elle servait le thé à tout le monde, Annie entendit que la radio diffusait, dans la cuisine, l'émission de vieux succès musicaux de Ken Bruce. Elle connaissait le titre de la chanson qui passait à l'instant, « Runaway », mais ne parvenait pas à retrouver le nom du chanteur.

Voyant Doug Wilson remonter ses lunettes sur son nez et se pencher sur son carnet de notes, elle demanda :

– Je suppose que vous ignorez quel jour et à quelle heure, au juste, votre tracteur a pu être dérobé ?

– Aucune idée. Mais nous n'avons été absents qu'une semaine, dit Beddoes, et il soupira de nouveau, l'air mécontent. Notre exploitation, voyez-vous, n'est pas très étendue. Nous avons surtout des cultures. Un peu de céréales, quelques légumes, de la pomme de terre, et puis le colza qui est, de loin, notre plus important produit. Nous fournissons un fabricant d'huile de colza haut de gamme. Comme vous l'avez sans doute remarqué, nous avons aussi quelques cochons et des poulets pour l'approvisionnement des restaurants de qualité de la région. Les poulets sont élevés en plein air, bien sûr, dans la mesure du possible. Quant aux cochons, ce sont des British Landrace qui donnent une viande succulente. Tout ça pour dire qu'il n'y avait pas grand-chose à faire ici la semaine dernière.

– Il paraît que certaines espèces porcines peuvent coûter cher. Est-ce le cas de vos cochons ?

– Ils ont leur prix, en effet.

– Je me demande pourquoi ils n'ont pas été emportés avec le tracteur.

– Je présume que ces gens sont spécialisés, ne croyez-vous pas ? Écouler un tracteur volé et revendre des cochons, ce n'est pas du tout le même travail. Avec les cochons, en plus, il faut savoir s'y prendre. Quand ils le veulent, ces bestiaux peuvent être très désagréables. Méchants.

– J'imagine, dit Annie en dépit du fait qu'elle ne savait absolument rien sur ces animaux – sinon qu'ils sentaient mauvais, couinaient de façon atroce, et qu'elle ne mangeait pas leur viande. N'empêche, les voleurs du tracteur doivent avoir remarqué que vous possédez des cochons. Ils pourraient avoir envie de revenir. Peut-être devriez-vous envisager de sécuriser un peu mieux votre propriété…

– Et comment suis-je censé faire, à part passer la nuit devant la porcherie, un fusil de chasse entre les mains ?

– Je vous conseille d'oublier le fusil, monsieur Beddoes. Les armes à feu ne créent que des problèmes. Il doit exister certaines solutions. Des barrières spéciales, des systèmes d'alarme, des groupes de surveillance de voisinage…

– Hmm, j'étudierai la question.

– Où se trouvait la clé ?

Beddoes détourna les yeux.

– Quelle clé ?

– Celle du tracteur. Je suppose qu'un véhicule moderne et coûteux comme l'Agrotron a diverses options de sécurité. Une clé de contact, pour commencer.

– Bien sûr.

– Alors ? Où se trouvait cette clé ?

– Elle… elle était suspendue à un crochet dans la remise.

– Et les clés de vos voitures, la BM et la Range Rover, où sont-elles ?

Beddoes tapota une poche de son pantalon.

– Avec moi, sur mon porte-clés.
– Mais vous n'avez pas emporté la clé du tracteur ?
– Êtes-vous venue ici pour m'interroger ou pour m'aider à retrouver le bien qui m'a été volé ?
Annie échangea un regard avec Wilson.
– Pour le moment, monsieur, nous essayons de comprendre les circonstances du vol. Si les voleurs ont eu la possibilité de démarrer le tracteur sans effort... cela me paraît important. Il doit être difficile, tout de même, de pousser un engin de ce calibre jusque dans un camion. Non ?
– Comment aurais-je pu imaginer qu'il arriverait un truc pareil ? protesta Beddoes, qui piquait un fard, en gesticulant des bras. Nous étions en retard. Pat n'en finiss... Le taxi nous attendait, bon sang ! Je n'ai pas pensé à cette saleté de clé. Et de toute façon la remise était verrouillée !
– John, dit son épouse. Calme-toi. Pense à ta tension.
Beddoes inspira profondément et se passa une main sur les cheveux, du front jusqu'à la nuque.
– D'accord. Navré, dit-il, regardant Annie. Après ce qui s'est passé, je me rends bien compte que j'ai l'air parfaitement idiot avec cette histoire de clé. Et puis je ne voulais pas que l'assurance apprenne ça. Mais la plupart du temps nous sommes ici, vous comprenez, donc il n'y a aucun problème. Je laisse même souvent le tracteur dehors, dans la cour, la clé sur le démarreur. Quand vous grimpez sur cet engin, vous voulez vous mettre en route tout de suite, pas chercher votre foutue clé. À notre départ, comme je viens de le dire, la remise était verrouillée. Et j'avais quelqu'un pour garder un œil sur la propriété. Qu'est-ce que j'aurais dû faire de plus ?
– Je ne sais pas, dit Annie. Pendant votre absence, qui s'est occupé de la ferme ?
– Frank Lane. C'est un agriculteur qui habite de l'autre côté de la colline. Il est venu nourrir les cochons et les poulets, et... et garder un œil sur la ferme. Non que nous fassions le moindre reproche à Frank, bien évidemment, pour ce qui est arrivé. Il ne pouvait pas plus que moi surveiller continuellement la propriété. En plus il a sa propre exploitation sur les bras, et elle est beaucoup plus importante que la nôtre, pré-

cisa Beddoes, et il lâcha un petit rire sans joie avant d'ajouter : Comme il ne se prive pas de nous le rappeler, Frank est un *vrai* fermier. Il travaille très dur. Sans compter les ennuis qu'il a avec ce bon à rien de fils. Non, vraiment, nous lui sommes déjà bien reconnaissants d'avoir pu nous aider.

– Pour quelle raison qualifiez-vous son fils de bon à rien ?

– Oh, celui-là, il a toujours créé des problèmes. Depuis qu'il est tout gamin. Malveillant comme un diable, vous pouvez me croire. Il n'y a pas bien longtemps, d'ailleurs, il a eu des soucis avec la justice.

– Pour quel motif ?

– Frank ne m'a pas donné tous les détails, mais je crois qu'il s'est offert une folle virée dans une voiture volée, ou quelque chose comme ça. Il me semble qu'il a écopé d'une mise à l'épreuve et d'heures de travail d'intérêt général. Je n'ai jamais voulu dire quoi que ce soit à Frank, mais, en toute franchise, ce garçon m'a toujours fait l'effet d'être à la fois paresseux et prêt à jouer de mauvais tours. Voilà le fond de ma pensée. Il ne vit plus à la ferme, aujourd'hui. Il vient juste rendre visite à son père de temps en temps.

– Le verriez-vous voler un tracteur ?

– Non, je n'irais pas jusque-là. Je ne crois pas qu'il soit fondamentalement malhonnête, dit Beddoes, et il eut une moue fataliste. C'est un garçon paumé, voilà tout. Enfin ! Frank pense que la ferme, pour moi, ce n'est qu'un loisir. Comme pas mal d'exploitants de la région, il rit un peu derrière mon dos. Je les comprends, d'une certaine façon. J'ai plus d'argent qu'eux. Ma situation est moins difficile que la leur. Mais je suis tout de même né à la ferme et j'ai vécu à la campagne jusqu'à l'âge de douze ans !

– Je vois, dit Annie. Entre vous et les autres fermiers de la région, il y aurait donc une certaine animosité ?

– Non, pas vraiment de l'animosité. Une pointe de jalousie envers moi, plutôt. Alors ils me taquinent, ils se fichent de moi, ils me tiennent à l'écart de leur petite coterie. En même temps, c'est peut-être juste leur façon d'être. Vous connaissez les gens du Yorkshire. Dieu sait combien d'années il leur faut pour accepter les nouveaux venus. S'ils les acceptent jamais.

– D'accord, mais avez-vous eu des différends, récemment, avec certains de ces exploitants ? Des disputes ?

– Non, pas que je me souvienne.

– Moi non plus, intervint Patricia.

Annie nota dans un coin de sa tête qu'elle devrait avoir une petite discussion avec Frank Lane et avec son « bon à rien » de fils. D'après le Renseignement criminel, les cerveaux de la récente flambée de cambriolages en milieu rural devaient utiliser des « espions » pour savoir quelles exploitations viser : des livreurs ou des ouvriers agricoles itinérants, par exemple, qui gagnaient la confiance des fermiers en réalisant des travaux d'entretien et d'élimination des nuisibles, ou bien en participant aux récoltes – cela variait selon les saisons et les besoins de chaque exploitation. Un « bon à rien » de fils était tout à fait susceptible de remplir ce rôle, de devenir un modeste rouage de la machine, contre une petite rémunération. Ou contre des sachets de drogue, peut-être. Les fermes de cannabis ne manquaient pas dans le Yorkshire. Non qu'Annie soit contre tirer sur un joint de temps en temps. Dans la communauté d'artistes, à proximité de St Ives, où elle avait grandi avec son père et une « famille » bohème, en recomposition permanente, de marginaux et d'authentiques glandeurs – parmi lesquels sans doute un certain nombre de petits dealers de drogue –, la fumette était un pilier de l'existence. Aujourd'hui, en tout état de cause, le pétard occasionnel dans la sphère privée, Annie et l'institution pour laquelle elle travaillait s'en moquaient. Le problème, c'était le big business de la drogue et ses profits colossaux qui remplissaient les poches des chefs de gang et des vrais méchants de la criminalité internationale. Ceux-là, on ne pouvait pas les ignorer.

– La propriété est-elle équipée d'un système d'alarme ? demanda-t-elle.

Beddoes lâcha un grognement narquois.

– Un système d'alarme par chez nous ? Comme je l'ai dit hier soir à votre agent, ce serait jeter de l'argent par les fenêtres. Tout voleur qui se respecte aurait filé longtemps avant que la moindre voiture de police n'arrive ici. À supposer que la police soit disponible quand on a besoin d'elle.

Annie se rendait compte qu'il avait probablement raison. Et maintenant qu'elle avait tiré le maximum de John Beddoes, elle ne voyait aucune raison de s'attarder chez lui. Elle posa les mains sur ses cuisses et fit un signe du menton à Doug.

– Nous vous contacterons dès que nous aurons de nouvelles informations, dit-elle. Avant de repartir nous allons jeter un rapide coup d'œil à vos bâtiments.

– Faites donc. Et tenez-nous informés, je vous prie.

– Bien sûr.

Tout le monde se leva. Patricia Beddoes se plaça derrière son époux, une main sur son épaule.

– Merci pour le thé, madame, dit Doug Wilson en jeune homme bien poli qu'il était.

– Je vous en prie. Au revoir.

Après avoir remis leurs vêtements de pluie et leurs chapeaux, Annie et Doug pataugèrent dans la boue jusqu'à la remise qui avait abrité le tracteur de John Beddoes. L'agent Valentine l'avait déjà examinée ; ils ne remarquèrent rien qu'il n'ait déjà noté dans son rapport. Les voleurs avaient utilisé un pied-de-biche. Les anneaux en acier auxquels était fixé le cadenas avaient été tordus et arrachés de la porte. Le gros cadenas, tombé sur le sol, était intact. Après l'avoir pris en photo *in situ* avec son téléphone, Annie le souleva précautionneusement à l'aide d'un stylo ; elle le glissa dans un sachet en plastique pour l'emporter.

– Un gamin aurait pu forcer cette porte en cinq secondes. C'est un peu agaçant, dit-elle. Venez, Doug. Nous enverrons des techniciens sonder cette gadoue, mais plus tard. Quand nous serons rentrés au commissariat. Il n'y a pas urgence.

La Volvo frissonna quand Wilson tourna la clé dans le démarreur. Les essuie-glaces se remirent en action.

– Pauvre Beddoes, dit-il.

– Ah non ! Je ne vois aucune raison de le plaindre. Regardez ses voitures. Elles sont neuves. Et comme vous l'avez fait remarquer, ce satané tracteur vaut très cher.

S'étant installée aussi confortablement que possible dans son siège, elle essuya avec la main la buée de la vitre de sa portière. Contrairement à Banks qui avait toujours besoin de tout contrôler, elle n'avait aucun problème à se laisser conduire. Tant mieux, même, si elle avait un chauffeur, car elle n'aimait pas beaucoup prendre le volant – surtout quand la météo était affreuse. Et qu'il pleuve ou fasse grand soleil, il y avait de toute façon tellement de connards sur les routes... Elle laissa échapper un soupir. La semaine commençait mal. On était lundi, à peine au milieu de la matinée, et elle avait déjà mal au dos et une grosse, grosse envie de rentrer chez elle pour se prélasser dans un bain très chaud en lisant un magazine people.

Lorsque Winsome Jackman arriva au petit aérodrome désaffecté, elle y trouva une voiture de patrouille stationnée devant le grillage d'enceinte et deux agents en tenue – dont l'un s'offrait le plaisir de fumer – en conversation avec un individu qui se tenait, lui, derrière le portail. Elle se gara et descendit de sa Polo en observant cet homme. De haute stature, et très mince, il portait une parka à motif camouflage, un pantalon en toile imperméable, des chaussures de marche et une casquette de base-ball noire avec l'inscription « A's », en lettres blanches, au-dessus de la visière. Winsome songea qu'il aurait sans doute paru encore plus grand qu'elle s'il ne s'était tenu appuyé sur une canne, le dos légèrement voûté. Simple accessoire de randonneur, cette canne, ou nécessité ? Difficile à dire. Elle avait du mal à lui donner un âge, avec sa casquette, mais il semblait trop jeune pour avoir besoin d'une canne – à moins qu'il n'ait eu un accident ? Elle lui trouvait aussi un air vaguement familier, mais n'arrivait pas à déterminer pourquoi. Un beagle assis à ses pieds frétilla de la truffe quand elle s'approcha du portail.

L'agent en uniforme qui avait la cigarette aux lèvres était une femme ; elle la jeta par terre pour l'écraser du pied. Winsome savait, d'après le standard du commissariat, qu'un particulier avait appelé pour dire qu'il avait découvert une flaque de sang, ou ce qui semblait être une flaque de sang, dans un vieux hangar proche des voies ferrées. Elle devait donc y faire un tour et déterminer s'il valait la peine de faire venir sur place une coûteuse équipe de la police technique et scientifique.

Le vent agitait désagréablement ses cheveux et la pénétrait jusqu'aux os. La pluie lui faisait l'effet d'une douche glacée.

– Bonjour, dit-elle.

– Bonjour, brigadier, répondirent les deux agents.

L'inconnu la salua du menton.

– Alors ça donne quoi ? demanda-t-elle.

– C'est fermé par une chaîne et un cadenas, répondit la policière, désignant le portail. Comme il n'y avait pas d'urgence, nous avons jugé préférable de vous attendre.

Winsome observa à nouveau l'homme qui se tenait de l'autre côté du grillage. C'était idiot, mais elle ne pouvait pas s'empêcher de le voir comme un prisonnier dans un camp de concentration. Malgré la canne, il avait quelque chose de militaire dans sa façon de se tenir, dans son allure – oui, voilà ce qui lui avait paru familier chez lui. En même temps, elle aurait été bien en peine de dire pourquoi elle avait cette impression.

– Comment êtes-vous entré ici, monsieur… ?

– Gilchrist. Terry Gilchrist. Il y a une ouverture dans le grillage, là-bas, sur le côté, dit-il, pointant un index. Mais je ne vous recommande pas ce passage. C'est étroit et il faut s'allonger dans la bouillasse.

Il désigna les traces qui maculaient le devant de sa parka et les genoux de son pantalon. Winsome portait un jean noir et un manteau court fermé par une ceinture. Pas ses habits les plus précieux, mais elle n'avait pas pour autant envie de les traîner dans la gadoue. Elle devina que la perspective de ramper sous ce grillage et de salir leur uniforme avait aussi dû rebuter les deux agents.

– Savez-vous à qui appartient cet endroit ? demanda-t-elle.

– À l'État, j'imagine, répondit Gilchrist avec un haussement d'épaules. Vous me rejoignez ?

Elle soupira.

– Un bon enquêteur arrive toujours bien équipé, je suppose.

Elle alla chercher la lampe électrique et le coupe-boulons qu'elle avait dans le coffre de sa voiture. Après avoir tendu la lampe à Gilchrist par le vide entre les battants du portail, elle coinça un maillon de la chaîne entre les mâchoires du coupe-boulons et en serra les poignées d'un coup sec. Gilchrist dégagea la chaîne brisée et le cadenas du grillage, les jeta par terre, puis l'aida à ouvrir le portail : les battants suivirent, avec des grincements aigus, des rainures en arc de cercle imprimées en creux dans le béton friable. Winsome se fit la remarque que ce portail ne servait peut-être pas très souvent, mais à en juger par les rainures, il avait été ouvert très récemment.

– Merci de m'avoir libéré, dit Gilchrist avec un sourire avenant. Je commençais à craindre de ne jamais sortir d'ici.

– Oh, vous n'êtes pas libéré, objecta Winsome en lui rendant son sourire. Pas avant un bon moment, en tout cas.

– Suivez-moi.

Pendant qu'ils se dirigeaient vers le hangar, le beagle trottinant à côté d'eux, Winsome se rendit compte que la canne de Gilchrist n'était pas un simple accessoire. Il boitait et prenait réellement appui sur elle, et son embout cliquetait sur le béton. Que lui était-il arrivé ? Un accident ? Une blessure de guerre ?

Elle s'immobilisa sur le seuil du hangar et en prit la mesure du regard. Jadis, sans doute avait-il pu abriter un bon petit paquet d'avions. Elle ignorait combien de Lancaster ou de Spitfire comptait un escadron de la Royal Air Force. Elle ne savait même pas, au vrai, si ce hangar avait servi pendant la Seconde Guerre mondiale. Mais elle repensait tout à coup à son grand-père maternel qui avait participé aux combats et perdu la vie, quelque part en Normandie, peu après le débarquement allié. Qui n'avait sans doute pas eu beaucoup de compatriotes jamaïcains autour de lui, à ce moment-là, et devait avoir eu terriblement peur, si loin des siens. Les endroits comme ce hangar inspiraient souvent ce genre de réflexions à Winsome.

Gilchrist avait continué sur sa lancée, obliquant vers le côté droit du bâtiment. Elle le vit s'arrêter et incliner le buste comme s'il examinait quelque chose à ses pieds. Le chien, à côté de lui, frétillait de la queue. Elle les rejoignit et leva la lampe à hauteur de ses yeux pour en braquer le faisceau vers le sol.

Sur la zone de béton craquelé que lui désignait Gilchrist, elle découvrit une grande tache sombre – du sang coagulé, oui, très certainement – qui avait la forme de l'Amérique du Sud. Quand elle s'accroupit, une odeur de matière en décomposition reconnaissable entre toutes lui envahit les narines. Là où se serait trouvé le Brésil, elle vit des éclats d'os et des petits amas de matière organique englués dans la substance grenat. De la cervelle, songea-t-elle en tirant son téléphone de sa poche. Peut-être se trompaient-ils tous les deux. Peut-être ne s'agissait-il que d'une tache de peinture, ou d'un mélange d'eau et de poussière de rouille. Mais maintenant qu'elle voyait la chose, elle comprenait pourquoi Terry Gilchrist avait jugé nécessaire de prévenir la police. Ce sang était peut-être celui d'un animal, aussi, bien sûr – et un simple test permettrait d'avoir la réponse à cette question.

Winsome appela le commissariat. Elle expliqua la situation, puis demanda que la commissaire Gervaise soit informée et que Gerry Masterson vienne au hangar avec Jasminder Singh, la spécialiste des traces de sang, dès que celle-ci pourrait se libérer, pour examiner la flaque suspecte.

La ferme Lane était beaucoup moins imposante que la propriété Beddoes. Elle avait même piteuse allure. Doug Wilson se rangea à côté d'un 4 × 4 Toyota couvert de boue devant le porche de la maison : un espace, remarqua Annie, envahi par les toiles d'araignée et rempli d'un foutoir de parapluies tordus, de bottes en caoutchouc, de pelles rouillées et d'autres objets en mauvais état. La maison, plus petite et plus basse que celle des Beddoes, ne faisait pas envie. Il manquait plusieurs tuiles au toit ; la gouttière s'était détachée de la descente, à l'angle de la façade, et pendouillait en crachant son eau de pluie à même le sol. La cour n'était pas entretenue et les bâtiments qui la bordaient avaient l'air âgés et mal en point. La grange tombait presque en ruine. Quelques poulets maigrichons picoraient la terre humide à l'intérieur d'un poulailler grillagé dont le toit s'affaissait. Annie doutait que Frank Lane eût un Deutz-Fahr Agrotron sous clé dans sa remise – si sa remise avait seulement un cadenas –, et elle s'interrogeait à présent sur la relation qu'entretenaient les deux hommes. Beddoes ne s'était pas beaucoup étendu sur le sujet, mais

Lane pouvait-il faire autrement que jalouser, et peut-être maudire, l'aisance matérielle du nouveau venu ? Et Beddoes, de son côté ? Prenait-il ses voisins de haut, ou se considérait-il sincèrement comme leur égal ? Il était bien possible que les agriculteurs du coin ne voient en lui qu'un dilettante, un fermier des beaux jours, alors qu'ils devaient faire face, eux, à toutes les difficultés qui accablaient leur profession. Beddoes avait d'ailleurs lâché quelque chose en ce sens. Au bout du compte, ces questions pouvaient avoir de l'importance.

Descendus de voiture, Wilson et Annie essayèrent de slalomer entre les mares de boue les plus liquides. La gadoue était encore pire que dans la cour de Beddoes. Heureusement la pluie s'était calmée pendant le bref trajet entre les deux fermes. Il crachinait, désormais, et la couverture nuageuse s'éclaircissait un peu. On commençait même à entrevoir quelques carrés de ciel bleu : pas assez nombreux pour « coudre un nouveau bonnet pour bébé », comme disait son père autrefois, mais… un petit mouchoir, peut-être.

Annie frappa à la porte. Un homme-armoire à glace, qui devait avoir environ quarante-cinq ans, apparut. Il portait un jean râpé et noirci, une chemise froissée, et avec son visage tanné et couvert d'un chaume de barbe il correspondait mieux, pour le coup, à l'image qu'elle se faisait d'un fermier. Il les invita à entrer après avoir scruté leurs cartes de police. Annie perçut une sorte de torpeur, ou de lassitude, dans son comportement, dans sa façon de se mouvoir, qui lui donna l'impression que cet homme se surmenait depuis bien des années. Peut-être parce qu'il travaillait seul. Ou bien c'était le stress d'avoir constamment à se battre pour survivre qui le vidait peu à peu de ses forces. L'agriculture était une activité pénible, exigeante sur le plan physique, qui demandait de longues heures de labeur éreintant, avec bien peu de moments de relâche, tout en étant en même temps régie par les saisons et soumise aux aléas de la météo. Comparé à Beddoes qui paraissait en pleine forme et avait le corps parfaitement délié, Lane donnait l'image d'un homme crispé et fatigué.

La salle de séjour sentait le renfermé et le moisi – pas de désodorisant parfumé ici. Pas d'invitation à prendre le thé non plus. L'aménagement de la pièce était strictement fonctionnel. Partout où elle posait les yeux, Annie observait les stigmates du laisser-aller qu'elle avait déjà relevés dans la cour.

Frank Lane rassembla plusieurs vieux journaux éparpillés sur un canapé élimé, les jeta par terre et fit signe à Annie et à Wilson de s'asseoir. Il prit ensuite place dans ce qui était sans doute son fauteuil habituel, près de la cheminée. Un paquet de cigarettes et un cendrier débordant de mégots reposaient sur l'un des accoudoirs ; le tissu portait de nombreuses marques de brûlure.

Quand Doug Wilson eut sorti carnet et stylo de sa poche, Lane regarda Annie l'air de dire qu'il était temps de s'y mettre.

– Nous sommes ici au sujet du tracteur de votre voisin, monsieur Lane. Si je comprends bien, John Beddoes vous avait demandé de garder un œil sur sa propriété pendant qu'il était en vacances au Mexique avec son épouse…

– Ouais, fit Lane en allumant une cigarette. Au Mexique. Y en a qui s'emmerdent pas, hein ? Mais pour bien surveiller une propriété, il faut y être constamment. Et moi j'ai bien assez de boulot ici. Chez Beddoes, j'ai fait ce que j'ai pu.

– J'en suis sûre. Personne ne vous reproche ce qui est arrivé. Mais comment avez-vous réussi à trouver le temps d'aller chez lui, justement ? Et quelles tâches aviez-vous à faire, là-bas ?

– J'y suis passé tous les jours. Un petit moment. Pour nourrir les cochons et les poulets, surtout, et pour m'assurer que tout était en ordre. Bouclé comme il fallait. Beddoes ne m'a jamais dit de faire plus attention que ça au tracteur, voyez. Et j'ai rien remarqué d'anormal.

– Vous êtes un bon voisin.

Lane ricana.

– Un bon voisin ? Rien à voir ! Beddoes me paie bien, c'est tout.

– Je vois.

– Tout travail mérite salaire, vous croyez pas ? Et pis c'est pas comme s'il ne pouvait pas se le permettre.

– Quand y êtes-vous allé pour la dernière fois ?

– Samedi. La veille de leur retour.

– Pas dimanche ?

– Ben non. Ils étaient censés arriver le matin de très bonne heure. Comment j'aurais pu savoir qu'ils avaient des ennuis avec leurs avions ? Personne ne m'a téléphoné ou rien, à moi.

– Et samedi, alors, tout était en ordre ?

– D'après vous ? Sinon j'aurais prévenu la police moi-même dès ce moment-là, vous croyez pas ?

Annie réprima un soupir. Et c'est reparti, songea-t-elle. Dans le Yorkshire, ce modèle de bonhomme irascible et condescendant, elle connaissait bien. Mais aujourd'hui comme tous les autres jours, rien ne l'obligeait à l'apprécier.

– À quelle heure, votre dernier passage à la ferme Beddoes ?

– En fin d'après-midi. Vers cinq heures.

– Le tracteur a donc probablement été volé samedi soir. Sans doute après la tombée de la nuit…

– Le garage était encore fermé et cadenassé à cinq heures et quelques quand je suis reparti. Et ça paraît logique que les voleurs aient fait le coup de nuit, croyez pas ?

– Étiez-vous chez vous, samedi soir ?

– Je suis *toujours* chez moi. Sauf quand je suis aux champs. Vous n'avez peut-être pas remarqué, ma petite dame, mais en ce moment c'est la saison de l'agnelage. Et comme je n'ai personne pour m'aider, ça veut dire des journées très longues et des soirées encore plus longues. Ces p'tits bestiaux, ils choisissent pas toujours le moment le plus pratique pour venir au monde.

– Au cours de la semaine, avez-vous remarqué quoi que ce soit d'anormal du côté de la ferme Beddoes ? Avez-vous *entendu* ou *vu* quelque chose ?

– Nan. Mais c'est pas étonnant. Si vous êtes allée là-bas, vous avez dû remarquer qu'il y a une trotte entre nos deux fermes. Près de trois kilomètres à vol d'oiseau.

– D'accord, mais vous devez bien entendre certaines choses. Un tracteur qui démarre, par exemple. Non ?

Un sourire goguenard fendit le visage de Lane.

– Vous n'imaginez quand même pas que ceux qui ont fait le coup ont démarré l'engin et sont partis comme ça, par la route ? Ils ont utilisé un véhicule, pardi ! Un pick-up, un camion ou je sais pas quoi.

– Mais ils ont dû faire du bruit, insista Annie, rougissant de sa bourde. Un camion ou un pick-up, ça s'entend…

– Ouais. Mais les camions, par chez nous, il en passe régulièrement. Et même des tracteurs, voyez. C'est normal, tout ça, à la campagne.

– En pleine nuit ? répliqua Annie, agacée par le ton ironique de Lane.

– Quand on a des journées aussi remplies que les miennes, on dort comme une souche. L'ange Gabriel soufflerait à côté de moi dans sa trompette que je ne bougerais même pas. Je vous dis que j'ai entendu que dalle, voilà, c'est comme ça. Sinon j'aurais appelé la police.

– Qu'avez-vous fait, ici, samedi soir ?

– J'ai regardé la télé. Quand j'ai enfin pu m'arrêter. C'est pas que ça vous regarde, mais bon. Ensuite je suis allé me coucher.

– Et Mme Lane ? Pourrait-elle avoir entendu quelque chose ?

Lane lâcha un petit rire maussade.

– Elle pourrait, ouais. Si elle a des nouveaux pouvoirs surhumains. Elle loge chez sa mère, pas loin de Whitby.

– Oh. Sa mère est malade ?

– Non. Bien dommage, d'ailleurs. Cette vieille peau est en pleine forme et plus infecte que jamais.

– Votre femme est donc en vacances ?

– C'est une façon de dire les choses, marmonna le fermier. En vacances prolongées.

Annie soupira.

– Monsieur Lane. J'essaie juste de rassembler certaines informations de base…

– Eh ben l'information, la coupa-t-il, s'il faut vraiment que ça vous regarde alors que c'est pas vos oignons, c'est qu'elle est partie ! Elle s'est tirée. Taillée une fois pour toutes ! Et bon débarras. Deux ans, déjà, et elle est toujours dans les griffes de cette vieille peau. Ça lui fait les pieds.

– Je suis désolée de l'apprendre, monsieur Lane.

– Ah surtout pas ! rétorqua le fermier, rembruni. Moi je ne le suis pas. Quel rapport avec le tracteur de Beddoes, par contre, ça je vois pas.

– Nous nous efforçons juste d'avoir autant de renseignements que possible, monsieur, intervint Doug Wilson. Nous procédons toujours de cette façon.

Lane le toisa quelques instants et demanda :

– On vous a déjà dit que vous avez exactement la tête du petit gars qui joue Harry Potter ?

Wilson piqua un fard.

– Avez-vous regardé ces films avec votre fils, monsieur Lane ? demanda Annie. Les Harry Potter ?

– Laissez mon fils où il est, voulez-vous.

– Est-il ici, justement ? Pourrions-nous lui parler une minute ? Il a peut-être entendu quelque chose.

Lane écrasa brutalement sa cigarette dans le cendrier. Des étincelles en jaillirent et retombèrent sur le tissu de l'accoudoir. Annie pinça les lèvres. C'était un miracle que la maison ne soit jamais partie en fumée.

– Il ne vit plus ici. La ferme, ça l'intéresse pas. Il dit que dans cette vie, y a que dalle pour un jeune. Rien à faire, rien qui vaille la peine. Il dit que c'est juste un boulot de dingue. Et il a peut-être pas tort, tiens !

– Que fait-il de sa vie, alors ?

– Ah, me demandez pas ! Il habite en ville. Il voulait avoir son « espace ». J'y peux rien, moi, s'il fait l'imbécile à picoler comme les jeunes d'aujourd'hui, ou s'il fume de l'ecstasy.

Annie se retint de faire remarquer à Lane que l'ecstasy ne se fumait pas ; elle ne voulait pas le contrarier davantage.

– Votre fils est-il toxicomane ? demanda-t-elle.

– Aucune idée. Je ne suis pas dans la confidence, voyez.

– Mais vous venez vous-même d'évoquer le sujet.

– J'ai dit ça comme ça. Sans raison. Peut-être qu'il prend des drogues, peut-être pas. Et de toute façon je m'en fous.

Annie avait du mal à le croire. Sous la hargne et la brusquerie de Lane, elle percevait de la tristesse, des regrets, de la culpabilité – peut-être même de l'amour pour ce fils perdu. Mais la colère de cet homme et sa tendance à s'apitoyer sur lui-même étaient profondes, cela aussi était manifeste. Elle savait par expérience que les gens n'avaient pas toujours la patience qu'il fallait, ou le savoir-faire, pour percer les couches d'agressivité et les côtés désagréables de certaines personnes, et dénicher la gentillesse, la vulnérabilité, la générosité dont elles étaient aussi susceptibles de faire preuve. Parfois les gens essayaient un temps, et puis ils se rendaient compte que la vie était trop courte, faisaient la part du feu et s'en allaient. Ils passaient à quelqu'un d'autre, quelqu'un de plus ouvert, de plus facile à vivre. Peut-être sa femme et son fils avaient-ils réagi ainsi.

– Comment s'appelle-t-il ? demanda-t-elle.

– Nous l'avons baptisé Michael, mais tout le monde l'appelle Mick. Pourquoi ?

– Je crois savoir qu'il a eu des petits ennuis, récemment. Une histoire de voiture volée ?

– Ah, quel couillon, ce garçon ! Mais c'était rien du tout. Le tribunal a fait tout un foin pour pas grand-chose.

– Il a tout de même écopé d'un sursis avec travaux d'intérêt général.

– Aujourd'hui ils collent ça aux gamins pour la moindre bêtise. Mais ça prouve rien. Il y a quelques années ils les épinglaient avec leurs foutues ordonnances contre les comportements antisociaux, comme ils disaient. Maintenant c'est autre chose. Sans parler des heures de travail d'intérêt général.

– Quel âge a-t-il ?

– Dix-neuf ans.

– Quelle est son adresse à Eastvale ?

– Je la connais pas précisément mais c'est dans une de ces tours, là, celles de la cité malfamée. Comme s'il n'avait pas déjà une maison à lui. Il a une pouffiasse, aussi.

Annie savait à quelle cité « malfamée » le fermier faisait allusion. L'East Side Estate était le plus ancien et le plus difficile des ensembles de HLM de la ville. Elle n'aurait aucun mal à y retrouver Mick Lane.

– Il vit avec une femme, vous voulez dire ?

– Il paraît.

– Son nom ?

– Aucune idée. Il ne l'a pas exactement invitée ici pour le thé, voyez. Mais si elle vit dans une cité ça tombe sous le sens que c'est une traînée, non ?

Annie connaissait bien l'East Side Estate, un certain nombre de ses occupants, et elle ne partageait pas l'opinion de Lane.

– Le voyez-vous encore, votre fils ?

– Il passe ici de temps en temps.

– A-t-il une voiture ?

– Une vieille Peugeot. Une épave, ou pas loin.

– Quand est-il venu ici pour la dernière fois ?

– Ça remonte à deux semaines, à peu près.

– A-t-il un emploi ?

– L'a jamais rien dit à ce sujet.

– A-t-il des compétences particulières ?

– Eh ben... il m'a jamais été très utile à la ferme, ça c'est sûr. Il sait se servir de ses mains, quand même. Et il était adroit avec les moutons. Pour la tonte, et tout ça. Mais il n'a pas ce qu'il faut pour le monde agricole. Il est trop paresseux. Il sait dessiner et peindre, par contre. Même si ces trucs-là lui serviront jamais à rien, faut reconnaître qu'il est doué.

Annie commençait à en avoir sa claque de Frank Lane. Son père, Ray, était un artiste peintre à qui le dessin et la peinture, indiscutablement, avaient toujours beaucoup « servi ». Elle aussi, d'ailleurs, aimait beaucoup dessiner et peindre, même s'il ne s'agissait dans son cas que d'un loisir. Un peu comme l'agriculture pour Beddoes.

– Comment faites-vous pour tenir la ferme, sans votre femme et votre fils ?

– Je me débrouille. La solitude ne me dérange pas. Je suis au calme, j'ai la paix. Mais je dois payer des ouvriers agricoles quand j'ai besoin d'aide, bien sûr. Pas le choix. Ça tire sur les économies. Enfin le peu qu'il en reste. Tenir une exploitation agricole c'est pas vraiment un boulot pour un homme seul, vous savez. Surtout à la saison des récoltes, pendant les semailles ou la tonte des moutons. Ou l'agnelage.

– Je me rends bien compte que c'est une vie difficile.

Lane poussa un grognement et alluma une nouvelle cigarette. Annie porta le poing à ses lèvres et toussa, mais il ne réagit pas.

– Et avec John Beddoes, comment sont les relations ? continua-t-elle. Vous vous entendez bien ?

Pour la première fois depuis le début de la conversation, Lane parut réfléchir avant de répondre.

– Beddoes n'est pas un mauvais bougre, je suppose, dit-il d'un air légèrement contrarié. Pour un amateur, je veux dire. Il est un peu prétentieux, mais... Au fond je n'ai pas grand-chose à lui reprocher. Pareil pour sa femme. Patricia. Depuis le départ de Denise, je le reconnais, ils ont été gentils avec moi. Pas leur faute s'ils ont plus d'avantages dans la vie.

– C'est-à-dire ?

– Ils se sont installés ici il n'y a pas bien longtemps. Tout juste sept ans. C'est des gens de la ville, précisa Lane, et il se frotta le pouce contre l'index et le majeur d'un air entendu. Et lui, c'est un gentleman farmer. Un amateur aux poches pleines. Ça le rend un peu aigre, d'ailleurs. Il s'imagine que moi et les autres exploitants de la région, on le méprise. Notez, c'est pas impossible. L'agriculture, moi, j'ai connu que ça toute ma vie. Cette ferme je la tiens de mon père, qui la tenait de son père, et ainsi de suite aussi loin que vous pouvez remonter. John Beddoes a acheté sa ferme à Ned Fairbairn quand Ned n'a plus été capable de tenir le coup. À son âge c'était trop dur et, bon Dieu, y a rien de mal à ça. Les choses changent. Quand Ned a vendu, en plus, j'ai pu agrandir un peu mes terres, à bon prix, pile au moment où j'en avais besoin. Y a pas à dire, ça aide d'avoir des sous en réserve, vous croyez pas ?

– Que voulez-vous dire ?

– Autrefois Beddoes travaillait dans la finance. À la City, à Londres, il paraît. Il était banquier, trader ou je ne sais pas quoi, un de ces métiers qu'ils ont là-bas. La finance avec un grand F, en tout cas. Un ramassis de voleurs, si vous voulez mon avis. Enfin bon. Il m'a très bien payé pour que je m'occupe de sa propriété, et cet argent j'en ai besoin. Ça me fait de la peine pour son tracteur, mais à moins de monter la garde dans sa cour d'un bout à l'autre de la semaine, je ne pouvais rien pour le protéger. D'un autre côté, une machine allemande de ce prix-là, voyez… Par chez nous, par les temps qui courent, c'est chercher les ennuis. Et Dieu seul sait pourquoi il s'imagine avoir besoin de cet engin.

Lane regarda tour à tour Wilson et Annie, puis agita soudain un index dans leur direction en disant :

– C'est vous autres qui devriez faire bien plus attention à toute la délinquance qu'on a par ici ! C'est pas souvent, tiens, qu'on voit une voiture de patrouille dans le coin.

– Nous faisons de notre mieux, monsieur Lane, dit Annie. Mais la police a un peu le même problème que les agriculteurs. Nous avons moins de main-d'œuvre qu'auparavant et de vastes champs d'action.

– Ouais, ben… faudrait quand même trouver une solution, moi je dis.

– Les Beddoes, est-ce qu'ils ont des enfants ?

– M'en ont jamais parlé, en tout cas.

Annie hocha la tête. Elle ne voyait rien à ajouter pour le moment. Elle remercia Lane. Wilson rangea son carnet, ils se levèrent et se dirigèrent vers la porte. L'agriculteur resta assis dans son fauteuil, la cigarette aux lèvres, le regard perdu dans le vide. Il ne les salua pas quand ils sortirent.

– Vachement sympa, cette rencontre, dit Annie lorsqu'ils furent dans la voiture, avançant à petite allure sur le chemin cahoteux de la ferme.

Juste avant le croisement avec la route goudronnée, elle aperçut quelque chose qu'elle n'avait pas remarqué en arrivant : plusieurs rangées de souris mortes clouées aux planches de la barrière d'enceinte de la ferme. Elle se pencha vers le pare-brise, plissant les yeux. Non, les bestioles paraissaient trop grosses pour être des souris. Des rats, peut-être ? Elle frissonna et tourna la tête vers Doug Wilson qui au commissariat était un expert reconnu ès particularismes du Yorkshire.

– C'est quoi ces horreurs ?

– Des taupes, répondit-il, et il lui adressa un grand sourire. C'est le taupier qui les cloue ici.

– Beuh. Et pourquoi ?

– Pour montrer qu'il fait son travail. Et comme avertissement, bien sûr.
– Pour qui ?
– Les autres taupes.

Terry Gilchrist habitait un ancien cottage d'ouvrier agricole situé à l'ouest du village de Drewick dont il était séparé par un terrain d'un hectare environ, divisé en une mosaïque de parcelles potagères : des jardins familiaux où se dressaient, ici et là, de petites serres ou des cabanes à outillage. Gilchrist possédait lui-même un jardin d'agrément devant le cottage, et Winsome voyait par la fenêtre qu'il était bien entretenu – même si en ce moment ses fleurs et ses plantes subissaient les assauts du vent et de la pluie. Le village de Drewick, quant à lui, pouvait certes se prévaloir d'une église normande à tour carrée, de deux ou trois gentilhommières en meulière et d'une poignée de cottages comme celui de Gilchrist, mais la grande majorité de ses bâtiments – en brique et à toit de tuile rouge, pour la plupart – dataient de la seconde moitié du XXe siècle et n'avaient guère de caractère. Le village comportait quelques boutiques, une salle communale et un pub, voilà pour les commerces et services, et il était à peu près équidistant de Northallerton et de Thirsk où travaillaient ses résidents. Pour les habitations il y avait un mélange de pavillons, de maisons jumelées et, perpendiculaires à la grand-rue, plusieurs enfilades de maisons mitoyennes. L'ancien aérodrome et son hangar se trouvant à moins de deux kilomètres de Drewick, Winsome avait jugé préférable de ramener Gilchrist chez lui, plutôt que de rester dehors dans le vent et le froid, pour le petit entretien qu'ils devaient avoir maintenant. Elle avait chargé les deux agents en tenue de surveiller le hangar jusqu'à l'arrivée de Gerry et de Jasminder.

Gilchrist lui prit son manteau, pour le suspendre dans l'entrée, et lui demanda si elle voulait une tasse de thé. Elle accepta de bon cœur. Puis elle le vit grimacer de douleur alors qu'il retirait son propre vêtement.
– Je peux m'occuper du thé, si vous voulez ? proposa-t-elle.
– Oh non, j'ai l'habitude. Merci. Il y en a pour une minute.

Gilchrist disparut à la cuisine. Elle s'assit sur le canapé du séjour, sortit son calepin et prépara quelques questions. Il revint bientôt avec une théière et deux mugs. Elle l'observa attentivement pendant qu'il faisait le service. De fait, il était beaucoup moins âgé que sa blessure ne le donnait à penser. La guerre l'avait vieilli. La faute à Tony Blair qui avait eu la folie, en 2003, de décider de participer à l'invasion de l'Irak. Quant au fiasco afghan, il durait depuis plus longtemps encore. Si Gilchrist s'était engagé jeune, disons vers l'an 2000, il pouvait avoir aujourd'hui... entre trente et quarante ans. Difficile de savoir. Il avait une belle chevelure blonde avec des reflets châtains, les mâchoires bien dessinées et les yeux bleu clair. Il était encore plus grand qu'elle, elle avait pu le confirmer en se tenant à côté de lui. Il avait aussi le maintien du soldat en dépit de son dos légèrement voûté – et de sa jambe boiteuse, bien sûr. Il avait l'air un peu timide, mais il avait beaucoup de présence et elle sentait que c'était un homme solide. Il inspirait confiance. Auprès de lui elle se sentait en sécurité. Non qu'elle fût de nature craintive, mais avec Gilchrist l'impression de sécurité était évidente. Et ça, elle n'avait pas l'habitude. Elle se surprit à se demander, pendant qu'il s'asseyait en face d'elle, si sa blessure lui faisait honte et si c'était pour cette raison qu'il paraissait un peu maladroit et inhibé. Après avoir siroté une gorgée d'Earl Grey, elle se mit au travail et demanda :

– Aviez-vous déjà remarqué quoi que ce soit d'étrange dans le hangar, par le passé ?

Gilchrist tapota le flanc du beagle assis à côté de lui.

– Jamais. Et aujourd'hui non plus, je n'ai rien remarqué. C'est Peaches qui a tout fait. Quand je l'ai détachée, elle a filé dans le hangar et elle n'est plus revenue. Comme ce n'est pas du tout son style, je me suis décidé à passer sous le grillage pour aller la chercher.

– Ce n'était jamais arrivé auparavant ?

– Non.

– Depuis combien de temps vivez-vous ici ?

Gilchrist regarda autour de lui.

– J'ai grandi dans cette maison. C'était celle de mes parents. Ils sont morts pendant que j'étais à l'étranger. Un accident de voiture. Sacrée ironie, quand on y pense. Moi, là-bas, j'échappe aux balles qui fusent dans tous les sens, et eux ils se font tuer par un ivrogne qui sort de sa voiture sans une égratignure. Enfin voilà. J'étais fils unique, la maison était payée et j'en ai hérité.

Dans la « sacrée ironie » qu'il évoquait, Winsome percevait un mélange de colère et de résignation. Elle avait rencontré des soldats que l'expérience du combat avait isolés, éloignés du monde, mais Gilchrist ne paraissait pas fait de ce moule : il était simplement blessé et en rogne. Puisqu'il avait lui-même fait allusion à la guerre, elle demanda :

– Depuis combien de temps êtes-vous revenu de… ?

– D'Afghanistan. La province de Helmand. Je peux en parler, pas de problème. Ça fait un peu plus d'un an.

– D'accord. Et vous emmenez souvent Peaches se promener du côté de l'aérodrome ?

– De temps en temps. Une fois par semaine, disons.

– Alors vous saviez déjà qu'il y avait ce trou dans le grillage ?

– Ah oui, bien sûr. Je suppose qu'il existe depuis toujours. Moi aussi, quand j'étais môme, je jouais par là-bas. Et aujourd'hui je vois parfois les gamins de Drewick passer sous le grillage. Quand les enfants veulent entrer quelque part, ils trouvent en général le moyen, n'est-ce pas ? Et puis par ici ils sont gentils. Ils ne font rien de mal. Les plus jeunes jouent au cricket et au foot, et les plus âgés descendent des cannettes de bière bon marché et bécotent leurs petites copines. Ils n'ont nulle part où aller, les pauvres. Qu'est-ce que ça peut faire qu'ils s'approprient un peu ce terrain ?

– Savez-vous s'il s'y passe autre chose ? Je veux dire… les jeunes peuvent parfois se battre, voire *organiser* des bagarres. Ou bien des combats de coqs, ce genre de trucs…

Gilchrist secoua la tête.

– Je n'ai jamais vu ça et je n'ai jamais entendu la moindre rumeur en ce sens. J'ai vu quelques camions franchir le portail, ouais, mais à part ça… Pour les jeunes, je ne sais pas.

– Vous avez vu des camions ? Quand ?

– Au cours de l'année passée. Depuis que je suis seul ici.

– Souvent ?

– Oh non, dit Gilchrist, et il réfléchit un instant. Peut-être, disons… trois ou quatre fois dans l'année. Ce n'est pas du tout quelque chose de régulier.

Winsome prit note de l'information et la souligna. Gerry Masterson pourrait vérifier si certaines entreprises utilisaient le hangar pour telle ou telle activité. S'il fallait pousser l'enquête jusque-là, bien sûr.

– D'après vous, alors, le terrain appartiendrait à l'État ?

– Ah non, c'était juste une supposition. J'ignore qui est son propriétaire. Ce terrain et ce hangar, c'est bien simple, je les ai toujours vus tels qu'ils sont aujourd'hui. Mais tout ce que je sais, en fait, c'est qu'ils ont servi à la RAF pendant la Seconde Guerre mondiale. La plaine est bien plate, par là-bas, vous voyez, à l'entrée du val de Mowbray. Et à l'époque il n'y avait pas tous les arbres que vous avez aujourd'hui. Ils ont été plantés à partir des années cinquante, quand on a construit de nouvelles maisons à Drewick. Pour séparer le village de la ligne de chemin de fer, je suppose. Il y a quelques années il a été question de bâtir un lotissement à la place de l'aérodrome, mais le projet a été abandonné. Maintenant il paraît qu'on devrait bientôt avoir un centre commercial. C'est sans doute mieux. Je crois que personne n'a envie de vivre si près des voies ferrées. Surtout qu'il y a un gros trafic, de nos jours, avec tous les trains qui circulent entre l'Écosse et Londres ou le sud-ouest du pays. Et puis un centre commercial ça fonctionne forcément, non ?

Ces dernières années, Winsome avait pris un certain nombre de fois les trains de l'East Coast Line. En fait, des tas de gens vivaient en bordure des voies, et elle se souvenait d'avoir rêvassé en regardant défiler, dans les petits jardins qui touchaient presque les rails, les clapiers à lapins, les appentis en brique à moitié écroulés, les vêtements multicolores sur les fils à linge, les pneus suspendus à des branches d'arbres. Mais peut-être Gilchrist avait-il raison : aujourd'hui les habitations proches des lignes ferroviaires n'avaient pas la cote. Un centre commercial, isolé sur ce terrain, indifférent au bruit des trains, paraissait plus logique.

Elle ne voyait pas quoi demander de plus à Terry Gilchrist tant qu'elle n'aurait pas une idée plus précise de ce qui avait pu se passer dans le hangar. Elle resta à bavarder avec lui encore un peu, pour finir son thé, puis annonça qu'elle devait aller retrouver ses collègues à l'aérodrome. À la porte, il l'aida à enfiler son manteau. Elle se fit la remarque, quand elle glissa les bras dans ses manches, qu'il était vraiment agréable que quelqu'un ait cette attention pour elle.

2

Ce lundi Banks était encore en congé, mais, pressentant qu'il ne tiendrait pas en place chez lui, il déposa Oriana à son domicile puis demanda au taxi qui les avait ramenés à Eastvale depuis l'aéroport international de Durham Tees Valley de le conduire au commissariat. Il avait passé un merveilleux week-end, avec Oriana et sa très nombreuse famille italienne, dans un bourg qui s'étendait sur la rive du lac Trasimène juste en face de l'île Polvese. Les parents d'Oriana habitaient dans le Yorkshire, mais ils avaient en Ombrie un village entier, semblait-il, de tantes, d'oncles, de nièces, de neveux et de cousins. Banks et Oriana avaient consacré l'essentiel de leur temps à manger du poisson frais pêché dans le lac et à boire des vins de Montefalco, à discuter avec les uns et les autres, à faire de longues balades sur la rive du lac ou dans l'arrière-pays, au milieu des vignes et des oliveraies sillonnées de ruisseaux tortueux.

Le retour sous les cieux pluvieux et venteux du North Yorkshire était brutal.

Il passa d'abord à son bureau pour larguer son imperméable et ses bagages, c'est-à-dire un petit sac de voyage pour ses vêtements et affaires de toilette, et sa vieille sacoche de cuir élimé pour les indispensables : iPod, téléphone, stylo, carnet de notes, un livre, deux magazines, portefeuille et trousseau de clés. Ayant constaté qu'aucun message ne l'attendait et que tout était, sur la table, comme il l'avait laissé jeudi à son départ, il longea le couloir menant à la salle des enquêteurs. Le commissariat lui paraissait étrangement silencieux. Il trouva l'agent Gerry Masterson au travail sur son ordinateur.

– Gerry. Quoi de neuf ?

– Déjà là, patron ? Vous revenez un jour trop tôt, non ? Tout va bien ?

– Très bien. J'arrive de l'aéroport. J'ai eu envie de venir voir s'il était arrivé quelque chose en mon absence.

– Vous êtes maso. Si je peux me permettre. Inspecteur Banks.

– Hmm... Où est tout le monde ?

– Là, tout de suite, je ne sais pas exactement.

– Pas exactement d'accord, mais en gros ? Il s'est passé quelque chose ?

Gerry se renversa contre le dossier de son fauteuil et joignit les mains derrière la nuque, sous l'élastique avec lequel elle avait pris l'habitude d'attacher son abondante chevelure rousse préraphaélite pour ne pas l'avoir devant les yeux quand elle pianotait au clavier.

– Pas vraiment. En gros, nous avons un tracteur volé que l'inspecteur Cabbot et Doug essaient de retrouver, et une mystérieuse flaque de sang dont s'occupe Winsome.

– Ah ouais. Des crimes majeurs, donc, dit Banks, souriant, et il attrapa le fauteuil de Doug Wilson pour s'asseoir en face de Gerry. Donnez-moi des précisions, quand même.

– Il n'y a pas grand-chose à dire, patron. Vous avez manqué Doug de peu. Il est repassé ici quelques minutes pour chercher des infos sur plusieurs individus. Un jeune homme qui s'appelle Mick Lane, en particulier, qu'il faudrait retrouver.

– Ce nom ne me dit rien.

– Son paternel est un voisin de John Beddoes, le propriétaire du tracteur volé.

– Houlà ! De plus en plus passionnant.

Gerry lâcha un petit rire.

– N'est-ce pas ? Vous auriez peut-être mieux fait de rester en Italie.

– Ç'aurait été trop beau. Et la flaque de sang ?

– C'est un type qui s'appelle Terry Gilchrist qui nous a appelés. Il dit être tombé dessus pendant qu'il promenait son chien. La commissaire Gervaise a décidé d'envoyer le brigadier Jackman y jeter un œil.

– Elle est dans son bureau, la commissaire ?

– En réunion au QG du comté, dit Gerry alors que le téléphone sonnait sur sa table. Excusez-moi.

– Je vous en prie.

Banks retourna à son bureau en se demandant à laquelle de ces deux affaires essentielles il devait plutôt accorder son attention : le tracteur volé ou la flaque de sang ? Le tracteur, hélas, ce n'était pas une première. Au cours des derniers mois plusieurs machines agricoles coûteuses s'étaient volatilisées dans la région, et jusqu'à maintenant l'équipe n'avait trouvé aucune piste digne de ce nom. Peut-être ce garçon dont la jeune enquêtrice avait parlé, Mick Lane, leur porterait-il chance. S'ils mettaient la main sur lui.

Il s'asseyait à son bureau lorsque Gerry frappa à la porte.

– C'était le standard, patron. Winsome vient d'appeler. Elle est à l'ancien aérodrome qui est à côté de Drewick, de l'autre côté de l'A1.

– Oui, je connais cet endroit. Et que dit-elle ?

– Notre promeneur perspicace, Gilchrist, ne s'était apparemment pas trompé. D'après Winsome, c'est bien une mare de sang coagulé qu'il a trouvée à l'intérieur du hangar. Des voitures de patrouille sont en route. Jasminder Singh a été prévenue.

– Ah, c'est décidé, dit Banks, attrapant son imperméable et sa sacoche. C'est sans doute le sang d'un renard ou de je ne sais quel animal, mais je préfère encore une hypothétique tache de sang humain à un vol de tracteur. Allons-y, Gerry !

Annie avait découvert que Mick Lane avait été arrêté, dix-huit mois plus tôt, pour avoir volé un véhicule et s'être offert une folle virée qui s'était soldée par plus de deux mille livres sterling de dégâts de biens matériels. Le véhicule n'était pas un tracteur allemand haut de gamme, juste une malheureuse Honda, mais Mick Lane méritait assurément qu'on s'intéresse à lui. Comme c'était sa première arrestation et qu'il n'avait que dix-sept ans au moment des faits, il s'en était tiré avec des heures de travail d'intérêt général. Depuis, il semblait avoir retrouvé le droit chemin et n'avait pas commis de nouveau délit. Ou bien il ne s'était pas fait prendre. On verrait ça plus tard. Annie avait aussi appris, par le conseiller de probation du jeune homme, que celui-ci vivait dans un appartement de l'East Side Estate avec une dénommée Alex Preston. Cette personne, aujourd'hui âgée de vingt-huit ans, avait été appréhendée quatre ans plus tôt pour vol à l'étalage ; elle avait un fils à charge – Ian, huit ans. Avait-elle encore le goût du larcin ? Le conseiller de probation n'avait pas la réponse à cette question. Au commissariat, en outre, personne ne connaissait Alex Preston. Peut-être Mick Lane avait-il fait d'elle une honnête femme ?

La météo pluvieuse convenait bien à l'East Side Estate, jugea Annie tandis que Doug Wilson garait la voiture sur le parking. Au soleil, les deux tours de cette cité HLM se révélaient pour ce qu'elles étaient : des bâtisses crasseuses, bien que de couleur claire, et en très mauvais état. Elles avaient été construites vite fait, mal fait, à la fin des années soixante, quand tout le monde n'avait à la bouche que le « progrès » et, comme disait Harold Wilson, le Premier ministre de l'époque, « l'éclat ardent de la technologie ». Sur le plan architectural, le seul compliment qu'on pouvait leur faire était de ne pas s'être encore effondrées. Sur le plan social, bien des gens regrettaient qu'elles tiennent toujours debout. Heureusement il n'y en avait que deux, qui ne comptaient que dix étages chacune. Jolie petite ville anglaise qu'elle était, tellement plaisante pour les touristes, Eastvale se trouvait juste en dehors du parc national des Yorkshire Dales et n'était donc pas soumise à ses réglementations drastiques en matière d'urbanisme. Si elle avait été située quelques kilomètres plus à l'ouest, l'East Side Estate n'y aurait jamais vu le jour, en tout cas pas sous forme d'immeubles de dix étages : surtout ne pas perturber les visiteurs avec de telles horreurs.

– Je mets la canne antivol ? demanda Wilson.

– Bof. Elle servira à quoi ? Si un habitant de la cité a envie de s'offrir une voiture de police, ce n'est pas un antivol qui l'arrêtera. Les coupe-boulons ne manquent pas, je suppose, dans ce genre d'endroit.

– Attention, chef. Moi, j'ai grandi dans une cité comme celle-ci. Vous décriez mes origines sociales. Une remarque aussi politiquement incorrecte, ça pourrait vous valoir votre carrière.

– Mes plus plates excuses, Doug. Mais c'est vrai, ça ? Je croyais que vous aviez grandi à la campagne. Vous avez l'air de savoir tellement de choses sur les taupiers et tout le tintouin.

– Parce que je me familiarise avec le terroir. J'aime bien m'intéresser à des tas de choses.

– Vous avez réellement vécu dans une cité de ce genre, alors ?

– Dans une cité bien pire, chef ! dit Wilson en remontant ses lunettes sur son nez. À Sheffield. Je ne vous mentirais pas à propos d'un truc pareil. Et je ne m'en vante pas non plus. Mais bon, il faut reconnaître que ce n'était pas aussi affreux que les gens le croient. Nous avions la chance d'avoir des voisins très convenables. Des personnes généreuses qui n'auraient pas hésité à vous donner leur chemise. Ou la chemise de quelqu'un, ça dépend.

– Je vois, dit Annie en riant. Allons-y.

Dans le hall de l'immeuble d'Alex Preston et Mick Lane, Wilson appuya sur le bouton d'appel de l'ascenseur.

– Si on était dans un téléfilm, dit Annie, l'ascenseur serait en panne et nous devrions monter les huit étages à pied. En étant obligés de nous faufiler, à un moment, entre des lascars en sweat à capuche, à moitié drogués et armés de couteaux.

– Et si l'ascenseur fonctionnait, il serait couvert de graffitis et puerait la pisse.

Ils entendirent l'ascenseur parvenir au rez-de-chaussée en tremblotant. Les portes s'ouvrirent. Une violente odeur d'urine leur assaillit les narines. Les parois de la cabine disparaissaient entièrement sous les graffitis. Ils y embarquèrent malgré tout, Annie se pinçant le nez entre le pouce et l'index. Elle appuya sur le bouton du huitième étage. Les portes se refermèrent, mais la cabine ne bougea pas. Elle appuya de nouveau sur le bouton. Sans résultat. Les ascenseurs la rendaient toujours claustrophobe. Avec un frisson d'effroi, elle pressa le bouton d'ouverture des portes. Miraculeusement celles-ci s'ouvrirent. Ils ressortirent de la cabine pour entamer l'ascension des escaliers. Sur le palier du cinquième étage, ils durent se frayer un passage au milieu d'un groupe de jeunes hommes vêtus pour la plupart de sweat-shirts à capuche. Quand Annie s'engagea dans la volée de marches suivante, elle entendit l'un d'eux marmonner quelque chose et citer le nom de Harry Potter. Tous ses compagnons éclatèrent de rire. Wilson devint rouge comme une pivoine et porta la main à ses lunettes pour les retirer. Annie le retint par le coude avant qu'il ne fasse demi-tour pour mettre une raclée à celui qui avait parlé.

– Calmos, Doug. Ça n'en vaut pas la peine.

Elle le poussa devant elle dans l'escalier.

– Vous savez, dit-elle alors qu'ils arrivaient au sixième, c'est sans doute à cause des lunettes.

– Ouais, chef, convint-il d'une voix tendue. Je crois que je vais aller voir un ophtalmo dès demain pour passer aux lentilles de contact.

– Bonne idée. Et peut-être, aussi, si vous changiez de coupe de cheveux et abandonniez la baguette... ?

Wilson se retourna subitement, l'air grognon – puis un sourire éclaira son visage.

– D'accord. Ça aussi.

– Nous y sommes, dit Annie peu après. Huitième étage.

Ils s'engagèrent dans le couloir en balcon – d'un côté les portes et les fenêtres des appartements, de l'autre une balustrade en métal. Divers objets, des rebuts pour la plupart, encombraient le sol : des vélos sans roues, un landau, un frigo antique qui bloquait presque le passage. La vue, de ce long balcon qui donnait à l'ouest sur une bonne partie d'Eastvale, était par contre assez sensationnelle. Annie marqua une pause pour contempler les ruines du château, la place du marché, la cascade de la rivière et, au-delà, Hindswell Woods et les ondulations vertes des Dales teintées de gris par la brume et la pluie. Elle aperçut aussi la « rue des millionnaires » de la ville, où habitait la nouvelle copine de Banks, Oriana, et où les gens payaient des fortunes pour avoir le même genre de spectacle que de ce balcon. Et une vaste maison, aussi, bien sûr. Avec davantage de tranquillité et zéro délinquance.

Annie frappa à la porte qui l'intéressait. Le battant s'entrouvrit quelques instants plus tard, retenu par une chaîne, sur le visage d'une jeune femme qui la fixa d'un air méfiant.

– Bonjour ? dit-elle, portant nerveusement la main à sa joue. De quoi s'agit-il ?

– Alex Preston ?

La femme hocha la tête.

– Police, dit Annie, présentant sa carte. Vous nous laissez entrer, s'il vous plaît ? Nous aimerions bavarder un peu avec vous.

– C'est au sujet d'Ian ? Il ne lui est rien arrivé, j'espère ? Ou bien c'est Michael ?

– Il n'est rien arrivé à personne, autant que je sache.

– Ah. Tant mieux.

Alex Preston poussa le battant, retira la chaîne et leur ouvrit. La porte donnait directement sur le séjour.

Force était de constater, pour Annie, qu'elle avait sans doute dans la tête les mêmes préjugés que n'importe qui – excepté ceux de Frank Lane, peut-être – au sujet de la vie dans une cité comme l'East Side Estate. Elle n'oubliait pas non plus qu'en tant que flic elle risquait particulièrement, c'était un travers du métier, de porter des œillères. La « surprise », ici, tenait à ce que le petit appartement qu'elle découvrait se révélait parfaitement rangé et accueillant. Alex Preston faisait de son mieux, de toute évidence, avec les moyens modestes qui étaient les siens. Le mobilier, quoique passe-partout, était assez récent et bien entretenu. Les murs, peints dans des couleurs pastel de bon goût, s'agrémentaient de photographies sous verre astucieusement disposées çà et là. L'atmosphère sentait le diffuseur « sapin ». La télévision, un écran plat de taille moyenne, ne trônait pas dans la pièce mais semblait attendre dans un angle que ses services soient requis. Un âtre électrique aux braises artificielles remplissait la fausse cheminée dont le manteau arborait un assortiment de photos encadrées : celles d'un petit garçon souriant aux cheveux blonds en pétard, pour la plupart, mais il y avait aussi deux clichés d'Alex en compagnie d'un jeune homme qu'Annie supposa être Mick Lane.

Hélas, sans doute, elle ne pouvait oublier complètement ses préjugés. Et puis elle était méfiante par nature : la surprise passée, elle se demanda comment et où, au juste, Alex Preston et Mick Lane avaient trouvé l'argent qui leur avait permis de se fabriquer ce nid douillet.

– Je peux vous offrir une tasse de thé ? demanda la jeune femme. Je regrette, nous n'avons pas de café. Nous n'en buvons ni l'un ni l'autre.

– Non, merci, dit Annie. Peut-être un verre d'eau, par contre ? Avec tous ces escaliers…

– Oh, je suis désolée pour l'ascenseur. Il a son caractère. Un coup il fonctionne, un coup il est en panne, ça n'en finit pas. Depuis des semaines, déjà, nous demandons à la ville de le réparer, mais vous connaissez l'administration. Surtout quand il s'agit d'intervenir dans les HLM.

Annie hocha la tête. Elle comprenait.

Doug Wilson et elle prirent place sur le canapé. Après être allée chercher deux verres d'eau à la cuisine, Alex s'assit en face d'eux dans le fauteuil, buste incliné en avant et mains jointes sur les genoux. Elle portait un jean et un tee-shirt qui soulignaient sa silhouette très harmonieuse. Ses chaussons en peluche bleue ornés de pompons roses ajoutaient une sympathique touche cocooning au personnage. Ses cheveux blonds – d'un blond naturel, Annie était une connaisseuse – étaient attachés en queue-de-cheval. Sur son visage jeune et frais, elle ne portait quasiment aucun maquillage et n'en avait pas besoin. Elle avait le teint pâle et une peau sans défaut, le nez légèrement retroussé, une bouche large, de grands yeux d'un bleu profond et envoûtant. Le jeune Doug Wilson, en tout cas, était déjà épris. Annie lui fit signe de redescendre de son petit nuage et de se munir de son carnet. Il se débattit avec son stylo à bille pour en faire jaillir la pointe.

– De quoi s'agit-il, alors ? demanda Alex, une légère ride d'inquiétude apparaissant sur son front lisse. Vous êtes sûrs que tout va bien ? Ce n'est pas à cause d'Ian, dites-moi ? Il est arrivé quelque chose à Ian ?

– Ian, c'est donc votre fils ?

– Oui. Il a huit ans. Il est à l'école, là, normalement...

– Et je suis sûre qu'il y est. Nous ne sommes pas ici à cause d'Ian, madame Preston.

– Ah, ça me rassure, dit la jeune femme. Vous pouvez m'appeler Alex, je vous en prie. Avec les enfants, vous savez comment c'est, on se fait constamment du souci. Les plus grands lui fichent la paix, en général, mais de temps en temps ils le chahutent un peu. Ils ne sont pas méchants, mais bon. Vous êtes ici pour quoi, du coup ? Si ce n'est pas pour Ian et vous avez dit qu'il n'était rien arrivé à Michael.

Michael, remarqua Annie. Pas Mick, comme disait le père du jeune homme.

– Pas à notre connaissance. Mais nous aimerions lui parler. Savez-vous où il se trouve, en ce moment ?

– Hmm, justement, dit Alex, fronçant les sourcils. C'est pour ça que j'ai eu peur quand vous avez frappé à la porte. Je ne l'ai pas vu depuis hier matin et je commence à m'inquiéter.

– Il habite ici, n'est-ce pas ?

– Oui, bien sûr, dit Alex, un sourire radieux éclairant momentanément son visage. Attention, je sais ce que vous devez penser. Je les prends au berceau, je suis quasi pédophile, ou déjà une cougar – j'ai tout entendu, vous savez, alors vous ne risquez pas de me choquer. Mais le truc... Enfin c'est difficile à expliquer, mais Michael et moi... C'est pour de vrai, quoi. C'est le grand amour.

Elle baissa les yeux, les joues rosies.

– Ça ne me regarde pas, dit Annie.

– Je voulais juste que ce soit clair. Et puis Michael est vraiment génial avec Ian. Ils s'entendent super bien, tous les deux...

– À votre avis, où pourrait-il se trouver ?

– Hier, il m'a dit qu'il allait voir quelqu'un pour un boulot, et ensuite il pensait faire une petite visite à son père. Ils ne sont pas en très bons termes, tous les deux, et Michael s'en veut. Il sait qu'il a fait de la peine à son père. Qu'il l'a déçu. Surtout après que sa mère les a quittés. Avec cette histoire de voiture volée, en plus, il s'est vraiment comporté comme un imbécile. Vous êtes sans doute au courant, puisque vous êtes la police. Sur le moment, ça l'a méchamment brouillé avec son père. Ils ont refait du chemin l'un vers l'autre, un peu, mais les choses sont encore, heu… difficiles. Je pense que ça coince, aussi, en partie, parce que je suis plus âgée que Michael et que j'ai un enfant. Ça déplaît à son père.

– Le boulot en question, vous a-t-il dit où il devait le faire ?

– Non.

– C'est normal, ça, entre vous ?

– Oui, plutôt. Michael ne me donne pas toujours tous les détails de ses allées et venues, et je n'attends pas ça de lui. Je trouve qu'être tout le temps sur le dos de l'autre, c'est le genre de chose qui étouffe une relation. Pas vous ?

Sans doute, songea Annie. Mais si seulement il suffisait de se donner du lest…

– Et après ce boulot, donc, il allait peut-être passer chez son père en dépit du fait qu'ils ne sont pas en bons termes ?

– Voilà.

– Lui est-il déjà arrivé de ne pas rentrer de la nuit ?

– Non. Pas comme ça. Je veux dire, une ou deux fois il est resté dormir chez son père parce qu'ils avaient un peu bu, qu'ils discutaient, ou parce qu'il était vraiment trop tard. Mais dans ces cas-là il me téléphone ou il m'envoie un texto.

– Et pas la nuit dernière ?

– Non. Silence radio. J'ai essayé de l'appeler, je lui ai envoyé des messages, et je n'ai eu aucune réponse.

– Ne vous rongez pas les sangs pour autant, dit Annie. Son portable est sans doute déchargé.

– C'est possible. D'autant que ça lui arrive souvent. Pareil avec son appareil photo. Michael est fâché avec les batteries.

– Quel est son opérateur de téléphonie mobile ?

– Virgin. Prépayé.

– Avez-vous téléphoné à la ferme ? Nous y sommes passés et j'ai vu que M. Lane a une ligne fixe.

Alex détourna les yeux.

– Oui. Je l'ai eu au bout du fil. C'est un ours. Il a grogné qu'il n'avait pas vu Michael et il a raccroché.

– Vous avez dit que Mick Lane et son père ont des problèmes relationnels, n'est-ce pas ?

– Michael. Oui, c'est vrai, dit Alex, et elle regarda Wilson, puis Annie, avant d'ajouter : Je vois que vous êtes un peu perplexes. Et je crois savoir ce que vous pensez. Pardonnez-moi, je ne veux pas être impolie, mais comme vous êtes de la police vous avez une vision assez étroite des choses. Vous avez appris que Michael avait été condamné à des heures de travail d'intérêt général pour avoir volé une voiture, ensuite vous avez découvert qu'il vivait seul avec moi, une femme plus âgée que lui, installée dans une cité craignos avec son bâtard de fils et qui a en plus un casier pour vol à l'étalage – alors conclusion, dans votre tête… Hmm, je me demande. Bonnie and Clyde ? C'est compréhensible. Je ne vous en veux pas. Le père de Michael en pense autant. Mais Michael et moi, ce n'est pas du tout ça. Vraiment pas du tout. Je reconnais que j'ai fait des bêtises. Et je me suis fait prendre. Je ne sais pas comment j'ai pu tomber si bas, mais c'est arrivé. Il a fallu que je l'accepte. Vous savez, les gens peuvent dérailler, ça ne les empêche pas ensuite de se remettre dans le droit chemin.

– Que s'est-il passé pour que vous en arriviez là ?

– Le père d'Ian, Lenny, m'a plaquée quand Ian était petit. Et quand il est parti, il a tout pris. Il a même vidé la tirelire d'Ian, ce connard. J'étais dans la dèche. Ian et moi nous avions faim et l'administration mettait une éternité à débloquer les allocations. Alors un jour je suis allée au supermarché et j'ai rempli mes poches avec de quoi manger. C'était ça ou vendre mon corps et je n'étais quand même pas tombée si bas. Mais ne croyez pas que je n'aie pas eu des propositions… Quand on touche le fond, on fait vite le tri entre ses vrais amis et les autres. J'ai cru que j'étais discrète, mais pas assez, sans doute. Et puis le magasin avait des caméras, des agents de sécurité, la totale. Ils m'ont emmenée dans une petite pièce, derrière la réserve, et là j'ai cru que j'allais mourir de peur. Heureusement ils ne sont pas allés jusqu'à me frapper. Ils m'ont bousculée, menacée. Puis ils ont appelé la police. Ils voulaient se servir de moi pour montrer l'exemple. Elle lâcha un rire amer. Il y a deux cents ans, sans doute, on m'aurait envoyée en Australie. Et dans certains pays, encore aujourd'hui, on m'aurait coupé la main. Alors j'ai eu de la chance, je suppose. Et la police n'a pas été trop dure. J'ai eu droit à un sursis. L'aide sociale à l'enfance a rappliqué, bien sûr, mais j'ai réussi à garder Ian. Peut-être uniquement parce que son père ne voulait pas entendre parler de lui, je ne sais pas. Si j'avais perdu mon fils, par contre, je me demande ce que je serais devenue. Cette période de ma vie a été dure. Très dure. Mais c'est terminé. Une fois, ça m'a servi de leçon.

Dommage que tout le monde ne soit pas aussi raisonnable, songea Annie. Elle commençait à apprécier Alex et la considérait avec beaucoup moins de méfiance qu'un moment plus tôt.

– Et maintenant ? relança-t-elle.

– Je suis en formation, à temps partiel, à l'université d'Eastvale, pour travailler dans le tourisme. Depuis que je suis toute petite, je rêve de voyager à travers le monde. J'ai aussi un emploi à mi-temps chez GoThereNow – vous savez, la nouvelle agence de voyage du centre commercial du Swainsdale ? Je m'occupe des réservations, en particulier pour les week-ends d'enterrement de vie de garçon à Prague, à Tallinn ou ailleurs. Ça ne paie pas beaucoup, pour le moment, mais à la fin de mes cours, si je me débrouille bien, je pourrai peut-être commencer à accompagner des groupes en voyage. Aujourd'hui c'est mon jour de congé, alors je révise, précisa Alex, et elle désigna un livre épais, intitulé *Rome*, sur la table basse. J'apprends l'histoire du Colisée, du Forum, tout ça...

– Mais du coup vous serez souvent absente, non ? observa Annie. Si vous accompagnez des groupes, je veux dire. Que deviendra Ian ?

– Je m'occupe très bien d'Ian, ne vous tracassez pas. Et j'ai Michael. Nous trouverons une solution. Peut-être pourront-ils m'accompagner ? Et Michael prendra des photos pour des magazines de voyage.

– Ça paraît vraiment génial.

Alex haussa les épaules.

– Ian va à l'école, en plus, et les voisins sont super sympas. La plupart d'entre eux, en tout cas. Et puis je vous dis, Michael m'aide beaucoup.

– Comment vous êtes-vous rencontrés ?

– Eh ben… Ça fait un an, maintenant. Un jour il est passé à l'université pour se renseigner. Pour voir s'il pouvait se raccrocher à une formation de photographe. Il adore prendre des photos. Et dessiner. Il est doué, vraiment, dans les deux domaines. Il a un regard très personnel. C'est lui qui a fait tout ça, par exemple.

Alex désigna d'un geste les photographies et des dessins, sur le mur, qu'Annie avait pris pour des articles de décoration achetés dans le commerce : les ruines du château d'Eastvale de nuit ; un homme, peut-être le père de Michael, tondant un mouton ; la cascade de la rivière à son débit de printemps ; le portrait en buste d'une jeune femme qu'elle voyait maintenant être Alex. Annie avait l'œil, en matière d'œuvres picturales, et celles-ci étaient de qualité. Elle le dit à Alex qui répondit :

– Merci, c'est gentil. En même temps, il faut reconnaître que si Michael a du talent, il n'a par contre aucun diplôme, aucune qualification. Il n'a même pas fini ses études secondaires. Du coup, l'université l'a refusé. Il a trop souvent manqué l'école pendant l'adolescence, et aussi quand il était plus jeune, parce qu'il devait aider son père à la ferme. Et puis son matériel ne vaut rien du tout. Il a juste un Cybershot à six millions de pixels alors qu'aujourd'hui les appareils ont seize millions de pixels minimum. Il faut qu'il ait un bon reflex numérique avec des objectifs de plusieurs focales.

– Vous avez l'air de vous y connaître ?

Alex inclina légèrement la tête de côté, jaugeant Annie du regard.

– Ben… oui. Vous savez, nous sommes pauvres mais nous ne sommes pas indigents, ni stupides. Michael et moi, nous travaillons tous les deux, autant que nous pouvons, et nous prenons soin de ce que nous avons. Nous n'avons pas le choix. Michael aura bientôt un appareil correct. Surtout s'il réussit à suivre une formation et si je progresse dans mon boulot comme je l'espère.

– D'accord. Vous disiez donc que c'est à l'université que vous avez fait connaissance ?

– Au bar des étudiants. J'étais serveuse au comptoir, là-bas, à ce moment-là. C'était le temps partiel que j'avais avant l'agence de voyage. Michael est entré pour prendre un verre, il était un peu déprimé, et moi je n'avais presque aucun client, j'étais en train de réviser pour mes examens, alors on s'est mis à discuter. Il m'a raconté comment sa mère était partie, et que ça ne se passait pas bien du tout à la ferme avec son père, alors il avait pété un plomb et volé une voiture, il ne savait pas très bien pourquoi. Il ne comprenait pas non plus pourquoi il me disait tout ça, mais… on parlait, voilà. On ne se draguait pas, ni l'un ni l'autre, et on n'imaginait rien du tout. C'est juste… enfin… c'est juste arrivé. Ça semblait tout à fait naturel. J'étais très seule, moi aussi, c'est vrai. Aujourd'hui, il y a à peu près six ans que je suis ici avec Ian. L'appartement nous a été attribué quand j'étais encore avec Lenny. Et depuis son départ, c'est-à-dire depuis quatre ans, Ian et moi nous avons dû nous débrouiller en ne comptant que sur nous-mêmes. Et puis les choses se sont enchaînées, j'ai rencontré Michael et, une chose menant à une autre… C'est drôle, mais la question de l'âge nous passe complètement au-dessus de la tête. Les gens disent que je fais plus jeune que mon âge, de toute façon, et Michael, lui, il a l'air plus âgé qu'un homme de dix-neuf ans. Plus mûr.

Annie regarda les photos posées sur la cheminée. Alex avait raison. Ils formaient un beau couple. On les aurait dits faits l'un pour l'autre. Et effectivement, leur différence d'âge ne se remarquait pas.

– Le père de votre fils, où est-il, aujourd'hui ?

– Aucune idée et ça m'est bien égal. La dernière fois que j'ai entendu parler de lui, il venait d'être embauché par les ferries de la ligne Immingham-Rotterdam. Et sûrement qu'il mijotait encore un mauvais coup. Je ne sais quelle arnaque. Lenny est un loser et il m'a fallu longtemps pour le comprendre.

– Je présume que si Michael prend régulièrement des photos numériques, il a un ordinateur ?

– Il utilise le mien. C'est une vieille bécane, je l'ai depuis des lustres, mais elle fonctionne. Et en informatique, Michael débute à peine. Je lui ai appris à peu près tout ce qu'il sait. Avant qu'on se mette ensemble, imaginez, il n'avait jamais utilisé un ordinateur !

– Pas même à l'école ?

– Peut-être, répondit Alex avec un haussement d'épaules. Il ne m'a pas beaucoup parlé de sa scolarité. Mais je peux vous assurer qu'elle ne l'a pas familiarisé avec l'informatique.

– Nous allons peut-être devoir jeter un œil au vôtre, dit Annie.

Ce n'était pas une décision évidente à prendre. Elle connaissait les règles à respecter quand un ordinateur entrait en ligne de compte dans une enquête. Seul un technicien compétent était autorisé à toucher la machine, et uniquement après avoir photographié celle-ci sous toutes les coutures – notamment son écran avec, le cas échéant, ce qui y était affiché, et les ports de connexion des différents périphériques derrière, devant ou sur les côtés de l'unité centrale. L'appartement d'Alex Preston n'était pas une scène de crime, bien sûr, mais si la moindre information glanée sur l'ordinateur utilisé par Michael Lane confirmait la perpétration d'un ou plusieurs délits, cette information perdrait considérablement de sa valeur au tribunal si Annie et Doug Wilson avaient tripoté l'appareil avant l'intervention du technicien. D'un autre côté, Annie était loin d'avoir la moindre raison, dans cette enquête balbutiante, de faire venir une équipe de la police technique et scientifique pour que l'ordinateur d'Alex Preston soit emporté au labo. S'il recélait des informations compromettantes, en outre, rien n'empêcherait Alex d'effacer le disque dur dès qu'elle serait seule. Annie décida donc d'y jeter un rapide coup d'œil – avec Doug Wilson et Alex Preston comme témoins. Elle demanda à la jeune femme si elle acceptait cette solution.

– Aucun problème, répondit Alex. Tout de suite ?

– Tout à l'heure. J'ai encore quelques questions à vous poser. Michael a-t-il un emploi stable, actuellement ? Ou bien a-t-il réussi à trouver une école de photographie ?

– En ce moment il prend des cours du soir pour passer le bac. S'il se débrouille bien, il pourra être accepté à l'université d'Eastvale l'année prochaine. À part ça... il est encore au chômage. Ça le déprime, parfois, mais il fait pas mal de petits boulots pour qu'on joigne les deux bouts.

– Quel genre, les petits boulots ?

– Dans les fermes de la région, pour l'essentiel. En dehors du dessin et de la photographie, il faut bien le reconnaître, il ne connaît que le monde agricole. Mais les agriculteurs ont souvent besoin d'extras. Il ne s'agit pas d'emplois qualifiés, bien sûr. Michael fait les récoltes et puis toutes sortes de travaux manuels. Ça varie avec les saisons. Il a aussi le coup de main pour la tonte des moutons, et c'est une aptitude qui lui vaut de temps en temps de jolies petites sommes. Pourquoi vous me posez toutes ces questions ? Il lui est arrivé quelque chose ? Il a eu un accident ? Il a fait une bêtise ?

– Pourquoi pensez-vous qu'il aurait pu faire une bêtise ?

Alex contempla le dos de ses mains. Annie remarqua que ses doigts étaient longs et fuselés, ses ongles coupés avec soin et impeccables.

– C'est juste que... des fois il s'énerve. Il a le sang chaud. Quand il est contrarié. Pas vis-à-vis de moi, hein, attention ! Ni de mon fils. Il ne lèverait jamais le petit doigt sur nous et je ne le supporterais pas. J'ai eu mon compte avec Lenny. Mais... je ne comprends toujours pas pourquoi vous êtes ici.

– Vous n'avez aucune raison de vous inquiéter, dit Annie. Il se trouve que la ferme du voisin de son père a été cambriolée samedi soir. Et son tracteur a disparu.

– La ferme Beddoes ?

– Oui. Vous connaissez ce monsieur ?

– Je ne l'ai jamais vu, mais Michael m'a un peu parlé de lui.

– En quels termes ?

– D'après Michael, Beddoes l'a toujours détesté. Il le chassait de ses terres, autrefois, quand Michael s'y baladait. Quand il était ado. Et il le traitait de feignant et d'attardé. Michael dit aussi que Beddoes a l'air très correct et propre sur lui, comme ça, en surface, mais qu'au fond c'est un fumier qui est capable des pires saloperies.

– Par exemple ?

– Un jour, Beddoes l'a frappé.

– John Beddoes a frappé Michael ?

– Oui. Une bonne torgnole sur l'oreille. C'est ce que Michael m'a raconté. Mais il n'a pas eu vraiment mal donc il ne s'est même pas fatigué à en parler à son père. Et puis une autre fois, aussi, Beddoes s'est imaginé que Michael avait excité ses précieux cochons, en leur jetant des pierres ou quelque chose comme ça, et il l'a menacé de le balancer dans la porcherie en lui promettant que les animaux le dévoreraient. Michael avait treize ou quatorze ans, à ce moment-là. Il était mort de trouille.

– Je vois, dit Annie. Ça remonte à loin, tout de même.

– Pas pour eux, j'ai l'impression. Ils s'en souviennent et ils ont la rancœur tenace, dit Alex, et elle écarquilla tout à coup les yeux comme si elle venait d'avoir une idée. Peut-être que Beddoes a fait quelque chose à Michael ? Il s'imagine peut-être que c'est Michael qui a volé son tracteur, alors il…

– C'est peu probable, l'interrompit Annie. M. et Mme Beddoes ne sont revenus de vacances qu'hier. En fin de journée. Dès qu'ils ont constaté le vol du tracteur, ils ont appelé la police.

– Hmm… Vous devriez peut-être les interroger une fois de plus, non ? Et fouiller leur propriété. Faire tous les trucs que vous faites dans ce genre de situation, quoi.

– Rassurez-vous, Alex, nous irons au fond des choses. Avez-vous déjà entendu Michael menacer Beddoes ? D'après ce que vous dites, Beddoes l'a terrorisé quand il était plus jeune. Pensez-vous qu'il pourrait vouloir se venger ?

– Vous croyez…

Annie leva la main.

– Pour le moment je ne crois rien du tout. Je pose juste des questions. Frank Lane s'est occupé de la ferme des Beddoes pendant leur semaine de vacances. Devant nous, John Beddoes a qualifié Michael de « bon à rien ». Et Frank Lane lui-même ne parle pas de son fils en termes très élogieux. Ni de vous, d'ailleurs. Il dit qu'il ne vous a jamais rencontrée. Que Michael ne vous a jamais amenée à la ferme, même pas pour le thé.

– Ha ! fit Alex comme si elle n'en revenait pas d'entendre cela. C'est vrai, je ne suis jamais allée là-bas, mais uniquement parce qu'il nous a bien fait comprendre que je n'étais pas la bienvenue ! Il ne sait rien sur moi, mais il est persuadé que je suis une moins que rien. Une pouffiasse, même.

Annie patienta quelques secondes avant de dire calmement :

– Je veux juste rencontrer Michael et lui parler. C'est tout.

Alex la dévisagea comme si elle était déçue par son attitude. Et bizarrement, Annie se sentit blessée.

– Les flics, dit la jeune femme, vous êtes bien tous les mêmes. Si les gens font une erreur une fois dans leur vie, pour vous c'est réglé, ils ne peuvent jamais se racheter. Mais Michael et moi on s'en sort très bien, OK ? Et samedi il était ici, avec moi, toute la soirée et toute la nuit. Mais ça, je suppose que vous n'y croyez pas, bien sûr.

– Pourquoi ne vous croirais-je pas ? objecta Annie. C'est donc dimanche matin, *hier matin*, que vous l'avez vu pour la dernière fois ?

– Voilà.

– Pensez-vous qu'il pourrait avoir une autre copine et qu'il pourrait être chez elle en ce moment ?

Alex s'empourpra. Sa lèvre inférieure se mit à trembler.

– Non ! cria-t-elle, portant les mains à ses tempes. Qu'est-ce que vous racontez ? Pourquoi vous dites des choses pareilles ? Vous me faites quoi, là ? Je suis déjà folle d'inquiétude à cause de toutes vos questions. Arrêtez !

– Je suis navrée, Alex, mais il faut que nous découvrions ce qui se passe.

– Faites votre boulot, alors, et retrouvez Michael ! Il est peut-être blessé, perdu quelque part…

– Où, par exemple ?

– Je ne sais pas. Quelque part !

– D'accord. Je vous demande pardon. Calmez-vous. Nous allons résoudre cette affaire.

– Avouez que vous vous préoccupez plus de ce tracteur volé que de ce qui a pu arriver à mon Michael.

– Ce n'est pas vrai.

Alex se pencha en avant, les mains jointes devant la poitrine.

– Alors aidez-moi. Je vous en prie, aidez-moi à le retrouver.

Le portail de l'ancien aérodrome était grand ouvert, mais un agent en tenue leva la main pour intimer à Gerry Masterson, qui conduisait la voiture, l'ordre de s'arrêter. Il demanda à voir leurs cartes. Banks ne pouvait lui en vouloir. Le jeune homme ne travaillant pas au commissariat d'Eastvale, il n'avait pas vraiment de raison de les connaître, Gerry ou lui. Après avoir consciencieusement noté leurs noms sur son registre, il leur fit signe de passer. Trois voitures de patrouille et la Polo de Winsome étaient garées devant le hangar, un peu dans tous les sens, et cinq policiers en uniforme bavardaient là, peinards, adossés aux portières. Deux d'entre eux fumaient. Quand Banks et Gerry brandirent leurs cartes, ils se mirent quasiment au garde-à-vous et les fumeurs jetèrent précipitamment leurs cigarettes par terre pour les écraser du pied. Banks baissa les yeux sur le béton craquelé et les traînées noires des mégots, avant de toiser les deux agents.

– Heu, désolé, marmonna l'un d'eux, l'air penaud.

– Pas grave, mon garçon. Mais quand les techniciens arriveront, vous leur expliquerez pourquoi la scène de crime est contaminée.

L'agent devint rouge comme une tomate.

– En attendant, reprit Banks, n'avez-vous pas pensé à vous rendre utiles, les uns et les autres, en menant par exemple une enquête de voisinage aux environs du terrain ?

– Pour quelle raison, inspecteur ? demanda l'une des deux femmes du groupe.

– Pour quelle raison ? Pour essayer de savoir si quelqu'un a entendu ou vu quelque chose, bon sang ! Réfléchissez un peu, voulez-vous !

– Mais nous ne savons pas encore ce qui s'est passé ici, objecta un autre agent.

– C'est vrai, enchaîna la policière. Ce sang, c'est peut-être juste un chien mort, un blaireau ou je ne sais quoi.

Banks soupira.

– Et à votre avis, comment faut-il procéder, pour le savoir ? La meilleure solution est de rester affalés sur vos voitures, à fumer et à contaminer la scène ?

– En plus, je ne vois aucune maison autour du terrain, dit la policière qui n'appréciait manifestement pas d'être rabrouée. Comment organiser une enquête de…

– Remuez-vous, nom de Dieu ! l'interrompit Banks. Trouvez-les, ces maisons !

Il tourna les talons et se dirigea vers le hangar. Gerry lui emboîta le pas.

– D'où est-ce qu'ils les sortent, aujourd'hui ? grogna-t-il.

– Rappelez-vous, patron. Vous aussi vous avez été jeune.

Banks tourna la tête, étonné, pour regarder Gerry. Elle avait le sourire aux lèvres. Il fourra les mains dans les poches de son imperméable et pressa le pas, souriant à son tour. Décidément, Gerry Masterson avait réussi à bien s'intégrer à l'équipe. Six mois plus tôt elle n'aurait pas osé lui parler de cette façon.

Ils trouvèrent Winsome dans le hangar, du côté droit. Elle était en train de mitrailler le sol avec son portable. Le photographe de scène de crime, si sa présence se révélait nécessaire, couvrirait chaque centimètre carré de la zone, mais la plupart des enquêteurs aimaient prendre leurs propres séries d'images avant l'arrivée des experts, pour capturer la scène dans toute sa fraîcheur. Et ces images s'avéraient parfois bien utiles. Banks embrassa le vaste bâtiment du regard et renifla plusieurs fois. Le vent faisait un bruit de basson, mais à part cela il ne capta rien de particulier dans l'atmosphère.

Les entendant approcher, Winsome releva la tête – et écarquilla les yeux.

– Inspecteur Banks ?

– Je sais, je sais, je suis censé être en vacances. Mais vous me connaissez, Winsome, je n'ai pas pu résister à l'attrait d'une scène de crime bien sanglante. Allez, dites-moi tout.

Il l'écouta lui faire le récit de sa matinée, puis demanda :

– Et ce Terry Gilchrist, où est-il à l'heure actuelle ?

– Je l'ai reconduit chez lui.

– Vous n'avez pas…

– Jamais de la vie, patron. Deux agents sont restés ici, bien sûr, pour surveiller les lieux pendant mon absence. Gilchrist est un ancien militaire. Très sympa. Il a la tête sur les épaules.

– Pas un alarmiste, alors ?

– Je ne pense pas.

Banks regarda la tache de sang par terre.

– Les militaires font d'excellents tueurs. Ils sont formés pour.

– Il a été blessé, précisa Winsome. En Afghanistan. Il marche avec une canne.

– Avait-il des choses intéressantes à dire ?

– Pas vraiment. Il a grandi dans la région. Dans son souvenir, l'aérodrome a toujours été tel qu'on le voit aujourd'hui. Les gamins du coin viennent jouer ici. Depuis un an, aussi, il a vu quelques camions entrer et sortir du terrain. C'est tout.

Banks entendit ses genoux craquer lorsqu'il s'accroupit au bord de la tache sombre.

– On dirait bien du sang et de la cervelle. Supposons que ce sont ceux d'un être humain. Que s'est-il passé ici ? Quelqu'un lui a tiré dessus, il s'est écroulé et s'est vidé d'une partie de son sang ?

– Possible, convint Winsome. Ou alors il a été poignardé. Et puis l'assassin a emporté le corps, mais sans juger utile de nettoyer le sol. Je penche plutôt pour un être humain, en tout cas, parce qu'un animal… Quelle raison de bouger le corps ?

– Il n'y a pas tant de sang que ça, dit Banks qui continuait de scruter la flaque. Avez-vous… ?

– J'ai pensé qu'il valait mieux laisser les experts s'en charger, l'interrompit Winsome.

Il leva les yeux vers elle.

– C'est agaçant, Winsome, vous savez ? Il vous arrive de plus en plus souvent de répondre à mes questions avant même que je les aie posées.

– Oui, patron. Vous alliez me demander si je m'étais mise en quête d'une balle ou d'une douille. À force, je commence à savoir comment vous cogitez.

Banks se redressa.

– Quelle idée terrifiante. J'espère que vous vous en rendez compte.

– Mon père disait souvent que j'étais un peu extralucide. J'aurais peut-être pu faire carrière sur scène.

Banks sourit. Ils entendirent alors une voiture s'arrêter sur le terrain, puis une portière claquer. Jasminder Singh apparut à l'entrée du hangar. Elle vint à leur rencontre d'un pas vif, son matériel sous le bras.

– Bon, dit-elle. C'est où ?

– Également ravi de vous revoir, Jazz, dit Banks.

Elle leva les yeux au ciel.

– Inspecteur principal Banks, ah, quel plaisir ! Et vous, brigadier Jackman, comment vous portez-vous ? Bien, j'espère ? Ça vous convient ? Maintenant, allez-vous me montrer où ça se trouve ? Ah, ne vous fatiguez pas, j'ai vu.

Leur nouvelle analyste des traces de sang et de l'ADN était une femme petite et menue, très séduisante, âgée d'une trentaine d'années, qui n'accompagnait ses collègues de la police technique et scientifique sur les scènes de crime que lorsque ses compétences y étaient requises. Les plus petits modèles de tenues de protection étaient encore trop grands pour elle. Banks eut l'impression qu'elle allait se noyer dans les plis de sa combinaison blanche quand elle s'accroupit sur le sol de béton.

Ayant ouvert sa mallette, Jazz préleva du sang coagulé de la flaque, le mélangea à un réactif dans un tube et en versa le produit, deux gouttes, sur un support de test.

– Vous avez déjà vu ce joli tour ? demanda-t-elle, levant les yeux vers Banks.

– Oui, m'dame. J'y comprends rien, mais je sais que ça fonctionne.

Le sourire de Jazz révéla sa parfaite dentition blanche.

– Et comment, que ça fonctionne, dit-elle en se redressant. Nous attendons deux minutes et hop, passez girofle ! – nous avons la réponse.

– Passez girofle ?

– La muscade donnait des aigreurs d'estomac à mon père. Par contre il adorait le girofle. Alors quand ma mère posait les plats sur la table, nous disions toujours « Passez girofle ! » au lieu de « Passez muscade ! ».

Banks la regarda fixement.

– C'est une blague de famille, marmonna Jazz. Fallait y être pour comprendre.

Ils observèrent en silence le support de test. Bientôt, une première ligne rose rougeâtre, puis une seconde apparurent.

– C'est bien du sang humain.

– Pas de conclusions hâtives, inspecteur. Ça pourrait aussi être du sang de gorille, ou de belette, ou de blaireau. Le test idéal n'existe pas, voyez-vous. Mais… oui, je dirais qu'il y a de très bonnes chances pour qu'il s'agisse de sang humain.

– Pour l'analyse de l'ADN, pouvons-nous espérer un résultat rapide ?

Jazz se renfrogna.

– Toujours aussi pressé, celui-là.

– Siouplaît ?

– Vous voulez un traitement de faveur, c'est ça ?

– Franchement, à quoi bon avoir un service de police technique et scientifique rattaché au commissariat si nous ne pouvons pas obtenir presto certains résultats ?

– Hmm, vous reconnaissez notre utilité, c'est déjà ça. Je vais voir ce que je peux faire. Demain, peut-être.

– Vous êtes un amour.

– On fait venir les techniciens, alors ? demanda Winsome.

Banks baissa les yeux sur la flaque de sang, puis soutint le regard de Jazz.

– À vous de décider, dit celle-ci, et elle désigna le support de test pour ajouter : Mais vous savez aussi bien que moi qu'un résultat positif à cette analyse signifie généralement qu'il s'agit de sang humain. Cette flaque, c'est une scène de crime.

– Oui, acquiesça Banks après quelques instants de réflexion. Oui, je pense qu'il faut mettre l'équipe au travail.

Un frisson d'excitation le saisissait, lui faisant déjà oublier le calme et la décontraction qu'il avait pourtant éprouvés pour son plus grand plaisir pendant son séjour en Italie. Il n'était pas certain de ne pas préférer ce frisson.

– Nous allons faire le maximum pour vous aider, dit Annie. Mais n'oubliez pas que Michael n'est pas encore officiellement porté disparu. Par conséquent il ne nous est pas possible de lancer une opération de grande envergure pour le retrouver. Il a dix-neuf ans et pour le moment il n'a été absent de chez lui qu'une seule nuit.

– Vous lanceriez cette opération si c'était Ian qui avait disparu !

Annie et Doug Wilson la dévisagèrent avec perplexité.

– Heu… oui, convint Annie. Bien sûr.

L'expression d'Alex changea, la colère cédant à l'embarras tandis qu'elle prenait conscience de sa bévue.

– Oui, parce que c'est un enfant, dit-elle d'une voix sourde. Je vous demande pardon, je parle sans réfléchir. Désolée, vraiment, je ne sais plus ce que je raconte. Je suis morte d'inquiétude.

– Ne vous reprochez rien. Votre angoisse est parfaitement compréhensible, surtout si, comme vous dites, Michael ne s'était encore jamais absenté de cette façon. Je ne dis pas que nous n'allons pas le chercher. Nous *allons* le chercher. Et comme nous souhaitons lui parler, disons que nous avons un surcroît de motivation pour le retrouver.

C'est toujours un plus, d'avoir une pointe d'intérêt personnel dans ces cas-là.

– Oui, fit Alex, hochant la tête.

– Revenons à dimanche matin. À quelle heure Michael est-il sorti de l'appartement ?

– Vers neuf heures et demie. Ian et moi, nous étions en train de nous préparer pour l'église. Enfin... pas vraiment pour l'église. C'est Ian qui va au catéchisme.

– Michael ne vous accompagne pas ?

– En général non. Il n'est pas croyant. Moi non plus, à vrai dire, mais je reconnais que la religion a quelque chose de réconfortant. Et puis c'est une tradition, non ? Une coutume. Mes parents m'ont envoyée au catéchisme quand j'étais petite, et j'en ai gardé de bons souvenirs. J'aimais beaucoup les histoires de la Bible. Les illustrations, aussi. Et je crois qu'Ian les apprécie tout autant.

– Michael a-t-il passé ou reçu des appels téléphoniques, hier matin, avant de sortir ? Des messages ?

– Juste avant de sortir, oui, il a reçu un texto. J'étais dans la pièce à côté, à préparer Ian, mais j'ai entendu le petit carillon, vous savez, du texto qui arrive.

– Qui le lui avait envoyé ? Il vous l'a dit ?

– Non. Il m'a juste dit qu'il avait sans doute un boulot et qu'il devait sortir.

– Un dimanche matin ? Quel genre de boulot ?

– Il ne m'a pas donné plus de précisions.

– Et avec qui devait-il travailler ?

– Il ne me l'a pas dit non plus.

– Par contre il a précisé qu'il passerait peut-être ensuite chez son père ?

– Oui. Michael n'est pas un mauvais fils, même s'ils sont plus ou moins fâchés, et son père n'est pas très en forme en ce moment. On a eu peur qu'il ait un cancer, il y a plusieurs mois, mais au bout du compte c'était juste sa vésicule biliaire. Attention, il a quand même dû être opéré et sa santé reste fragile. Il est aussi un peu déprimé, je crois. Son exploitation agricole, c'est une source d'inquiétude permanente. En tout cas Michael et lui ont des problèmes relationnels, c'est indéniable, mais ils arrivent quand même à se parler. Tant qu'ils évitent certains sujets, quoi. Genre moi, ou ce que Michael envisage de faire de sa vie.

– Qui ne connaît pas ces problèmes ? observa Annie. Et ensuite ? Hier, quand il est parti… ?

– Il nous a embrassés, Ian et moi, comme il le fait toujours, et… et voilà, il est parti.

– Avait-il de l'argent sur lui ?

– Un peu de liquide, oui, comme d'habitude. Mais il fait très attention avec sa carte de retrait et sa carte de crédit, parce que nous avons tous les deux horreur d'avoir des dettes ou de devoir payer des agios à la banque.

Le jeune homme pouvait bien se montrer aussi prudent qu'il voulait, se dit Annie, s'il utilisait ses cartes bancaires on saurait facilement où et quand les transactions auraient eu lieu. S'il fallait en arriver là, bien sûr.

– A-t-il un passeport ?

Alex traversa la pièce, ouvrit le tiroir d'un buffet et y farfouilla un instant avant de revenir vers Annie pour lui passer le document. Le jeune homme de la photo d'identité était le même que celui de la photographie posée sur la cheminée. Et il n'y avait aucun tampon sur les pages des visas : Michael Lane n'avait pas quitté l'Union européenne depuis deux ans que ce passeport lui avait été délivré.

– Ces derniers temps, vous est-il arrivé quelque chose de particulier, à tous les deux ?

– Non. Je ne vois pas. Particulier… de quelle façon ?

– Vous êtes-vous disputés ? Avez-vous eu des problèmes dans votre vie ?

– Non.

– Michael vous a-t-il paru inquiet, apeuré, nerveux, angoissé ? Différent de ce qu'il est d'habitude, d'une façon ou d'une autre ?

– Non, il est comme il est toujours. Mais vous me faites peur, avec toutes vos questions.

– Je regrette. C'est la routine. Pour avoir une chance de le trouver, nous avons besoin de réponses. A-t-il pris la voiture ?

– Oui, bien sûr. L'église n'est pas loin, on y va à pied, mais il faut la voiture pour se rendre où que ce soit dans les Dales. Hé, c'est peut-être ça ! Je ne serais pas étonnée si ce vieux tacot était tombé en panne quelque part. Michael est peut-être en rade dans la lande, avec la batterie de son portable à plat, la voiture qui a rendu l'âme, à espérer qu'un autre véhicule passe par là.

– C'est possible. Connaissez-vous le numéro de sa plaque d'immatriculation ?

Doug Wilson prit note des lettres et des chiffres qu'Alex leur communiqua.

– C'est une vieille Peugeot. Grise, précisa-t-elle. D'un gris bien moche.

Annie hocha la tête, pensive. Dans son désespoir, la jeune femme se raccrochait à des hypothèses bien peu plausibles. Même si Michael Lane s'était trouvé ici, dans l'appartement, samedi soir, il était plus probablement à bord d'un camion, à l'heure actuelle, participant au convoyage d'un tracteur volé jusqu'en Albanie, que planté en rase campagne dans une voiture en panne. Mais Alex n'avait pas besoin d'entendre cela. Si Michael Lane restait un suspect de choix pour la police, la jeune femme ne voyait en lui que l'homme qu'elle aimait. Et il avait disparu. Annie devait débrouiller ce méli-mélo avec précaution, et faire preuve de délicatesse, sinon elle risquait de s'aliéner Alex. Or, elle avait besoin de sa coopération.

– Michael pourrait-il se trouver chez des amis ? demanda-t-elle encore. Et là, je ne pense pas à une femme.

– Il n'en a pas beaucoup. Quand on grandit à la ferme, vous savez, on est assez seul. Depuis qu'il est parti de chez son père, en plus, la majorité des amis qu'il avait autrefois ont quitté la région. Michael et moi, pour tout vous dire, on passe l'essentiel de notre temps libre ensemble et on ne fréquente pas beaucoup de monde. Sortir, ça coûte cher.

– Vous n'allez jamais prendre un verre quelque part ? Ou à une fête chez des amis ?

– Si, ça nous arrive de passer la soirée au pub du quartier, quand nous pouvons nous permettre de payer une baby-sitter pour Ian. Mais c'est rare. Ni l'un ni l'autre, de toute façon, nous n'aimons vraiment boire. Et... et on est bien ensemble, tout simplement. Acheter des bières ou une bouteille de vin et regarder la télé ici, ça revient moins cher que de passer la soirée dehors. J'imagine que ça fait un peu plan-plan, comme vie, mais nous sommes heureux.

– Il doit bien y avoir quelqu'un, tout de même, un ami ou une connaissance avec qui Michael est susceptible d'échanger des SMS.

Alex soupira doucement.

– Oui, c'est vrai, convint-elle après réflexion. Dans ses copains, d'abord, il y a Keith. C'est un vieil ami, lui, qui est encore dans la région. Ils se connaissent depuis l'école primaire et ils se voient de temps en temps au pub. Ils jouent aux fléchettes. Mais Keith n'a pas eu de nouvelles de Michael depuis hier. Je lui ai téléphoné. Ensuite il y a Graham. C'est le mec d'Angie – son mari, je veux dire –, qui est ma meilleure amie. Graham et Michael s'entendent d'autant mieux que Graham est fan de photographie. Ça leur arrive d'aller faire des photos ensemble dans les Dales. Ils choisissent un joli coin et ils mitraillent. Niveau photo, Graham fait énormément progresser Michael. Comme je vous disais tout à l'heure, c'est clair que Michael a du talent, mais il ne connaît pour ainsi dire rien à la théorie et à la technique photographique. Il n'a aucune culture dans ce domaine. Moi non plus, d'ailleurs. Alors avec Graham, il apprend des tas de choses. Et puis pour finir, je suppose qu'il faut que je vous parle de Morgan. C'est un type avec qui Michael travaille parfois dans les exploitations du coin. Assez régulièrement, même. Mais je ne l'aime pas. C'est un frimeur, il se prend trop pour le roi du monde. Et il n'arrête pas de flirter avec moi. Il porte une chaîne en or autour du cou, voyez le genre, et il a un tatouage sous l'oreille. Une grosse araignée sur sa toile. Il a aussi les cheveux coupés ultra court, comme les types du parti nationaliste britannique. Mais je ne crois pas qu'il soit de leur bord. D'autant qu'il est métis. Son père est originaire de La Barbade.

– Et Michael, lui, il apprécie Morgan ?

– Je suppose que oui. Ils bossent ensemble, et ça leur arrive de boire des coups à la fin de la journée. Ils ne s'entendent pas mal, ça c'est sûr. Ils se tiennent au courant de certains boulots dont ils entendent parler, chacun de leur côté. Morgan a réussi à faire embaucher Michael plusieurs fois pour des jobs correctement payés, et vice versa. Sans doute que je ne devrais pas médire sur son compte, mais…

Alex fit la grimace et frissonna, comme prise de dégoût.

– Avec Morgan, en tant que femme, vous avez vraiment l'impression de n'être qu'un morceau de viande.

– Je vois tout à fait, dit Annie. J'ai eu mon lot de mecs de ce genre. Les boulots qu'ils font ensemble, ils consistent en quoi, au juste ?

– Ben… Ils font un peu tout ce qui se présente. Morgan fait des petits déménagements pour des particuliers. Des pavillons ou des appartements. Il possède un camion. Quand il appelle Michael, en fait, c'est souvent pour un déménagement. Ils bossent aussi, comme je disais, dans les exploitations des environs. Ils font les travaux agricoles, la mise en balle du foin ou la récolte, mais aussi les trucs comme la réparation des toitures des bâtiments de ferme, le nettoyage des canalisations et ainsi de suite. Dans ce milieu, tout dépend de qui vous connaissez, pour qui vous avez déjà travaillé et si vous avez bonne réputation.

– Et ce Morgan, il a bonne réputation ?

– Je crois que oui.

– Ce SMS, hier matin, Michael pourrait-il l'avoir reçu de Morgan ?

– Hmm… Oui, c'est probable, convint Alex d'un air ennuyé. C'est bien le genre de Morgan. Quand il a un boulot à proposer à Michael, en général, il le contacte comme ça, à la dernière minute.

– Avez-vous téléphoné à Morgan ?

– Non. Je n'ai pas son numéro. Par contre je sais où il habite. Il a une caravane sur le terrain qui est au bord de la rivière, vous savez, près de Hindswell Woods.

– Riverview ?

– Oui, voilà.

– C'est un début, observa Annie.

Elle fit un signe à Doug Wilson qui gribouillait sur son carnet en levant aussi souvent que possible les yeux pour reluquer Alex.

– Pouvez-vous me donner le numéro de portable de Michael, madame Preston ? demanda-t-il. Ainsi que les prénoms, les noms et les adresses des amis que vous avez cités ? Avec leurs numéros de téléphone, si vous les avez. Et puis avez-vous une photo récente de Michael que nous pourrions vous emprunter ?

– Appelez-moi Alex, je vous en prie, dit la jeune femme avec son beau sourire.

Annie vit que Doug était définitivement conquis. Il nota avec soin toutes les informations qu'Alex tirait du répertoire de son portable. Les adresses étaient souvent réduites à un simple nom de rue, mais elles leur suffiraient pour poursuivre les recherches. Dès leur retour au commissariat, ils confieraient ce travail à l'agent Masterson qui n'avait pas son pareil pour retrouver un individu, un lieu, un numéro de téléphone, n'importe quel renseignement à vrai dire, en un rien de temps.

– Nous allons interroger tous ces gens, dit Annie. Au cas où. L'un d'eux pourrait se souvenir d'une chose que Michael aurait dite et qui pourrait avoir son importance aujourd'hui.

Alex quitta la pièce et revint une minute plus tard avec une photographie qu'elle tendit à Doug. On y voyait Michael accoudé au balcon devant la porte de l'appartement, tout sourire, avec la vue d'Eastvale en arrière-plan.

– Elle date d'il y a quinze jours, dit-elle. C'est moi qui l'ai prise. Vous vous rappelez ce week-end, fin février, où le temps a été si agréable ?

Puis elle se prit tout à coup le visage entre les mains et murmura d'une voix plaintive :

– Mon Dieu, qu'est-ce qui a pu lui arriver ?

– Vous êtes inquiète, je comprends bien, dit Annie. Mais j'ai l'expérience de ce genre de chose et, croyez-moi, dans la quasi-totalité des cas il n'y a aucune raison d'avoir peur. Je parie que Michael sera de retour ici, avec vous, très bientôt.

– C'est vrai, ajouta Doug Wilson. Faites-nous confiance. Voyez-vous un endroit quelconque, autrement, où il pourrait s'être rendu ? Un lieu à lui, qu'il aime tout particulièrement ? Un refuge, où il irait par exemple s'il n'était pas dans son assiette à cause de son père, ou si vous vous disputiez, tous les deux, ou pour une autre raison – un endroit pour être seul, pour réfléchir, et où il se sentirait tranquille et en sécurité ?

Songeant que Doug avait eu raison de poser cette question, Annie observa Alex l'assimiler, puis formuler une réponse.

– Franchement, je ne vois pas. Je veux dire... Il se sent toujours tranquille et en sécurité *ici*, avec nous. Il n'a pas besoin de refuge. Et nous ne nous disputons pas. En tout cas nous n'avons jamais de grosses engueulades. Par contre, c'est vrai qu'il aime bien faire de longues promenades à pied tout seul. Je crois qu'il en a pris l'habitude quand il était gamin. Parce qu'il a grandi dans une ferme, précisa Alex avec un sourire attendri. Là où il vivait, il fallait faire une trotte pour aller où que ce soit.

– Et ces promenades, l'emmènent-elles quelque part en particulier ?

– Non. Il va ici et là à travers la campagne. Ceci dit, je suis certaine qu'il ne partirait pas en balade avec la météo que nous avons en ce moment.

– Nous devons tenir compte de toutes les hypothèses, madame... Alex, se reprit Wilson.

La jeune femme lui fit de nouveau la grâce de son sourire.

– Je sais. Mais ne croyez-vous pas que je vous le dirais, si j'avais la moindre idée de l'endroit où il se trouve ? Je ne peux pas partir moi-même à sa recherche. Je n'ai pas la voiture, et il y a Ian...

– Ne vous inquiétez pas, l'interrompit Annie d'un ton ferme, et elle se mit debout en faisant signe à Wilson de remballer son carnet. C'est notre boulot. Nous allons retrouver Michael. Pouvons-nous jeter un coup d'œil à cet ordinateur, maintenant ?

La machine ne leur révéla rien. Côté messagerie électronique, ils trouvèrent des spams et quelques e-mails anodins échangés par Michael avec ses amis. Mais autant qu'Annie pût en juger, aucun message de Morgan et aucune allusion à un quelconque projet de cavalcade à travers l'Europe avec un tracteur volé. L'ordinateur était équipé de plusieurs logiciels de gestion et de retouche d'image, et le disque dur contenait six ou sept dossiers de photographies prises par Michael. Ils les passèrent rapidement en revue, ouvrant des fichiers au hasard. Les images, pour l'essentiel des paysages et des agriculteurs au travail, étaient aussi bonnes que celles, sous verre, qui ornaient les murs du séjour. L'ordinateur ne renfermait apparemment pas de photos érotiques ou de films X, et sur le navigateur il n'y avait aucun marque-page et aucune entrée, dans l'historique, de recherches sur des sites pour adultes. Soit Michael se satisfaisait de ce qu'il avait avec Alex, soit il se donnait beaucoup de mal pour effacer ses traces. Sans doute était-il heureux avec sa compagne, comme celle-ci l'affirmait, jugea Annie. La plupart des marque-pages étaient ceux de sites web de voyage et de banques d'images telles que Flickr. Si l'affaire devait aller plus loin, bien sûr, cette machine serait confiée à Liam, le technicien chargé de l'informatique, afin qu'il l'ausculte à fond, mais à première vue il n'y avait aucune raison de la soupçonner de renfermer de vilains secrets.

– Dès que vous trouverez Michael, vous me préviendrez ? demanda Alex à la porte.

– Nous vous appellerons tout de suite, c'est promis, dit Annie.

Elle prit une de ses cartes de visite, la retourna pour y écrire une série de chiffres, puis la tendit à la jeune femme.

– Et vous, j'espère que vous me téléphonerez sans attendre si vous avez des nouvelles de Michael. J'ai mis mon numéro de portable au dos.

Ils ne se fatiguèrent même pas à appeler l'ascenseur et poussèrent la porte de la cage d'escalier. Sur le palier du cinquième étage, Annie entendit un cri de douleur résonner entre les murs de béton lorsqu'ils passèrent entre les lascars en sweat à capuche. Elle se retourna brièvement. Doug Wilson la suivait les mains dans les poches, l'air innocent.

Derrière lui, l'un des jeunes était plié en deux, les mains crispées sur l'entrejambe. Les autres paraissaient trop choqués pour réagir.

– Oh, Dougal, dit-elle, se retenant de rire. Ça, c'est drôlement vilain !

3

Morgan Spencer habitait dans un camping pour caravanes, le Riverview Caravan Park, qui s'étendait en bordure de la rivière Swain face à la forêt de Hindswell, un petit kilomètre à l'ouest de la ville, mais qui était beaucoup moins séduisant que l'évocation de son cadre champêtre ne le donnait à penser. Si la toute première rangée de caravanes jouissait certes d'une vue sympathique sur le cours d'eau et les bois, le pré de Riverview étant parfaitement plat les occupants des caravanes des rangées suivantes n'avaient guère pour horizon que d'autres caravanes. La plupart étaient installées là de manière définitive – les parpaings de béton qui en soutenaient les angles le prouvaient –, mais il restait quelques espaces pour les roulottes de passage. Parmi les permanentes, la majorité servaient de résidences secondaires à des gens de Leeds, de Bradford, de Darlington ou de Teesside qui venaient ici pour le week-end et les vacances. Le trajet n'était pas long et, vue sur la rivière ou pas, on était tout de même dans les Yorkshire Dales, qui offraient d'innombrables options de randonnées tonifiantes dans la nature. Néanmoins, avait précisé au téléphone le gestionnaire du camping, un nombre relativement important de caravaniers – dont Morgan Spencer – résidaient ici à l'année. Annie savait qu'une rumeur, à Eastvale, faisait de Riverview le pendant britannique des campements de mobile homes américains, où survivait une frange plus que défavorisée de la population. La rumeur était sans doute cruelle, estimait-elle maintenant qu'elle découvrait Riverview, mais il fallait reconnaître que le principal intérêt de cet endroit tenait probablement à la modicité de son prix.

Les caravanes s'alignaient sur plusieurs rangées bien nettes entre le bord de la rivière et le fond du pré. Toutes étaient flanquées d'une place de stationnement suffisante pour une voiture, mais certainement pas assez vaste pour un camion de déménagement. Certaines paraissaient bien entretenues – repeintes de fraîche date, agrémentées sur leurs façades d'auvents de toile, de jardinières et de paniers fleuris. D'autres étaient plus négligées. Elles penchaient légèrement d'un côté, mal assurées sur leurs parpaings de béton ; leurs fenêtres sales étaient masquées, à l'intérieur, par des rideaux de fortune, bouts de vieux draps ou serviettes de toilette, rongés par les mites. Comme il avait plu sans discontinuer depuis plusieurs jours, le terrain était un véritable bourbier : s'il avait jamais été couvert d'herbe, celle-ci était désormais complètement noyée dans la boue. Annie se rappela la fois, lorsqu'elle était adolescente, où elle avait assisté au festival de Glastonbury. Il n'avait pas cessé de tomber des cordes de tout le week-end. Elle avait jugé que même son groupe préféré, les Boomtown Rats, ne valait pas le coup d'être trempée comme ça.

Annie et Doug laissèrent la voiture sur le petit parking goudronné jouxtant l'administration du camping – une autre caravane, fermée pour le moment –, enfilèrent une fois de plus leurs bottes en caoutchouc et s'élancèrent dans la gadoue. La caravane de Spencer se trouvait dans la troisième rangée en partant de la rivière. Notée de un à dix par rapport à ses congénères, elle aurait mérité un six : pas si vilaine, mais un peu mal en point quand même. Aucun véhicule n'était garé sur la place de stationnement. Annie frappa à la porte. Le « toc-toc » résonna à l'intérieur. Personne ne répondit. Tendant l'oreille, elle ne perçut aucun mouvement. Quand elle frappa à nouveau, ce fut la porte de la caravane voisine qui s'ouvrit.

– Il n'est pas chez lui, dit l'homme apparu sur le seuil. Vous êtes de la police, non ?

– Ça se voit tant que ça ? dit Annie.

L'homme sourit.

– Pour un ancien de la maison, en tout cas.

– Vous êtes… ?

– Oui. Rick Campbell, flic à la retraite. Quelle sale pluie, vous ne trouvez pas ? Entrez donc, je vous offre le thé.

– Ce n'est pas de refus.

Annie et Wilson gagnèrent la caravane de Campbell et retirèrent leurs bottes en caoutchouc à l'abri de son large auvent à rayures.

– Laissez donc vos bottes ici, dit-il, désignant un tapis à côté des trois marches du perron.

La caravane était assez exiguë, mais accueillante et gaie avec son couvre-lit à fleurs, ses murs peints en jaune, ses boiseries lustrées et sa kitchenette bien propre. Une odeur de végétation humide imprégnait l'atmosphère. Le lit, à une extrémité de l'unique pièce, pouvait être isolé par un rideau, et de l'autre côté une toile cirée à carreaux rouges et blancs recouvrait une table flanquée de banquettes étroites. Entre les deux, un sofa parfait pour deux personnes faisait face à une télévision et à une minichaîne hi-fi.

Un air de musique classique s'élevait à volume réduit des haut-parleurs. Le genre de morceau que Banks reconnaîtrait dans la seconde, songea Annie. Bach, Beethoven ou quelqu'un comme ça. Après les avoir invités à prendre place autour de la table, Campbell s'appliqua à mettre la bouilloire à chauffer.

– Vous êtes seul à vivre ici ? demanda Annie.

– À vivre ici ? Oh, je vois ce que vous voulez dire ! Non, nous ne vivons pas ici. Nous venons l'été et un week-end de temps en temps. Nous habitons à Doncaster. Quand j'ai arrêté de travailler, nous avons hésité entre les Dales et le bord de mer. Et puis les Dales ont gagné, parce que Ellie et moi nous avons passé de bien jolies vacances dans la région quand nous étions plus jeunes. Autrefois nous étions dingues de randonnée. Nous ne crapahutons plus autant aujourd'hui, c'est sûr, surtout depuis qu'Ellie a été opérée de la hanche, mais nous nous promenons encore pas mal. Et puis par ici, je vous dis, nous avons tellement de bons souvenirs ! Pour nous c'est une région bénie.

– Votre femme est-elle ici ?

– Non, ce week-end elle rend visite au fils et à la belle-fille. Ils habitent du côté de Chesterfield. Moi, je suis venu faire quelques petites réparations. Du colmatage, surtout. Cette mémère – la caravane, je veux dire, pas Ellie –, elle a besoin de plus en plus de soins au fil des ans. C'est le souci, avec ces bicoques, elles ne vieillissent pas bien.

– La pluie ne doit pas arranger les choses.

– Ça c'est sûr. Dans l'ensemble c'est surtout de l'usure générale, mais faut dire que ces caravanes ne sont pas vraiment conçues pour résister au mauvais temps. Et surtout pas au genre de mauvais temps auquel nous avons droit ces jours-ci, précisa Campbell en jetant un regard renfrogné au ciel par la fenêtre. Enfin ! J'ai tout de même bouché les fuites les plus graves et j'ai consolidé le plancher. Et maintenant, qu'y a-t-il pour votre service ?

– Vous avez été policier, vous disiez ?

– Oui. J'ai fait mes trente ans et pris ma retraite dès que j'ai pu. J'étais dans le South Yorkshire. À la circulation, pour la plus grande partie de ma carrière, avec un passage à l'Unité d'investigation criminelle de Sheffield. J'ai fini brigadier. Les quatre dernières années j'étais derrière un bureau. J'aimais bien cette vie, mais je ne suis pas dévoué à la lutte contre le crime comme ces flics qu'on voit dans les séries télé. Et puis comme je dis, pourquoi travailler plus longtemps qu'on y est obligé ?

Annie pensa à Banks. D'ici pas très longtemps, il serait contraint d'abandonner son bureau et d'apprendre à cultiver son jardin. Ou bien se verrait-il accorder un bureau plus vaste, plus neuf, et la grâce de cinq années de service supplémentaires, s'il était promu commissaire comme Gervaise le lui avait promis en novembre dernier ?

– Nous sommes ici pour voir votre voisin, Morgan Spencer, dit-elle.

– M'en suis un peu douté, quand je vous ai entendus frapper à sa porte, dit Campbell, et il pouffa de rire en se tapotant une narine avec l'index. J'ai encore le nez creux du flic, faut croire. Alors qu'est-ce qu'il a fait, lui, encore ?

– Encore ?

– Nan, chef, c'est juste une façon de parler.

Campbell versa l'eau dans la théière et apporta celle-ci sur la table avec trois mugs, une brique de lait longue conservation et un sucrier.

– Voulez-vous des biscuits ? Je peux vous en offrir des chocolatés ou à la crème vanillée.

Annie et Wilson refusèrent poliment. Leur hôte s'assit sur une chaise et dit en faisant le service :

– Morgan est un gentil petit gars. Je ne dirais pas que je le connais très bien, mais comme voisin on trouve difficilement mieux. Il a des horaires bizarres et il n'est pas bien souvent chez lui, au fond, mais il est prévenant, poli, et il lui arrive de m'aider pour des petits travaux un peu ennuyeux sur la caravane. Il n'hésite pas à donner un coup de main, quoi. C'est un bosseur, et un bon.

Annie regarda Doug qui haussa les sourcils. Après leur conversation avec Alex Preston, ils ne s'attendaient pas à ce genre de louanges au sujet de Morgan Spencer. Campbell, en vrai flic, ne manqua pas leur échange silencieux.

– J'ai dit une bêtise ?

– C'est un individu honnête, Morgan, diriez-vous ?

– Ça, je ne sais pas. Franchement je ne serais pas surpris d'apprendre qu'il traficote un peu à droite et à gauche. Sans doute qu'il est même souvent à la limite de la légalité. Et puis il adore se faire mousser et je crois bien qu'il se prend pour un vrai don Juan. Mais au bout du compte il est plutôt inoffensif. Pourquoi ? Il y a un souci ?

– Non, dit Annie. Absolument pas. Nous voulons juste l'interroger au sujet d'une personne disparue.

– Une personne disparue ?

– Voilà.

Annie avait bien conscience d'exagérer. Michael Lane n'était pas encore considéré comme disparu. Comme elle l'avait expliqué à Alex Preston, un homme de dix-neuf ans qui n'a pas été vu depuis vingt-quatre heures n'est pas « disparu ». Et quel garçon, quelle fille de cet âge n'a jamais pris la clé des champs, un jour ou l'autre, au moins une fois, sans explication ? Cela dit, quelle autre raison pouvait-elle avancer devant Campbell pour justifier leur visite chez Morgan Spencer ? Sûrement pas le fait qu'il avait essayé de draguer la copine de Michael. Ni son araignée tatouée dans le cou.

Campbell venait d'ajouter un nuage de lait à son thé. Il en sirota une gorgée avant de demander :

– Quel rapport y a-t-il entre Morgan et cette personne disparue ?

Hé, l'ami, pensa Annie, c'est moi qui suis censée poser les questions. Mais elle ne protesta pas. La manière forte ne risquait pas de fonctionner avec un ancien policier qui était de surcroît copain avec l'homme qu'elle recherchait.

– Reçoit-il beaucoup de visiteurs ? dit-elle.

– Non. Il ne fait jamais la bringue dans sa caravane, si c'est à ça que vous pensez, en tout cas pas quand nous sommes ici. Et je n'ai jamais entendu Ted, le gestionnaire, ou les autres voisins se plaindre de Morgan. Dans un endroit comme Riverview, vous savez, les comportements antisociaux font vite jaser. Ce n'est pas le Ritz, ici, mais ce camping n'est pas non plus un hôtel minable de la zone.

– Bien sûr, il n'est pas question de ça, dit Annie.

Campbell se passa une main sur les cheveux.

– Désolé, chef, mais je sais que les commentaires vont bon train, en ville, au sujet de Riverview, et c'est un peu barbant. Je veux juste souligner qu'ici il n'y a presque que des gens corrects. Nous ne sommes pas des romanichels et nous ne vivons pas des prestations sociales. La majorité d'entre nous, en tout cas.

– Compris, dit Annie, souriant. Morgan ne reçoit pas beaucoup de visiteurs, c'est noté. A-t-il une copine ?

– S'il en a une, elle ne vit pas ici et il ne me l'a jamais présentée, dit Campbell, et il leur lança un clin d'œil. Il a peut-être peur qu'elle craque pour moi, voyez ?

– Pas s'il se prend pour un don Juan. Savez-vous où habitent ses parents ?

– Non. Il ne m'en a jamais parlé. Ah, si, attendez ! Je me rappelle l'avoir entendu dire que son paternel était reparti à La Barbade. Par contre ça m'étonnerait que Morgan vienne lui-même de là-bas. Il a une pointe d'accent du Nord-Est. Sûr qu'il a grandi en Angleterre.

– Connaissez-vous un jeune homme qui s'appelle Lane ? Mick ou Michael Lane.

– Morgan m'a présenté un pote à lui qu'il appelle Mick. Il est venu ici deux ou trois fois. Un bon bosseur, lui aussi. Et gentil garçon. L'été dernier ils m'ont aidé, tous les deux, à remplacer le revêtement extérieur de la caravane. Je leur ai donné un billet de dix à chacun, ils étaient contents. Ils valaient bien ça. Je crois qu'ils travaillent ensemble assez régulièrement. Des petits boulots dans les fermes du coin. Il ne serait pas fils d'agriculteur, justement, ce Mick ?

– En effet. C'est lui que nous recherchons, à vrai dire, et nous pensions que son copain Morgan pourrait peut-être nous aider.

– Je regrette, je ne l'ai pas vu de tout ce week-end.

– Quand êtes-vous arrivé ?

– Samedi soir, répondit Campbell, et il consulta sa montre. Je suis d'ailleurs censé reprendre la route d'ici une heure ou deux.

– Très bien, nous n'allons pas vous retarder. Morgan a-t-il l'habitude de s'absenter durant de longues périodes ?

– Je ne saurais pas vous dire. Pour commencer, je ne surveille pas ses allées et venues. Et surtout, Ellie et moi, nous ne sommes pas toujours ici. Quand nous venons le week-end, il est souvent absent. Peut-être bien qu'il a une copine cachée quelque part, et c'est chez elle qu'il est dans ces moments-là. Cette année, en plus, le printemps est tellement affreux que nous ne sommes pas beaucoup venus. Ça explique les fuites, d'ailleurs. Nous étions mieux chez nous à Doncaster. Et puis à la maison, question réparations et travaux d'aménagement, j'ai aussi de quoi faire.

Campbell comptait de toute évidence parmi les bricolos enthousiastes capables de passer des heures dans les grands magasins spécialisés, à comparer les différents modèles de clés à molette, les boîtes à outils ou les céramiques de salle de bains. Annie comprenait tout à fait que l'on assure l'entretien de son chez-soi pour économiser quelques sous, mais de là à grimper sur une échelle, à planter des clous ou à poser des carreaux *pour le plaisir* ? Ça la dépassait totalement. Même Banks aimait s'y coller, à l'occasion, et il avait l'air fier des divers travaux et aménagements qu'il avait réalisés de ses propres mains à Newhope Cottage. Il avait pas mal bossé, notamment, sur le jardin d'hiver. Bricoler c'était sans doute un truc de mec – comme monopoliser la télécommande de la télé, refuser de demander son chemin et insister pour « gérer » le barbecue tout en étant par ailleurs infichu de cuire un œuf.

Lorsqu'une petite fuite était apparue dans son toit au pire moment des pluies estivales, l'année passée, le couvreur contacté par Annie avait répondu niet, le boulot ne l'intéressait pas, chantier insignifiant – et il lui avait suggéré de régler le truc elle-même avec un bout de plaque de zinc et du bitume. Elle avait failli piquer une crise. Heureusement elle avait trouvé un bricoleur enthousiaste, dans son quartier, qui avait été tout prêt à grimper sur le toit et à colmater la fuite pour la modeste somme de cinquante livres – en liquide bien sûr, et sans paperasse. Sans échelle non plus, d'ailleurs, au diable les réglementations sur la sécurité au travail. Ah, l'économie souterraine.

– Quand avez-vous vu Morgan pour la dernière fois, alors ? demanda-t-elle.

Campbell se mâchonna la lèvre inférieure.

– Hmm... Ça fait un moment. Dans les trois semaines. Vous vous souvenez, nous avons eu une jolie petite période ensoleillée fin février ?

– De quoi il a l'air ?

– L'air ?

– Oui. Morgan. Physiquement.

– Ah. Il est un peu plus petit que moi, disons un mètre soixante-dix ou soixante-douze, mais plus râblé, aussi, je dirais. Il a les cheveux châtains, bouclés mais coupés très, très court. Le visage arrondi. Ou plutôt ovale. Le teint mat, ou brun clair, enfin assez foncé pour qu'on voie que l'un de ses parents est noir. Son père, je suppose. Il n'a pas de moustache, il est même toujours rasé de près. La barbe lui irait, pourtant, parce qu'il a le menton un peu fuyant. Sur le plan physique, sinon, il n'a rien de bien remarquable, sauf peut-être le fait qu'il boite légèrement de la jambe gauche. Il est tombé d'un toit quand il était gosse, il m'a dit. Oh, et puis si, j'oubliais ! Il a ce tatouage sur le côté du cou. Une grosse araignée, avec la toile. Et puis il aime les machins bling-bling, du genre chaînes en or, bagouses et tout le bazar.

– Gardez-vous un œil sur sa caravane, quand il est absent ?

– Quand je suis ici, je garde un œil sur les caravanes de tous les voisins absents. Tout le monde en fait autant pour tout le monde, à Riverview. Il n'y a pas beaucoup de délinquance, mais nous avons quand même un cambriolage de temps en temps. Vous le savez sans doute.

– Avez-vous aperçu des curieux, récemment ?

– Juste vous deux.

Annie rit et enchaîna :

– Quel âge donneriez-vous à Morgan ?

– Vingt à vingt-deux ans. Pas beaucoup plus.

– Sa tenue vestimentaire ?

– Un jean, le plus souvent, et une chemise de travail à manches courtes. Ou un tee-shirt quand il fait chaud. Baggy, le jean, mais pas un de ces trucs avec l'entrejambe au niveau des genoux et la ceinture sur les fesses. Juste… vous savez, quoi… une coupe assez ample.

– Pour être à l'aise dans ses mouvements, c'est ça ?

– Voilà.

– En a-t-il besoin ?

– Morgan n'est pas gros. Juste râblé, comme je disais.

– Couvre-chef ?

– Certains jours. Casquette de base-ball, rouge, la visière toujours sur la nuque. Je ne sais pas si elle a un logo. Faudrait que je voie Morgan de dos.

Doug Wilson, en face d'Annie, prenait assidûment note de la description.

– Savez-vous où son camion est stationné ?

– Quel camion ?

– Je crois savoir que Morgan fait des déménagements pour des particuliers. Et il aurait un camion à lui.

– Je l'ignorais. Désolé, ça ne me dit rien. Par contre je sais qu'il a une moto. Une Yamaha. En général il la gare à côté de sa caravane.

Annie ne voyait rien à ajouter. Quand ils furent à la porte, cependant, elle demanda sur une inspiration subite :

– Avez-vous une clé de la caravane de Morgan ?

– Ah non. Pourquoi ? Il lui est arrivé quelque chose, vous pensez ?

– Aucune idée. Comme je vous ai dit, nous essayons de retrouver son copain. Michael Lane.

– Je regrette de ne pas pouvoir vous aider davantage.

– Pensez-vous que nous pourrions jeter un œil chez lui ?

– Vous avez un mandat de perquisition ?

– Allons, Rick. Vous êtes un collègue.

– Pour vous ce n'est peut-être qu'une vieille caravane pourrie, chef, mais pour moi c'est le domicile de Morgan. Revenez avec un mandat et Ted vous ouvrira la porte. Je vous préviens tout de même, il est aussi emmerdant que moi. À Riverview on se tient les coudes.

– Solidaires dans l'adversité, dit Annie – elle ignorait où elle avait entendu dire ça, mais l'expression sonnait bien. Je m'en souviendrai. Ce n'est pas grave. Merci pour votre accueil.

Annie et Doug Wilson réenfilèrent leurs bottes sous l'auvent, puis se dirigèrent vers l'entrée du camping en pataugeant dans la boue.

– J'ai carrément merdé, non ? dit Annie qui sentait le regard de Campbell sur leurs épaules.

– Comment ça ? répondit Doug.

– En jouant la complicité entre flics. Ça l'a laissé de marbre. Mince. J'espérais jeter un œil dans la caravane de Spencer.

– Pas votre faute. Et vu comment les choses avancent, si vous voulez mon avis, nous reviendrons ici demain avec un mandat si ça nous chante.

Annie Cabbot regarda Banks et la commissaire Gervaise, en grande conversation, dans la salle de conférences. Il était tard pour cette réunion, mais tout le monde était là : Annie, Doug Wilson, Winsome Jackman, Gerry Masterson, Stefan Nowak et Jazz Singh avec deux autres experts, ainsi que Peter Darby le photographe et les agents Kim Trevor et Derek Bowland. Ils avaient pris place autour de la grande table ovale, sous les portraits muraux des anciens magnats de la laine au teint rubicond, au nez bulbeux et au col de chemise étroit. Blocs-notes et gobelets en polystyrène pour le thé, le café ou l'eau étaient répartis devant les uns et les autres, et il y avait une assiette de biscuits au centre du plateau.

Banks et la commissaire Gervaise s'assirent en bout de table, à proximité du tableau blanc et du tableau en verre dressés sur leurs pieds d'alu. Le second semblait sorti d'un film américain : chaque fois que Banks le touchait, Annie s'attendait à le voir s'emplir d'images, de diagrammes et d'empreintes digitales géantes, voire de fenêtres vidéo (sonorisées bien entendu) à déplacer, agrandir et faire défiler avec les doigts. Mais ce machin en verre n'était pas si high-tech, loin de là. Pour le moment, en outre, il n'y avait pas grand-chose sur aucun des tableaux : juste les noms des différents protagonistes des deux affaires, les heures des événements marquants et quelques photos du hangar prises par Darby. Hangar dont Annie n'avait entendu parler qu'un moment plus tôt, puisqu'elle avait été absente la quasi-totalité de la journée. On y avait confirmé la présence de sang humain, mais pas trace de cadavre. Les experts de la police technique et scientifique avaient installé leur tente à l'aérodrome désaffecté, devant le hangar, et une demi-douzaine d'entre eux étaient encore au travail là-bas. Des agents en tenue se relaieraient pour surveiller le site jusqu'à nouvel ordre.

Annie fixa son attention sur le tableau blanc pendant que Banks et Gervaise ouvraient leurs sacoches et se préparaient. Deux cartes dessinées à la main y étaient maintenues par des aimants : une de la ferme Beddoes et de ses environs, l'autre de la zone de l'aérodrome. Les routes et les chemins d'accès aux deux lieux étaient clairement indiqués – et peu nombreux, d'après ce qu'elle pouvait voir. Le crime en milieu rural dans toute sa splendeur.

Ayant mis de l'ordre dans ses notes, Banks se leva pour ouvrir la séance.

– Je crois que nous ferions bien de commencer par mettre nos infos en commun. Vous savez tous, je crois, que je suis rentré de congé ce matin. Pour le moment je n'ai réellement suivi que le dossier du meurtre présumé, ou de la blessure grave, d'un individu inconnu à l'aérodrome désaffecté qui est à côté de Drewick. Mais comme je viens d'en parler avec la commissaire, nous avons une autre affaire qui pourrait être liée à ce dossier. Attention, le lien reste à déterminer, souligna-t-il, et il regarda Annie pour ajouter : Je crois comprendre que Doug et toi vous avez travaillé sur le vol du tracteur et la disparition d'un certain jeune homme ?

Annie fit la moue.

– Disparition, c'est beaucoup dire. Le jeune homme en question n'est pas vraiment disparu, mais nous n'avons pas encore réussi à le contacter. Nous cherchons aussi un de ses copains avec qui il a l'habitude de travailler.

Elle poursuivit pour expliquer au groupe tout ce que Doug Wilson et elle avaient appris au sujet de John Beddoes et de Frank Lane, ainsi bien sûr que de Michael Lane, d'Alex Preston et de Morgan Spencer. Quand elle eut terminé, elle se renversa contre le dossier de son fauteuil en tapotant le bout de son stylo-bille sur son bloc-notes. Banks demanda :

– Ce jeune homme, Michael Lane, penses-tu qu'il pourrait être impliqué dans le vol du tracteur ?

– Peut-être, dit Annie après un instant d'hésitation. C'est vrai, après tout, qu'il a écopé d'un sursis avec travail d'intérêt général, il y a dix-huit mois, pour avoir volé une voiture et fait l'idiot avec. Mais je ne pense pas que cette histoire le définisse vraiment. À ce moment-là il n'avait pas les idées claires. Sa mère venait de quitter le foyer familial. Ceci dit, il fait toutes sortes de petits boulots dans les fermes de la région avec son copain Morgan Spencer, et il est probable que ces deux loustics sont bien placés pour savoir quels agriculteurs sont chez eux, lesquels sont absents, et quel matériel il peut y avoir à voler ici ou là. Alors peut-être que Lane n'a pas été capable de résister à la tentation. Peut-être que Spencer et lui sont en route pour la Roumanie ou je ne sais où avec le tracteur. Lane a cependant un alibi, qui vaut ce qu'il vaut. Sa copine jure qu'il a passé toute la soirée de samedi avec elle et n'a quitté leur appartement que dimanche matin à neuf heures et demie.

– D'autres pistes ?

– Hmm... Je n'exclurais pas l'hypothèse de la fraude à l'assurance.

– Tu veux dire de la part de Beddoes ?

– Pourquoi pas ? D'après ce que nous savons, il travaillait autrefois à la City. Il connaît le monde de la finance. En surface, il a l'air plutôt riche. Mais son exploitation ne doit pas rapporter des masses. Il élève quelques cochons et des poulets de plein air pour les restaurants de la région, et il cultive quelques hectares de colza qu'il fournit à un fabricant d'huile haut de gamme. Il n'est pas impossible qu'il ait des difficultés financières. À part ça, il a aussi la fâcheuse habitude de laisser la clé de contact du tracteur à un crochet au mur de son garage.

– L'idée de la fraude est intéressante, dit Banks, et il regarda Gervaise pour demander : J'ai cru comprendre que vous connaissez Patricia Beddoes, madame la commissaire ?

– Un peu. Je la connais un peu.

– À votre avis ?

– Leur situation financière ? La fraude à l'assurance ? Je ne saurais pas dire. Patricia Beddoes m'a toujours fait l'effet d'une femme plutôt aisée. Elle s'habille très bien, elle n'a presque que des vêtements de marque sur le dos. Je pense qu'elle s'ennuie, dans sa campagne, et les destinations exotiques lui manquent. D'où le voyage au Mexique, sans doute. Il me semble aussi qu'ils ont un petit pied-à-terre à Londres, près de Holland Park. Sinon, je sais que Kate Atkinson et Khaled Hosseini comptent parmi ses écrivains préférés.

Des rires fusèrent autour de la table.

– Si nous devons envisager tous les suspects possibles, reprit Annie, il faudrait aussi garder un œil sur Frank Lane. Vu l'état de sa ferme, je crois qu'il ne dirait pas non à une manne d'argent frais. Et puis il est très clair, d'après ses propos, qu'il nourrit du ressentiment contre Beddoes. Il le considère comme un parvenu qui a la vie trop facile. De plus, Lane était idéalement placé pour organiser le vol sans trop de peine. Il avait les clés de la ferme Beddoes et il savait sans doute que la clé du tracteur était dans le garage. C'est juste une hypothèse, mais… Voilà.

– D'accord, nous la garderons en tête, dit Banks. Peut-être le père et le fils ont-ils fait le coup ensemble ? Michael Lane savait-il que Beddoes était parti au Mexique ?

– Très probablement. Et Frank Lane s'est montré assez méprisant quand nous avons évoqué ce voyage. Mais peut-être était-il simplement jaloux.

– Tu as dit qu'entre Michael Lane et la victime, John Beddoes, les relations étaient tendues ?

– Oui. Le vol du tracteur pourrait aussi être une espèce d'acte de vengeance tordu. Et Frank, le père, a également dit qu'il trouvait Beddoes « prétentieux ». C'est son mot à lui. Il a adouci le propos, ensuite, pour souligner qu'il n'avait rien à reprocher à son riche voisin, mais… encore une fois, il pourrait y avoir quelque chose de ce côté-là. Lane est un agriculteur totalement investi dans son exploitation, qui gagne péniblement sa vie en bossant comme un dingue. Beddoes, en comparaison, est un amateur. Un dilettante, en somme. Pour ce qui est de l'implication éventuelle du jeune Michael, s'il est en rogne contre les deux hommes, il pouvait se douter que le vol du tracteur ferait des dommages collatéraux puisque son père avait la responsabilité de la ferme Beddoes toute la semaine dernière. Il aurait fait d'une pierre deux coups. Et puis c'est vrai que Michael a tout de même cette histoire de voiture volée à son actif. Le souci, c'est que nous ne connaissons pas ce garçon, le genre de personne qu'il est. Sa compagne ne lui trouve que des qualités, mais elle n'est pas franchement impartiale. Est-il revanchard, et du genre à entretenir sa rancune ? Nous ne le savons pas. Je pense en tout cas qu'il faudrait perquisitionner la ferme Lane au cas où Michael s'y trouverait.

– Mettons ça au programme de demain matin, dit Banks. J'aimerais parler moi-même avec Beddoes et avec Lane père. Ceci dit, l'hypothèse de l'acte de vengeance me paraît moins convaincante. Les tracteurs comme l'Agrotron valent un joli paquet d'argent, et il faut une vraie organisation pour en voler un et le revendre. Sans parler des dépenses à assumer pour l'opération. Penses-tu que Michael Lane ou même son père soient capables de réaliser ce genre de coup ?

– Non. Je ne les imagine pas dans ce rôle. Il me paraît même impossible que Michael Lane ait volé le tracteur par ses propres moyens. Par contre il pourrait être associé aux malfaiteurs qui ont fait ça. Comme je disais, Beddoes laissait la clé de l'engin à un crochet dans le garage. Michael Lane connaissait peut-être aussi cette information. Il a pu informer certaines personnes que Beddoes était en voyage au Mexique, par exemple, et…

Annie s'interrompit. Banks la vit cligner des yeux comme si elle venait de réaliser quelque chose.

– Qu'y a-t-il ?

– Oh, ce n'est rien. Je…

Et merde, songea Annie. Pas cool du tout, ça. La conversation avec Alex Preston, elle s'en rendait compte, l'avait beaucoup touchée. Comme la plupart des policiers d'Eastvale, elle avait pour ainsi dire tiré un trait sur l'East Side Estate, la cité où vivaient Alex et Michael, car chaque fois qu'elle avait dû y aller, elle avait été confrontée à de terribles affaires de violence domestique, à des dealers de drogue agressifs, à des bagarres aux poings ou au couteau, et même à des meurtres. Sur ces expériences, inévitablement, le flic établissait un jugement qui se figeait au fil du temps. Pourtant, non seulement Alex Preston tenait un foyer impeccable et prenait parfaitement soin de son fils, mais elle avait aussi tourné le dos à ses erreurs – échappant au cercle vicieux de la délinquance dans lequel tombaient quantité d'individus – et réussi à refaire sa vie en gardant la tête haute. Elle avait une vision positive et optimiste de l'existence, et elle avait de l'espoir, des rêves à réaliser. Annie l'admirait. Peut-être même l'enviait-elle un peu. Elle pouvait se faire cet aveu, oui. Alex semblait avoir fait table rase du passé et elle s'était trouvé un bon compagnon. Annie n'avait personne pour s'occuper d'elle, pour la rendre heureuse. Il ne lui restait pas non plus beaucoup de rêves.

Se permettre des sentiments pour des individus qu'elle ne connaissait pas ou si peu était nouveau pour elle. Peut-être était-ce le signe qu'elle laissait enfin derrière elle les tendances dépressives et le cynisme qui avaient gouverné son esprit, semblait-il, depuis qu'elle avait été grièvement blessée par balles. Tant mieux, en ce cas, car elle n'aimait pas beaucoup la personne qu'elle se voyait devenir. Petit à petit, la solitude la transformait en garce caustique et maussade. Si elle continuait sur cette pente, elle ne trouverait plus personne pour la tolérer, et encore moins pour l'aimer et la chérir. D'un autre côté, elle espérait tout de même ne pas se ramollir au point de ne plus être capable de déceler certaines vérités qui crevaient les yeux. Un bon enquêteur a besoin d'un fond de scepticisme, sinon de cynisme. Force était de constater qu'elle n'avait pas complètement perdu sa défiance de flic à l'égard du monde, cependant, puisqu'une partie des informations que lui avait livrées Alex rendait Michael Lane suspect à ses yeux.

– Alex Preston, la copine du jeune homme, reprit-elle, travaille à temps partiel chez GoThereNow, l'agence de voyage du centre commercial du Swainsdale.

– Est-ce dans cette agence que Beddoes a acheté son voyage au Mexique ? demanda Banks.

– Pas sûr, répondit-elle en jetant un regard en direction de Doug Wilson. Nous n'avons pas eu l'occasion de vérifier, en fait, parce que nous avons patouillé dans la gadoue la plus grande partie de la journée.

Des gloussements saluèrent cette dernière précision. Banks consulta sa montre et dit :

– Première chose à faire demain matin, Annie. Ensuite nous ferons un saut à la ferme Lane, avec quelques agents, pour inspecter les lieux. Histoire d'avoir la certitude que Michael Lane ne s'y trouve pas. Ce serait embarrassant pour nous, tout de même. Et sa compagne, alors ? Alex Preston ? Tu penses qu'elle pourrait être impliquée ?

– Elle est morte d'inquiétude. Elle a peur qu'il soit arrivé quelque chose à Michael.

– Et ?...

– Je la prends au sérieux.

– Quelqu'un s'est penché là-dessus ? demanda Banks à la cantonade. Michael Lane, je veux dire. On ne l'a pas encore officiellement déclaré disparu, je pense ?

– Non, patron, répondit Doug. Mais nous avons mis en circulation la photo de lui qu'Alex Preston nous a donnée. Nous sommes aussi en contact avec les compagnies aériennes, les gares ferroviaires, et nous avons demandé à être prévenus s'il y a la moindre activité sur son téléphone portable et ses cartes bancaires. Rien de ce côté pour le moment. Pour les cartes, il n'y a même aucun mouvement depuis vendredi dernier.

– Logique, s'il est prudent, observa Banks avant de s'adresser de nouveau à Annie : Et Morgan Spencer ?

– Il n'était pas chez lui quand nous y sommes passés.

– Faut-il croire qu'il y a un lien entre l'absence de ces deux garçons et le sang trouvé dans le hangar ? La coïncidence paraît un peu étonnante. Annie, penses-tu que la victime pourrait être le fils Lane ? Ou Spencer ?

– Non, je… Enfin je ne sais pas. Peut-être. Je voulais juste souligner qu'Alex Preston me paraît fiable. Mais maintenant que tu en parles, hmm… Un tracteur très coûteux est volé pendant que son propriétaire est au Mexique, le fils d'un voisin – qui a un casier judiciaire – se fait la belle, il vit avec une femme employée dans une agence de voyage, et un de ses potes possède un camion de déménagement. Ça paraît un peu suspect, tout ça, en effet. Et quelqu'un a envoyé un SMS à Michael dimanche matin, en plus, juste avant qu'il ne sorte. Peut-être bien Spencer. Ce n'est pas tous les jours que nous avons un tel faisceau de coïncidences, n'est-ce pas ?

– Voyons ce que nous pouvons trouver au sujet du camion de déménagement de Morgan Spencer et de ce SMS, dit Banks. Et puis nous ferions bien de découvrir à qui appartient cet aérodrome. Morgan Spencer a-t-il un casier ?

– Non, répondit Annie. Inconnu de nos services.

Banks se tourna vers Winsome.

– Ces camions dont Gilchrist vous a parlé, vous avez donné suite ? C'est confirmé ? Des infos supplémentaires ?

– Pas encore. Des agents sont en train de faire une enquête de voisinage autour de l'aérodrome. Quelqu'un d'autre a peut-être remarqué ces véhicules. Mais M. Gilchrist a tout de même précisé qu'il ne les avait vus que trois ou quatre fois sur l'année passée.

– Imaginons que nos malfrats utilisent le hangar comme point de transit avant de faire sortir du pays le matériel agricole qu'ils ont volé. Point de transit pour transférer le matériel d'un véhicule à l'autre, par exemple. Ils n'en ont sans doute besoin que pour les engins les plus volumineux, genre tracteurs et moissonneuses-batteuses. Autant que je sache, les animaux d'élevage sont abattus à proximité des lieux où ils sont volés. Ils sont aussi écoulés par des canaux de distribution illégaux, mais locaux. Les gangs font appel à des bouchers douteux, à des abattoirs clandestins ou pas trop regardants, et ils ne perdent pas de temps. Leur truc, ce n'est pas de faire paître le bétail qu'ils volent. Mais l'aérodrome et le hangar désaffectés seraient parfaits, me semble-t-il, pour l'entreposage temporaire et le chargement des engins agricoles volumineux. Quand on y pense, le terrain est cadenassé et il y a une pancarte « propriété privée » sur la grille, donc tout a l'air en règle même si l'endroit paraît abandonné. Si des gens du coin ont vu des camions y entrer et en sortir, ils ont probablement supposé que leurs chauffeurs menaient des activités tout à fait légitimes. Ou avaient au moins la permission de se trouver là. Donc... nous avons peut-être mis le doigt sur quelque chose.

– Ça se tient, convint Winsome.

– Retournez discuter avec Terry Gilchrist, voulez-vous ? Pourrait-il être complice ? C'est un ancien militaire, après tout, et c'est lui qui a signalé la flaque de sang.

– Mais c'est sa chienne qui l'a repérée. Il a rampé dans la boue, sous le grillage, avec sa jambe fichue, pour la rattraper. Je ne vois vraiment pas pourquoi il nous aurait téléphoné ensuite s'il est mêlé à cette histoire. Vous n'êtes pas d'accord, patron ?

– Si, dit comme ça. Mais il faut quand même envisager qu'il puisse être suspect.

– Sans Gilchrist et cette chienne, il aurait pu se passer des jours, sinon des semaines, avant que la scène de crime ne soit découverte.

– En effet, acquiesça Banks. À moins que le chauffeur d'un de ces fameux camions ne l'ait trouvée.

– Mais s'il y a un lien entre les camions et la flaque de sang, je ne vois pas pourquoi un chauffeur la signalerait. Si ?

– Hmm… Gilchrist était dans l'armée, n'est-ce pas ?

– Oui.

– Donc il sait deux ou trois choses sur la façon de tuer un être humain.

– Je suppose que oui.

– Les opérations militaires et les activités criminelles ont des points communs. Elles nécessitent notamment un certain degré d'organisation. Et puis Gilchrist connaît bien le secteur. Nous ne devrions pas avoir trop de mal à retrouver ses états de service. Vous dites qu'il a été blessé au combat ?

– En Afghanistan. Les jambes.

– Mais il n'est pas invalide ?

– Non, patron. Je dirais qu'il est plutôt agile sur ses cannes.

Banks sourit.

– Agile sur ses cannes. Ça me plaît bien, dit-il, puis il s'adressa à l'agent Masterson : Gerry, vous vous occupez de retrouver le dossier militaire de Terry Gilchrist, d'accord ? Vous savez ce qui nous intéresse. Pendant qu'il était dans l'armée, a-t-il été soupçonné de se livrer à une quelconque activité illégale, genre marché noir, pillage ou je ne sais quoi ? Et pendant que vous y êtes, inspectez les finances de John Beddoes. Annie a raison, nous ne pouvons pas exclure la fraude à l'assurance.

– Très bien, dit Gerry qui prenait des notes sur son bloc.

– Il faut aussi que nous sachions à qui appartient cet aérodrome.

– Considérez que c'est fait, patron, dit Gerry.

– Excellent. Stefan, avez-vous quelque chose pour nous ? Des traces de pneus, peut-être ?

– Nous n'avons pas terminé l'examen de la scène, dit Nowak. Mais des traces de pneus sur le béton, vous savez, les chances sont minces. Au vu des traînées de boue apportées de l'extérieur du complexe, nous pensons que deux ou trois véhicules ont pu se trouver là-bas il y a peu de temps, mais nous ne pouvons pas dire quel jour exactement. Ni de quels véhicules il s'agit.

– Des empreintes digitales ?

– A priori, nous n'avons aucune surface digne de ce nom sur laquelle trouver des empreintes. Ni le sol en béton ni la tôle ondulée des murs du hangar ne sont bons pour ça. Le cadenas et le grillage du portail étaient clean. Nous époussetons encore à droite et à gauche, mais n'attendez pas grand-chose. Surtout avec la pluie que nous avons eue. Avec de la chance, nous aurons peut-être quelques empreintes partielles, ou des traînées. Nous allons aussi faire une recherche approfondie au luminol. Si le sang a coulé dernièrement dans ce hangar, il est possible que d'autres exécutions aient été menées auparavant au même endroit. Et si nous trouvons des traces de crimes antérieurs, elles nous livreront peut-être de l'ADN.

– Bon travail, Stefan. Et vous, Jazz, le sang de la flaque ?

– Vous aurez votre analyse ADN dans la journée de demain comme promis, répondit Jasminder Singh. Et je veux que vous sachiez qu'à cause de cette histoire j'ai des démêlés avec l'Unité d'investigation de Harrogate, qui estime avoir la priorité. En attendant, je peux vous dire que le groupe sanguin de l'échantillon prélevé sur le sol du hangar est A+. Ce n'est pas une info super enthousiasmante, sachant que c'est le groupe sanguin d'environ trente-cinq pour cent de la population du Royaume-Uni, mais soyons optimistes : ça exclut aussi soixante-cinq pour cent des individus. J'ai envoyé la matière cérébrale et les éclats d'os à un labo externe, puisque nous n'avons pas l'équipement, ici, pour ce genre d'analyse. Je ne sais pas très bien ce que nous en tirerons, ni le temps que ça prendra, mais on peut parier que ce sera très cher et que vous aurez déjà résolu l'affaire quand les résultats nous reviendront.

Jazz sourit agréablement et posa les mains à plat sur la table. Annie prit note du groupe sanguin : A+. Banks regarda l'agent Trevor pour demander :

– Le porte-à-porte à Drewick a-t-il donné quelque chose ?

– Rien pour le moment, patron, répondit le policier en tenue, l'air maussade. Len et Dave sont encore là-bas. Ils vont de maison en maison.

– Doug, dit Banks à Wilson. J'ai remarqué que le hangar est tout proche des voies ferrées. Voulez-vous vous renseigner auprès d'East Coast et des autres compagnies de chemin de fer qui utilisent cette ligne, pour savoir si quelqu'un aurait remarqué un truc intéressant du côté du hangar ?

Wilson hocha la tête et écrivit dans son carnet tout en disant :

– Je vais aussi faire passer un appel à témoins aux informations locales.

Banks rassembla ses pensées, puis s'adressa à toute l'équipe :

– Comment rejoint-on l'A1 depuis l'aérodrome ? La route par laquelle Gerry et moi y sommes arrivés est-elle la seule voie d'accès ? Jusqu'au village, d'après ce que j'ai pu voir, il n'y a que des chemins en mauvais état, envahis par les mauvaises herbes.

– Pour récupérer l'A1, dit Doug, il faut retourner à la route de Thirsk qui se trouve à mille cinq cents mètres, à peu près, derrière Drewick. De là on peut aller vers le nord, Northallerton, ou vers le sud, c'est-à-dire vers Thirsk. Dans un cas comme dans l'autre, c'est d'abord Drewick puis la route de Thirsk, donc quelques kilomètres à parcourir…

– Il y a une autre solution, intervint Winsome. Si vous descendez vers le sud par le chemin qui longe l'enceinte de l'aérodrome à partir du portail – c'est un chemin en assez mauvais état, mais praticable –, vous traversez la forêt en restant parallèle aux voies ferrées. De l'autre côté, vous tombez sur un tout petit village qui s'appelle Hallerby. Et là, il y a une route secondaire qui rejoint l'A1 en évitant Thirsk. Non seulement ce trajet est plus court, mais il y a surtout très peu de circulation et cela fait un seul village à traverser.

– Et Hallerby ? Quelque chose de particulier, dans ce village ?

– RAS, patron. Une poignée de maisons, deux boutiques, une salle communale, une chapelle, un pub.

– Si on emprunte ce raccourci depuis l'aérodrome, dites-vous, on passe forcément par Hallerby ? Qu'on aille vers l'A1 ou qu'on en vienne ?

Winsome hocha la tête.

– Le chemin part du milieu du village pour monter vers le nord, à travers la forêt, jusqu'à l'aérodrome. Et la route qui traverse le village va d'un côté vers l'autoroute, de l'autre vers Thirsk.

– Peut-être devriez-vous vous rendre à Hallerby demain, Winsome, pour voir si quelqu'un a remarqué des camions, ou d'autres véhicules, qui partaient vers l'A1 ou en arrivaient. Il est bien possible que certains habitants du village aient vu ou entendu des véhicules déboucher de la forêt par ce chemin. Et ils s'en souviendront parce que c'est arrivé assez rarement, parce qu'ils ne connaissaient pas les véhicules... et parce que ça les a intrigués, tout bêtement.

– Très bien, dit Winsome.

– C'est tout ? demanda Banks, laissant son regard glisser sur les visages réunis autour de la table.

– Une dernière chose, patron...

– Oui, Doug ?

– Quand nous sommes allés voir Morgan Spencer, il n'était pas chez lui, comme l'a dit l'inspecteur Cabbot, et son voisin a précisé qu'il ne l'avait pas vu de tout le week-end. Nous n'avions pas de mandat de perquisition et le voisin est un ancien de la maison qui a refusé de nous laisser entrer dans la caravane. Nous allons avoir besoin d'un mandat, je pense.

Banks se tourna vers la commissaire Gervaise, qui dit :

– Bonne idée. Retournez-y dès demain matin pour examiner les lieux. Interrogez aussi les autres voisins. Je m'occupe du mandat dès la première heure demain matin. Mais prenez soin de prévenir le gérant du camping au préalable, et de lui expliquer la situation. Vous forcerez la porte de Spencer, si le gestionnaire n'a pas la clé, mais uniquement avec ce mandat en poche. Nous sommes d'accord ?

– Oui, commissaire.

Gervaise consulta sa montre et se leva.

– Bon ! Que diriez-vous de rentrer chez vous, tout le monde, et de vous reposer ? La journée de demain promet d'être chargée. Nous avons un tracteur volé, deux jeunes gens que nous aimerions retrouver pour leur parler, et des traces suspectes, peut-être celles d'un meurtre, dans un hangar désaffecté. Pour le moment ce sont des dossiers distincts et je veille à séparer nos actions. Mais gardons l'esprit ouvert.

Elle pivota pour désigner la feuille de la chronologie des différents événements sur le tableau blanc magnétisé.

– Vous savez que je ne crois pas beaucoup aux coïncidences. Alors bon sang, si vous tombez sur le plus petit indice susceptible de lier les affaires entre elles, vous me le signalez aussitôt et nous réviserons notre stratégie. Compris ?

Annie et tous ses collègues opinèrent, puis ils sortirent à la queue leu leu de la salle de conférences. Quelques conversations s'engagèrent dans le couloir, brièvement, et l'équipe se dispersa. Annie poussa un soupir de soulagement quand elle récupéra sa parka dans la salle des enquêteurs. Enfin l'heure de rentrer. Enfin, elle allait pouvoir s'offrir ce qu'elle avait attendu toute la journée : un bain très chaud en lisant un magazine débile.

Quand il arriva chez lui vers vingt heures, Banks trouva la maison glaciale. Il poussa le thermostat du chauffage en se promettant pour la énième fois d'investir dans une chaudière de meilleure qualité s'il obtenait un jour une augmentation de salaire. Il déposa son sac de voyage et sa sacoche par terre, accrocha son trois-quarts au portemanteau et ramassa le courrier tombé sur le tapis de l'entrée. Des factures, pour l'essentiel, avec quelques formulaires de renouvellement d'abonnement. Et un coffret de deux CD de Janet Baker juste assez mince, par chance, pour que le facteur ait réussi à le glisser dans la fente de la porte.

Il y avait aussi une carte postale de ses parents qui étaient en ce moment en croisière sur l'Amazone. Le recto montrait une vue de l'opéra de Manaus. Banks plissa les yeux pour déchiffrer l'écriture appliquée, mais minuscule, de sa mère. Avec son sens bien à elle de l'économie, elle avait entassé le maximum de mots dans l'espace limité de la carte. Son père, par contre, ne tenait jamais un stylo car il était gêné par la médiocrité de son orthographe. « Toi qui aimes l'opéra, nous avons pensé que cette image te plairait. Il fait super chaud et l'atmosphère est tellement lourde et humide, ici, que ton pauvre père a par moments de la peine à respirer. La nourriture du paquebot est bonne. Certains passagers sont franchement malpolis et coincés, mais nous nous sommes fait des amis, un couple de York et une famille adorable qui habite pas loin de Stratford. Hier nous avons eu droit à une virée en pirogue au milieu des îles et nous avons vu un paresseux, deux iguanes et un aconda. Ton père a coincé un piranha contre le flanc de la pirogue. Il était vraiment content de lui, tiens ! »

Banks fronça les sourcils, perplexe, devant « et un aconda », puis il devina qu'il devait s'agir de « et un anaconda ». Bon, sa mère avait quand même plus de quatre-vingts ans. Il sourit en se les imaginant avec leurs chemisettes et leurs chapeaux à large bord, transpirant à grosses gouttes sous le soleil du Brésil. Ils profitaient bien de leur héritage, et tant mieux. Non seulement la vie ne les avait jamais beaucoup gâtés, mais il n'y avait pas si longtemps, en plus, qu'ils avaient subi l'épreuve de la mort de Roy, leur fils préféré. Dépensez sans compter tant que vous avez de l'énergie, songea-t-il, admiratif de leur esprit d'aventure. Jadis, quand il était jeune et excité à l'idée de découvrir les destinations lointaines de son atlas, jamais il n'aurait pensé que son père – grand défenseur devant l'Éternel du fish and chips et de la bière anglaise – et sa mère – femme au foyer, reine du rosbif trop cuit et des choux de Bruxelles ramollos – puissent se risquer au-delà de Skeggy ou de Clacton. Et voilà qu'ils s'éclataient en croisière sur l'Amazone. Une chose qu'il n'avait jamais lui-même réussi à faire. Comme héritage, de son côté, il avait reçu la Porsche de son frère. Après avoir longtemps hésité à la vendre, il se l'était appropriée. Maintenant il avait le sentiment de l'habiter, voilà, et il aimait bien cette bagnole. C'était un lien, aussi, entre son frère et lui. Un lien qu'ils n'avaient pas eu du vivant de Roy.

Il posa la carte postale à côté de son ordinateur et gagna la cuisine pour se servir deux doigts de Macallan douze ans d'âge. Il n'était pas encore tout à fait prêt à se remettre au Laphroaig. Il but une première gorgée de pur malt, s'assit dans le coin petit déjeuner le temps d'ouvrir le coffret des CD de Janet Baker, puis traversa le vestibule jusqu'à la pièce à vivre, avec le disque qui commençait par *Les Nuits d'été.* Le lecteur contenait le second disque de *Tosca*, qui appartenait à Oriana. Banks le rangea dans son boîtier. À côté de l'ampli se dressait une petite pile des CD perso de sa compagne : surtout des opéras et de la musique ancienne – Hildegarde de Bingen, Byrd, Tallis, Monteverdi –, mais aussi cette saleté de compil de U2 qu'elle avait tenu à laisser ici. Banks détestait U2. Toutes leurs chansons se ressemblaient, pour commencer, et puis Bono et l'autre, le type avec son bonnet de laine et ce nom ridicule, lui tapaient sur le système. Il augmenta le volume quand la voix de Janet Baker s'éleva des enceintes, puis alla récupérer son whisky à la cuisine et retraversa le cottage jusqu'au jardin d'hiver pour s'installer dans son fidèle fauteuil en osier.

Le chapeau de paille d'Oriana reposait sur l'autre fauteuil. Sur la table basse, il y avait deux verres à pied dont le fond était tapissé d'une fine pellicule de vin rouge cristallisé. L'un d'eux portait une marque de rouge à lèvres : une auréole rosée qui rappela à Banks les lèvres d'Oriana et ses baisers. Jeudi, il s'en souvenait, ils avaient été en retard et étaient partis dans la précipitation : elle avait oublié son chapeau, il n'avait pas rapporté les verres à la cuisine. Ils ne vivaient pas ensemble, mais la présence d'Oriana se faisait assurément sentir à travers toute la maison, par petites touches. Oriana habitait encore à la propriété des Chalmers. Elle aimait l'arrangement qui existait avec ces gens qu'elle avait connus toute sa vie – sa seconde famille, disait-elle. Elle considérait les deux filles Chalmers comme ses petites sœurs. Et son travail d'assistante personnelle de lady Veronica lui donnait encore une autre raison de vivre là-bas. Quant à Banks, il aimait sa solitude. Aucune raison de changer quoi que ce soit, pensa-t-il. Tant que ça fonctionne...

Mais il éprouvait tout à coup le désir de lui téléphoner. Elle partait pour l'Australie dans deux jours. Lady Veronica Chalmers devait y faire une grande tournée de promotion pour son dernier livre, un roman sentimental qu'elle avait signé, comme tous les précédents, du pseudonyme Charlotte Summers. Cependant, Banks n'oubliait pas qu'ils avaient convenus de ne pas se téléphoner. L'un comme l'autre détestaient jouer les prolongations quand ils avaient à se dire au revoir. S'il l'appelait, il le savait, il ressortirait blessé de la conversation. Il avait plutôt intérêt à se contenter de la musique, du whisky et des souvenirs de ce week-end en Ombrie.

C'était la seconde fois qu'il rencontrait la famille italienne de sa compagne. Il avait bien senti qu'ils se méfiaient encore de lui, le « vieux » d'Oriana. Mais ils savaient aussi qu'elle avait son caractère et ne risquait pas d'accepter de fréquenter les hommes de la région : ni les jeunes dragueurs qui ne pensaient qu'à une seule chose, ni les types plus sérieux mais qui ne voulaient au fond que l'épouser, l'engrosser et l'enfermer, pieds nus, à la cuisine. La famille n'ignorait pas qu'Oriana était son propre maître, elle respectait donc ses choix – et tolérait Banks. Il pensait en outre, sans trop savoir d'où lui venait cette impression, que les Italiens se préoccupaient moins des différences d'âge entre hommes et femmes que les Anglais, beaucoup plus guindés sur le sujet. Un des oncles d'Oriana s'adressait même à lui en l'appelant « *commissario* » avec une lueur amusée dans le regard.

Ils avaient eu du mal à faire l'amour, la famille ayant insisté pour les installer dans des chambres séparées puisqu'ils n'étaient pas mariés, mais ils avaient réussi à contourner le problème, deux fois, au petit jour. Banks était quasi certain d'avoir été aperçu dans le couloir, à l'une de ces occasions, par une vieille tante qui regagnait probablement sa chambre après être allée aux toilettes. Elle l'avait fusillé du regard le reste du week-end mais n'avait rien dit – peut-être pour la simple raison qu'elle ne parlait pas un mot d'anglais. Il ignorait si elle s'était plainte auprès d'Oriana ou d'un membre de la famille. Oriana, en tout cas, n'avait pas évoqué le sujet et il avait jugé préférable, de son côté, de jouer la carte du silence.

Le Macallan était un plaisir et la mélodie du *Spectre de la rose* avait quelque chose d'envoûtant. Dehors il faisait déjà sombre – il restait encore deux petites semaines avant le passage à l'heure d'été – et Banks ne distinguait, au loin, que la masse noire de Tetchley Fell dont la silhouette déchiquetée se découpait sur le ciel un peu plus clair. Il se força à chasser

Oriana de son esprit et ramena ses pensées à la réunion qu'il venait de quitter.

Plusieurs choses l'intriguaient dans ces affaires. En particulier, bien sûr, la question de savoir s'il y avait un rapport entre le vol du tracteur et la disparition des deux jeunes hommes. On était lundi soir ; Michael Lane n'avait pas été vu depuis la veille au matin, c'est-à-dire depuis environ trente-six heures. On ignorait encore, aussi, où Morgan Spencer avait été vu pour la dernière fois, et il faudrait poursuivre l'enquête au camping Riverview pour en apprendre davantage. Si Spencer avait envoyé un SMS à Lane dimanche matin pour lui proposer un boulot, et s'ils s'étaient retrouvés quelque part, il fallait apparemment en déduire qu'ils s'étaient volatilisés tous les deux à peu près au même moment. Trente-six heures, pour des garçons de leur âge, ce n'était pas bien long. Mais il y avait ce sang humain dans le hangar, et certains signes d'activité récente à l'aérodrome désaffecté.

Les Nuits d'été s'achevèrent et Banks n'eut pas envie d'écouter les deux airs des *Troyens* qui allaient suivre. Il se resservit du Macallan et retourna dans la pièce à vivre. Examinant ses disques, il se décida pour *Reverie at Schloss Elmau*, de Gwilym Simcock et Yuri Goloubev, piano et contrebasse jazz.

Un autre détail l'avait étonné pendant la réunion, se souvint-il quand il se rassit dans le jardin d'hiver. Quand ils avaient parlé de Terry Gilchrist, Winsome semblait s'être mise sur la défensive. En tant qu'ancien militaire et vétéran d'Afghanistan, le bonhomme ne pouvait pourtant pas être écarté d'emblée de la liste des suspects. Même s'il avait prévenu la police au sujet de la flaque de sang. Nombreux étaient les meurtriers qui signalaient leurs propres crimes dans l'espoir que cette action leur évite d'être soupçonnés.

Et puis il ne fallait pas oublier Annie qui avait défendu, de son côté, Alex Preston et Michael Lane – même si elle avait aussi reconnu, certes, que Lane pouvait être mêlé au vol du tracteur des Beddoes. Que se passait-il ? Son équipe se ramollissait, ou quoi ? Devenaient-ils tous excessivement indulgents ? Ou était-ce lui, à l'inverse, qui devenait plus cynique, plus dur, avec le temps ? Cette idée ne l'enthousiasmait pas du tout. Il préféra se remettre à penser à Oriana pour savourer la fin du Macallan. À la moitié du titre *A Joy Forever*, la pluie commença à tomber, doucement au début, puis crépitant sur le toit et cinglant bientôt les parois vitrées du jardin d'hiver.

Alex venait d'allumer la télé, après avoir mis Ian au lit, pour regarder la rediffusion d'un épisode de *Flics toujours*, lorsqu'elle entendit frapper à la porte. Intriguée, elle alla ouvrir en laissant la chaîne de sécurité : une main lui brandit une carte d'identité sous les yeux, avant de la glisser prestement dans la poche intérieure de son propriétaire – un homme corpulent vêtu d'un imperméable marine.

– Agent Meadows, dit-il. Bonsoir.

– Ce n'est pas vous qui êtes venu tout à l'heure, observa Alex avec nervosité. Où est l'inspecteur Cabbot ?

– Elle a terminé son service. Nous ne pouvons pas travailler vingt-quatre heures sur vingt-quatre, vous savez. Et puis elle est inspecteur et moi je ne suis que simple flic. Je peux entrer, ma petite dame ? Il fait frisquet.

Alex poussa la porte, retira la chaîne et ouvrit au visiteur.

– Je suis désolée. C'est juste que…

– Je comprends tout à fait, l'interrompit l'agent Meadows en s'avançant dans le séjour.

Quand Alex lui prit son imperméable pour le suspendre au portemanteau, elle remarqua qu'il transpirait beaucoup du visage.

– Cet idiot d'ascenseur ne fonctionne toujours pas ?

– Non. Et franchement, je n'ai pas l'habitude de faire tant d'exercice.

Meadows sortit un mouchoir en tissu blanc de sa poche pour se tamponner le front et les sourcils. Alex l'observa. C'était un homme plus que corpulent : gras, à vrai dire. Il était complètement chauve, aussi, peut-être parce qu'il se rasait la tête, et sous la lumière du séjour son crâne se révélait aussi rouge et graisseux que son visage. Sans doute à cause de l'effort qu'il avait fourni pour monter les huit étages par les escaliers.

– Asseyez-vous et reprenez votre souffle, proposa-t-elle. Voulez-vous une tasse de thé ou un verre de vin ?

Elle attrapa la télécommande de la télévision pour en couper le son. L'agent Meadows ne resterait sans doute pas longtemps ; elle se remettrait aussitôt devant la série télé pour oublier un moment ses problèmes et l'inquiétude qui la minait au sujet de Michael depuis la venue de l'inspecteur Cabbot. L'heure tardive de la visite de ce policier l'emplissait aussi d'appréhension. Michael avait-il eu un accident ? Ou alors, avait-il fait une bêtise ?

– Juste un verre d'eau, merci, dit Meadows en se tapotant la poitrine avec le poing. J'aurai récupéré dans une petite minute.

Alex lui apporta de l'eau, puis elle se servit un verre de vin blanc et se percha au bord de son fauteuil.

– Alors, de quoi s'agit-il ? demanda-t-elle. Avez-vous découvert quelque chose ?

– Oui. En quelque sorte.

– Je ne comprends pas.

– Nous nous demandions si M. Lane vous avait contactée. D'une façon ou d'une autre.

– M. Lane ? Vous voulez dire Frank Lane ?

– Michael Lane.

– Michael. Je vois. Non, absolument pas. J'espérais que *vous*, vous étiez ici pour me donner des informations.

– Eh ben… Le truc, ma jolie, c'est que nous ne savons encore rien du tout. Et c'est bien le problème.

– Le problème ?

– Oui, dit Meadows en se grattant le crâne. C'est assez délicat. Nous aimerions lui parler – d'urgence, voyez – et nous pensons que s'il est quelque part, c'est ici. Ou que s'il y a une personne à qui il est susceptible de parler de ses allées et venues, en tout cas, c'est vous.

– Je suis restée ici toute la journée, sauf le temps d'aller récupérer Ian à l'école. Je n'ai pas vu Michael et je n'ai malheureusement aucune nouvelle de lui. Je suis très inquiète.

– Je comprends. Mais essayez de voir les choses de notre point de vue. Vous savez que les gens ne sont pas toujours… Enfin qu'ils ne sont pas toujours réglo avec la police, quoi.

– Vous insinuez que je vous mens ?

– Personne ne vous reprocherait de chercher à protéger Michael, ma jolie. C'est bien compréhensible. On voit souvent ça et c'est naturel, après tout. Les gens se tiennent les coudes.

– Protéger Michael ? Pour quelle raison ? J'ai expliqué à vos collègues qu'il avait disparu. Je ne comprends pas ce qui se passe. Je vous ai demandé de le retrouver.

– Une seconde, ma petite dame…

– Épargnez-moi ce « ma petite dame », le coupa Alex. Et vous pouvez aussi vous dispenser des « ma jolie ». Avez-vous des nouvelles de Michael, oui ou non ?

– Manifestement non, répondit Meadows. Sinon je ne serais pas ici à vous demander où il est, vous ne croyez pas ?

– Pas forcément. Autant que je sache, vous pourriez l'avoir enfermé dans une cellule et ne pas me le dire.

– Pourquoi ferions-nous une chose pareille ?

– Aucune idée. Mais je vous en crois bien capables. C'est le genre de chose que fait la police.

– Vous n'avez pas une très haute opinion de nous, hmm ?

– Quelle importance, l'opinion que j'ai de vous ? Je veux que vous retrouviez Michael. Qu'est-ce que vous voulez, à la fin ? Pourquoi vous êtes venu ce soir ?

– Du calme, chérie, vous êtes trop tendue du string…

Alex se leva si brusquement qu'elle renversa du vin sur son tee-shirt.

– Vous avez dit quoi, là ? Sortez ! Allez, sortez d'ici ! Si vous n'avez rien d'intéressant à me dire au sujet de Michael, débarrassez le plancher ! Et remontrez-moi votre carte de police. Je veux vos références complètes, parce que je vais me plaindre de votre attitude à vos supérieurs.

Avec une vivacité étonnante pour un homme de sa corpulence, Meadows se mit debout et lui donna une brusque poussée sur la poitrine pour la faire retomber dans le fauteuil. Puis il se rassit, un sourire terrible aux lèvres – un sourire arrogant et cruel qui dévoilait des dents gâtées, de travers, et des incisives un peu trop longues, comme celles d'un vampire. Un frisson d'effroi saisit Alex. Le masque était tombé.

– Vous n'êtes pas policier, marmonna-t-elle.

– Dommage, j'espérais régler ça de façon civilisée. Et en effet, je ne suis pas policier, dit l'homme, faisant craquer ses doigts. Mais peu importe. Je veux savoir où Michael Lane se cache.

– Où il se *cache* ? Pourquoi se cacherait-il ?

– Ne cherchez pas. Répondez à ma question et je vous laisse tranquille.

– Je vous l'ai déjà dit. Je ne sais pas où il est !

Meadows croisa les mains sur ses genoux. Elles étaient couvertes d'épais poils roux. Alex détourna les yeux, essayant de mettre de l'ordre dans ses pensées. Il fallait qu'elle trouve une solution pour se débarrasser de lui – ou pour le neutraliser pendant qu'elle appellerait à l'aide.

– Nous sommes coincés, en ce cas, dit-il calmement.

Elle se souvint tout à coup que son portable se trouvait dans son sac à main qui était… dans la chambre, sur le lit. Si elle réussissait à s'en emparer et à entrer le numéro de la police, elle aurait une chance de s'en sortir.

– Heu… Il faut que j'aille aux toilettes, dit-elle. Je n'en ai que pour deux minutes.

Meadows regarda autour de lui. Elle comprit qu'il était en train de songer que l'appartement ne devait pas avoir d'autre issue que la porte donnant directement sur le séjour.

– D'accord, dit-il. Je vous attends.

Elle se dirigea vers sa chambre. Maintenant, il fallait juste qu'elle réussisse à composer le 999 avant qu'il ne devine ses intentions. Si elle ne raccrochait pas, la police pourrait sans doute repérer l'origine de l'appel. Sa main tremblait lorsqu'elle tira l'appareil de son sac dans la pièce enténébrée. Alors qu'elle ressortait de la chambre pour passer aux toilettes, elle perçut une présence imposante, menaçante, dans le couloir. Meadows. Elle ne l'avait pas entendu se déplacer, mais il était là, adossé au mur, bras croisés sur la poitrine.

– Les toilettes sont par là, je crois, dit-il, les pointant du doigt.

Elle hocha la tête et s'avança vers la petite pièce.

– Qu'est-ce que vous avez dans la main ? demanda-t-il.

– Hein ? Rien.

Alex essaya de glisser le téléphone dans une poche de son jean, en espérant que Meadows ne remarquerait rien dans la pénombre, mais le vêtement était trop serré : elle manqua la poche et l'appareil tomba à ses pieds sur la moquette.

– Oh, chérie, dit-il. Vous êtes une petite maligne, vous. Bon, on continue mais je crois qu'il vaut mieux que je vous accompagne.

Alex poussa la porte des toilettes. Elle comprit ce qu'il avait voulu dire quand il se détacha du mur pour la suivre.

– Hé ! protesta-t-elle. Attendez dehors.

– Sûrement pas. Vous avez prouvé que je ne peux pas vous faire confiance.

Il la força à avancer dans la petite pièce, vers la cuvette, et ferma la porte pour s'y adosser.

– Allez, zou. On baisse son froc et pipi.

Bien que terrorisée, Alex puisa au plus profond d'elle-même la force de lui tenir tête.

– C'est hors de question ! dit-elle, espérant que sa voix ne chevrotait pas. Jamais je ne ferai ça devant un pervers dans votre genre.

Un sourire étrange fendit le visage de Meadows – différent de celui qu'elle lui avait vu un moment plus tôt, mais tout aussi glaçant. Il rouvrit la porte et lui fit signe de passer devant lui.

– Aucun problème, ma jolie. Pissez-vous dessus si ça vous branche.

Alex sortit des toilettes en rasant le mur pour ne pas le toucher. Il la suivit dans le couloir. Elle croyait qu'ils retournaient au séjour, mais il s'immobilisa devant la chambre d'Ian. Son sang se figea dans ses veines quand elle le vit ouvrir la porte.

– Non ! dit-elle en se jetant vers lui. Qu'est-ce…

Il la repoussa du bras, sans difficulté, et tourna la tête vers l'enfant endormi. Elle essaya de le contourner, pour s'interposer entre Ian et lui, mais rien à faire : il bloquait complètement l'embrasure de la porte.

– Comme il est mignon, dit-il d'un ton ironique. Pas de panique, chérie. Personne ne va avoir de bobo.

– Si vous osez poser…

– Ça suffit, le mélodrame ! Vous savez très bien que si je voulais lui faire du mal, vous ne pourriez pas m'en empêcher.

– Je vous arracherai les yeux, putain !

Alex se jeta de nouveau sur lui, mais il fit un pas de côté pour l'esquiver et, dans le même mouvement, la repoussa avec une force terrible. Elle heurta si violemment le mur qu'elle en fut étourdie et s'effondra sur la moquette. Vautrée là, elle aperçut son portable et, sans réfléchir, tendit le bras pour essayer de le saisir. Mais une fois encore Meadows fut plus rapide qu'elle : il se jeta sur l'appareil et le broya sous son talon. Puis il fit pivoter son pied vers l'index qu'Alex avait presque réussi à replier sur le téléphone – et l'écrasa de tout son poids. Elle laissa échapper un hurlement de douleur.

– Chut, fit-il, portant un doigt à ses lèvres. Le petit bonhomme dort. Évitons de le réveiller, d'accord ? On ne sait pas ce qui pourrait arriver.

Ian s'agita dans son lit mais n'ouvrit pas les yeux. Alex serra les dents et ne fit plus un bruit. Elle ignorait comment Meadows réagirait si Ian se réveillait et le découvrait sur le seuil de la chambre, mais elle ne voulait pas envisager cette possibilité.

Les genoux de Meadows craquèrent de façon audible lorsqu'il s'accroupit devant elle. Il approcha son visage du sien. Son haleine sentait le Polo à la menthe.

– Écoutez-moi bien. Nous ne voulons pas de problème. Nous voulons juste retrouver Michael Lane. Votre petit garçon, il m'a l'air tout à fait adorable. Ce serait tragique qu'il lui arrive quelque chose, vous ne croyez pas ? Un accident pendant qu'il se promène au bord de la rivière. Une chute d'un arbre. Ou sur la route, peut-être. Les routes sont tellement dangereuses, de nos jours. Et les enfants font tellement de bêtises. Voyez ce que je veux dire ?

Alex hocha la tête, serrant son doigt blessé et douloureux contre sa poitrine.

– Alors faisons simple, d'accord ? Dites-nous où se trouve Michael Lane et tout le monde sera content.

– Je… je ne sais pas, bafouilla-t-elle.

Meadows se redressa. Il soupira et se gratta la tempe.

– Savez quoi ? Je vous crois. Par contre, je suis sûr que s'il ne vous a pas encore contactée, il le fera très bientôt. Et à ce moment-là je veux être prévenu. C'est compris ?

Alex se releva péniblement et hocha de nouveau la tête. Meadows esquissa un sourire, puis se dirigea vers la porte de l'appartement.

– Comment je fais pour vous contacter ? demanda-t-elle.

– Ah, c'est déjà mieux.

Il revint vers elle et lui tendit une carte de visite sur laquelle n'était inscrite qu'une série de chiffres.

– Pas la peine de la donner aux flics. Ce numéro de téléphone ne les mènera nulle part. Vous, par contre, ça aggraverait votre situation. Celle du petit bonhomme aussi, dit-il, puis il désigna la main blessée d'Alex et ajouta : N'oubliez pas. Il vous reste sept doigts, deux pouces et un adorable petit garçon.

Il récupéra son imperméable au portemanteau et sortit.

4

S'il y avait bien une chose que Banks n'avait pas envie de faire, à peine sorti du lit, dans l'aube grise d'un jour de mars, c'était patauger dans la boue du camping Riverview et contempler les restes encore fumants de la caravane de Morgan Spencer. Ses journées finissaient tard, oui, mais elles ne commençaient d'ordinaire pas si tôt. S'il y avait eu une justice en ce bas monde, il aurait encore été dans son lit, à cette heure, et il aurait paisiblement écouté l'émission *Today*, à la radio, en attendant que la « Pensée du jour » l'incite à se lever pour passer sous la douche. Ou mieux encore, il aurait été blotti contre le corps nu et chaud d'Oriana et ils auraient ignoré ensemble les rappels intermittents du réveil. Un frisson le parcourut et il serra les poings au fond de ses poches. Pourquoi se rendre la tâche encore plus difficile avec de telles pensées ?

Gerry Masterson se tenait à côté de lui. Première arrivée à la salle des enquêteurs une heure plus tôt, enthousiaste petite nouvelle qu'elle était, elle avait été la première à découvrir les rapports des incidents survenus pendant la nuit. En général le listing ne contenait que des interpellations de conducteurs en état d'ébriété, des querelles domestiques et des bagarres, à l'heure de fermeture des pubs, qui avaient dégénéré, mais ce matin une ligne avait fait tiquer Gerry : un incendie s'était déclaré au Riverview Caravan Park. Elle se souvenait d'avoir entendu ce nom la veille et, renseignements pris auprès de l'agent du standard, elle avait découvert que la caravane ravagée par les flammes appartenait à un certain Morgan Spencer.

Depuis leur arrivée sur les lieux, Banks et Gerry se contentaient d'observer. L'enquêteur incendie, Geoff Hamilton, était en train d'examiner les décombres de la caravane avec ses hommes. Annie Cabbot avait été prévenue et les rejoindrait sous peu. Banks savait qu'il pouvait faire confiance à Winsome et à Doug Wilson pour s'occuper de tout le reste pour le moment. Une odeur de cendres humides et de caoutchouc brûlé imprégnait l'atmosphère – aussi atroce, à sa façon, que l'odeur des entrailles humaines durant les autopsies. Les habitants de Riverview se tenaient devant les caravanes alentour ou se serraient contre le ruban de police délimitant le périmètre de la zone de l'incendie. Banks en vit certains, probablement réveillés par le brasier, en robe de chambre ; les autres s'étaient déjà habillés pour la journée. Plusieurs agents en uniforme circulaient au milieu de cette petite foule pour poser des questions. Pour le moment sans résultat. Personne n'avait rien vu, rien entendu. Plus probable, se dit-il, que personne ne voulait être mêlé à cette histoire.

Il aperçut Annie qui arrivait de l'entrée du camping et lui fit signe de le rejoindre.

– Oh, la vache ! fit-elle quand elle découvrit les dégâts.

Parmi les caravanes voisines de celle de Spencer, une seule avait été endommagée par les flammes. Cela constituait un vrai petit miracle. Tout de même, fit remarquer Annie, Rick Campbell, le flic à la retraite, serait furax pour son revêtement extérieur.

– Ces caravanes sont assurées, tu penses ? demanda Banks.

– Ça m'étonnerait. Les gens qui vivent ici à l'année n'en ont sans doute pas les moyens, et les proprios qui viennent juste ici en vacances ne vont pas s'emmerder à dépenser de l'argent pour ça.

Geoff Hamilton quitta son équipe pour venir tranquillement à leur rencontre. Pas le genre d'homme qu'il fallait bousculer, se souvenait Banks depuis la fois où ils avaient travaillé ensemble sur l'incendie de deux péniches. Hamilton salua Banks, Annie et Gerry avec sa courtoisie habituelle, puis désigna les débris de la caravane.

– Comme vous voyez, il ne reste pas grand-chose. De vrais pièges à feu, ces roulottes. Même quand les gens font des efforts pour les ignifuger.

– Il y a quelqu'un à l'intérieur ? demanda Banks.

Hamilton fit non de la tête.

– Et la cause de l'incendie ?

– Hmm, pas de conclusion définitive pour le moment mais nos chiens renifleurs n'ont pas détecté d'accélérant et le schéma de progression des flammes semble désigner la gazinière Calor.

– Vous voulez dire qu'elle avait été laissée allumée ? demanda Annie.

– Possib', fit Hamilton avec un haussement d'épaules.

– Mais vous en doutez, relança Banks.

– Vous me connaissez, Alan, je ne suis pas du genre à lancer des hypothèses en l'air en l'absence d'indices concrets et probants.

– Mais ?

– Tout ce que je peux vous dire c'est que le tuyau d'alimentation en caoutchouc était détaché de la gazinière. Qui fonctionne comme un barbecue à gaz, si vous voyez ce que je veux dire.

– Je connais, dit Banks. J'en possède un.

Il réussissait même à l'utiliser de temps en temps, entre deux averses.

– Je vous recommande la plus grande prudence, avec ces appareils.

– Ne vous tracassez pas, Geoff. Il est au jardin.

– Enfin, comme je disais, il semble que le tuyau d'alimentation ait été détaché côté gazinière, tout en restant raccordé à la bonbonne de gaz.

– Ce qui en a fait un lance-flammes. C'est bien ça ?

– Ouais. En gros.

– Et il s'est détaché comment, vous pensez, ce tuyau ?

– Hmm, fit Hamilton. Ça peut arriver accidentellement. À cause de toiles d'araignée qui bloquent les valves, ou d'un truc coincé dans l'appareil. Le caoutchouc se consume de l'intérieur et boum. Mais d'après ce que je vois dans cette caravane, j'ai l'impression que quelqu'un a déposé une petite pile de papier sur le sol, près de la gazinière, avant de détacher le tuyau, d'ouvrir le robinet de la bonbonne et de craquer une allumette. Et de filer en vitesse, aussi, bien sûr.

– Incendie criminel, donc ?

– Une quasi-certitude.

– Travail de pro ?

Hamilton réfléchit avec une moue exagérée.

– Ça m'étonnerait. Un pro aurait allumé un petit feu *sous* la caravane, et voilà. Plus facile que de traficoter la gazinière, et résultat identique.

– Mais ici, quelqu'un est entré dans la caravane ?

– Je pense que oui. La porte est fendillée, au niveau de la serrure, comme si elle avait été enfoncée, et le verrou est cassé. Le feu ne fait pas ce genre de dégâts. Quelqu'un a donné un coup d'épaule dans la porte. Pas un coup bien violent, d'ailleurs. Ces caravanes ne sont pas très costaudes.

– Avez-vous l'impression que la caravane a été fouillée ?

Hamilton regarda encore une fois les restes calcinés de l'habitation de Morgan Spencer.

– Comme vous pouvez le constater, les flammes n'ont pas laissé grand-chose. Mais je peux vous dire que si les placards et les tiroirs s'ouvrent et lâchent leur contenu sous l'effet des flammes, un incendie ne déchiquette pas les matelas et les oreillers à coups de couteau.

– Quelqu'un a donc fouillé la roulotte à fond avant d'y mettre le feu, dit Annie.

– Voilà, convint Hamilton. D'abord la fouille, puis le tuyau de la gazinière arraché et le feu.

– Zut ! Si nous étions revenus la perquisitionner dès hier soir…

– Tu n'as aucun reproche à te faire, l'interrompit Banks. Tu as agi comme il le fallait. Comment aurions-nous pu savoir que quelqu'un avait la même idée que nous ? Nous n'en savons toujours rien, d'ailleurs, et nous ignorons si cet incendie a le moindre rapport avec l'affaire qui nous intéresse. De plus, il n'y a pas de victime.

– Le lien entre Morgan Spencer et Michael Lane est avéré. Et Michael Lane est le fils de Frank Lane, le plus proche voisin du couple Beddoes, qui s'est occupé de leur ferme pendant leur séjour au Mexique. Michael Lane vit en outre avec Alex Preston, laquelle travaille dans une agence de voyage. Ça fait quand même plusieurs liens dont nous sommes déjà certains.

– Je sais. Et moi aussi, je trouve que ça fait beaucoup de coïncidences. Mais attention. La personne qui a fait ça, que cherchait-elle ? demanda Banks en désignant la caravane. Quelque chose qui lui appartenait et que Spencer avait ici ? Un indice compromettant pour elle ? Et *qui* est cette personne ?

– Ce n'est pas en restant plantés ici que nous trouverons des réponses, dit Annie, et elle s'adressa à Hamilton : Merci, Geoff. Si ce tas de cendres lâche d'autres infos…

– Je vous préviens aussitôt, ouais.

– Où vas-tu ? demanda Banks.

– Rendre visite à Alex Preston. Et embarquer la brosse à dents ou la brosse à cheveux de Michael Lane pour avoir son ADN. Ensuite je pense que le jeune Doug et moi allons nous offrir une virée au bord de la mer.

Banks haussa un sourcil.

– Denise Lane, précisa Annie. L'ex-femme du fermier et la mère de Michael. Il se pourrait qu'elle sache quelque chose.

– Bien vu, dit Banks. Peut-être même que tu trouveras Michael là-bas. On reste en contact, en tout cas, et je te reverrai au bureau plus tard dans la journée. Tu me feras un topo à ce moment-là. Jazz aura peut-être aussi un résultat pour nous.

Annie repartit vers sa voiture, penchée en avant contre le vent et le crachin. Banks demanda à Gerry :

– Sur Morgan Spencer, vous avez d'autres infos depuis hier ?

– Oui, j'ai fait quelques recherches quand j'ai vu que la caravane incendiée était la sienne. Sa mère vit à Sunderland. Personne ne sait où se trouve son père, mais il est très probablement reparti à La Barbade. Et puis nous ne l'avions pas vu, mais Morgan Spencer a bel et bien un casier. Assez lourd, même. Il a déjà été condamné pour coups et blessures, et pour cambriolage avec effraction. Je travaille encore sur son camion. Il serait sous clé, paraît-il, dans un local. Je trouverai l'endroit exact quand je serai rentrée au commissariat.

– Dès que possible, s'il vous plaît.

– Oui, patron.

Banks contempla à nouveau les débris de la caravane de Morgan Spencer. Aucune chance, bien sûr, de retrouver des traces d'ADN dans ce tas de cendres. Si l'ADN de Michael Lane ne correspondait pas à l'ADN du sang et de la matière cérébrale du hangar, il faudrait envisager que ces derniers aient appartenu à Morgan Spencer. Mais ce n'était qu'une présomption. D'après Alex Preston, Morgan contactait régulièrement Michael Lane, soit par téléphone soit par SMS, pour lui proposer des petits boulots. Et Lane avait reçu un SMS dimanche matin avant de disparaître. Si Lane et Spencer étaient tous les deux impliqués dans le vol du tracteur, ce qui restait du domaine du possible, et s'ils s'étaient tous les deux trouvés à l'aérodrome ce matin-là, étaient-ils également morts tous les deux ? Seule Jazz Singh serait à même de leur livrer des réponses avec ses analyses. Autre hypothèse, l'un des deux garçons avait-il tué son compère et mis les voiles ? Alex Preston avait affirmé à Annie que Michael Lane avait passé le samedi soir, et la nuit de samedi à dimanche, à leur domicile – mais qu'aurait-elle pu dire d'autre ?

Banks soupira. Cela faisait trop de questions. De quoi en avoir la migraine. Pourquoi extrapoler alors qu'il n'avait encore que des bribes d'informations ? L'heure était venue de retourner au commissariat pour coucher ses pensées sur le papier et y mettre de l'ordre. Ensuite, direction la ferme Lane.

Annie voulait savoir si Alex Preston connaissait le groupe sanguin de Michael Lane. Elle aurait pu lui poser la question au téléphone, mais c'était un peu délicat. Elle devait tenir compte de l'anxiété d'Alex, que sa requête étonnerait sans doute. Elle avait donc décidé de retourner à l'East Side Estate, et tant pis si elle était obligée de se taper une fois de plus huit étages à pied. Comme elle l'avait dit à Banks, en outre, elle en profiterait pour récupérer une brosse appartenant à Michael Lane pour les analyses ADN de Jazz.

Miracle, elle n'eut pas à grimper les escaliers car l'ascenseur fonctionnait. La cabine empestait autant que la veille, néanmoins, et Annie retint sa respiration durant toute l'ascension. Dans le couloir en balcon elle inspira à pleins poumons l'air frais et humide du dehors avant de gagner la porte de l'appartement d'Alex. Il était encore tôt, puisqu'elle était venue directement du camping, et elle avait bon espoir de trouver la jeune femme chez elle avant son départ pour le travail.

Il s'avéra qu'Alex venait de conduire Ian à l'école et était en train de se préparer du thé. Annie remarqua qu'elle avait un volumineux pansement autour de l'index de la main droite. Elle avait aussi des cernes sous les yeux et paraissait épuisée.

– Que vous est-il arrivé ? demanda-t-elle, désignant sa main.

– Je crois que je me suis cassé le doigt. Je l'ai coincé dans une porte.

– Vous devriez consulter un médecin.

– Oui, j'ai rendez-vous dans la matinée. Ça ne m'a pas paru grave au point de devoir aller aux urgences.

– On ne sait jamais.

Annie accepta une tasse de thé et elles s'installèrent dans le living.

– Tout va bien, sinon ? Votre fils ?

– Oui. Pourquoi ça n'irait pas ?

– Je ne sais pas. Disons que ce matin vous avez l'air assez nerveuse.

– Vous ne seriez pas nerveuse, vous, si votre compagnon avait disparu sans laisser de traces ?

– Il n'a pas disparu sans laisser de traces, voyons. Cette histoire doit avoir une explication très simple. Nous allons retrouver Michael. Avez-vous appris quoi que ce soit à son sujet, depuis hier ?

– Non.

Alex avait détourné les yeux et Annie eut la nette impression qu'elle mentait. Mais pour quelle raison ?

– Au sujet de Morgan Spencer, peut-être ? relança-t-elle.

– Non plus.

– Cette nuit un incendie a ravagé sa caravane.

– Un incendie ? répéta Alex, l'air stupéfait. Vous voulez dire qu'elle a brûlé ?

– Ce n'était pas un accident. Quelqu'un y a mis le feu.

– Et Morgan ?

– Il n'était pas chez lui. Personne ne se trouvait dans la caravane. Mais elle a été fouillée, mise sens dessus dessous, avant d'être livrée aux flammes. Vous avez une idée, là-dessus ?

– Moi ? Qu'est-ce que je pourrais bien savoir ? Pourquoi vous me demandez ça ?

Annie posa son mug à ses pieds et se pencha vers Alex, les coudes sur les genoux.

– Je crois que vous me cachez quelque chose.

– Mais pas du tout ! Qu'est-ce que vous allez imaginer ?

– Michael et Morgan étaient sur un coup, dimanche, n'est-ce pas ? Et peut-être sont-ils de mèche avec des gens très dangereux. Nous n'avons aucune info. Mais vous, Alex, vous en avez peut-être ?...

– Je ne comprends absolument pas de quoi vous parlez. Je ne sais rien du tout ! Et vous ne croyez quand même pas que Michael pourrait avoir un rapport avec cet incendie ?

Annie voyait maintenant de la peur dans les yeux de la jeune femme. Elle l'entendait aussi dans sa voix, qui chevrotait légèrement. Elle la percevait même, comme une odeur lourde, dans l'atmosphère.

– Je me demande si je dois vous croire. Êtes-vous effrayée à cause de quelqu'un, Alex ? De qui s'agit-il ? C'est Morgan ? Quelqu'un d'autre ? Avez-vous reçu des menaces ?

– Non, non ! Ne dites pas de bêtises, répondit Alex, un peu trop vite.

Annie désigna son pansement.

– C'est quoi, ça ? Un acompte de celui qui vous a terrorisée ?

– Je vous ai dit que je me suis coincé le doigt dans une porte !

– Mouais.

– Ne me croyez pas, ça m'est égal. Vous n'avez aucune preuve que je vous mens.

– En effet, convint Annie, récupérant son mug par terre avant de se renverser en arrière dans le fauteuil. Et rien ne vous oblige à me parler. Pourquoi devrais-je me soucier de votre sort, d'ailleurs ? Mais j'espérais que vous vous rendriez compte que j'essaie de vous aider.

– Je… je… Vous ne pouvez rien pour moi.

– Vous vous trompez. Je peux beaucoup, au contraire. Je suis avec vous, Alex, mais j'ai besoin de quelque chose pour avancer. N'importe quoi. Là, tout de suite, je suis dans le brouillard. Dans quelle histoire Michael s'est-il fourré ?

– Dans rien du tout, je vous l'ai déjà dit.

Annie soupira.

– D'accord. Si vous voulez la jouer comme ça, je laisse tomber. Connaissez-vous le groupe sanguin de Michael ?

– Son groupe sanguin ? Pourquoi vous… ?

– Voulez-vous vous contenter de répondre à la question, s'il vous plaît ?

– Je… je n'ai pas son groupe sanguin en tête. Mais je pense l'avoir… Attendez.

Alex se dirigea vers le buffet. Elle ouvrit un tiroir, y farfouilla, revint vers Annie avec un petit carnet à spirale.

– Là-dedans, j'ai toutes les infos de ce genre, dit-elle, feuilletant le carnet. Les numéros de passeport, tout ça… Ah, voilà. Michael… groupe sanguin… A+. Pourquoi vous voulez cette information ? Dites-le-moi.

Annie s'efforça de garder une expression neutre.

– Elle pourrait nous aider à trouver Michael, c'est tout.

– Vous voulez dire… Vous pensez qu'il a été blessé ? Il saigne ? Quelqu'un lui a fait du mal ? Est-ce que c'est grave ?

– Maintenant, pouvez-vous me confier un objet qui appartient à Michael et sur lequel je pourrai relever son ADN ? Sa brosse à dents, par exemple. Ou sa brosse à cheveux.

– Oui. Il ne les a pas emportées. Mais pourquoi avez-vous besoin de son ADN ? demanda Alex, et elle rentra la tête entre les épaules en crispant les doigts sur l'encolure de son chemisier, comme si elle avait froid. Vous avez un cadavre, c'est ça ? Et vous pensez qu'il s'agit de Michael. Oh mon Dieu…

Annie posa son mug pour se lever.

– Calmez-vous, dit-elle, saisissant les bras d'Alex. Ne vous laissez pas emporter par votre imagination. C'est une procédure parfaitement routinière. Il n'y a pas que les morts qui laissent derrière eux des traces d'ADN ou des fluides corporels.

– Je ne vous comprends pas. Je… Vous ne voyez pas que je suis complètement perdue, là ?

– Donnez-moi cette brosse à dents et cette brosse à cheveux. S'il vous plaît. Croyez-moi, elles nous seront utiles.

Alex se leva. Lorsqu'elle revint de la salle de bains avec les deux objets, elle paraissait encore plus démoralisée.

– Quand vous verrez votre médecin tout à l'heure, vous devriez peut-être lui dire que vous n'êtes pas dans votre assiette, suggéra Annie. Il vous donnera quelque chose pour vous requinquer. Allez-vous travailler, ensuite ?

– Pas aujourd'hui, c'est une chance.

Annie sortit deux sachets en plastique de sa sacoche, glissa la brosse à dents dans l'un, la brosse à cheveux dans l'autre, puis remplit les étiquettes d'identification avec soin avant de demander à Alex de les signer en qualité de témoin. Toujours hébétée et anxieuse, la jeune femme obtempéra sans protester.

Sur le seuil de l'appartement, Annie se retourna pour demander :

– Une dernière chose. Vous souvenez-vous si John Beddoes a réservé son voyage au Mexique chez GoThereNow ?

– Oui. Tout à fait. C'est même moi qui me suis occupée des papiers. Mais quel… ?

– En avez-vous parlé à quelqu'un ?

– Pourquoi j'aurais fait ça ?

– Je ne sais pas. Une remarque en passant, vous savez, dans le fil de la conversation. Et puis Michael connaît Beddoes. Vous pourriez avoir évoqué ce voyage devant lui.

– Je suppose que c'est possible, convint Alex. Mais je ne comprends pas. Vous ne supposez quand même pas que Michael est impliqué dans le vol de ce tracteur ? Je vous ai dit qu'il était resté ici, samedi, toute la soirée.

– Jusqu'à dimanche matin ?

– Oui !

– Et là il a reçu un texto, sans doute de Morgan Spencer, et il vous a dit qu'il devait sortir pour un boulot ? Puis qu'il passerait peut-être ensuite chez son père ?

– C'est ça.

Annie saisit la clenche pour tirer la porte sur elle.

– Je suis sûre qu'il est sain et sauf, Alex. Ne vous inquiétez pas. Et n'oubliez pas votre rendez-vous chez le médecin.

– Vous me tenez au courant ?

– Dès que nous aurons du neuf, vous serez la première prévenue.

– Où sont la jeune mignonne et le petit Harry Potter ? dit Lane quand Banks lui eut montré sa carte de police et l'autorisation de perquisitionner la ferme.

– L'inspecteur Cabbot est occupée et Harry n'a pas pu venir aujourd'hui. Il a un match de quidditch très important.

Banks songea qu'Annie aurait été plutôt contente de s'entendre qualifier de « jeune mignonne ». Mais moins enthousiaste, sans doute, quand elle aurait appris qui était l'auteur de ce commentaire. Lane n'était pas beaucoup plus âgé qu'elle – Banks lui donnait autour de quarante-cinq ans – mais ses deux ou trois décennies de pénible labeur l'avaient beaucoup marqué : il avait les épaules tombantes, la peau parcheminée, le teint maladif et de la couperose aux pommettes.

– Je vois, dit l'agriculteur, et il lâcha un petit rire sans joie. Bon, ben… Vous n'avez qu'à entrer, alors.

Il regarda, par-delà l'épaule de Banks, les agents en tenue qui entamaient déjà leurs recherches dans les divers bâtiments de l'exploitation.

– Et eux ?

– Ils n'en auront pas pour longtemps, monsieur Lane. Et ils ne feront pas de dégâts. Ne vous inquiétez pas.

– Je ne suis pas inquiet. Qu'ils fouinent autant qu'ils veulent. Mais je ne vois pas trop ce qu'ils espèrent trouver, c'est tout.

Banks entra à sa suite dans la pièce principale de la maison.

– Nous ne vous dérangerons qu'un petit moment, dit-il. Le problème, voyez-vous, c'est que nous avons déjà interrogé un certain nombre de personnes au sujet de votre fils, Michael, et que nous ne l'avons toujours pas retrouvé.

– Ah.

– Vous n'êtes pas inquiet pour lui ?

– Notre Mick, vous savez, il sait se débrouiller.

– Vous avez dit l'avoir vu pour la dernière fois il y a environ deux semaines, c'est bien cela ?

– Un peu plus. Ça faisait deux semaines vendredi dernier. Il avait travaillé chez un voisin, pendant la journée, et il est passé prendre le thé ici.

– Vous vous parlez toujours, donc ?

Lane se rembrunit.

– Nous avons des désaccords, mais je ne lui ai jamais tourné le dos. C'est mon fils.

– Dimanche – je veux dire avant-hier –, d'après Alex Preston, Michael avait prévu de venir vous voir.

– Eh ben il n'est pas venu. Et c'est qui, ça, Alex Preston ?

– La compagne de votre fils.

– Compagne ! répéta Lane avec un ricanement hargneux. Sa pétasse, ouais.

– Comme vous voudrez. Vos petites querelles familiales ne m'intéressent pas. Je veux trouver votre fils et découvrir ce qui est arrivé au tracteur de votre voisin.

Banks ne voulait pas parler du sang du hangar – qui le préoccupait bien plus, à vrai dire, que la disparition du tracteur – tant qu'il n'en saurait pas davantage sur ce qui avait pu se passer à l'ancien aérodrome.

– Vous croyez qu'il est ici, hein ? dit Lane. Notre Mick. C'est lui que vos petits poulets en tenue, là, dehors, recherchent. Je me trompe ?

– Nous souhaitons parler à votre fils, monsieur Lane, vous le savez. À votre avis, de quoi aurions-nous l'air si nous négligions les pistes les plus évidentes ?

– Je vous l'ai déjà dit. Je ne sais pas où il est.

– Pensez-vous qu'il pourrait avoir des ennuis ?

– Comment ça, des ennuis ?

– Tout ce que vous voulez imaginer. Il a déjà eu des soucis avec la justice, n'est-ce pas ?

– Ouais, mais c'était quand…

Le fermier s'interrompit, se laissa tomber dans un fauteuil et saisit le paquet de cigarettes qui se trouvait sur l'accoudoir.

– Quand quoi, monsieur Lane ?

– Quand il était paumé. Sa mère venait de partir. Il a eu une mauvaise passe, c'est tout.

– Connaissez-vous un garçon qui s'appelle Morgan Spencer ?

– Ouais. Et je sais que Denise lui mettait tous les problèmes de Michael sur le dos. Mauvaise influence, elle disait. Elle refusait même qu'il entre dans la maison.

– Apparemment il a disparu, lui aussi. Avez-vous une idée de ce qui aurait pu lui arriver ?

– Bien sûr que non. Pourquoi je saurais quoi que ce soit sur ce gars ? Y a près de trois ans que je l'ai pas vu !

On frappa à la porte. Le chef de l'équipe de perquisition voulait prévenir Banks qu'ils avaient terminé avec les bâtiments de ferme, pouvaient-ils maintenant examiner l'intérieur de la maison ? Lane fit savoir que les hommes devaient retirer leurs bottes en caoutchouc boueuses sur le seuil, mais ils arrivaient équipés de surchaussures en plastique jetables.

– Ça vous ennuie, si je les accompagne ? demanda Banks.

– Ne vous gênez pas. Vous ferez ce que vous voudrez, de toute façon, vous avez votre mandat.

Banks suivit les agents à travers la maison. Leur perquisition n'était pas aussi approfondie que s'ils avaient recherché de la drogue, par exemple ; pour le moment ils essayaient juste de déterminer si une autre personne que Frank Lane se trouvait dans la propriété. Mais Banks ne voyait aucun signe en ce sens. Dans la seule des trois chambres qui était utilisée, des vêtements traînaient çà et là et le lit était défait. La seconde était complètement vide – parquet nu et pas le moindre meuble. La troisième et plus petite contenait un lit une place et quelques cartons empilés dans un coin. C'était sans doute celle de Michael quand il passait la nuit ici. Les cartons contenaient des jouets et des livres. Le matelas était nu et rien n'indiquait que la pièce avait été occupée récemment. Dans l'ensemble la maison était propre, y compris les toilettes et la salle de bains où Banks ne vit qu'un seul blaireau, un seul rasoir à deux lames, une seule brosse à dents, un tube de dentifrice. L'un des agents ouvrit la petite armoire au-dessus du lavabo : des analgésiques ordinaires, des comprimés contre le rhume et contre les maux de ventre, une ordonnance pour un traitement contre l'hypertension, des pansements, du spray désinfectant.

Leur tournée achevée, ils regagnèrent la pièce principale.

– Je vous avais bien dit qu'il y avait personne, grogna Lane, toujours assis dans son fauteuil.

Il tira une nouvelle cigarette de son paquet et saisit la télécommande sur l'autre accoudoir pour allumer la télévision. Un vieil épisode d'*Inspecteur Barnaby*, avec John Nettles, apparut à l'écran. Banks aperçut une sorte de rituel païen au milieu d'une fête de village. Ce devait être la chaîne ITV3, qui passait des séries policières à longueur de journée. Il fixa quelques instants la nuque de Lane, puis fit signe aux agents de sortir. Ils remontèrent tous ensemble dans la Range Rover du commissariat. Michael Lane ne se trouvait pas dans la ferme de son père.

Les parents de Denise Lane, Henry et Ilva Prince, occupaient un petit pavillon dans un lotissement pour retraités qui se trouvait au bord de la mer, à mi-chemin de Whitby et de Sandsend. Annie et Doug bavardèrent un peu pendant le trajet à travers la lande détrempée du North Yorkshire – il y avait même de nombreuses nappes d'eau sur la chaussée –, mais ils se laissèrent aussi de longues plages de silence qui leur permirent d'observer tranquillement le paysage. C'est-à-dire : quand ils n'étaient pas au milieu d'un banc de brouillard. Annie ne put s'empêcher de penser qu'elle était bien contente de ne pas avoir à se farcir la musique de Banks. Il écoutait de ces horreurs, quand même. À l'approche de la côte, enfin, le temps changea subitement. Les nuages s'évanouirent et ils trouvèrent un horizon dégagé par-dessus la mer, avec un soleil étincelant dans un ciel d'un bleu profond. Le vent froid et cinglant qui soufflait du large leur rappela cependant, quand ils descendirent de voiture, que l'été était encore loin.

La petite dame menue, aux cheveux gris, qui ouvrit la porte avec une expression de méfiance inquiète, examina soigneusement leurs cartes de police. Elle les invita ensuite à entrer en expliquant qu'on n'était jamais trop prudent, de nos jours, d'autant que son mari était sorti. Dans la salle de séjour assez sommairement meublée, une large fenêtre donnait sur une pelouse en pente douce, tondue avec soin, et au-delà sur la mer du Nord. Les vagues, de lumineuses stries blanches sur le bleu de la mer, se brisaient dans un brouillard d'écume sur la plage. Plusieurs pétroliers, ou des cargos peut-être, glissaient tout doucement sur l'eau au loin.

– Vous avez une très jolie vue, dit Annie.

– Henry a toujours voulu prendre sa retraite au bord de la mer. Alors voilà.

Ilva Prince sembla retenir un soupir à la fin de sa phrase. Encore une femme déçue par son sort.

Annie et Doug Wilson continuèrent d'admirer la mer pendant qu'elle préparait du thé à la cuisine. Ils s'assirent ensuite sur le canapé en velours bordeaux, orné de coussins à galon doré et de têtières en dentelle blanche, qui faisait face à deux fauteuils à oreilles assortis.

Annie avait déjà précisé qu'ils n'étaient pas porteurs de mauvaises nouvelles et la vieille dame semblait plus sereine qu'un moment auparavant. Ses mains ne tremblaient plus, à tout le moins, lorsqu'elle servit le thé.

– Nous nous demandions si vous aviez vu votre petit-fils, Michael, ces derniers jours, commença Annie.

– Michael ? Ah non, il y a bien quelques mois que nous ne l'avons pas vu. Je sais seulement qu'il s'est acoquiné avec une débauchée qui vit dans une HLM d'Eastvale.

– C'est en partie vrai. Elle s'appelle Alex Preston. Mais vous devez avoir appris cela par votre gendre, Frank, qui utilise le même genre de qualificatif à son sujet. J'ai rencontré cette jeune femme et ce n'est absolument pas une débauchée, madame Prince. Apparemment, Michael et elle s'aiment beaucoup. Et aujourd'hui elle est très inquiète pour Michael qui n'a pas donné signe de vie depuis dimanche matin. Elle affirme qu'il n'est pas du tout du genre à disparaître sans explication. Elle pensait qu'il avait peut-être rendu visite à son père, mais je me demande s'il n'aurait pas décidé, à la place, de voir sa mère ?

– Notre Denise ? Ah non, du tout. Vous ne croyez pas plutôt qu'il est revenu à la raison et qu'il a quitté cette femme ?

– Je ne plaisante pas, madame.

– Moi non plus. De toute façon notre Denise ne vit plus ici, et je vous dis que Michael ne nous a pas rendu visite depuis des mois. Il est comme son père, au fond, jamais un moment pour nous. Henry et moi nous avons pourtant essayé, vous savez. Oh, le petit Michael venait bien ici de temps en temps, au début, quand sa mère s'est installée chez nous, mais…

– Et votre fille, savez-vous si elle l'a vu ces derniers jours ?

– Elle nous l'aurait dit.

– Vous êtes en contact avec elle, alors ?

– Bien sûr ! C'est juste que… Elle a rencontré quelqu'un, vous voyez. Il habite à Whitby. Et elle… ils… enfin elle a emménagé chez lui. Mais Ollie, attention, c'est quelqu'un de vraiment bien ! Ollie c'est le diminutif d'Oliver. C'est un prénom qui m'a toujours beaucoup plu. Il a quelque chose de distingué, je trouve. Comme Oliver Cromwell. Non pas qu'Ollie se donne des manières, hein, pas du tout. Mais c'est un monsieur très bien. Il a des diplômes universitaires et un bon emploi. Il travaille dans l'administration, pour le comté. Dimanche, justement, Denise et lui sont venus prendre le thé.

– Et elle ne vous a pas parlé de Michael ?

– Non. Elle aurait dû ?

– Nous aimerions beaucoup la rencontrer pour lui parler de son fils.

Ilva Prince regarda sa montre.

– Vous ne la trouverez pas chez elle à l'heure qu'il est. Elle travaille au Tesco qui est à côté de la gare.

Doug Wilson se mit debout.

– Je peux utiliser vos toilettes, madame Prince ? demanda-t-il. Nous arrivons d'Eastvale et c'est un long trajet.

Elle pointa un index vers une porte au fond de la pièce.

– Par là, à droite. Et attention, laissez l'endroit comme vous l'aurez trouvé !

– Oui m'dame.

Annie reprit :

– Denise et son mari sont séparés depuis deux ans, je crois savoir ?

– Oui, c'est à peu près ça.

– Avez-vous une idée de la raison pour laquelle leur mariage n'a pas tenu ?

Ilva Prince pinça les lèvres.

– Hmm… On ne sait jamais vraiment ce qui se passe dans un mariage, n'est-ce pas ? Les gens ne se confient pas beaucoup, sur ce genre de sujet. C'est trop intime. Ils disent qu'ils n'étaient pas faits l'un pour l'autre au bout du compte, ou que ça n'a pas fonctionné, et voilà. Il n'y a qu'eux qui savent réellement ce qui a pu se passer. S'ils sont honnêtes avec eux-mêmes, en tout cas. Mais je peux vous dire une chose : Henry et moi nous étions contre ce mariage dès le début. Je lui ai dit, à notre Denise, qu'elle ne devait surtout pas épouser un agriculteur. Avec un gars pareil, elle était sûre de gâcher sa vie. Elle aurait pu décrocher un bon métier, dans le commerce ou un autre secteur intéressant, et se marier avec quelqu'un de bien – un comptable, peut-être même un avocat. Parce qu'il fallait la voir, autrefois… Elle était tellement jolie ! Et futée, par-dessus le marché. Elle réussissait à l'école. Elle n'avait que des excellents résultats. Elle aurait pu s'inscrire dans n'importe quelle université. Mais non, il a fallu qu'elle se mette à travailler aussitôt qu'elle a été majeure. Elle voulait gagner sa vie pour être libre et en profiter, qu'elle disait. Oui, c'est ce qu'elle nous répétait. « Je veux profiter de ma liberté tant que je suis jeune. » Alors le salaire partait en vêtements, en maquillage, en musique et en nuits dans les discothèques de Leeds. Mais sa *liberté*, bien sûr, conclut Ilva Prince avec un petit ricanement, ça a duré ce que ça a duré !

– S'est-elle mariée jeune ?

– Ah oui. Elle avait dix-neuf ans. À ce moment-là elle travaillait au guichet chez NatWest. La branche d'Eastvale, vous voyez, qui était sur la place du marché ? Henry et moi, nous vivions à Middlesbrough à cause de son travail. Ce n'était pas très loin. Denise avait passé le permis et possédait une petite auto. Et puis un jour, la catastrophe. Frank Lane entre dans la banque pour déposer une demande de prêt. Franchement, quelle femme saine d'esprit tombe amoureuse d'un type qui entre dans une banque pour obtenir un prêt ?

Doug Wilson reparut dans la pièce et se rassit.

– Combien de temps sont-ils restés mariés ? demanda Annie.

– Vingt ans. Mais elle est encore jeune, notre Denise. Et elle prend soin d'elle. Vous la verrez tous les jours à la salle de sport. Elle fait beaucoup d'exercice.

– Et elle a un emploi chez Tesco, dites-vous ?

Ilva Prince pinça de nouveau les lèvres.

– Oui mais… temporairement. Le temps qu'elle retombe sur ses pieds. Il ne lui faudra pas très longtemps pour se faire réembaucher dans une banque, vous allez voir ça. Et je ne serais pas étonnée qu'elle devienne directrice d'agence.

– Chez Tesco, ce n'est donc pas dans les bureaux qu'elle travaille ?

– Pas exactement.

– Quand elle s'est séparée de Frank, est-elle tout de suite venue ici, chez vous ?

– Oui. Ma pauvre petite fille, elle était dans un tel état ! Il l'a fichue à la porte, vous savez. En lui balançant toutes ses affaires dehors. Dès le début je lui avais dit qu'elle ne devait pas épouser ce type. Être femme d'agriculteur, ça ne pouvait absolument pas lui convenir. Elle était comme un bel oiseau en cage. Notre Denise, elle aimait les jolies choses, les fêtes, aller au restaurant, les vacances en Espagne, les week-ends à Londres et à Paris. Mais avec Frank Lane ? Dans cette ferme elle était prisonnière ! Je ne sais pas comment elle a tenu le coup si longtemps. Pour le petit Michael, je suppose.

– Vous pensez que c'est la raison de leur séparation, au bout du compte ? La ferme, la vie de votre fille là-bas, l'isolement... ?

– Mais oui, c'est sûr. Et puis ils étaient constamment sans le sou. Ils devaient lésiner sur tout, tout, tout, sinon ils n'arrivaient pas à joindre les deux bouts. Je ne dis pas que Frank était radin, dame, attention ! Enfin pas vraiment. Mais il y a eu des périodes où elle était à peine capable de mettre un vrai repas sur la table. Alors quoi ? Et lui, bon sang, il travaillait autant d'heures que Dieu lui en donnait ! Ils n'avaient pas de vie, ils n'allaient jamais nulle part. Même pas à Londres. Ce qui est étonnant, c'est qu'elle ne soit pas partie plus tôt.

Ilva Prince croisa les bras sur sa poitrine.

– Vous dites qu'elle est sans doute restée pour le petit Michael. Pensez-vous qu'elle ait même attendu, pour s'en aller, qu'il soit assez âgé ?

– Pour une part, oui, je suppose. Elle tient beaucoup à ce garçon, faut lui laisser ça. Notre Denise était une bonne mère. Mais ficher le camp, je suis sûre qu'elle y pensait depuis un certain temps. Michael avait dix-sept ans quand elle s'est enfin décidée. J'imagine qu'elle a jugé qu'il était assez grand, oui, à ce moment-là, pour se débrouiller. Le problème c'est qu'il n'a rien dans le crâne. Encore un qui n'a pas voulu rester à l'école et entrer à l'université. Il ne savait pas ce qu'il voulait faire de sa vie, si vous voulez mon avis. Et il n'en sait toujours rien.

Annie ne se rappelait pas avoir su ce qu'elle voulait faire de sa vie quand elle avait dix-sept ans – à part traîner avec des garçons et avaler un maximum de Bacardi Breezer pour se saouler. Doug Wilson ne le savait sans doute pas, lui non plus, estima-t-elle en jetant un coup d'œil à son jeune collègue. Winsome, par contre… Elle, oui, elle avait sûrement toujours su qu'elle ferait carrière dans la police. Comme son paternel à la Jamaïque – son héros, avait-elle confié à Annie un soir où elles avaient descendu un peu trop de vodka tonic. Annie, en tout cas, à cet âge-là, ne savait pas qu'elle deviendrait flic, et aujourd'hui encore il lui arrivait de se demander si elle avait pris la bonne décision.

Doug Wilson tapota son stylo sur son carnet et lança à Annie un regard qui semblait dire « On perd notre temps dans cette baraque ». Et il avait raison. Ils avaient appris tout ce qu'ils pouvaient souhaiter entendre sur la famille Lane, et ils ne tireraient rien de plus d'Ilva Prince – sinon davantage d'animosité. Quelle horrible famille, putain, songea-t-elle. En tout cas les deux membres qu'elle avait déjà rencontrés, Frank et Ilva, n'étaient pas gais. Peut-être Michael et Denise avaient-ils une vision plus positive de l'existence. Bon, elle le saurait bien assez tôt.

Juste avant qu'ils ne sortent de la maison, elle demanda à la vieille dame :

– Connaissez-vous certains des amis de Michael ?

– Hmm… Non, je ne crois pas.

– Un garçon qui s'appelle Morgan Spencer ?

– Lui, Denise m'en a un peu parlé. Elle ne l'aime pas, je crois. Mais faudrait voir ça avec elle.

– Voyez-vous autre chose à nous dire qui pourrait nous aider ?

– Non, je ne vois pas… Je n'ai plus vraiment de rapports avec les Lane, vous savez, depuis que notre Denise est partie de là-bas.

Annie fit signe à Doug. Arrivés à la voiture ils s'immobilisèrent quelques instants pour contempler la mer. Les bateaux n'étaient plus que des points à l'horizon. Le vent soufflait encore, glaçant, et l'eau était d'un bleu lumineux sous l'éclatant soleil.

– Personne dans la maison, dit Doug. J'ai fait le tour. Proprette et vide.

– Ça ne m'étonne pas. Mais vous avez pensé quoi de cette femme ?

– Je dirais qu'elle ne sait rien du tout.

– Moi aussi. On déjeune, ça vous tente, avant de s'attaquer à l'ex-femme ? Nous n'allons tout de même pas passer à Whitby sans nous offrir un bon fish and chips.

5

Banks avait décidé de profiter de la visite chez Frank Lane pour se rendre dans la foulée chez John Beddoes. Les trois agents qui l'accompagnaient fouineraient aussi un bon coup dans les différents bâtiments de la ferme. Il était très improbable que Michael Lane y soit caché, mais savait-on jamais. En outre, Banks n'avait jamais rencontré Beddoes et il avait envie de prendre lui-même la mesure du bonhomme.

Annie avait raison de dire que Beddoes ressemblait moins à un agriculteur qu'à un homme d'affaires – un homme d'affaires distingué, affable, et qui devait être habitué à commander. Difficile de l'imaginer, en tout cas, nettoyant les écuries, raclant la porcherie ou se livrant aux autres tâches pénibles du métier. Peut-être avait-il des employés pour ces choses-là. Gerry Masterson, qui s'était déjà un peu penchée sur son passé, avait découvert qu'il avait fait partie des joyeux drilles de la City qui, dans les années quatre-vingt, s'en étaient mis plein les poches quand les gouvernants avaient crié hourra à la déréglementation du secteur financier. Banks travaillait à Londres, lui aussi, à ce moment-là, mais pas pour brasser des millions ; il avait juste mené un combat perdu d'avance contre les gangs de Soho. Il se rappelait néanmoins qu'à peu près tout le monde, y compris une bonne partie de ses collègues, s'était jeté sur la Bourse. Une époque exaltante.

Avant de s'asseoir au salon, il jeta un coup d'œil à la collection de CD qui se trouvait à côté de la chaîne hi-fi haut de gamme Bang & Olufsen. Son hôte appréciait la musique de Bach, de Mozart et de Händel.

– Voici donc le célèbre inspecteur Banks, dit Beddoes d'un ton patelin. J'ai beaucoup entendu parler de vous. Mon épouse, savez-vous, fréquente le même club de lecture que votre patronne.

– Je sais, dit Banks qui imaginait mal la commissaire Gervaise parlant de lui à ses copines amatrices de littérature. J'espère que vous n'avez entendu que des bonnes choses.

– Je ne trahirai pas mes sources, dit Beddoes avec le sourire. Oh, mais pardonnez mon impolitesse. Je peux vous offrir quelque chose ? Du thé, du café ?... Un remontant plus costaud, peut-être ?

Banks leva la main en signe de refus.

– Merci, je passe en coup de vent, dit-il, et il désigna la hi-fi. Vous avez du très beau matériel.

– Oui. Un plaisir que je me suis offert. La qualité du son est exceptionnelle. Aimeriez-vous l'entendre ?

– S'il vous plaît.

Beddoes passa le doigt sur ses disques et mit une cantate de Bach dans le lecteur. La musique s'éleva des haut-parleurs, chaque instrument, chaque voix se distinguant parfaitement, dans ses moindres nuances. Beddoes laissa cependant le volume assez bas pour qu'ils puissent se parler.

– Vous êtes donc venu avec vos troupes, dit-il en désignant la fenêtre et la cour, avant de se rasseoir, les jambes croisées.

– Eux ? Oh, j'espère que cela ne vous ennuie pas. Je leur ai demandé d'inspecter une nouvelle fois vos bâtiments, au cas où ils trouveraient le moindre indice qui aurait pu nous échapper. Nous n'avons pas grand-chose pour avancer dans notre enquête.

– Je compatis. Et non, cela ne me gêne pas, bien sûr. Ils devraient tout de même éviter les cochons qui sont de mauvais poil aujourd'hui.

– Je suis sûr qu'ils ne les dérangeront pas.

– En quoi puis-je vous aider ? Je dois dire que tous les policiers à qui j'ai parlé jusqu'à maintenant ont été très précis dans leurs questions. C'est une attitude très louable. Ceci dit, je ne vois pas bien ce que je pourrais ajouter à tout ce que j'ai déjà raconté à vos subalternes.

– En fait, je voulais surtout voir votre propriété de mes propres yeux. Et comme je devais me rendre chez M. Lane, j'ai eu l'idée de passer chez vous.

– Pour examiner le lieu du crime, dit Beddoes, décroisant les jambes pour les croiser dans l'autre sens. Je comprends. Avez-vous des nouvelles du fils de Frank ? J'ai cru comprendre que le petit gars s'était volatilisé.

– Pas pour le moment. Vous n'avez jamais beaucoup apprécié Michael Lane, n'est-ce pas ?

– Je ne le nie pas. À mon sens, ce garçon n'a toujours été qu'un délinquant juvénile en puissance. Mais peut-être ces mots ne sont-ils pas politiquement corrects, de nos jours ?

– L'expression est plus désuète qu'autre chose, me semble-t-il. À l'origine de votre mésentente, y a-t-il un événement particulier ?

– Non. Et il n'y a pas de *mésentente* entre nous parce que nous nous connaissons à peine, au fond. Ce garçon était juste un enquiquineur, voilà tout. Mais je ne souhaite pas pour autant qu'il lui arrive des ennuis. Je sais que Frank aime son fils, malgré les problèmes qu'ils peuvent avoir. Frank, voyez-vous, est un homme qui a beaucoup de mal à exprimer ses sentiments.

– Comme la plupart des hommes si j'en crois la plupart des femmes que je connais. Êtes-vous certain, en ce qui concerne Michael Lane, que son comportement n'était pas celui de tous les ados un peu… vifs ?

– Peut-être. Il était grande gueule, tout de même, et toujours prêt à faire un mauvais coup. Cela ne fait pas de lui un criminel, bien sûr. Et maintenant que j'y réfléchis, eh bien… moi aussi, autrefois, j'ai sans doute été un peu comme lui.

– Vous a-t-il volé quelque chose ? A-t-il commis des actes de vandalisme sur votre propriété ?

– Non. Rien de ce genre. Vous avez entendu parler de la voiture qu'il a volée et avec laquelle il s'est payé une folle équipée, je présume ?

– Oui. Diriez-vous que ce délit fait de lui un suspect pour le vol de votre tracteur ?

– Michael Lane ? Mon tracteur ?

– Pourquoi pas ?

– Non, je n'ai jamais pensé cela. Pour réaliser un coup pareil il faut une certaine capacité d'organisation, n'est-ce pas ? Ça ne ressemble pas à ce garçon. Et puis ce n'est pas le travail d'un seul homme. Ne pensez-vous pas qu'ils ont dû faire ça à plusieurs ?

– C'est possible. En même temps j'ai entendu dire que le voleur n'a pas eu de mal à trouver la clé de contact du tracteur.

Beddoes rougit.

– Oui, bon… Cela m'aura servi de leçon.

Le proverbe « Mieux vaut prévenir que guérir » traversa l'esprit de Banks, mais il ne voulut pas paraître sentencieux et se contenta de demander :

– Est-il possible que Michael Lane ait su que vous partiez en vacances ?

– Sans doute. Son père le savait, lui, évidemment.

– Savez-vous que la compagne de Michael Lane travaille chez GoThereNow, au centre commercial du Swainsdale ?

– Ah non, fit Beddoes, fronçant les sourcils. Sa vie privée m'est complètement étrangère.

– C'est bien dans cette agence que vous avez réservé votre voyage ?

– Tout à fait. Alors vous pensez que sa compagne lui en aurait parlé, et puis que Lane aurait volé le tracteur avec des copains à lui ?

– Simple hypothèse. Mais je dois dire que je ne la prends pas très au sérieux. Comme vous l'avez fait remarquer, il faut une certaine organisation pour voler un tracteur. Et le revendre ensuite. Bien sûr, Michael Lane pourrait être un rouage dans la machine. Mais cette opération, ce n'est pas le genre de chose qu'un adolescent, même un adolescent « toujours prêt à faire un mauvais coup » comme vous dites, tente sur un coup de tête. Que ferait-il de l'engin, déjà, à supposer qu'il ait réussi à le sortir de votre propriété ?

– C'est bien mon opinion.

– Connaissez-vous un ami du jeune homme qui s'appelle Morgan Spencer ?

– Ce nom ne me dit rien.

– Spencer et Lane travaillent ensemble dans les fermes du coin. Ils font toutes sortes de petits boulots.

– Pas dans la mienne, en tout cas. Je me méfie trop de Michael Lane pour le laisser entrer dans ma propriété. L'autre, Spencer, vous pensez qu'il pourrait être impliqué dans le vol ?

– Tout ce que je sais, pour le moment, c'est qu'il y a trop de zones d'ombre et trop de coïncidences dans cette histoire, dit Banks, puis il se frappa les cuisses avec les paumes et se leva. Mais je suis sûr que nous ferons toute la lumière sur l'affaire d'ici peu. Je vous ai déjà trop retardé. Merci pour la musique, monsieur Beddoes.

– John, je vous en prie, répondit le gentleman farmer. Le plaisir a été pour moi.

– John, très bien. Et ne vous inquiétez pas, nous ferons tout notre possible pour retrouver votre tracteur.

Ils se serrèrent la main à la porte et Banks se dirigea vers la Range Rover. Les trois agents l'y attendaient déjà. Leurs mines lui révélèrent qu'ils n'avaient rien trouvé d'intéressant.

Après s'être régalés de fish and chips accompagné de purée de petits pois au Magpie, le célèbre restaurant de Whitby, Annie et Wilson trouvèrent Denise Lane au travail à l'une des caisses du Tesco. Annie la persuada de prendre sa pause en avance et de les accompagner au petit café voisin de l'entrée du supermarché. Ils prirent une table près de la baie vitrée donnant sur le parking et, au-delà, sur la rade de Whitby. Doug alla chercher un latte pour Denise au comptoir. Ni lui ni Annie ne voulaient rien avaler. L'idée de consommer un latte ou une boisson de ce genre après leur fish and chips paraissait même obscène à Annie. Deux enfants survoltés, apparemment seuls, cavalaient à travers la salle, mais par ailleurs l'établissement était tranquille et leur table suffisamment à l'écart pour pouvoir parler en toute discrétion. Par la vitre, Annie vit une volée de mouettes tournoyer au-dessus d'un vieux voilier en bois au mouillage dans le port. C'était un navire célèbre – historique, même, dont elle aurait dû se souvenir, peut-être le bateau d'Horatio Hornblower, de Nelson ou du capitaine Cook.

Denise Lane avait un visage en cœur sous un impeccable brushing de cheveux châtains aux mèches blondes, la peau sans défaut et les traits bien proportionnés. Elle était encore jolie, en effet. Elle avait aussi de longues jambes et, sous son uniforme, semblait avoir la silhouette mince et harmonieuse. Ilva Prince n'avait sans doute pas menti en disant que sa fille allait régulièrement à la salle de sport. Denise devait avoir à peine quarante ans, soit une dizaine d'années de plus qu'Alex Preston et cinq ou six de moins, environ, que son ex-mari. Si la vie à la ferme, pendant près de deux décennies, l'avait affectée sur le plan physique, elle avait assurément travaillé à retrouver ses charmes et l'éclat de sa jeunesse. Sa caractéristique la moins séduisante, peut-être, étaient ses doigts courts, boudinés, aux ongles cassés et rongés.

– Qu'est-ce qui ne va pas ? demanda-t-elle avant même que Doug Wilson soit revenu avec le café. Il est arrivé quelque chose à Michael ?

– Qu'est-ce qui vous fait penser cela ?

– Ce n'est pas tous les jours que j'ai la visite de la police. Et comme je n'ai rien fait de mal, je suppose que vous avez de mauvaises nouvelles.

– Simple enquête de routine, dit Annie – et elle s'en voulut aussitôt de débiter pareil cliché de flic. C'est-à-dire… nous sommes juste venus vous poser quelques questions et vous n'avez pas à vous inquiéter. À ma connaissance il n'est rien arrivé à personne. Et personne n'a rien fait de mal non plus.

– Vous devez bien avoir une raison d'être venus jusqu'ici pour me rencontrer.

Doug Wilson était de retour. Il posa le latte devant Denise, s'assit à côté d'Annie et sortit carnet de notes et stylo.

– Quand avez-vous vu Michael pour la dernière fois ? demanda Annie.

– Oh, il y a déjà un moment.

– Combien de temps ?

– Deux ou trois mois.
– Vous n'êtes pas proches l'un de l'autre ?
– Je suppose que non. En tout cas pas depuis… depuis…
– La séparation ?
– Oui. Ç'a été une période très difficile pour tout le monde. Michael est resté à la ferme avec son père. Qu'est-ce qu'il aurait pu faire d'autre ? Il n'avait que dix-sept ans. Alors au début il est venu me rendre visite chez mes parents, oui, de temps en temps, mais on se disputait beaucoup. Je crois qu'il me reprochait ce qui s'était passé. Et maman est souvent trop… Elle a des opinions tellement tranchées, vous voyez. De mon côté, je suppose que je me sentais trahie. Abandonnée. Et puis quand j'ai rencontré Ollie, les choses ont encore changé. J'ai de moins en moins vu Michael. Ollie et lui ne s'entendaient pas du tout. Avec le temps ça s'arrangera peut-être. Enfin ce serait bien.
– Donc vous ne savez pas vraiment quel genre de vie Michael mène aujourd'hui ? L'endroit où il habite, ses activités… ?
– Je sais qu'il est parti de chez son père il y a un an, à peu près, et qu'il a une copine plus âgée que lui. Mais… non, je ne sais pas grand-chose de plus.
– Sa compagne est plus âgée que lui, en effet. Votre mère la qualifie de « débauchée ». Cela ne vous ennuie pas ?
– Quoi donc ? Qu'elle la traite de débauchée ou que cette femme soit plus âgée que Michael ? Pourquoi ça devrait m'ennuyer ? Les hommes se mettent tout le temps avec des femmes plus jeunes qu'eux. Je m'en fiche, du moment que Michael et cette fille sont heureux. Écoutez, allez-vous enfin me dire pourquoi vous êtes ici ? Où voulez-vous en venir, avec vos questions ? Ma pause sera bientôt finie et je ne vois pas pourquoi nous blablatons comme ça au sujet de Michael.

Annie ne savait pas très bien elle-même, en fait, où elle voulait en venir. Mais elle dit :
– Nous essayons de retrouver votre fils. Le tracteur d'un voisin de son père, M. Beddoes, a été volé ce week-end. M. Beddoes était alors en vacances, à l'étranger, avec son épouse. Et il nous a parlé de Michael. Voilà.

– Vous pensez que Michael a volé le tracteur de John Beddoes ? répliqua Denise comme si elle n'en croyait pas ses oreilles. Juste parce que Beddoes l'a pointé du doigt ?

– Absolument pas. Mais nous aimerions parler avec Michael. Il y a une certaine animosité, dirait-on, entre M. Beddoes et lui. Et puis le fait est que votre fils a déjà eu des ennuis avec la justice.

– Vous ne lâchez donc jamais prise, vous autres, hein ? Je sais bien qu'il a volé une voiture. Et fait l'imbécile. Mais une bêtise, une seule, et les gens restent définitivement dans votre collimateur !

– Mais non, pas du tout, protesta Annie d'une voix qui manquait peut-être de conviction. Michael a disparu. Alex est inquiète. Nous voulons le retrouver, c'est tout.

– Oh, n'en faites donc pas des montagnes. Il n'a pas disparu. Quel cinéma ! C'est ce qu'elle vous a raconté, cette pauvre fille ? Qu'il avait *disparu* ?

– Connaissez-vous un copain de Michael qui s'appelle Morgan Spencer ?

Denise détourna les yeux.

– Morgan ? répéta-t-elle, regardant le port à travers la vitre. Pourquoi ?

– D'après votre mère, vous n'avez pas une très bonne opinion de lui. Et lui aussi, il est introuvable en ce moment.

– Eh ben… Lui, par contre, c'en est un que vous devriez surveiller. J'ai toujours pensé qu'il avait une mauvaise influence sur notre Michael. Il y a quelques années qu'ils se connaissent. Depuis avant mon départ. Et je vais vous dire une chose, je suis à peu près certaine que c'est Morgan qui était derrière cette histoire de voiture volée. Ils ont fait les idiots, et c'est Michael qui a été attrapé, mais je vous parierais n'importe quoi que Morgan avait tout mijoté. Comme il est plus âgé que Michael, il aurait sans doute écopé d'une vraie bonne peine de prison. En plus, je lui en veux d'avoir mis de sales idées dans la tête de mon fils.

– Du genre ?

– Oh, que les études ça ne sert à rien, qu'il faut faire son trou soi-même, qu'il est facile de s'en mettre plein les poches quand on sait s'y prendre. Ce genre de choses. Mon Dieu, comme je regrette de ne pas être entrée à l'université quand je le pouvais ! Croyez-moi, je m'en veux beaucoup.

– Qu'est-ce qui vous en a empêchée ?

Denise poussa un petit rire amer.

– Je voulais avoir de l'argent. Mener la grande vie. Je ne voyais aucune raison de me fatiguer à apprendre des choses qui ne m'intéressaient pas. Je voulais des vacances à l'étranger, profiter du soleil et m'amuser, tout ça. À la place, j'ai eu Frank Lane et cette saleté de ferme. Mais je ne blâme personne d'autre que moi. Et puis tout ça c'est du passé, maintenant.

– Morgan, d'après vous, a donc eu une mauvaise influence sur Michael. Est-ce tout ce que vous pouvez nous dire à son sujet ?

– Il est… Je pense…

Denise détourna de nouveau les yeux.

– Qu'y a-t-il, Denise ? relança Annie.

– Je crois qu'il est dangereux, aussi.

Denise regarda autour d'elle comme pour s'assurer que personne ne l'écoutait, puis ajouta en baissant la voix :

– C'est un monstre en puissance, ce garçon. Un jour, il y a à peu près trois ans, avant que ça n'aille vraiment mal entre Frank et moi, il est venu à la ferme pour voir Michael. Ni Michael ni Frank n'étaient là. J'étais toute seule. Mais ça n'a pas eu l'air d'ennuyer Morgan. Bien au contraire. Il a commencé à… comment dire… à me faire du gringue, quoi. Et assez vite, il a montré son vrai visage. Il m'a proposé de monter à la chambre pour qu'on « s'amuse un peu », qu'il a dit. Il m'a carrément déclaré que je n'étais pas mal du tout, pour une vieille, et qu'avec lui j'étais sûre de « m'éclater ». Et d'autres trucs du même tonneau. Ce mec se prend pour un cadeau du Ciel.

Le récit de Denise glaçait Annie.

– Vous a-t-il touchée ?

– Il a commencé. Il a posé une main sur ma poitrine, mais je l'ai aussitôt giflé. Et là, quand j'ai vu sa tête, mon Dieu…

Pendant une minute j'ai bien cru qu'il allait me forcer. Il avait l'air tellement furieux que je le repousse…

– Mais il n'a rien fait ?

– Non. Il est parti.

– Y a-t-il eu d'autres scènes de ce genre ?

– Ah non ! Après ça, j'ai refusé qu'il mette les pieds à la maison.

– Avez-vous raconté cet incident à votre mari ? Ou à Michael ?

– Non. Je n'en ai parlé à personne. J'avais honte, vous savez. Je me sentais salie. Et puis les choses ne tournaient déjà pas très rond entre Frank et moi, alors… Enfin vous voyez, quoi. Mais je veux que vous sachiez de quoi Morgan Spencer est capable. S'il y a des soucis, si Michael est dans le pétrin, vous pouvez parier que Morgan est derrière.

– C'est gentil de t'être libérée pour qu'on se voie rapidement, dit Banks à l'inspecteur Joanna MacDonald pendant qu'ils attendaient leur commande dans un pub des environs de Northallerton.

– Tu m'as donné une bonne excuse pour m'échapper du bureau, répondit-elle avec le sourire. En plus, tu as dit que tu invitais.

– Comment ça va, toi ?

Joanna haussa les épaules.

– Que te dire ? Le boulot ça va. La vie privée c'est plus compliqué. Je me sens parfois un peu seule.

Banks savait que Joanna s'était séparée de son mari, quelque temps plus tôt, après lui avoir découvert tout un chapelet d'infidélités, ou « passades », comme elle disait. Il se souvenait d'avoir lui-même beaucoup souffert quand son ex-femme, Sandra, l'avait quitté pour un autre homme. À la douleur de la trahison s'ajoutait l'idée humiliante d'être un imbécile qui n'avait rien vu venir.

– Ton mari te manque ?

– Pas plus qu'une mauvaise odeur. Et il faut voir le bon côté des choses : je ne travaille plus à l'Inspection générale donc je ne suis plus détestée par tout le monde.

Banks sourit. Joanna avait perdu le côté blonde hitchcockienne glaçante qu'elle avait à l'époque de leur rencontre. Elle était toujours blonde, et magnifique, mais au lieu d'attacher ses cheveux en chignon haut sur la nuque, elle les laissait maintenant retomber sur ses épaules. Elle portait aussi des lunettes à monture noire, très sympa, qui lui donnaient un petit air de prof de fac. Et surtout, il y avait quelque chose de plus chaleureux, de plus décontracté dans sa façon d'être. Quand ils avaient travaillé ensemble sur une affaire qui les avait emmenés à Tallinn, elle avait été distante, crispée, et par moments passablement soupe au lait. Une attitude, il le savait maintenant, à mettre en grande part sur le compte de son affectation à la Direction générale – la police des polices –, et aggravée par le fait qu'elle soupçonnait déjà son mari de la tromper. En outre, Banks devait bien admettre qu'il ne l'avait pas franchement accueillie à bras ouverts. Elle travaillait pour l'ennemi, oui, mais il l'avait traitée de façon cruelle et il jugeait aujourd'hui puérils les mauvais tours qu'il lui avait joués.

– Tu étais pourtant super bonne, à ce poste, observa-t-il.

Joanna rit.

– Merci. T'aurais pu me le dire sur le moment. Ça m'aurait fait du bien.

– Ouais. Tu sais que personne n'apprécie de voir son travail examiné à la loupe et remis en cause.

– Oh, je n'avais rien contre toi. Tu le sais bien. Et puis tu avais les chevilles qui enflaient un peu trop. Comme la plupart des hommes…

– Houlà, bonjour la généralisation. Et je n'étais quand même pas si détestable, si ?

Joanna fronça le nez et leva la main droite, pouce et index presque à se toucher.

– Un chouïa, dit-elle, et elle sourit en repoussant une mèche de cheveux derrière son oreille. Mais dis-moi, je suppose que tu n'as pas fait tout ce chemin pour le seul plaisir de ma compagnie. Qu'y a-t-il pour votre service, inspecteur Banks ?

La serveuse arriva à ce moment-là avec leurs assiettes qu'elle posa avec précaution devant eux en les prévenant de faire attention, car elles étaient brûlantes. Ils avaient commandé des plats classiques de pub anglais : un haddock avec des frites et une tourte au bœuf et aux champignons également accompagnée de frites. Banks descendait à petites gorgées une pinte de Timothy Taylor, tandis que Joanna buvait un Coca Light.

– Travailles-tu toujours sur l'opération Hawk ? demanda-t-il.

– Et comment. J'y consacre même l'essentiel de mon temps depuis que notre nouveau directeur général de la police en a fait une priorité nationale. Pourquoi ?

Banks exposa à Joanna les grandes lignes de l'affaire du tracteur volé et de celle du sang trouvé dans le hangar désaffecté.

– Il y a un lien entre les deux, tu penses ? demanda-t-elle.

– Oui. Enfin pour le moment c'est juste une hypothèse de travail, bien sûr. Nous n'avons même pas les résultats des analyses ADN. Mais nous avons un tracteur volé, deux individus à questionner qui semblent s'être volatilisés, et des événements un peu trop proches dans le temps pour qu'il s'agisse d'une simple coïncidence.

– Les deux garçons disparus habitent dans le secteur ?

– Oui.

– Tu me donnes leurs noms ?

Joanna écrivit dans son calepin les précisions que lui livra Banks. Elle mangea ensuite une partie de son poisson, tandis qu'il entamait sa tourte. Un moment plus tard elle lâcha ses couverts pour poser les coudes sur la table et le menton sur les mains, l'air songeur. Banks nota que les poignets de son chemisier blanc étaient légèrement effilochés. Cette pointe de négligence ne ressemblait pas à la Joanna qu'il avait connue. Avait-elle des difficultés financières ? Le divorce lui coûtait peut-être cher de bien des façons. Ou bien elle travaillait trop dur, simplement, pour se soucier de l'état de ses manches de chemisier.

– Tu sais sans doute que l'objectif de l'opération Hawk est de suivre les déplacements, sur l'ensemble du territoire, des malfrats qui frappent les communautés rurales. C'est vrai que nous sommes en rapport avec un certain nombre de groupes de surveillance dans le milieu agricole et aux frontières, ainsi qu'avec la Commission des parcs naturels, Country Watch et le syndicat national des exploitants agricoles, mais c'est surtout pour faire circuler l'information. Tout ça pour dire que je ne vois pas bien comment nous pourrions t'aider si ton affaire ou tes deux affaires sont cantonnées à la région d'Eastvale. Tu es aussi bien équipé que nous pour mener ton enquête.

– Je comprends, dit Banks. Mais c'est justement la dimension nationale du truc qui m'intéresse. Peut-être même internationale, qui sait. Ce que je veux dire, c'est que quand des types volent quelques moutons, il est probable qu'ils les détaillent dans la région, dans un abattoir clandestin, et vendent la viande à l'arrière d'un camion. Vu le prix de l'agneau aujourd'hui, ils ont un marché. Mais si le vol porte sur un tracteur à plus de cent mille livres, c'est autre chose. Les types veulent le sortir du pays dare-dare. Et pour ça, il faut être organisé. Tu te souviens de Tallinn ?

– Comment oublier ? dit Joanna, inclinant la tête de côté, puis elle rit et toucha la main de Banks sur la table. Quoi qu'il advienne, Alan, toi et moi nous aurons toujours Tallinn.

Banks sourit. Assurément pas la Joanna qu'il avait connue ! Elle avait changé, c'était indiscutable. Jamais elle ne lui aurait tenu ce genre de propos, avec ce rire charmant, à l'époque.

– Mais Tallinn c'était différent, poursuivit-elle. Nous avions affaire à des gens, pas à des moutons, des cochons ou des tracteurs.

– Nous pensons que le hangar pourrait servir de point d'échange, dit Banks. Les voleurs de la région y apportent leurs marchandises – quelles qu'elles soient –, et là elles sont transférées dans des moyens de transport spécialement apportés pour l'occasion. Et puis en route pour la Bulgarie ou je ne sais où. Si les choses se passent de cette façon, donc, certains des individus qui participent aux opérations doivent emprunter l'A1. Je crois savoir que vous utilisez les dispositifs LAPI pour suivre les déplacements des suspects ?

– Je vois que tu lis les journaux, dit Joanna, amusée, et elle but une gorgée de Coca avant d'ajouter : Mais tu as raison. Oui, c'est un des outils que nous avons à notre disposition.

Les dispositifs « LAPI », pour « Lecture automatisée de plaque d'immatriculation », étaient des systèmes informatiques capables de lire et de reconnaître les données minéralogiques captées par les caméras de surveillance installées sur les autoroutes, les nationales et dans les villes.

– Tu devrais donc être en mesure de me donner des noms.

– Que veux-tu dire ?

– Certains des individus que vous surveillez régulièrement. Et ne me raconte pas que l'opération Hawk n'a encore donné aucun résultat. Dans l'affaire qui m'occupe, Joanna, il y a un degré certain d'organisation. Ça me paraît évident. Avec des pattes à graisser, des documents à falsifier, ce genre de choses. Nous avons sans doute des recrues locales pour le repérage, d'accord, ainsi que pour la mise en œuvre des opérations, mais le système doit reposer sur une bande organisée. Hiérarchisée. Il y a forcément un cerveau derrière tout ça. Et de l'argent, pas mal d'argent.

– Tu n'as pas tort. Nous surveillons effectivement un certain nombre d'individus. Pas le genre, toutefois, qui conduit des camions sur les autoroutes. Nous sommes aussi en liaison régulière avec la NCA, c'est vrai, ainsi qu'avec diverses entités régionales.

La NCA était la National Crime Agency, surnommée « FBI britannique » par les médias, qui avait remplacé la défunte Serious Organised Crime Agency. Si la NCA ne s'intéressait pas à la criminalité en milieu rural comme le faisait l'opération Hawk, elle opérait par contre dans presque tous les autres domaines – sauf la lutte anti-terrorisme qui restait jusqu'à nouvel ordre le pré carré du Met, la police du Grand Londres. Lentement mais sûrement, en tout cas, la technologie rattrapait les criminels.

– Le problème, continua Joanna, c'est que nous aurions besoin de coordonnées précises, sur une route donnée, pour savoir si une certaine voiture ou un certain camion y sont vus de façon régulière. Comme tu peux l'imaginer, le trafic est énorme sur les autoroutes comme la M1 ou l'A1, et ça fait des quantités de véhicules à exclure.

– Je vois ce que tu veux dire. Mais imaginons que je te donne les coordonnées exactes du hangar et les points d'accès à l'A1 les plus proches. Seras-tu en mesure de découvrir si un individu s'est rendu là-bas régulièrement disons… ces douze derniers mois ?

– Nous conservons les données LAPI pendant deux ans. Donc en effet nous sommes théoriquement capables de faire ce genre de chose. Je ne peux pas m'avancer pour les points d'accès qui t'intéressent, mais pour la région du hangar, oui, ça devrait coller. Ceci dit, Alan, as-tu pensé que si un gang organisé utilise ce couloir de circulation comme tu le supposes, ses chefs doivent être assez futés pour connaître les caméras des dispositifs LAPI ? Peut-être même l'opération Hawk qui n'est pas vraiment top secret, faut-il le rappeler. Ça veut dire qu'ils pourraient se débrouiller pour échapper à notre détection en utilisant plusieurs véhicules ou en changeant leurs plaques d'immatriculation. Ou encore en variant leurs trajets.

– Même vous, vous devez être fichus de repérer une plaque d'immatriculation bidon, non ?

Joanna rit.

– Ça nous arrive. Mais je te le répète, le trafic routier et autoroutier est énorme, rien qu'avec les véhicules immatriculés au Royaume-Uni, déjà. Et puis il y a tous les véhicules étrangers. Nous collaborons avec Interpol et Europol quand c'est nécessaire, ainsi qu'avec les polices des pays concernés par les différents dossiers que nous avons en cours, mais ce travail prend du temps et il faut avoir une sacrée intuition, ou une idée assez précise de ce qu'on recherche. L'histoire dont tu me parles, Alan, c'est assez vague. Je ne dis pas que nous ne pouvons pas t'aider, comprends-moi bien. Mais ne t'attends pas à des miracles.

– Ce n'est pas mon genre. Sauf quand je m'arrange pour les faire moi-même advenir.

Ils se regardèrent en souriant. Banks termina sa tourte. Il but une gorgée de bière, puis fit tournoyer le pâle liquide doré dans le verre en disant :

– Si mon intuition est la bonne, il se pourrait que quelqu'un soit monté par l'autoroute, jusqu'au hangar, dimanche matin. En tout cas, un de nos suspects a reçu un SMS dimanche en début de matinée, et il est aussitôt sorti de chez lui.

– Monté ou *descendu* par l'autoroute, rectifia Joanna. Pourquoi supposes-tu que ce quelqu'un serait venu de Londres ? Il a très bien pu arriver du nord – de Newcastle, d'Édimbourg ou de Glasgow.

– C'est juste. Il a pu arriver sur l'A1 du nord comme du sud. De toute façon, nous cherchons à situer ce véhicule à l'aérodrome désaffecté – ou ces véhicules, car il y en a peut-être eu plusieurs – entre, disons, neuf heures et demie et dix heures. Ce qui signifie qu'ils ont quitté l'A1 par la bretelle qui se trouve à côté du village de Hallerby cinq minutes plus tôt. Ou alors ils sont passés par la bretelle de Thirsk, ou celle de Northallerton, qui sont un peu plus éloignées.

– Tu serais étonné par la masse de données qu'il faut analyser rien que pour ces points de passage. Mais je pense que nous pouvons regarder ça de plus près, oui. Souviens-toi, tout de même, que dans l'opération Hawk nous ne nous intéressons qu'à certains individus ciblés. Mais bon. Nous avons un lieu et un créneau horaire, d'accord. As-tu d'autres précisions à me donner ? Qui veux-tu que je cherche, au juste ?

– D'abord, parmi les individus qui se trouvent sur vos listes de surveillance et que vous soupçonnez d'avoir le moindre rapport avec la criminalité en milieu rural – et aussi parmi les véhicules que vous suivez régulièrement –, l'un d'eux a-t-il été repéré dans le coin dimanche ou aux alentours de dimanche ? Plus largement, parmi tous les individus que vous tenez à l'œil depuis un moment, l'un d'eux a-t-il fait un nombre anormal de déplacements dans la région, sans raison apparente, ces derniers temps ? Il faudrait inclure tous les gens qui ont un casier judiciaire pour n'importe quel délit ou crime, et en particulier pour des crimes violents.

– Sur ce dernier point, ce sera plus difficile. Il n'entre pas à proprement parler dans nos paramètres de filer les plaques d'immatriculation de tous les repris de justice. Inutile de te dire, aussi, que nous ne pouvons pas savoir qui est derrière le volant de telle voiture ou de tel camion. Nous savons juste que le véhicule passe à un endroit. Et puis ce n'est pas comme si nous enregistrions les numéros de toutes les voitures qui défilent devant nos caméras. L'opération est très ciblée, selon des paramètres bien définis.

Banks tira son carnet de sa poche pour donner à Joanna le numéro de la Peugeot de Michael Lane.

– Ça nous serait utile de savoir si cette voiture a été vue aux mêmes points de passage, dit-il. Et nous sommes en train de chercher la plaque d'un autre véhicule, un camion de déménagement, qui pourrait avoir servi pour le vol du tracteur.

– Je vais voir ce que je peux faire, dit Joanna. Mais n'oublie pas que certains de ces malfrats sont intelligents.

– Tout le monde commet des gaffes de temps à autre. Dans cette affaire, en outre, il se pourrait aussi que quelqu'un ait été très pressé. Il est possible que des coups de feu aient été tirés dans le hangar. Nous n'en sommes plus, vois-tu, au seul tracteur volé ou à quelques moutons disparus. Il s'agit peut-être d'un meurtre.

Terry Gilchrist venait d'allonger ses jambes sur le repose-pieds devant son fauteuil, pour lire une heure avant le dîner, lorsque la sonnette retentit. Sa jambe blessée le faisant souffrir, il ronchonna en se remettant debout pour aller voir qui le dérangeait. Il n'aperçut d'abord qu'une silhouette obscure à travers le verre dépoli, mais lorsqu'il ouvrit la porte, ô heureuse surprise, il se retrouva face à la magnifique policière noire. Enfin lui, en tout cas, il la trouvait vraiment très belle. Il espéra que sa joie ne lui donnait pas l'air trop benêt et essaya de se composer une expression poliment accueillante. Depuis qu'il avait servi dans l'armée, il lui semblait avoir perdu le peu d'aisance qu'il avait autrefois pour nouer des relations avec le sexe opposé – et la situation s'était encore aggravée depuis qu'il était coincé chez lui avec sa jambe handicapée. Dans la province de Helmand il n'avait eu aucune envie de fréquenter les bordels à soldats ; quant aux occasions de faire connaissance avec des femmes en dehors de l'armée, ces dernières années, elles avaient été aussi rares qu'infructueuses. Mais voilà qu'il avait devant lui cette femme superbe… qui le soupçonnait sans doute d'avoir commis un meurtre. Pour avoir sympathisé en Afghanistan avec un détective militaire qui avait jadis travaillé dans la police de Londres, il savait que l'individu qui signalait un crime était toujours le premier suspect. Cependant Winsome lui rendait son sourire. C'était peut-être bon signe. Et puis elle portait une tenue décontractée, jean et pull noir à col roulé. Ça aussi, c'était peut-être bon signe.

– Entrez donc, dit-il, faisant un pas de côté et désignant le séjour de la main.

– J'espère ne pas perturber vos activités de la soirée, dit-elle. J'ai quelques questions supplémentaires à vous poser.

– Vous ne perturbez rien du tout. J'étais juste là, dans mon fauteuil.

Terry la suivit des yeux. Elle a une voix étonnante, pensa-t-il. Il venait tout juste d'en prendre conscience. Auparavant elle lui avait paru parler un anglais plutôt neutre, sans accent particulier, mais il percevait ce soir dans sa voix un séduisant mélange d'intonations de la Jamaïque et du Yorkshire. Séduisant et unique : la plus douée des actrices, il en était convaincu, n'aurait eu aucune chance de réussir à l'imiter.

Elle s'assit avec grâce et croisa ses longues jambes. Il remarqua qu'elle fixait sa jambe blessée quand il pivota sur lui-même et prit appui sur l'accoudoir de son fauteuil pour s'asseoir.

– Ça pourrait être pire, n'est-ce pas ? observa-t-elle. Il y a pire, je veux dire, que finir avec un léger boitement.

Il comprit, à son expression, qu'il l'avait mise dans l'embarras en surprenant le regard qu'elle avait posé sur sa jambe.

– Ça pourrait être bien pire, convint-il, et il palpa sa cuisse. Et je ne peux même pas imaginer cette éventualité. Mais croyez-le ou non, je suis sur la voie de la guérison. Les médecins m'ont assuré que je n'aurai bientôt plus besoin de la canne. Je continuerai peut-être à boiter un peu, on ne sait pas encore. J'espère que non. J'espère ne pas vous donner l'impression que je me plains, mais ce serait terrible parce que j'adore le sport et les activités de plein air. Avant d'être blessé j'avais l'habitude de faire de longs joggings, de jouer au golf et au tennis, de pêcher de temps en temps, et puis surtout je pratiquais beaucoup la spéléologie.

– Ah oui ? fit Winsome avec intérêt. Moi aussi, autrefois, je faisais de la spéléo.

– Et vous avez arrêté ? Pour quelle raison ?

– Un jour j'ai été séparée de mon groupe, l'eau montait et je me suis retrouvée coincée. À ma grande honte j'ai paniqué et… et ça m'a dégoûtée de cette activité, pour ne rien vous cacher.

– Si on s'arrête une seconde pour se demander ce qu'on fiche dans une cavité frigorifiée, humide, trente mètres sous terre, je crois qu'on peut en effet se dire que c'est un loisir de cinglés.

Winsome rit. Il aimait son rire. Il aimait aussi sentir qu'il réussissait à la faire rire.

– Le truc, ajouta-t-elle, c'est que j'ai failli me planter pour de bon. J'étais en train de ramper dans le goulot le plus étroit qui mène au surplomb de la grande salle de Gaping Gill. Vous devez connaître, je suppose ? Et quand on panique, comme vous savez, on se coince encore plus. Bien sûr, mes coéquipiers m'ont trouvée et m'ont tirée de là, mais je crois que cette aventure m'a vraiment fait perdre courage. Pendant que j'étais bloquée, je me souviens d'avoir pensé que s'il continuait de pleuvoir, l'eau allait monter de plus en plus vite dans la cavité, et… et que j'allais finir noyée, quoi.

– Gaping Gill est un endroit dangereux, dit Gilchrist après avoir bu une gorgée de café. Je suis content, en tout cas.

– De quoi ?

– Que vous n'ayez pas fini noyée.

– Oh. Oui. Moi aussi !

Ils rirent.

– Nous pourrions peut-être y retourner, un de ces jours, quand cette histoire sera terminée ? Faire une sortie de spéléo, je veux dire, précisa Terry, et il se tapota la jambe. Cette bonne amie ne devrait pas me poser de problème. Je pourrai peut-être vous aider à retrouver votre courage ?

– Peut-être. On verra, répliqua sèchement Winsome, comme si elle rejetait déjà cette idée.

Gilchrist se sentit profondément déçu – et se reprocha aussitôt sa réaction. Après tout ils se connaissaient à peine. Était-ce faire preuve d'effronterie que proposer une sortie de spéléologie à une femme que l'on trouvait séduisante ? Il n'avait plus aucune idée de ce qui était acceptable ou non, des protocoles à respecter. Le mieux était de laisser tomber et de revenir à l'objet de la visite de Winsome. Ces fameuses questions supplémentaires. Sinon il se planterait une fois de plus, inévitablement.

– Ces camions dont vous m'avez parlé, dit-elle. Vous souvenez-vous d'autre chose ? Notamment, portaient-ils des inscriptions, des signes distinctifs ?

Ils revenaient sur un terrain plus familier, oui, mais Gilchrist éprouvait à nouveau du dépit. Il était autrefois très fier de ses capacités d'observation et de sa mémoire. Un officier supérieur lui avait même dit, un jour, qu'il aurait sans doute fait un bon enquêteur. Mais depuis l'explosion, certaines de ses facultés cognitives semblaient aussi handicapées que sa jambe. Il ne pouvait qu'espérer les retrouver avec le temps.

– Non, je ne crois pas que ces camions portaient la moindre inscription, dit-il. En tout cas je ne m'en souviens pas.

– Quand vous les avez vus, vous avez pensé qu'ils étaient là pour quelle raison ?

– Je dois reconnaître que je ne me suis même pas posé la question. C'est un peu comme quand vous voyez ces énormes semi-remorques arrêtées en troupeau sur les aires d'autoroute. Les chauffeurs font une pause. Ils mangent. Ils dorment. C'est connu qu'ils travaillent comme ça. On ne s'étonne pas parce qu'on sait qu'ils sont censés conduire un certain nombre d'heures, pas davantage, chaque jour. Et ils dorment dans leur véhicule parce que ça leur permet d'économiser le prix d'un Bed & Breakfast. Ceci dit, je suis en train de me dire que les camions que j'ai vus étaient plus petits que ça. Pas du genre à avoir une couchette dans la cabine. Non, ce n'étaient pas des semi-remorques.

– D'accord. Avez-vous eu l'impression qu'ils étaient là pour une livraison, par exemple ? Ou pour embarquer des marchandises ? Avez-vous vu des gens y charger ou en décharger quelque chose ?

Gilchrist secoua la tête.

– Je m'en souviendrais, dit-il avec une assurance dans la voix qu'il était loin d'éprouver.

– Et les enfants ou les ados que vous disiez avoir vus jouer à l'aérodrome ? Connaissez-vous certains d'entre eux ?

– Il m'est arrivé de leur renvoyer leur ballon par-dessus le grillage, mais c'est à peu près tout. Je ne connais pas leurs noms, en tout cas. Ils habitent tous dans le village, par contre. Je pense. Comme je vous l'ai dit, ils ne sont vraiment pas méchants. Les plus âgés sont juste un peu rebelles, voyez, ou un peu méfiants à l'égard des inconnus. Avec raison, peut-être, d'ailleurs.

– Savez-vous où ils résident ? Certains d'entre eux, au moins ?

– Certains, oui, sans doute. Il m'arrive de les voir entrer ou sortir de chez eux quand je vais faire les courses.

– Ce serait bien que vous me donniez leurs adresses.

– Ça, je regrette, je ne saurais pas vous dire. Toutes les rues du village ont des noms d'arbres et je m'y perds. Mais je devrais pouvoir vous désigner les maisons en question.

Winsome hocha la tête. Terry l'observa noter quelque chose dans son carnet.

– Nous vous enverrons quelqu'un au moment qui vous conviendra, dit-elle. Demain matin, ce serait possible ? Nous aimerions parler rapidement avec ces jeunes.

– Je suis là, pas de souci. Mais ça m'étonnerait qu'ils vous apprennent grand-chose. Ils ne risquent pas d'aller à l'aérodrome quand les camions y sont, voyez.

– C'est vrai, mais...

– Je comprends. Vous devez faire les choses à fond.

Une fois encore, Terry était déçu. Il avait espéré que Winsome l'accompagnerait pour qu'il lui désigne les maisons des enfants qu'il connaissait. Par la même occasion il lui aurait montré les plus jolis coins du village, tiens. À bien y songer, d'un autre côté, il ne se rappelait qu'une seule maison à lui désigner, peut-être deux à tout casser – donc elle perdrait son temps si elle venait. Et même s'ils inspectaient le village tout entier, ils n'y passeraient pas bien longtemps de toute façon. Clairement, ce n'était pas une mission pour un brigadier. Elle enverrait par conséquent une voiture de patrouille et un simple agent pour interroger les enfants. Tant pis. Ce soir, malgré tout, elle était venue elle-même chez lui. Ce n'était pas rien.

Lorsqu'il s'aperçut qu'elle avait rangé son carnet, elle se levait déjà pour partir. Il chercha un moyen de la retenir et se souvint qu'il avait oublié de faire preuve de l'hospitalité la plus élémentaire.

– Oh, je suis désolé. Je ne vous ai pas demandé si vous vouliez boire quelque chose. Je vous apporte une tasse de thé ? du café ?

Winsome sourit.

– Non, merci. Il est tard et je dois rentrer. Nous ne faisons pas ce métier que pour les petits à-côtés, vous savez.

Il ouvrit la bouche pour protester qu'il n'avait pas voulu dire cela – et vit un sourire malicieux éclairer le visage de Winsome.

– Bien joué, dit-il. Vous m'avez eu.

Il agrippa les accoudoirs du fauteuil pour se redresser et la suivre, mais elle l'arrêta d'un geste.

– Ça ira, ne vous dérangez pas. Je connais le chemin.

Elle sourit de nouveau et, avant qu'il ait pu réagir, sortit en refermant la porte de la maison sur elle.

Terry se laissa retomber dans le fauteuil avec le sentiment d'être un minable absolu. Il serra le poing et frappa l'accoudoir plusieurs fois. Pour faire bonne mesure, il cogna aussi sur sa jambe infirme.

6

Caleb Ross conduisait de ferme en ferme, à travers les Dales, depuis trente-cinq ans. Dont trente au service de la société Vaughn's ABP : il avait tenu le volant de tous les modèles successifs de ses camionnettes blanches aux flancs surélevés, bâchées et parfaitement étanches. Quant aux routes de la région, il ne serait pas allé jusqu'à dire qu'il les connaissait comme les veines noueuses de ses mains, mais il avait la plupart d'entre elles assez bien en tête pour ne pas avoir à en surveiller chaque mètre de bitume qui défilait sous les roues – bref, il pouvait souvent laisser son pilote automatique interne prendre le contrôle un moment. Il avait également l'habitude d'être doublé par les automobilistes qui le suivaient. Comme tout le monde ou presque voulait le dépasser, à vrai dire, il avait appris à se contenter la plupart du temps d'un petit quatre-vingts kilomètres à l'heure et il encourageait les véhicules qu'il voyait dans ses rétroviseurs à le doubler, d'un geste de la main par la vitre ou avec le clignotant, dès que la voie était libre devant lui. Les coups de klaxon des uns et des autres, il ne les entendait par contre jamais, car il écoutait sans arrêt de la musique le volume à fond. Son genre de musique préféré, qu'il passait le plus souvent, c'était le rock progressif. Rick Wakeman, Genesis, Emerson, Lake & Palmer et tant d'autres : il adorait leurs albums concept et les récits fantastiques qu'ils racontaient – de vrais opéras modernes. *The Six Wives of Henry VIII*, *Journey to the Center of the Earth*, *The Rime of the Ancient Mariner*… Il ne s'en lassait pas. Ces disques géniaux l'aidaient aussi à oublier que son boulot, il fallait bien le dire, était la plupart du temps plutôt chiatique. La taffe qu'il tirait à l'occasion sur un joli petit joint de marijuana ne faisait pas de mal, non plus.

En ce début de mardi après-midi, il descendait vers le sud par la passe de Belderfell, à l'ouest du Swainsdale, en écoutant « Grantchester Meadows » de Pink Floyd. Ce n'était pas un morceau aussi rock prog que d'autres, mais il convenait à son humeur du jour. Caleb aimait ce trajet pour ses panoramas superbes qu'aucune habitation humaine ne déparait – hormis une ferme abandonnée ici ou là, au loin, simple point noir dans le paysage immense. Même en mars, les verts des pâturages étaient intenses et contrastaient joliment avec les étendues d'herbe sèche que l'on trouvait plus en hauteur. En contrebas de la route coulait la rivière de Belderfell, une ligne argentée onduleuse, et les filaments de nombreux ruisselets dévalaient les flancs du ravin.

Quand la météo était menaçante comme tout de suite, cependant, Caleb n'appréciait pas autant que d'habitude le trajet. Seuls les conducteurs téméraires, ou paumés, ou très expérimentés comme lui s'aventuraient dans la passe de Belderfell par un temps pareil. Le ciel avait été relativement dégagé pendant qu'il grimpait la colline, mais voilà que des nuages sombres déboulaient en masse, à toute vitesse, du nord-ouest, tandis que le vent forcissait et semblait changer de sens toutes les dix secondes, secouant la camionnette et l'obligeant à agripper le volant à deux mains.

Il alluma une cigarette et gigota sur le siège pour se mettre plus à l'aise. Juste au bord de la route, sur sa gauche, la longue pente abrupte du ravin était parsemée d'affleurements rocheux. La vue avait de quoi donner le vertige. Elle avait quelque chose de fascinant, aussi, comme si le vide vous appelait à lui. Caleb veillait donc à rouler au centre de la chaussée. Du côté droit, des moutons broutaient sur la pente herbeuse. Comme le grillage qui bordait celle-ci n'était pas continu, certains animaux s'aventuraient parfois sur la route.

Il conduisait prudemment, mais comme il avait un horaire à tenir et était déjà en retard, il appuyait peut-être un petit peu plus qu'il n'aurait dû sur l'accélérateur. Enfin bon : plus vite il quitterait la passe, moins il risquerait d'avoir à y affronter les éléments. Car il était clair que la météo empirait à vitesse grand V. Par chance il ne pleuvait pas encore et la chaussée n'était pas verglacée.

Et puis tout bascula sur une violente bourrasque qui marqua un nouveau changement de direction du vent. Avant que Caleb ait pu dire ouf, des grêlons gros comme des billes se mirent à bombarder la camionnette, presque assez durs pour faire exploser le pare-brise. Il les entendit, pour le coup, par-dessus la musique, et songea confusément qu'il comprenait ce qu'un soldat devait éprouver sous le feu de l'ennemi. Un réflexe le fit se tasser sur son siège, la tête rentrée dans les épaules, comme s'il cherchait à esquiver les balles. S'élevant des haut-parleurs, la musique champêtre, apaisante, de « Grantchester Meadows » continuait d'accompagner le bombardement. Devait-il arrêter la camionnette et attendre que le calme revienne ? Heureusement, ces tempêtes étaient en général aussi brèves que soudaines.

Avant qu'il ait pu prendre une décision, l'averse de grêle devint tellement intense, tellement drue, que pendant quelques instants il ne vit absolument rien à travers le pare-brise et n'entendit plus que l'implacable tac-tac-tac-tac des grêlons sur la carrosserie et les vitres de la camionnette. Et puis tout à coup il distingua une masse sombre devant lui. Il plissa les yeux : c'était un mouton apeuré qui s'était élancé sur la route. Il tenta de réagir, conscient qu'il roulait trop au centre de la chaussée – qu'il se trouvait, également, à l'un des points de la passe où la pente du ravin était la plus raide –, mais le mouton était trop près. Caleb sentit l'animal heurter le pare-chocs de la camionnette alors qu'il donnait un coup de volant à gauche pour éviter une voiture, qui venait de surgir, elle aussi, en sens inverse sur la route. La grêle, la surprise, la vitesse et le manque de visibilité le désorientèrent alors, si bien qu'avant même d'avoir compris ce qui lui arrivait, il percuta la fragile barrière de sécurité du bord de la chaussée – et prit son envol.

Pendant deux ou trois secondes il eut la sensation tout à fait étrange d'être libre. Parfaitement libre. Il ne contrôlait plus rien. Il ne pouvait rien faire. Une magnifique extase s'emparait de son être. Il flottait, affranchi de tout ce qui le rattachait au monde. Mais la panique succéda à l'euphorie quand la camionnette piqua du nez vers le fond de la vallée. La paisible musique des Pink Floyd emplissait encore l'habitacle assailli par le staccato rythmique de la grêle, mais la chute était là. Caleb poussa un hurlement et essaya de détacher sa ceinture de sécurité – peut-être que s'il arrivait à sauter... ? Il n'en eut pas le temps. La camionnette avait presque atteint le bas de la pente quand elle percuta un énorme affleurement calcaire. Le bloc moteur traversa le tableau de bord et écrasa Caleb sur son siège comme un enfant pervers peut écraser une mouche. Au même instant, la camionnette se pulvérisa en mille morceaux qui se disséminèrent, avec son chargement, au fond de la vallée.

Des morceaux de métal tournoyaient encore à travers les airs lorsque, brutalement, la tempête de grêle cessa. Le soleil perça aussitôt à travers les nuages.

Après une matinée de paperasse et de coups de téléphone au commissariat, Winsome entra dans le petit village de Hallerby et se gara devant son unique pub, le George and Dragon. Elle descendit de voiture avec Gerry, à qui elle avait proposé de l'accompagner, et scruta les habitations qui bordaient la rue principale. Des maisons jumelées, pour l'essentiel, et de courtes enfilades de maisons mitoyennes de construction assez récente : brique rouge, toits d'ardoise ou de tuiles rouges, façades en crépi, quelques bow-windows. Pour le charmant village rural, il faudrait repasser. Les deux ou trois propriétés plus imposantes, plus anciennes, assez élégantes, qui se dressaient près de la rivière, à l'écart de la route, ne suffisaient pas à lui donner du cachet. Hallerby n'avait même pas de pré communal et alignait simplement de part et d'autre de sa grand-rue le George and Dragon, une salle communale et quatre commerces : un salon de coiffure, une épicerie, un fish-and-chips et un vendeur de matériel de camping et de randonnée. Il y avait aussi une petite église carrée, derrière les boutiques, à laquelle on accédait par une allée, et Winsome apercevait quelques pierres tombales dans le cimetière voisin. Voilà, la visite touristique était terminée. Le soleil brillait, c'était déjà ça, même si le fond de l'air était plutôt frais ; à l'est les collines de Hambleton en réfléchissaient joliment la lumière.

– On commence par où ? demanda Gerry.

Winsome désigna le George and Dragon.

– Par ici, qu'en dis-tu ? Suivons l'exemple du patron. Le pub, dit-il toujours, est le cœur des potins du village. En plus j'ai horreur de frapper aux portes. Ça me donne l'impression d'être un représentant de commerce. Et les chiens me rendent dingue.

– Ouais, je me souviens, dit Gerry avec le sourire. À l'époque où j'étais en uniforme, le porte-à-porte ça ne m'emballait pas du tout.

Winsome la jaugea du regard. L'« époque » où Gerry portait l'uniforme n'était pas si lointaine. Cependant elle avait déjà prouvé qu'elle faisait une enquêtrice très prometteuse, en particulier dans le domaine de la collecte de renseignements sur les réseaux informatiques. Aucune donnée, aussi dissimulée fût-elle, ne semblait pouvoir lui échapper quand elle avait les mains sur le clavier de son ordinateur. Il lui restait par contre à développer les autres aptitudes, plus psychologiques, plus humaines, du métier.

– C'est un peu un miracle que cet établissement soit encore en activité, observa Winsome. Aujourd'hui il y a tant de pubs de village qui ont l'air de mettre la clé sous la porte...

La salle du George and Dragon leur parut obscure quand elles y entrèrent, après l'éclatant soleil du dehors, mais leurs yeux firent la transition sans délai. C'était un pub au look moderne, pas un de ces établissements anciens avec beaucoup de cuivre et de bois vernis sombre. Des chaises tubulaires accompagnaient les tables carrées moulées dans une matière synthétique noire. Il y avait même de la moquette sur le sol.

Les écrans et les voyants de plusieurs machines de jeux vidéo clignotaient au fond de la pièce. Le menu du déjeuner, inscrit à la craie sur un tableau noir, se composait de plats classiques pour un pub.

– Tu veux boire quoi ? demanda Winsome.

– Un Schweppes Lemon, s'il te plaît. Le Zero.

– Tu es sûre de ne pas vouloir un truc un peu plus costaud ?

– Tu rigoles ? Si le patron découvre que nous buvons de l'alcool en mission, il ne va pas nous louper.

– Ne t'inquiète pas, dit Winsome, souriant de l'idée que sa collègue se faisait encore de l'inspecteur Banks. Lui, tu sais, il ne dit pas non à une pinte de temps en temps.

Gerry pouffa de rire.

– Je vois. Mais je ne prendrai quand même pas d'alcool tout de suite.

Elles s'approchèrent du comptoir et Winsome commanda des Schweppes Lemon Zero. Elle attendit que le barman revienne auprès d'elles, après avoir sorti les deux petites bouteilles d'un réfrigérateur à porte vitrée, pour demander :

– Vous êtes le propriétaire de ce pub, monsieur ?

– Je plaide coupable, répondit-il avec le sourire. Gordon Fullerton pour vous servir.

Winsome lui montra sa carte de police et présenta Gerry.

– Je pensais bien vous avoir reconnue, dit Fullerton. On vous a vue dans le journal, non ? C'est pas vous qui…

– Je peux vous poser quelques questions ? l'interrompit Winsome. Désolée, nous ne sommes pas ici en visite de courtoisie.

– Personne ne s'est plaint, j'espère ? Je fais tout ce qu'il faut pour que le pub ne perturbe pas la tranquillité du village. Et ici, vous ne trouverez personne à boire de l'alcool après l'heure légale. Que l'agent en tenue qui surveille le secteur soit de passage ou non, je précise.

Winsome songea que Fullerton protestait un peu trop fort, mais elle se fichait, là tout de suite, que ce type fourgue ou non de l'alcool à ses clients en dehors des heures réglementaires.

– Il ne s'agit pas de ça. Nous sommes ici à cause de l'emplacement de votre pub.

– Son emplacement ? répéta Fullerton en se grattant la tête.

Winsome vit quelques pellicules tomber, comme de minuscules flocons de neige, sur les épaules de son gilet en laine marron. Ses cheveux grisonnants et clairsemés étaient en pétard et n'avaient apparemment pas été lavés depuis un moment. Sinon il était plutôt présentable. Rasé de frais – avec une petite coupure au menton –, le regard franc derrière ses lunettes à monture d'acier, un peu ventru mais sans excès autant qu'elle pût en juger. Il n'y avait que quatre clients dans la salle : deux couples, à des tables séparées, qui mangeaient des lasagnes et des frites. Si les affaires marchent aussi mal, se demanda-t-elle, combien de temps ce pub restera-t-il encore ouvert ? Le village ne pouvait compter suffisamment de buveurs pour faire vivre l'établissement, et les gens avaient désormais tellement peur de prendre le volant après avoir consommé de l'alcool qu'ils préféraient rester chez eux pour se rincer le gosier. Et puis l'économie allait mal, tout le monde était un peu dans la dèche, alors on cherchait alcools et bières au meilleur prix dans les supermarchés discount – et on picolait devant la télé au lieu de se retrouver au pub. Encore une tradition, un truc plutôt sympa de la vie sociale, qui disparaissait lentement. Elle trouvait ça regrettable, pour ne pas dire triste, même si elle n'avait jamais été du genre à beaucoup fréquenter les pubs. Les temps changeaient, en tout cas, et maintenant tout se passait dans les centres-villes et les « gastropubs », pour ceux qui en avaient les moyens, avec ensuite un taxi pour rentrer à la maison.

– Le chemin qui part de la grand-rue, là, dehors, dit-elle en pointant un pouce par-dessus son épaule. Vous savez où il va ?

– Kirkway Lane ? Sûr. Il existe depuis des siècles, vous savez. Depuis les Romains, je crois même. Il traverse la forêt, Kirkway Woods, et là il débouche sur une zone dégagée et longe un vieil aérodrome abandonné qui se trouve à côté de Drewick. Il me semble qu'il allait jusqu'à Northallerton, autrefois, mais aujourd'hui il se perd dans les fourrés juste après l'aérodrome. Il n'y a pas grand monde qui l'utilise, de nos jours. On voit un camion passer par là, de temps à autre, mais c'est à peu près tout.

– Il y a des camions qui empruntent ce chemin, dites-vous ? Souvent ?

– Ah non, c'est même assez rare.

– Plusieurs fois par semaine ? relança Winsome.

– Pas toutes les semaines, loin de là ! C'est beaucoup plus irrégulier. J'en ai vu peut-être... quatre ou cinq fois sur l'année qui vient de passer.

– Dans quel sens ? Ils allaient vers l'aérodrome, ou ils en revenaient ?

– Dans les deux sens. Ils arrivent de l'A1, par la grand-rue, et ils tournent à gauche sur le chemin. Et puis un peu plus tard ils redescendent, tournent à droite et repartent vers l'A1.

– Combien de temps après ?

– Hmm... Une heure ou deux ? Je ne reste pas planté là à surveiller leurs allées et venues, vous savez. Mais le village est tranquille. Le plus souvent, je les entends.

– À quelle heure passent-ils, en général ?

– Ça, je n'ai pas vraiment fait attention. À différentes heures, je suppose.

– Et les jours de la semaine ? Certains jours en particulier ?

– Pas que je me souvienne.

– Ces camions portent-ils des inscriptions ? Le nom d'une entreprise, un logo, n'importe quoi ?

– Non, en général c'est des camions... sans inscription. Anonymes, quoi.

– De quelle taille sont-ils ?

– J'en ai vu de différentes tailles. Mais sur ce chemin, vous savez, vous ne passez pas avec un mastodonte genre trente-huit tonnes – enfin je ne sais pas comment on appelle les semi-remorques aujourd'hui. Ces camions, c'est... des bons gros camions, oui, mais pas plus.

– Assez gros pour contenir un tracteur ou une moissonneuse-batteuse ?

– Pas une moissonneuse, je ne pense pas. Le chemin est trop étroit. Des tracteurs et des engins de cette taille, par contre… ouais. Pourquoi ?

– Pourraient-ils aussi transporter du bétail ?

– Ben… Les camions que j'ai vus n'étaient pas vraiment des camions à bestiaux, mais dans un camion, après tout, vous pouvez mettre ce que vous voulez. Qu'est-ce qui se passe, je peux savoir ?

– Quand avez-vous vu ou entendu un de ces camions pour la dernière fois ?

– Marrant que vous posiez la question. C'était pas plus tard que dimanche.

Un frisson d'excitation parcourut Winsome.

– À quelle heure ?

– Voyons voir… Je revenais avec Fred et Barney après les avoir fait courir – c'est mes chiens, voyez, des lévriers whippet. Donc il devait être juste après dix heures du matin.

– Et dans quelle direction allait-il ?

– Il descendait par le chemin et il a pris en direction de l'A1.

– Vous ne l'aviez pas vu arriver dans l'autre sens, plus tôt dans la matinée ?

– Non. Mais il a pu passer pendant que j'étais de sortie avec les chiens. Comme je pars de l'autre côté du village, je n'aurais rien remarqué.

– Décrivez-le, s'il vous plaît.

– Ben… C'était juste un camion, comme je disais. Pas énorme. Genre camion de déménagement ou de livraison, quelque chose comme ça.

– Avez-vous vu le conducteur ?

– Je l'ai aperçu. Je crois qu'il portait une casquette. Oh, et puis je me souviens d'un truc qui m'a étonné, dit Fullerton, et il fit glisser un index sur sa joue, de l'oreille au coin de sa bouche, pour ajouter : Il avait de ces longues pattes de barbe qui se rejoignent presque au menton. Voyez ce que je veux dire ?

– Des favoris ? intervint Gerry.

– Ça s'appelle comme ça ? En tout cas je les ai bien vues, parce qu'il n'est pas passé loin de moi.

– Et la couleur du camion, vous vous en souvenez ? demanda Winsome.

– Vert foncé. Le vert de course anglais, vous savez.

– Et portait-il une inscription, celui-là ? Le nom d'une entreprise, un numéro de téléphone, n'importe quoi ?

– Non, c'était juste un camion vert. Il avait peut-être un nom et un téléphone quelque part, mais je les ai pas vus. Et il ne portait pas de logo ou de dessin. M'en souviendrais.

– Je présume que vous ne vous rappelez pas le numéro de la plaque d'immatriculation ?

– Il y a belle lurette que je ne note plus les numéros des voitures qui passent au bord de la route.

– Avez-vous vu quoi que ce soit d'autre, dimanche matin ?

– Non. C'est tout, je crois bien.

– Merci beaucoup, monsieur. Vous nous avez apporté une aide précieuse.

– Ah ouais ? fit Fullerton d'un air perplexe.

Banks se tourna vers le hublot bombé tandis que le pilote faisait lentement descendre l'hélicoptère au plus près du site de l'accident. Les points en mouvement qu'il avait aperçus de très haut devinrent des policiers en uniforme, des ambulanciers, des enquêteurs spécialisés dans les accidents de la route ; il y avait même déjà plusieurs experts de la police technique et scientifique. Les uns et les autres s'étaient débrouillés pour arriver jusqu'ici, au fond de cette vallée encaissée, par des chemins vicinaux criblés d'ornières qu'ils avaient dû repérer au préalable sur les cartes topographiques Ordnance Survey. La plupart de ces chemins étaient inutilisés depuis des années, sinon des décennies, les exploitations agricoles du coin ayant périclité et les fermiers étant partis s'installer ailleurs. Il fallait bien dire que cet endroit, qui se trouvait à peu près au milieu de la passe de Belderfell, était difficilement accessible – nulle route ne passait au fond de la vallée, personne ne vivait plus par ici –, et cela expliquait sans doute son déclin économique.

Banks jeta un coup d'œil vers Annie. Elle était assise à côté de lui, droite comme un i, les bras croisés – crispés – sur la poitrine, les yeux fermés, le casque antibruit sur les oreilles. Il voulait lui dire qu'ils n'en avaient plus que pour quelques secondes, mais elle ne l'entendrait pas. Le rugissement de l'hélicoptère était assourdissant. Les oscillations et les secousses qui l'agitaient, comme s'il était ballotté par les vagues d'une mer tempétueuse, expliquaient sans doute le teint livide d'Annie et le contenu du sachet en papier qu'elle serrait entre ses doigts.

Banks se rendait compte, à présent, que le site de l'accident occupait une zone assez étendue – même si cette impression était sans doute renforcée par le fait que le fond de la vallée était étroit, pas plus de quatre ou cinq cents mètres d'un flanc à l'autre. D'innombrables morceaux de carrosserie blanche, bouts de moteur et autres pièces de métal étincelaient ici et là sous le soleil qui semblait illuminer la scène avec une violence presque joyeuse, comme pour dire : « La nature s'en fiche bien, l'univers s'en fiche bien, de tout cela, nous avons nos propres rythmes, nous suivons notre inspiration et la vie sur Terre ne signifie rien. »

L'atterrissage, assez brutal, ramena Banks à la réalité. L'instant d'après les pales commencèrent à ralentir et le volume sonore du rotor baissa, se transformant en une sorte de sifflement sourd. Banks toucha le bras d'Annie avec douceur et sourit quand elle tourna les yeux vers lui. « Plancher des vaches », articula-t-il. Alors qu'ils retiraient les casques antibruit, le pilote ouvrit la portière latérale. Ils se levèrent, le dos courbé, pour sauter au pied de l'appareil. Banks lui-même était plutôt content de retrouver la terre ferme. Il vit Annie trébucher, les cheveux agités en tous sens par le souffle encore puissant des pales, et se pencher en ouvrant le sachet en papier devant sa bouche. Le pilote retourna au cockpit pour y prendre une petite bouteille d'eau minérale qu'il lui apporta. Elle lui offrit un sourire embarrassé, déboucha la bouteille et but de l'eau. Il tendit alors la main vers le sachet en papier.

– Je ne voudrais pas que vous contaminiez la scène, m'dame, dit-il gentiment.

Annie se renfrogna et confia le sachet au pilote qui se tourna alors vers Banks pour demander :

– Je suppose que je vous attends, patron ?

– S'il vous plaît, Mal, acquiesça Banks, et il désigna Annie. Elle préférera peut-être rentrer en voiture avec les techniciens, mais moi j'aurai besoin de vous. Et je ne serai sans doute pas le seul.

– Bien sûr.

Banks et Annie se dirigèrent vers Stefan Nowak, qui était en train de donner des ordres à ses hommes pour le marquage des emplacements de divers morceaux de l'épave. Ils ne parlèrent pas du malaise d'Annie pendant le vol. Banks savait ce qu'elle avait dû éprouver car il avait lui-même souffert du mal des transports toute son enfance, jusqu'à l'âge de quatorze ans où le problème avait subitement et définitivement pris fin. Dans l'immédiat, en outre, il était clair que l'association de la vision d'horreur qu'ils avaient devant eux et de la nausée qui devait encore plus ou moins la tenailler était sûrement très déstabilisante pour Annie. D'autant que plus ils s'éloignaient du courant d'air des pales de l'hélico tournant au ralenti, plus l'odeur de viande crue en décomposition était intense.

Nowak se tenait à côté d'une sorte de sculpture, composée de bouts de métal et de morceaux de corps humain, qui évoquait à Banks le travail de Damien Hirst ou le monstre inventé par Giger pour le film *Alien*. On comprenait certes, à bien y regarder, que certains de ses éléments provenaient d'un homme tandis que d'autres avaient été un siège de véhicule, un moteur et un volant, mais il n'était pas facile de les dissocier franchement. Banks et Annie tournèrent tous les deux le dos à cette monstruosité pour parler à Stefan, Banks se demandant si sa collègue regrettait d'avoir lâché son sac en papier ; il aurait presque voulu, lui, en avoir un à la main.

– Eh oui, dit Nowak quand il vit leurs mines. Il y a des scènes de crime plus proprettes que celle-là. Nous pensons que cet homme est le chauffeur de la camionnette. Apparemment il a plongé dans le vide…

Il désigna le flanc de la vallée, puis pointa un doigt vers un rocher en saillie dans la pente raide, juste au-dessus d'eux, pour ajouter :

– … et il a atterri là-dessus. Vraiment pas de chance.

Banks fit la grimace. Annie devint encore plus pâle.

– Pas de chance, c'est peu dire, marmonna-t-il. Mais ce n'est pas la raison de notre présence ici, n'est-ce pas ? La commissaire Gervaise ne nous autoriserait pas à prendre l'hélicoptère pour un simple accident de la circulation.

– C'est sûr, convint Nowak. Quoique strictement parlant, il s'agisse bel et bien d'un accident et même si les experts ont encore beaucoup à faire. Nous en sommes certains. C'est un automobiliste qui arrivait en sens inverse sur la route qui a appelé les secours. Il n'a pas été blessé, mais il est très ébranlé. Des ambulanciers l'ont emmené à Muker pour qu'il boive un thé et reprenne ses esprits au calme. Ils veulent aussi le garder en observation un moment. Vous lui parlerez plus tard, si vous voulez.

– Que vous a-t-il raconté ?

– Il y a eu une tempête de grêle, brève mais très violente. Le monsieur que vous voyez ici roulait au milieu de la chaussée. Un mouton a traversé la route, tout à coup, entre la camionnette et la voiture du gars qui arrivait en sens inverse. Le conducteur de la camionnette a donné un coup de volant et il est parti dans les airs. Cela dit, vous avez raison, ce n'est pas à cause de lui que vous êtes ici. J'ai préféré qu'on ne vous effraie pas au téléphone, mais maintenant il va bien falloir que vous voyiez de quoi il s'agit…

Un bruit leur fit lever les yeux. L'hélicoptère d'une chaîne de télévision venait de pénétrer dans l'étroite vallée, arrivant du sud.

– On y va ? reprit Nowak.

– Pas de gaieté de cœur, marmonna Annie. Mon petit doigt me dit que ça ne va pas être joli du tout.

Nowak lui offrit son sourire charmeur.

– Vous n'êtes pas obligée, ma chère.

– C'est bon, Stefan. On vous suit.

– Faites attention où vous mettez les pieds.

Nowak les éloigna du cadavre broyé du conducteur, zigzaguant avec prudence entre les pièces métalliques, les morceaux de moteur et autres détritus dispersés sur le sol. Banks avait déjà remarqué que le terrain, dans un large périmètre autour de la camionnette, était émaillé de sacs-poubelle noirs dont la plupart, déchirés, avaient lâché leur contenu sur l'herbe et les cailloux. Des étendards de plastique noir claquaient ainsi au vent qui soufflait presque constamment dans ces collines et rugissait au fond de l'étroite vallée. La passe de Belderfell lui devait d'ailleurs son nom, puisque le verbe « belder », en vieil anglais, signifiait « beugler » ou « rugir ».

Ici et là, tout autour de lui, Banks voyait des moutons, des cochons, des veaux ou des agneaux mort-nés : des carcasses entières ou juste des morceaux de bêtes – une tête, un torse, un arrière-train. La plupart des animaux, éventrés, laissaient voir leurs organes internes, les guirlandes de leurs intestins luisants de sang. C'était un spectacle terrible, surréaliste, et pendant quelques instants Banks voulut croire que ces animaux appartenaient peut-être à quelque muséum d'histoire naturelle, comme les lions et les tigres qui s'étaient retrouvés sur les caténaires du tramway de Leeds quand les Allemands en avaient bombardé le musée en 1941. Mais il suffisait de les regarder avec un peu d'attention, de voir ce sang et ces viscères, pour comprendre qu'ils étaient bien réels. Et dispersés sur l'herbe du fond de la vallée, avec les débris de la camionnette, comme sur un étrange champ de bataille. En 1461, Banks s'en souvenait pour avoir lu un livre sur le sujet, le champ de bataille de Towton avait absorbé tellement de sang que l'eau des rivières et des ruisseaux était devenue rouge à la fonte des neiges. Annie, à côté de lui, ne laissait paraître aucune émotion, mais il se sentait lui-même un peu mal à l'aise. C'était l'odeur, surtout.

– Comme je vous l'ai fait dire au téléphone, le chauffeur, Caleb Ross, travaillait pour la société Vaughn's ABP. Alors tout ça, précisa Nowak en désignant le spectacle atroce qui les entourait, c'est assez logique.

Vaughn's ABP – ou Animal By-Products – était une entreprise qui assurait l'enlèvement et la destruction des animaux d'élevage. Quand un fermier avait une bête morte dans son cheptel, c'était Vaughn's ABP, ou une boîte concurrente, qu'il appelait. Le travail de Caleb Ross avait consisté à aller de ferme en ferme selon une liste préétablie de demandes d'enlèvement, puis, une fois la camionnette pleine, à mener son chargement à l'incinérateur de Vaughn's ABP. Banks se souvenait d'avoir vu plus d'une fois ces camionnettes blanches, assez particulières, dans les environs d'Eastvale. Et malheur, il en avait fait l'expérience, à celui qui se retrouvait coincé derrière l'une d'elles sur une petite route sinueuse !

Entendant le bruit d'un autre hélicoptère dans le ciel, il se demanda si Mal avait déjà redécollé pour une raison ou une autre, mais quand il leva les yeux il découvrit le logo, sur la queue de l'appareil, d'une autre chaîne de télévision. Plusieurs camionnettes hérissées d'antennes paraboliques stationnaient également au sommet de la pente raide, au-dessus de leurs têtes, au bord de la route de la passe qui avait pourtant été fermée à la circulation. Les médias débarquaient déjà, et en masse. Avec un accident et une scène aussi spectaculaires, ce n'est pas étonnant, songea-t-il. Les cameramen des hélicoptères devaient se payer de fameuses images – et à moins d'appeler l'aviation militaire, ce qui était exclu, impossible de les empêcher de filmer tout ça.

– Peter Darby est arrivé ? demanda-t-il à Nowak.

– Non. Il attendait un collègue qui devait venir de Salford. Un spécialiste des photos d'accident. Ils seront bientôt ici. Geoff Hamilton et ses gars sont arrivés, par contre. Et le Dr Burns. En attendant on nous a demandé de ne toucher à rien, juste de poser des plots là où ça nous paraît nécessaire. Nous prenons pas mal de photos de notre côté, tout de même. Et nous nous sommes organisés pour faire installer des lumières. Il fera nuit dans pas longtemps et j'ai l'impression que nous allons rester ici un bon moment, tous autant que nous sommes.

– La magie des téléphones portables, dit Banks. Aujourd'hui tout le monde est photographe.

– Ce n'est pas plus mal qu'ils servent à quelque chose, dit Nowak. Puisque vous parlez de téléphone, par contre, vous verrez qu'il n'y a pas de réseau ici. L'agent qui vous a appelé l'a fait depuis Muker. Il a accompagné les ambulanciers et l'automobiliste impliqué dans l'accident. Je crois qu'un des spécialistes des accidents est équipé d'un téléphone par satellite, tout de même, au cas où vous auriez besoin de passer un coup de fil urgent.

Quand ils rejoignirent le Dr Burns, celui-ci était agenouillé devant une forme que Banks n'identifia pas immédiatement. Il se rapprocha et regretta alors sa curiosité. Le Dr Burns examinait une *moitié* de corps humain. La moitié gauche, apparemment. Sans bras et sans tête.

– Oh mon Dieu, dit Banks, et il sentit un jet de bile lui remonter dans la gorge.

Le Dr Burns leva les yeux vers lui.

– Dieu, je pense, n'est pas concerné par cette histoire.

– C'est l'accident qui a fait ça ?

– L'accident a écrabouillé le chauffeur et dispersé le chargement de la camionnette, dit Burns, puis il désigna la moitié de corps : Mais lui, il faisait partie du chargement. Emballé dans ce sac en plastique noir qui est là. Comme les animaux. Et non, je doute fort que l'accident ait coupé cet homme en deux. La section est beaucoup trop nette et régulière. Regardez ce...

– Je vous crois sur parole, doc. Depuis quand l'entreprise Vaughn's ABP donne-t-elle dans l'enlèvement et la destruction de morceaux de corps humain ?

– À ma connaissance, elle ne le fait pas. Lui, je dirais qu'il était surnuméraire dans le chargement.

– Passager clandestin, vous voulez dire ?

– Hmm, d'une façon ou d'une autre. Vous devrez interroger l'entreprise. Mais je doute qu'elle ait été au courant.

– Sauf si elle est dans le coup.

– Certes. C'est un mystère qu'il vous appartient de résoudre, inspecteur Banks.

– Vous avez une idée de l'identité de cet homme ?

– Absolument pas.

– Et... le reste de son corps ? Vous avez trouvé d'autres morceaux ?

– Pas encore, dit le Dr Burns, et il désigna une brochette d'agents en tenue qui se trouvait à quelques pas de là. Ils cherchent, comme vous voyez.

À cet instant, l'un des hommes leva le bras et cria :

– Par ici, docteur !

Banks, Annie et Stefan suivirent Burns. L'agent avait découvert l'autre moitié du corps. Sans bras, elle aussi. Sans tête non plus.

– Qu'est-ce que c'est que ce truc ? murmura Banks pour lui-même.

– Il y a une chose que je peux vous dire au sujet de cet homme, Alan…

Avec une petite pince, le Dr Burns était en train de tirer tout doucement sur un lambeau de tissu, sans doute un bout de la chemise du mort, qui adhérait à sa moitié de poitrine ensanglantée.

– Tenez, voyez ça par vous-même.

Banks se pencha pour examiner la peau de l'homme qui avait encore, même dans la mort, une riche couleur café crème. Sur ce qui restait du cou, il aperçut la moitié inférieure d'un tatouage assez étendu qui avait sans doute représenté une araignée dans sa toile.

– Putain de merde ! s'exclama-t-il. Morgan Spencer.

7

Ce ne fut pas avant le début de la soirée que la commissaire Gervaise réussit à rassembler ses troupes en salle de conférences. Cette fois le tableau blanc et le tableau en verre se couvraient de photos, de noms, de dessins, de cercles et de flèches, preuve s'il en fallait que le dossier s'était beaucoup épaissi, en particulier au cours des dernières heures. Une bonne partie des informations affichées concernaient l'accident de la passe de Belderfell, mais il y avait aussi davantage de renseignements sur l'affaire du hangar, et davantage de flèches reliant tous ces éléments entre eux.

Banks et Annie revenaient tout juste du site de l'accident. Annie avait encore mauvaise mine, ce que Banks comprenait. Comme elle avait eu aussi hâte que lui de quitter le ravin jonché de morceaux de viande animale et humaine, elle avait décidé de repartir avec l'hélicoptère plutôt que d'attendre d'être ramenée à la civilisation dans la voiture de quelqu'un, par les chemins sinueux et cahoteux de la vallée. Le Dr Burns les avait également accompagnés. Par chance le vol avait été moins agité qu'à l'aller et, même si Annie s'était agrippée pendant tout le trajet à un sac en papier, elle n'avait pas eu à l'utiliser.

Au moment de leur départ la tête de Morgan Spencer manquait toujours, mais son bras droit avait été retrouvé sous un morceau de carrosserie de la camionnette. Techniciens et enquêteurs continuaient de travailler. Dès que toutes les parties du corps de Morgan Spencer auraient été dénichées et photographiées *in situ*, elles seraient transportées au sous-sol de l'hôpital d'Eastvale et confiées au Dr Glendenning, le médecin légiste, qui les « réassemblerait » en vue de l'autopsie. Banks avait promis d'assister à la séance en dépit du fait que cette perspective ne l'emballait vraiment pas. Les médias ayant débarqué en nombre sur le site, on parlait déjà aux informations télévisées de « cadavres humains en morceaux » retrouvés parmi les animaux.

Leslie Palmer, l'automobiliste qui avait vu Caleb Ross plonger dans le vide, n'avait rien pu ajouter à sa déposition. Il possédait une boutique de livres d'occasion à Swainshead ; il rentrait chez lui après avoir rendu visite, à Ilkley, à un confrère de la librairie Grove. Caleb Ross, avait-il expliqué, roulait au centre de la chaussée au moment où le mouton y avait déboulé – et où Palmer lui-même les avait aperçus au sortir du virage. De la pure malchance, cet accident. L'équipe de Geoff Hamilton et tous les autres experts se pencheraient encore un bon moment sur le site et sur les circonstances du drame, Peter Darby et son collègue de Salford prendraient tous les clichés et feraient tous les films nécessaires, mais Banks s'intéressait bien davantage au cadavre démembré et dispersé autour de la camionnette qu'au regrettable décès de Caleb Ross. De son point de vue la scène de crime ne se trouvait pas dans la passe de Belderfell ; elle demeurait à l'intérieur du hangar de l'aérodrome de Drewick où, il en était convaincu, Morgan Spencer avait été abattu. Ne leur manquait plus que des preuves tangibles pour confirmer cette hypothèse.

– Bien, dit Gervaise dès que tout le monde fut assis. Nous pouvons commencer ? La journée a été longue et je crois qu'elle n'est hélas pas terminée. Inspecteur Banks ?

Banks se mit debout pour s'approcher des tableaux. En effet, la journée avait déjà été bien longue. Il se souvenait d'avoir contemplé les restes fumants de la caravane de Morgan Spencer dans la lumière grise de l'aube… une éternité plus tôt, semblait-il.

– Aujourd'hui il s'est produit beaucoup de choses, c'est vrai. Et nous avons fait pas mal de découvertes. Mais il nous manque encore des pièces importantes du puzzle. Jazz a confirmé, par analyse de l'ADN, que le sang trouvé dans le hangar est du sang humain et, surtout, qu'il provient d'un unique individu. Individu qui ne se trouve pas dans nos bases de données. Cette précision n'a pas grande signification en soi, vous le savez, mais elle implique que nous devons nous remuer et élargir le champ de nos recherches. Plus spécifiquement, nous devons analyser le sang de Morgan Spencer dès que possible. Comme nous venons de le retrouver en morceaux au fond de la passe de Belderfell – en tout cas nous pensons que c'est lui –, cette analyse ne devrait pas être trop difficile à réaliser...

– Je m'en occupe, dit Jazz, hochant la tête, et elle regarda Gervaise pour ajouter : Mais pourrait-on demander à l'Unité d'investigation criminelle de Harrogate de me lâcher les basques un moment, s'il vous plaît ? Ils me rendent dingue à me réclamer sans arrêt leurs résultats, et je suis en retard. Je ne peux pas leur en vouloir, parce qu'il s'agit d'une affaire de viol, mais...

– Je vais appeler Harrogate, madame Singh, promit Gervaise. Faites de votre mieux.

– Merci. Bon, ce que je peux affirmer, sinon, c'est qu'il n'y avait *pas* d'ADN appartenant à Michael Lane dans le hangar. Plusieurs des cheveux qui se trouvaient sur la brosse rapportée par l'inspecteur Cabbot avaient encore leur follicule, donc la vérification a été simple. Zéro correspondance.

– La victime du hangar n'est donc pas Michael Lane, dit Banks. Et grâce à Gerry qui s'est occupée des relevés de téléphonie mobile, nous savons que c'est effectivement Morgan Spencer qui a envoyé un SMS à Michael Lane, dimanche matin, à neuf heures vingt-neuf. Nous ne connaissons pas le contenu du message, bien sûr, puisque nous n'avons ni son téléphone ni celui de Lane, mais l'existence du SMS est confirmée par le relevé des appels et des SMS associés à sa carte SIM qui nous ont été fournis par l'opérateur de téléphonie. D'après la compagne de Michael Lane, Alex Preston, le jeune homme a dit qu'il devait aller « quelque part », pour un boulot, juste après avoir reçu ce SMS. Il a ajouté qu'il irait peut-être rendre visite à son père ensuite. Il est sorti de l'appartement, à l'East Side Estate, peu après neuf heures et demie, et il lui a fallu entre dix et quinze minutes pour parvenir au hangar si le hangar était effectivement sa destination. Nous le plaçons donc là-bas vers neuf heures quarante-cinq. Nous pouvons supposer que Spencer devait prendre part au boulot en question, dans la mesure où c'est lui qui a envoyé ce SMS à Lane. Nous savons aussi que les deux jeunes gens travaillent régulièrement ensemble. Ils remplissent diverses tâches dans plusieurs exploitations agricoles de la région, et ils font des déménagements pour des particuliers. D'après nos informations, Michael Lane n'est pas allé comme prévu chez son père dimanche, et il n'a pas été revu ni n'a donné de nouvelles depuis dimanche matin. Enfin, Alex Preston a affirmé à Annie que ce n'est pas du tout son genre de disparaître de cette façon.

– Avons-nous des raisons de penser que le boulot qui devait réunir Lane et Spencer avait un rapport avec l'aérodrome et le hangar ? demanda Gervaise.

– Nous le supposons. Mais cela reste à confirmer. À part le fait qu'il a envoyé un SMS à Lane à neuf heures vingt-neuf, nous ne savons rien des allées et venues de Morgan Spencer dimanche matin. S'il a volé le tracteur, il pourrait avoir passé la nuit de samedi à dimanche avec l'engin à son box. Nous avons retrouvé le site de stockage où il a ce box – un garage, à vrai dire – pour son camion. Un certain nombre de personnes se souviennent de l'avoir vu là-bas dans la journée de samedi. Quant au camping où il avait sa caravane, nous avons interrogé la plupart des résidents, mais à part l'ancien flic qui possède la caravane voisine, personne n'a l'air de vouloir admettre l'avoir connu, ni avoir vu quoi que ce soit de suspect le soir ou la nuit de l'incendie. Bref. Pour le moment je fais l'hypothèse que c'est le sang de Morgan Spencer qui a été trouvé dans le hangar. Nous savons que ce n'est pas celui de Lane et ce ne serait vraiment pas de chance pour nous si nous avions deux gros incidents simultanément. Nous saurons si Morgan Spencer a été tué dans le hangar quand Jazz aura comparé le sang qu'elle y a prélevé avec celui des morceaux de cadavre de la passe de Belderfell.

– Mais quel rapport entre le hangar et le vol du tracteur de Beddoes ? relança Gervaise.

– Nous ne sommes pas certains qu'il y ait un rapport. Les événements qui ont pu se produire dans le hangar, d'ailleurs, n'ont peut-être rien à voir avec Morgan Spencer, ni avec Michael Lane, ni avec le vol du tracteur. Je veux dire, pourquoi tuer quelqu'un pour un tracteur volé ? Le propriétaire, John Beddoes, n'est rentré du Mexique que dimanche en fin de journée, donc il n'est pas suspect. Il n'a pas non plus besoin de l'indemnisation de l'assurance. Il n'est pas exclu que Spencer ait eu l'intention de rejoindre Lane dans un tout autre endroit, et pour un boulot parfaitement honnête, et qu'il ait été enlevé et conduit au hangar. Mais cela n'explique pas la disparition de Lane. S'il n'a pas trouvé Spencer à l'endroit où ils devaient bosser ensemble, pourquoi n'est-il pas simplement rentré chez lui ?

– Cela fait trop de conjectures. Je n'aime pas beaucoup cela, dit Gervaise, laissant son regard glisser sur ses subalternes. Comme preuves matérielles, nous avons quoi ?

– Stefan a décelé un résidu de gasoil agricole, rouge, dans le hangar, dit Banks. Lequel gasoil pourrait venir du tracteur volé. Ou d'un autre véhicule agricole, bien sûr. C'est le seul indice, en tout cas, qui nous montre que le tracteur *pourrait* être passé par le hangar. Stefan a aussi trouvé les traces d'autres véhicules, mais impossible de dire quand ils se sont trouvés là-bas. Nous manquons de réponses.

– Et du côté des chemins de fer et des annonces que nous avons fait passer dans les médias ? demanda Gervaise à Doug Wilson. Des résultats ?

– Non, madame la commissaire. L'East Coast Line a promis de scruter ses achats de billets en ligne et de poser des affichettes sur le trajet, mais ça va prendre un certain temps.

– Comme les voyages en train, marmonna Banks.

– Avons-nous autre chose, n'importe quoi, pour rattacher le hangar au tracteur volé ? insista Gervaise.

– Je pense que Winsome et Gerry ont quelque chose à nous raconter à ce sujet, dit Banks.

Winsome s'éclaircit la voix, puis parla sans avoir besoin de se référer à ses notes :

– Gordon Fullerton, le patron du George and Dragon, le pub de Hallerby, a vu un camion traverser le village, dimanche matin juste après dix heures, arrivant par le chemin qui y descend depuis l'aérodrome. C'était un camion de déménagement, couleur vert de course anglais, assez volumineux pour contenir un tracteur. Et il a tourné en direction de l'A1. Fullerton a aperçu le chauffeur. Il avait une casquette sur la tête et des gros favoris sur les joues. Par contre il n'a pas vu la plaque d'immatriculation du camion, lequel ne portait aucune inscription, aucune marque d'identification.

– Quelle voiture Michael Lane conduit-il, déjà ? demanda Banks à Annie.

– Une Peugeot grise au bout du rouleau.

– A-t-elle été vue quelque part ?

– Pas depuis qu'il est parti de chez lui dimanche matin. Et au sujet de Michael Lane, rien du côté des compagnies aériennes ou de sa banque. Il n'a pas utilisé ses cartes depuis ce week-end. Pour le moment il nous échappe complètement.

Banks songea qu'il aurait sans doute besoin de revoir Joanna MacDonald pour avoir accès au monde merveilleux des LAPI, les dispositifs qui permettaient de repérer et de suivre un véhicule n'importe où sur le territoire.

– Et Morgan Spencer ? demanda-t-il à la cantonade. Savons-nous comment il se déplaçait, quand il n'était pas au volant de son camion ?

– Il avait une moto, répondit Doug Wilson. Une Yamaha, d'après son voisin, qu'il stationnait en général à côté de sa caravane. Mais elle n'était pas là-bas, hier, quand l'inspecteur Cabbot et moi sommes allés à Riverview. Et nous ignorons où elle est en ce moment.

– Peut-être l'avait-il embarquée dans son camion ? suggéra Banks. Elle n'était pas non plus à Riverview ce matin après l'incendie de la caravane. Sans doute parce qu'il était déjà mort. Et à propos... Annie, pourrais-tu te charger de parler à quelqu'un chez Vaughn's ABP, l'entreprise qui employait Caleb Ross ? Elle doit avoir un planning des enlèvements de bestiaux, ou bien les trajets des chauffeurs, quelque chose comme ça. D'une façon ou d'une autre, nous devrions pouvoir découvrir où et dans quelles circonstances le cadavre de Spencer a été ajouté au bétail mort de la camionnette.

– À quel endroit, aussi, il a été découpé en morceaux, ajouta Annie en notant quelque chose dans son carnet.

– Voyons d'abord ce que le Dr Glendenning aura à dire à ce sujet à l'autopsie.

– Faut-il penser que le chauffeur, Caleb Ross, était impliqué dans l'affaire ? demanda Gervaise.

– C'est tout à fait envisageable, dit Banks. L'accident, bien sûr, n'était pas prévu, mais cela ne veut pas dire que Ross ignorait qu'il transportait le cadavre de Spencer. Ou quelque chose de pas très catholique, à tout le moins. Nous devons explorer cette piste.

– Il faut tout de même confirmer que cet accident en est bien un, dit Annie.

– Vous pensez que la camionnette pourrait avoir été sabotée ? demanda Gervaise.

– C'est une possibilité, madame la commissaire. Peut-être les experts qui sont sur le site pourront-ils bientôt nous en dire davantage.

– Peut-être, convint Banks. Mais pour la camionnette, dans l'état où elle est l'examen risque d'être compliqué. Si elle a été sabotée, je veux dire, il ne reste peut-être aucune trace de la manip.

– Le local de stockage de Morgan Spencer se trouve dans la zone industrielle de Bewlay, intervint Gerry Masterson. C'est un garage privatif, en fait, comme disait l'inspecteur Banks, assez vaste pour contenir un camion. Quand Spencer faisait des déménagements, d'après les renseignements que j'ai pu trouver, il conservait parfois les affaires de ses clients pendant toute une nuit et il était obligé, pour des questions d'assurance, de stationner le camion dans un endroit sécurisé. Donc il avait ce garage. Il est vide, en ce moment, et nous attendons que certains de nos techniciens soient libérés pour les envoyer là-bas, mais…

– Je sais, dit Banks. Ils sont très occupés. Soit à la passe de Belderfell, soit au hangar.

– Voilà, dit Gerry. Stefan Nowak espère tout de même pouvoir envoyer quelqu'un au garage demain matin. En attendant nous le faisons surveiller.

– Il faut diffuser un avis pour le camion et la moto, dit Banks, regardant Winsome. Pour la Peugeot grise aussi. Dimanche matin, le patron du George and Dragon n'a-t-il vu que ce camion sur le chemin de la forêt ?

– Oui, patron. Uniquement ce camion vert foncé.

– Et pas de véhicules dans l'autre sens, en direction du hangar ?

– Non. Mais si des gens empruntent ce chemin pour des activités criminelles, il serait assez logique qu'ils n'y passent pas trop souvent. Qu'ils varient les trajets, je veux dire.

– Je présume que le camion vu par le patron du pub pourrait être celui de Spencer, dit Banks. Gerry, pensez-vous que vous pourriez rechercher d'éventuels liens entre les vols en milieu rural survenus dans la région depuis un an ou deux et ces camions vus à proximité du hangar ou passant par Kirkway Lane et Hallerby ?

– Il nous faut davantage d'informations. Pour les vols en milieu rural c'est facile, oui, nous avons ces données sous la main. Mais elles ne nous serviront à rien si les habitants de Hallerby n'ont pas des souvenirs très précis des véhicules qu'ils ont *peut-être* vus passer par le village. Et qui va se souvenir du jour et de l'heure exacts auxquels il a vu un camion débouler là par Kirkway Lane ?

– Le patron du pub, déjà, si on le réinterroge, dit Winsome.

– Voyez ce qui est possible, dit Banks, et essayez ensuite de faire le lien avec nos données.

– Très bien.

– Question suivante, savons-nous maintenant à qui appartient l'aérodrome ? À l'État ?

– Non, patron, répondit Gerry. Il appartient à une société qui s'appelle Venture Property Developments. J'ai eu un de ses cadres dirigeants au téléphone, mais la conversation a été brève. Ce monsieur était plutôt abrupt et je n'ai pas réussi à lui faire dire grand-chose. Je sais tout de même que la société est basée à Leeds et qu'elle est apparemment en pleine bataille juridique pour que le terrain de l'aérodrome soit déclaré constructible. Pour un centre commercial. Les habitants de Drewick et de Hallerby s'opposent à ce projet au motif que le centre commercial aura un impact négatif sur l'environnement et leur paisible coin de campagne.

– Car c'est ce qui arrivera à coup sûr, malheureusement, dit Banks. Espérons pour eux qu'ils vont y découvrir je ne sais quelle espèce d'oiseau très rare ou des blaireaux mal en point qui leur permettront de faire classer le secteur comme zone naturelle protégée.

– Hmm, fit Gerry, dubitative. La société, Venture Property Developments, a l'air assez sûre d'obtenir ce permis de construire. Mais en attendant, elle ne se préoccupe pas beaucoup du sort de l'aérodrome. Le type à qui j'ai parlé m'a dit qu'il avait d'autres chats à fouetter. J'ai demandé si le site était verrouillé et sécurisé, il m'a répondu que tout était fait dans le respect des réglementations en vigueur en matière de santé et de sécurité. Mais personne de chez Venture, à vrai dire, n'est allé sur place depuis une éternité. Il ignore donc si le hangar a pu être utilisé par qui que ce soit pour une raison ou une autre.

– D'après Terry Gilchrist, les enfants de Drewick vont régulièrement à l'aérodrome, dit Winsome. Il les voit jouer au foot et au cricket, à l'intérieur de l'enceinte, quand il promène son chien.

Banks se souvenait d'avoir adoré jouer dans les maisons abandonnées – et souvent condamnées – quand il était gamin. Les « réglementations en matière de santé et de sécurité » existaient-elles, à l'époque ? Mais qui utilisait pareille formule, justement, « à l'époque » ? Avec de telles réglementations, les gens n'auraient jamais pu allumer de feux de joie les jours de fête. Et certaines vieilles baraques n'auraient jamais été visitées. Mais les enfants sont résilients, malléables ; ils peuvent se remettre d'une chute, à l'occasion, à travers l'escalier vermoulu d'un taudis dont l'exploration leur est interdite.

– Parlez donc encore une fois avec Terry Gilchrist, Winsome. C'est notre témoin principal et il vit tout près de l'aérodrome. Voyez ce qu'il pourrait savoir d'autre. Ça vaudrait le coup, aussi, de mettre la main sur certains de ces gamins, s'il les connaît. Ils auront peut-être quelque chose d'intéressant à nous dire. Les enfants ont parfois un sens de l'observation étonnant. Et notez le modèle de la voiture de Gilchrist, au cas où elle apparaîtrait quelque part.

– Heu… Deux de nos agents ont accompagné M. Gilchrist dans le village, ce matin, pour qu'il leur désigne les maisons de certains des enfants. Aucun d'eux n'avait quoi que ce soit d'intéressant à dire. Et Gilchrist conduit une Ford Focus bleu foncé.

– Bien joué, Winsome. Demain j'irai moi-même rencontrer les dirigeants de cette société, Venture Property Developments. Je veux voir le genre de maison que c'est, découvrir ce que ces gens savent au sujet de leurs propriétés, peut-être les titiller un peu. Dans ces crimes en milieu rural auxquels nous sommes confrontés, il y a de l'argent et des cerveaux. La réalité, ce n'est pas que les petits loubards comme Morgan Spencer ou Michael Lane chipent des tracteurs pendant que leurs propriétaires sont au soleil au Mexique : il y a des chefs, derrière, qui tirent les ficelles. Je ne serais pas étonné, par exemple, que les dirigeants de Venture touchent leur part du gâteau. Ils savent tout de même très bien que le terrain leur appartient et que le hangar est là, vide et inutilisé. Autre chose ?

Personne n'ayant rien à ajouter, la commissaire Gervaise mit un terme à la réunion.

– Nous avons du pain sur la planche, dit Banks tandis que tout le monde se levait pour quitter la salle. Ne perdons pas de temps. Annie, tu veux bien me retrouver au bureau dans une demi-heure ?

Après avoir couché Ian – il était claqué, le pauvre –, Alex alla s'asseoir dans le living et alluma la télévision pour avoir un peu de compagnie. Depuis qu'elle était rentrée, la porte de l'appartement était verrouillée à double tour, la chaîne de sécurité en place, et elle avait maintenant son nouveau téléphone portable à côté d'elle, numéro des urgences enregistré sur la touche d'appel et prêt à être composé en une seconde. Par chance la carte SIM n'avait pas été abîmée quand Meadows avait écrasé son ancien portable, et l'employé de la boutique avait pu l'installer dans le nouvel appareil. Alex ne pouvait pas se permettre de ne pas avoir de téléphone et elle tenait à rester joignable, au même numéro qu'avant, au cas où Michael l'appellerait.

Son doigt cassé la lançait douloureusement, mais elle voulait attendre de se mettre au lit pour prendre les analgésiques que le médecin lui avait prescrits. Ils risquaient de l'assoupir, or elle devait rester vigilante. Meadows, le faux policier, déciderait peut-être de revenir s'il n'avait aucune nouvelle d'elle. La situation était extrêmement stressante. Elle ne savait pas combien de temps ses nerfs tiendraient face à la perspective de devoir affronter une autre visite de cet homme, de nouvelles menaces, violences, voire même – Dieu la préserve de ce malheur – des actes de brutalité à l'encontre d'Ian. Car elle n'avait vraiment rien à dire à Meadows. Et si elle apprenait bientôt où Michael se trouvait, de toute façon, elle ne se voyait pas relayer l'info à quelqu'un qui lui voulait du mal.

Une sonnerie identique à celle des anciens téléphones à cadran s'éleva tout à coup du portable. Alex sursauta comme si elle avait reçu une décharge électrique. C'était la première fois qu'elle avait un appel sur cet appareil et elle ignorait que la sonnerie sélectionnée était celle-ci. Le numéro affiché sur l'écran lui était inconnu. Meadows ? Elle hésita à répondre, puis elle jugea préférable de prendre la communication. Ce n'était qu'un téléphone portable, après tout ; quel mal pouvait-il lui faire ?

Quand elle eut décroché et annoncé son nom, elle n'entendit tout d'abord qu'un long silence entrecoupé de crépitements d'électricité statique. Enfin, une voix masculine dit :

– Hé, ma chérie. C'est moi.

Le soulagement qu'elle éprouva alors fut tellement intense qu'elle faillit lâcher l'appareil.

– Michael ! Tu vas bien ?

– Ouais. Ça roule.
– Qu'est-ce qui t'est arrivé ?
– Ha ! Je ne saurais pas par où commencer.
– Tu as des ennuis ?
– On peut dire ça.
– Avec la police ?
– La police c'est bien le cadet de mes soucis.
– Alors quoi ? Explique-moi. Je suis morte de trouille.
– Je m'en doute. Et je suis désolé. Je ne pouvais pas... Je ne voulais pas... Oh, putain, c'est foutu !
– Quoi ? Qu'est-ce que tu racontes ?
– Je crois qu'ils me cherchent, Alex. Des gens très dangereux.
– Pourquoi ? Qu'est-ce que tu as fait ?
– Rien du tout. Je n'ai *rien* fait. Je... je les ai juste vus, voilà. J'ai été témoin d'un truc que j'aurais pas dû voir.
– Dimanche, quand tu es sorti ?
– Oui. Je suis allé retrouver Morgan. Il m'a prévenu qu'il avait un boulot pour nous. Il n'a pas précisé quoi, il a juste dit qu'il avait besoin de moi. Alors j'ai pris la voiture et je suis allé au vieil aérodrome qu'est à côté de Drewick, tu sais.
– Et il s'est passé quoi, là-bas ?
– Je ne peux pas te le dire, Alex.
– Pourquoi ?
– Je ne peux pas, c'est tout. Mais... c'était horrible !
– Où es-tu en ce moment ?
– Ça non plus, je ne peux pas te le dire.
– Comment ça ? Tu veux dire que tu ne sais pas ?
– Il vaut mieux que tu le saches pas. C'est plus prudent. Si tu ne sais pas où je suis, tu ne risqueras pas de le dire à qui que ce soit, tu vois ?

Alex se mordit la lèvre. Elle n'était pas naïve et se rendait bien compte que si Meadows décidait de la martyriser, elle n'aurait rien à lâcher, rien pour sauver sa propre peau. Les gens craquaient, pour finir, sous la torture, c'était connu, et Alex ne pensait pas être capable de supporter une très grande douleur – physique ou même émotionnelle. Cependant, que se passait-il quand on ne disposait pas de l'information que le tortionnaire voulait obtenir ? Jamais elle ne trahirait Michael, bien sûr, mais… Elle refoula les pensées confuses qui tournoyaient dans son esprit, ouvrit la bouche pour lui parler de la visite de Meadows, la veille au soir, et de son doigt cassé – puis changea d'avis. À quoi bon ? Cette révélation ne servirait qu'à inquiéter davantage Michael, et manifestement il n'avait pas besoin de cela tout de suite.

– Qu'est-ce que tu as l'intention de faire ? demanda-t-elle.

– Je ne sais pas. Je voulais juste que tu saches que je vais bien. En tout cas je ne suis pas blessé ou un truc comme ça, tu vois.

– Pourquoi tu n'as pas téléphoné plus tôt ?

– Je ne pouvais pas. D'abord, je n'osais pas utiliser mon portable. Des gens pourraient le suivre à la trace. Avec les relevés des appels, ou le signal, je ne sais pas très bien. Ensuite je me suis planqué et je n'avais pas de cabine près de moi.

Alex avait la nette impression, à sa voix, qu'il n'allait pas aussi bien qu'il le prétendait.

– Je peux faire quelque chose pour t'aider ?

– Non, je ne pense pas. Il faut juste que je me cache encore un moment, jusqu'à ce que ça se calme. Voilà. Mais je voulais te prévenir que je suis vivant, quoi. J'ai vu les infos à la télé, ce soir, pour la première fois depuis… depuis que c'est arrivé. J'étais dans un pub. Il y avait un écran géant. Je sais qu'on nous recherche, Morgan et moi, et je sais qu'il s'est passé un truc à la passe de Belderfell. Un accident. Il y avait des animaux morts, et peut-être des morceaux de cadavre humain. Ils sont restés très vagues, mais je suis sûr qu'il y a un rapport entre toutes ces histoires. Enfin je voulais juste te dire que moi ça va, ma belle. J'avais peur que tu sois inquiète.

– Bien sûr que j'étais inquiète, idiot. La police est venue, tu sais. Comment je pourrais ne pas être inquiète ? Tu crois que ça nous fait du bien, tout ça ?

– Te mets pas en colère contre moi, ma chérie. Ça, je ne pourrais pas supporter. Pas maintenant. Je suis vraiment désolé. T'as dit quoi à la police ?

– Rien. Je ne sais rien du tout. Et je ne suis pas en colère. Je suis bouleversée. J'aimerais bien que tu me dises ce qui se passe.

– Je ne peux pas. Pas tout de suite. Mais peu importe ce que tu racontes aux flics, de toute façon. Dis-leur tout ce que tu veux.

– Tu reviens quand ?

– Je ne sais pas. Quand ce sera terminé. Ils devront aller au bout de cette histoire sans moi. À ce moment-là, il n'y aura plus de danger et je pourrai revenir à la maison. Comment va Ian ?

– Bien. Nous allons bien tous les deux.

– Embrasse-le pour moi. Et fais attention, Alex.

– Pourquoi ?

– Fais attention, je te dis, c'est tout. Je dois y aller, maintenant.

– Michael, non ! S'il te plaît. Dis-moi où tu es. Laisse-moi te rejoindre.

– Non, reste où tu es. Avec Ian.

– Mais je te reverrai quand ?

– Quand ce sera terminé. Souviens-toi que je t'aime, Alex. Au revoir.

– Tu me retéléphoneras ?

– J'essaierai.

Alex crispa les doigts sur le téléphone, les larmes aux yeux, quand elle entendit la communication s'interrompre. Elle resta immobile un moment, le portable contre l'oreille, regardant sans les voir les images qui défilaient sur l'écran de la télévision. Son cœur battait la chamade, elle avait le ventre noué, un début de migraine. Tout cela, c'était encore pire que lorsque ce salaud de Lenny l'avait frappée, car elle ne voyait pas le bout du tunnel. Juste au moment où elle pensait avoir trouvé quelque chose de bien, un truc auquel s'accrocher, la vie le lui arrachait.

Elle jeta le téléphone à côté d'elle ; il rebondit sur le coussin du canapé et tomba par terre. Elle termina son vin, puis alla à la cuisine pour se resservir. L'alcool ne risquait guère de l'aider, bien sûr, mais elle ne voyait pas d'autre solution pour atténuer sa douleur. Sinon, il fallait qu'elle prenne deux ou trois de ces comprimés que le médecin lui avait donnés. Ou même toute la boîte. À quoi Michael pensait-il, bon sang ? Ne jouait-il pas aux dés avec leur avenir ? Non, elle se trompait. Il avait de graves ennuis, c'était clair, sinon il ne les aurait pas quittés comme ça, Ian et elle. Il les aimait. Elle devait s'en souvenir. Chérir cette idée. C'était tout ce qui lui restait.

Enfin, comme elle ne voyait aucune autre solution et ne supportait pas de rester les bras croisés et de se sentir si seule, si désemparée, elle récupéra le téléphone par terre, sortit de son sac la carte que la policière, l'inspecteur Cabbot, lui avait donnée, et composa le numéro inscrit au dos.

« Au bureau », cela signifiait au Queen's Arms. Si Banks avait voulu voir Annie à son bureau au commissariat, il aurait dit « à mon bureau ». Il était bientôt vingt heures et le pub commençait à se remplir. Le patron, Cyril, devait se réjouir. Comme le volume de sa sélection musicale très personnelle – rien que des vieux succès de pop – était un peu fort, tout le monde devait élever la voix pour se parler. Mais ce n'était pas grave. Banks n'était jamais mécontent d'entendre, quand il leur prêtait attention, quelques paroles de « Wouldn't It Be Nice » ou de « She's Not You ». Bien des pubs, aujourd'hui, se contentaient de diffuser les programmes de radios thématiques, mais pas le Queen's Arms. Cyril demeurant l'intrépide amateur de musique pop qu'il avait toujours été, avec un faible particulier pour les années cinquante et le début des années soixante, il branchait son iPod sur la sono de l'établissement et voilà : si les clients n'appréciaient pas, libre à eux d'aller boire ailleurs.

Banks avait remarqué que Lisa Gray était de service ce soir. Ses cheveux étaient coupés court, désormais, et la plus grande partie de ses ornements métalliques avaient disparu de son visage. Il savait que Winsome avait noué des liens étroits avec la jeune femme au fil de leur dernière enquête ; elles avaient aussi gardé le contact depuis lors. Postée derrière le bar, elle sourit et le salua de la main quand elle l'aperçut. Annie revint à cet instant avec les verres.

– Je ne vois toujours pas Michael Lane dans le rôle du méchant, dit-elle après avoir goûté sa bière. C'est quoi, son passé de délinquant juvénile ? Il a fait l'imbécile avec une voiture qu'il avait volée parce qu'il était déboussolé à cause du départ de sa mère. Voilà. Aucune récidive depuis, et il s'est engagé dans une relation sérieuse avec une fille super. Il a aussi la responsabilité d'un gamin.

– Et si c'était trop pour lui, tout ça ? objecta Banks. Peut-être qu'il étouffait, et il a ressenti le besoin de filer. Ou bien c'est cette responsabilité envers le gamin qui l'a fait craquer. Tu disais qu'ils ne sont pas bien riches, Alex Preston et lui. Ils ont du mal à joindre les deux bouts...

– Ouais, mais au moins ils essaient. Et ils ne s'en tirent pas si mal. S'il est arrivé ce que tu dis, si Michael n'a plus été capable, tout à coup, de supporter la pression, Alex Preston n'a rien vu venir.

– Avec Sandra, moi, je n'ai rien vu venir. À aucun moment je ne me suis douté qu'elle se préparait à me plaquer pour un autre type. Pourtant elle l'a fait. Ça arrive, un point c'est tout.

Dans le silence qui suivit cette remarque, Lisa Gray s'approcha de la table avec une assiette dans chaque main.

– Pour qui la salade et pour qui le burger avec les frites ?

Banks et Annie firent un brin de conversation à la jeune femme avant qu'elle n'aille reprendre son poste derrière le bar. Quand ils eurent entamé leur repas, Banks reprit :

– Tu es investie sur le plan affectif, je le vois bien, et tu ne veux pas penser de mal d'Alex Preston ou de Michael Lane. Je suis certain, aussi, qu'ils font de leur mieux pour vivre décemment. Mais notre boulot, Annie, ce n'est pas la réinsertion sociale.

Il désigna Lisa du menton et continua :

– D'accord, Winsome a pris une nana paumée sous son aile et a fait des miracles. Mais ne nous emballons pas trop pour les bonnes actions. Te paraît-il vraiment impossible qu'Alex Preston soit un peu naïve, surtout en ce qui concerne Michael Lane ? Ne dit-on pas que l'amour est aveugle ? Ne laissons pas ce genre de chose te mettre des œillères et perturber ton jugement.

– Je ne laisse pas…

– Je veux juste dire, Annie, que nous ne pouvons pas toujours sauver leur âme. Et nous ne devrions pas compter là-dessus. La moitié du temps, nous n'arrivons même pas à sauver leur *corps*. Tout au long de ma carrière, crois-moi, j'ai connu des tas de gens méritants, et il m'est arrivé d'en aider certains, mais il m'est aussi arrivé de ne pas le faire. Parfois ça a même fonctionné. Mais souvent, pas du tout, et ceux que j'essayais d'aider se sont mis à commettre des délits toujours plus graves. Nous ne sommes ni psychologues ni magiciens.

– Je n'ai pas d'œillères. J'accepte complètement l'idée que Michael ait pu faire une bêtise. Qu'il est sans doute mêlé à l'affaire, aussi, d'une façon ou d'une autre. Je me rends bien compte que son manque chronique d'argent pourrait l'avoir poussé à commettre un délit, sans nul doute avec les encouragements de Morgan Spencer. Il pourrait même avoir vu le tracteur comme un gros coup, une chance unique de se remettre sur pied. En faisant par la même occasion un beau pied de nez à John Beddoes. Je n'écarte pas du tout ces possibilités. Mais j'aimerais aussi souligner que pour le moment il a disparu, il est peut-être en danger, sinon déjà blessé ou pire, et il n'est pas suspect.

– Mais bien sûr que si, il est suspect !

– De quoi, bon sang ? D'avoir piqué ce tracteur ?

– De ça, oui, et du meurtre de Morgan Spencer jusqu'à ce que nous ayons trouvé la preuve du contraire.

– N'importe quoi. Tu délires.

– Peut-être, convint Banks. Je te demande juste de garder l'esprit ouvert.

Annie se concentra un petit moment sur sa salade, puis releva les yeux vers Banks et marmonna :

– Je garde l'esprit ouvert, ne t'inquiète pas. Mais elle a tout de même un doigt cassé. Alex Preston. D'accord ?

– Tu n'avais jamais mentionné ça. Comment c'est arrivé ?

– Elle dit qu'elle se l'est coincé dans une porte.

– Et tu ne la crois pas.

Annie fit descendre une bouchée de salade avec sa bière.

– Non. Il s'est passé quelque chose. Je l'ai bien senti dans son comportement. Elle me mentait. Tu demandes si elle n'est pas un peu naïve. Bon, oui, peut-être qu'elle est naïve, d'une certaine façon. Ou elle l'a été autrefois. Mais là, tout de suite, je crois qu'elle prend un cours accéléré, si tant est qu'elle en ait besoin, sur les dures réalités de la vie. En plus d'être morte d'inquiétude, elle est terrifiée.

Banks soupira.

– D'accord. Alors je veux que tu la tiennes à l'œil. Tu crois qu'elle cache quelque chose, n'est-ce pas ? Tu as tort en tout cas de penser la protéger en gardant ça pour toi.

– Elle pourrait avoir lâché devant Michael que Beddoes partait en vacances. Elle savait qu'il se rendait au Mexique, c'est sûr, puisqu'elle s'est occupée de ses réservations. Et nous savons que Michael Lane et John Beddoes ne peuvent pas se sentir. Ensuite, si Michael a découvert que Morgan Spencer avait fait des avances à sa mère, il a un mobile pour tuer son copain. Ça te convient, pour ce qui est de garder l'esprit ouvert ?

– Mais tu as dit que ce truc entre Morgan et Denise Lane remontait à, combien, trois ans déjà ? Pourquoi Michael aurait-il appris la chose seulement maintenant ?

– Je ne sais pas. Je ne dis pas que c'est arrivé. Je garde l'esprit ouvert. Tellement ouvert, peut-être, qu'il laisse trop de courants d'air passer. Enfin je souligne juste que c'est une idée à prendre en compte si tu considères Michael Lane comme suspect. Michael ou son père, d'ailleurs.

– Frank Lane ?

– Oui. Avons-nous examiné ses alibis de près ? Sommes-nous certains qu'il nous dit la vérité, toute la vérité ? Il ne roule par sur l'or et il ne porte pas particulièrement Beddoes dans son cœur. Par conséquent, pourquoi ne pas supposer qu'il pourrait avoir quelque chose à voir, lui aussi, avec le vol du tracteur ? Avons-nous oublié cette possibilité ?

– Hmm, pas complètement. Et nous allons la garder sous le coude. Alex Preston, à ton avis, que lui est-il arrivé ?

– Je sais pas. J'imagine que quelqu'un a pu lui donner un avertissement. Pour qu'elle la boucle si jamais elle sait quelque chose. Sinon, peut-être que les gens impliqués dans cette affaire pensent qu'elle sait où se trouve Michael Lane, et ont essayé de la faire parler. Peut-être nous ont-ils vus, Doug et moi, passer à l'appartement hier.

– Mais à ton avis, elle ne sait pas où se trouve Michael ?

– Non, Alan. Je suis certaine qu'elle ne le sait pas. Elle est complètement bouleversée, la pauvre. De ce côté-là au moins, je pense qu'elle dit la vérité. Sauf à être une actrice hors pair, une femme ne peut pas jouer la comédie de cette façon. Faire semblant de pleurer c'est facile, bien sûr, mais il n'y a pas que ça dans l'attitude d'Alex.

– Très bien, dit Banks, levant les mains en signe de reddition. Considérons donc qu'elle ne sait pas où est Michael. Tu penses que quelqu'un est venu chez eux poser la question à Alex, c'est ça ? Et lui a bousillé un doigt parce qu'elle refusait de répondre ou n'était pas en mesure de le faire ?

– Voilà. Et cela soulève une autre question importante.

– Ah ?

– Comment ce quelqu'un connaît-il Alex et son adresse ?

– Par Michael Lane, je présume.

– C'est juste. Il en découle que Michael Lane est sans doute mêlé à toute cette affaire, d'une façon ou d'une autre, et même suffisamment impliqué pour que les gens pour qui il travaille sachent où il vit, et avec qui.

– Il y a une autre explication envisageable.

– Laquelle ?

– C'est Alex qu'ils connaissent, c'est avec Alex qu'ils travaillent. Et elle te raconte des salades.

– Impossible, dit Annie, baissant les yeux sur son assiette.

– Faut-il la mettre sous surveillance ? La voilà, la question.

Annie regarda de nouveau Banks.

– Tu penses que Mme Gervaise autoriserait ça ?

– Eh ben… Aujourd'hui nous avons bien eu droit à l'hélicoptère, non ? Depuis que nous avons un nouveau ministre de l'Intérieur et un nouveau directeur général de la police, il suffit de demander, dirait-on. Profitons-en ! Ça ne durera pas. À mon avis, en tout cas, si tu penses qu'Alex Preston est en danger, nous devons garder un œil sur elle. En permanence, même.

– C'est sans doute un homme de main qui lui a rendu visite. Pas le chef du gang.

– N'empêche. Et pour nous, cette surveillance ne serait pas inutile. Si cet homme de main revient, il pourrait nous mener à son boss.

– D'accord. Je vais organiser ça. Quatre agents devraient suffire pour la surveiller vingt-quatre heures sur vingt-quatre, à tour de rôle. C'est un peu léger, peut-être, mais nous n'avons pas besoin de quelque chose de trop compliqué. Alex Preston n'est pas un personnage de *La Taupe*, après tout.

– Le Carré ? dit Banks, amusé. Non, tu as raison. Après l'autopsie, demain matin, nous pourrions passer la voir avant d'aller à Leeds pour rendre visite aux dirigeants de Venture Property Developments. Et Winsome se chargera, avec Gerry ou Doug, d'interroger les gens de Vaughn's ABP au sujet de la feuille de route de Caleb Ross. De tous les individus, aussi, susceptibles d'avoir accès à cette liste de fermes. Il est probable que Ross suivait un circuit prédéfini. Au moment de l'accident, depuis quand avait-il ce surcroît de chargement très particulier dans la camionnette ? Et combien de temps, en tout, sa tournée lui prenait-elle ? Quand nous aurons la liste des fermes où il devait s'arrêter, il faudra toutes les passer en revue. Bien sûr, rien ne garantit que quiconque saura quoi que ce soit. Je ne connais pas ce milieu, mais je présume qu'il n'est pas très difficile d'ajouter un sac ou deux dans une camionnette comme celle de Vaughn's ABP. Ross devait bien laisser son véhicule sans surveillance, de temps en temps, à certains endroits de son trajet, et il n'aurait pas fallu longtemps pour y glisser quelques sacs-poubelle supplémentaires.

– As-tu considéré que Ross pourrait avoir fait lui-même le coup ?

– Quoi ? Le meurtre dans le hangar ?

– Oui. Ou qu'il ait au moins préparé le cadavre, après le meurtre, en vue de le balancer avec les animaux dans l'incinérateur. Pourquoi pas ? Il n'était pas mal placé pour ça.

– C'est une hypothèse intéressante. Et il est tout du moins possible qu'il ait su ce qu'il avait dans sa camionnette. Il était peut-être davantage mouillé que nous ne le croyons. Son travail de chauffeur, en plus, c'est une couverture idéale pour informer les malfrats des endroits où ils sont susceptibles de trouver des animaux d'élevage faciles à voler. Ou des moments où les agriculteurs laissent leurs machines dans leur garage et dans leur grange sans surveillance. Et si Ross était complice, tu as raison, il pourrait avoir été recruté pour s'occuper de l'élimination du cadavre de Spencer.

– Du moment que nous ne sommes pas obligés de retourner dans cette vallée de la mort…

– Je ferai en sorte de nous éviter ça, dit Banks, et il montra leurs verres vides. Un autre ?

– Pourquoi pas ? Et à ton retour, tu me racontes ton week-end romantique en Cumbrie avec la charmante Oriana.

– En *Ombrie,* rectifia Banks, sentant ses joues s'échauffer, et il se leva les verres à la main. C'est une région de l'Italie.

Pendant qu'il se dirigeait vers le bar il entendit derrière son dos le portable d'Annie émettre un bruit de grillon survolté.

Quand Alex cessa enfin de pleurer, Annie alla chercher la bouteille de vin à la cuisine pour la resservir. Elle sortit aussi un verre du placard pour elle-même. Pourquoi pas ? Elle n'avait pas eu droit à sa seconde pinte avec Banks qu'elle avait abandonné à leur table du Queen's Arms aussitôt après avoir reçu le coup de téléphone de la jeune femme. Il avait proposé de l'accompagner – option assez logique, vu la conversation qu'ils venaient d'avoir –, mais elle avait répondu non, c'était sans doute un travail dont il valait mieux qu'elle se charge seule. Un truc de femmes. Et elle constatait déjà qu'elle ne s'était pas trompée. Dans les minutes à venir, il était clair qu'elle allait davantage apporter son soutien à Alex, la réconforter, que mener l'enquête. Point positif pour messire Alan, il avait paru soulagé d'échapper à l'obligation de lui parler de son week-end en Ombrie. Elle l'avait laissé à sa bière et à l'écoute de « Silver Threads and Golden Needles », des Springfields.

Banks ne s'était pas trompé. Annie était motivée, c'était indiscutable, par l'envie de voir Alex et Michael continuer d'avancer dans la bonne direction. Ce n'était pas une mission qu'elle se donnait, comme le « cas » Lisa Gray pour Winsome, mais elle plaçait certains espoirs en eux, voilà, et elle voulait bien être maudite si elle les abandonnait à leur sort. D'accord, peut-être agissait-elle ainsi davantage pour elle-même que pour eux, peut-être son attitude était-elle une composante de son propre processus de réadaptation – un truc pour être heureuse par procuration, en attendant des jours meilleurs. Hé, quoi, n'était-elle pas incapable, selon toutes les apparences, de se trouver un homme, une relation ? Enfin elle ne savait pas, au fond, et tout de suite cela n'avait pas d'importance. La salle de séjour d'Alex était accueillante, il y faisait chaud, la lumière de la lampe à abat-jour l'apaisait. De temps à autre des cris ou des bruits fusaient à l'extérieur : sans doute des gamins ou des jeunes dans la cour de la cité. Tout à coup, les voix étouffées d'un homme et d'une femme qui se disputaient se firent entendre au-dessus de leurs têtes. Alex esquissa un sourire.

– Ne vous inquiétez pas pour eux, dit-elle, désignant le plafond. C'est la routine. Et vous devriez les entendre quand ils se réconcilient.

Annie rit.

– Comme dit la chanson, « Le mieux quand on se sépare…

– … c'est de se retrouver ensuite », conclut Alex, souriant, puis elle se rembrunit. Mais nous n'allons *pas* nous séparer, vous savez. Michael et moi, je veux dire. En tout cas j'espère que non. Franchement je suis paumée en ce moment. Et j'ai peur.

– Ça ne m'étonne pas. Que pourrait-il arriver, à votre avis ?

Alex la considéra avec méfiance.

– Je ne sais pas si c'est une bonne idée de vous parler de ces choses-là. Vous êtes de la police, tout de même. Michael dit…

– C'est vous qui m'avez appelée, l'interrompit Annie, et elle écarta les mains. À vous de décider. Si vous préférez que je m'en aille…

– Non ! Restez. S'il vous plaît.

La jeune femme se mordilla quelques instants la lèvre inférieure, l'air indécis.

– Bon, dit-elle enfin, ce n'est pas comme si j'avais quelqu'un d'autre à qui parler.

– C'est gentil.

– Non, je ne voulais pas...

Alex se frappa la poitrine avec la paume et poussa un petit rire gêné.

– Pardonnez-moi. Ce n'est pas du tout ce que je voulais dire.

– Ce n'est pas grave. J'ai le cuir épais. Et vous avez raison, en plus, il n'y a que moi dans cette pièce. Sans oublier que je suis la mieux placée pour vous écouter.

Annie goûta le vin. Il était froid et piquant. Le moins cher de chez Lidl, sans doute.

– Je ne sais pas par où commencer, dit Alex, tête baissée, les mains jointes sur les genoux. Enfin... si, je sais sans doute. Vous connaissez déjà le début, puisque vous êtes venue hier. C'est fou de penser que ça fait si peu de temps.

Annie avait elle aussi du mal à croire, tellement il s'était passé de choses depuis deux jours, qu'ils n'étaient que mardi soir.

– Dans l'affaire sur laquelle nous enquêtons, Alex, il y a une victime. Un mort dont le sang a été retrouvé au hangar de Drewick. Et nous savons maintenant que ce n'est pas le sang de Michael. Le groupe sanguin de la personne à qui appartenait ce sang est le même que celui de Michael, mais ça ne va pas plus loin. Les analyses ADN l'ont confirmé.

– Ah oui ? fit Alex, relevant les yeux vers elle. C'est pour ça, donc, que vous vouliez connaître le groupe sanguin de Michael ?

– Oui.

– Pourquoi vous ne me l'avez pas dit plus tôt ?

– J'allais le faire. J'ai même failli revenir vous en parler, mais... il nous manquait encore certaines infos et je ne voulais pas risquer de vous inquiéter davantage. Le groupe sanguin, en plus, ce n'est pas une donnée très concluante. Celui de

Michael, A+, c'est celui d'un gros tiers de la population du pays.

– Je comprends. Et je dois même vous remercier de n'avoir rien dit plus tôt, je suppose. Même si je n'ai pas dormi de la nuit de toute façon, précisa Alex avec un sourire las.

– Si je puis me permettre… vous n'avez pas l'air étonnée, ou folle de joie, d'apprendre que Michael est vivant.

– Parce que… je savais déjà que votre victime, ce n'était pas lui, dit Alex, détournant les yeux.

Pendant quelques instants, Annie crut qu'elle n'allait rien ajouter. Mais elle inspira profondément et reprit :

– Il m'a téléphoné. Ce soir, juste avant que je vous appelle. Donc il est en vie. Je sais qu'il va bien. Tout va bien pour lui.

Annie se pencha pour poser une main sur celles de la jeune femme.

– Ça m'étonnerait que tout aille bien pour lui. Où est-il ?

– Il a peur, je crois. Il se fait du souci pour nous. Mais il va bien, je vous dis.

– Où est-il ?

– Je ne sais pas. Il a refusé de me le dire.

Annie dévisagea la jeune femme : elle ne mentait pas.

– Mince, dit-elle. C'est assez compréhensible qu'il ne veuille pas vous dire où il est, mais ça ne nous aide pas du tout.

– Il appelait d'une cabine, je crois. Vous pourrez sans doute la retrouver à partir de mon mobile. Je ne connais pas ces choses-là. Quoique ça n'ait pas d'importance, parce qu'il ne sera plus là-bas de toute façon.

– Le numéro s'est affiché sur votre portable ?

Alex hocha la tête et attrapa l'appareil. Après avoir appuyé sur deux ou trois touches, elle en montra l'écran à Annie qui appela aussitôt le commissariat avec son propre téléphone.

– Je n'ai pas le choix, dit-elle en attendant que la communication s'établisse. Vous comprenez ?

– Bien sûr.

– De toute façon vous avez sans doute raison. À l'heure qu'il est Michael est sûrement loin de cette cabine. A-t-il encore sa voiture ?

– Je ne sais pas. J'imagine. Mais il ne doit plus avoir beaucoup d'argent.

Annie confia le numéro à Gerry Masterson qui se trouvait encore dans la salle des enquêteurs. Cette femme n'arrêtait-elle jamais de travailler ? N'avait-elle pas de vie privée ? Tu peux parler, toi, songea-t-elle alors, assise là à réconforter la copine d'un type soupçonné de meurtre. Et à leur souhaiter de vivre heureux pour ne pas penser à tes propres difficultés amoureuses. Rappelle-toi que tu devrais être en train de boire une bière avec Alan. Annie ne savait pas très bien si elle avait renoncé à Banks. Elle avait conscience de ne pas pouvoir rivaliser avec une fille fraîche, belle et exotique comme Oriana, mais elle présumait aussi que cette fille ne durerait qu'un temps. À plus ou moins longue échéance elle s'en irait vers de nouveaux rivages, comme les précédentes. Elle était beaucoup trop jeune pour Banks, déjà, puisqu'elle n'avait qu'un peu plus de la moitié de son âge, et, autant qu'Annie pût en juger, elle n'était pas du genre à se gâcher l'existence pour prendre soin d'un vieil homme – situation qui se présenterait inévitablement si Banks et elle restaient ensemble. Elle reporta son attention sur Alex qui était en train de verser du vin dans leurs deux verres.

– Je sais que nous sommes en désaccord sur ce point, dit-elle. Vous pensez sans doute que vous protégez Michael, qu'il vaut mieux pour lui qu'il reste en cavale, qu'il se cache, qu'il nous évite. Mais nous devons absolument le retrouver. Pour lui parler. Et l'aider, aussi. Il sait quelque chose sur les événements de dimanche, je crois, qui pourrait nous permettre d'attraper le meurtrier de Morgan Spencer.

Alex écarquilla les yeux.

– Morgan Spencer ?

– Oui. Notre victime, c'est lui.

Annie laissa à Alex le temps d'encaisser le choc, puis insista :

– Que pouvez-vous me dire, alors ?

– Il... il ne sait pas grand-chose, je crois. Il m'a juste dit que Morgan lui avait envoyé un message au sujet d'un boulot qui les attendait au vieux hangar de Drewick. Vous savez, à mon avis Morgan était sûrement mêlé à des tas de trucs louches dont il ne parlait pas à Michael. Et Michael m'a aussi raconté que là-bas, au hangar, il avait vu un truc qu'il n'aurait pas dû. Et depuis, il est en fuite. Mais il n'a rien fait de mal ! Il a peur. Vous comprenez ça, quand même ?

– Peut-être n'a-t-il rien fait de mal, en effet. Mais nous devons tout de même lui parler. Nous ne sommes pas certains, pour le moment, qu'il n'a pas commis un délit. Il est arrivé beaucoup de choses depuis dimanche, Alex, et nous avons besoin d'explications. Vous vous en rendez compte, n'est-ce pas ?

– Mais je ne sais pas où il est ! Pourquoi vous ne me croyez pas ? protesta Alex, et elle brandit son index pansé. Vous voyez ce truc ?

– Oui. Eh bien ?

– Je n'ai pas coincé mon doigt dans une porte. Hier soir, un homme est venu ici. En se faisant passer pour un policier. Il avait même une carte. Quoique j'avoue ne pas l'avoir très bien vue. Il voulait savoir où était Michael. Il est devenu très menaçant. Vis-à-vis de moi. D'Ian, aussi. Je ne devrais même pas vous parler. Il me surveille sans doute. Il va revenir nous tuer. Tous les deux !

Annie toucha l'épaule d'Alex.

– Calmez-vous. Personne ne va tuer personne. Vous avez bien fait de me téléphoner. Je peux vous aider.

– Mais il a dit qu'il ferait du mal à Ian. Il m'a cassé le doigt et il a promis de brutaliser mon fils. Je ne lui ai rien dit du tout parce que je ne sais rien, vous voyez, mais il est persuadé que je mens. Pourquoi vous ne me croyez pas ?

– Je vous crois. Bien sûr que je vous crois, affirma Annie d'un ton apaisant. Et nous ne permettrons pas à cet homme de brutaliser qui que ce soit. Sauriez-vous me le décrire ?

– Ah ça oui. Je ne risque pas de l'oublier.

Alex détailla les caractéristiques physiques de l'« agent Meadows » à Annie, qui demanda ensuite :

– Si je vous mets en présence d'un portraitiste de la police, donc, vous pourriez l'aider à dessiner le visage de cet homme ?

Il existait aujourd'hui des logiciels informatiques plus élaborés et précis que la bonne vieille méthode du portrait-robot, mais Annie jugeait que la main du dessinateur était mieux à même d'obtenir une ressemblance vraiment satisfaisante avec l'original. Elle était toute prête à reconnaître qu'elle avait ce préjugé dans la tête à cause de son père et de son intérêt personnel pour l'art pictural, mais... les portraitistes ne l'avaient jamais déçue, voilà.

– Je pense que oui, dit Alex. Le truc, c'est que demain je travaille.

Annie consulta sa montre. Il était trop tard pour qu'elle s'occupe de cette mission ce soir.

– Ne vous inquiétez pas. Nous parlerons à vos employeurs. Et de notre côté nous pouvons être flexibles. Mais c'est important, vous comprenez.

– Ce type, Meadows, il m'a laissé un numéro.

Alex tira de son sac à main la carte de visite qui portait un unique numéro de téléphone.

– Il a dit que la police ne risquait pas de remonter jusqu'à lui, avec ça, mais je suppose que vous pouvez quand même essayer. Vous connaissez ces choses-là. Vous le retrouverez ?

Annie saisit par ses bords la carte que lui tendait Alex. Elle était beaucoup plus intéressée par les empreintes digitales susceptibles de s'y trouver que par le numéro de téléphone – sans doute celui d'un appareil jetable, en effet, qui ne les mènerait nulle part.

– Nous allons faire le maximum, dit-elle. Qui d'autre a touché la carte, à part lui et vous ?

– Personne. Il me l'a passée et je l'ai rangée aussitôt après son départ.

– Mais lui, il l'a bien eue à la main ?

– Absolument.

– Portait-il des gants, ou a-t-il utilisé un mouchoir pour la manipuler ?

– Non.

– Parfait. Il a commis une erreur toute bête qui pourrait bien nous être utile.

– Je crois qu'il pensait avoir réussi à m'intimider au point que je ne dise rien sur sa visite. Il n'était pas loin d'avoir raison, d'ailleurs.

Annie sourit.

– Mais vous l'avez fait quand même, n'est-ce pas ? Vous m'avez tout raconté, et tant mieux. Avez-vous une enveloppe ? Une enveloppe ordinaire conviendra très bien.

Alex se leva, ouvrit un tiroir du buffet et en revint avec une enveloppe blanche. Annie y glissa la carte et écrivit « Agent Meadows » dessus avant de la mettre dans sa sacoche.

– Avait-il un accent particulier ?

– Pas vraiment un accent, mais des intonations du nord de l'Angleterre.

– Un accent léger, alors ?

– Hmm… Même pas. C'était dans le fond de sa voix. Il n'avait pas franchement l'accent du Yorkshire, c'est sûr, et il ne parlait pas non plus comme une personne très éduquée, mais vous auriez dit vous-même, en l'entendant, qu'il avait des intonations du nord de l'Angleterre.

– Comme pas mal de gens par ici, tout de même, dit Annie, songeuse, puis elle saisit son verre et se renversa contre le dossier du canapé. Maintenant, Alex, donnez-moi votre avis sur toute cette histoire. Qu'est-ce qui se passe, selon vous ?

– Selon moi ?

– Oui. Vous devez avoir quelques idées sur la question.

– Tout ce que je sais, c'est que Michael est parti, qu'il se cache et qu'il a très peur. Il m'a dit aussi qu'il avait vu les infos à la télé. L'accident de la passe de Belderfell.

– Ah oui ? Et pourquoi en a-t-il parlé ? Vous voulez bien essayer de vous souvenir précisément de ce qu'il a dit ?

Annie posa son verre pour attraper son carnet. Elle prit des notes tandis qu'Alex lui relatait la conversation qu'elle avait eue avec Michael environ une heure plus tôt.

– Il a vu aux infos qu'on avait trouvé un cadavre. Ou des morceaux de cadavre, précisa la jeune femme, et elle fit la grimace. Au milieu des animaux, c'est ça ? C'est affreux. En tout cas, il avait l'air de penser qu'il y avait un rapport entre ce qui s'était passé au hangar et cet accident à la passe.

– C'est intéressant. A-t-il précisé pourquoi ?

– Non. J'ai posé la question mais il n'a pas pu me répondre. Je me demande s'il savait lui-même de quoi il s'agissait. Ce n'est pas tous les jours qu'on trouve un cadavre dans la région, quand même. Surtout dans un endroit pareil, et mélangé à des carcasses d'animaux. C'est vrai, tout ça ?

Annie revit la scène en pensée – les intestins luisants des animaux sortis des sacs noirs éventrés, le corps de cet homme coupé dans le sens de la longueur, l'odeur épouvantable. Un frisson la saisit. Malheureusement, ce spectacle atroce hanterait ses rêves pendant bien des nuits. Et elle ne risquait pas de communiquer ces informations à Alex Preston. Mais pourquoi Michael Lane supposait-il que le corps humain jeté en morceaux parmi les bestiaux d'une camionnette de Vaughn's ABP était celui de Morgan Spencer ? Morgan ou Michael avaient-ils des liens avec cette entreprise ? Avec Caleb Ross ? Elle écrivit rapidement ces questions dans son carnet, puis demanda :

– Michael vous a-t-il expliqué pour quelle raison il pense que le corps retrouvé à la passe est celui de Morgan Spencer ?

– Non. Il n'a même pas vraiment dit ça, en fait. Juste qu'il y avait un *rapport* entre toutes ces histoires.

– Quel genre de rapport ?

– Il n'a pas précisé, justement.

– Nous pensons, Alex, que Morgan a été tué dans le hangar de Drewick.

– Michael ne ferait jamais…

– Je ne dis pas qu'il l'a tué, coupa Annie. Mais vous devez comprendre que tant que nous ne l'avons pas retrouvé, tant que nous n'avons pas parlé avec lui, il est forcément suspect. D'après ce que vous venez de me raconter, je devine que Michael a peut-être été témoin du meurtre de Morgan. Et c'est la raison pour laquelle il a pris la tangente. Le tueur sait qu'il était là-bas et connaît son adresse. Voilà pourquoi vous avez eu la visite de cet homme qui voulait des informations sur Michael. C'est peut-être lui qui a tué Morgan, d'ailleurs.

Alex blêmit.

– L'homme qui était ici, *chez moi* ? Alors qu'Ian était là, dans la chambre juste à côté ? Mais comment savent-ils qui je suis et où j'habite ? Ces assassins, je veux dire ? Comment ces gens horribles peuvent-ils connaître la vie privée de Michael ?

Cette question, Annie se l'était posée un moment plus tôt avec Banks. Elle y voyait plusieurs réponses possibles, mais aucune susceptible de plaire à Alex.

La jeune femme n'était cependant pas née de la dernière pluie.

– Vous pensez qu'il travaillait pour eux, c'est ça ? reprit-elle. Vous croyez qu'il faisait des trucs illégaux, pour eux, avec Morgan. Qu'il est mêlé à toute cette histoire.

– Je n'irais pas jusque-là. Par contre, je pense qu'il n'est pas exclu que Michael ait été sur le point... de mettre le pied, disons, là où il ne devait pas. Sans entrer franchement dans ce monde-là. En gardant ses distances. Vous avez dit qu'il voulait un nouvel appareil photo...

– Il ne ferait jamais ça ! Pas lui. Vous ne comprenez pas. Vous ne le connaissez pas, c'est tout.

– En effet, convint Annie. Et c'est pour ça que je me repose sur vous. Mais n'en parlons plus, c'est inutile. La question ne sera pas réglée tant que nous ne l'aurons pas retrouvé pour lui parler.

– Pour le mettre en prison, vous voulez dire.

– Ne dites pas de bêtises. Pourquoi ferions-nous une chose pareille ? Je crois qu'il est temps que vous vous rendiez compte qu'il a de bien meilleures chances de s'en sortir avec nous qu'avec les gens qui en ont après lui. Des gens qui sont capables de casser les doigts d'une femme et de menacer son enfant, je vous rappelle. Que feront-ils à Michael, à votre avis, s'ils l'attrapent ?

Alex plaqua les mains sur ses oreilles.

– Arrêtez ! Je vous en prie, arrêtez !

– Vous devez regarder les choses en face.

– Je ne peux plus rien vous dire. Je ne sais rien d'autre, malheureusement.

– D'accord. Je vous crois. Il est tard, maintenant, mais dès la première heure demain matin je veux faire analyser la carte que cet homme vous a laissée, pour voir si elle porte ses empreintes digitales. Si c'est un récidiviste, il y a de grandes chances pour qu'il soit dans nos fichiers. J'aurai aussi besoin de vous au commissariat. Nous devons enregistrer vos empreintes afin de pouvoir les éliminer lors de l'analyse de la carte. Ensuite nous nous occuperons du portraitiste. Par conséquent je viendrai vous chercher de bonne heure et je vous conduirai au poste après que nous aurons déposé Ian à l'école. Nous passerons aussi voir votre employeur. Ce programme vous convient-il ? Peut-être pourrez-vous aussi nous parler un peu plus de Morgan Spencer. Nous n'avons pas sa photo, ni même une description très précise de sa personne.

– Entendu.

– Dans l'immédiat, je vais voir si je peux faire venir un agent de liaison auprès des familles, qui passera la nuit ici...

– Non, dit Alex. Je ne veux pas d'un inconnu dans mon appartement. Pourquoi vous ne restez pas, vous ? Le canapé, c'est un convertible. Vous serez bien installée. Ou alors vous prenez mon lit, si vous voulez. J'ai même une brosse à dents à vous donner. Encore dans son emballage.

– Je ne peux pas faire ça, Alex.

– Mais pourquoi ?

– Je... enfin...

Annie n'avait aucun argument sérieux à opposer à Alex, à vrai dire, sinon qu'elle avait envie de rentrer chez elle et d'être seule. Mais son attitude était assez égoïste, elle s'en rendait bien compte. Cette jeune femme avait besoin d'aide, et pour l'aider il suffisait à Annie d'accepter de passer la nuit sur son canapé. De plus, elle avait bu un petit peu trop de vin pour conduire en toute sécurité. Il y avait la solution du taxi, bien sûr, mais le taxi coûtait cher...

Alex remplit leurs verres.

– J'ai vraiment peur, dit-elle. Je me sentirais tellement mieux si vous restiez. Je ne veux plus être une victime, mais là, tout de suite, j'ai besoin de soutien.

C'est alors que la porte du couloir s'ouvrit sur un petit garçon vêtu d'un pyjama à rayures, et aux cheveux en bataille, qui frottait ses yeux encore pleins de sommeil.

– J'ai fait un cauchemar, dit-il d'une petite voix chagrinée. Je peux rester avec vous pour regarder la télé ?

8

Banks soupira lorsqu'il s'engagea dans le couloir au carrelage vert, haut de plafond, du sous-sol de l'hôpital d'Eastvale. Il était beaucoup trop tôt le matin pour assister à une autopsie – surtout une autopsie comme celle qui l'attendait.

Il poussa la porte du royaume du Dr Glendenning, qui avait été récemment rénové, et s'immobilisa lorsqu'il aperçut les morceaux de cadavre posés sur la table en inox : les deux moitiés du tronc de l'homme, à peu près alignées, lui évoquèrent des carcasses de cochon suspendues dans la chambre froide d'une boucherie. Les bras étaient posés de part et d'autre des épaules. La tête, retrouvée à la nuit tombée sous un sac-poubelle éventré qui contenait un agneau mort-né, avait elle aussi repris sa place – plus ou moins. Banks s'approcha de la table. Sur le front du mort, entre les yeux, il aperçut un trou déchiqueté.

– Ah, Banks, dit le Dr Glendenning. Ravi que vous ayez finalement pu vous joindre à nous. Vous aviez décidé de faire la grasse matinée, ou quoi ? Vous avez failli rater le spectacle !

– Dommage, marmonna Banks.

Pendant quelques instants, il regretta l'époque où le Dr Glendenning travaillait la cigarette au bec, sans trop se soucier des cendres qui tombaient parfois dans les incisions qu'il pratiquait sur les cadavres. L'époque où il aurait fumé, lui aussi, d'un bout à l'autre de l'autopsie, car tout était bon pour masquer l'odeur de chair en décomposition qui imprégnait la salle. Pour éviter, aussi, de trop penser à la mort.

Époque bien révolue, hélas. Outre que Banks et Glendenning ne fumaient plus depuis des années, la moindre petite cigarette allumée devait suffire, aujourd'hui, à faire retentir tous les systèmes d'alarme de l'immeuble. C'était fou, à peine imaginable, la quantité de trucs qu'ils pouvaient se permettre il n'y avait encore pas si longtemps. Quant à l'odeur, le Dr Glendenning ne croyait pas aux bienfaits des inhalateurs Vicks sous les narines. Il estimait même qu'il fallait être une chochotte pour utiliser ce genre de chose – et personne n'avait envie d'être traité de chochotte par le Dr Glendenning. Ce matin, par chance, l'odeur n'était pas très forte. Le corps ne sentait pas grand-chose, à vrai dire. La puanteur qui avait fait grimacer Banks sur le site de l'accident provenait des animaux, pas du cadavre mutilé de Morgan Spencer.

– Vous avez mauvaise mine, mon vieux, dit le légiste tandis qu'ils prenaient position de part et d'autre de la table. Encore une soirée de ruminations mélancoliques alimentées au pur malt ?

– Je n'ai juste pas très bien dormi. Ou pas assez.

– C'est le démon de l'alcool, je m'en doutais. Il a déglingué vos rythmes de sommeil. Bon, qu'est-ce que nous avons ici ?

– Un puzzle ? proposa Banks.

– Hmm… De manière générale je ne suis pas très amateur de séries télévisées policières, mais avez-vous vu ce programme suédois – ou danois, peut-être – qui commence par la découverte d'un cadavre sur un pont ? Lui aussi il est coupé en deux. Au niveau de la taille. Hanches et jambes d'un côté, buste, bras et tête de l'autre. Ici, nous avons une section longitudinale. C'est assez étonnant. Remarquez comme la découpe est nette, et regardez ces bras, tranchés juste à l'articulation de l'épaule comme des ailes de poulet. Qu'est-ce que cela nous dit, tout ça, sur la personne qui a fait le travail ?

– C'est un cuistot ?

– Soyons sérieux, inspecteur.

– C'est un professionnel ?

– Déjà mieux. Quel genre de professionnel ?

– Un toubib, peut-être ? Un chirurgien ?

– Mouais. Passons sur l'insulte implicite. Vous ne pourriez pas être davantage dans le faux. Allons, Banks ! Ce corps a été désarticulé et tranché en deux. Expliquez-moi, de grâce, pourquoi un chirurgien ferait ce genre de chose ?

– Vous avez raison. Un boucher, alors ?

– Peut-être, dit Glendenning, grattant de l'index les poils raides de sa moustache. Nous allons dans la bonne direction, en tout cas.

Il se pencha un moment sur le cadavre, le palpant ici et là, saisit le bras droit pour l'examiner sous toutes ses coutures, le reposa et attrapa le bras gauche.

– Nous n'avons aucune blessure indiquant que la victime s'est défendue, dit-il. Mais il y a de légères contusions sur les bras. Antérieures à la mort.

– Quelqu'un le tenait par les bras, peut-être ?

– Ça, mon garçon, il n'avait sûrement pas envie d'attendre sans bouger qu'on lui tire dessus. En général les gens regimbent devant cette éventualité, voyez-vous.

Banks avait remarqué que le cadavre n'avait plus ni pénis ni testicules.

– A-t-il été castré ?

– Oui, les organes génitaux ont été retirés. Comme tous les organes internes et les boyaux. Il a également été vidé de son sang. Mais tout cela a été fait après le décès. C'est manifeste. Comme vous pouvez le constater, chaque partie du corps est intacte. À l'exception de la tête.

– Tant mieux pour lui s'il était déjà mort, murmura Banks.

– Comme vous dites.

Glendenning désigna le front de Morgan Spencer.

– Voici ce qui l'a tué : ce trou bien gore que vous lui voyez entre les yeux, pour exprimer les choses très scientifiquement. Enfin c'est une quasi-certitude, précisa-t-il, et il saisit un scalpel sur le plateau à instruments de la table d'appoint. Vous remarquerez, si vous l'examinez avec attention, que la gorge a été entaillée avant que la tête ne soit tranchée. Nous avons ici les traces de deux incisions différentes. Quoi d'autre ? Il n'y a pas de lividité cadavérique, c'est-à-dire pas de sang installé dans les muscles ou les tissus.

Le Dr Glendenning reposa le scalpel et s'entretint quelques instants avec son assistante, à mi-voix, avant de se tourner vers Banks.

– Voilà, nous sommes d'accord. On a donc tiré dans le front de la victime. Et j'apprécie que vous ne m'ayez pas demandé d'estimer l'heure de sa mort, car j'aurais beaucoup de mal à vous répondre.

– Nous pensons qu'il a été tué dimanche matin.

– Très bien. Maintenant, regardez ceci.

Le légiste se déporta vers le bas de la table, pour désigner les chevilles. Banks fit à son tour un pas de côté et se pencha ; il distingua des entailles assez profondes dans la peau.

– Il a eu les pieds attachés, dit-il. Avec quoi, d'après vous ? De la corde ? Du cuir ? Du métal ?

– Nous réglerons la question quand nous examinerons ces plaies de plus près. Nous verrons notamment si elles contiennent des fibres. Pour le moment, je peux vous dire qu'on a entaillé la gorge de cet homme puis qu'on l'a vidé de son sang en le suspendant tête en bas. Par les chevilles, donc. Après quoi les bras ont été détachés du corps, avec beaucoup de savoir-faire, au niveau de l'articulation des épaules. Sans que les os aient été abîmés. Pour finir le corps a été sectionné par une lame tranchante, et éviscéré. Évidé comme un melon. Regardez comme ces traces de découpe sont propres et nettes. Les tissus sont à peine déchirés, presque lisses.

– Avec quoi a-t-il été coupé ? Une tronçonneuse ou une machine de ce genre ?

– Une machine de ce genre, voilà, fit Glendenning, et il désigna son assistante. Mais pas une tronçonneuse. En tout cas pas une tronçonneuse ordinaire. Les marques de découpe seraient beaucoup plus déchiquetées. Mais Karen a une hypothèse. Faites donc part à l'inspecteur principal Banks de l'idée que vous avez eue, ma mignonne, voulez-vous ?

Karen foudroya son supérieur du regard en réaction au qualificatif sans doute affectueux, mais sexiste, dont il l'avait gratifiée. Banks savait qu'elle se fatiguait pour rien. Glendenning adorait taquiner son monde et jouer le gros macho politiquement incorrect. Et il était trop vieux pour se réformer.

– Si l'on tient compte de tous les éléments que l'on peut observer, dit Karen, je pense que cet homme a été préparé dans un abattoir.

– Préparé ? Abattoir ?

– Oui.

Karen baissa les yeux sur le corps en morceaux, un instant, avant de soutenir à nouveau le regard de Banks. C'était une femme petite et menue, sérieuse, aux cheveux bruns presque entièrement dissimulés sous sa coiffe, qui avait l'air beaucoup trop jeune et innocente pour faire ce métier.

– C'est mon opinion, inspecteur Banks, reprit-elle. Cet homme, on lui a d'abord tiré dessus, puis on l'a emmené dans un abattoir pour le dépecer comme une vache ou un porc.

– Hmm, bien sûr, dit Banks en se grattant la tête. C'est logique. Et la cause du décès, alors, ce serait donc cette blessure par balle ?

– J'ai dit qu'on lui avait *tiré* dessus, objecta Karen. Mais je n'ai pas parlé d'arme à feu.

– Oh putain, dit Banks qui venait de comprendre. *Non, ce pays n'est pas pour le vieil homme.*

Le Dr Glendenning le considéra d'un air surpris.

– Sans doute. Mais est-ce le lieu et le moment de débattre sur les difficultés des gens âgés dans notre société ?

– C'est juste le titre d'un film, dit Banks. Le tueur utilise un pistolet d'abattage.

– Un cigare pour l'inspecteur principal ! Et je vous parie mille livres contre un pot de chambre plein que lorsque j'ouvrirai le crâne de cet homme, je trouverai des lobes frontaux en bouillie et pas de balle perdue. L'usage du pistolet d'abattage est rare dans les affaires criminelles. Mais comme vous pouvez le constater, ça fonctionne. Le pistolet d'abattage se compose en général d'un cylindre rempli de gaz comprimé qui propulse un piston sur la cible. Ce piston percute le crâne, et parfois le perfore, avant de se rétracter dans le pistolet. L'impact cause de gros dégâts, irréversibles, dans le cerveau. Sur une vache ou un porc, l'arme ne tue pas à coup sûr. En général l'animal est juste étourdi, et il faut être prêt à l'ouvrir et à le saigner illico. Mais avec un être humain, eh bien… Nos crânes ne sont pas très épais, quoi que certains puissent en penser. Pour cet homme, dois-je préciser, c'est un pistolet à piston *perforant* qui a été utilisé. Le genre que l'on trouve entre les mains des abatteurs professionnels.

– Il serait donc mort sur le coup ?

– C'est probable. Mais il a pu survivre un petit moment, le temps que son organisme s'arrête de fonctionner. Avec ce genre de blessure la mort n'est pas toujours immédiate. Mais on peut parier qu'il a perdu connaissance.

– Et le sang dont il s'est vidé ?…

– Il a dû saigner sur place, bien sûr, vous savez que les blessures crâniennes produisent souvent beaucoup d'hémoglobine, mais c'est plus tard, avant d'être découpé, qu'il a été vidé de la plus grande partie de son sang. Vu les marques de ligature, et comme le corps est tranché en deux dans le sens de la hauteur, je pense qu'il a été suspendu par les pieds et égorgé. La gravité a fait le reste. Il importait peu, d'ailleurs, sur le moment, que le cœur ait déjà cessé de battre ou non. Ensuite il a été découpé, démembré et éviscéré, avant d'être emballé comme un agneau mort-né, d'après ce que j'ai compris, et embarqué dans cette camionnette qui aurait dû l'amener à l'incinérateur. Personne n'en aurait jamais rien su.

Banks avait des renvois de bile acide dans la gorge. Il n'en pouvait plus de regarder les morceaux du cadavre de Morgan Spencer sur la table en inox. Nom de Dieu, pensa-t-il. C'est quoi, cette histoire ? Quel cinglé a pu faire un truc pareil ?

Quand elle se réveilla, ce mercredi matin, Annie fut quelques instants désorientée et éprouva la sensation terrifiante de ne savoir ni où elle se trouvait, ni comment elle était arrivée à cet endroit. Cela ne dura pas, Dieu soit loué, car les élancements qui lui labouraient le crâne et la soif qui la tenaillait lui rappelèrent qu'elle était sur le canapé convertible d'Alex Preston – et qu'elle avait une putain de gueule de bois. C'est vraiment bizarre, même si c'est très bref, songea-t-elle tandis qu'elle se redressait en position assise et s'étirait, de ne pas reconnaître son environnement immédiat quand on ouvre les yeux. Peut-être qu'on ressent la même chose quand on se réveille mort. Elle fit la moue et se réprimanda d'être assez bête pour penser que les gens pouvaient se « réveiller » morts. Enfin bon, c'était sans doute la gueule de bois qui cogitait à sa place.

Le jour se levait à peine, derrière la fenêtre, et personne ne semblait réveillé dans l'appartement. Elle se demandait ce qu'elle devait faire lorsqu'elle entendit un réveil sonner – et se taire aussitôt. Quelques instants plus tard Alex apparut en robe de chambre dans le couloir, traînant les pieds. Sans un regard en direction du canapé-lit, elle entra dans la cuisine pour mettre la bouilloire à chauffer. Annie, qui s'était laissée retomber sur le matelas, tira le drap jusque sous son menton. Un moment après, elle entendit Alex revenir dans la pièce et s'approcher doucement.

– Ah, vous êtes réveillée, dit-elle, penchée vers le canapé. Ça vous ennuie si j'allume la lumière ?

– Non, pas du tout.

– L'eau sera chaude dans une minute. Ne bougez pas d'ici, si vous voulez, et je vous apporte une tasse de thé. Là tout de suite, je dois aller réveiller Ian. C'est une opération parfois assez difficile.

Annie se redressa sur un coude en se frottant les yeux. Pour quelqu'un comme elle, qui n'était pas du tout du matin, Alex paraissait beaucoup trop alerte et enjouée. Surtout à l'aube, à peine réveillée, et après avoir bu du vin comme elles l'avaient fait la veille. L'appartement était calme, au moins. Pas de gamins hurlant dans le couloir extérieur. Pas d'engueulade au-dessus. Peut-être Ian serait-il tranquille, lui aussi. Et un thé au lit. Ça, c'était un rare privilège.

Elle regarda sa montre. Déjà sept heures et demie, tout de même. Il fallait qu'elle se remue car la journée s'annonçait chargée. Banks devait être en train d'assister à l'autopsie. Sa longue conversation avec Alex lui revint en mémoire. Il y avait aussi cette carte qu'avait laissée l'agresseur, Meadows, avec un numéro de téléphone : Annie devait la faire examiner le plus vite possible pour déterminer si elle portait des empreintes digitales. Banks voudrait aussi un rapport complet sur tout ce qu'Alex lui avait raconté. Elle attrapa son sac, ouvrit son carnet. Dieu merci, elle avait pris des notes suffisamment détaillées. Une évidence s'imposa soudain à son esprit : il n'était plus question, désormais, de laisser Alex et Ian sans protection. Tant qu'elle n'aurait pas mis une équipe sur pied pour les surveiller vingt-quatre heures sur vingt-quatre, elle devrait rester avec eux – ou trouver quelqu'un pour la remplacer. Meadows n'était sans doute pas le genre de malfrat à se contenter d'un doigt cassé.

Quand Alex reparut, Annie lui demanda si elle pouvait utiliser la salle de bains.

– Allez-y. Il va me falloir une demi-heure pour sortir Ian du lit et préparer le petit déjeuner. Prenez votre temps.

Après s'être abandonnée aux délices d'une douche très chaude, Annie se brossa si longtemps les dents qu'elle en abîma sans doute l'émail, mais elle voulait se rattraper après avoir oublié cette obligation la veille au soir. Et puis c'était un petit luxe, aujourd'hui, de ne pas se presser comme tous les matins. Cherchant des comprimés de paracétamol dans la petite armoire de la salle de bains, elle tomba sur une plaquette de pilules contraceptives. Pas de deuxième bébé, donc – en tout cas pour le moment. Ce n'était pas ses oignons, cependant, et elle se sentit un peu coupable d'avoir vu cette plaquette. En même temps, pouvait-elle nier qu'il était dans sa nature de chercher à découvrir les petits secrets des gens ? Elle poursuivit son investigation de l'armoire et n'y trouva rien d'intéressant. Ni médicaments sur ordonnance ni substances illégales. Pas d'arme à feu non plus.

L'idée de reporter ses vêtements de la veille lui faisait horreur, mais elle n'avait pas le choix. Quant à ses sous-vêtements, elle était trop gênée pour en demander à Alex. La meilleure solution consistait donc à retourner sa culotte, pour la porter à l'envers, en la considérant comme propre. Pour le soutien-gorge ça allait, et pas de problème avec son jean, par contre elle regrettait vraiment de ne pas pouvoir changer de haut. Or, elle savait qu'elle n'aurait malheureusement pas le temps de repasser chez elle avant de filer au commissariat.

Thé, corn flakes, pain grillé et marmelade… Le petit déjeuner et les préparatifs matinaux d'Ian furent assez lents, mais le moment de se mettre en route arriva enfin. Consciente d'être un chouïa parano, Annie prit la précaution d'ouvrir la porte et de scruter le couloir, à droite et à gauche, avant de laisser Alex et Ian sortir de l'appartement. Personne en vue. Elle retint son souffle pendant que l'ascenseur descendait, s'attendant à moitié à voir les portes s'ouvrir, au sixième ou au quatrième, sur des mastards patibulaires qui se jetteraient sur eux. Mais la cabine atteignit le rez-de-chaussée sans encombre.

La perspective de laisser sa voiture dans la rue l'avait inquiétée, la veille au soir, mais Alex lui avait assuré qu'elle n'avait rien à craindre : non, elle ne la retrouverait pas privée de ses roues et posée sur des parpaings, ou couverte de graffitis. Et en effet l'Astra était à sa place, intacte bien entendu. Il n'y avait que deux cents mètres, tout au plus, jusqu'à l'école primaire, pourtant Alex et Annie accompagnèrent Ian et attendirent d'être certaines qu'il était en sécurité dans l'enceinte de l'établissement avant de prendre le chemin du commissariat. Si Winsome, Doug ou Gerry remarquèrent qu'Annie portait ses vêtements de la veille lorsqu'elle entra dans la salle des enquêteurs, ils eurent la délicatesse de ne rien dire. Elle se souvenait d'un matin, au début de sa carrière, où elle était arrivée au travail dans sa tenue de la veille. Tous les hommes du poste avaient ricané, échangé des clins d'œil débiles et des chuchotements lourdingues jusqu'à la fin de la journée. Elle n'osait même pas imaginer leurs fantasmes si elle avait débarqué, comme aujourd'hui, accompagnée d'une jeune femme aussi séduisante qu'Alex. Après avoir présenté cette dernière à ses collègues, elle l'entraîna vers l'annexe.

Elle vit Alex poser les yeux ici et là, avec une expression de curiosité intelligente, pendant qu'elles passaient entre les techniciens en blouse blanche installés devant leurs divers appareils d'analyse et leurs ordinateurs.

– Je n'aurais pas cru que c'était aussi high-tech.

– On ne regarde pas à la dépense pour lutter contre le crime, dit Annie alors qu'elles entraient dans le laboratoire de développement des empreintes digitales, domaine réservé de Vic Manson. Sauf quand il s'agit des salaires des policiers, bien sûr.

Manson était à sa table de travail, penché sur une liasse de photographies d'empreintes digitales. Il la dissimula sous un dossier quand il vit Alex, et Annie se demanda pourquoi il réagissait ainsi. Certes, Alex n'était pas de la maison, mais elle ne risquait guère de reconnaître ces empreintes et les individus à qui elles appartenaient. Peut-être Manson était-il juste surpris. Normalement, en outre, les individus qui devaient donner leurs empreintes à la police ne venaient pas dans son repaire ; l'opération était réalisée au bureau d'accueil de la détention provisoire. Mais Annie voulait accélérer la procédure. Après qu'elle lui eut expliqué la situation, Manson releva les empreintes de tous les doigts d'Alex – sauf son index pansé – avec un scanner numérique.

– Le fichier de vos données personnelles sera effacé aussitôt l'enquête terminée, expliqua-t-il.

La jeune femme répondit que cela lui était égal, elle n'avait rien à cacher. Manson tira ensuite la carte de Meadows de l'enveloppe que lui avait donnée Annie. Il l'examina en la tenant par ses bords.

– Aujourd'hui, il est beaucoup plus facile qu'autrefois de retrouver des empreintes digitales sur les surfaces poreuses. Mais la qualité du résultat dépend énormément des sécrétions de la peau de l'individu. Le papier et les cartes de ce genre sont très absorbants, vous voyez, alors nous devons utiliser des réactifs chimiques particuliers pour révéler les empreintes. Ça risque de prendre un petit moment.

– Je ne sais pas si cela peut vous aider, dit Alex, mais il transpirait.

Manson la regarda d'un air intrigué.

– Le type qui m'a donné cette carte, reprit-elle. Il venait de grimper huit étages à pied parce que l'ascenseur de mon immeuble ne fonctionne pas toujours. Il n'avait pas l'air en très bonne santé, non plus. Enfin il était en sueur, quoi.

– Très bien. Oui, ça devrait nous aider, dit Manson, puis il désigna la porte à Annie. Maintenant, soyez gentille et faites preuve d'un peu de patience. Je vous appelle dès que possible.

J'ai encore énormément de travail pour le hangar et la scène de la passe de Belderfell, et ces analyses ont la priorité, mais je devrais pouvoir trouver un moment pour m'occuper de vous aujourd'hui.

– Vers quelle heure pensez-vous avoir un résultat ? insista l'inspecteur. Tous ces éléments sont liés. L'accident. Le hangar. Ce type qui a agressé...

– Avant ce soir, l'interrompit Manson. Promis !

– Et si vous trouvez des empreintes, pourrez-vous les entrer dans le système NAFIS pour voir si un nom ressort ?

– Le NAFIS ? Désolé, Annie, mais vous êtes un peu larguée. Aujourd'hui nous avons des systèmes bien plus sophistiqués. Vos empreintes, je pourrai vous les passer dans les bases de données IDENT1, Eurodac, Europol et Interpol.

– Hmm... je suppose que ça nous donne une bonne raison de rester dans l'Union européenne.

Manson rit.

– J'ai même accès aux bases du FBI, au besoin.

– Moi et la technologie, vous savez. Je ne suis qu'une petite femme un peu bébête. L'Europe ce n'est pas une mauvaise idée, Vic, mais je ne pense pas qu'il faille déranger l'Oncle Sam pour le moment.

– Compris. Je vous tiens au courant.

Annie le remercia et poussa Alex vers la porte. La jeune femme avait l'air d'avoir très envie de rester pour observer le travail de Manson, mais Annie savait qu'il n'aimait pas avoir des gens sur son dos. À l'instar de beaucoup de scientifiques, il voulait préserver la mystique, les petits et grands secrets de sa profession, comme le prestidigitateur qui refuse d'expliquer de quelle façon il tire un lapin de son chapeau.

– On fait quoi maintenant ? demanda Alex quand elles furent dans le couloir menant à la salle des enquêteurs.

– Le portraitiste, pour vous, tout de suite, avant que vous n'alliez au travail. Et moi aussi je dois bosser. Ce matin je vais à Leeds.

– Et à propos de... ?

– Ne vous inquiétez pas. Je vais prendre les dispositions nécessaires, avant toute autre chose, pour qu'on s'occupe bien de vous.

Il n'y avait plus aucune raison de cacher à Alex qu'elle devait être placée sous surveillance. D'ailleurs, elle serait sûrement soulagée de se savoir protégée. Doug Wilson avait dit qu'il pouvait s'en charger, aujourd'hui, et Annie savait que Banks approuverait la mesure puisque Alex était désormais un témoin important, sinon leur principal témoin dans l'affaire. Elle était susceptible de les conduire à un membre du gang, au minimum, et peut-être au tueur de Morgan Spencer.

– Ian est en sécurité à l'école, et vous serez en sécurité à l'agence de voyage, mais quelqu'un vous tiendra à l'œil et vous filera quand vous irez récupérer Ian ce soir.

– Mais si je le vois, comment je saurai que c'est un vrai policier ?

– Vous le connaissez déjà. Il était avec moi, lundi, la première fois que je suis venue chez vous.

– Ah oui, celui qui ressemble à Harry Potter ?

– N'allez surtout pas lui dire ça ! Il est assez chatouilleux sur le sujet. En plus il est ceinture noire de karaté.

Doug ne connaissait rien aux arts martiaux, bien sûr, mais ce petit mensonge rassurerait davantage Alex que si Annie lui disait qu'il avait grandi dans une cité HLM et savait se défendre.

– Et vous, viendrez-vous ?...

– Ne vous faites aucun souci. Je passerai vous voir en fin de journée. À ce moment-là, Vic Manson nous aura probablement donné un résultat. Et des agents seront là pour vous protéger dans la soirée et la nuit prochaine. Vous les rencontrerez, je m'en assurerai. Et si vous avez la moindre nouvelle de l'homme qui est venu chez vous, Meadows, vous m'appelez aussitôt.

Elles entrèrent dans la salle des enquêteurs et Annie fit signe à Alex de prendre place à côté de Doug.

– Attendez-moi ici. J'appelle le portraitiste.

Winsome avait demandé à Gerry Masterson de l'accompagner chez Vaughn's ABP après que Banks leur avait rapidement raconté l'autopsie de Morgan Spencer. Cette mission lui paraissait trop importante pour qu'elle s'en charge seule, et elle estimait que ce serait une bonne expérience pour Gerry.

Elles se garèrent à proximité du portail, le long du grillage d'enceinte de l'entreprise, et descendirent de voiture. Les installations n'étaient pas très étendues. Il y avait une poignée d'unités de stockage en aluminium, un parking pour la flottille des camionnettes, deux conteneurs-bureaux comme on en voyait sur les chantiers de construction, installés sur des parpaings, et enfin un bâtiment sans fenêtres, surmonté d'une cheminée fuselée, que Winsome supposa être l'incinérateur. La matinée était correcte, sur le plan météo, quoiqu'un peu froide et grise, mais le sol était encore détrempé à cause des pluies récentes. Winsome et Gerry enfilèrent leurs bottes en caoutchouc avant d'entrer dans le complexe où elles allèrent droit vers les bureaux. Une légère odeur de pourriture planait dans l'atmosphère. Inévitable dans ce métier, sans doute, pensa Winsome, même si les animaux morts sont emballés avec soin. Elle remarqua aussi qu'il n'y avait ni exploitation agricole ni aucune autre société aux alentours – juste des terrains vagues.

Elles montaient les trois petites marches du premier conteneur-bureau, lorsque Winsome prit conscience que le site était parfaitement silencieux. Elle se retourna. En effet, elle n'avait vu personne dans la cour et elle n'entendait aucun bruit. Seule la pâle fumée qui s'élevait lentement de la cheminée de l'incinérateur pour se dissiper aussitôt dans l'air froid semblait indiquer que l'endroit n'était pas réellement déserté. Où était passé le personnel ? Le mercredi devait pourtant être un jour de travail normal. Perplexe, elle frappa à la porte du conteneur.

Le battant en plastique s'ouvrit presque immédiatement sur un homme de grande taille, légèrement voûté, qui portait un jean et un pull vert à col roulé. Sa barbe de trois jours était poivre et sel, comme ses cheveux hirsutes. Winsome estima qu'il avait environ cinquante-cinq ans.

– Monsieur Vaughn ?

– L'un d'eux. Nous sommes une entreprise familiale. Moi je suis Neil Vaughn.

Winsome et Gerry montrèrent leurs cartes de police. Vaughn les invita à entrer. Un grand morceau de carton d'emballage faisait office de paillasson ; elles s'y essuyèrent les pieds avec précaution, en essayant de ne pas le réduire en confettis. Après leur avoir fait signe de s'asseoir, Vaughn contourna sa table de travail, qui était jonchée d'un méli-mélo de papiers, et prit place dans son fauteuil de bureau en le faisant pivoter pour les regarder. Comme Winsome s'y était attendue, l'intérieur du conteneur était assez sinistre. Sur les murs recouverts de placo nu, elle vit un calendrier aux pages écornées de filles en maillot de bain, un grand tableau prévisionnel dont les multiples cases étaient couvertes de gribouillages, et une carte Ordnance Survey de la région. Le sol donnait l'impression d'être plutôt instable et les chaises sur lesquelles Gerry et elle étaient installées étaient inconfortables – pleines de bosses. La petite pièce sentait le tabac à pipe. Sans doute les membres de cette « entreprise familiale » ne se souciaient-ils pas trop de l'interdiction légale de fumer dans les espaces clos. Un petit radiateur électrique, fixé au mur du fond, était allumé : ses deux résistances rougeoyaient, mais leur chaleur ne parvenait pas jusqu'à Winsome.

– Nous sommes tous horrifiés par ce qui est arrivé à Caleb, commença Vaughn. J'ai donné la journée à mes gars. Personne n'aurait eu le cœur à faire sa tournée aujourd'hui. C'est moi qui tiens la boutique, pour l'essentiel, maintenant que mon père est invalide. Mon frère Charlie me donne un coup de main de temps en temps. Enfin quand il veut bien s'en donner la peine !

Winsome entendit une indiscutable pointe de rancœur dans la dernière phrase de Vaughn. Gerry, à côté d'elle, fronça les sourcils.

Neil Vaughn dut percevoir leur étonnement, car il ajouta :

– Qu'est-ce que j'y peux, moi ? Chacun doit suivre le chemin qui est le sien, n'est-ce pas ? Et celui de Charlie, ce n'est pas la destruction des animaux d'élevage morts.

– Quel chemin préfère-t-il, lui ? demanda Winsome.

– Son truc c'est surtout les chevaux. Et pas les canassons morts, évidemment.

Winsome se dit qu'il pourrait être intéressant de bavarder avec Charlie Vaughn. Elle vit Gerry noter quelque chose dans son carnet et devina qu'elles avaient eu la même idée.

– Caleb Ross travaillait-il pour vous depuis longtemps ?

– Trente ans ! Le Caleb, je le connais depuis toujours. Il m'a appris quasiment tout ce que je sais sur le métier.

– Et... il n'a jamais cherché à monter en grade dans l'entreprise ? Ou il n'a pas obtenu de promotion, peut-être ?

Vaughn poussa un petit ricanement.

– Les possibilités de promotion sont vraiment limitées, vous savez, dans une boîte comme la nôtre. Et de toute façon Caleb aimait conduire, voilà tout. Il était son propre patron, dans son propre monde. Vous le mettiez dans sa camionnette avec sa musique et ses clopes, et il était heureux comme un cochon dans... enfin... comme on dit, quoi.

– Il travaillait seul ?

– Ça c'était un privilège auquel il avait droit, en effet, parce qu'il était chez nous depuis super longtemps. Mais de toute façon, vous auriez eu du mal à trouver un gars qui aurait supporté de rouler avec lui. À cause de la fumée de cigarette, voyez, et de la musique. Il écoutait sans arrêt du rock prog, je crois que ça s'appelle. C'est assez vieillot, comme truc, et moi ça me donne la migraine. Pour la clope, je sais qu'il n'est pas strictement autorisé de fumer au travail, mais... c'était la camionnette de Caleb, quoi. D'habitude, bien sûr, les gars font les tournées à deux. Mais pour Caleb, les exploitants ne demandaient pas mieux que de lui donner un coup de main quand c'était nécessaire. Tout le monde le connaissait et tout le monde l'adorait, parce qu'il n'avait jamais un mot de travers pour personne. Et puis il était costaud. Ce n'était pas souvent, en fait, qu'il avait besoin d'aide pour son chargement.

Winsome voyait le tableau. Caleb Ross était un saint. Mais bon : saint ou démon, cela n'avait guère d'importance. La victime qui les intéressait n'était pas cet homme – sauf s'il avait joué un rôle dans les événements qui avaient provoqué sa mort.

– Savez-vous si M. Ross avait des difficultés financières ? Devait-il de l'argent à quelqu'un, par exemple ?

– Caleb ? Bon Dieu, non ! En tout cas il ne se plaignait jamais. Il menait une vie très simple. Il avait un petit cottage à Lyndgarth, à côté de la place du village. Il vivait là avec sa femme, Maggie. Les enfants sont grands et ils ont déjà quitté le nid. Maggie… Quelqu'un a-t-il… ?

– Elle a été prévenue, monsieur, dit Gerry.

– Ah, tant mieux. Il faut que j'aille la voir. Dès que… enfin…, marmonna Vaughn, et il soupira en agitant les mains au-dessus du fouillis de documents sur la table. Je me suis dit que c'était idiot de rester à la maison. Je ne pouvais pas supporter d'être là-bas, à tourner en rond et à penser à ce pauvre Caleb. Alors je suis venu travailler. J'espérais que ça me changerait les idées.

– Ça a fonctionné ? demanda Winsome.

– Pas vraiment. Un drame pareil, c'est difficile de se le sortir de la tête. On s'en va tous un jour ou l'autre, je sais bien, mais Caleb était en forme, solide, et à peine plus vieux que moi. Je crois que je le voyais ici, avec nous… pour toujours, quoi.

– D'après ce que nous savons, il s'agit d'un tragique accident. Mais je comprends que ce n'est guère une consolation pour vous.

Une des résistances du radiateur grésilla, subitement, comme si une mouche s'était posée dessus.

– Pourquoi êtes-vous venues, au juste ? demanda Vaughn, regardant tour à tour Winsome et Gerry. C'est pour les assurances ?

– Non, monsieur Vaughn. Pas du tout.

– Neil, je vous en prie. Alors de quoi s'agit-il ?

Winsome échangea un regard avec Gerry.

– Vous n'avez pas vu les infos à la télévision ?

– Non. Un agent en uniforme est passé au bureau et il nous a annoncé que Caleb était mort dans un accident provoqué par une tempête de grêle. C'est tout ce que je sais. Franchement, je n'avais pas envie de rentrer chez moi pour allumer la télé et risquer de voir ça en boucle sur les chaînes d'informations. Mais l'accident, alors... Ce n'est pas ce qui s'est passé ?

– Si, l'accident a bien eu lieu. À cause d'un terrible concours de circonstances. Une incroyable tempête de grêle, un mouton au milieu de la chaussée et une voiture qui arrivait en sens inverse. Ce n'est la faute de personne.

Vaughn avait l'air perplexe.

– Mais alors... qu'est-ce... ?

– Ce qui nous intéresse, c'est le chargement de M. Ross.

– Son chargement ? Je ne comprends pas.

– On a trouvé un autre cadavre sur le site de l'accident.

– Un autre cadavre ? Vous voulez dire un cadavre *humain* ? Qui ça ?

– Ce cadavre était au milieu des carcasses d'animaux, monsieur...

– Nom de Dieu ! C'est pas croyable ! Comment un cadavre a pu être confondu avec un animal de ferme ?

– Il n'y a pas eu de confusion. Ce n'est pas le problème. Les morceaux étaient tous bien emballés dans des sacs-poubelle noirs. Comme les bêtes.

– Les morceaux ?

– Le cadavre était en plusieurs morceaux, en effet. Et je dois vous demander de garder cette information pour vous. Pour le moment les médias n'ont que des rumeurs.

– Heu... Bien sûr. Mon Dieu. Et ce cadavre, vous dites que quelqu'un l'a mis là, dans le chargement de Caleb ?

– Manifestement. Difficile d'imaginer qu'il ait pu s'y retrouver par accident.

– Mais pourquoi ? C'est insensé ! Pourquoi un cadavre dans notre camionnette ?

– Le pourquoi, nous l'ignorons encore. Dans l'immédiat, nous cherchons à savoir *comment* et *qui*. De toute évidence, le corps se trouvait dans ces sacs pour être détruit, dit Winsome, et elle tourna un instant les yeux vers la cheminée qu'elle apercevait par la fenêtre. Il aurait abouti dans votre incinérateur et personne n'en aurait jamais rien su.

– Sauf qu'il y a eu cet accident.

– Voilà. Maintenant, nous aurions besoin de la liste des exploitations dans lesquelles Caleb Ross s'est rendu hier matin, et de la liste de tous les endroits où il était susceptible de s'arrêter soit pour faire une pause et boire un thé, soit pour déjeuner. Il faudrait que nous sachions, aussi, qui a pu avoir accès à son planning.

– Aucun problème pour vous donner le double du programme d'enlèvements de Caleb. Mais vous ne pensez tout de même pas que quelqu'un d'ici, qu'un de mes employés, est mêlé à cette histoire horrible ?

– Pour le moment nous ne pensons rien du tout, monsieur. Nous rassemblons juste des informations et des indices probants. Vous est-il possible de nous aider ?

– Bien entendu, dit Vaughn, et il farfouilla dans les papiers devant lui. En plus ce n'est pas difficile. Les doubles des tournées d'enlèvement d'hier sont quelque part ici… Et celui de Caleb, heu… le voilà !

Il brandit deux feuilles de papier agrafées ensemble, y jeta un coup d'œil, puis les tendit à Winsome en disant :

– Comme il n'a pas terminé sa tournée, bien sûr, il ne s'est pas rendu dans toutes les fermes de la liste. Je suppose que la dernière a dû être celle d'Alf Wythers, Garsley Farm, juste après Swainshead. Il a peut-être déjeuné au village, comme il le fait parfois, et puis il a repris la route pour la passe de Belderfell. Son enlèvement suivant était de l'autre côté. Sauf qu'il n'y est jamais arrivé, ce pauvre Caleb.

Winsome consulta rapidement le document et le passa à Gerry qui le glissa dans son attaché-case.

– La liste paraît plutôt longue, dit-elle. Caleb Ross avait-il toujours un programme si chargé ?

– On est en période d'agnelage. C'est triste, mais c'est aussi une période de mortalité élevée dans les fermes des Dales.

– À votre avis, est-il possible que quelqu'un ait ajouté des sacs à son chargement dans l'une ou l'autre des fermes de son parcours ?

– Ce ne serait pas facile. En tout cas dans la plupart de ces exploitations. Mais certains fermiers conservent leurs animaux morts à l'écart de leurs bâtiments, c'est vrai, et dans ces cas-là un intrus pourrait peut-être avoir remplacé un sac par un autre.

– N'y a-t-il pas des décomptes précis des animaux à emporter ? Avec le nombre de sacs, des numéros… ?

– Si, bien sûr. Avec les animaux morts, il est essentiel de tenir des journaux très précis. Toute carcasse qui quitte une exploitation pour être incinérée – et l'incinération c'est la méthode légale, dans la plupart des cas – doit être enregistrée. Et tous les bestiaux emportés doivent être accompagnés, pendant le transport, de documents commerciaux. En triple exemplaire, précisa Vaughn, puis il avala sa salive. Hier, bien sûr, les documents ont dû… enfin…

– Je comprends. Mais les exploitants, vous dites, doivent avoir une trace écrite de tous les animaux morts qu'ils font emporter ?

– Oui. Normalement.

Vaughn tira sur le col de son pull pour se gratter le cou.

– Quelque chose ne va pas, monsieur ?

– Non, ça va, mais… Je veux dire que quatre-vingt-dix-neuf pour cent du temps, tout est parfaitement en règle. Impeccable. Mais il peut arriver… L'erreur est humaine, comme on dit. Alors parfois les documents ne sont pas parfaits-parfaits.

– Même pour quelque chose d'aussi important que l'enregistrement et le suivi des animaux d'élevage morts ?

– Les gens du métier n'aiment pas le reconnaître, bien sûr. Pas plus, je pense, que la police n'aime reconnaître qu'elle fait parfois des erreurs.

Vaughn sourit. Winsome et Gerry restèrent de marbre.

– Mais ça arrive, oui, à l'occasion, reprit-il. Les chiffres des relevés ne correspondent pas toujours à cent pour cent aux chiffres réels.

– Et pour quelle raison, donc ?

– Oh, par exemple un animal supplémentaire meurt entre le moment où le fermier a établi sa liste et le passage de la camionnette. Alors les chauffeurs – Caleb ou les autres gars – inscrivent la modification sur leurs exemplaires des documents commerciaux au moment de l'enlèvement. Même s'ils ne sont pas censés faire ça.

– Il n'existe pas de marché noir des animaux morts, n'est-ce pas ? demanda Gerry. Y aurait-il de l'argent à faire de ce côté-là ?

Vaughn parut de nouveau perplexe.

– Non. De l'argent à faire ? Avec des bestiaux morts ? Je ne comprends pas.

– Je ne sais pas, disons… pour la production alimentaire, peut-être ? Vous savez, comme la viande de cheval dans les hamburgers ?

Vaughn pouffa de rire.

– Mais non, aucun rapport. Cette histoire de viande de cheval, c'est une conséquence directe de l'interdiction de la dénervée dans les produits à base de viande.

– La dénervée ?

– La viande dénervée. C'est ce qui reste quand tous les bons morceaux ont été prélevés. Elle est utilisée dans les produits transformés.

– Les narines et les paupières, vous voulez dire ? relança Gerry.

– Oui, et d'autres parties de l'animal. Mais je vous dis que ce n'est pas le problème. Quand la dénervée a été interdite, les producteurs ont dû trouver d'autres sources de viande bon marché pour compenser leur manque à gagner. D'où le business de la viande de cheval.

– Et avec les animaux sauvages ? Le gibier ?

– Houlà ! De ce côté les réglementations sont archi-complexes. Et vous pouvez remercier une fois de plus l'Union européenne, bien sûr.

– Pourquoi ? insista Gerry.

– Le problème, là-dedans, ce sont les maladies et les risques de contagion. Les animaux sauvages peuvent être porteurs de maladies, même s'ils n'ont pas été soignés ou nourris par l'homme. Le mieux, souvent, c'est de vérifier. Mais dans bien des cas c'est impossible. Et s'il apparaît que l'animal est parti de mort naturelle, les gens ont le droit de l'enterrer sans faire appel à une boîte comme la nôtre. Pour les bêtes d'élevage, d'un autre côté, la loi exige des tests de dépistage ESB sur toutes les bêtes mortes et âgées de quarante-huit mois ou plus.

L'ESB, si vous ne savez pas, c'est ce qu'on appelle la maladie de la vache folle. Les règles sont strictes, en tout cas, sur la plupart de ces questions.

– Recevez-vous beaucoup d'animaux contaminés ?

– Pas nous, parce que nous n'avons pas l'autorisation nécessaire pour l'échantillonnage et l'analyse des animaux de quarante-huit mois et plus. C'est trop d'emmerdes. Autrefois la maladie touchait surtout des agneaux mort-nés. En tout cas c'était ce qu'on lisait sur les étiquettes. Maintenant on sait ce qu'il en est, bien sûr. Personnellement j'ai encore du mal à y croire.

– Pour en revenir à la question de savoir comment ces morceaux de corps humain pourraient avoir été ajoutés au chargement de Caleb Ross, dit Winsome. Quelqu'un aurait-il pu les glisser dans la camionnette, par exemple, pendant qu'il déjeunait quelque part ?

– Officiellement la camionnette ne doit jamais être laissée sans surveillance.

– Officiellement seulement ?

– Caleb emportait le plus souvent son déjeuner avec lui. Un sandwich et une thermos de thé. Par contre, c'est vrai qu'il adorait le Yorkshire pudding. Et il s'avalait les plus maousses possible. Alors il lui arrivait de faire sa pause à Swainshead, au White Rose, pour en déguster un vite fait. Si l'odeur des bêtes mortes et du désinfectant ne faisait pas fuir tous les clients du pub. En fait, tout dépendait du genre de journée qu'il avait. Par contre il ne buvait pas. Le Caleb, il ne touchait même *jamais* à l'alcool.

Les analyses toxicologiques des prélèvements effectués sur le corps écrabouillé de Caleb Ross révéleraient bien assez vite s'il s'était envoyé une chope ou deux avec son Yorkshire pudding « maousse ».

– J'ai l'impression que dans votre milieu professionnel on prend pas mal de liberté avec les réglementations, dit Winsome.

La critique ne sembla pas perturber Vaughn.

– Comme dans n'importe quel milieu je suppose, dit-il. La biosécurité, c'est fondamental. Nous le savons très bien. Nous sommes prudents. Nous surveillons aussi de très près l'incinérateur. Mais si nous obéissions à la lettre à toutes les directives que nous balancent l'Union européenne et les services nationaux du commerce et des règles sanitaires, nous arriverions à peine à respirer. Et nous ne ferions pas le moindre bénéfice.

– Donc c'est une hypothèse envisageable ? Quelqu'un aurait pu ajouter ces morceaux de cadavre au chargement pendant que Caleb déjeunait ?

– Oui, ce n'est pas impossible. À condition que ce quelqu'un ait pu avoir accès à la camionnette. Mais si les papiers avaient l'air en règle, vous savez, le cadavre aurait pu être ajouté au chargement n'importe où sur son trajet. Même en partant du principe que tous les règlements ont été parfaitement respectés.

– Que voulez-vous dire ?

– Simplement que Caleb ne risquait pas d'inspecter les sacs pour voir ce qu'ils contenaient. Les chauffeurs ne font jamais ça ! Et les sacs de Caleb, hier, devaient aller droit à l'incinérateur dès son arrivée ici. Personne n'a envie d'ouvrir... Enfin vous imaginez bien. Le principe de l'opération, c'est de détruire les animaux morts aussi vite qu'il est raisonnablement possible de le faire. Et nous, comme je disais, nous ne réalisons pas d'analyses. Si un fermier écrit « deux agneaux morts », Caleb ou les autres chauffeurs considèrent que les sacs contiennent deux agneaux morts. Et les documents commerciaux sont là pour le confirmer. Ni Caleb ni les autres chauffeurs n'ouvrent les sacs pour vérifier.

– À supposer que les chargements soient déjà emballés.

– Oui. Mais en général c'est le cas, évidemment.

– On peut donc aussi supposer, ajouta Gerry, qu'un des agriculteurs du parcours de Caleb savait ce qu'il y avait dans certains de ses propres sacs, mais a fait passer leur contenu pour des animaux morts ?

– On peut tout supposer. Mais ça... c'est, très, très improbable, vous ne croyez pas ? Ces agriculteurs sont tous des clients réguliers, et des gens parfaitement honnêtes.

Winsome aurait pu contredire Vaughn sur ce dernier point, mais elle se contenta de hocher la tête tandis que Gerry écrivait quelque chose dans son carnet. En fait, elle avait l'impression que le système décrit par leur interlocuteur était carrément laxiste et, surtout, que le tueur ou un complice n'aurait eu aucun mal à glisser en douce les morceaux de cadavre de Morgan Spencer dans le chargement de Ross.

– Si les animaux morts étaient déjà emballés et consignés sur le listing, dit-elle, quelqu'un aurait pu faire l'échange de sacs chez l'un des exploitants. Deux ou trois sacs remplacés par des sacs identiques, les étiquettes avec… Personne ne se serait aperçu de rien, vous ne croyez pas ?

– Peut-être, admit Vaughn. Je ne sais pas. Ce n'est pas une éventualité à laquelle j'ai beaucoup pensé. Ce genre de chose, ça n'arrive pas tous les jours.

– Qu'en savez-vous ? demanda Gerry.

Vaughn la regarda d'un air stupéfait.

– Enfin… Je…

– Si vous incinérez les sacs sans vérifier leur contenu pour voir s'il correspond à ce qui est écrit sur les documents, le cas de figure que nous envisageons a pu se présenter de nombreuses fois.

– Ouais, d'accord. Strictement parlant. Mais là vous cherchez la petite bête.

Winsome était aussi de cet avis. Elles n'étaient pas venues voir cet homme pour démontrer qu'il dirigeait un service clandestin d'élimination de victimes d'assassinat. Un cadavre, c'était déjà suffisant. Elle jeta un regard intrigué à Gerry et reprit le fil de la conversation :

– Il serait tout de même plus logique, je suppose, que quelqu'un ait ajouté les sacs du cadavre au chargement à l'insu de Caleb Ross. Et c'est étrange, en un sens. En général les chauffeurs ont peur de se faire voler leur chargement. Ici c'est un peu l'inverse.

– Vous avez la liste de toutes les fermes dans lesquelles Caleb s'est rendu avant l'accident. Je ne vois pas comment vous aider davantage. Il est possible que quelqu'un l'ait invité à entrer prendre le thé, oui, et qu'il ait laissé la camionnette sans surveillance un petit moment. Personne n'est parfait. Essayez de découvrir où il a déjeuné – *si* il a déjeuné quelque part, pas juste au bord de la route dans son véhicule –, et vous aurez peut-être de la chance.

Winsome sourit. Merci, la population, d'expliquer à la police comment elle doit faire son travail, songea-t-elle. Mais elle hocha la tête, puis demanda :

– Si les autres hypothèses paraissent fragiles, est-il envisageable que Caleb Ross ait ajouté lui-même ces morceaux de cadavre à son chargement ?

– Quoi ! Caleb ? Vous voulez dire qu'il aurait quelque chose à voir avec cette histoire ?

– Eh bien… il était tout de même au volant d'une camionnette qui contenait un cadavre d'homme, coupé en morceaux, dans plusieurs sacs-poubelle.

– Mais comme vous l'avez dit, quelqu'un a dû mettre ces sacs dans la camionnette pendant qu'il ne la surveillait pas, ou dans l'une des fermes. C'est ridicule de soupçonner Caleb…

– Ridicule ? Vraiment ? Monsieur Vaughn, nous pensons que ce meurtre est lié à tout un chapelet de vols en milieu rural commis dans la région. Des vols d'animaux d'élevage et de matériel agricole. Le plus récent est celui du tracteur de John Beddoes, une machine extrêmement coûteuse, qui a eu lieu le week-end dernier.

– Oui, j'en ai entendu parler.

– Connaissez-vous M. Beddoes ? Compte-t-il parmi vos clients ?

– Oui, mais il fait rarement appel à nous. Il a juste quelques cochons et des poulets, si je ne me trompe pas. Je crois que nous ne sommes allés chez lui que deux ou trois fois au cours des dernières années.

– Caleb ?

– Impossible de vous le dire comme ça. Nous avons plusieurs camionnettes, plusieurs chauffeurs et des tas de circuits toutes les semaines. Mais je peux vérifier, si vous voulez vraiment le savoir.

– S'il vous plaît.

Vaughn se leva pour se diriger vers un imposant classeur à tiroirs dans l'angle de la pièce. Il tira le premier tiroir et en extirpa un dossier.

– Hmm… Je regrette, pas de chance, dit-il, faisant glisser son doigt sur une feuille à l'intérieur du dossier. Le dernier enlèvement de M. Beddoes a eu lieu en novembre de l'année dernière, et c'est Todd Griffin et Pat Bingley qui sont allés chez lui.

– Caleb Ross travaillait-il avant-hier ?

– Bien sûr. Le lundi nous bossons tous.

– Dimanche ?

– Pas cette semaine. Nous avons un service minimum, le dimanche, parce que dans le métier c'est impératif, mais Caleb a tellement d'ancienneté chez nous qu'il a ce petit passe-droit de rarement travailler le week-end. Où voulez-vous en venir, au juste ?

– Nous pensons que les individus qui ont volé le tracteur de M. Beddoes doivent savoir, d'une façon ou d'une autre, quelles sont les exploitations les plus vulnérables, ou qui peuvent rapporter gros, dans la région. Ils savent aussi à quels moments elles sont en sous-effectifs, pour ne pas dire désertées comme celle de John Beddoes la semaine passée. Caleb Ross n'était-il pas dans une position idéale pour avoir en tête quantité de renseignements intéressants sur les fermes des Dales ? Vous avez vous-même précisé que tout le monde le connaissait.

– Heu… Oui, je suppose que c'est vrai. Mais vous n'avez pas connu Caleb. C'était quelqu'un de totalement fiable. Il doit y avoir des tas d'autres gars dans la même position « idéale » que lui, non ?

– Peut-être. Mais était-il à ce point digne de confiance ? Vous avez reconnu qu'il aurait pu falsifier certains documents officiels. Peut-être faisait-il d'autres manipulations sans que personne ne pose de questions. Peut-être rendait-il parfois service à quelqu'un, sans même savoir qu'il transportait des morceaux de corps humain ? On dit que tout homme a son prix. Les renseignements qu'il était susceptible de livrer à certaines personnes sur les exploitations agricoles de la région pouvaient valoir assez cher. C'est la raison pour laquelle je vous ai demandé tout à l'heure s'il avait des problèmes d'argent.

– Mais Caleb ne manquait de rien ! Et il n'avait jamais besoin de grand-chose.

– Ces dernières années la vie a beaucoup augmenté, dit Winsome, jetant un coup d'œil vers le radiateur. Rien que pour se chauffer, par exemple. Ou les cigarettes. Quelqu'un aurait pu lui faire une offre qui aurait eu du sens pour lui.

Vaughn secoua la tête.

– Non. Je n'imagine pas ça du tout. Pas Caleb.

– Avait-il des favoris ? interrompit Gerry.

Vaughn la regarda comme si elle était dingue.

– Des favoris ?

– Oui. Des pattes, sur les joues, jusqu'aux coins de la bouche, précisa Gerry en faisant glisser un doigt sur sa joue.

– Ah, je vois ce que vous voulez dire. Quelle question étrange. Non, Caleb n'avait pas de favoris.

– Très bien, monsieur Vaughn. Nous tiendrons compte de votre, heu, certificat de moralité concernant Caleb Ross. Peut-être pourriez-vous aussi nous donner les noms et les adresses de quelques-uns de ses collègues ? Todd Griffin et Pat Bingley, notamment.

– Ils vous diront la même chose que moi.

– Raison de plus pour parler avec eux. Nous rayerons d'autant plus vite Caleb Ross de notre liste. À propos, savez-vous ce qu'est un pistolet d'abattage perforant ?

– Bien entendu. On s'en sert dans les abattoirs pour étourdir les bêtes.

– En possédez-vous un ?

– Sûrement pas. Pour quoi faire ? Les animaux sont déjà morts, quand nous les prenons en charge.

– Simple curiosité. Connaissez-vous quelqu'un qui en possède un ?

– Je ne vois pas, non.

– Caleb Ross, par exemple ?

– Ça m'étonnerait beaucoup. Pourquoi Caleb aurait-il eu un pistolet d'abattage ? Il l'aurait trouvé où, pour commencer ? On n'achète pas ces trucs-là en magasin, vous savez.

Winsome donna le signal du départ à Gerry. Elles se levèrent.

– Une dernière chose, monsieur Vaughn, dit Winsome avant de franchir la porte.

– Oui ?

– Le cadavre trouvé dans la camionnette de votre employé était en morceaux, donc, et d'après notre médecin légiste la... la découpe a été faite par un professionnel. Savez-vous où un tel travail aurait pu se faire ?

– Moi ? fit Vaughn en se passant nerveusement une main sur le front. Non.

– Connaissez-vous des bouchers, ou peut-être des employés d'abattoir, un peu louches ?

Vaughn était de plus en plus pâle.

– Non. Désolé. Dans notre branche nous ne faisons pas ce genre de chose.

Winsome sentit qu'il avait hâte de la voir disparaître et refermer la porte sur elle.

Les bureaux de la société Venture Property Developments se trouvaient au sixième étage d'un immeuble de brique rouge, proche du centre commercial Granary Wharf, dont la façade donnait sur l'enchevêtrement de grandes artères de circulation de la moitié sud de Leeds. L'ascenseur était immaculé et silencieux. Banks observa Annie se « poudrer le nez » pendant qu'ils s'élevaient dans les étages, stupéfié par la rapidité avec laquelle elle était capable de se remettre du rouge à lèvres et de redonner toute sa gloire à sa chevelure auburn. Le vent soufflait fort et les lui avait emmêlés durant le court trajet à pied de la voiture à la porte de l'immeuble. Banks n'avait bien sûr pas ce problème : les plus violentes bourrasques ne risquaient guère de déranger ses cheveux coupés en brosse. Il remarqua par contre, dans les miroirs de la cabine, que les pattes grises de ses tempes s'étaient sensiblement agrandies depuis la dernière fois qu'il y avait prêté attention.

– Ça va, toi ? demanda-t-il à Annie.

Elle avait paru agitée, dans la voiture, et avait téléphoné à Doug Wilson deux fois pour s'assurer qu'Alex Preston était en sécurité. Pendant le trajet elle avait aussi raconté à Banks sa visite, la veille au soir, chez la jeune femme – et tout ce qu'elle avait appris là-bas.

– Ça va, dit-elle, forçant un sourire. Allons nous éclater.

Les portes de l'ascenseur s'ouvrirent sur le hall de Venture. Une réceptionniste splendidement maquillée et coiffée, et dont l'insigne de poitrine disait « BRENDA », était assise derrière un bureau en demi-cercle sous le logo mural rouge de l'entreprise. Une odeur de dissolvant pour vernis à ongles chatouilla les narines de Banks.

Avec un sourire artificiel et la pointe de méfiance, dans le regard, qu'elle réservait sans doute à tous les nouveaux venus, Brenda dit :

– Bonjour. Vous désirez ?

– Nous sommes venus voir M. Norrington.

La carte de police que lui montra Banks ne sembla guère impressionner la jeune femme.

– Vous avez rendez-vous ?

– Tout à fait.

– Asseyez-vous.

Brenda leur désigna un canapé et deux fauteuils de couleur orange disposés autour d'une table basse en verre sur laquelle diverses publications étaient impeccablement alignées : *The Economist*, *House & Home* et plusieurs quotidiens du matin. Aucun ne semblait avoir encore été touché.

Banks et Annie s'assirent. Brenda murmurait quelque chose au téléphone. Quand elle raccrocha, elle se tourna pour dire :

– M. Norrington vous verra dans un petit moment. Puis-je vous offrir quelque chose à boire ? Café ? Thé ? De l'eau ?

– Un café, s'il vous plaît, dit Annie. Noir, deux sucres.

Banks demanda de l'eau.

Brenda disparut et revint quelques instants plus tard avec une tasse sur une soucoupe et une petite bouteille d'eau minérale gazeuse. Avant qu'Annie ait terminé son café, la console téléphonique bourdonna sur le bureau de la réceptionniste. Elle les invita à la suivre.

Le bureau de Norrington se trouvait au bout du couloir. Il était plus vaste que la salle des enquêteurs du commissariat d'Eastvale, et l'intégralité du mur opposé à la porte était une immense baie vitrée. Comme le ciel était nuageux, les stores étaient relevés. Hélas, cette fenêtre cinématographique ne donnait pas sur le centre-ville, mais sur une zone d'activité morose : immeubles de bureaux entrecoupés d'avenues quasi désertes, entrepôts et quais de chargement, successions de magasins d'usine. Banks aperçut même le gigantesque centre commercial Crown Point et, au-delà, les voies de circulation de la M621 qui, dessinant une large boucle, traversait les quartiers difficiles de Hunslet et de Beeston. Peut-être cette vue avait-elle de quoi inspirer les promoteurs immobiliers, se dit-il, et les pousser à vouloir construire plus grand, plus beau. Pour la majorité des gens, cependant, elle devait être plutôt déprimante.

Norrington avait le physique et la mine d'un homme à l'aise dans cet environnement. Quand il se leva et vint à leur rencontre pour les saluer, Banks remarqua qu'il avait suspendu sa veste de costume au dossier de son fauteuil, remonté ses manches de chemise sur ses avant-bras et desserré le nœud de sa cravate – comme il aimait faire, lui aussi, quand il était obligé d'en porter une. Les cheveux gris et clairsemés de Norrington étaient peignés en arrière, son nez était quelque peu bulbeux. Il paraissait courtois et poli. Il inclina légèrement le buste quand Banks présenta Annie – l'espace d'une seconde Banks crut même qu'il allait lui faire le baisemain. Mais il leur proposa juste de nouveaux rafraîchissements, qu'ils refusèrent, avant de les inviter à s'asseoir. Les fauteuils réservés aux visiteurs, larges et confortables, étaient tournés vers l'immense fenêtre. Leur angle d'inclinaison faisait cependant que Banks ne voyait plus que le ciel. Adieu les zones industrielles moches du sud de Leeds.

– L'une de nos collègues vous a appelé hier, je crois ? dit-il.

– Ce n'est pas à moi qu'elle a parlé, mais à Geoffrey Melrose. Mon associé. Aujourd'hui, malheureusement, il est à Londres pour affaires. Mais je peux répondre à vos questions.

– J'espère bien. D'après ma collègue, votre associé l'a quasiment envoyée sur les roses.

– Geoff est très occupé. D'après ce qu'il m'a dit, il s'agissait du projet de Drewick ?

– En effet. L'ancien aérodrome, avec son hangar. Depuis combien de temps en êtes-vous propriétaire ?

– Environ quatre ans. Il était désaffecté depuis des lustres, et pas cher, donc nous l'avons acheté pour le terrain. Depuis, nous essayons d'attirer des investisseurs, tout en nous pliant au code de l'urbanisme, pour faire aboutir un projet de construction de centre commercial. Mais c'est une affaire de longue haleine, vous pouvez me croire.

– Ce genre de projet prend-il tant de temps d'habitude ?

– Ça dépend. Mais dans ce métier, c'est sûr, il faut savoir faire preuve de patience.

– Pendant que vous montez le dossier, qui s'occupe de la propriété ? Sur place, je veux dire.

– Là encore, ça dépend de la propriété.

– Celle de Drewick ?

Norrington bascula en arrière, contre le dossier de son fauteuil, et commença à étirer un élastique entre ses doigts.

– À Drewick, nous n'avons personne. Comme il n'y a rien à surveiller, nous n'avons pas besoin d'employer un veilleur de nuit ou une société de gardiennage. L'enceinte grillagée et le portail étaient déjà en place quand nous avons acheté l'aérodrome. Nous avons ajouté un cadenas, les panneaux d'information exigés par la loi, et voilà. Je suppose que les gamins du coin se débrouillent pour pénétrer dans la propriété, mais ce n'est pas un veilleur de nuit qui les en empêcherait. Quand les gosses veulent entrer quelque part, ils y arrivent.

– C'est bien vrai, acquiesça Banks. Et n'importe qui pourrait avoir cisaillé la chaîne du portail pour la remplacer par une autre. Avec un nouveau cadenas. Vous êtes-vous jamais demandé si quelqu'un utilisait le hangar pour des activités illégales ?

– Pourquoi me serais-je posé une telle question ? Notre société gère de nombreuses propriétés comme celle de Drewick, qui attendent leur programme de développement, et jamais nous n'avons eu le moindre problème, dit Norrington, et il posa son élastique pour brandir un index vers Banks. Mais j'espère que vous n'essayez pas de nous faire porter le chapeau pour quoi que ce soit. Est-ce une question de responsabilité juridique ?

– Eh bien… Il y a un problème de ce genre à la clé, oui, et je suppose qu'il pourrait intéresser bien des avocats et coûter une fortune à leurs clients. Mais personne ne veut faire porter le chapeau à qui que ce soit. Nous ne sommes pas ici pour cela.

– Je suis heureux de vous l'entendre dire.

– Quelle est votre réponse à ma question, alors ?

– Évidemment que nous n'avons jamais pensé que le terrain pouvait être utilisé pour des activités illégales ! Je suis très surpris, pour ne pas dire choqué, que vous imaginiez le contraire.

– Il ne s'agit pas que d'activités illégales, monsieur Norrington, intervint Annie. Aujourd'hui, l'aérodrome désaffecté de Drewick est une scène de crime. Celle d'un meurtre. Qu'avez-vous à dire à ce sujet ?

– Rien, madame. Je ne sais pas quoi dire. Je ne sais même pas quoi penser. En fait, j'ai beaucoup de mal à le croire. Et vous ne pouvez coller cette histoire sur le dos d'aucun d'entre nous.

Banks quitta son siège et se dirigea vers la baie vitrée. Norrington fit pivoter son fauteuil pour le tenir à l'œil.

– Croyez-moi, je vous dis la vérité, reprit Annie.

Norrington ne semblait plus savoir qui regarder. Il se décida finalement pour Annie.

– Mais que puis-je bien faire pour vous aider ? Je vous ai déjà dit que nous avons des discussions en train, depuis des années, pour faire aboutir un projet de centre commercial sur le site. En attendant nous le laissons en l'état et nous n'y montons pas la garde. Certains projets avancent très lentement, dans l'immobilier, c'est ainsi.

– Pour quelle raison ? demanda Banks en revenant vers son siège. Parce qu'on n'a pas encore graissé les pattes qu'il fallait ? Parce qu'il faut rallier davantage de conseillers municipaux à la cause ?

Norrington s'empourpra.

– Je n'apprécie pas du tout le sous-entendu…

– Évidemment. Mais dans votre métier, ça se fait, n'est-ce pas ?

– Ce n'est pas du tout le problème ici, grommela Norrington. Non que nous fassions ce genre de chose…

– Bien sûr que non, pas vous. Mais quel est le problème, alors ?

– Cela ne vous regarde pas, j'insiste là-dessus, mais puisqu'il faut vous répondre, le vrai problème ce sont les investisseurs. Le *manque* d'investisseurs, en l'occurrence. Pour dire les choses crûment, il nous manque du fric pour lancer le projet. Même en ayant les autorisations de construire que nous sommes – enfin ! – tout près d'obtenir.

– Je suis étonné que vous manquiez de gens pour investir dans la construction d'un centre commercial qui n'aurait aucune concurrence à des kilomètres à la ronde.

– Je suis aussi étonné que vous, mais parfois c'est comme ça. L'homme prévoit. Dieu rit.

– J'ai souvent ce sentiment, moi aussi, dit Banks avec un léger sourire. En attendant, n'auriez-vous pas intérêt à mettre l'endroit en location pour un usage quelconque ? Peut-être récolteriez-vous l'argent dont vous avez besoin ? Cela vous aiderait au moins à garder la tête hors de l'eau le temps de passer à la phase suivante du projet, non ?

– C'est trop de tracas pour pas grand-chose. Nous serions obligés, pour le coup, d'engager quelqu'un pour sécuriser le site. Et nous devrions nous faire du souci en permanence. Non, vraiment, nous finirons bien par trouver les investisseurs voulus. Et sans manigances, précisa-t-il en regardant tour à tour ses deux interlocuteurs, avant de se fixer de nouveau sur Banks. Qu'attendez-vous de moi, au juste ? J'ai du travail, vous savez, des choses importantes à faire.

– Je n'en doute pas. Et nous allons essayer de ne pas vous retarder beaucoup plus longtemps. Pour commencer, j'aimerais savoir si vous savez qui pourraient être les trafiquants qui ont sans doute utilisé l'ancien aérodrome et le hangar, ces derniers temps, comme lieu de transfert.

– Des *trafiquants* ? De quoi parlez-vous ? Que… quel trafic ? Et du transfert de *quoi* ?

– De matériel agricole et de bétail volés. D'autres biens, peut-être, aussi. Et d'êtres humains. Et de drogue. Nous ne connaissons pas encore toute l'ampleur de l'opération. Mais le hangar est idéalement situé, c'est évident. Isolé, sans surveillance, proche de l'A1...

– Je ne sais absolument rien à ce sujet.

Norrington paraissait ébranlé. Il se mit debout, tira sa veste du dossier du fauteuil et l'enfila.

– Écoutez, si la conversation se poursuit dans cette veine, je vais devoir demander à nos avocats de nous rejoindre.

– Pourquoi ?

– À cause de ce que vous insinuez.

– Je n'insinue rien du tout. Avez-vous quelque chose à cacher, monsieur Norrington ?

– Non, bien sûr que non ! C'est juste que... Enfin, je ne sais pas très bien ce que vous voulez.

Banks gratta sa cicatrice.

– Vous savez, moi non plus je ne sais pas toujours très bien ce que je veux. J'ai souvent l'impression de creuser au petit bonheur, avec l'espoir que ma pelle touchera quelque chose. Mais je vais vous dire : pourquoi ne retirez-vous pas votre veste pour rester à l'aise, sans prendre tout ça trop au sérieux, et puis vous vous rasseyez et nous continuons de discuter calmement ? Hmm ?

Norrington hésita, puis sembla se décrisper. Sans perdre tout à fait son expression méfiante, il fit ce que Banks lui avait suggéré.

– D'accord, dit-il, écartant les mains. Je n'ai rien à cacher.

– Très bien. Pouvez-vous nous donner une liste des investisseurs qui se sont déjà engagés dans le projet de Drewick ?

– Je regrette, ce sont des informations confidentielles. Je ne peux pas distribuer leurs noms comme ça. Certaines des personnes concernées préfèrent rester dans l'anonymat. Vous comprenez, tout de même ?

Banks se pencha en avant.

– C'est peut-être nous, monsieur Norrington, qui devrions faire venir nos avocats. Chez nous, on les appelle des magistrats. Ils sont très occupés, mais je suis sûr que nous pourrions en persuader certains que c'est pour une bonne cause. Avec le fisc, les banquiers, les planificateurs urbains et les avocats, vous savez, les promoteurs immobiliers dans votre genre ne sont pas très populaires auprès du grand public.

– Nous faisons pourtant un travail important et nécessaire.

– La police aussi. Alors travaillons ensemble, voulez-vous ? Si nous considérons que vous êtes un homme d'affaires honnête, il n'en découle pas pour autant que tous vos investisseurs sont blancs comme neige. L'un d'eux pourrait avoir eu l'idée de tirer parti de l'aérodrome et du hangar en attendant que la construction du centre commercial rapporte.

Norrington marmonna quelques instants dans sa barbe, puis décrocha le téléphone et demanda à sa secrétaire de lui imprimer la liste des investisseurs du projet Drewick.

– C'est bien pour vous montrer que nous n'avons rien à cacher, précisa-t-il quand il reposa le combiné sur sa base. Mais j'apprécierais que vous fassiez preuve de discrétion avec ce document.

– Ne vous inquiétez pas, nous serons des parangons de discrétion.

Cette liste ne les mènerait sans doute nulle part, Banks le savait bien, car les individus qui utilisaient le hangar pour leurs activités criminelles ne risquaient guère d'avoir des liens documentés avec celui-ci. Mais il fallait quand même vérifier. Les malfrats étaient parfois trop intelligents pour leur propre bien, et ils commettaient des gaffes. La secrétaire frappa et entra dans le bureau avec le document voulu ; Norrington lui signifia de le donner à Banks.

– Autre chose ? demanda-t-il ensuite.

– Vous êtes-vous déjà rendu personnellement sur le site ?

– Une fois. Il y a longtemps, au moment où nous l'avons acheté.

– En 2009 ?

– Sans doute.

– Inspectez-vous toujours les propriétés dont votre société fait l'acquisition ?

– J'essaie, le plus souvent.

– Avant que nous partions, peut-être pourriez-vous demander à votre secrétaire de nous imprimer aussi la liste des autres sites pour lesquels vous avez des projets de développement.

– Attendez un peu, protesta Norrington. Je vous ai déjà donné ces noms d'investisseurs alors que je n'aurais pas dû. Je ne vois vraiment pas pourquoi vous devriez avoir la liste de nos autres propriétés.

– Je ne vois pas ce qui vous empêche de nous la communiquer.

– Je vous répète que ce sont des informations confidentielles.

– Votre société est propriétaire d'un hangar dans lequel a été commis un meurtre violent. Et qui est aussi utilisé pour le transfert de biens volés, pensons-nous, par un réseau de trafiquants. Comment savoir si d'autres sites qui vous appartiennent ne sont pas utilisés dans le même but ? Même si elle est propriétaire non résidente de ces sites, Venture Property Developments ne peut échapper totalement à ses responsabilités. Ou à la contre-publicité que cette affaire pourrait lui valoir, dit Banks, et il jeta un regard à Annie pour ajouter : Inspecteur Cabbot, vous obtiendrez une ordonnance du magistrat compétent d'ici une heure ou deux. Je vais tenir compagnie à M. Norrington en attendant votre retour.

Annie se leva. Banks retint son souffle pendant qu'elle se dirigeait vers la porte. Il était impossible, bien sûr, qu'elle obtienne une quelconque ordonnance en si peu de temps. Restait juste à espérer que le bluff fonctionnerait.

– Attendez ! s'exclama Norrington alors qu'Annie saisissait la poignée de la porte. Très bien ! Si ça peut me permettre de me débarrasser de vous. J'ai du travail.

Il poussa un profond soupir et décrocha le téléphone pour donner les instructions voulues à sa secrétaire.

– Je tiens à vous informer, dit-il ensuite, que je n'apprécie pas vos menaces et que je vais parler de cette histoire à notre service juridique aussitôt après votre départ. La prochaine fois, il vous sera beaucoup plus difficile de nous faire perdre notre temps et d'avoir accès à nos dossiers. Tout nouveau rendez-vous devra avoir lieu en présence de nos avocats. Souvenez-vous également que les noms inscrits sur cette liste sont propriété privée.

Banks se mit debout.

– Merci, monsieur Norrington, vous nous avez beaucoup aidés, dit-il en rejoignant Annie à la porte. Vous n'êtes manifestement pas né de la dernière pluie. Non, ne vous donnez pas la peine de nous raccompagner. Nous allons récupérer la liste de vos propriétés auprès de votre secrétaire en sortant.

9

Une nouvelle réunion eut lieu dans la salle de conférences à la fin de la journée, alors que le soleil dardait péniblement les derniers rayons de sa gloire à travers les épais nuages. Gervaise, Banks, Annie, Gerry Masterson, Stefan Nowak, Jazz Singh et Winsome s'assirent autour de la table. Sur les principaux membres de l'équipe, il ne manquait que Doug Wilson qui aurait terminé sa journée dès qu'il se serait fait remplacer, pour la nuit, à la surveillance d'Alex et Ian Preston. Il avait appelé un moment plus tôt pour prévenir que les compagnies ferroviaires, finalement, n'avaient pu leur livrer aucune information intéressante. Banks n'était pas étonné, il n'avait pas attendu grand-chose de ce côté-là, mais c'était bien qu'ils aient exploré cette piste. Quelqu'un avait fait venir une cafetière pleine et des biscuits de la cantine. Banks les regarda, au milieu de la table, en se disant qu'une bouteille de vin ou un tonneau de bière n'aurait pas été plus mal. Il salivait quand il se rappelait les histoires de Maigret que son père lui avait fait découvrir autrefois : le commissaire français envoyait toujours un subalterne chercher des sandwichs et de la bière à la « brasserie Dauphine ». Dommage, ils n'avaient pas cette chance ici.

Les néons du plafond avaient été éteints ; deux lampes à abat-jour de bon goût diffusaient les paisibles halos d'ambiance dont tout le monde semblait avoir besoin après la longue et frustrante journée qui venait de passer. Banks savait qu'il leur fallait une percée dans l'affaire, et cette nouvelle réunion devait les aider à déterminer dans quelle direction se tourner pour la trouver. Sur le tableau magnétique blanc, à côté d'une esquisse du visage de Morgan Spencer et d'une photo du tracteur de Beddoes, le Deutz-Fahr Agrotron, il y avait maintenant la photo d'un pistolet d'abattage et le portrait-robot de l'homme qui avait agressé Alex Preston à son appartement. Ils n'avaient toujours pas de résultat quant aux empreintes que cet « agent Meadows » avait peut-être laissées sur la carte qu'il avait donnée à Alex, mais Banks savait que Vic Manson était un homme minutieux et que ces analyses prenaient parfois du temps. Il trouverait quelque chose – demain seulement, peut-être, mais il trouverait.

Jazz Singh avait été un peu plus rapide, de son côté, avec les analyses ADN. Elle fut la première à prendre la parole :

– Bon, je ne vais pas vous barber avec des détails techniques qui vous passeraient de toute façon au-dessus de la tête. D'abord, et c'est sans doute l'info la plus importante que j'ai pour vous, l'ADN tiré du sang trouvé dans le hangar proche de Drewick est le même que celui du cadavre de l'accident de la passe de Belderfell. Et je précise, pour être bien claire, pas le cadavre du chauffeur. L'autre, celui qui était en morceaux dans des sacs-poubelle.

– C'est donc bien Morgan Spencer qui a été tué au hangar, souligna Banks.

– Ne nous emballons pas. J'ai juste dit que les deux ADN sont identiques. Nous n'avons pas d'échantillon de quoi que ce soit qui aurait appartenu à coup sûr à Morgan Spencer, donc je ne peux pas affirmer que c'est lui. Toutes les affaires de cet homme ont été détruites dans l'incendie de sa caravane, n'oubliez pas, et il n'est dans aucune de nos bases de données.

– Ouais, mais nous avons identifié Morgan Spencer sur le lieu de l'accident, d'après son tatouage, et sa tête a été retrouvée ensuite, dit Banks, puis il désigna le dessin sur le tableau. Et ça, c'est bien son portrait d'après tous ceux qui le connaissaient et que nous avons interrogés. Notamment Alex Preston.

– Et ses parents ? demanda Winsome.

– Son père a l'air injoignable. Nous croyons savoir qu'il est à La Barbade, ou quelque part par là, mais nous n'avons rien d'autre. Sa mère est à Sunderland. Ex-junkie, psychologiquement très instable, elle vit dans un centre d'accueil et n'a que très peu d'objets personnels avec elle. Et aucune photographie de son fils. Apparemment elle a perdu contact avec Morgan il y a quelques années, quand elle a perdu contact avec le reste du monde.

– Nous avons examiné le local de stockage de Spencer, dit Stefan Nowak. Jazz, je ne crois pas qu'il y ait quoi que ce soit pour vous là-bas. Mais venez y jeter un œil, si vous voulez, vous trouverez peut-être un cheveu ou quelque chose. Aucun signe du camion de déménagement ni de la moto, autrement, mais nous avons trouvé des traces d'huile de moteur, d'essence et de gasoil agricole.

– D'accord, dit Jazz. J'y ferai peut-être un saut demain. Mais là, je dois retourner au labo. Des analyses en retard pour l'affaire de viol de Harrogate. Ça ne vous ennuie pas ?

– Pas du tout, dit Banks. Et merci beaucoup.

Jazz sortit au pas de charge de la pièce. Dans le silence qui suivit, Banks dit à la cantonade :

– Nous pensons avoir trouvé et identifié Morgan Spencer, mais n'oublions pas qu'il nous reste à mettre la main sur Michael Lane. Sain et sauf, j'espère. Avec ce garçon, nous avons peut-être une chance d'avoir un témoin qui sait précisément ce qui s'est passé au hangar. De plus, nous ne sommes pas les seuls à le rechercher.

– Je suis remontée jusqu'à l'appareil d'où il a appelé Alex Preston hier soir, dit Annie. C'est un téléphone à pièces de la rue Coppergate, à York.

– Mettons les collègues de York sur le coup, mais je suppose que Lane est déjà loin.

Chaque membre de l'équipe fit le résumé de ses activités de la journée, des choses qu'il avait apprises, des hypothèses qu'il avait en tête. Ils eurent à nouveau l'impression, au bout du compte, de ne pas avoir beaucoup progressé. Aux murs, dans la pénombre, les anciens barons de la laine paraissaient plus sinistres que jamais, comme s'ils jugeaient durement Banks et son entourage. Un rayon de soleil rouge sang perça entre les nuages pour illuminer l'un de ces portraits – celui d'un homme qui avait dû être particulièrement acariâtre de son vivant. La commissaire Gervaise demanda :

– Chez Venture Property Developments, à votre avis, Keith Norrington pourrait-il être mêlé à l'affaire ?

Banks échangea un regard avec Annie, qui répondit :

– Non, madame la commissaire. C'est un homme d'affaires pas très ragoûtant, qui se couvre les fesses, mais il n'est sans doute pas impliqué dans le meurtre de Morgan Spencer. Par contre, il pourrait être intéressant de se pencher sur cette société. Il y a fort à parier qu'elle cache des trucs louches.

– Hmm, fit Gervaise avec un demi-sourire. Penchons-nous, d'accord, mais pas trop quand même. Nous ne voudrions pas être accusés de harceler les hommes d'affaires pas très ragoûtants.

– C'est vrai.

– Et Neil Vaughn, chez Vaughn's ABP ? demanda Banks. Il est louche, lui ?

– Je ne pense pas, répondit Winsome. Il avait l'air sincèrement bouleversé par l'accident et la mort de Caleb Ross. Il avait donné la journée à son personnel. Je sais que ça ne signifie pas grand-chose, et il a pu nous faire marcher, mais je ne l'ai pas vu faire de faux pas. Gerry ?

– Le truc qui m'a le plus frappée, dans tout ce qu'il nous a raconté, dit Gerry Masterson, c'est la facilité avec laquelle ces gens peuvent contourner les réglementations auxquelles ils sont théoriquement soumis. L'activité des boîtes comme Vaughn's ABP est très encadrée. C'est logique, quand on sait qu'elles déplacent et éliminent des carcasses d'animaux – avec tous les risques de maladies et de contagion que ça suppose. Mais là... Vaughn ne fait peut-être lui-même rien de mal, mais tout ça m'a vraiment donné l'impression que ce n'est pas très compliqué de faire des entorses au règlement au besoin.

– Je suis d'accord, dit Winsome. Nous pourrions aussi nous intéresser à son frère, Charlie Vaughn. Apparemment, ce type se désintéresse de l'entreprise familiale. Ça ne veut rien dire en soi, bien sûr, mais il a une passion pour les chevaux. Pas leurs carcasses. Les chevaux de course.

– C'est un joueur ? demanda Banks.

– On dirait. Qui gagne ou qui perd, ça je ne sais pas, mais j'ai l'impression qu'il aime les courses hippiques.

– Je n'ai jamais connu de joueur qui gagne, dit Banks. Tous les joueurs gagnent de temps en temps, et ils peuvent même parfois gagner gros, mais au bout du compte ils reperdent tout. Le système est ainsi fait. Et quand un joueur perd beaucoup, ça peut énormément compliquer la vie de son entourage. C'est comme avec les toxicos en manque. D'autres renseignements au sujet de ce Charlie Vaughn ?

– Il a un alibi, dit Gerry. Il était à l'étranger ces deux dernières semaines. En Espagne.

– C'est du solide ?

– Je pense que oui. Voulez-vous que je creuse davantage ?

– Non, pas tout de suite. Nous avons beaucoup d'autres fers au feu. Mais gardons quand même son nom à l'esprit.

– À propos, patron, Caleb Ross n'avait pas de favoris.

Banks regarda Gerry, un instant interloqué, puis opina en prenant une inspiration profonde.

– Alors ce n'est pas lui notre chauffeur de dimanche ? Je dois dire que je n'ai jamais cru à cette possibilité. Mais bravo. Bon boulot.

Le compliment fit rayonner Gerry de fierté.

La commissaire s'adressa à Stefan :

– Je crois savoir que vous avez autre chose à nous dire, monsieur Nowak ?

– Oui, dit Stefan avec un hochement de tête respectueux à l'adresse de Gervaise. Un de nos hommes a trouvé de la marijuana, dans une petite boîte en fer-blanc, sur le lieu de l'accident. Elle était quasiment encastrée dans le carburateur, mais il est clair qu'elle venait de l'habitacle de la camionnette. Il reste à en analyser le contenu, pour vérifier que c'est bien de la marijuana, mais le technicien qui l'a trouvée semblait assez sûr de lui. Il, heu... Il sait de quoi il parle, je crois.

Tout le monde rit. Stefan ajouta en souriant :

– Donc je lui fais confiance.

– Cette drogue pourrait-elle avoir joué un rôle dans l'accident ? Dans son déclenchement, je veux dire ?

– Ce n'est pas exclu. Si le chauffeur de la camionnette en fumait au moment de l'accident, ou s'il en avait fumé peu de temps avant, elle pourrait avoir eu un effet sur ses fonctions motrices et son temps de réaction. Vu la tempête de grêle et les autres facteurs de l'événement, il a suffi d'une fraction de seconde de distraction de sa part pour qu'il plonge dans le vide. Mais nous n'avons aucun moyen de savoir s'il fumait au volant mardi. Le Dr Glendenning, qui s'occupe du cadavre, doit avoir demandé des analyses toxicologiques. Elles nous renseigneront peut-être, nous verrons.

– Mais au fond ça n'a pas vraiment d'importance, si ? intervint Banks. Que cet homme ait été sobre ou stone au moment où il a basculé dans le ravin, je veux dire. Les compagnies d'assurances voudront sans doute le savoir, et ça aura de l'importance pour les autres chauffeurs de l'entreprise et les amis et connaissances de Caleb Ross. Mais pour nous, c'est une info à peu près inutile.

– Que voulez-vous dire, Alan ? relança Gervaise.

– Ce n'est pas un bien grand crime si Caleb Ross fumait un joint de temps à autre. À vrai dire j'aurais été surpris d'entendre qu'il ne fumait pas. On nous a dit qu'il était fan de rock progressif, or le rock prog et le cannabis vont ensemble comme le poisson et les frites dans un fish and chips. À l'époque où j'étais étudiant, je me souviens, des tas de gens tiraient sur des joints en écoutant *Tales from Topographic Oceans*. Moi, bien sûr, ce truc-là ne m'a jamais tenté.

– Bien sûr, dit Gervaise, et un sourire étira sa bouche en arc de Cupidon. Et si d'aventure vous y avez goûté, vous n'avez jamais avalé la fumée.

– Je parlais du rock prog, dit Banks, impassible.

Tout le monde rit, à nouveau, puis Gerry qui était toujours aux petits soins avec ses collègues resservit du café dans les tasses autour de la table. Les biscuits avaient déjà été dévorés.

– Ce qui pourrait être intéressant, par contre, reprit Banks qui réfléchissait à présent à voix haute, ce serait de savoir où il se procurait son cannabis. Et si son dealer lui tenait la dragée haute d'une façon ou d'une autre. Et puis peut-être prenait-il aussi d'autres substances, plus problématiques.

– Nous avons envoyé deux agents en tenue inspecter son domicile, dit Winsome. Ils n'ont rien trouvé. Ni drogue ni cache d'argent…

– On peut quand même faire l'hypothèse, sans doute, que Ross subissait des pressions et qu'on lui a fait du chantage pour qu'il aide le gang. Ou bien il acceptait d'être payé en cannabis. C'était peut-être avec ça qu'on l'obligeait à rendre service. Il aurait perdu son job, si Vaughn's ABP avait appris qu'il fumait régulièrement des joints.

– On essaie de trouver son fournisseur, alors ? demanda Winsome.

– Oui, on garde l'œil ouvert. Et ce serait bien, sans doute, de creuser un peu plus le personnage. Qu'est-ce qu'on sait de lui, déjà ?

– De tous les collègues de Ross à qui j'ai pu parler, aucun n'a eu la moindre critique à son sujet. Caleb était une crème. Honnête jusqu'au bout des ongles. Gentil comme pas permis. Bosseur infatigable. Tous les clichés y sont passés. Aucun de ses collègues ne peut imaginer qu'il ait fait quoi que ce soit de mal. « Caleb ? Jamais de la vie ! » Voilà la réaction générale.

– Peut-être ne voulaient-ils pas médire d'un mort ? avança Annie.

– Sans doute, oui, y avait-il un peu de cela dans leur attitude. Mais bon, même avec ces nouvelles informations nous ne sommes toujours pas en mesure de dire s'il existe un lien entre Ross et le vol du tracteur ou le meurtre de Spencer. Comme l'a fait remarquer l'inspecteur Banks, ce n'est pas un bien grand crime de fumer des joints. Ou alors, peut-être Ross était-il mouillé, mais à un tout petit niveau ? C'est stupéfiant comme les gens peuvent facilement détourner les yeux de ce qu'ils considèrent comme des larcins sans importance – du genre piquer des stylos et des blocs-notes à la réserve du bureau. On dirait presque qu'ils considèrent ça comme un droit.

– Bonne remarque, dit Banks. Mais je n'arrive pas à me défaire de l'impression que Ross et Lane ont un rôle dans cette histoire, d'une façon ou d'une autre. Ross ignorait peut-être ce qu'il y avait dans les paquets supplémentaires qu'il a embarqués dans sa camionnette, et il aurait peut-être regimbé s'il l'avait su, mais s'il a accepté ces sacs de son propre chef, il savait qu'il violait les règles de sa profession. Et la manip a sans doute nécessité de falsifier certains documents officiels. Or, la découverte du cannabis nous offre un éclairage légèrement différent sur le personnage. Ce brave homme n'était peut-être pas aussi honnête et respectueux des lois que tout le monde le raconte. Creusez un peu la question, Winsome. Parlez par exemple avec certains des agriculteurs chez qui il avait l'habitude de faire des enlèvements. Voyez ce que vous trouvez de ce côté.

– Entendu. Je vais m'inspirer de la liste que nous a donnée Vaughn pour préparer un petit périple à travers la campagne.

Banks regarda de nouveau Nowak pour dire :

– Merci, Stefan. Autre chose ?

– Rien dans l'immédiat. Je crois que les techniciens vont encore passer la soirée sur le site. Les spécialistes des accidents n'ont rien trouvé qui donne à penser que le véhicule avait été trafiqué, et ça ne devrait pas changer, mais il reste du terrain à couvrir et des choses à examiner. Mes gars à moi ont presque terminé et devraient pouvoir plier bagage demain. Ils ont hâte, parce qu'ils se les pèlent vraiment, dans ce ravin !

– Du côté du hangar, autre chose ?

– Quelques empreintes partielles. Nous réussirons peut-être à en identifier certaines, mais nous n'aurons rien qui puisse être utilisé au tribunal.

Banks s'adressa à Gerry Masterson :

– Sur les finances de Beddoes, vous avez du neuf ?

– Rien de suspect dans ce que j'ai pu trouver jusqu'à maintenant, patron. Tout est réglo. Il n'est pas hyper riche, mais il est bien loti. Il a un joli portefeuille boursier et des investissements assez diversifiés. Des placements sans risque, pour l'essentiel – cet homme n'est pas un joueur. Et puis la ferme fait même des petits bénéfices. Officiellement en tout cas. Ce n'est pas étonnant quand on voit le prix de certaines huiles de colza et des côtes de porc !

Banks rit.

– Quand l'affaire sera réglée, Beddoes pourra peut-être tous nous inviter à dîner.

– À condition que nous retrouvions son tracteur. Je continue de me renseigner sur lui ?

– Voyons comment les choses progressent. Demain, Gerry, vous aurez du pain sur la planche. Pour commencer, nous avons besoin de travailler sur Venture Property Developments. J'ai deux listes pour vous donner de l'inspiration.

– D'accord. À propos j'ai réussi à jeter un coup d'œil sur le dossier militaire de Terry Gilchrist. RAS. Ou si, mais dans le bon sens. Soldat décoré, très respecté...

– Merci, Gerry, dit Banks, remarquant que Winsome avait baissé le menton et contemplait le stylo qu'elle avait entre les mains. Maintenant, passons à la chose sans doute la plus importante ce soir...

Il se leva et s'approcha du tableau blanc pour y tapoter la photo du pistolet d'abattage.

– Je sais que ce truc ressemble aux pistolets laser qu'utilisaient les extraterrestres dans les vieux films de science-fiction, mais ce n'est pas du tout cela. Ce pistolet d'abattage à projectile captif, comme on l'appelle, sert à étourdir les animaux dans les abattoirs. Je précise qu'il existe trois grands types de pistolet d'abattage. Le premier, c'est le « non perforant ». Son projectile, qu'on appelle aussi « cheville », est captif, c'est-à-dire qu'il revient dans le pistolet après en avoir été éjecté, et il est propulsé soit par de l'air comprimé, soit par une cartouche à blanc. Dans ce cas, la cheville frappe le crâne de l'animal, et l'étourdit, mais elle ne le perfore pas. Le second type de pistolet d'abattage, c'est celui qui est « perforant ». Avec celui-là, le projectile est toujours captif, il revient dans l'arme après en avoir jailli, mais entre-temps il a pénétré dans le crâne et détruit une partie du cerveau. Enfin, il existe aussi un troisième modèle de pistolet où le projectile n'est pas captif, c'est-à-dire qu'il fonctionne à peu près comme un pistolet classique chargé avec une balle. Dans le cas de Morgan Spencer, le Dr Glendenning m'a assuré qu'il a été touché au front par un pistolet d'abattage à projectile captif et perforant. Avec un modèle à projectile libre, son cerveau aurait été beaucoup plus endommagé. Nous aurions aussi retrouvé le projectile quelque part, à moins bien sûr que les tueurs n'aient pris soin de le récupérer.

– L'impact du projectile a-t-il suffi à tuer Spencer ? demanda Gervaise.

– Probablement. Ce n'est pas sûr à cent pour cent, mais ces pistolets d'abattage sont puissants, et d'autant plus fatals pour les êtres humains qu'il faut les utiliser à bout portant. Le pistolet d'abattage est une arme assez peu pratique pour un meurtre, à vrai dire, parce qu'il est impératif de se trouver juste devant la victime pour l'utiliser. Impossible de tirer à distance, puisque le projectile ne quitte pas l'arme. Cela explique qu'on ait trouvé des contusions sur les poignets de Spencer. Des hommes le tenaient très probablement par les bras. Il n'allait sûrement pas rester immobile en attendant qu'on lui perfore le crâne.

– Et ces pistolets d'abattage, comment se les procure-t-on ?

– Comme bien des objets de ce type, répondit Banks. Vous pouvez les commander sur Internet.

– Il ne faut pas un permis, pour en posséder un ? demanda Annie.

– Non, dit Gerry. J'ai vérifié. En tout cas pas un permis de port d'arme. Par contre, il faut une licence d'ouvrier d'abattoir pour l'utiliser.

– Et comment l'obtient-on, cette licence ?

– En suivant la formation d'ouvrier d'abattoir.

– Beurk, fit Annie.

Banks reprit sa place à côté de la commissaire Gervaise tandis que Gerry ajoutait :

– Aujourd'hui, l'utilisation des pistolets d'abattage perforants est découragée. Pas pour le bien-être des animaux, attention, ni pour une autre raison d'ordre moral. C'est juste parce que le projectile des pistolets perforants entre en contact avec le cerveau de l'animal, donc il peut être vecteur de transmission de maladies. La maladie de la vache folle, notamment. Quant aux pistolets à projectiles libres, ils sont rares. On les utilise surtout en cas d'urgence, quand il est impossible de maîtriser l'animal.

– Je crois que le fond de l'affaire, pour nous, dit Banks, c'est que même s'il n'est pas très aisé de trouver un pistolet d'abattage, qui peut d'ailleurs coûter cher, c'est une arme qu'il est bien plus facile de se procurer qu'une arme à feu. Gerry, je crois que vous allez devoir nous faire aussi quelques petites explorations dans ce domaine. Achats de pistolets d'abattage, vols recensés... Les suspects habituels, quoi. Et en premier lieu, j'y pense tout à coup, vous devriez essayer de découvrir s'il y a eu des meurtres avec un mode opératoire similaire depuis un an ou deux. Commencez dans la région, et puis élargissez au reste du territoire.

Gerry hocha la tête.

– Nous devons aussi nous pencher sur l'univers des abattoirs dans la région, enchaîna Banks. Nous savons qu'il existe des abattoirs illégaux, qui échappent à tout contrôle des autorités sanitaires, à côté des entreprises légitimes. Il est aussi connu que la meilleure saison pour voler des agneaux est en août, quand ils sont bien mignons et bien gras, tout prêts à être croqués, mais depuis un moment des voleurs sévissent ici et là dans les Dales tout au long de l'année. Et ils embarquent des moutons et des bovins dont je doute qu'ils soient envoyés en Roumanie ou en Bulgarie – quoi qu'en dise la presse. Les bovins sont difficiles à revendre, car chaque bête a aujourd'hui sa puce électronique et son passeport. Les moutons, eux, n'ont que des étiquettes, à l'oreille, faciles à retirer. Mais ces trucs-là n'ont pas vraiment d'importance si l'objectif des voleurs est de faire découper les bêtes le plus vite possible et d'en vendre la viande aux consommateurs locaux, en douce, à l'arrière d'un camion. Il existe un vrai marché, sur tout le territoire national, pour la viande à bas prix. Et personne ne pose de questions. Annie, je me demande si Doug et toi vous pourriez commencer, demain, à faire la tournée des abattoirs légaux ? Nous recherchons des informations sur les abattoirs clandestins, sur les appareils volés, en particulier bien sûr les pistolets d'abattage, et aussi sur les employés qui auraient été mis à la porte, qui seraient mécontents et pourraient avoir décidé de se mettre à leur compte – la routine, quoi.

– Mais je suis végétarienne, protesta Annie. Beurk !

– Je sais bien. C'est un sale boulot, mais…

Annie fit la grimace et les autres rirent. À ce moment-là, on frappa à la porte : Vic Manson entra dans la salle de conférences, une chemise cartonnée sous le bras.

– J'ai pensé que vous voudriez être prévenus tout de suite, dit-il. Nous avons un résultat.

Terry Gilchrist parut surpris quand il ouvrit la porte du cottage.

– Brigadier Jackman, dit-il. Quelle agréable surprise. Entrez, je vous en prie. Donnez-moi votre parka.

Elle retira son vêtement, Terry l'accrocha au portemanteau, puis elle le suivit jusqu'au séjour. Il marchait sans sa canne, ce soir, et apparemment sans difficulté. Mais elle le vit soudain prendre appui sur le dossier du canapé avec une grimace de douleur.

– Ça va ? demanda-t-elle.

– Mais oui. Encore des petits élancements de temps en temps. Rien de grave. D'après le toubib, ça durera encore un moment.

– Désolée de vous déranger si tard, mais la journée a été longue.

– Asseyez-vous donc. Mettez-vous à l'aise.

Winsome prit place sur le canapé et aplanit les plis de sa jupe avec sa main. Elle oubliait déjà la température glaciale du dehors, le vent qui soufflait en rafales. Gilchrist avait allumé un feu dans la cheminée, dont la chaleur commençait à la pénétrer et à l'envelopper agréablement. La chienne roupillait étendue de tout son long devant l'âtre.

– C'est si agréable, dit-elle, tendant les mains vers les flammes.

– Un de ces petits luxes qui rendent la vie plus belle. Et vous voyez que Peaches n'est pas malheureuse non plus. Voulez-vous un verre de quelque chose ?

– Pas pour moi, merci. Je conduis.

– Un thé, alors ? Ou je peux vous offrir un cappuccino ?…

– Ah oui, j'aimerais beaucoup. Un cappuccino. Si ce n'est pas compliqué.

– Pas du tout, dit Gilchrist, et il se dirigea vers la cuisine.

De nuit, le séjour paraissait différent – peut-être un effet du feu de cheminée. Winsome savoura sa chaleur et les craquements des bûches. Dans la cuisine, elle entendit bientôt une machine à expresso gargouiller et siffler. Peaches respirait paisiblement sur le tapis. Elle remua et grogna un petit coup, comme si un rêve la perturbait, puis tira la langue et retrouva son calme. Bientôt Gilchrist revint avec deux cappuccinos. Winsome prit la tasse qu'il lui tendait et demanda :

– Un autre petit luxe qui rend la vie plus belle ?

– Cet appareil ? Un grand luxe, plutôt, je dirais, répondit-il en s'asseyant dans son fauteuil. Vous savez, vous avez de la chance de me trouver à la maison. Le mercredi, c'est soirée quiz au Coach and Horses. Le temps fort de ma semaine, en général.

– Ne soyez pas cynique comme ça.

– Navré. Mais en réalité, j'aime beaucoup ça. La soirée quiz, je veux dire, pas être cynique. Nous avions aussi des soirées quiz, à la base, quand j'étais militaire.

Le silence tomba quelques instants sur la pièce. Winsome sirota le cappuccino, qui était délicieux, et dit :

– J'ai failli faire comme vous, vous savez.

– Vous avez failli aller à la soirée quiz ? Vous ?

– Non, dit-elle, souriant. M'engager dans l'armée. Et pourquoi pas ? Je suis en forme. Et l'engagement c'est de famille, comme la police. Mon grand-père a participé à la Seconde Guerre mondiale. Mais de mon côté, j'avoue, je pensais à l'armée plus par calcul que par réel intérêt. Je me disais que si j'y survivais, j'aurais au moins droit, ensuite, à une formation. En informatique, peut-être, ou dans le domaine administratif. Quelque chose dans le genre.

– Vous pouviez toujours rêver. On m'avait promis de m'envoyer à la fac quand je reviendrais de mission. Pour étudier les langues du Moyen-Orient. J'avais des facilités, apparemment, et l'armée a toujours besoin d'interprètes qui comprennent les autochtones.

– Et puis ?

– C'est tombé à l'eau. Ils ont décidé de me renvoyer là-bas pour une seconde mission, dit Gilchrist, et il se tapota la jambe. Et il est arrivé ceci. Je présume qu'on me jugeait meilleur soldat que linguiste, au bout du compte.

– Et aujourd'hui ?

– Je ne sais pas. La vie militaire, c'est terminé pour de bon. J'envisage de m'inscrire à l'université. Enfin ce n'est pas sûr. J'évalue mes options, comme on dit.

Pour avoir lu le rapport de Gerry après la réunion, Winsome savait que Gilchrist avait été blessé parce qu'il avait sorti ses camarades et plusieurs enfants, juste avant l'explosion d'une deuxième bombe, d'une école piégée. Il avait eu droit à la Croix militaire et à un retour à la vie civile avec tous les honneurs. Elle n'avait aucune raison d'évoquer cet épisode tout de suite et de risquer de le mettre mal à l'aise. S'il y avait une chose qu'elle savait au sujet des anciens soldats, c'était qu'ils n'aimaient pas parler de leurs guerres.

– Vous n'êtes sans doute pas passée ici ce soir pour discuter de mes blessures.

– Non. Je me demandais s'il vous était revenu en mémoire d'autres détails au sujet de lundi matin.

Gilchrist se frotta les tempes entre le pouce et l'index.

– J'y ai pas mal repensé depuis notre dernière conversation. Et puis j'ai vu ce qu'on raconte dans le journal et à la télévision. La victime du hangar s'est disloquée en plusieurs morceaux au bas de la passe de Belderfell, ou je me fais des idées à partir de ce que j'entends dans les médias ?

– Non, vous avez raison. Mais l'homme avait été démembré avant l'accident. Comment avez-vous deviné que c'était lui, la victime du hangar ?

– C'est là que vous faites votre truc d'enquêtrice ? Que vous me dites que je ne pourrais pas savoir ça si je n'étais pas l'assassin ?

Winsome rit.

– Mon Dieu, pas du tout. Je ne pense pas que vous soyez l'assassin. J'espère que non, en tout cas.

– Hmm, tant mieux. Mais c'est élémentaire, ma chère Jackman. Simple question de probabilités. Je vis dans la région depuis assez longtemps pour savoir qu'on ne découvre pas, quasi simultanément, une flaque de sang dans un hangar abandonné *et* un cadavre humain au milieu d'un chargement d'animaux morts, sans qu'il y ait un rapport entre les deux. Ça tombe sous le sens, dit Gilchrist, puis il soupira doucement. Juste au moment où je pensais avoir mis ce genre de trucs derrière moi. Mais bon ! Sinon, le seul autre détail dont je me sois souvenu, c'est la voiture.

– Quelle voiture ?

– Dimanche matin. La veille du jour où j'ai trouvé le sang. Je revenais du village avec les journaux. Il devait être environ dix heures moins le quart. J'ai entendu une voiture passer sur cette route qui est au-delà de la forêt, vous voyez, et qui permet de rejoindre Thirsk. Je l'ai remarquée parce qu'elle m'a donné l'impression de rouler très, très vite, et je sais que cette petite route ne fait pas de cadeau aux amortisseurs. Très peu de gens l'utilisent, d'ailleurs.

– Vous êtes certain que c'était une voiture ? Pas un camion ou une camionnette ?

– Oui, c'était une voiture. Par contre je regrette, je ne peux pas vous donner la marque ou le modèle. Je ne suis pas si doué, et de toute façon je ne l'ai pas si bien vue. J'ai surtout vu un machin gris qui filait à travers les arbres.

– Gris ?

– Oui. Mais pas argenté ou métallisé. Plutôt un gris moche, un gris sale. Le moteur faisait un bruit pas très sain, non plus, vu la vitesse à laquelle elle roulait. Je me suis rendu compte de ça, quand même.

Michael Lane, songea Winsome. Ou un autre individu qui conduisait sa voiture si Michael avait pris le volant du camion de Spencer. Michael dans le camion, cependant, c'était très improbable. Fullerton avait eu l'air assez sûr de lui quand il avait mentionné les favoris et la casquette du chauffeur du camion. À moins que Michael ne se soit déguisé, ce dont Winsome doutait, ce n'était pas lui qui conduisait le camion. L'horaire collait, en tout cas, et le jeune homme ne devait guère se soucier de ses amortisseurs s'il était en fuite. Ou s'il venait de tirer sur Morgan Spencer.

– Dans quelle direction allait cette voiture ? demanda-t-elle.

– Vers Drewick. Là, si elle a continué tout droit elle s'est lancée à travers la lande. Mais il y a la route de Thirsk, aussi. Elle a pu tourner pour rejoindre l'autoroute.

– Était-elle suivie par un autre véhicule ? Une voiture, un camion ou une moto ?

– Non, je n'ai vu personne. Pas durant le temps qu'il m'a fallu pour revenir jusqu'ici et ouvrir la porte.

C'était une info intéressante. Maintenant, Winsome pouvait envoyer des voitures de patrouille dans les villages de la lande pour demander si quelqu'un se souvenait d'avoir vu une vieille Peugeot grise dimanche matin. Il y avait peu de circulation, par là-bas, et la météo était mauvaise dimanche. Donc le véhicule avait dû se faire remarquer. À Drewick même, ensuite, personne n'avait mentionné la voiture quand les agents en tenue avaient fait leur première enquête de voisinage, mais il pouvait valoir la peine de sonder une nouvelle fois les habitants. Enfin, Winsome se rappelait que la mère et les grands-parents de Lane vivaient à Whitby – par-delà la lande. Si Lane avait coupé la route de Thirsk, plutôt que de s'y engager, il devait être tombé, à un moment ou un autre, sur l'A19. Et là, tout droit vers Whitby à travers le parc national des North York Moors. Ou bien il a pu prendre l'A19, songea-t-elle encore avec une pointe de dépit. En direction de Teesside et de n'importe où dans le nord du pays, ou vers York et le sud…

Elle notait ces idées dans son carnet, lorsqu'elle prit conscience que Gilchrist l'observait avec curiosité.

– Quoi ? fit-elle, relevant les yeux.

– Rien. Je remarque juste que vous êtes méticuleuse.

– Dans mon travail, c'est très utile.

– J'imagine.

– Savez-vous ce qu'est un pistolet d'abattage ?

Gilchrist fronça les sourcils.

– Heu… c'est un appareil utilisé dans les abattoirs, non ?

– Oui. En avez-vous vu un quelque part, récemment ? Ou en avez-vous simplement entendu parler ?

– Vu récemment, non. Mais je sais à peu près à quoi ça ressemble. J'en ai d'ailleurs eu un entre les mains, quelques instants, quand j'étais en formation. Dans le cours sur les armes à feu. Pas pour l'utiliser, bien sûr, mais l'instructeur voulait nous montrer absolument tout ce qui existe dans ce domaine. Il nous a même fait un topo sur les armes à air comprimé et les pistolets à pétard.

Gilchrist prit appui sur les accoudoirs pour se redresser, puis ajouta :

– Il faut que j'y aille, désolé, mais je viens d'avoir une super idée. Que diriez-vous de m'accompagner à la soirée quiz ? Ça devrait vous plaire. Le Coach and Horses est dans la grand-rue du village.

– Hmm, je ne suis pas vraiment douée pour les quiz.

– Ne vous tracassez pas. Je suis assez bon pour deux.

Winsome rit.

– D'accord, mais je dois quand même décliner. Je m'excuse, mais la journée a été très longue et demain elle ne sera pas plus facile. Je suis fatiguée.

– Comme vous voulez, dit Gilchrist qui paraissait déçu. Vous n'avez plus de questions à me poser ?

– C'est tout pour le moment.

– D'accord. Bon, alors je vous donne votre vêtement.

Galant comme à son habitude, il l'accompagna jusque dans l'entrée – sans sa canne – et l'aida à enfiler sa parka avant de s'habiller à son tour. Devant le cottage, Winsome avait garé sa Polo à côté de la Ford Focus de Gilchrist.

– Je vous conduis, si vous voulez ? proposa-t-elle. Ça vous évitera de prendre votre voiture.

– Non, merci, dit-il, et il tapota sa jambe. La marche me fait du bien. Le toubib répète qu'il me faut autant d'exercice que possible. Surtout si je veux retrouver le physique d'Apollon que j'avais autrefois.

– Si quelqu'un peut y arriver, c'est vous, j'en suis certaine. Bonne soirée. Et merci.

Ils restèrent plantés l'un en face de l'autre, quelque peu embarrassés, et Winsome fut troublée par les ondes de tension qu'elle percevait entre eux. À l'instant où il lui sembla que Gilchrist allait se pencher pour l'embrasser sur la joue – ou sur les lèvres ? –, elle tourna les talons. Quand elle fut assise dans sa voiture, elle se rendit compte que son cœur battait à cent à l'heure ; elle dut s'ordonner de respirer profondément et de se ressaisir. Pourquoi avait-elle refusé son invitation ? Elle n'était pas si fatiguée que ça. Et la sortie spéléo qu'il avait évoquée lors de sa précédente visite ? Quel mal y aurait-il eu à ce qu'elle l'accompagne ? Faisait-elle un blocage parce qu'il était encore techniquement suspect, ou du moins un témoin déterminant dans cette affaire ? En partie, oui, peut-être… Mais il y avait autre chose. L'idée de passer la soirée dans le pub de ce petit village moderne et plutôt quelconque ne l'emballait pas. Elle y aurait été la seule Noire et elle aurait fait tache. Elle était habituée à cet état de fait dans son travail, bien sûr, mais à Eastvale, au moins, les gens la connaissaient. Et puis la ville possédait une université qui attirait des étudiants de toutes les couleurs de peau et de tous les styles. Au pub de Drewick, elle aurait été un objet de curiosité et se serait sentie mal à l'aise. Voilà. Son refus se comprenait, non ?

Mais pourquoi tu n'admets pas la vérité ? songea-t-elle alors. Pourquoi cette liste de raisons pour justifier ton attitude ? Terry lui plaisait, voilà la vérité, et ce sentiment lui faisait peur. Elle entendit, comme si souvent, la voix de sa mère : « Attention à toi, petite écervelée. » Et elle essaya de chasser Terry de ses pensées : ce ne fut pas facile, mais elle se força à l'oublier pour se concentrer sur la conduite.

La réunion avait été utile et Banks n'était pas mécontent. Après avoir déposé sa sacoche sur le bureau à côté de l'ordinateur, il suspendit son trois-quarts au portemanteau de l'entrée puis ramassa le courrier derrière la porte. En même temps, il avait encore le sentiment de ne pas avoir de vision d'ensemble de l'affaire. De toutes les données qu'ils avaient évoquées ce soir et de la mise en commun de leurs idées, il n'était pas ressorti de schéma cohérent et concluant.

La contribution de Vic Manson, vers la fin de la réunion, avait sans doute été la plus précieuse de toutes : l'homme qui avait menacé Alex Preston sous le nom de Meadows était identifié. Banks étudierait plus attentivement son dossier le lendemain matin, mais il savait déjà qu'il s'appelait en réalité Ronald Tanner et avait un casier judiciaire chargé : tout un chapelet d'arrestations pour cambriolage avec effraction, et au moins une condamnation pour coups et blessures volontaires. Il avait fait deux séjours en prison, un de six mois, l'autre de dix-huit mois. De quelle façon était-il lié au meurtre de Morgan Spencer et à l'organisation qui volait matériel agricole et animaux d'élevage dans la région ? Cela restait à déterminer, mais on aurait des éléments de réponse dès qu'il serait arrêté. La police de la petite localité où il résidait avait accepté de le pincer avant le lever du jour, pour le conduire aussitôt à Eastvale. C'était à l'aube qu'elle avait le plus de chances de le trouver à son domicile et elle aurait l'élément de surprise pour elle – facteur qui pouvait faire toute la différence s'il possédait une arme.

Banks se dirigea vers la cuisine. Sur une étagère du recoin occupé par la table où quatre personnes pouvaient s'asseoir, en se serrant, pour petit-déjeuner ou même prendre un repas, il y avait une télévision qu'il allumait pour regarder les informations ou écouter la radio en buvant son café du matin. Il saisit la télécommande, zappa de chaîne en chaîne pendant une minute sans rien trouver d'intéressant, puis éteignit l'appareil. Il se servit un verre de vin et s'assit au coin de la table. La cuisine, la maison étaient silencieuses.

Rien de folichon dans le courrier non plus, à part le dernier numéro de *Gramophone* qu'il feuilleta distraitement en sirotant son vin. Il prit alors conscience qu'il avait faim. Mais le frigo n'avait pas grand-chose à lui offrir : une part de pizza jambon-pomme-couenne de porc frite qu'il avait rapportée du déjeuner chez Pizza Express qu'Annie et lui avaient avalé en vitesse, à Leeds, derrière le Corn Exchange. Il la glissa dans le four à convection – avec un peu de chance elle y retrouverait goût et croustillant – et se remit au magazine. Quand le four tinta, il emporta son verre, la part de pizza sur une assiette et *Gramophone* au jardin d'hiver. D'épais nuages noirs frangeaient le sommet de Tetchley Fell, à l'horizon, mais le ciel, juste au-dessus, était dégagé : un saupoudrage d'étoiles et un fin croissant argenté de lune brillaient sur l'étendue bleu foncé. Banks s'assit dans son fauteuil en osier et contempla le ciel en mangeant. Bon, la croûte était desséchée et l'ensemble encore un peu froid. Il finit par décider qu'il n'avait plus faim et posa l'assiette à côté de lui. Durant les quelques minutes qu'il avait consacrées à ce repas, la lune avait disparu derrière les nuages.

Il voulait se concentrer pour cogiter à l'affaire, mais le mal de tête qu'il avait senti venir pendant la réunion s'aggravait. De la musique, voilà ce dont il avait besoin. Posant son verre à côté de l'assiette, il se leva pour aller dans la pièce à vivre. Après quelques instants de réflexion, il fixa son choix sur *Aventine* d'Agnes Obel. Sa voix captivante et les mélodies répétitives, au piano, violon et violoncelle, qui l'accompagnaient apaiseraient davantage sa migraine que des cachets de paracétamol.

Réinstallé dans le jardin d'hiver et enveloppé par la musique, hélas, il continua de se sentir nerveux, mal à l'aise. Toutes sortes de pensées tournoyaient dans son esprit et les élancements douloureux qui traversaient son crâne ne cessaient pas. Il songea à revenir sur la promesse qu'Oriana et lui s'étaient faite, pour l'appeler et lui proposer de prendre un verre, mais abandonna aussitôt cette idée. Leur relation fonctionnait bien, il le savait, tant qu'ils ne tiraient pas trop sur la corde ni l'un ni l'autre. Ce soir, en outre, elle avait sans doute déjà la tête en Australie même si elle était encore physiquement à Eastvale.

Bien sûr il pouvait toujours aller faire un tour au Dog and Gun. Là-bas il y aurait forcément quelqu'un qu'il connaissait, peut-être même Penny Cartwright. Mais… Non, il n'avait pas particulièrement envie de compagnie. À part celle d'Oriana, donc. Depuis que Sandra l'avait quitté et que les enfants étaient partis, il s'était peu à peu habitué à sa solitude. Au point qu'il aimait, à vrai dire, être seul. Peut-être ne mangeait-il pas assez sainement, peut-être aurait-il dû faire du sport, peut-être buvait-il et ruminait-il trop, mais dans l'ensemble il aimait bien sa vie. Et si elle n'était pas toujours très saine, la solitude présentait de nets avantages. Hé, quoi, des gens grimpaient même des montagnes perdues au bout du monde pour jouir de la solitude ! Pour lui, l'incessant tourbillon du monde avait souvent quelque chose d'oppressant. Pas de sortie et pas d'Oriana au téléphone, donc. Il décida de se resservir du vin et d'aller regarder un DVD. Le dernier James Bond l'attendait là depuis un moment, encore sous cellophane. La faute à Oriana, tiens, qui n'aimait pas James Bond.

Banks essayait de repérer la minuscule languette permettant de déballer le DVD d'un coup, lorsque le téléphone sonna. C'était Joanna MacDonald.

– Alan, je crois que j'ai quelque chose pour toi.

Il posa le DVD et s'assit en récupérant son verre.

– Vas-y, je suis tout ouïe, dit-il. C'est un peu l'impasse, dans l'enquête, alors la moindre info est susceptible de nous aider.

– Je ne peux pas te dire précisément qu'il y a eu des visites au hangar de Drewick, ou quoi que ce soit de ce genre, mais, en gros, un individu qui nous intéresse est sorti de l'A1 au niveau de l'échangeur de Scotch Corner, c'est-à-dire dans la zone qui te concerne, dimanche dernier.

– C'est un début.

– Nous l'avons à l'œil depuis un moment. Dans le cadre de l'opération Hawk, je veux dire. C'est un financier qui fait pour l'essentiel de l'investissement international, mais il est souvent en déplacement dans plusieurs régions rurales du pays. Il a aussi de très nombreux contacts à l'étranger, en particulier en Europe de l'Est, dont certains sont assez douteux. Il se rend fréquemment dans les Balkans et dans les pays Baltes. Il connaît toutes les pattes à graisser pour obtenir ceci ou cela. Il se fait appeler Montague Havers, mais son nom de naissance c'est Malcolm Hackett.

– Montague Havers, rien que ça ? Il espère peut-être être anobli par la reine pour services rendus au crime ? Je trouve que « sir » irait bien devant Montague.

Joanna rit.

– Tu as raison.

– Dimanche, à quelle heure est-il passé à l'échangeur de l'A1 ?

Banks patienta pendant que Joanna consultait ses notes.

– Heu… il est sorti à l'échangeur de Scotch Corner et a pris la route de Richmond à quatorze heures trente-cinq. Il conduit une BMW série 3 gris métallisé. Jolie voiture, mais pas vraiment ostentatoire. Il ne cherche pas à attirer l'attention sur lui. Et pour être honnête, il faut préciser qu'il a bel et bien de la famille à Richmond.

– Richmond qui ne se trouve pas très loin au nord d'Eastvale et de Drewick, dit Banks, pensif. Par contre l'heure est un peu tardive pour l'affaire qui nous concerne. D'un autre côté, ce n'est pas sir Montague qui a dû presser la détente. S'il est basé dans le sud du pays, il y a des chances pour qu'il fasse partie des chefs du gang et préfère garder ses distances avec les petites activités des hommes de main. Et imaginons qu'il ait quitté Londres précipitamment… C'est peut-être parce qu'il devait venir dans la région pour éponger les dégâts. Tu sais quand il est reparti ?

– Il est passé à l'échangeur de Catterick mardi à quinze heures cinq.

– Mardi ? Ça, c'est juste après que la camionnette de Caleb Ross a plongé dans la passe. Vous avez du solide, contre ce type ?

– Non. C'est le problème. La NCA s'intéresse aussi à lui. Nous collaborons.

– Je peux aller lui parler ?

Joanna marqua une pause avant de répondre :

– Normalement nous te répondrions non. Parce qu'il ne faut pas l'effrayer. Mais en réalité, Monty Havers n'est pas du genre à s'effaroucher. Nous l'avons nous-mêmes questionné à plusieurs reprises et des agents de la NCA en ont fait autant. Chaque fois il en est sorti blanc comme neige. Et insolent comme tu ne peux pas imaginer. Alors peut-être qu'un visage neuf pourrait changer la donne. Mais je doute qu'il lâche quoi que ce soit. Il est rusé. Et ne le brutalise pas, surtout, parce qu'il connaît ses droits.

Banks pouffa de rire.

– Comme si je risquais de le brutaliser. Merci, Joanna. Tu me donnes ses coordonnées ?

– Il a un bureau dans un immeuble qui est au nord d'Euston Road. Dans le quartier un peu louche entre la gare Saint-Pancras et Regent's Park, précisa Joanna, et elle donna l'adresse exacte de Havers à Banks. Apparemment il a compté parmi les gros joueurs de la City, dans les années quatre-vingt, quand les gouvernements conservateurs ont fait sauter toutes les régulations du monde de la finance.

– Exactement comme John Beddoes, tiens. Drôle de coïncidence. Et comment savez-vous qu'il aurait des liens avec l'univers de la criminalité en milieu rural ?

– Par ses contacts. Des gens qui tiennent les réseaux, organisent les déplacements des marchandises. Mais nous n'avons pas encore réussi à lui coller quoi que ce soit sur le dos. Fondamentalement, c'est de la culpabilité par association. Lui, c'est le gars qui se tient au bord de la route, les mains dans les poches, et qui sifflote pendant que l'immeuble d'en face explose. C'est le gars qui se rend à Norfolk ou dans le North Yorkshire avant ou après une grosse opération, jamais pendant. Cette piste ne mènera peut-être nulle part, mais tu voulais du grain à moudre et voilà ce que nous t'avons trouvé. Nous n'avons ni le temps ni les ressources nécessaires pour passer en revue toutes les voitures qui ont quitté l'A1 à la sortie la plus proche de ton aérodrome, et il n'est rien apparu d'autre sur nos écrans. Désolée.

– Ce n'est pas grave, dit Banks. Les chances de trouver quelque chose étaient minces, de toute façon. Et puis ce bonhomme me plaît bien.

– Tant mieux. Contente de pouvoir t'aider. Je regrette juste de ne pas avoir attendu demain matin pour te parler de ça, parce que j'aurais peut-être eu droit à une invitation à déjeuner.

Banks éclata de rire.

– Quand l'affaire sera réglée, je t'emmènerai dîner.

– Quand les poules auront des dents, oui !

Lorsqu'il reposa le téléphone sur sa base, Banks s'aperçut qu'il avait encore un lien assez fort avec Joanna. Il venait de méditer sur les joies de la vie en solo, mais il se rappelait que la veille, pendant le déjeuner, elle s'était plainte à demi-mot de la solitude. Leurs conversations l'obligeaient aussi à se rendre compte qu'il n'avait pas vraiment d'amis, au fond, en dehors de son travail – et qu'il négligeait ceux qui lui restaient. Il n'était pas allé voir l'ex-commissaire Gristhorpe depuis des lustres, par exemple. Jim Hatchley avait pris sa retraite, lui aussi, et ne s'intéressait plus qu'à son jardin, à ses gamins, aux fléchettes et à son équipe de foot, la Newcastle United. Ken Blackstone ? Banks ne le voyait que lorsqu'il se rendait à Leeds, c'est-à-dire très rarement. Et même « Dirty Dick » Burgess, il ne le croisait en général que quand l'un d'eux avait des emmerdes au boulot. Quant à son ex-femme, Sandra, elle avait sa nouvelle famille et sa nouvelle vie. Son travail de flic l'avait éloigné d'elle – jusqu'à la rupture. Et maintenant, semblait-il, il avait son travail ou rien. Il ne voyait même pas ses enfants adultes, Brian et Tracy, si souvent que ça.

Pourquoi laissait-il partir tout le monde ? Pourquoi ne faisait-il pas davantage d'efforts pour garder le contact avec ses amis ? Il savait qu'il avait parfois le sentiment de n'avoir rien à dire, rien à apporter à l'ambiance joyeuse d'une soirée de groupe au pub. Et rien à en tirer pour lui-même. Pourtant ce n'était pas vrai : il prenait toujours du bon temps, quand il faisait l'effort. Mais… il lui devenait juste de plus en plus difficile, voilà, de faire cet effort.

Il regretta soudain de n'avoir pas proposé à Joanna de le retrouver quelque part pour prendre un verre. Pouvait-il la rappeler ? Il pensa alors à Oriana. Ils n'avaient parlé ni de fidélité, ni de réel engagement l'un vis-à-vis de l'autre, ni d'aucune de ces questions difficiles, embarrassantes. Ils ne s'étaient rien promis. Il n'en savait pas moins que s'il invitait Joanna à sortir sans le dire à Oriana, il aurait l'impression de la tromper. Et elle serait blessée si elle l'apprenait – même si, de son côté, elle partait en Australie pour repousser les assauts de tous ces jeunes et virils journalistes qui souhaitaient interviewer lady Veronica Chalmers. Il savait aussi que s'il rappelait Joanna et s'ils sortaient prendre un verre, ils n'en resteraient pas là. Ils avaient de l'attirance l'un pour l'autre, c'était évident. À

Tallinn, déjà, même quand ils avaient été à couteaux tirés, ils avaient perçu ce désir en eux – et rien n'avait vraiment changé depuis lors. Oriana partie à l'autre bout du monde pour trois semaines, les occasions de faire des bêtises ne manqueraient pas. Mais il n'avait aucune envie, à son âge, d'avoir le rôle du salaud qui jouait sur deux tableaux.

En outre, il avait besoin de sommeil s'il voulait avoir les idées claires pour l'audition qu'il devrait mener le lendemain à l'aube.

Il arracha la cellophane du DVD et glissa le disque dans le lecteur. S'abandonner à l'univers fantasmagorique de James Bond, voilà la solution idéale. La plus facile, aussi. Pendant que le générique démarrait, il alla à la cuisine récupérer la bouteille de vin.

10

L'audition de Ronald Tanner avait finalement été retardée. Il avait fallu attendre, tout d'abord, qu'Alex Preston l'ait identifié et désigné parmi d'autres individus. La jeune femme n'avait pas caché son soulagement quand elle avait appris qu'elle pouvait faire l'opération sur un écran – celui du nouveau dispositif VIPER –, et n'était donc pas obligée de voir son agresseur en chair et en os une seconde fois. Après quoi Tanner avait exigé de s'entretenir avec son avocate. Banks avait profité de ce rab de temps pour se préparer : réfléchir aux questions qu'il poserait à cet homme et rassembler dans une chemise les informations incriminantes qu'ils avaient contre lui. L'identification formelle de Tanner par Alex Preston donnait assurément du poids au dossier – donc l'attente se justifiait. L'unique élément probant qu'ils avaient, sinon, était une empreinte digitale partielle relevée dans le hangar. Problème, elle n'offrait pas assez de points de comparaison pour qu'on sache de façon irrévocable qu'elle appartenait à Tanner. Banks jugeait cependant qu'il pouvait garder cette info comme munition de renfort pour l'audition.

Né à Chester-le-Street et aujourd'hui âgé de quarante-six ans, Ronald Tanner était, d'après son dossier, mécanicien automobile de formation. Après avoir vécu successivement à Londres, Bristol et Birmingham dans les années quatre-vingt-dix et au début des années deux mille, il s'était installé à Darlington en 2004. Outre qu'il avait été arrêté et condamné à plusieurs reprises pour cambriolage avec effraction, agression, vol et coups et blessures, la police de Darlington s'intéressait à lui dans le cadre d'une enquête sur un réseau de prostitution qui sévissait dans plusieurs discothèques et bars où il avait été employé comme videur. En revanche, Ronald Tanner était apparemment un détenu modèle lorsqu'il était derrière les barreaux. Sa bonne conduite lui avait valu, les deux fois où il avait été emprisonné, d'importantes réductions de peine. Banks bâilla en relisant ces informations pour la quatrième ou cinquième fois. Il s'était couché bien trop tard, à cause du James Bond, et même le double expresso qu'il s'était préparé avec la machine perso de la commissaire Gervaise ne parvenait pas à lui fouetter les neurones.

Il choisit Gerry Masterson pour l'assister à l'audition. Elle avait toute la formation requise, mais elle manquait encore d'expérience dans certains aspects du métier. En général les auditions de ce type étaient menées par un brigadier ou par un agent en tenue, mais Banks insistait, depuis des années, pour que les membres de son équipe et lui-même continuent de les assurer. Aujourd'hui on parlait même de confier les auditions des témoins à des civils, spécialement formés à cette tâche, afin de libérer les policiers pour d'autres missions – c'est-à-dire pour qu'ils puissent davantage faire sentir leur présence auprès des diverses communautés de la ville et dans les rues. Banks doutait du bien-fondé de ce projet. Pour mener correctement une audition, il fallait apprendre à cerner l'individu qu'on avait en face de soi et avoir une vraie expérience de flic, pas avoir la tête farcie de cours de psychologie. Il n'avait rien contre la psychologie, et savait qu'il ne connaissait pas toutes les techniques modernes de la discipline comme une jeune recrue du genre de Gerry, qui avait suivi des tas de formations variées, mais il était le plus souvent capable d'obtenir ce qu'il voulait de son interlocuteur, sans avoir à le brutaliser bien sûr – et n'était-ce pas là, après tout, le but de l'audition ? Avec Tanner, cela dit… Le bonhomme devait être rompu à l'exercice et Banks doutait de réussir, quelle que soit l'approche qu'il adopterait, à lui faire cracher des aveux dans un moment de faiblesse.

Ils entrèrent dans la salle d'audition à neuf heures trente-cinq. Assis à côté de son avocate, Tanner était vêtu d'une tenue jetable car ses vêtements étaient au labo pour examen. Il avait les bras croisés sur la poitrine, les sourcils froncés, l'air renfrogné. Banks ne lui en voulait pas de tirer la gueule après le début de matinée qu'il venait d'avoir. Les flics de Darlington avaient fait irruption chez lui vers cinq heures, pour le tirer manu militari dehors, dans l'atmosphère frisquette de l'aube. Ensuite il avait dû patienter dans une cellule de détention provisoire, au sous-sol du commissariat, pendant que les diverses formalités précédant l'audition, dont la procédure d'identification par Alex Preston, se succédaient. Cette situation avait néanmoins présenté l'avantage, de son point de vue, de lui donner le temps de faire venir son avocate.

Cassandra Wakefield comptait parmi les membres les plus réputés de sa profession dans cette moitié nord de l'Angleterre. Pas de commis d'office ou de petit avocat pauvret pour Tanner. Banks était étonné qu'il dispose d'une telle puissance de feu, surtout si peu de temps après avoir été appréhendé. C'était un criminel chevronné, oui, mais comment connaissait-il Me Wakefield ? Surtout, comment pouvait-il se payer ses services ? Banks sentait la main d'un joueur de plus gros calibre, là-dedans, mais il savait qu'il ne réussirait pas à découvrir l'identité de la personne qui payait la défense de Tanner. Cassandra Wakefield était douée, très douée, et ne risquait pas de laisser échapper ce genre d'information. Comment, sinon, aurait-elle fréquenté les très chic magasins Harvey Nicks ? Elle n'était vraiment pas du genre à acheter ses vêtements chez Primark. La rumeur courait aussi qu'elle possédait davantage de paires de chaussures qu'Imelda Marcos. En tout cas c'était une juriste hyper pro, âgée d'environ quarante-cinq ans, toujours habillée à la dernière mode et tirée à quatre épingles. Et qui était par-dessus le marché extrêmement séduisante. Elle avait même beaucoup trop de charme, et une sensualité beaucoup trop troublante, pour le flic de sexe masculin qui devait garder toute sa tête dans la salle d'audition. Les sources de distraction visuelle étaient toutes irréprochables, mais Me Wakefield connaissait la valeur de ses attributs et n'avait pas peur d'en user. Le bouton de trop défait au chemisier. Les lèvres charnues et brillantes. Les longs cheveux auburn lâchés en cascades bouclées sur ses épaules. Les yeux verts aux paupières un chouïa tombantes, avec ce regard brumeux d'alcôve, parfaitement enjôleur. Oui, elle savait y faire. Assermentée pour intervenir dans n'importe quelle juridiction du pays, en outre, elle avait plusieurs spécialités à son arc – dont la défense des criminels du genre de Tanner. Et au tribunal, évidemment, elle était parfaite.

Après les civilités d'usage, Banks alluma le dictaphone et énonça les informations requises, d'une voix claire, concernant l'audition qui commençait. Gerry Masterson, installée à côté de lui, paraissait un peu nerveuse ; elle tournicotait trop ses cheveux. Il lui avait conseillé d'observer et d'écouter, pour l'essentiel, mais elle ne devait pas se retenir d'intervenir si elle avait une inspiration soudaine. Sans doute entrerait-elle dans son rôle quand l'audition démarrerait pour de bon. L'atmosphère était un peu étouffante, dans la petite pièce, mais supportable. Il faisait quand même assez chaud pour que le crâne chauve de Tanner soit humide et luisant de sueur. Et pour que Banks décide de retirer sa veste. Avec ses murs beiges, sa minuscule fenêtre, en hauteur, couverte par un grillage, son plafonnier également protégé par un grillage et son sol de béton éraflé, la salle d'audition se voulait neutre, comme lieu d'échange, mais était en réalité déplaisante. Le but était que les individus qui n'avaient pas l'habitude de cette claustrophobie institutionnelle veuillent y échapper en vitesse, et soient donc disposés à parler. Parfois même ça fonctionnait.

– Alors, Ronald, commença-t-il. Qu'avez-vous à nous raconter, aujourd'hui ?

– Rien du tout. Parce que rien ne m'oblige à vous dire quoi que ce soit.

– C'est vrai. Mais vous pourriez décider de m'aider pour vous aider vous-même.

– Vous dites toujours ça, les flics. Pourquoi je voudrais vous aider ?

– Savez-vous pour quelle raison vous êtes ici ?

– Parce qu'une meute de poulets a déboulé chez moi quand il faisait encore nuit. Et m'a traîné jusqu'ici.

– Nous avons une plainte très sérieuse vous concernant. Une femme nous a déclaré que vous vous étiez introduit chez elle en vous faisant passer pour un agent de police. Puis que vous l'avez intimidée et menacée. Son enfant aussi.

– N'importe quoi.

– Elle dit également que vous avez détruit son téléphone portable et l'avez grièvement blessée à l'index alors qu'elle était par terre. Parce que vous l'aviez fait tomber. Je m'en sors comment, jusqu'à maintenant ?

– Vous racontez une jolie histoire.

– Elle vous a identifié sur le dispositif VIPER.

– C'est quoi, ça ?

– Allons, Ronald, ne faites pas l'innocent. À quand remonte votre dernière arrestation ? Il faut vivre avec son temps. Video Identification Parade Electronic Recording. On en a plein la bouche, quand on dit ça en entier, mais l'acronyme VIPER fonctionne bien, je trouve. Il est adapté.

– Pourriez-vous faire abstraction des sous-entendus, inspecteur Banks ? dit Cassandra Wakefield, levant les yeux au ciel. Je veux dire… franchement !

– Nous ne sommes pas au tribunal, vous savez, répliqua Banks. Il n'y a pas de jurés devant vous.

– Tout de même. Essayons d'avancer tous ensemble, voulez-vous ?

Banks fixa les yeux sur Tanner.

– Et si vous me donniez votre version des événements ?

– Et si je ne disais rien du tout ?

– Avez-vous rendu visite à Alex Preston et à son fils Ian, à l'appartement numéro quatre-vingt-un, à la cité HLM East Side Estate, le lundi 4 mars au soir ? C'est lundi dernier, si jamais vous êtes perdu.

– Je ne suis pas perdu mais je n'ai jamais entendu parler de cette femme ou de ce gamin. Ni de la cité machin-chose, d'ailleurs.

– Je suppose que vous avez un alibi, alors ?

Tanner se contenta de sourire. Il aurait aussi bien pu répondre : « Je peux en fabriquer un, si vous voulez. »

Banks fouilla les documents qu'il avait posés devant lui pour en tirer le dessin réalisé par le portraitiste. Il le montra à Tanner et à Cassandra Wakefield.

– Diriez-vous que ce portrait vous ressemble, Ronald ?

– Ça pourrait être n'importe qui. Aujourd'hui il y a des tas de types qui se rasent la tête.

– Je ne crois pas. Le crâne glabre n'est qu'un élément parmi d'autres. Notez le nez cassé, identique au vôtre. Un trait tout à fait distinctif, je dirais. Et les yeux fuyants. C'est vous, sans le moindre doute. Ce dessin a été réalisé d'après la description qu'Alex Preston a donnée de son agresseur à notre portraitiste. Je dirais que pour un portrait-robot, il est très convaincant.

– Je ne pense pas que vous iriez très loin devant un magistrat avec ce croquis, inspecteur Banks, dit Cassandra Wakefield. Vous vous en rendez compte, n'est-ce pas ? Ces identifications fabriquées a posteriori se révèlent parfois remarquablement peu fiables. Le témoin a très bien pu décrire quelqu'un qu'elle a vu dans la rue, ou quelqu'un qu'elle n'aime pas. Et pour ce qui est du dispositif VIPER, il est prouvé que les personnes désignent sur ces écrans les visages qui leur déplaisent. Et ce n'est pas la faute de mon client s'il a… heu… les traits du visage singuliers.

– C'est *justement* parce qu'il a des traits singuliers, maître Wakefield, que nous avons pu l'identifier si vite. Et tout a été fait dans le respect absolu des procédures, donc je pense qu'il revient au tribunal, pas à vous, de décider si l'identification VIPER est recevable, dit Banks, puis il regarda Tanner. Nous avons aussi vos empreintes digitales. Ne les oublions pas. Relevées sur la carte que vous avez remise à Alex Preston.

– Quelle carte ? Pourquoi j'aurais fait un truc pareil ? dit Tanner. Il aurait fallu que je rencontre cette femme, d'abord, et ça n'est jamais arrivé.

– Vous voulez dire que vous ne lui avez pas donné cette carte ?

– Voilà. Je ne lui ai pas donné de carte.

– Pouvez-vous alors expliquer comment cette carte, sur laquelle est inscrit un numéro de téléphone, et qui porte vos empreintes digitales, s'est retrouvée en possession d'Alex Preston ?

– C'est peut-être un truc que j'ai jeté dans la rue. Elle l'a ramassé. Ou bien c'est un tract publicitaire que quelqu'un m'a donné, je ne sais pas. Ce numéro de téléphone, il vous a menés jusqu'à moi ?

– Il ne nous a menés nulle part. C'est sans doute celui d'un appareil prépayé. Jetable. Pas d'abonnement, pas d'identification de son propriétaire.

– Et voilà, dit Tanner. Les merveilles de la technologie moderne.

– Sauf que la carte porte vos empreintes.

– Et moi je vous dis que quelqu'un a dû me la donner dans la rue, cette carte, et que je l'ai jetée. Les Témoins de Jéhovah ou je ne sais qui. Qu'est-ce que vous voulez faire ? Me mettre en taule pour pollution sur la voie publique ?

– Inspecteur Banks, enchaîna Cassandra Wakefield, avez-vous autre chose que cet indice remarquablement anecdotique pour retenir mon client contre sa volonté ?

– Je pense que lorsqu'une jeune femme nous relate les événements que Mme Preston nous a relatés, et nous apporte les pièces à conviction qu'elle nous a apportées – je veux parler du portrait-robot, de son doigt brisé, des empreintes digitales et de l'identification VIPER –, nous sommes bien au-delà de l'anecdotique. Ce sont des éléments à prendre très au sérieux, au contraire.

L'avocate regarda sa montre.

– À votre guise. Mais avançons, s'il vous plaît. J'ai des rendez-vous.

– Je ne vous retiens pas, dit Banks. Lundi soir, Ronald, où étiez-vous ?

– Chez moi, je suppose. Cette semaine je ne suis pas beaucoup sorti. Le mauvais temps, vous savez. Pas bon pour mes rhumatismes.

– Quelqu'un pour confirmer cela ?

– Je ne suis pas marié, si c'est ce que vous voulez savoir.

Tanner n'avait pas d'alibi. Banks savait cependant que la plupart des alibis ne tenaient qu'à un fil – sauf si une tierce personne, recours bien pratique pour le suspect, confirmait son alibi par un mensonge. Tanner aurait pu tout aussi bien raconter qu'il était parti en balade à travers la lande, et à moins qu'il n'ait été vu ailleurs cette affirmation aurait été tout aussi difficile à contester. Manque de pot pour Banks, il n'avait que le témoignage d'Alex Preston. Non qu'il doutât un seul instant de sa parole, mais celle-ci risquait de ne pas suffire face à des manipulateurs experts comme Tanner et Me Wakefield. Des policiers en tenue étaient en train de mener une enquête de voisinage dans la cité d'Alex Preston, mais il n'en attendait pas grand-chose. Les habitants de l'East Side Estate n'avaient pas la réputation d'être très enclins à aider les forces de l'ordre.

– Avez-vous un emploi, en ce moment ?

– Non.

– De quoi vivez-vous, alors ?

– Du chômage et des allocations. J'y ai droit.

– Connaissez-vous un jeune homme qui s'appelait Morgan Spencer ?

– Peux pas dire que ce nom me soit familier. *S'appelait* ? Il est mort, ou quoi ?

Tanner mentait. L'intonation de sa voix avait changé. Cassandra Wakefield s'en rendit compte, elle aussi, mais elle fit de son mieux pour rester impassible.

– Oui, il est mort. Assassiné. Vous êtes-vous rendu au camp de caravanes Riverview, ou dans ses environs, lundi soir ?

– Pourquoi je me serais rendu là-bas ?

– Pour incendier la caravane de Morgan Spencer après l'avoir fouillée pour vous assurer qu'elle ne contenait rien qui risque de vous incriminer, vous et vos complices.

– Incriminer ? Quels complices ? De quoi vous parlez ?

– Et Caleb Ross ?

Tanner eut l'air juste assez surpris, à cet instant, pour que Banks ait la certitude qu'il connaissait Caleb Ross. Mais il répliqua :

– C'est qui, ça ? Drôle de prénom, Caleb. M'en souviendrais.

– M. Ross était chauffeur pour l'entreprise Vaughn's ABP. Il est décédé, lui aussi.

– Assassiné ?

– Nous n'en sommes pas certains. Dans quelle branche travailliez-vous avant d'être au chômage ?

– Je suis mécanicien automobile. J'ai la formation, l'expérience, le savoir-faire. Mais ça n'a plus d'importance, ces trucs-là, aujourd'hui qu'ils peuvent embaucher un gars moitié plus jeune que moi, moitié moins expérimenté, et le payer moitié moins cher. Alors ces dernières années j'ai surtout travaillé pour des boîtes de nuit.

– Comme videur ?

– Encadrement de la clientèle, limitation des nuisances sonores pour le voisinage, etc.

– Bizarre que vous soyez mécanicien, tout de même. Caleb Ross est justement mort dans un accident de la circulation.

– Les routes sont dangereuses en cette saison.

– Avez-vous jamais travaillé dans un abattoir ?

– Vous plaisantez ! Moi, dans ce genre d'endroit ? Déjà, je ne supporterais pas la puanteur.

– Tuer des animaux, par contre, ça ne serait pas un problème ?

Tanner se contenta de hausser les épaules.

– Possédez-vous un pistolet d'abattage à projectile captif ?

– Et c'est quoi, ça, encore ?

– Une vilaine petite arme. Une sorte de pistolet très particulier qui est utilisé dans les abattoirs pour étourdir ou tuer les animaux. Fatal pour les êtres humains.

– Ça me paraît cruel, votre truc. Non, je ne possède pas de pistolet machin-chose. Mais vous le savez déjà, puisque vous avez fouillé chez moi.

– Vous pourriez l'avoir caché quelque part. Avez-vous un box de stockage ?

– Pourquoi j'aurais un box de stockage ? J'ai un garage, chez moi, que je n'utilise même pas.

– Vous droguez-vous ?

– Je fume et il m'arrive de boire de l'alcool, pour mon malheur.

– Vous vous y connaissez en tracteurs ?

– J'ai travaillé sur un certain nombre de tracteurs, oui, autrefois. Ça tombe sous le sens, quand on est mécanicien dans une ville proche de la campagne.

– Où étiez-vous samedi soir ?

– Toute la soirée ?

– Oui.

– Je suis allé au pub. Comme je le fais en général le samedi. Ensuite je suppose que je suis rentré chez moi pour m'écrouler devant la télé. Et dodo.

Encore un alibi bien mince, mais sans doute imparable. Même si les clients du pub ne se souvenaient pas d'avoir vu Tanner, cela ne signifierait pas grand-chose. D'une part les soirées se ressemblaient toutes, dans ce genre d'établissement, d'autre part il était connu que la plupart des gens, quand on les interrogeait sur leurs activités des derniers jours, n'en avaient souvent que des souvenirs assez flous. Tanner se montrait très adroit ; il savait qu'il avait intérêt à ne pas livrer des réponses trop recherchées. Les alibis sophistiqués sont les plus faciles à faire tomber.

– Et dimanche matin ?

– Le dimanche matin, moi, c'est grasse matinée. Je me prépare le thé et je lis le *Sport* et le *Mail*. Tout le dimanche, d'ailleurs, je ne fais pas grand-chose. Des fois je vais au pub, à l'heure du déjeuner, pour boire une ou deux chopes et jouer un moment aux fléchettes. Me payer une tranche de rôti avec du Yorkshire pudding, aussi, si j'en ai les moyens.

– Vous êtes certain de ne pas être sorti dimanche dernier ?

– Je ne crois pas. Pour aller où ?

– À l'aérodrome désaffecté qui se trouve à côté de Drewick.

– M'en souviendrais.

– Vous connaissez cet endroit ?

– Je suis passé à côté en train.

– Vous y trouviez-vous dimanche matin vers neuf heures et demie ?

– Pour quelle raison serais-je allé là-bas ?

Tanner tenait le rythme, mais il commençait à s'inquiéter. C'était visible. Son cerveau carburait pour lui éviter un faux pas. Le bonhomme n'avait manifestement pas soupçonné, avant l'audition, que la police l'avait déjà associé à l'aérodrome et au meurtre de Morgan Spencer. Banks devait maintenant le pousser dans ses retranchements.

– Pour la raison que vous voulez, Ronald. Nos experts ont trouvé une empreinte digitale, dans le hangar qui se trouve là-bas, qui ressemble bien à la v…

– Inspecteur Banks, l'interrompit Cassandra Wakefield. J'aimerais savoir où vous voulez en venir. Et au préalable, je veux des précisions sur cette empreinte digitale. Elle n'apparaît pas dans mes notes. Si c'est celle de M. Tanner, pourquoi n'en ai-je pas été informée ? Et dans le cas contraire, pourquoi en parler ?

– Je n'ai été prévenu de son existence qu'une minute avant d'entrer dans cette salle, dit Banks. Et il ne s'agit que d'une empreinte partielle, sans doute insuffisante pour l'attribuer de façon catégorique à M. Tanner, mais…

– En ce cas, inspecteur, je crois que nous n'en tiendrons pas compte. Poursuivez.

– … mais nos experts sont encore au travail dans le hangar.

– Je continue de penser que vous tirez à l'aveuglette. Passons à autre chose.

Banks remit de l'ordre dans ses documents, sur la table, pour se donner le temps de formuler ce qu'il voulait dire.

– Nous pensons que le hangar de l'aérodrome de Drewick a été utilisé comme point de transfert par une organisation qui vole du matériel de ferme et l'envoie à l'étranger pour le revendre. Peut-être aussi des animaux d'élevage, qui sont eux dépecés et taillés dans certains abattoirs illégaux de la région.

Banks savait qu'il était un peu imprudent de livrer toutes ces informations, surtout devant quelqu'un comme Cassandra Wakefield, mais il avait besoin d'une percée.

– Vous pourchassez des voleurs de moutons, c'est ça ? dit Tanner, l'air amusé. Comme les cow-boys du Far West ?

– Plus important encore, peut-être, un homme a été assassiné dans ce hangar, continua Banks. J'ai déjà cité son nom. Morgan Spencer.

– Ouais, et moi je vous ai dit que je ne le connais pas. *Connaissais* pas. Jamais je n'ai connu de mecs qui s'appelaient Morgan ou Caleb. Et je ne possède pas de pistolet. Pas même un de ces pistolets d'abattage qui ont l'air de tant vous exciter.

Les agents qui fouillaient le domicile de Tanner à Darlington, en effet, n'avaient pas trouvé de pistolet d'abattage – en tout cas pas pour le moment. Par contre ils avaient découvert une cache contenant plusieurs couteaux de chasse et à cran d'arrêt, des poings américains, une matraque et une arbalète. Si Tanner avait utilisé le pistolet d'abattage sur Spencer, il avait sans doute pris la sage décision de s'en débarrasser ensuite. D'un autre côté c'était une arme redoutable, coûteuse et surtout assez rare : il aurait été tout aussi logique que Tanner essaie de la conserver.

Comme si elle avait lu dans ses pensées, Cassandra Wakefield dit :

– Cette conversation ne nous conduit nulle part, inspecteur Banks. Votre perquisition au domicile de mon client, je pense, n'a fait apparaître aucun pistolet d'aucune sorte. Je me trompe ?

– Pas encore.

L'un des sourcils parfaitement taillés de l'avocate se dressa en accent circonflexe. Elle commença à rassembler ses papiers.

– C'est comme cette empreinte digitale qui n'est pas vraiment la sienne, mais pourrait peut-être lui appartenir ? dit-elle en se mettant debout. En ce cas, je suggère que nous interrompions cette audition et revoyions la situation de mon client plus tard. D'après les résultats de la perquisition à son domicile, et nonobstant cette empreinte digitale trouvée dans le hangar désaffecté, tel que je vois les choses vous n'avez rien pour faire inculper mon client. D'ailleurs, je me demande un peu de quoi, au juste, vous voudriez accuser M. Tanner. D'avoir menacé cette pauvre femme ? D'avoir assassiné Morgan Spencer et Caleb Ross ? D'avoir volé du bétail ? De quoi s'agit-il, à la fin ?

– Nous verrons cela plus tard, maître Wakefield, répliqua Banks. Avec le ministère public. Et il pourrait aussi y avoir la détention d'armes illégales.

Cassandra Wakefield lui offrit un sourire presque tendre, qui retroussa joliment ses lèvres charnues.

– Oui, bien sûr. Mais d'ici là…

– J'ai encore deux ou trois questions à poser à votre client. Je serai bref.

Une expression soucieuse apparut sur le visage de Tanner.

– Avez-vous jamais entendu parler d'un homme d'affaires qui se fait appeler Montague Havers ? lui demanda Banks.

– Dites donc, fit Tanner, plissant les yeux. Vous nous sortez de ces noms, vous, aujourd'hui…

– Son vrai nom c'est Malcolm Hackett.

– Et désolé, il ne me dit rien du tout.

– Et John Beddoes ?

– Hmm… C'est pas le type qui s'est fait piquer son tracteur, lui ?

– En effet. Le connaissez-vous ?

– Uniquement à travers ce que j'ai lu à son sujet dans le journal.

– Pourquoi cherchez-vous Michael Lane ?

– Hein ? C'est qui, ça ?

– Qui vous a donné l'ordre de retrouver Michael Lane ?

– Je ne sais pas de quoi vous parlez.

– Quand vous êtes allé chez Alex Preston, pourquoi lui avez-vous demandé où se trouvait Michael Lane ?

– Je vous ai déjà dit que je ne suis pas allé chez cette femme. Je ne la connais pas.

– Est-ce parce que Lane a été témoin de quelque chose, dimanche matin, au hangar ?

– Là vous me larguez complètement.

– Moi aussi, je suis perdue, dit Cassandra Wakefield. Et je crois que nous allons en rester là.

– Audition interrompue à dix heures cinq, dit Banks.

Tanner était ébranlé, c'était clair. Heureusement il allait mariner en cellule encore plusieurs heures, pendant que l'équipe essaierait de dénicher d'autres indices susceptibles de le faire couler.

Cassandra Wakefield ouvrit la porte. Elle semblait pressée de quitter la salle.

Mais Ronald Tanner se leva sans hâte et dit :

– Inspecteur Banks, je suis sûr que tout s'éclaircira très vite. D'ici là, ayez l'obligeance de passer le bonjour à Mme Preston. Dites-lui que je suis désolé qu'elle ait cru nécessaire de se donner tant de mal à cause d'une simple bêtise. Et j'espère que son petit bonhomme se porte bien.

Cassandra Wakefield fit volte-face, l'air catastrophé, et agrippa son client par le bras. Un agent l'attendait dans le couloir pour le raccompagner à sa cellule de détention provisoire.

Gerry Masterson regardait Banks bouche bée.

– Je me trompe, patron, ou il vient de se passer un truc, là ?

– Oui, répondit-il avec le sourire. Vous ne vous trompez pas et c'est parfait pour nous. Mais nous n'avons pas de temps à perdre. Nos vingt-quatre heures auront vite filé. Il faut que nous trouvions de quelle façon Morgan Spencer et Caleb Ross sont liés à Ronald Tanner. Et ça nous aiderait bien de mettre la main sur Michael Lane. Vous, Gerry, vous pourriez peut-être aussi chercher du côté des complices connus de Tanner…

– Et Alex Preston ? On fait quoi, pour elle ?

– Il va falloir renforcer les mesures de sécurité. Je vais en toucher deux mots à Annie et à la commissaire Gervaise. Maintenant que Tanner sait qu'elle nous l'a donné, Alex Preston est encore plus en danger. D'autant qu'il ne travaille manifestement pas seul.

– Ça ne me plaît pas, dit Annie. Ça ne me plaît pas du tout.

Banks, Annie et Gerry Masterson avaient décidé de déjeuner ensemble, de bonne heure, au Queen's Arms. Banks abandonna quelques instants son sandwich au bacon pour répondre :

– Je suis désolé. Mais ce qui est fait est fait. Et tu sais aussi bien que moi qu'il fallait en passer par là.

– Mais c'est moi qui l'ai convaincue de tout nous dire ! C'est moi qui ai convoqué le portraitiste et donné la carte à Vic Manson.

– Encore une fois tu n'as rien à te reprocher, Annie. Tu as fait ton travail, voilà, et tu l'as très bien fait. Alex Preston a décidé comme une grande de nous informer de la visite de Tanner, alors même qu'il l'avait menacée de représailles si elle parlait.

– S'il lui arrive quoi que ce soit, ou au petit Ian, je ne m'en remettrai jamais, dit Annie, secouant la tête.

– Il ne leur arrivera rien.

– Tu ne peux pas le garantir, Alan. À moins de les enfermer tous les deux dans une cellule. Et même là…

– Non ! Cesse d'imaginer le pire, l'interrompit Banks d'un ton ferme. Pour le moment, c'est Tanner qui est en cellule.

– Oui, mais tu sais aussi bien que moi que ça ne va pas durer. Cette bombasse d'avocate, tu vas voir qu'elle le fera mettre en liberté dès que les vingt-quatre heures seront expirées. Et là, tu feras quoi pour Alex et Ian ? Tu nous sortiras un programme de protection des témoins de ton chapeau ? Nous n'en avons pas, je te rappelle.

– Je suis sûr qu'il serait possible de mettre quelque chose en place, si nécessaire, mais ce n'est pas la question pour le moment.

– Tu veux dire que tu refuses de bouger le petit doigt tant que tu n'as pas fait sortir les complices de Tanner de leur trou. Tu te sers d'Alex et d'Ian pour les appâter !

– Vous êtes un peu injuste, là, quand même, dit Gerry.

Annie la fusilla du regard et s'adressa à Banks :

– C'est vrai, non ? Et c'est ce qui explique que tu aies fait l'audition avec Gerry et pas avec moi. Tu avais peur que je m'énerve. Ces malfrats font tout ce qu'il faut pour brouiller les pistes, et plus nous les cernons, plus les personnes qui sont à la périphérie de l'affaire sont en danger. N'oublie pas qu'ils se sont déjà débarrassés de Spencer, et peut-être de Ross. Ils en ont après Michael Lane, qu'ils ont peut-être déjà attrapé, et maintenant ils en veulent aussi à Alex et à Ian.

– Ils veulent Michael Lane, dit Banks. Pas Alex ou son fils, non.

– Peut-être, mais ils peuvent se servir d'eux pour parvenir à leurs fins. Et nous avons déjà vu le respect qu'ils ont pour la vie humaine. Je n'oublie pas le spectacle des cadavres de Caleb Ross et de Morgan Spencer au fond du ravin.

– Moi non plus, Annie. Mais tout a commencé avec Spencer. Autant que nous sachions, il n'a pas été tué parce qu'un gang voulait se débarrasser de lui, ou bien parce qu'on voulait lui soutirer des informations. Nous ignorons, en fait, pourquoi il a été assassiné. Par contre je pense que Michael Lane le sait. Dans son cas le mobile du meurtre serait différent. Et pour ce qui est des choses dont nous sommes absolument certains, il n'y a guère que le meurtre de Spencer. Nous pouvons supposer que la camionnette de Caleb Ross a été sabotée, mais nous n'avons aucune preuve en ce sens. Les techniciens ont réussi à en ramener les morceaux au garage, et ils travaillent toujours dessus, mais tant qu'ils ne nous apportent pas des éléments très concrets pour penser que ce véhicule a été bidouillé dans le but de tuer Ross, nous n'enquêtons que sur un seul meurtre. Celui de Morgan Spencer.

– Hmm, fit Annie d'un air grognon. Merci. Avec ça je me sens beaucoup mieux.

Gerry, qui avait presque terminé son panier de nuggets de poulet, les regarda tour à tour, puis dit :

– Aussitôt après le repas, je me remets à l'ordinateur. Nous avons tout un tas de noms à exploiter. Du côté de Venture Property Developments, pour commencer…

– Ah bon ? dit Annie. Qu'est-ce qui vous fait penser ça ?

– Quand on gère un projet de centre commercial, on est bien placé pour connaître l'état d'avancement des négociations et, surtout, la situation au jour le jour sur le terrain. Et ça m'étonnerait que l'aérodrome ait été choisi au hasard.

– C'est juste, convint Annie à contrecœur. Je reconnais que cette boîte, Venture, me fait une impression bizarre.

Banks rit.

– Moi, tous les promoteurs immobiliers me font une impression bizarre. Mais ça ne fait pas forcément d'eux des assassins.

– Je ne pensais pas au meurtre, dit Gerry en repoussant une boucle rebelle de cheveux roux derrière son oreille. Ces gens cherchent juste, sans doute, à faire des affaires. Je ne dis pas que Venture est impliquée dans la mort de Spencer. Mais leurs listes pourraient faire apparaître certaines connexions...

– Avez-vous trouvé quelque chose sur ce nom que je vous ai donné hier ? Montague Havers ?

– Ah oui, à propos ! Ça m'a pris une plombe et il m'a fallu une ou deux manips peut-être pas tout à fait légales, mais j'ai trouvé quelque chose.

– Il est associé à Venture ?

– Exactement.

– Pourquoi vous ne l'avez pas dit plus tôt ?

Gerry rougit.

– J'ai trouvé ça juste avant que nous ne sortions déjeuner, patron.

– OK. On vous écoute.

– Cette piste ne nous mènera peut-être nulle part...

– Mais Havers est l'un des investisseurs du centre commercial, l'interrompit Banks. C'est ça ?

– Voilà. Mais de façon indirecte, et c'est la raison pour laquelle j'ai mis du temps à trouver le lien. Pour résumer, il est partie prenante d'une société baptisée Retail Perfection Ltd., ou plus précisément d'une division de cette société – d'une société dans la société, si vous...

– Vous m'avez déjà largué, Gerry.

– La haute finance et les magouilles du monde des affaires, vous savez, ce n'est pas vraiment mon domaine non plus. Mais voilà : Havers est au conseil d'administration, en tant qu'actionnaire majoritaire, d'une société affiliée à Retail Perfection Ltd. Et Retail Perfection donne dans l'acquisition et le développement de projets immobiliers. Le truc de Havers, de manière générale, c'est la finance internationale, mais il a des intérêts dans pas mal de crémeries, si je puis dire.

– Ah ! fit Banks. Le voilà, le lien que nous cherchions !

– Oui, c'est possible. Mais il y a beaucoup d'autres investisseurs...

– Peu importe. Joanna MacDonald m'a parlé de ce type, Montague Havers, comme faisant partie des individus qu'ils surveillent dans le cadre de l'opération Hawk. Apparemment il est futé, carrément retors, et ils n'ont pas encore réussi à le coincer. Il est très prudent, de toute évidence, et il fait en sorte de ne jamais toucher à ce qui risque de le relier aux vols en milieu rural et au transit des marchandises. Mais s'il compte parmi les investisseurs du centre commercial de Drewick, il doit savoir que le hangar, en attendant le début des travaux, constitue un lieu de stockage temporaire idéal. Et il lui suffit d'avoir connaissance de cette information et de la *transmettre.* Il n'a pas besoin d'organiser quoi que ce soit par lui-même, ou de mettre les mains dans le cambouis. C'est parfait ! Bravo, Gerry, c'est une découverte géniale.

– Attends une seconde, dit Annie. Gerry t'a rappelé qu'il y a beaucoup d'autres investisseurs dans le projet de Drewick. Tu les mets de côté comme ça, et on les oublie ? Tu ne crois pas qu'il faudrait se pencher sur chacun d'eux ?

– Si, ce serait bien, évidemment. Mais je vote pour que Montague Havers soit notre première et principale cible. C'est coup double, là, tu vois. Il a investi dans le projet de développement de l'aérodrome et il est sur la liste de surveillance de l'opération Hawk de Joanna MacDonald. De plus, il est venu dans la région, en voiture, dimanche après-midi. Quelques heures après que Morgan Spencer a été tué, sans doute, dans le hangar.

– Oui, je suppose que ça se tient. Que comptes-tu faire, alors ?

– Lui rendre visite. Je prévoyais d'aller à Londres, de toute façon, mais maintenant j'ai des cartouches supplémentaires. Grâce à Gerry.

L'intéressée rougit de nouveau – de fierté cette fois.

Annie retrouva son air maussade pour dire :

– Et pendant ce temps, Alex et Ian doivent attendre de se faire tuer ou enlever…

– Ne dis pas n'importe quoi, tu veux ? Ils sont surveillés. Ils ne risquent rien.

– Tu parles.

Gerry se mit debout.

– Si ça ne vous ennuie pas je retourne à la salle des enquêteurs, d'accord ? J'ai les recherches sur Venture, et aussi une belle liste d'abattoirs à passer en revue.

– Absolument, dit Banks. Dénichez tout ce que vous pouvez sur Montague Havers.

Gerry s'éloigna. Annie et Banks la suivirent du regard.

– Elle a bien progressé, dit Annie.

– C'est vrai.

– Mais elle est encore un peu sensible, tout de même.

Banks sourit.

– Et toi tu es encore un peu acrimonieuse.

– Acri-quoi ? Je ne suis pas sûre de comprendre, mais ne t'inquiète pas pour moi. J'y travaille.

Banks posa une main sur la sienne.

– Je sais. Et crois-moi, je tiens compte de ton inquiétude pour Alex et Ian. Nous allons faire le maximum pour qu'ils soient en sécurité et sortent indemnes de cette histoire.

– Mais combien de temps réussirons-nous à les protéger ?

Annie abattit son poing sur la table. Les verres vacillèrent. Plusieurs têtes, aux tables voisines, se tournèrent vers eux.

– Je me sens responsable, bon sang, marmonna-t-elle.

– Nous les protégerons le temps qu'il faudra. Mais je te le répète, ces gens ne s'intéressent pas à Alex. Oui, ils l'ont menacée, mais c'était juste pour obtenir quelque chose. Dès que ce quelque chose n'aura plus d'importance, Alex n'aura plus d'importance non plus à leurs yeux. Par contre, nous devons faire davantage pour trouver Michael Lane.

– Pourquoi n'avoir pas simplement éliminé Alex, alors ?

– Je crois que nous sommes face à des hommes d'affaires. Le meurtre, ça ne les arrange pas. Ils n'ont pas de raison de s'engager sur cette voie. Regarde Spencer. Nous ignorons encore pourquoi ils l'ont tué, mais ce n'était sûrement pas pour faire un exemple ou pour atteindre quelqu'un d'autre. Mince, quoi, ils espéraient que son cadavre finirait à l'incinérateur ! Jusqu'à maintenant, en fait, je crois que nous n'avons vu que le menu fretin. Des gens comme Tanner, Ross, Spencer, Lane – et l'inconnu, peut-être, qui a manipulé le pistolet d'abattage. Mais derrière, il y a quelqu'un qui mène la barque. Quelqu'un qui donne les ordres et qui est obéi. Quelqu'un qui réfléchit et planifie. C'est ce quelqu'un que nous devons trouver. Voilà pourquoi je vais rendre visite à Montague Havers.

– Je ne pense pas qu'il faille compter Michael Lane dans le menu fretin.

– Peut-être pas. Mais c'est une des questions auxquelles nous devons justement répondre, n'est-ce pas ? Dans quelle mesure est-il impliqué ? Et n'oublie pas qu'il attire tous les regards sur lui. Ces gens veulent l'attraper et nous, nous devons le retrouver avant eux. À ce moment-là Alex Preston n'aura plus d'importance.

– Sauf s'ils sont du genre vengeur, persista Annie.

Banks s'excusa ; son téléphone sonnait. La conversation fut brève ; il rempocha l'appareil le sourire aux lèvres.

– Bon ! Un petit pas en avant. On a retrouvé la voiture de Michael Lane. Une virée au bord de la mer, ça te branche ?

Durant la saison estivale Scarborough est une destination touristique charmante, très appréciée des vacanciers. Un promontoire au sommet duquel les ruines d'un château médiéval dominent la mer du Nord divise la ville en deux secteurs : il y a d'un côté South Bay avec sa longue promenade bordée de salles de jeux d'arcade, de pubs, de casinos et de restaurants de fish and chips, de l'autre North Bay avec ses résidences de vacances, son parcours de golf et son jardin japonais, Peasholm Park.

Mais au mois de mars, quand le temps est glacial et venteux, les habitants de Scarborough le reconnaîtraient eux-mêmes, leur ville n'est pas un endroit où l'on a envie de s'attarder. Entourant la base du promontoire, la chaussée à double sens de circulation de Marine Drive fait le lien entre les deux parties de la ville. Les jours de mauvais temps elle est souvent submergée par les vagues – des vagues censées s'écraser sur la digue qui la borde sur toute sa longueur –, tandis que des panneaux, au pied de la falaise, rappellent aux piétons et aux automobilistes qu'il y a danger de chute de pierres du promontoire. Malheureusement pour Banks et Annie, la voiture de Michael Lane avait été trouvée sur une place de stationnement payante proche du poste des garde-côtes installé dans la Toll House : une tour médiévale digne d'un conte de fées, au bord de Marine Drive, qui avait pour toit une sorte de chapeau pointu de sorcière en tuiles rouges surmonté par une girouette. Mais c'était bien le genre de journée où l'on n'avait pas besoin d'une girouette pour savoir d'où le vent soufflait. Il venait droit de la mer du Nord, frigorifiant et humide, et les embruns qu'il apportait jusque sur la chaussée trempaient tout et tout le monde.

À l'arrivée de Banks et d'Annie en début d'après-midi, la police de Scarborough avait déjà délimité un périmètre de sécurité autour de la Peugeot grise. Ronald Tanner, à Eastvale, méditait toujours dans sa cellule, tandis que Gerry Masterson s'activait sur l'ordinateur avec ses listes de noms et d'abattoirs.

Ils descendirent de voiture et se débattirent avec leurs imperméables que le vent furieux semblait déterminé à les empêcher de boutonner, sinon à leur arracher.

– Belle journée pour venir sur la côte, inspecteur, dit l'un des hommes en tenue qui les attendaient, un brigadier, d'un ton enjoué. C'est drôle, non, comme les gens imaginent qu'on est perpétuellement en vacances quand on est en poste à Scarborough ?

– En effet, dit Banks.

Aucune chance, bien sûr, d'ouvrir un parapluie et de le garder au-dessus de la tête. Les embruns lui fouettaient le visage ; il en sentait le goût salé sur ses lèvres. Ce temps hivernal avait quelque chose de vivifiant pendant trente secondes, puis il se révélait pour ce qu'il était : froid, désagréable, franchement casse-couilles.

– Bon, fit-il. Qu'est-ce que vous pouvez nous dire, alors ?

Le brigadier, qui s'appelait Martin Mills, les entraîna à l'avant de la vieille Peugeot pour leur montrer un ticket de stationnement, bien en vue derrière le pare-brise, qui indiquait une date, celle de mardi, et une heure de fin de stationnement autorisée, dix-huit heures quatorze. Lane avait payé pour trois heures de stationnement ; il s'était donc garé ici à quinze heures quatorze, mardi, le surlendemain de sa « disparition ». Comme il avait payé jusqu'au-delà de dix-huit heures, moment auquel le stationnement devenait gratuit, la voiture avait pu rester à cette place sans être en infraction jusqu'à huit heures le mercredi matin. En saison, elle aurait alors été embarquée sans délai par la fourrière. Mais à cette période de l'année, et par ce temps, elle ne s'était attiré qu'une simple contravention mercredi après-midi. Jusqu'à ce qu'un contractuel peut-être plus aventureux, ce jeudi, ne devienne méfiant. En tout état de cause la voiture était ici depuis un jour et demi et Michael Lane, lui, pouvait être au diable vauvert.

Banks essaya d'ouvrir la portière du conducteur. Verrouillée. Il voulait savoir si la voiture contenait un indice quelconque susceptible de les éclairer sur les déplacements de Lane.

– Pensez-vous qu'il y aurait moyen d'ouvrir ce véhicule ? demanda-t-il à Mills.

Le bruit du vent et des vagues qui s'abattaient sur la digue était tel qu'ils devaient presque hurler pour s'entendre.

Le brigadier tira une clé de sa poche.

– Je me suis douté que vous me poseriez cette question et je n'avais pas vraiment de raison de rester ici les bras croisés, sous la pluie, en attendant votre venue. C'est une vieille automobile. Les serrures ne sont pas sophistiquées comme celles d'aujourd'hui. Elle n'a même pas de système d'alarme. Nous avons aussi vérifié le réservoir d'essence avec une jauge, à propos. Il est vide. Enfin bon, le garage m'a assuré que cette clé devrait faire l'affaire.

– Excellent. Merci, dit Banks. On peut supposer, donc, qu'il s'est retrouvé à sec et n'avait plus d'argent pour s'arrêter dans une station-service…

– Pas étonnant quand on voit le prix de l'essence aujourd'hui, dit Annie. Et d'après Alex, en effet, il n'avait pas beaucoup d'argent sur lui. Mais tu ne trouves pas ça un peu étrange ?

Banks et Mills la dévisagèrent d'un air étonné.

– Quoi donc ?

Elle désigna l'angle du pare-brise.

– Il est en fuite, il abandonne sa voiture parce qu'il n'a plus d'essence et pas de quoi remplir le réservoir, mais il se donne la peine de payer pour le stationnement et de mettre le ticket bien où il faut ?

– Les gens font des trucs autrement étranges, quand ils sont troublés ou sous pression.

– D'accord. Mais ils peuvent aussi se comporter comme ils se comportent d'habitude. Tu ne crois pas que ça, c'est le geste d'un honnête homme ?

– Je t'accorde que c'est un peu bizarre. C'était qui, déjà, ce célèbre meurtrier qui s'est fait avoir à cause d'un PV à la con ?

– Le Fils de Sam, répondit Mills. Il a été capturé parce qu'il s'était attiré une contravention pour stationnement interdit. Même les tueurs en série ne paient pas pour se garer.

– Mais notre Michael Lane a payé, lui, souligna Annie. Je continue de trouver ça étrange.

– On regarde à l'intérieur ? proposa Banks.

Annie sortit une paire de gants en latex de sa poche. Mills ouvrit la portière conducteur.

– Et voilà le travail.

– Je m'occupe de l'avant, tu prends l'arrière, dit Banks à Annie.

Ils entrèrent dans la voiture et commencèrent à la fouiller. L'habitacle était paisible – un vrai refuge, à vrai dire – et ils apprécièrent tous deux d'échapper un moment au vent et aux embruns. Pas d'odeur particulière à l'intérieur. Ni les sièges ni les tapis de sol n'étaient jonchés d'emballages de friandises ou de vieux journaux. La boîte à gants ne livra qu'un manuel d'utilisation écorné, plusieurs tickets de station-service et un paquet de chewing-gums. Il y avait un support de téléphone portable ventousé au pare-brise, mais sans appareil dedans. Pas de GPS, hélas, qui aurait été bien utile pour retrouver l'historique des pérégrinations de Lane. Pas d'atlas routier, non plus, ouvert sur une page particulière. Entre les sièges avant, une boîte de mouchoirs en papier et des CD : Vampire Weekend, Manic Street Preachers, White Denim. Banks glissa les mains sur les côtés des fauteuils, et dessous. Il en revint avec une frite desséchée – une de ces longues frites maigrichonnes de McDonald's – et un gobelet à café écrasé de la même enseigne.

– Tu as quelque chose, derrière ? demanda-t-il à Annie.

– Deux pièces de vingt pence dans la rainure de la banquette. Un emballage de Mars. Le *Beano* du mois dernier, ajouta-t-elle en montrant à Banks le magazine pour enfants. Pas de doute, Ian circule dans cette automobile. Rien d'autre.

– OK. On verrouille la voiture et on la fait envoyer à nos gars, voir s'ils peuvent la faire parler. J'aimerais que Vic Manson l'examine aussi. Des empreintes digitales, ce serait bien. Surtout pour savoir si d'autres personnes que Michael, Alex et Ian sont récemment montées dans cette voiture.

– Il faudra relever les empreintes d'Ian, en ce cas, pour les exclure des résultats.

– Il sera ravi, dit Banks. Moi, en tout cas, je suis sûr que j'aurais adoré ça quand j'étais gamin. Tu sais qu'une année, à Noël, j'ai eu un kit du détective avec tout ce qu'il fallait pour l'analyse des empreintes digitales ? J'ai relevé les empreintes de tous les gens que je connaissais. Même le facteur.

Annie haussa les sourcils.

– Tiens donc. Pourquoi ça ne m'étonne pas ?

– Ne te moque pas, très chère. Mon boulot a été bien utile, un peu plus tard, quand ce type a été arrêté pour recel de marchandises volées.

– Noooon ! J'y crois...

Elle s'interrompit quand Banks pointa un doigt vers elle en éclatant de rire.

– Je t'ai eue.

Une bourrasque furieuse, gorgée d'embruns salés, les frigorifia quand ils sortirent du véhicule. Banks fit la grimace. Ce froid humide le pénétrait jusqu'aux os et lui donnait un avant-goût des douleurs qu'il ressentirait régulièrement dans quelques années. Après avoir verrouillé la voiture, Mills suggéra qu'ils trouvent refuge dans un salon de thé situé de l'autre côté de la rue. Il proposa même de les inviter.

Lorsqu'ils furent assis, bien au chaud, devant leurs tasses, Banks dégagea une ouverture dans la buée de la vitrine, avec le plat de la main, pour contempler la mer du Nord, grise et morose, qui semblait enfler au large. Son esprit se perdit sur l'horizon presque imperceptible, là où la mer rencontrait le ciel, et il revint brutalement au présent quand il se rendit compte qu'Annie lui posait une question :

– D'après toi il est passé où, alors ?

– Eh ben… Il s'est garé ici mardi après quinze heures, et il a téléphoné à Alex, d'un appareil à pièces qui se trouve à York, mardi soir. À York, tu peux prendre le train pour n'importe quelle destination. Il y a même des correspondances pour l'Eurostar ! À l'heure qu'il est il pourrait être sur la Côte d'Azur.

– Souviens-toi qu'il n'a pas d'argent. Et s'il avait utilisé ses cartes bancaires, nous le saurions. En plus il n'a pas son passeport avec lui.

– Bon. Disons qu'il est encore en Angleterre. Quelque part. Ou bien il a peut-être décidé de décamper vers le nord et pris un train pour l'Écosse ?

– Mais que penses-tu de la voiture abandonnée, du réservoir vide ?

– Ce sont peut-être des leurres, pour brouiller les pistes. Nous supposons qu'il est parti de chez lui sans argent mais ce n'est pas une certitude, n'est-ce pas ? Nous fondons cette hypothèse sur la seule parole d'Alex Preston. Nous jouons beaucoup aux devinettes, aussi, quant à ses motivations. Mais c'est peut-être uniquement la trouille qui détermine ses actions. Michael Lane n'est-il qu'un gamin terrorisé, ou un criminel endurci en fuite ? Est-il fauché, ou a-t-il avec lui de l'argent dont Alex ignore l'existence ?

– Un pactole planqué, tu veux dire ?

– Pourquoi pas ? Surtout s'il était bel et bien mêlé à certaines activités illégales.

– Ça arrive, dit Mills. Les gens ne parlent pas toujours à leur conjoint de leurs finances. Surtout quand il s'agit d'argent liquide. Regardez ces types qui dépensent des fortunes en prostituées. Vous pensez qu'ils utilisent leurs cartes de crédit ?

– Aujourd'hui, sans doute que oui, dit Banks. Mais sur les tickets, les transactions passent pour des paiements de nettoyage à sec ou de repas d'affaires.

Mills rit.

– Sérieusement, reprit Annie. D'accord, supposons qu'il a de l'argent sur lui. D'où le tient-il ?

– Je peux lui imaginer trois, peut-être quatre façons de se l'être procuré. Primo, il était prêt à décamper et il a emporté des fonds à lui dont Alex ignorait l'existence. Secundo, il a pu toucher cet argent quand il a retrouvé Spencer. Nous ne savons pas ce qui s'est passé, sauf que quelqu'un essaie de lui mettre le grappin dessus depuis ce moment-là. C'était peut-être une rencontre pour partager les bénéfices d'une affaire criminelle, ou pour le paiement d'un boulot quelconque. Et ne pourrait-il pas être en fuite parce qu'il s'est tiré avec le pognon de quelqu'un ?

– Mais selon Alex, il a décampé parce qu'il a vu quelque chose, au hangar, qu'il n'aurait pas dû.

– Sauf que là encore, nous n'avons que le témoignage d'Alex. Laquelle répète ce que Michael lui a dit. Même si elle ne ment pas, nous ne savons pas si lui, il dit la vérité. N'oublie pas, aussi, que si Lane est de mèche avec des gens qui gèrent des itinéraires de contrebande à l'étranger, il pourrait ne pas avoir besoin de son passeport pour sortir du pays. S'ils ont été obligés, pour je ne sais quelle raison, de l'envoyer quelque part en Europe, ils se seront débrouillés. Et puis il n'irait sûrement pas parler à Alex d'un paquet d'argent qu'il aurait soit volé, soit reçu en paiement d'un délit.

– Quelles sont les troisième et quatrième possibilités ? demanda Mills.

– Il pourrait avoir piqué le fric depuis dimanche, ou quelqu'un pourrait lui en avoir donné.

– A-t-il des amis ici, à Scarborough ?

– Pas à notre connaissance.

– Il y a une autre possibilité que nous devrions examiner, je pense, pendant que nous sommes dans le coin, dit Annie.

– La mère de Lane ?

– Tout juste. Elle habite à Whitby qui n'est qu'à une trentaine de bornes d'ici. Il faut que nous allions lui parler.

Banks regarda Mills.

– Merci, brigadier. Désolé de vous avoir causé tant de tracas par une journée aussi affreuse. Des techniciens de chez nous seront bientôt ici pour récupérer la voiture.

– Vous ne pensez pas qu'il vaudrait mieux la laisser à sa place et la surveiller, au cas où il reviendrait ?

Banks réfléchit un moment.

– Chargez une voiture de patrouille de garder un œil dessus jusqu'à l'arrivée de nos hommes. Mais je ne pense pas qu'il reviendra. Ça fait déjà deux jours qu'il l'a abandonnée ici. Et cette voiture le trahit, il doit bien le savoir. Donc non, il ne reviendra pas la récupérer. Nous en apprendrons davantage en la faisant examiner par nos experts qu'en la laissant ici.

– C'est vous le patron. D'accord, nous la garderons au péril de nos vies jusqu'à l'arrivée des techniciens.

– Je n'irais pas jusque-là, dit Banks, souriant.

Il vida sa tasse d'un trait et ajouta à l'attention d'Annie :

– Allons-y. En route pour Whitby. Avec un peu de chance, nous aurons fini pour l'heure du dîner et nous pourrons nous offrir un fish and chips pour terminer cette journée en beauté.

11

L'après-midi était gris et humide lorsque Winsome quitta le commissariat au volant de sa voiture pour suivre l'itinéraire de Caleb Ross, à l'ouest d'Eastvale, et poser quelques questions dans les fermes où il était passé mardi.

À la sortie de Helmthorpe elle s'arrêta sur une aire de croisement de l'étroite route de campagne pour consulter sa carte Ordnance Survey. Grâce à sa pratique de la spéléologie et de la randonnée, elle connaissait assez bien le coin. Elle savait aussi lire les cartes topographiques, ce qui lui permettait de visualiser correctement le paysage représenté sur le papier sous forme de courbes de niveau, de lignes brisées et de symboles abscons. Comme elle l'avait supposé, la prochaine halte de Ross, près du hameau de Mortsett, se trouvait sur sa gauche, à mi-hauteur du flanc de la large vallée. Ensuite les fermes seraient moins nombreuses, et plus espacées les unes des autres, quand elle s'éloignerait de Helmthorpe et de Swainshead pour s'avancer vers les Pennines.

Depuis le début de son périple, elle n'avait entendu que des louanges sur Caleb Ross et ses méthodes de travail. Les listings des animaux morts, sur les documents conservés par les fermiers, étaient en outre identiques à ceux du document que lui avait fourni Neil Vaughn. A priori, Banks aurait pu confier cette mission à deux agents en tenue qui auraient sillonné la campagne dans une voiture de patrouille. Mais il avait fait comprendre à Winsome qu'ils avaient besoin, ici, de l'instinct d'un enquêteur expérimenté qui saurait interpréter certains signaux diffus. Donner voix à l'implicite. Elle essayait donc de creuser, ou de voir, sous la surface des choses, de repérer les indices qui auraient pu échapper à d'autres. Hélas sans résultat, pour le moment, et elle ne s'attendait pas à ce que les choses se passent différemment à la ferme à laquelle elle arrivait à présent. Ses bottes étaient déjà bien crottées et, pis encore, elle craignait de ne jamais réussir à se débarrasser de l'odeur de bouse qui semblait imprégner ses cheveux, ses vêtements, et jusqu'à sa peau, quand elle serait de retour chez elle et pourrait enfin passer sous la douche. L'exploitant, un certain Reg Padgett d'après la liste posée sur le siège à côté d'elle, travaillait dans sa cour. Il portait une veste de grosse toile, des bottes en caoutchouc, et il avait une casquette sur la tête. Elle le vit venir à sa rencontre pendant qu'elle arrêtait la voiture.

– Je sais qui vous êtes, dit-il d'un air réjoui lorsqu'elle lui présenta sa carte.

– Ah bon ? fit-elle, un peu intimidée. Ma réputation me précède, alors ?

– Et comment ! La reine du plaquage et du drop, c'est bien vous, non ? L'équipe d'Angleterre de rugby devrait vous engager.

– Je ne pense pas vraiment être qualifiée. Et ce n'était pas strictement un drop, vous savez.

Ils faisaient référence à la superbe prise qui avait permis à Winsome, un an et quelques plus tôt, de balancer un dealer de drogue de plus de cent cinquante kilos par-dessus le balcon d'un appartement du deuxième étage de l'East Side Estate.

– Les journaux ont complètement déformé cette histoire, précisa-t-elle.

– On s'en fiche, ma fille. L'important c'est que vous lui ayez réglé son compte.

Là, elle ne pouvait pas le contredire. Son action avait valu un mois d'hospitalisation au malfrat, pour de multiples fractures et ecchymoses. Quant à elle, elle avait écopé d'un blâme pour usage excessif de la force. Un jugement qu'elle trouvait un peu excessif.

– Je suis ici pour parler de Caleb Ross, dit-elle. Il est passé mardi matin pour prendre des animaux, si je suis bien informée ?

– Oui, c'est ça, dit Padgett en retirant sa casquette pour se gratter la tête. Pauvre Caleb. J'ai appris ce qui lui était arrivé. Quelle histoire affreuse. La passe de Belderfell est dangereuse, faut dire, même par beau temps. Mais vous ne pensez quand même pas qu'il y a quelque chose de suspect dans cet accident ?

– Non, ce n'est pas du tout cela, répondit Winsome, dépliant la liste de Vaughn. Je vois ici que votre exploitation était la quatrième étape de son parcours.

– Ça, je n'en sais rien. Mais je dois dire qu'il avait l'air un peu pressé.

– Pressé ? Ah bon ?

– Oui. D'habitude il restait un petit moment et on discutait, vous voyez. Caleb, il travaillait dur, mais il savait aussi prendre le temps.

– Mais pas mardi dernier ?

– Non. Il avait l'air de vouloir charger les sacs et filer aussitôt. J'avais deux agneaux mort-nés. On en a beaucoup, à cette période de l'année. Trop, malheureusement ! Le Caleb, je suppose qu'il devait avoir énormément à faire.

– Et son attitude ?... Je veux dire, avait-il l'air soucieux, ennuyé pour une raison ou une autre ?

Padgett se mordilla la lèvre inférieure.

– Non, je ne dirais pas ça. Il avait l'air... distrait, quoi. Dans son monde.

– Comme s'il avait la tête ailleurs ?

– Voilà. Comme s'il n'avait pas l'esprit complètement au travail. Mais en même temps, il était joyeux. Je veux dire, je ne lui ai pas trouvé l'air inquiet, déprimé ou autre. Vous ne pensez pas... ?

– Nous sommes pour ainsi dire certains que c'était un accident, monsieur Padgett, dit Winsome.

Depuis qu'elle avait commencé sa tournée, néanmoins, elle se demandait s'il n'était pas envisageable que quelqu'un ait pu suivre Ross, sinon le pourchasser de ferme en ferme, et que ce facteur ait contribué au déclenchement de l'accident. Palmer, l'automobiliste qui arrivait en sens inverse sur la chaussée, n'avait aperçu aucun véhicule derrière la camionnette de Ross. Mais d'une part il était sans doute en état de choc juste après l'avoir vue plonger dans le vide, d'autre part il s'était immédiatement rangé au bord de la chaussée, côté montagne – opposé au ravin –, alors que la grêle tombait encore, et il était tout à fait envisageable qu'il n'ait pas remarqué cet hypothétique véhicule.

– Avez-vous vu une voiture ou un 4 × 4 sur la route, quand M. Ross est arrivé ici ?

– Non, répondit Padgett. Mais je ne risquais pas. Regardez vous-même. Le chemin d'accès à la ferme est en pente et caché par ces arbres, voyez. D'ici, la route de Mortsett est invisible. Tout ce que je peux vous dire, c'est que mardi je n'ai eu la visite que de Caleb. Personne d'autre.

– Et pendant que M. Ross était ici, quelqu'un aurait-il pu avoir accès à sa camionnette ? Pour l'ouvrir, par exemple…

– Ah non ! On se tenait juste ici, lui et moi. Exactement au même endroit que nous deux en ce moment. Et la camionnette était pile où vous avez arrêté votre voiture. Il avait laissé sa vitre baissée, ça je m'en souviens, parce que cette satanée musique qu'il adorait nous cassait les oreilles jusqu'ici. Elle a même fichu la trouille à mes volailles. Les poules ont bien failli arrêter de pondre.

– Quelqu'un aurait-il pu toucher à vos animaux morts avant qu'ils ne soient embarqués par M. Ross ?

– Je ne vois pas comment. Je fais tout dans les règles, pour l'emballage comme pour le stockage. Les sacs étaient étiquetés, et ils sont restés enfermés dans la grange jusqu'à l'arrivée de Caleb.

– Pas de signe d'effraction sur la grange, donc, ces derniers jours ?

– Mais non ! Où c'est-y que vous voulez en venir, ma fille ?

– Vous avez dû entendre certaines rumeurs selon lesquelles Caleb Ross transportait des choses, dans sa camionnette, qu'il n'aurait pas dû. Mais je ne peux pas en dire davantage pour le moment.

– Les morceaux de cadavre ?
– Vous avez donc regardé les informations à la télévision.
– Hmm… Vous, vous devez savoir de quoi il s'agissait, non ?
– En effet, monsieur Padgett.
– Eh ben… quoi que ça ait pu être, ça ne venait pas d'ici. Mme Padgett est toujours en vie et se porte bien.
– J'en suis sûre. Nous cherchons à déterminer dans quel état d'esprit Caleb Ross se trouvait mardi. Pensez-vous qu'il ait pu être en état d'ivresse, ou quelque chose comme ça ?
– Ah, non, impossible. Le Caleb, je sais qu'il ne touchait jamais à l'alcool. Tout le monde vous le dira. Et mardi, je peux vous assurer qu'il n'avait pas l'air saoul. Non, vraiment, comme je disais il avait juste l'air un peu pressé de se remettre en route.
– Et la drogue ? Nous savons qu'il fumait de temps en temps de la marijuana. Son comportement, mardi, vous a-t-il donné l'impression qu'il venait de fumer un joint ?
– Ça, franchement, je ne saurais pas dire. Il m'a paru… normal, quoi. Et s'il fumait ces machins que vous dites, il s'en est jamais vanté devant moi !
– Une femme, alors ? hasarda Winsome. Avait-il une maîtresse ?
Certaines fermes étaient très isolées, certaines épouses d'agriculteurs peut-être très seules. Si Caleb avait badiné avec l'une d'elles – ou avec une jolie trayeuse, si ce métier existait encore –, il avait peut-être été distrait et pressé dans sa hâte de la retrouver.
Mais Padgett éclata de rire.
– Caleb ? Si vous l'aviez connu, ma fille, vous ne diriez pas ça. D'abord, notre Caleb il était complètement dévoué à sa femme, Maggie. Et puis faut savoir qu'il ne ressemblait pas vraiment à Brad Pitt ou à Tom Cruise, si vous voyez ce que je veux dire.
Winsome rit à son tour.
– Au temps pour moi, dit-elle. Il avait encore plusieurs fermes à voir après la vôtre. Plusieurs heures de travail devant lui, à vrai dire. Donc s'il était pressé, ce n'était sûrement pas

parce qu'il avait hâte de rentrer chez lui. Était-il en retard, quand il est arrivé ici ?

– Pas dans mon souvenir. Le boulot de Caleb et de ses collègues ce n'est pas une science exacte, mais en général vous pouvez vous attendre à les voir débarquer à peu près à l'heure promise. Vaughn's ABP, c'est une maison très fiable.

– Savez-vous si M. Ross faisait parfois des arrêts qui n'étaient pas sur son planning d'enlèvements ?

– Aucune idée. Mais je ne pense pas. Attention, Caleb c'était un homme honnête. Et il prenait son boulot au sérieux. Je ne le vois vraiment pas filouter ses employeurs.

Winsome partageait cet avis. D'abord, elle n'imaginait pas qu'un chauffeur comme Caleb, qui passait l'essentiel de ses journées au volant de sa camionnette, ait eu beaucoup le loisir de faire des extras – même s'il n'était pas impossible, bien sûr, qu'il ait parfois accepté des animaux non testés et ayant dépassé la limite d'âge contre une petite rémunération de la main à la main, pour les balancer discrètement dans l'incinérateur de Vaughn's ABP. Avec, se demanda-t-elle, les morceaux de cadavres humains qu'il lui arrivait peut-être de transporter ? Non, cette idée paraissait vraiment tirée par les cheveux. S'il avait eu l'air plus pressé que d'habitude, il devait y avoir une autre explication. Pour le moment, d'ailleurs, elle ne savait même pas s'il avait les morceaux de Morgan Spencer dans la camionnette quand il s'était arrêté ici, chez Padgett. Et encore moins s'il avait jamais su, lui, qu'il transportait un cadavre ! Peut-être était-il pressé, autrement, parce qu'il comptait passer prendre un sachet d'herbe chez son fournisseur habituel… sur le trajet ?

Ayant remercié Padgett de lui avoir accordé un moment, elle reprit le volant. Il ne lui restait que six fermes d'ici la passe de Belderfell. Juste avant de parvenir à sa prochaine destination, elle reçut un appel sur son portable.

– Winsome. Bonjour, c'est Terry. Terry Gilchrist.

Elle se rangea sur l'accotement.

– Terry. Bonjour. Il vous est revenu autre chose en mémoire ?

– Non. Pas du tout, dit-il d'une voix sourde, comme s'il était déçu. Vous ne pensez donc qu'à votre travail ?

– Désolée, mais je suis très occupée en ce moment. De quoi s'agit-il ? Comment s'est passée la soirée quiz ?

– C'était sympa. Nous avons gagné. Dans quel pays situez-vous le désert de Simpson ?

– Je ne sais pas. Aux États- Unis ?

– En Australie. Je connaissais la réponse.

– Félicitations. Que se passe-t-il, alors ? Vous avez des ennuis ?

– Absolument pas. En tout cas j'espère que non. Faut-il que quelque chose n'aille pas pour que j'aie envie de vous parler ? dit-il avec un petit rire gêné. Non, je… En fait, je me demandais si vous auriez envie de dîner avec moi ce soir. Il y a ce bistro sympa, à Castle Hill… Ou bien un italien, comme vous préférez. Je peux m'occuper de la réservation.

– Quoi ? s'entendit-elle bafouiller.

– Hé, dites, ne me rendez pas la tâche trop difficile. Vous avez dû remarquer que vous me plaisez. Vous savez, il m'a fallu un moment pour trouver le courage de vous appeler. Je sais que je traîne la patte, mais…

– Non, non. J'étais juste un peu… surprise. Dîner ce soir, vous dites ?

Winsome ne recevait pas souvent ce genre d'invitation – *jamais*, en fait – et la démarche de Terry la stupéfiait. La dernière fois qu'elle avait dîné en ville, c'était avec Lisa Gray. Bref. Elle ne trouvait pas d'excuse pour refuser. Et voulait-elle refuser, d'ailleurs ? Non, bien sûr que non.

– D'accord, reprit-elle. Je veux dire… si ça vous fait plaisir. Ça me plairait à moi aussi.

– Sept heures et demie, c'est bien pour vous ?

– Parfait.

– Le bistro ou l'italien ?

– Le bistro, s'il vous plaît.

Elle coupa la communication et reprit la route pleine d'appréhension. Avait-elle accepté trop facilement ? Ne devait-elle pas continuer de considérer Terry comme un témoin ? S'ils se voyaient en privé, cela risquait-il d'avoir des conséquences sur l'enquête ? Elle chassa ces questions idiotes de son esprit et résolut de se concentrer sur son travail. Vu l'heure qu'il était, elle avait sans doute encore le temps d'interroger deux ou trois exploitants avant de devoir rentrer chez elle pour se savonner de la tête aux pieds – en espérant qu'elle réussirait à se débarrasser des odeurs de ferme qui lui imprégnaient la peau. Elle pourrait terminer la tournée de Caleb Ross demain.

La Porsche filait comme le vent sur la route qui remontait vers le nord, depuis Scarborough, par le flanc est du parc national des North York Moors. Banks avait mis de la musique – Nick Drake – et Annie ne semblait pas en souffrir. Elle fit même la remarque que « Northern Sky » n'était pas mal du tout, comme chanson, finalement. Ils parlèrent peu, cela dit, durant tout le trajet – peut-être parce qu'ils ne savaient plus quelles hypothèses échafauder pour expliquer les allées et venues de Michael Lane depuis qu'il avait abandonné sa voiture.

Et puis ils parvinrent à Whitby, ville pittoresque avec son petit port et l'estuaire de l'Esk qui la coupait en deux moitiés bien distinctes. D'un côté on trouvait quelques rues anciennes, pavées, bordées de cottages et de boutiques de souvenirs, la plupart des objets en jais de Whitby ; il y avait aussi les cent quatre-vingt-dix-neuf marches qui menaient, sur une colline dominant la mer, aux ruines d'une abbaye du XVIIe siècle et à l'église Sainte Mary – celle-ci flanquée du cimetière où Mina, dans le *Dracula* de Bram Stoker, voyait une longue silhouette noire se pencher sur Lucy. Sur l'autre rive on avait la partie la plus étendue de Whitby, avec ses bed and breakfast, ses vendeurs de fish and chips et ses salles d'arcade, sans oublier son attraction touristique « Dracula Experience » en bordure de l'estuaire, près du marché où les pêcheurs déposaient leurs prises au retour de la mer. Cet après-midi la marée était haute et les petits chalutiers se balançaient paisiblement dans le port. La mer ne semblait pas aussi violente qu'à Scarborough. De plus, après les terribles inondations qui l'avaient accablée l'année passée, lorsque l'eau avait franchi les digues et envahi toute sa partie basse, Whitby semblait se relever vite et bien.

Ayant appris par la direction du Tesco que le jeudi était le jour de congé de Denise Lane, ils trouvèrent celle-ci à son domicile, un petit pavillon proche de l'hôpital.

– Vous vous souvenez de moi ? dit Annie quand la femme les accueillit. Inspecteur Cabbot ? Et voici l'inspecteur principal Banks. Pouvons-nous entrer ?

Denise n'avait qu'entrebâillé la porte et semblait hésitante. Nerveuse.

– C'est important, madame Lane, dit Banks. Il s'agit de votre fils.

– C'est bien ce que je pensais, dit-elle, et elle tira le battant. Vous l'avez trouvé ?

– Non, pas encore, répondit Annie. Par contre nous avons trouvé sa voiture. Parlons de tout cela chez vous, au calme, voulez-vous ?

Denise scruta la rue à droite et à gauche, l'air inquiet, puis leur fit signe d'entrer. Elle les précéda jusqu'au séjour. Un miroir, au-dessus de la cheminée carrelée, reflétait le papier peint à rayures multicolores de la pièce. Sur le mur d'en face, il y avait un tableau encadré représentant une jeune femme gracile qui se tenait au bord de la mer.

– Vous prendrez une tasse de thé, je suppose, dit leur hôtesse sans enthousiasme.

– Non, ce n'est pas la peine, dit Banks, et il s'assit dans un fauteuil. Nous voulons juste bavarder avec vous.

Annie prit le fauteuil voisin. Denise se baissa lentement, la main sur la hanche comme si elle avait mal aux reins, sur le canapé qui leur faisait face.

– Ollie est sorti, dit-elle, triturant l'ourlet de son cardigan déboutonné. Mais il va bientôt rentrer. Il faut vous dépêcher.

– Pourquoi ? demanda Banks, fronçant les sourcils. Avez-vous quelque chose à lui cacher ?

– Non, mais il ne serait pas content de savoir que je vous parle.

– Pour quelle raison, madame Lane ? Il ne porte pas la police dans son cœur ?

– Vous déformez mes paroles. Il n'a rien fait de mal et il n'a jamais eu de problème avec la police. C'est juste qu'il... C'est un homme discret, voilà. Tous les deux, nous protégeons notre intimité. Nous tenons à notre tranquillité.

– Je peux comprendre cela. Nous avons tous le droit de vivre nos vies tranquillement et discrètement. Mais aujourd'hui nous enquêtons sur un meurtre. Cela signifie, hélas, que nous devons accepter que les circonstances soient un peu particulières.

Banks comprenait pourquoi Annie lui avait dit, après l'avoir rencontrée pour la première fois, que Denise Lane était une femme séduisante. Elle avait de longues jambes, une silhouette mince et bien proportionnée que mettaient en valeur son jean moulant et son tee-shirt sous le cardigan. De toute évidence elle faisait régulièrement de l'exercice. Ses cheveux blonds étaient coupés en un carré dégradé qui lui allait bien ; elle avait le teint clair et une peau parfaite. Ses yeux bleus, par contre... Banks y lisait à la fois de la méfiance et, sauf erreur, un profond embarras qui ressemblait fort à de la culpabilité. Que se reprochait cette femme ? Il l'ignorait encore. Sa posture, ses manières indiquaient aussi qu'elle manquait totalement de confiance en elle. Elle se tenait voûtée, à moitié avachie sur le siège. Ses ongles étaient affreusement rongés – presque jusqu'au sang. Étaient-ce ses années de mariage avec Lane qui l'avaient sapée de toute son énergie ? Ou peut-être la vie avec Ollie, l'homme qui tenait à sa tranquillité ? Elle était nerveuse parce qu'il n'était pas ici, certes, mais Banks avait l'impression qu'elle aurait été encore plus à cran s'il s'était trouvé dans la pièce.

– Pourquoi ne voulez-vous pas que nous parlions à Ollie ? demanda doucement Annie.

– Vous a-t-il fait du mal ? ajouta Banks. Vous maltraite-t-il ?

Denise écarquilla les yeux.

– Oh non ! Ce n'est pas ça du tout. Ollie ne lèverait jamais le petit doigt sur moi. Il ne me ferait jamais de mal. Nous nous aimons beaucoup. Vous n'y êtes pas du tout.

– Alors pourquoi êtes-vous si anxieuse ?

– Je ne suis pas anxieuse. Qu'est-ce qui vous fait croire une chose pareille ?

– Vous tripotez votre gilet, vous ne tenez pas en place, vos yeux vont et viennent à travers la pièce… Cela vous suffit ?

Denise Lane semblait à présent au comble de la gêne. Ses joues s'empourprèrent, sa lèvre supérieure se mit à trembler. Banks crut qu'elle allait se mettre à pleurer.

– Ce n'est pas juste de parler aux gens de cette façon, protesta-t-elle. Vous débarquez chez moi et vous… vous me persécutez, vous m'insultez.

– Pourquoi vous sentez-vous insultée, Denise ?

Annie tira un mouchoir en papier de la boîte qui se trouvait sur la table basse, pour le lui tendre. Les larmes étaient là, et abondantes.

– Parce que vous dites des choses horribles, marmonna Denise entre deux reniflements.

Banks posa les mains sur ses cuisses et se pencha en avant.

– Repartons à zéro, d'accord ? Loin de nous l'intention de vous bouleverser. L'inspecteur Cabbot et moi, au contraire, nous nous faisons du souci pour vous. Nous voyons bien que quelque chose ne va pas, mais vous refusez de nous dire de quoi il s'agit. Ne vaudrait-il pas mieux tout nous expliquer ? Nous pouvons sans doute vous aider, vous savez. Vous en avez gros sur le cœur, pour une raison ou une autre, je comprends cela, et vous voulez que ça s'arrête. Vous avez une maison charmante, un compagnon que vous aimez et vous avez envie de continuer de mener une vie tranquille. Mais Morgan Spencer, lui, ne peut plus mener une vie tranquille. Il est mort. Il a été assassiné.

– Morgan Spencer, répéta Denise d'une voix soudain venimeuse. Ce malade ! Ce pervers !

– Peut-être, mais il ne méritait pas ce qui lui est arrivé. L'inspecteur Cabbot m'a raconté que vous aviez eu des problèmes avec lui. Cela remonte à loin, quand même, n'est-ce pas ?

– Chaque fois que j'y repense, j'ai peur. Je suis en colère et j'ai peur, vous voyez.

– J'en suis sûre. Ce genre de chose ne s'oublie pas, dit Annie, et elle marqua une pause avant d'ajouter : Croyez-moi, je sais de quoi je parle.

Denise fixa les yeux sur elle et son expression se métamorphosa. Elle avait trouvé une âme sœur. Quelqu'un qui la comprenait.

– Ah bon ? fit-elle. Vraiment ?

Annie hocha la tête.

– Mais vous, Denise, vous avez eu de la chance. Vous l'avez repoussé. Vous l'avez obligé à s'en aller.

– Oui. C'est vrai.

– Nous sommes venus vous voir pour parler de Michael, dit Banks. Nous avons trouvé sa voiture à Scarborough. Abandonnée au bord de la mer. Nous nous faisons du souci pour lui. Et comme Scarborough n'est pas loin d'ici, nous nous demandions si vous ne l'aviez pas vu.

– Alors c'est là-bas qu'il ?… dit Denise, et elle baissa les yeux sur ses mains.

– C'est là-bas qu'il quoi, madame Lane ?

– Rien. Je… je veux dire, c'est là qu'il a laissé la voiture, alors ?

– Vous ne mentez pas très bien.

Denise Lane le toisa du regard, pendant une seconde, et fondit à nouveau en larmes. Annie lui tendit un autre mouchoir, puis se leva pour s'asseoir à côté d'elle, glissant un bras autour de ses épaules.

– Ollie va bientôt rentrer, dit la femme éplorée entre deux sanglots. Vous allez devoir vous en aller.

Banks ne voulait pas réentendre parler d'Ollie et commençait à perdre patience.

– Qu'est-ce que vous savez ? Qu'est-ce que vous nous cachez ? Vous avez vu Michael, n'est-ce pas ? Il est venu ici ?

– Je ne suis pas une mauvaise mère. Il faut me croire, je ne suis pas une mauvaise mère !

– Il est venu ici ? insista Banks.

Denise gigota, ses épaules se contractant comme si elle tremblait.

– Oui. Il est venu ici, c'est ça, dit-elle à mi-voix, et elle commença à déchirer le mouchoir en papier en petits morceaux entre ses vilains doigts.

– C'est mieux, dit Banks. Vous voyez comme ça soulage, de dire la vérité ?

Denise lui offrit un petit sourire timide.

– Ça, je ne sais pas.

– Racontez-nous ce qui s'est passé, dit Annie en tirant son carnet de notes de sa poche. Avec tous les détails qui vous reviennent en mémoire.

– Il est venu mardi. À l'heure du déjeuner.

Avant de téléphoner à Alex, pensa Annie. Et juste avant de garer sa voiture à Scarborough.

– Le lendemain du jour où je suis venue vous voir au Tesco avec mon collègue, donc ?

– Oui.

– Pourquoi ne nous avez-vous pas appelés ?

– Je… je…, bafouilla Denise, et elle secoua la tête.

– C'est parce que Michael est votre fils, n'est-ce pas ? dit Banks. Et quoi qu'il ait pu faire, vous le protégerez toujours ?

Le visage de Denise se décomposa de chagrin.

– Oui. Oui ! Mais je n'y crois pas. Je veux dire, je ne crois pas qu'il ait pu faire une bêtise. Michael, c'est un bon garçon. J'en suis sûre. Mais il avait peur. Il avait froid, aussi. Je crois qu'il a passé des nuits difficiles. Dans la voiture, peut-être, au milieu de la lande. Les températures sont glaciales, par là-bas, la nuit. Et puis il n'avait rien mangé depuis je ne sais quand. Il m'a dit qu'il lui restait très peu d'argent et qu'il ne pouvait pas utiliser ses cartes, parce que vous risquiez de le retrouver s'il s'en servait. Son portable, aussi. Il le laissait éteint.

– Mais alors, que s'est-il passé ?

– Il m'a demandé s'il pouvait rester ici un petit peu. Quelques jours.

– Lui avez-vous dit que j'étais venue vous voir ? demanda Annie.

– Oui. Il le fallait bien, non ? Il avait le droit de savoir que vous en aviez après lui.

– Comment a-t-il réagi ?

– Il n'était pas étonné. Mais ça n'a pas eu l'air de l'ennuyer, non plus. Je veux dire, il n'a pas pris ses jambes à son cou.

– Dans quel état d'esprit était-il, à votre avis ? Était-il nerveux, effrayé, inquiet ?...

– Bien sûr ! Il était tout ça à la fois.

– Avez-vous remarqué... Je veux dire, avait-il du sang sur lui, sur ses vêtements ?

Denise écarquilla les yeux.

– Du sang ? Mon Dieu, non. Pourquoi aurait-il eu du sang sur lui ?

– Peu importe, dit Banks. Qu'avez-vous fait, alors ?

– Je lui ai préparé un bon thé, bien sucré, et je lui ai donné quelque chose à manger. Du cake. Il a refusé de me raconter exactement ce qui lui arrivait. Il a juste dit qu'il valait mieux que je ne sache pas. Mais j'ai bien compris qu'il était dans le pétrin. Je lui ai dit qu'il devait aller vous voir – la police –, pour expliquer qu'il n'avait rien à se reprocher. Je lui ai dit que s'il vous parlait, tout s'arrangerait. Mais il m'a répondu que c'était hors de question.

– Nous ignorons s'il a fait quoi que ce soit, madame Lane, dit Banks. C'est pour sa sécurité, et pour celle de sa compagne et de son fils, que nous voulons le retrouver au plus vite.

– Alex ? Et le petit Ian ?

– Vous les connaissez ?

– Il m'en a un petit peu parlé. Enfin... je savais qu'il vivait avec eux, mais avant mardi il ne m'avait jamais rien dit à leur sujet. J'ai bien vu qu'il était dingue de cette fille. Il m'a dit qu'il les ferait venir à Whitby, pour que je les rencontre, un jour qu'Ollie serait absent. Et quand toute cette histoire...

– Tant que Michael ne refait pas surface, Alex et Ian sont eux aussi en danger, l'interrompit Annie. Et ensuite, qu'avez-vous fait ? Vous l'avez recueilli ? Il est ici ?

Denise se raidit.

– Non. C'était complètement impossible !

– Pourquoi ?

– Ollie était à la maison. Il revient souvent pour le déjeuner. Son travail n'est pas loin d'ici et... et c'est plus économique, vous voyez. Il faut que vous compreniez une chose, Ollie *ne connaît pas* Michael. Michael c'est mon passé, mon ancienne vie, et Ollie n'aime pas en parler. C'est pour ça que s'ils viennent un jour ici tous les trois, il faudra que ce soit en son absence.

Banks réprima un soupir. Il voyait le tableau. Il jeta un regard vers Annie et comprit à son expression qu'elle partageait son sentiment.

– Votre ancienne vie, dites-vous ?

– Oui. À la ferme. Ollie dit qu'il faut tirer un trait là-dessus.

– Y compris sur Michael ? Et Alex et Ian ?

Les yeux de Denise s'emplirent de larmes. Elle hocha la tête et bredouilla :

– Ce n'est pas de ma faute. Je l'aurais pris à la maison dans la seconde, bien sûr. Mais Ollie n'a rien voulu savoir. Il a piqué une crise. Il criait qu'il refusait d'avoir des criminels en cavale chez lui. Que Michael devait s'estimer heureux qu'il n'appelle pas la police pour le dénoncer. Michael l'a supplié. Moi aussi, je l'ai supplié. Mais ça n'a servi à rien. Et puis Michael a fini par se mettre en colère à son tour, et il est parti. Il est remonté dans sa voiture et, voilà il a disparu.

Denise se tordait les mains sur ses genoux. Elle renifla avant d'ajouter :

– J'espère qu'il ne lui est rien arrivé. Je ne me le pardonnerais jamais.

– Rassurez-vous, nous pensons qu'il va bien, dit Banks. Pour le moment en tout cas. Mais nous devons le retrouver d'urgence.

– Vous a-t-il dit où il pensait aller, quand il est reparti ? demanda Annie.

– Non. Je regrette.

– Et depuis, il ne vous a pas recontactée ? Par téléphone, ou par un autre moyen ?

– Non.

– Y a-t-il autre chose que vous puissiez nous dire ? Même un petit détail qui vous paraîtrait a priori insignifiant ?

Denise réfléchit quelques instants.

– Au moment où il est parti, quand nous étions seuls à la porte, tous les deux, j'ai réussi à lui glisser un peu d'argent que nous avions dans le placard de l'entrée.

– Combien ?

– Seulement cent livres, parce que c'était tout ce qu'il y avait dans la boîte. C'est notre tirelire pour les petits plaisirs. Quand Ollie s'en est aperçu, il m'a fait une scène de tous les diables.

Ça, je veux bien le croire, pensa Banks. Cent livres, ce n'était pas une grosse somme. De quoi se payer un hôtel minable pendant trois, peut-être quatre nuits sans beaucoup manger, ou deux pleins d'essence. Lane avait donc abandonné sa voiture alors qu'il avait de quoi passer à la station-service. Et il avait payé le stationnement… sans réfléchir, sans doute, parce qu'il avait agi comme il l'aurait fait normalement. La voiture était-elle tombée en panne ? Tout le monde avait l'air de dire qu'elle était en bout de course. Les mécaniciens du commissariat répondraient à cette question. Ou alors, Lane avait-il prévu de revenir la chercher plus tard, mais il en avait été empêché ? Il avait appelé Alex de York mardi soir, donc il était encore libre à ce moment-là. Mais depuis ?

S'il avait dû risquer une hypothèse, Banks aurait dit que le jeune homme avait laissé la voiture à Scarborough pour tromper son monde, qu'il avait ensuite pris un train pour York où il avait traîné un moment avant de trouver le courage de téléphoner à sa copine, puis qu'il était parti pour Londres.

Londres où vivait Montague Havers.

Le service, assuré par un personnel prévenant sans être envahissant, était impeccable, et le dîner absolument délicieux : magret de canard à la fois tendre et croustillant, comme Winsome l'aimait, et Terry avait trouvé son entrecôte accompagnée de frites parfaite. En entrée ils avaient partagé une terrine de foie de volaille. En guise de dessert, pour finir, ils avaient choisi l'assiette de fromages. Servis à température ambiante comme il se devait. Ils avaient aussi commandé un rioja simple et pas trop cher – rien d'ostentatoire ou de prétentieux entre eux – dont Terry n'avala qu'un seul verre car il devait conduire. Le petit verre de porto qu'il commanda ensuite pour Winsome alla remarquablement bien avec le fromage. Et puis surtout, ils discutèrent avec beaucoup de facilité. Winsome n'avait pas prévu qu'ils seraient aussi à l'aise l'un avec l'autre. Terry ne parla pas de ses expériences en Afghanistan, et elle évita, pour l'essentiel, de parler de son travail. Ils rirent beaucoup en se racontant certaines de leurs aventures de spéléologie, firent l'inventaire de tous les complexes souterrains qu'ils avaient explorés, et, plus généralement, se découvrirent tellement de centres d'intérêt communs qu'ils auraient pu continuer de bavarder toute la nuit. Terry s'était rendu à la Jamaïque deux fois, et il connaissait Montego Bay et la région de Spring Mount et Maroon Town où Winsome avait grandi, fille d'un caporal de police. Quant à lui, son enfance avait été celle d'un gosse de militaire, jamais installé bien longtemps où que ce fût, qui avait souvent eu du mal à se faire des amis.

Ils n'eurent qu'un seul désaccord, mineur, et ce fut au moment de régler l'addition. Terry insista pour la payer seul, mais Winsome tenait à partager. Elle eut finalement gain de cause et Terry accepta la défaite de bonne grâce. Quand ils quittèrent le restaurant elle remarqua qu'il n'avait pas sa canne, juste un parapluie à la main.

À peine avaient-ils fait trois pas dans Castle Hill qu'elle fut glacée jusqu'aux os. Le vent et la pluie étaient abominables. Des images du pays tropical qu'ils avaient évoqué, où elle avait été élevée, s'imposèrent à son esprit : les feuilles de bananiers agitées par la brise, la longue marche jusqu'à l'église – et pour en revenir – sous le soleil brûlant, les plages désertées de Montego Bay, hors saison, où elle ramassait des morceaux de bois flotté avec son père. Un frisson la saisit et elle refoula ces pensées. Pour le meilleur et pour le pire, c'était en Angleterre qu'elle vivait. Son foyer, désormais, se trouvait ici.

Elle sentit Terry se rapprocher d'elle. Il glissa un bras autour de ses épaules, en deux temps, comme s'il hésitait, en abaissant la large coupole noire du parapluie au-dessus de leurs têtes pour mieux la protéger. Elle se crispa légèrement, à son contact, mais ne le repoussa pas. Le parapluie tremblait sous l'assaut du vent, la toile tirait sur les baleines, et Winsome se demanda s'il n'allait pas se retourner d'un coup ou carrément s'envoler. Peut-être décolleraient-ils avec lui, comme Mary Poppins, avec en toile de fond les illuminations élaborées du château qui se découpait, derrière eux, sur le ciel nocturne. Mais Terry tenait bien le parapluie et le fit descendre encore un peu plus au-dessus de leurs fronts quand ils s'engagèrent sur les pavés de la longue rue qui descendait vers les lumières de la place centrale de la ville. Tous les magasins étaient fermés, mais des pubs et des restaurants jaillissaient des bruits de conversations et des rires qui se mêlaient aux cliquetis des talons de Winsome.

– Je te raccompagne ? demanda Terry.

– Pas la peine. Je n'habite pas loin.

– Mais il fait froid. Tu as l'air gelée.

– J'ai l'habitude, dit-elle, et elle tourna la tête pour le regarder, souriant. J'ai passé une soirée vraiment agréable. Merci.

– Je t'en prie. Moi aussi.

Enfin, ils s'immobilisèrent au bord de la place.

– Bon, dit Terry. Je suis garé là-bas, derrière le centre commercial.

Winsome pointa un index dans la direction opposée.

– Je remonte un petit peu York Road et je suis chez moi.

– Eh ben… si tu ne me laisses pas te raccompagner…

Winsome sentit plutôt qu'elle ne vit Terry se pencher vers elle – et viser ses lèvres. En une fraction de seconde la panique la saisit et elle eut l'impression d'étouffer. Elle détourna la tête, sans vraiment le vouloir, de telle sorte que les lèvres de Terry manquèrent sa bouche et effleurèrent sa joue. L'instant d'après elle s'entendit prononcer « Bonne nuit » d'une voix sourde et, le cœur battant à se rompre, elle tourna les talons pour s'éloigner.

Elle releva le col de sa parka pour protéger son cou contre les aiguilles glacées du vent et marcha à vive allure, tête baissée, sans un regard pour les enseignes colorées et les vitrines des boutiques, jusqu'à ce qu'elle atteigne sa rue en bordure du quartier étudiant. Là elle prit à gauche, grimpa le trottoir pentu sur une quarantaine de mètres et obliqua vers l'imposante maison à bow-windows et pignons dont elle occupait l'appartement du dernier étage.

Winsome entra chez elle, referma la porte et s'y adossa en essayant de mettre de l'ordre dans ses idées. Zut, zut, zut ! Pourquoi avait-elle réagi comme ça ? Ce n'était qu'un baiser pour se dire bonne nuit. Pour se dire à bientôt. Qui, sérieusement, pouvait avoir la moindre raison de craindre un baiser ? Mais voilà : elle avait pris peur. Elle se souvenait de la tension, de l'espèce de courant électrique qui l'avait parcourue – et ce nœud dans la poitrine – quand elle l'avait vu se pencher vers elle.

Elle retira son manteau, ses bottes, et se prépara une camomille à la kitchenette. La soirée avait été tellement agréable, pourtant. Elle avait eu tellement de plaisir à discuter avec Terry. Quand elle se recroquevilla dans son fauteuil préféré, au calme, avec pour seule lumière le halo orangé de la lampe à abat-jour dans l'angle de la pièce, elle prit conscience qu'elle avait peu l'habitude de parler avec quiconque, au fond, en dehors des conversations qu'elle avait dans le cadre de son boulot. La plupart du temps elle s'entretenait avec d'autres flics, avec des criminels, avec des techniciens de scène de crime, avec des avocats. Enfant, elle avait été assez timide et il lui avait toujours été difficile de nouer des relations avec autrui. Et finalement c'était pareil aujourd'hui. Sa vie se résumait-elle donc à cela – à cette sorte de constat d'incapacité ? Et n'était-elle pas trop jeune pour commencer à se demander où étaient passés tous les rêves, tous les espoirs de la jeune femme qui s'était presque mise à courir sur la passerelle, à la sortie de l'avion, à Gatwick, excitée comme un enfant par la perspective de découvrir ce nouveau pays, émerveillée par les voitures, les immeubles gigantesques, les autoroutes, et même par la pluie froide et le ciel couleur d'eau de vaisselle ?

Non, elle n'avait pas perdu tout cela. Elle était encore jeune et elle avait toute sa vie devant elle. Peur, oui, elle avait peur – d'accord, elle s'en rendait compte. Comme tant de gens, après tout. Peur de s'engager, peur de mettre un doigt de pied à l'eau. Peur de souffrir. Il y avait longtemps qu'elle n'avait pas eu une relation sérieuse, un petit ami avec lequel elle pouvait envisager de partager sa vie. Ce soir, elle avait redécouvert tout un monde de possibilités. Elle plaisait à Terry, c'était évident, et elle savait depuis le premier jour qu'il lui plaisait. Comment surmonter la peur ? Comment cesser de se comporter en parfaite petite idiote ? Mince, quoi, elle lui avait sans doute donné l'impression qu'elle essayait juste de l'allumer. Plus elle y pensait, plus elle jugeait stupide son attitude à l'instant de leur séparation.

Elle but une gorgée de tisane, soupira doucement, puis se jura que la prochaine fois qu'elle verrait Terry Gilchrist, elle l'embrasserait. Voilà. Elle l'embrasserait sur les lèvres. Cette pensée la fit sourire.

12

Une fois qu'il avait passé l'épreuve de la gare, trouvé un endroit où mettre son bagage et pris possession d'un fauteuil libre, Banks aimait bien voyager en train. Les vendredis étaient chargés, sur l'East Coast Line, mais il avait sélectionné un train de milieu de matinée qui n'était pas trop plein – le siège voisin du sien ne serait d'ailleurs occupé à aucun moment du trajet jusqu'à King's Cross. Il avait aussi décidé d'embarquer à Darlington, au lieu de York qui aurait été plus proche de chez lui, car il passerait ainsi derrière l'aérodrome et le hangar de Drewick, peu après Northallerton : il voulait profiter de cette occasion qu'il avait de prendre le train pour voir les lieux sous cet angle. Doug Wilson avait alerté les compagnies ferroviaires, des avis avaient même été placardés ici et là, mais jusqu'à maintenant aucun voyageur n'avait appelé pour signaler avoir vu quoi que ce soit, le dimanche matin précédent, par la fenêtre de son wagon. Banks se demandait un peu pourquoi.

Le ciel couleur d'acier donnait l'impression que si un géant avait abattu un marteau sur la campagne vallonnée, celle-ci aurait rendu un bruit métallique sonore. Cet effet était en partie dû à la tranquillité du paysage, et à sa relative sécheresse, après le vent furieux de la veille au soir et les pluies constantes des derniers jours. Mais cela sentait tout de même le calme avant la tempête. Et puis les jonquilles tardaient ; elles auraient déjà dû être en fleur.

Le train ne mit pas longtemps à atteindre Northallerton, pour filer sans même ralentir à travers sa petite gare. Le trajet ne comptait qu'un seul arrêt, à York. Gardant les yeux rivés sur sa gauche, où le gris clair des Cleveland Hills tranchait sur l'horizon anthracite, Banks vit bientôt l'aérodrome approcher. Il était séparé des voies ferrées par quatre ou cinq cents mètres de prairie envahie par les hautes herbes, mais on voyait très bien l'énorme hangar. Problème, toute l'action s'était déroulée de l'autre côté du bâtiment, là où se trouvait son entrée, face au portail de la clôture du terrain. Banks aperçut brièvement deux voitures de patrouille et une camionnette des techniciens de scène de crime stationnées près de ce portail, sur la route – les hommes de Stefan étaient encore au travail dans le hangar –, et un instant plus tard il perdit complètement le site de vue. Même si un passager, dimanche, avait regardé dans cette direction pile au « bon » moment, venait-il de comprendre, il n'avait rien pu voir à l'intérieur du hangar. Quant aux véhicules garés dehors, s'il y en avait eu, ils devaient avoir été dissimulés par le bâtiment. Peut-être quelqu'un aurait-il pu remarquer un camion ou une voiture s'éloignant du site sur la route parallèle aux voies, le long de l'enceinte, mais apparemment le timing n'avait pas été bon.

Satisfait d'avoir creusé à fond l'hypothèse de l'observation de la scène depuis le train, Banks se mit en mode détente. Il n'y avait pas d'eau chaude à bord de ce convoi, donc ni thé ni café, et uniquement des sandwichs froids pour les passagers qui voudraient un en-cas, mais cela n'avait pas d'importance, il pouvait tenir les deux heures et demie du voyage le ventre vide. Et puis il avait encore la moitié du latte qu'il avait acheté chez Costa avant le départ ; il le ferait durer encore un moment, et voilà. Comme il avait pensé à prendre ses écouteurs à réduction de bruit, il aurait la possibilité d'écouter toutes les musiques dont il aurait envie et pas seulement le genre de rock tonitruant qui couvrait le boucan du train. Il porta d'abord son choix sur les concertos pour alto de Bartók et de Walton, deux compositeurs qui ne se moquaient pas de cet instrument, comme certains de leurs confrères, et savaient lui donner toute sa place dans les orchestres. Banks adorait la sonorité de l'alto : elle se situait quelque part entre la mélopée plaintive du violon et la tristesse vibrante du violoncelle, tout en ayant une paisible couleur élégiaque bien à elle. Il avait connu une altiste professionnelle, jadis, une très belle jeune femme qui s'appelait Pamela Jeffreys. Mais il l'avait laissée s'éloigner sans réagir.

Le train filait sur les rails, grinçant et cliquetant, mais Banks en percevait davantage le léger balancement qu'il n'en entendait les bruits. Il lisait *Hangover Square*, de Patrick Hamilton, et levait de temps en temps les yeux de la page pour regarder le paysage. Quand il parvint aux vastes étendues plates et verdoyantes du cœur de l'Angleterre, il contempla un moment les dégâts des inondations : les champs entièrement engloutis, les rivières et les ruisseaux en crue, débordant de leurs berges, et cette terrible immobilité gris acier de la scène. Apercevant un tracteur enlisé au milieu d'une vaste mare, il songea à John Beddoes dont l'engin volé semblait à l'origine de l'affaire qui les occupait, l'équipe et lui. Beddoes était-il mêlé, d'une façon ou d'une autre, à cette histoire ? Pour la fraude à l'assurance, comme Annie l'avait suggéré ? Pour une autre raison, plus sinistre : son désir de revanche contre les Lane père et fils, peut-être ? Si ce n'était pas pour gruger la compagnie d'assurances, quelle raison un homme pouvait-il bien avoir de voler son propre tracteur ?

Le train fila à travers Peterborough. Banks aperçut la tour tronquée de sa cathédrale, les appartements en bordure du fleuve – un peu miteux, eut-il l'impression, comparé à ce qu'ils avaient été quand il avait travaillé ici, quelques années plus tôt, sur une enquête. Il avait grandi dans cette ville, et combien de ses amis d'enfance lui restait-il ? Graham Marshall avait disparu quand ils étaient tout mômes. Des décennies plus tard, quand son corps avait été retrouvé, Banks avait participé à l'enquête pour comprendre ce qui lui était arrivé. Graham, Steve Hill, Paul Major, Dave Greenfell et Alan Banks : à eux cinq, jadis, ils avaient formé une fine équipe. Steve Hill, qui leur avait fait découvrir Dylan, les Who, Pink Floyd et tant d'autres, avait été le suivant à partir

– cancer des poumons il y avait déjà un paquet de temps. Et l'année passée, Paul Major, atteint par le sida, avait succombé à une maladie opportuniste. Ils n'étaient donc plus que deux sur cinq. Pas étonnant qu'il ait l'impression que son cercle d'amis rétrécissait.

Il posa son livre pour changer de musique et choisit sa playlist de Scott Walker interprétant des chansons de Jacques Brel. Avec, pour commencer, la très belle « If You Go Away ». Banks aimait aussi Brel en version originale, même s'il ne comprenait pas toutes les paroles, et il se rendait compte, malgré les limites de son français, qu'il y avait une grande différence entre « If You Go Away » et « Ne me quitte pas ». Si la version anglaise était triste, l'original était une supplique désespérée.

La playlist lui dura jusqu'à l'arrivée à Londres.

Annie avait traîné les pieds pour se lancer dans la corvée des abattoirs, et après avoir visité quatre de ces établissements elle comprenait pourquoi. Quand elle avait regimbé à se voir attribuer cette mission par Banks, en réunion, mercredi soir, elle avait à moitié plaisanté – mais la tâche, en fait, n'avait vraiment rien de drôle. À plusieurs reprises déjà, elle avait failli être malade. L'univers des abattoirs était atroce. Absolument répugnant. Un affront insupportable à sa sensibilité de végétarienne.

Hier, jeudi, par chance, elle avait accompagné Banks sur la côte et avait pu « oublier » les abattoirs. Mais aujourd'hui elle n'avait plus d'excuse pour reculer. Pour atténuer son dépit elle avait embarqué le pauvre Doug Wilson dans l'aventure, jugeant que sa compagnie la divertirait et lui apporterait un minimum de réconfort. Mais jusqu'à maintenant il n'avait guère rempli son rôle. Au contraire, il paraissait encore plus écœuré qu'elle, si une telle chose était possible, par tout ce qu'ils voyaient, entendaient et sentaient. Si elle n'avait pas déjà été végétarienne (avec quelques petits écarts, certes, puisqu'il lui arrivait de manger de temps en temps du poisson et du poulet), elle aurait à coup sûr décidé de le devenir aujourd'hui. Doug mangeait de la viande, lui, mais elle commençait à se dire qu'il aurait peut-être viré sa cuti alimentaire à la fin de leur périple. C'était presque dommage qu'elle ne profite pas de cette occasion pour faire du prosélytisme et tenter de le convertir, car il était plus vulnérable que jamais.

Dans la majorité des établissements qu'ils avaient visités, ils s'étaient entretenus avec leurs interlocuteurs dans des pièces isolées des horreurs et des terribles odeurs des salles de « travail ». Mais il était impossible d'échapper totalement à la puanteur générale des lieux – et aux cris, aux grognements, aux bêlements des animaux terrifiés. Personne ne ferait jamais gober à Annie qu'ils ne savaient pas exactement ce qui les attendait. Même ultramodernisé, mécanisé, sophistiqué, le système restait parfaitement barbare. Ces gens pouvaient bien peindre les murs en jaune et y épingler des dessins d'enfants, ça ne changeait rien à l'affaire.

Annie et Doug venaient de décider qu'ils avaient assez trimé pour la journée et qu'ils pouvaient rentrer au commissariat de bonne heure, lorsque le téléphone d'Annie sonna.

– Où êtes-vous ? demanda Gerry Masterson sans préambule. Où êtes-vous en ce moment même ?

– À Wensleydale. On a terminé pour aujourd'hui. Pourquoi ?

Le silence se prolongea dans l'écouteur. Annie finit par se dire que la communication avait été coupée. Dans ce coin de campagne, c'était assez fréquent.

– Gerry ? Vous êtes encore là ?

– Êtes-vous déjà allés à l'abattoir Stirwall ?

– Nan, fit Annie d'un ton faussement joyeux. Çuilà, on se le garde pour demain.

– Vous n'en êtes pas loin.

– Ouais, mais…

– Je suis désolée de vous dire ça, chef, vraiment désolée, mais je crois que vous devriez y aller tout de suite.

– Gerry, il y a une urgence, là ? La journée a vraiment été merdique. C'est peu dire.

– Je sais, je sais. Et je suis navrée. Mais j'ai consulté des rapports toute la journée, j'ai parlé à des tas de gens, et je viens de confirmer que l'entreprise Stirwall a signalé le vol d'un pistolet d'abattage perforant il y a à peu près deux ans. C'est très intéressant. Il faudrait avoir un complément d'information.

Annie savait que Gerry avait raison. Elle se retint de frapper du poing sur le volant.

– Vous ne pouvez pas les appeler ?

– C'est mieux d'aller sur place. Il y a toujours des choses auxquelles on ne pense pas au téléphone. Les dossiers des employés, par exemple. Quelqu'un pourrait avoir des noms à nous donner. Et puis vous êtes un des officiers responsables de l'enquête, chef.

– OK, fit Annie, résignée. On y va tout de suite, alors.

– Désolée, hein…

– Pas de souci, Gerry. Un nom particulier, chez Stirwall ?

– Demandez James Dalby. C'est le contremaître. Il… il attend votre visite.

Doug Wilson poussa un profond soupir quand Annie fit demi-tour.

– Qu'est-ce qui vous chagrine, Dougal ? Vous aviez rancard avec une jolie fille, ce soir ?

– Quelque chose comme ça. J'ai la fête d'anniversaire de ma sœur. Elle a dix-huit ans. On a réservé une table dans ce nouveau restau de viande qui vient d'ouvrir en ville.

Annie regarda sa montre.

– Ne vous inquiétez pas, vous y serez largement à temps.

– Ouais. Parfumé à l'abattoir.

– Ben quoi ? Vous allez manger du steak, non ? dit Annie avec un sourire en coin. Si tout ce que nous avons découvert aujourd'hui ne vous a pas dégoûté de la viande, vous pouvez bien voir quelques vaches supplémentaires se faire massacrer avant ce soir. Qui sait, vous allez peut-être même croiser votre dîner avant qu'il ne rende l'âme.

– Très drôle, marmonna Wilson, et il tourna la tête vers la vitre de sa portière, regardant la lande grise et obscure.

Bientôt, le bâtiment long et trapu de l'entreprise Stirwall se profila devant eux. Les habitants du village voisin se plaignaient de ce qu'il avait été construit trop près de leurs habitations ; ils pestaient contre l'odeur et le bruit qu'ils devaient supporter de jour comme de nuit. Mais Stirwall ne risquait pas de fermer ou de déménager. C'était un des plus gros abattoirs de la région et il employait beaucoup de monde. Camions et camionnettes y arrivaient et en repartaient à toute heure, et d'innombrables palettes encombraient en permanence sa cour.

Après qu'Annie se fut garée sur une petite aire de stationnement marquée « VISITEURS », ils demandèrent au premier ouvrier qu'ils croisèrent où se trouvait James Dalby. L'homme désigna les portes du bâtiment et leur dit de prendre à gauche, à l'intérieur, par l'escalier, et le bureau de M. Dalby serait là.

Ils le remercièrent et traversèrent la cour. Le flanc du bâtiment était bordé de parcs à bestiaux. Un ouvrier, dans un abattoir qu'ils avaient visité plus tôt dans la journée, leur avait expliqué que c'était là que les animaux vivaient leurs derniers instants avant de passer dans la salle d'abattage pour être exécutés. Certains des parcs qu'ils voyaient à présent contenaient des bovins mugissant, tandis que d'autres étaient lavés à grande eau, conformément aux règles sanitaires de la profession, avant l'arrivée d'une nouvelle fournée de victimes.

L'odeur empira à l'intérieur du bâtiment. Et le bruit. Lorsque les animaux y arrivaient des parcs à bestiaux, les uns à la suite des autres, ils étaient d'abord étourdis par un ouvrier muni d'un pistolet d'abattage, puis suspendus par les pattes de derrière à un câble. Le long de trois rails aériens parallèles, les animaux progressaient alors lentement sur toute la longueur de l'abattoir. Étape après étape, les ouvriers accomplissaient chacun une tâche spécialisée comme l'égorgement pour la saignée, l'aspersion d'eau bouillante pour relâcher la peau, puis le dépouillement proprement dit – l'éviscération avec la récupération des organes de valeur comme le foie, les reins, le pancréas et le cœur – et enfin la découpe avec les scies. Annie se boucha le nez. Elle essaya également de garder les yeux sur les marches métalliques de l'escalier, mais c'était impossible. Le spectacle de la violence, de la mort, avait quelque chose qui attirait irrésistiblement l'attention. Aussi elle regarda une fois encore, elle contempla, elle absorba. Et elle entendit : les détonations des pistolets d'abattage, le bourdonnement des scies électriques changeant de tonalité lorsque la lame touchait les os des animaux quand ils étaient décapités, démembrés, coupés en deux. Et quelqu'un, alors, avait fait cela à Morgan Spencer ? C'était inimaginable.

Enfin le sommet de l'escalier. Un petit bout de couloir et Annie frappa à la porte de Dalby. À l'instant où elle entrait dans le bureau après Doug, un bruit strident abominable, pire qu'un raclement d'ongles sur un tableau noir, s'éleva quelque part dans l'immense salle. Elle ne savait pas de quoi il s'agissait, et elle ne voulait pas savoir. Quand elle referma la porte, elle fut soulagée de découvrir que l'isolation phonique de la pièce était plutôt correcte. Et l'atmosphère sentait même le frais. De toute évidence, l'éminente fonction de Dalby avait ses privilèges. Annie avait craint de le trouver en vadrouille à travers l'abattoir, vêtu d'une blouse blanche et d'un calot – comme cela avait été le cas, dans les précédents établissements qu'ils avaient visités, avec d'autres chefs qui tenaient leurs ouvriers à l'œil –, et de devoir marcher avec lui, de poste en poste, pour lui poser des questions. Mais Dalby était le grand contremaître, le responsable qui dirigeait les sous-chefs chargés de la surveillance des ouvriers.

C'était un bonhomme sympathiquement potelé, au teint rougeaud, à la tignasse grise. Il portait un jean pas très net et un pull en laine.

– Asseyez-vous donc, dit-il d'un ton agréable. Je m'excuse, c'est le foutoir, mais je n'ai pas souvent de visiteurs.

Annie s'était interrogée à ce sujet quand elle s'était garée sur l'aire visiteurs, qui n'était assurément pas bien vaste. Doug et elle prirent place sur les deux chaises en plastique moulé orange qui se trouvaient là, tandis que Dalby faisait le tour de sa table pour réinvestir son fauteuil. Par la fenêtre, derrière son épaule, Annie distinguait les ondulations grises de la lande qui se perdaient dans le lointain. C'était une vision apaisante.

– Je viens de parler avec votre collègue, Masterson, au téléphone, dit Dalby. Charmante dame. Mais quelle sale histoire, tout de même. On ne sait pas par quel bout la prendre.

– Quelle est la taille de votre entreprise, au juste ? commença par demander Annie lorsque Doug eut sorti son carnet.

Dalby se carra dans le fauteuil, les mains derrière la nuque.

– Stirwall est un gros abattoir. Nous avons plus d'une centaine d'employés. Et davantage encore quand le volume de production augmente à l'automne.

Les agneaux, songea Annie. *Le Silence des agneaux.*

– Ah oui, dit-elle. Ça fait beaucoup d'ouvriers…

– Parce que nous réussissons à avoir beaucoup de travail. Nous fournissons un grand nombre de transformateurs de viande. Sans parler des bouchers et des supermarchés.

– Comme vous le savez, nous nous intéressons à un vol qui se serait produit dans votre entreprise il y a environ deux ans.

– C'est bien ça, dit Dalby, hochant la tête d'un air grave. Sur le moment, vous savez, nous n'avons pas manqué de déclarer le vol à la police.

– Que s'est-il passé, précisément ?

– C'est un pistolet d'abattage perforant qui a disparu. Ce modèle-ci…

Il attrapa un classeur à feuilles volantes au bout de la table, le feuilleta et le fit pivoter pour le montrer à Annie. D'après les experts du labo, c'était exactement ce type de pistolet qui avait tué Morgan Spencer.

– Où se trouvait-il, quand il a été volé ?

– Dans une armoire métallique fixée au mur, en bas, qui contient tous nos pistolets d'abattage.

– Verrouillée, cette armoire ?

– Bien sûr.

– Et qui en a la clé ?

– Eh ben… moi. Les chefs d'équipe. Et puis les ouvriers qui font l'abattage et le découpage, bien entendu. Pour ne rien vous cacher, la quasi-totalité de nos gars peuvent ouvrir cette armoire s'ils le veulent.

– Ça a l'air très sûr, comme système.

Dalby la dévisagea d'un air méfiant. Il n'avait pas manqué la pointe de sarcasme de sa remarque. Et il ne l'appréciait pas.

– C'est un système qui fonctionne bien, dit-il. En soixante ans d'existence, nous n'avons jamais eu qu'un seul vol. Celui-là.

– Une fois suffit, si le pistolet en question a été utilisé pour tuer quelqu'un. Un être humain, je veux dire.

Dalby plissa les yeux. Il n'avait plus l'air si sympathiquement potelé, tout à coup.

– Vous désapprouvez ce que nous faisons ici, c'est ça ?

– Mon opinion n'a aucune importance.

– Ouais. C'est bien ce que je me disais. Vous êtes avec ces écolos végétariens qui nous dénigrent à tout bout de champ.

Annie sentit le sang lui affluer aux joues.

– Monsieur Dalby. Revenons au sujet qui nous concerne, je vous prie. Le pistolet d'abattage.

– Ouais, le pistolet d'abattage. Bon, comme je disais, c'était un modèle perforant, dit-il, et un sourire salace plissa ses lèvres. Perforant… Voyez ce que ça veut dire ?

Annie ne répondit pas.

Doug leva les yeux de son carnet pour dire :

– J'éviterais ce genre d'allusion avec la chef. Elle est capable de sortir méchamment les griffes.

Dalby déglutit et marmonna :

– Hmm… eh ben… De toute façon nous ne les utilisons plus beaucoup, ces pistolets.

– Oui, je sais, enchaîna Annie. Vous avez cessé de les utiliser parce qu'ils peuvent faire pénétrer de la matière cérébrale dans le système sanguin. Et aujourd'hui les gens se font beaucoup de souci pour la maladie de la vache folle.

– Ben dites donc, vous avez fait vos devoirs, ironisa Dalby. Mais bon, c'est ça, aujourd'hui nous utilisons surtout des pistolets non perforants, qui étourdissent l'animal. Le piston frappe le crâne, mais sans y pénétrer.

– Le pistolet qui a tué notre homme lui a fait un trou dans le front.

– Oui, justement, puisque c'était un pistolet perforant. Et d'ailleurs, même le pistolet non perforant peut perforer le crâne humain. S'il est bien positionné.

– Je m'en souviendrai. Revenons-en à votre pistolet volé.

– OK. Comme je disais, nous avons signalé le vol à la police. Et il ne s'est rien passé.

– Je suis certaine que des enquêteurs ont donné suite.

– Oh, sans doute qu'ils ont cherché un peu. Mais c'est comme chercher une aiguille dans une meule de foin, non ? Surtout si vous ne savez même pas par où commencer.

– Ce pistolet pourrait-il avoir été simplement perdu ? Égaré quelque part ?

– Il nous arrive d'être un peu bordéliques, de temps en temps, mais nous sommes tout de même prudents. Le pistolet a été volé.

– Avez-vous soupçonné quelqu'un, sur le moment ?

– Non. Enfin pas techniquement parlant, en tout cas.

– Que voulez-vous dire ?

– Personne n'a vu personne piquer ce pistolet, et personne ne connaissait personne qui avait manifesté l'intention de le prendre. Et puis quand nous nous sommes aperçus qu'il n'était plus dans l'armoire, nous ne pouvions pas savoir exactement depuis combien de temps il avait disparu.

– Vous ne vérifiez pas le contenu de cette armoire régulièrement ?

– De temps en temps. Aux inventaires.

– Par conséquent, il aurait pu avoir disparu bien longtemps avant que vous ne remarquiez quoi que ce soit. C'est ça ?

– Oui, mais pas plus d'une quinzaine de jours. Après que votre patronne m'a appelé, quoi qu'il en soit, j'ai regardé dans mes dossiers et j'ai découvert que notre entreprise s'était séparée de deux ouvriers à la même période. Et… il est clair que l'un ou l'autre de ces deux gars aurait pu voler le pistolet. Je ne dis pas qu'ils l'ont fait, hein. D'ailleurs nous n'avons pas pensé à eux sur le moment. C'est pour ça que j'ai dit « techniquement parlant ». Pour autant que je sache, le voleur pourrait encore travailler ici. Mais comme elle m'a dit qu'elle s'intéressait aux employés susceptibles d'être mécontents de l'entreprise, de lui en vouloir pour une raison ou une autre, j'ai cogité et il me semble que ces deux gars correspondent au profil.

– Je vous remercie d'avoir pris cette peine.

Annie était sincère et Dalby le vit.

– Eh ben…, fit-il d'un air un peu gêné. Nous prenons ce genre de chose au sérieux, quoi.

– Ce n'est pas ma supérieure, à propos.

– Pardon ?

– L'enquêtrice qui vous a appelé. Ce n'est pas ma supérieure.

Dalby jeta un coup d'œil vers Doug Wilson et hocha la tête.

– Ah oui. J'aurais dû piger plus tôt, vu ce qu'il a dit. C'est vous la patronne. Au temps pour moi.

– Pas de souci, dit Annie qui se sentait tout à coup un peu idiote – quel besoin avait-elle de souligner son rang devant Dalby ? Pourquoi avez-vous licencié ces deux hommes ?

– Pourquoi licencie-t-on des gens, d'après vous ?

– Les motifs peuvent être nombreux. Dans une entreprise comme la vôtre, je ne sais pas.

– Mon entreprise est comme toutes les entreprises. Vous vous séparez des employés qui sont incompétents, qui volent, qui sont trop souvent absents, qui ne respectent pas les procédures et qui font preuve d'insubordination.

– D'accord. Ces deux hommes, alors, qu'avaient-ils fait de mal ?

– Attention, il n'y a aucun rapport entre les deux gars. Il s'agit de problèmes distincts. Simplement, ils sont survenus à deux ou trois semaines d'écart. Le premier gars travaillait ici comme dépouilleur. Et je crois qu'on peut dire qu'il était juste trop sensible. En fait il n'aurait jamais dû entrer chez nous. Pour travailler dans un abattoir, il faut être solide.

– Alors comment se fait-il qu'il ait été embauché ? N'avez-vous pas des tests psychologiques pour repérer les psychopathes qui prennent leur pied à tuer ? Pour être sûrs de les recruter, je veux dire.

Annie vit Doug lui jeter un regard à la fois horrifié et réprobateur.

– Désolée, dit-elle, levant les mains.

Dalby la dévisagea à nouveau et répondit posément après quelques instants de silence :

– Tous les employeurs font parfois des erreurs. Même la police, j'imagine. C'est la raison pour laquelle nous avons des périodes d'essai.

– Et cet ouvrier n'a pas terminé sa période d'essai ?

– Non. Le problème qui a justifié son renvoi, c'était qu'il était très souvent absent et qu'il buvait pendant le travail.

– Je suppose que l'alcool aide à…

– À tenir le coup, oui. Sans doute. Comme il ne supportait pas le boulot, il s'est mis à boire pour avoir la tête ailleurs. Mais essayez d'imaginer le danger, quand vous avez un gars ivre au milieu d'une équipe qui manipule les machines que nous avons ici. Et le danger n'est pas seulement pour celui qui picole.

– J'imagine, en effet, dit Annie.

Dalby renifla.

– Voilà. La tête ailleurs, il l'avait, ça c'est sûr. Des fois il se bourrait tellement la gueule qu'il ne venait pas au travail deux jours de suite.

– Alors vous l'avez renvoyé ?

– Oui.

– Vous n'avez pas des programmes de soutien psychologique, quelque chose comme ça, pour les employés de ce genre ?

Dalby la toisa du regard. Elle reprit :

– J'aimerais avoir son nom et son adresse, s'il vous plaît.

– Il s'appelait Ulf Bengtsson. Il était suédois.

Dalby épela le nom et lut une adresse qu'il avait dans un classeur. Doug Wilson en prit note.

– Je ne sais pas s'il habite encore là-bas. J'en doute même très fort, ajouta le contremaître. Mais c'est la dernière adresse que nous avons pour lui.

– Avez-vous idée de ce qu'il a pu devenir ?

– Non. Mais ça m'étonnerait qu'il travaille encore dans notre branche. Peut-être est-il retourné en Suède.

– Connaissez-vous des abattoirs qui auraient pu l'engager, après son passage chez vous ?

– Sûrement pas. Nous ne lui avons pas donné de lettre de recommandation et il n'avait pas encore décroché sa licence d'ouvrier d'abattoir.

– Et un abattoir clandestin ?

– Je ne vous raconterai pas que ces maisons n'existent pas. Mais ce sont en général des petites structures, avec une seule ligne de production, et je ne les vois pas embaucher un alcoolique comme Ulf. Dans les derniers temps, vous savez, il était presque tout le temps ivre. J'espère pour lui qu'il a pu être pris en charge par quelqu'un. Sinon il doit être mort, à l'heure qu'il est, le pauvre gars.

– Seriez-vous en mesure de nous dire où se trouvent certains de ces abattoirs illégaux ?

– Je n'en connais pas dans le coin. Je ne dis pas qu'il n'y en a pas, mais je ne les connais pas. Vous savez sans doute que notre industrie est soumise à des règles très strictes. Et avec les soucis qu'il y a eu ces dernières années, genre la vache folle, la viande de cheval et la viande pourrie dans les plats surgelés, il est encore plus difficile de faire des bêtises. Sans doute, ouais, que des gens ouvrent des abattoirs illégaux. Sans doute que ces maisons tournent bien, même. Le travail ne manque pas. Mais si vous ne voulez pas vous faire repérer, vous devez vous planquer et être très discret. Ce sont des petites structures, je vous dis. Elles fournissent des hôtels, des restaurants, des bouchers pas vraiment regardants, de temps en temps une maison de retraite ou deux, et tout ça sans faire de vagues.

– Et le deuxième homme ? C'était quoi, lui, son problème ?

– Kieran Welles, dit Dalby, et il regarda Doug pour préciser : Avec un « e », comme Orson. Alors lui, ce n'était pas du tout le même topo.

– Racontez-nous ça.

– Kieran a passé un bon moment chez nous. Dix-huit mois en tout. Il travaillait bien, il avait les nerfs solides, il ne buvait pas. Il était capable de prendre un peu tous les postes. Souvent il s'occupait de l'étourdissement des bêtes. Vous savez, c'est le gars qui tire avec le pistolet d'abattage sur les animaux qui lui arrivent des parcs à bestiaux. Mais Kieran, à vrai dire, on pouvait le mettre n'importe où sur la chaîne, il faisait correctement le boulot. Un bon ouvrier d'abattoir, ça n'est pas si facile à trouver.

– Quel était le problème, alors ?

– On pourrait dire qu'il mettait un peu trop de cœur à l'ouvrage.

– Mais encore ?

– Il était cruel.

– Quoi ?

– Il était cruel envers les animaux. Il cachait bien son jeu, mais ça se voyait quand même, et assez fréquemment pour qu'il arrive un moment où il ne nous a plus été possible de le garder chez nous. À votre tête, je vois bien que vous pensez que dans le métier, nous sommes tous des salauds et des sans-cœur. Mais il y a des limites à ne pas franchir. Et Kieran Welles en a franchi une. Ou même plusieurs.

– Qu'entendez-vous par *cruel*, au juste ? Que faisait-il de pire que son travail ? Son boulot consistait à tirer une balle dans la tête des animaux, bon sang ! Comment pouvait-il être plus cruel que ça ?

Dalby se pencha en avant, les coudes sur la table.

– Je vais vous dire comment. Un jour, je l'ai vu de mes propres yeux écraser sa cigarette sur l'œil d'un porc. Pour rigoler. D'autres fois il donnait des coups de pied ou des coups de poing aux animaux. Il trouvait ça amusant comme tout. Ou bien de temps en temps il faisait exprès de ne pas étourdir les bêtes correctement, de telle sorte qu'elles étaient encore vivantes, et conscientes, une fois hissées au rail par l'arrière-train.

Annie sentait son estomac se révolter. Elle avait de la peine à refouler la bile qui lui montait dans la gorge. Elle remarqua que Doug regardait par la fenêtre ; il fixait un point, au loin, par-delà l'épaule de Dalby. Peut-être envisageait-il de renoncer à manger du steak au dîner d'anniversaire de sa sœur.

– Et il a fallu dix-huit mois pour constater ça ? dit-elle. Vous ne vous en êtes pas aperçu plus tôt ?

– Je n'ai pas à répondre à vos critiques. Votre indignation, madame Droit-dans-ses-bottes, gardez-la pour le pub et vos copines écolos. Les gens comme Kieran font leurs saloperies quand vous ne les regardez pas, bien sûr, et vous ne pouvez pas les surveiller à chaque minute. Mais ça se remarque quand même, petit à petit, et les ouvriers causent entre eux. Un jour quelqu'un l'a vu pour la première fois. Nous tous, on a eu du mal à le croire. Kieran était grand et baraqué, mais il avait un côté innocent, un côté bon gars de la ferme, voyez. À partir de là on l'a tenu un peu plus à l'œil, et puis ça s'est confirmé. Je lui ai donné des avertissements, plusieurs fois, mais ça n'a rien changé à son attitude.

– Était-il intelligent ?

– Il n'était pas stupide.

– Et savez-vous où il habite, aujourd'hui ?

– Aucune idée et je ne veux pas le savoir, dit Dalby, secouant la tête. L'important c'est qu'il ne se montre plus jamais ici.

– Vous êtes-vous jamais interrogé sur l'effet que le travail qui est fait dans votre entreprise peut avoir sur les gens ? L'alcoolisme. La cruauté. Ces monstres, c'est vous qui les créez. Ne pensez-vous pas que l'abattoir désensibilise les ouvriers et fabrique le genre d'individus que vous avez dû mettre à la porte ?

– Mon métier, madame, ce n'est pas la psychologie. Je ne suis qu'un simple contremaître. Peut-être que vous avez raison. Peut-être que c'est ce qui arrive dans certains cas. Je vous l'ai dit, ce travail n'est pas pour n'importe qui. Il détruit peut-être des gars qui n'avaient pas de problème au départ. Mais tout de même, il faut que vous sachiez que la grande majorité des ouvriers d'abattoir sont des gens corrects, avec la tête sur les épaules, qui font juste d'honnêtes journées de travail. Les pommes pourries sont rares. On n'en voit pas souvent. Et je crois que c'est le même topo dans n'importe quel métier.

– Mais pourquoi certaines personnes décident-elles de faire ce boulot ?

– Il faut bien que quelqu'un le fasse, non ? Et puis les gens ont besoin de manger. C'est un travail. Avec un salaire correct.

– Il n'y a pas d'autre solution ? Une méthode moins atroce ?

– S'il y en avait une, croyez-moi, elle serait adoptée. Mais tant que les consommateurs voudront trouver de belles tranches de viande joliment emballées sous cellophane au supermarché, ou présentées sur des étalages bien appétissants chez le boucher, le système ne changera pas, dit Dalby, et il pointa un index vers Annie. Pensez de nous ce que vous voulez, mais sachez que nous essayons de bien traiter les animaux et que nous n'acceptons pas les comportements comme celui de Welles. L'autre gars, le Suédois, peut-être que vous pouvez le plaindre, ouais. Il n'a pas été capable de faire face et ça l'a bousillé. Je suppose que c'est notre version à nous de la commotion. Du soldat déboussolé par les horreurs de la guerre, enfin je ne sais pas comment les psys appellent ça aujourd'hui...

– TSPT, dit Annie. Trouble de stress post-traumatique.

– Ouais, si vous voulez. Mais voilà, tout le monde n'a pas la carrure pour faire ce boulot.

Dalby se mit debout.

– J'ai du travail, maintenant. Avez-vous ce que vous cherchiez en venant ici ?

Annie déglutit, regardant Doug qui était en train de ranger son carnet.

– Je pense que oui. Nous aurons peut-être quelques questions supplémentaires, plus tard, si les informations que vous nous avez données nous mènent quelque part.

– Je ne bouge pas d'ici. Quand vous revenez, demandez aux gars où me trouver et nous reparlerons.

Pendant qu'ils descendaient l'escalier métallique, Annie se rappela que l'armoire de rangement des pistolets d'abattage se trouvait là, d'après Dalby, quelque part en bas. Ils devaient l'examiner, il le fallait, mais... Non, elle n'en avait pas la force. Et puis ça n'aurait pas été juste envers Doug, non plus. Ils pourraient toujours envoyer quelqu'un, si nécessaire, demain ou un autre jour, pour y jeter un œil. De toute façon le pistolet avait été volé deux ans plus tôt : cette armoire ne risquait guère de leur apprendre quoi que ce soit d'intéressant. Annie s'en voulait de se dérober à son devoir, même si sa décision se justifiait assez bien, mais elle retint sa respiration, et ses larmes, jusqu'à la voiture, et ce ne fut qu'une fois assise au volant, après avoir démarré, quand elle fit demi-tour dans la cour de l'abattoir, qu'elle expira profondément pour chasser l'air fétide qu'elle avait dans les poumons. Les larmes, elle se les garda.

C'était un après-midi d'hiver plutôt agréable à Londres, avec une température clémente. En sortant de la gare, Banks décida de marcher jusqu'au bureau de Havers. Il y avait bien longtemps qu'il n'avait pas exploré le secteur qui se trouvait à l'ouest de King's Cross-Saint-Pancras et au-dessus de Euston Road, et il ne savait pas grand-chose à son sujet. De fait, le quartier était difficile à cerner, constata-t-il tandis qu'il progressait de rue en rue. Et un peu louche, oui, comme Joanna l'avait observé. On y trouvait des bureaux, des maisons, des appartements, des garages, un peu de tout, mais l'ensemble manquait de cohérence, d'identité propre. Celle-ci, en tout cas, ne sautait pas aux yeux du visiteur occasionnel.

À un moment, il passa devant ce qui était de toute évidence un repaire de dealers et de toxicos. Un grand lascar large d'épaules, au crâne rasé, en gardait la porte blindée – les mains jointes devant l'entrejambe. À côté de lui un jeune type maigrichon, au visage de fouine et au dos voûté, avait le portable collé à l'oreille. Banks était certain que la police de Londres connaissait l'endroit. En ce moment même, elle le surveillait très probablement. Aujourd'hui, semblait-il, il y avait inflation de mesures de surveillance – et bien peu d'arrestations et de condamnations. Montague Havers illustrait lui aussi, pour une autre catégorie de malfrats, ce phénomène. Il menait ses activités comme il l'entendait et personne ne l'empêchait d'agir. La police se contentait de l'observer. On espérait toujours attraper plus gros poisson que le gros poisson – là, au prochain tournant. Et les Havers et tant d'autres continuaient donc de mener leurs trafics. Que fallait-il faire, aujourd'hui, pour convaincre le ministère public qu'on avait suffisamment de preuves pour une arrestation ?

Le téléphone de Banks sonna alors qu'il venait de dépasser la planque. Pendant qu'il prenait l'appel, il jeta un œil par-dessus son épaule et vit que le grand costaud le suivait du regard avec une expression peu amène. C'était un peu vexant. Avait-il à ce point la dégaine d'un flic ? Il ne l'avait jamais pensé, pourtant.

– Oui ? dit-il.

– Patron, c'est moi. Gerry Masterson.

– Ah, Gerry. Quoi de neuf ?

– Vous pouvez parler ? Je veux dire, heu, écoutez-moi. Je crois avoir quelque chose qui pourrait vous aider.

– Je me rends chez Montague Havers pour bavarder un peu avec lui.

– Super, je vous appelle pile au bon moment.

Banks tourna au coin de la rue et s'adossa au mur de brique.

– Dites-moi tout.

– J'ai trouvé quelques petits renseignements assez intéressants.

– Ah ?

– D'abord, un meurtre commis avec un pistolet d'abattage, il y a dix-huit mois, dans l'est de Londres. La victime s'appelait Jan Wolitz. Un Polonais. Les enquêteurs ont déterminé qu'il était lié à une organisation qui donne dans le trafic d'êtres humains, et ils ont supposé qu'il avait été liquidé parce qu'il avait pris plus que sa part à ses associés. En plus, il s'était accordé les faveurs de certaines filles prisonnières du réseau. Des filles très jeunes, pour la plupart, destinées à la prostitution. D'après ce que je vois, personne n'a jamais été arrêté pour ce meurtre. Aucun suspect n'a même été désigné. Sur la scène de crime on a trouvé des empreintes digitales qui n'appartenaient pas à la victime, mais elles n'ont mené nulle part. Elles n'étaient pas dans les bases. Et puis aussi, Wolitz n'était pas découpé en morceaux ou quoi que ce soit. Juste mort.

– Vous voulez bien demander à ce que ces empreintes nous soient envoyées, et puis les comparer à tout ce que Vic a pu trouver dans le hangar ?

– J'ai déjà lancé la procédure, patron.

Banks entendit un sourire dans la voix de la jeune femme.

– Vous êtes trop douée pour ce monde, Gerry.

– Ouais. Il paraît.

– Le mort, où a-t-il été trouvé ?

– Un entrepôt abandonné au bord de la Tamise dans l'est de Londres. Abandonné et vraiment loin de tout. C'est même peu dire que de parler de l'est de Londres. Il faudrait plutôt dire l'ouest de l'Essex.

– Le propriétaire de cet entrepôt ?

– Je ne sais pas encore, mais je vois pourquoi il serait utile d'avoir cette information. Je m'en occupe.

– Y aurait-il un lien quelconque, entre ce Jan Wolitz et un des individus que nous connaissons ? Spencer, Montague Havers, Tanner, Lane ?...

– Non. Mais l'inspecteur Cabbot et Doug suivent la piste d'un pistolet d'abattage qui a été volé il y a deux ans, à peu près, à l'abattoir Stirwall. À part ça, c'est surtout de Montague Havers dont je voulais vous parler. Ou Malcolm Hackett, comme il s'appelait auparavant.

– Et ?

– Il a travaillé pour la même boîte de trading que John Beddoes au milieu des années quatre-vingt. Ils ont été rois de la City ensemble, entre le début de la grande dérégulation des marchés financiers et le krach d'octobre 1987. Ils ont le même âge. À l'époque ils avaient vingt ans et quelques. Hackett a été inculpé pour possession de cocaïne, une fois, pendant cette décennie, mais sans être vraiment inquiété. Il n'en avait qu'une petite quantité et il a reçu une tape sur les doigts. L'info essentielle, je crois, d'après ce que j'ai pu apprendre grâce à quelqu'un qui travaillait là-bas à la même période, c'est que les deux hommes étaient très copains. Ils fréquentaient les mêmes groupes d'amis, ils sortaient ensemble, tout ça. Et ils empochaient des masses d'argent. Quand la bulle a éclaté, Hackett s'est tourné vers l'investissement financier sur les marchés internationaux. Beddoes est devenu banquier d'affaires, un temps, avant de passer à l'agriculture.

– Bravo, Gerry ! C'est un lien très intéressant. Et vous tombez vraiment à pic. Comment ça se passe au bercail, sinon ?

– Ça tourne gentiment. Le brigadier Jackman continue d'explorer les fermes de l'itinéraire de Caleb Ross.

– Alex et Ian ?

– Ça va. La surveillance est en place. Rien à signaler.

– Des nouvelles de Tanner ?

Ils avaient été forcés de relâcher Ronald Tanner, le matin, à la fin de ses vingt-quatre heures de garde à vue.

– Il est à son domicile. Nous le tenons à l'œil. La commissaire Gervaise est avec le représentant du ministère public pour étudier les chefs d'accusation à retenir contre lui. J'ai fait quelques petites recherches sur les complices qu'on lui connaît, et j'ai trouvé un type, Carl Utley, qui pourrait être le chauffeur du camion. Il a des gros favoris sur les joues et porte souvent une casquette. Il était chauffeur routier, autrefois, mais il a été licencié quand il a été soupçonné d'avoir fait disparaître un chargement de grande valeur. Ça n'a pas été prouvé, mais il a perdu son travail. Ensuite il a dérivé vers le monde de la nuit, pour devenir videur, et c'est là qu'il a rencontré Tanner. Ils sont bons copains.

– Excellent. Creusez encore, d'accord ? Et si possible, faites interpeller ce Utley. Aucun signe de Michael Lane, sinon ?

– Non.

– Continuez comme ça. Et merci, Gerry ! Vous me rappelez dès que vous avez du neuf de la part d'Annie ou de la commissaire.

Banks coupa la communication et se remit à marcher sur le trottoir, méditant ce qu'il venait d'apprendre au sujet de Havers pour l'utiliser dans la conversation.

Arrivé à destination il découvrit un immeuble des années soixante, en mauvais état, qui avait à peu près autant de charme et de caractère que la boîte à chaussures à laquelle il ressemblait. Havers s'en mettait peut-être plein les poches, mais il n'avait pas pour autant installé sa société dans de meilleurs locaux – dans un de ces jolis immeubles à la mode des Docklands, par exemple. Mais c'était sans doute justement la couverture qu'il voulait avoir. Ou alors cet aspect des choses n'avait pas d'importance à ses yeux. Banks avait appris, au fil de sa carrière, que certains criminels avaient des comportements très étranges quand venait le moment de profiter de leurs gains mal acquis. Ronald Tanner, par exemple. Il ne touchait sans doute pas des fortunes, mais il aurait pu se payer une maison plus vaste et une voiture correcte. Au lieu de quoi il avait l'air fauché et dépendant des allocations sociales. Comment et où dépensait-il son argent ? Banks avait connu un perceur de coffres-forts qui claquait l'essentiel de ses gains en vêtements de marque pour femmes – et pas pour les offrir à sa copine. Un cambrioleur très doué qu'il avait arrêté un jour collectionnait les trente-trois tours rares et vivait dans un petit appartement de la banlieue de Leeds en se nourrissant de *baked beans* et de pain de mie grillé. Il ne possédait même pas de platine pour ses vinyles. Et Havers ? Pour lui, c'était peut-être encore la coke – une habitude qui pouvait se révéler coûteuse. Ou les chiens de race. Ou bien peut-être avait-il un joli petit magot planqué dans quelque paradis fiscal, au soleil de préférence, et il prévoyait de s'envoler pour les îles Caïmans un jour ou l'autre. Tout était possible.

Banks monta par un ascenseur tremblotant au cinquième étage. Il y trouva une porte sur laquelle une plaque annonçait : HAVERS INTERNATIONAL INVESTMENT SOLUTIONS LTD. Il frappa et entra. Comme il avait entendu dire que le bonhomme travaillait pour ainsi dire seul, il ne s'attendait pas à tomber sur la réceptionniste qui leva les yeux de son magazine pour demander :

– Vous désirez, monsieur ?

– Je voudrais voir M. Havers.

– Avez-vous rendez-vous ?

Banks lui montra sa carte de police. Elle décrocha le téléphone.

– Si vous voulez bien…

Il contourna la jeune femme pour ouvrir la porte qui se trouvait derrière son dos. Montague Havers était assis derrière une table de travail en mélaminé, bas de gamme, comme on en trouve dans les grandes surfaces, penché sur le clavier d'un ordinateur portable. Dès qu'il vit Banks, il rabattit l'écran de la machine et se leva.

– Qu'est-ce que vous voulez ? De quel droit vous déboulez ici comme ça ?

Banks brandit sa carte de police. Havers se rassit et se lissa les cheveux avec la paume, du front jusqu'à la nuque. Un sourire bizarre pinçait ses lèvres.

– Ah, très bien ! Il fallait le dire tout de suite. Asseyez-vous, je vous en prie. Je suis toujours prêt à faire tout mon possible pour aider la police.

– Je suis heureux de vous l'entendre dire. Cela va nous faciliter les choses.

Banks prit place sur une chaise à dossier droit très inconfortable. La fenêtre, remarqua-t-il, donnait sur les voies des grandes lignes de la gare de Saint-Pancras. Un rêve de ferrovipathe.

Les cheveux bruns et ondulés de Havers étaient un chouïa trop longs pour un homme de son âge ; avec sa chemise blanche et son nœud papillon criard, ils lui donnaient l'air d'un type qui essaie désespérément de se rajeunir. Banks se demanda aussi, en les regardant avec plus d'attention, s'ils n'étaient pas teints. Voire, s'il ne s'agissait pas d'une moumoute. Ils avaient quelque chose de faux. Peut-être était-ce là qu'il dépensait son argent : en moumoutes à prix d'or. La moustache brun-roux qu'il avait sur la lèvre supérieure, enfin, contrevenait carrément au look jeune.

– Alors qu'y a-t-il pour votre service, heu… inspecteur Banks, c'est bien cela ?

– Inspecteur principal, à vrai dire. Et vous, faut-il vous appeler Malcolm Hackett, ou Montague Havers ?

– J'ai légalement changé de nom il y a six ans. Je m'appelle Montague Havers.

– Puis-je vous demander pourquoi ? dit Banks, plissant les yeux.

– Disons que dans le milieu d'affaires que je fréquente, il vaut mieux avoir un nom à consonance éduquée. Malcolm Hackett avait quelque chose de trop… trop populaire, si vous voulez.

– Tandis que Montague Havers c'est le gratin ? L'enfant de l'élite qui a fait sa scolarité à Eton ?

– Hmm, je n'irais pas jusque-là, mais… en gros, oui, si vous voulez.

Banks fit ostensiblement glisser son regard sur la petite pièce : les stores de traviole à la fenêtre, les taches sur les murs de plâtre apparent, les classeurs à tiroirs cabossés.

– Et ce bureau ?

– Personne ne vient jamais ici. Vous avez d'ailleurs de la chance de m'y trouver aujourd'hui. Je garde ce local pour mes archives et pour avoir une adresse postale et une ligne de téléphone fixe. Tous mes rendez-vous professionnels ont lieu dans les meilleurs restaurants de Fitzrovia ou de Marylebone High Street. Ou bien à mon club, l'Athenæum. Peut-être le fréquentez-vous aussi ?

Banks sourit. Havers savait très bien que le flic qu'il était ne risquait pas d'avoir sa carte dans un club de gentlemen huppé comme l'Athenæum.

– Ma vie sociale est ailleurs, dit-il. Votre milieu d'affaires, quel est-il exactement ?

– Celui qui est indiqué sur la porte de ce bureau.

– International Investment Solutions ? Je vois dans cet intitulé un programme louche d'évasion fiscale, de placements offshore, quelque chose dans ce goût-là…

– Le monde de la finance est très complexe, inspecteur principal. Et la fiscalité n'en est qu'une des composantes.

– Quels autres services proposez-vous à vos clients ?

Havers jeta un coup d'œil à sa montre.

– Je ne voudrais pas vous presser, mais êtes-vous ici parce que vous avez de l'argent à placer, ou juste pour me faire poliment la conversation ?

– J'aimerais avoir une réponse à ma question.

– Très bien. Je fais partie d'un important réseau de sociétés qui offre à peu près tous les services financiers imaginables à ses clients. Des services *légaux*, je précise, et pour la plupart dans le domaine de l'investissement.

– Toujours à l'international ?

– Pas exclusivement.

– L'investissement dans certains projets immobiliers compte-t-il parmi vos spécialités ?

– Nous ne voyons pas de mal à investir dans l'immobilier, de temps en temps, si l'opération semble solide. Mais vous devez garder à l'esprit que mon travail consiste principalement à investir de l'argent britannique à l'étranger, pas sur les marchés nationaux. Or, il est souvent difficile d'avoir une perspective claire de l'immobilier à l'étranger. Chaque pays a ses propres lois, souvent compliquées. En revanche, bien sûr, ceci ne vaut pas pour mes investissements personnels.

– Le centre commercial de l'aérodrome de Drewick, justement, ça vous dit quelque chose ?

– Oui. J'ai une petite somme, de mes fonds propres, investie dans ce projet. Via une filiale.

– Retail Perfection ?

– Tout à fait. Vous avez bien travaillé. Et j'ai plusieurs autres investissements similaires, tous modestes, dans divers projets de centres commerciaux. Dans une société de consommation comme la nôtre, c'est un placement qui est toujours sûr.

– Tant que les consommateurs ont de l'argent pour consommer.

– Allons. Il n'y a aucun problème de ce côté-là. Les gens dépensent qu'ils aient de l'argent ou non. C'est l'essence du capitalisme.

– Peut-être. Je m'intéresse à Drewick. Vous tenez-vous informé de l'évolution du dossier ?

– Je fais confiance à Venture Property Developments pour me tenir au courant. Autant que je sache, rien n'a bougé depuis un moment. Il y a des petits problèmes avec les autorisations d'urbanisme. Nous espérons voir les choses se régler bientôt.

– Venture vous préviendra, par conséquent, quand les obstacles auront sauté et quand la construction pourra démarrer ?

– Bien entendu. Encore heureux !

– Je vois, dit Banks, songeur.

Si Havers était impliqué dans certaines activités criminelles en milieu rural, il serait donc à même, le moment venu, de déplacer les opérations de Drewick vers un autre site.

– Je crois savoir que vous vous êtes rendu dans le North Yorkshire récemment.

– Eh bien ! Suis-je sous surveillance ?

– Ne me dites pas que vous l'ignoriez.

– Hmm, fit Havers avec un léger sourire. Vous ne seriez sans doute pas ici si ce n'était pas le cas, n'est-ce pas ?

– Exactement. À qui avez-vous rendu visite, là-bas ?

– Au frère de mon épouse et à sa femme, qui habitent à Richmond.

– Vous avez logé à leur domicile ?

– Absolument.

– Et vous y êtes resté tout le temps ? De dimanche à mardi ?

– Pourquoi pas ? Nous nous entendons bien et j'aime beaucoup les Dales.

– Votre épouse vous a-t-elle accompagné ?

Havers baissa les yeux.

– Ma femme est décédée, monsieur Banks.

– Je regrette de l'apprendre.

– Cela fait déjà plusieurs années. Mais Gordon, Cathy et moi avons toujours été proches. Nos liens familiaux restent très forts. Désiriez-vous savoir autre chose ?

– Alors vous avez passé tout votre temps avec eux ?

– Bien sûr que non. Je me suis aussi baladé seul. La météo étant très mauvaise, j'ai quelque peu perdu mon enthousiasme, mais ça reste une très belle région.

– Avez-vous pris la route de la passe de Belderfell ?

– Non. Je connais l'endroit, évidemment, mais j'éviterais d'y circuler par un temps pareil.

– Vous êtes-vous rendu dans certaines fermes du Swainsdale ?

– Non. Je ne suis même pas allé dans le Swainsdale. Que cherchez-vous, au juste ? Je me suis promené en voiture, j'ai déjeuné deux fois dans des pubs, j'ai flâné chez quelques antiquaires – je suis collectionneur – et j'ai passé le reste du temps avec ma famille. Nous sommes allés ensemble au château de Bolton, qui est un de mes sites historiques préférés. C'est un endroit vraiment très agréable. Cela vous pose un problème ?

– Le château de Bolton ne me pose aucun problème, monsieur Havers. Le problème, c'est le timing de votre visite dans la région. Quand vous étiez là-bas, avez-vous rencontré l'un de ces hommes : Ronald Tanner, Carl Utley, Michael Lane ou Morgan Spencer ?

– Je ne peux pas dire que j'aie jamais entendu aucun de ces noms.

– Et John Beddoes ?

– Ça ne me dit rien.

– Vous êtes certain que le nom de John Beddoes ne vous est pas familier ?

– Je crains que non. Il devrait ?

– Oui. Vous avez travaillé avec lui comme trader au milieu des années quatre-vingt. Vous étiez amis. Vous fréquentiez les mêmes cercles. Vous sniffiez de la coke ensemble. Descendiez le champagne au goulot. Faisiez la bringue…

– Oh, attendez une seconde ! s'exclama Havers, et il fit claquer ses doigts. Mais oui bien sûr ! Beddoes le baiseur. Comment l'oublier, celui-là ? Oui, je l'ai connu, c'est juste. Mais ça remonte à loin, dites donc.

– Beddoes le baiseur ?

– Faites appel à votre imagination, inspecteur principal. Nous étions jeunes et insouciants.

– Beaucoup de coke dans les cavités nasales, depuis lors ?

– Une erreur de jeunesse. Je ne donne plus là-dedans. Même si je le voulais, je ne pourrais pas, précisa Havers en se tapotant la poitrine. Mon cœur.

– Vous voulez dire que vous avez du cœur, ou que le vôtre est malade ?

– Ah ! Très drôle. Je veux dire que j'ai fait deux crises cardiaques. La cocaïne me tuerait. J'ai droit à deux petits verres de vin par jour, pas davantage. Et si vous saviez comme c'est difficile !

Là, Banks pouvait compatir.

– Nous avons donc établi que vous connaissez John Beddoes et que vous travailliez ensemble il y a quelques années. Mais vous n'êtes pas allé lui rendre visite quand vous êtes monté dans le Yorkshire l'autre jour, dites-vous ? Savez-vous qu'il y possède une ferme ?

– Le baiseur ? Une ferme ? Ah non, je ne savais même pas qu'il habitait par là-bas. Nous étions copains autrefois, c'est vrai, mais vous savez comment c'est. Avec le temps les gens changent et s'éloignent les uns des autres. Et puis cette époque, eh bien… c'était une folle période, oui. Nous carburions un peu à la coke et au champagne, comme vous dites. Mais ce genre de souvenir s'estompe vite. S'il s'est seulement imprimé dans la mémoire ! J'avoue que ces années sont passées dans un tourbillon et… et que j'ai eu bien de la chance d'avoir à peu près toute ma tête quand la bulle a éclaté. J'ai réussi à me tourner vers la banque et l'international. C'est là que j'ai appris l'essentiel de ce que je sais sur l'investissement à l'étranger.

– Si nous devions examiner vos finances, les affaires de votre compagnie et vos déplacements ces derniers mois, donc, nous ne trouverions aucune sorte de recoupement avec John Beddoes et son portefeuille d'investissements ?

– Ça, je ne peux pas vous le garantir. Mais ce ne serait pas un recoupement dont j'aurais connaissance. Il ne compte pas parmi mes clients, si c'est ce que vous voulez dire.

La perspective de voir la police faire le lien entre Beddoes et lui semblait rendre Havers nerveux. Manifestement, il mentait. Mais Banks ne pensait pas pouvoir aller beaucoup plus loin aujourd'hui. Cela dit, Havers lui avait déjà fait une révélation majeure, sans le vouloir, en commençant par faire semblant de ne pas connaître Beddoes. Pourquoi essayer de cacher leur relation s'ils étaient, l'un et l'autre, blancs comme neige ? Il s'était sorti de l'ornière sans tarder, mais pas tout à fait assez vite pour convaincre Banks qu'il avait réellement oublié l'existence de « Beddoes le baiseur ». Et sans doute mentait-il sur d'autres points. Il n'admettrait pas connaître les divers membres de l'équipe, surtout les voyous comme Tanner et Spencer, et il n'admettrait pas non plus que son organisation utilisait le hangar de l'aérodrome comme lieu de chargement et de transit des biens agricoles volés, mais Banks estimait qu'en débarquant à son bureau et en lui montrant qu'il savait déjà pas mal de choses, il avait peut-être tapé dans la fourmilière juste assez fort pour que Havers ou l'un de ses complices commette une erreur. Il ne savait pas encore très bien de quelle façon Beddoes était mêlé à ces histoires – d'autant que c'était tout de même *son* tracteur hors de prix qui avait disparu – mais ces deux vieux amis avaient assurément le savoir-faire et les moyens, à eux deux, pour diriger un petit commerce de matériel agricole et d'animaux d'élevage volés. Beddoes connaissait le milieu et vivait dans une grande région rurale ; il avait aussi été trader, donc la finance n'avait pas de secret pour lui. Ensuite, ils avaient simplement besoin des rouages et des voies de circulation du commerce clandestin. Or, d'après ce qu'avait dit Joanna MacDonald, Havers y avait de toute évidence accès par ses multiples contacts internationaux. Banks décida de jouer cartes sur table avant de s'en aller.

– Monsieur Havers, je crois que vous faites partie d'un groupe, ou disons plutôt d'une bande, d'une organisation de malfaiteurs, qui pratique le crime en milieu rural à grande échelle. Et récemment, l'une de vos opérations a causé de vilains dégâts dans mon secteur. Je crois que depuis un bon moment déjà vous utilisez le hangar désaffecté de Drewick comme site de transit pour les biens agricoles volés dans le nord du pays. Vous êtes en bonne place pour savoir qu'il est tombé aux oubliettes, pour le moment, autrement dit que vos hommes ne risquent pas d'y être dérangés. Dimanche dernier, un de vos sous-fifres, Morgan Spencer, y a été assassiné. Avec un pistolet d'abattage perforant. Soit vous vouliez vous débarrasser de lui, soit c'est une bande rivale qui a montré ses muscles. Nous ignorons encore la raison exacte de sa mort, mais, dans tous les cas de figure, je crois que vous savez quelque chose.

– C'est ridicule ! Je ne sais absolument pas de quoi vous parlez. Je n'étais même pas dans la région…

– Au moment du meurtre ? Comment savez-vous à quelle heure il a eu lieu ? Je ne vous l'ai pas dit.

– Oh, c'est très rusé. Le vieux truc du « Comment pouviez-vous savoir ? ». Maintenant, voilà que vous me faites dire ce que je n'ai pas dit.

– Mais encore ? Comment pouviez-vous savoir ?

– Les médias en ont parlé lundi quand j'étais chez mon beau-frère. Voilà comment, monsieur Banks ! Posez-lui la question. Ils ont dit, à la télévision, que le meurtre avait eu lieu dimanche matin. Et je ne suis monté à Richmond que dimanche après-midi. Vous le savez très bien.

Sauf erreur de la part de Banks, les médias ne savaient pas, lundi, qu'un meurtre avait eu lieu dans le hangar dimanche matin. Il décida de ne pas contredire Havers, de garder ce détail en réserve jusqu'à ce qu'il ait approfondi l'enquête – notamment en rendant visite à son beau-frère à Richmond.

– En effet, dit-il. Mais auparavant, où étiez-vous ? Qu'est-ce qui me prouve que vous n'avez pas trouvé le moyen de tromper la surveillance de l'opération Hawk et les caméras LAPI pour aller au hangar beaucoup plus tôt ?

– C'est une idée parfaitement ridicule. Et je n'ai plus rien à vous dire. Si vous souhaitez poursuivre cette mascarade, je veux que cela se fasse en présence de mon avocat.

Banks se leva.

– Vous n'auriez pas besoin de votre avocat si c'était une mascarade, Monty.

Il marqua une pause sur le seuil du bureau et regarda Havers pour ajouter :

– À votre place, vous savez, je prendrais tout cela comme un présage. Un mauvais présage. À votre place, je me ferais tout petit, un bon moment, et je réfléchirais très fort. À partir de maintenant votre situation ne va pas aller en s'arrangeant.

– C'est une menace ?

– C'est la réalité, Monty. Les menaces viendront plus tard.

Banks sortit du bureau et referma doucement la porte sur lui. La secrétaire le fusilla du regard quand il passa devant elle.

13

– Mardi, donc, vous n'avez rien remarqué d'inhabituel dans l'attitude de M. Ross quand il est passé prendre votre chargement ?

Winsome était parvenue à la dernière ferme de sa liste : l'ultime arrêt de Caleb Ross avant qu'il ne se dirige vers la passe de Belderfell où la mort l'attendait. D'après son interlocuteur, M. Wythers, propriétaire de Garsley Farm, Caleb était arrivé ici à douze heures quarante-cinq, et reparti juste après treize heures. Tout au long de son parcours, au bout du compte, la seule information qu'elle avait récoltée était que certains agriculteurs avaient jugé Caleb un peu distrait, et pressé, tandis que les autres l'avaient trouvé égal à lui-même.

M. Wythers l'avait invitée à prendre le thé et Winsome lui en était reconnaissante. Elle avait l'impression d'avoir déjà une longue journée derrière elle, même si l'après-midi était loin d'être terminé, et elle ne s'était pas arrêtée pour déjeuner. La belle tranche de gâteau de Battenberg que M. Wythers lui avait servie avec le thé lui rappelait qu'elle était affamée. À présent elle comptait retourner au commissariat, rédiger vite fait son rapport, et ensuite rentrer à la maison de bonne heure, dîner de bonne heure et se mettre au lit de bonne heure.

– Caleb n'était jamais très bavard, vous savez, dit M. Wythers. Attention, c'est pas qu'il était impoli ou quoi que ce soit, hein ! Au contraire. Mais lui et moi on n'était pas copains, quoi. Caleb c'était un gars qui faisait son boulot, et moi j'étais le gars qui le payait pour ça. Il prenait le chargement, il était très correct, et même gentil, mais ça n'allait pas plus loin. L'autre jour, tiens, je lui ai proposé d'entrer pour prendre le thé et une part de gâteau, comme vous, mais il m'a répondu qu'il venait juste de déjeuner, il a embarqué les sacs et voilà. On ne s'est pas raconté grand-chose parce qu'il n'y avait pas grand-chose à raconter. Du coup, je sais pas trop quoi vous dire d'autre.

– Ça ne fait rien. En discutant avec vous, comme avec vos confrères, j'essaie juste de me faire une idée générale de la dernière journée de M. Ross.

– C'est terrible, ce qui lui est arrivé. Elle en a fait, des victimes, cette passe, depuis que je suis de ce monde, ça c'est sûr. Et mardi, jamais vous n'auriez cru qu'il allait nous tomber cette grêle. Quand Caleb est reparti d'ici, le ciel était normal. On avait des nuages, ça oui, mais sans plus. C'est venu tout d'un coup. Incroyable ! Et une tempête pareille, parbleu, quand vous êtes en haut de la passe où la visibilité peut déjà souvent être mauvaise... Là-bas il faut être très, très prudent, ma fille.

– Je m'en souviendrai, dit Winsome. Merci. Je crois que ce sera tout pour le moment.

Elle mangea son dernier bout de gâteau, un carré de génoise rose bordée de pâte d'amande, le fit descendre avec une dernière gorgée de thé et se leva.

Wythers la raccompagna à la porte.

– Désolé de pas avoir pu vous aider davantage, ma fille, dit-il, et il se tourna vers le jeune colley excité qui leur avait emboîté le pas. Non, le beau. Couché.

Le chien retourna aussitôt à sa place devant la cheminée.

– Gentil, mon garçon, approuva Wythers. C'est bien.

Winsome le salua, sortit de la maison et fronça le nez. Ces derniers jours, elle avait vu et surtout humé assez de cours de ferme pour toute une vie. Mais elle n'avait pas écopé, au moins, de la mission peu enviable de la tournée des abattoirs. Cela dit, Annie avait trouvé une piste intéressante avec ce pistolet d'abattage volé et ces employés licenciés, tandis qu'elle rentrait à peu près bredouille. Caleb Ross était peut-être préoccupé, pour une raison indéterminée, le jour de son décès. Et alors ? En outre, elle supposait que la cause de cet hypothétique tracas s'était trouvée de l'autre côté de la passe de Belderfell – et de toute façon il n'y était pas parvenu.

Elle démarra la voiture et s'engagea sur le long chemin de Garsley Farm pour rejoindre la route secondaire. À l'embranchement, au lieu de prendre à droite pour retourner vers Swainshead et la route de Helmthorpe qui lui permettrait de regagner rapidement Eastvale, elle tourna à gauche, vers la haute lande. Elle se souvenait bien de cette zone car elle y était venue assez souvent, avec le club, à l'époque où elle pratiquait la spéléologie. Sous les imposantes collines qui se profilaient devant elle, on trouvait le « gruyère » de l'un des plus grands ensembles de grottes d'Europe : des kilomètres et des kilomètres de couloirs souterrains reliant entre elles des salles immenses, certaines vastes comme des cathédrales.

De la spéléologie, le fil de ses pensées la ramena naturellement à Terry Gilchrist. Le souvenir de ce qui s'était passé, la veille, au moment où ils s'étaient séparés, la mettait encore mal à l'aise. Il l'avait appelée, ce matin, avant qu'elle ne parte au travail, pour proposer qu'ils se revoient. Juste pour parler, avait-il précisé. Elle avait accepté de déjeuner avec lui samedi, mais un peu à contrecœur. Pas parce qu'elle n'était pas contente de passer à nouveau du temps avec lui, bien au contraire. Parce qu'elle était gênée. Combien de temps pourrait-elle continuer de jouer la vierge effarouchée avec cet homme ? Maintenant, il fallait qu'elle tienne la promesse qu'elle s'était faite. Elle ne se jetterait pas au lit avec lui – ils devaient simplement déjeuner, après tout –, mais elle l'embrasserait. Oui : il fallait qu'elle se lance. Il y avait longtemps, voilà tout, qu'elle n'avait pas eu de relation, ni sentimentale ni charnelle, avec un homme. Elle devait juste se remettre aux travaux pratiques.

Garsley Farm, qu'elle venait de quitter, se trouvait à la lisière de la chaîne des Pennines. Les collines qui s'étendaient là n'étaient guère exploitables par les agriculteurs, et pour ainsi dire inhabitées. Des moutons y broutaient, bien sûr, mais c'était à peu près tout. À la sortie d'un virage serré, Winsome vit la route serpenter au loin, devant elle, au flanc de la vallée : elle était parvenue au début de la longue ascension de la passe de Belderfell. Elle s'arrêta sur une aire de croisement et descendit de voiture pour admirer la vue. Ici, elle n'était sans doute pas bien loin de la limite géographique du Lancashire, et peut-être même suffisamment au nord pour pouvoir bientôt frôler le comté de Cumbrie où les passes et la lande sauvage des Yorkshire Dales cédaient peu à peu le pas aux collines plus âgées, et plus rondes, du Lake District. Le paysage qu'elle contemplait était immense, spectaculaire – et sauvage. Elle avait devant elle trois austères collines pareilles à de longues enclumes plates, une carrière abandonnée, de la lande et des marécages. Ayant sorti ses jumelles de la boîte à gants de la voiture, elle aperçut deux abris de chasse, au loin, perdus au milieu de nulle part, qui appartenaient probablement à des clubs privés et servaient pendant la saison de la chasse à la grouse – et voilà pour la présence humaine par ici. Quant à l'eau... Winsome savait qu'elle était déjà au-delà de la source de la rivière Swain, au-dessus de Swainshead. Il y avait bien quelques petites cascades sur les flancs abrupts de certaines collines, et des ruisseaux qui sillonnaient la lande, mais ni rivière ni lac dans tout le paysage qu'elle pouvait observer.

Une rafale de vent la fit frissonner. Elle remonta en voiture et décida de regagner Eastvale par le chemin le plus long, c'est-à-dire par la passe de Belderfell. Après avoir entendu les avertissements de M. Wythers, et sachant comment le temps avait brutalement changé mardi, elle surveilla à la fois le ciel et le ravin, sur sa gauche, pendant qu'elle grimpait la route en lacet dépourvue, sauf sur de courts tronçons, de glissière de sécurité. Bientôt, ses oreilles se bouchèrent et se mirent à tinter légèrement comme cela lui arrivait en avion au décollage et à l'atterrissage. Elle ouvrit grand la bouche et les sentit craquer et se dégager. La passe s'élevait très haut au-dessus du fond de la vallée avant de redescendre dans la vallée suivante. Winsome était presque au sommet quand elle aperçut le site de l'accident de Caleb Ross au bas de la pente raide. Elle vit les experts de la police technique et scientifique, aussi petits que des figurines, qui travaillaient encore sur la scène, et les minuscules points noirs, éparpillés sur l'herbe et les rochers, des sacs plastique du chargement de la camionnette. Elle s'arrêta dans une courbe qui faisait comme un promontoire pour observer les hommes en contrebas, mais la perspective plongeante lui donna le vertige. Elle redémarra. D'habitude elle n'avait pas ce souci quand elle était en hauteur au-dessus du vide, mais il était connu que les cœurs les mieux accrochés tremblaient à la passe de Belderfell. Quand on roulait en sens inverse la conduite était beaucoup plus facile, bien sûr, puisqu'on longeait le flanc de la montagne. Dans la direction qu'elle suivait maintenant sur les traces de Caleb Ross, cependant, il n'y avait pour ainsi dire rien entre ses roues et le précipice.

Un petit moment plus tard, elle entama la longue descente sinueuse qui menait à Ramsghyll, un minuscule village niché au pied de la colline et célèbre pour son pub, le Coach and Horses. Les gens y venaient de toute la région pour déguster sa cuisine savoureuse et sa bière artisanale. Malgré la faim qui la tenaillait, Winsome longea sans s'arrêter l'étroite rue principale du village, dépassa le pub et s'engagea sur la route qui la ramènerait à Eastvale via Helmthorpe et Fortford. Le paysage, ici aussi, était très beau, surtout à cette heure où les ombres commençaient à s'allonger. Winsome était un peu perplexe. Peut-être avait-elle fait ce voyage pour rien, peut-être avait-elle même totalement perdu son temps dans cette mission, mais elle continuait d'avoir l'impression, confusément, que la réponse au rôle joué par Caleb Ross dans le meurtre de Morgan Spencer se trouvait quelque part dans les collines qu'elle laissait derrière elle. Là, tout de suite, elle était trop lasse, et sans doute trop obsédée par la question, pour tenter autre chose – elle n'avait d'ailleurs aucune idée de ce qu'elle aurait pu faire –, mais elle se promettait d'aborder le problème à tête reposée, dès le lendemain matin, et d'élucider l'espèce d'intuition qui titillait sa conscience.

Le Duck and Drake était un pub ancien et très fréquenté de Frith Street, au cœur de Soho, tout proche du club de jazz Ronnie Scott's. Banks y était souvent venu, aussi bien du temps où il travaillait dans le West End que depuis lors : quand il était de passage à Londres pour son plaisir ou, comme cet après-midi, pour le travail. La clientèle de fin de journée commençait en général à s'y rassembler assez tôt, et lorsque Banks arriva sur place à seize heures, il trouva un attroupement déjà conséquent d'hommes et de femmes, dehors, qui fumaient en descendant leurs pintes de bière. À l'intérieur, le pub était étroit et tout en longueur. Banks dépassa les clients massés le long du bar pour gagner l'arrière-salle. Il y avait là quelques tables et chaises anciennes en bois sombre. L'homme qu'il cherchait était assis à une table du fond, dos au mur, avec une expression rébarbative qui ne risquait pas d'encourager quiconque à s'installer à proximité de lui.

Le commandant Richard Burgess, « Dirty Dick » pour les intimes, se leva quand il vit Banks approcher.

– Banksy, ça me fait plaisir de te voir, dit-il en lui serrant vigoureusement la main. Ça boume ?

Banks grogna en son for intérieur. Burgess était le seul, aujourd'hui, à le gratifier de ce vilain « Banksy » qui lui avait collé à la peau quand il était gosse. Non qu'il n'aimât pas le travail de l'artiste, bien sûr, mais le sobriquet lui restait sur le cœur. Autrefois, quand il était écolier, l'autre Banksy n'existait pas.

Burgess avait travaillé pour à peu près tous les services de police, pour tous les acronymes imaginables du Royaume-Uni. Il avait donné dans tous les domaines : antiterrorisme, stups, trafic d'êtres humains, sécurité aéroportuaire, homicides, crime organisé. Aujourd'hui il occupait un poste très convoité à la NCA, la National Crime Agency – laquelle collaborait avec diverses entités régionales dans le cadre de l'opération Hawk. S'il n'était peut-être pas le mieux placé, à première vue, pour connaître les dossiers de la criminalité en milieu rural, il connaissait tellement de services différents que Banks était prêt à parier qu'il en savait des tonnes sur le sujet.

– Ça va pas mal, Dirty Dick, répondit-il.

Burgess sourit et se rassit ; Banks prit place en face de lui sur une petite chaise instable.

– Comme ça s'agite déjà pas mal au bar, dit Burgess, j'ai pris la liberté de nous commander à boire. Une blonde classique pour moi, bien sûr, et pour toi une de ces bières artisanales machin-chose. Me souviens plus comment elle s'appelle, elle a un de ces noms pseudo-authentiques qui font bander les bobos, mais la charmante jeune dame du bar me l'a recommandée. Je sais que c'est ton truc.

– Ouais. Merci.

Banks goûta la bière. Houblonnée. Du corps. Très bonne.

– Alors tu as eu mon message ? dit Burgess.

– Je suis là, non ?

Juste après avoir quitté le bureau de Montague Havers, Banks avait reçu un coup de fil de Joanna MacDonald. Celle-ci avait informé la NCA qu'il devait rendre visite à l'homme d'affaires, et l'agence voulait profiter de son passage à Londres pour rencontrer Banks et voir s'ils avaient des informations à partager. Joanna ignorait sans doute que l'interlocuteur de la NCA qui s'entretiendrait avec lui serait Burgess ; à vrai dire, elle ne connaissait probablement pas Dirty Dick. Mais Banks, lui, n'était guère surpris. Burgess avait l'habitude de se pointer quand on s'attendait le moins à le voir – c'est-à-dire, peut-être, quand il fallait le plus s'attendre à le voir. Et puis Banks était content de le retrouver aujourd'hui. Ils avaient de nombreuses différences, mais ils s'entendaient bien et ne laissaient jamais leurs éventuels désaccords perturber leur travail.

Banks avait aussi reçu un appel de Gerry Masterson qui l'avait informé que Annie et Doug avaient les noms de deux individus – Ulf Bengtsson et Kieran Welles – susceptibles d'avoir volé le pistolet d'abattage disparu dans l'entreprise Stirwall. Annie jugeait qu'il fallait mettre le paquet plutôt sur le second homme, mais l'équipe s'était mise au travail pour les trouver tous les deux.

Gerry lui avait aussi appris que la police du Kent avait signalé avoir retrouvé le camion de Morgan Spencer sur un terrain vague à la sortie de Douvres. À l'intérieur, surprise : une moto Yamaha et un tracteur Deutz-Fahr Agrotron en parfait état. Le tout serait renvoyé dans le North Yorkshire dès que possible ; il fallait juste organiser le transport. Cette nouvelle avait étonné Banks, mais il avait décidé qu'il y réfléchirait plus tard.

– En tout cas c'est sympa de te revoir par chez nous, dit Burgess. Ça faisait trop longtemps. À quand remonte notre dernière rencontre ? Cette histoire terrible avec ta fille, non ?

– Oui, je crois. Tu vas bien, toi, j'ai l'impression, observa Banks.

En réalité, il ne savait pas trop quoi penser. Burgess avait les traits presque émaciés. Manifestement il avait énormément maigri : la bedaine qui lui pendait auparavant au-dessus de la ceinture avait fondu, ainsi que le gras superflu de ses joues qui paraissaient désormais creuses.

– Ne te laisse pas tromper par les apparences, vieux. Je me suis mis au sport, c'est ça le truc. J'ai aussi renoncé au maléfique tabac et je limite ma fréquentation du démoniaque alcool. Enfin… un peu, l'alcool. Tu devrais essayer. J'ai eu des petits soucis de santé, il y a quelque temps, qui m'ont valu de me retrouver avec une caméra dans le cul au bout d'un bâton. Je précise cependant qu'avec les médocs qu'ils te filent dans les hostos privés, tu ne sens rien. Mais imagine ma tronche quand j'ai trouvé un mot dans ma chaussure, après coup, qui disait : « J'espère que ça vous a plu autant qu'à moi. » Enfin bon, la vie est ainsi faite.

– Fausse alerte, alors ?

– Ce n'était pas le méchant crabe, si c'est à ça que tu penses. Une petite opération a tout remis en ordre. Mais maintenant, tout de même, je mène une vie plus saine.

Burgess but une longue gorgée de bière. Banks était soulagé d'apprendre que ses problèmes de santé n'avaient pas été trop graves. D'autant plus soulagé que l'homme assis en face de lui était l'un des rares amis qui lui restaient, et une des quelques personnes auxquelles il tenait vraiment en ce monde. Même s'il ne risquait pas de l'admettre.

– C'est pourtant ça qui te tuera, dit-il, désignant la pinte déjà presque vide de Burgess. Ta blonde classique, comme tu dis, elle est bourrée de produits chimiques. Tu devrais arrêter de te foutre de ma gueule et boire des trucs comme ça.

Banks leva son verre et en avala une gorgée avant d'ajouter :

– Les bières artisanales, ou bio, sont bien meilleures pour la santé. Ou alors essaie les vins naturels, si tu préfères.

– Ah, ce cher Banksy. Toujours le même. Ça fait plaisir, dit Burgess, puis il claqua ses mains l'une contre l'autre. Enfin, assez de ces bavardages. L'est temps de causer sérieux, hein, mon gars ?

Banks sourit. Burgess avait prononcé ses dernières phrases avec un fort accent de la campagne. C'était un de ses petits trucs pour se ficher de lui, Banks, qui avait quitté Londres, qui travaillait dans le Yorkshire. Une façon comme une autre, aussi, sans doute, de lui témoigner son affection.

– Montague Havers ? dit Banks.

– Oui. Ce bon vieux Monty.

– Pourquoi est-il toujours en liberté ?

– Parce qu'il est rusé et sournois, cet enfoiré. D'accord, ouais, je sais. Je vais le dire le premier : moi aussi je suis un enfoiré rusé et sournois, et il m'arrive de faire quelques entorses au règlement quand ça m'arrange. Toi et moi, on vient du même milieu popu. On peut se comprendre. Mais le truc, c'est que… Monty a les mêmes origines sociales que nous, tu vois.

– Et alors ? C'est quand même un escroc. Et il a changé de nom pour se donner de grands airs.

– Il a fait ça pour les affaires. Monty a grandi dans l'East End, comme moi. Et à l'époque où l'East End était l'East End, si tu vois ce que je veux dire. À l'époque où ça craignait vraiment, par là-bas. Le truc, ensuite, c'est que lorsque Thatcher a commencé à redresser l'économie et lorsque les cocos dans ton genre se sont mis à avoir de la peine pour ces pauvres cons de mineurs, d'électriciens et d'ouvriers à la chaîne, certains d'entre nous, issus de cette vilaine partie de Londres, ont senti que la poule allait nous pondre de beaux œufs d'or. Et ils ont saisi leur chance. Les opportunités ne manquaient pas. Il y avait des privatisations à coups de milliards, des OPA hostiles, des raids boursiers, des démembrements de sociétés et tutti quanti. Avec très peu de règles pour chapeauter tout ça. Une époque bénie, tu vois, et tout le monde avait le droit de jouer. Pas besoin d'avoir fait ta scolarité à Eton, à Oxford ou dans je ne sais quelle université de l'élite. Pour réussir, il te suffisait de tirer un trait sur ta conscience de gauchiste – un truc que toi, mon vieux copain, tu n'as jamais pu faire. Du coup, tout un tas de ces beaux garçons de la City qui imprimaient quasiment eux-mêmes des billets de banque étaient issus des mêmes quartiers populaires que toi et moi. Ils avaient grandi dans des HLM de merde. Ils avaient fréquenté des écoles publiques à chier. Et tu sais quoi ? Si je n'avais pas été si occupé à escalader les échelons glissants de la police, j'aurais pu travailler avec eux.

– Et je suis certain que tu aurais gagné beaucoup d'argent, ouais. Mais les choses ont changé.

– Tu m'en diras tant. Regarde le ramassis de branleurs auxquels nous avons droit aujourd'hui, putain ! Incapables de gérer la tirelire d'un môme, qu'ils seraient, alors tu imagines l'économie d'un pays. Mais revenons à nos moutons. Si tu veux comprendre les mecs comme Monty Havers, tu dois comprendre les mecs comme moi. Les petits vendeurs à la sauvette qui ont pas trop mal réussi. Nous étions jeunes, nous avions de la cervelle et de l'impudence à revendre. Même sale tempérament que les criminels, pourrais-tu dire, et tu aurais raison. Mais nous avions du peps, de l'imagination, du cran, et nom de Dieu, c'était ce dont le pays avait besoin. Avec nous, la machine tournait. Et qu'est-il arrivé à tous ces garçons, subitement, quand le rêve a tourné court ? Bon, c'est clair que certains d'entre eux étaient franchement bousillés par les excès de leur mode de vie. Un peu comme les hippies qui s'étaient trop gavés de LSD. Mais les autres, ceux du genre Montague Havers, ont tiré leur épingle du jeu pour se tourner vers des activités commerciales légales, genre la banque spécialisée. Là ils ont appris toutes les ficelles du métier… et comment les traficoter. Comme je disais, Banksy, nous étions brillants et les réglementations avaient été jetées par la fenêtre. Au bout du compte, si tu veux mon opinion, on ne trouve pas grande différence entre la majeure partie des banques d'affaires et le crime organisé. Donc il ne faut pas trop s'étonner que Havers soit un mec tordu. Et puis le truc, aussi, c'est qu'il a l'âme d'un artisan. Il connaît son métier à fond. Il a une connaissance intime des finesses du blanchiment d'argent, des transferts invisibles, des comptes planqués, des paradis fiscaux, des sociétés-écrans et ainsi de suite. Ça signifie qu'il a toujours un coup d'avance sur la législation de sa branche. Voilà pourquoi nous ne le connaissons que par ses relations professionnelles et leurs diverses activités. Certains mecs avec qui il travaille font des choses tout à fait détestables, mais lui, Havers, ne met jamais son nom sur quoi que ce soit qui risquerait de lui revenir à la figure. Il ne se salit jamais les mains, tu vois. Il connaît des gens qui peuvent te transporter, du moment que tu allonges le cash, n'importe quoi, n'importe où, n'importe quand. Il sait où te procurer des faux passeports, des connaissements bidon, des vierges de treize ans, tout ce que tu veux. Il sait quelles pattes graisser, et si nécessaire il peut fournir lui-même les fonds – des fonds à l'origine toujours irréprochable –, mais ce n'est pas lui qui graisse. Tu vois ce que je veux dire ? Il se tient à la lisière du monde qu'il contribue à faire tourner. Y compris dans sa vie sociale, en plus. Tu le trouveras à l'Athenæum, jamais dans un rade de Soho.

– Alors je suppose qu'il fallait qu'il change de nom, ouais, d'accord. Mais pourquoi tremper dans le crime rural ? Je veux dire… Voler un tracteur ? Alors que d'après ce que tu racontes, bon sang, Havers peut engranger des millions en moins de deux ? Comment ça entre dans le tableau, ce truc ?

– C'est simple, vieux frère. Il y a un marché, un gros marché, pour le matériel agricole volé. Ton tracteur, multiplie-le par dix, par vingt, par ce que tu veux. Tu sais combien vaut chacune de ces machines ? Et puis elles ne sont pas fourguées à des paysans boliviens, tu sais, Banksy. Elles sont vendues à des clients qui peuvent se les offrir. En plus il n'y a pas que les tracteurs. T'as aussi les moissonneuses-batteuses, les ensileuses, tout ce que tu peux trouver à la ferme. Et aussi les chariots élévateurs, les tractopelles, et les Land Rover, les Range Rover, et les innombrables BM et les Merco qui passent par tous les ateliers de cannibalisation imaginables. Détail qui a son importance, en plus, les gens de la campagne sont souvent beaucoup plus négligents, pour ce qui est de protéger leurs biens, que nous autres citadins. La pioche est facile, du coup, et si tu as le savoir-faire pour transporter le butin du point A au point B, bingo !

– Il y a tout de même beaucoup de monde à payer le long de la chaîne.

– Des clopinettes. Je sais où te procurer des mecs qui casseront un bras à qui tu veux pour vingt balles. Les deux bras pour trente.

– Vingt balles ? Dieu que la vie est chère à la capitale !

– Ah ouais, fit Burgess, riant. Sûr que dans le Yorkshire ça doit coûter moitié moins.

Il termina sa bière et posa brutalement la pinte vide sur la table.

– On remet ça ? proposa Banks.

– Je dis pas non.

Banks se leva. Le bar, heureusement, n'était pas trop encombré de clients. Pendant qu'il attendait d'être servi il repensa à ce que Burgess venait de lui dire. Même si Havers était moitié moins doué que son collègue ne le pensait, ils auraient du mal à le faire tomber. D'un autre côté, Banks pensait lui avoir fichu une bonne frousse à la fin de leur rencontre. Il lui avait montré, déjà, que la police connaissait les noms d'à peu près tous les bonshommes qui participaient à ses opérations – celles au North Yorkshire, à tout le moins. Cette information devait logiquement inquiéter Havers, même si deux des gars étaient morts et même s'il supposait que les survivants n'oseraient jamais parler. Restait à voir s'il aurait le culot de continuer à travailler comme si de rien n'était. En même temps ce n'était pas tant cet homme qui intéressait Banks que la branche de son organisation qui avait tué et coupé Morgan Spencer en morceaux. Sans oublier ses liens avec John Beddoes : si le gentleman farmer était impliqué, il faudrait le faire tomber, lui aussi, d'une façon ou d'une autre. Mais Banks était confiant. L'un des membres du groupe parlerait, c'était certain, pour échapper à des chefs d'accusation trop lourds.

Son tour arriva et il commanda les mêmes bières. La barmaid avait l'accent américain et les cheveux colorés au henné. Elle lui offrit un sourire craquant pendant qu'elle remplissait les verres, mais il jugea qu'elle ne flirtait pas avec lui. C'était juste sa façon d'être. Elle était avenante, voilà. En outre elle était assez jeune pour être sa fille. Il se rappela, par association d'idées, qu'il devait appeler Tracy. Ils avaient prévu d'aller ensemble au Sage voir le groupe de Brian, les Blue Lamps, la semaine prochaine. La perspective de passer la soirée en compagnie de sa fille à regarder son fils jouer sur une scène prestigieuse l'emballait énormément. Il lui téléphonerait dès qu'il serait rentré chez lui. Mais rentrerait-il ce soir ? Il tendit un billet à la barmaid qui venait de poser les verres devant lui. Oui, bien sûr, il n'avait pas le choix. Les enquêtes en cours à Eastvale donnaient beaucoup de travail à toute l'équipe ; il ne pouvait l'abandonner pour s'offrir une soirée à Londres. Les trains ne manquaient pas, en outre, et il n'était pas loin de King's Cross. Cette pinte devait être la dernière.

Burgess notait quelque chose dans son carnet quand Banks se rassit en face de lui avec les boissons. Il le rangea dans sa poche en disant :

– Tu sais, j'ai connu Havers quand j'étais gosse. Pas très bien, je suis un peu plus âgé que lui, mais je le connaissais. Il vivait dans mon quartier. C'est peut-être pour ça que je m'intéresse plus que je ne devrais à cette affaire.

– Et John Beddoes ? Tu le connais ?

– Hmm… Ce nom ne me dit rien.

– C'est son tracteur qui a été volé, mais aujourd'hui je me demande s'il n'est pas de mèche avec Havers. À la belle époque dont tu parlais tout à l'heure, justement, ils étaient très copains.

– C'est complètement possible. Mais est-ce que le bonhomme irait voler son propre tracteur ? Ou même charger quelqu'un de le faire ?

– Non. Je continue de m'interroger là-dessus. En tout cas le tracteur vient d'être retrouvé à Douvres. Beddoes devrait être content.

– Ça c'est un peu étrange, non ?

– Je suis de ton avis. Les voleurs ont dû avoir un problème qui les a obligés à l'abandonner. Je présume qu'ils avaient prévu de l'embarquer sur un bateau quelque part par là. Ceci dit, nous pensons que l'opération a pu être menée par un franc-tireur. Enfin ça en a tout l'air. Un jeune mec qui s'appelait Morgan Spencer. Il a peut-être agi seul, ce qui lui a valu d'être liquidé.

– C'est ce jeune gars qui a été tué avec le pistolet d'abattage et découpé en morceaux, non ? J'en ai entendu parler. Mais je n'ai vu son nom dans aucun de nos dossiers.

– Il était tout au bas de l'échelle, je pense. Sauf erreur, vous avez eu un meurtre avec le même mode opératoire il y a quelque temps...

– Avec un pistolet d'abattage ? Oui. Une sale histoire. Un Polonais, la victime. Je n'ai pas réellement travaillé sur l'affaire, mais je m'y suis intéressé parce que tous les trucs qui sortent de l'ordinaire attirent mon attention. Autant que je sache, le tueur n'a jamais été retrouvé. Je jetterai de nouveau un œil au dossier, pour voir si je déniche un truc. On avait relevé des empreintes, si je me souviens bien ?

– Ouais. J'ai quelqu'un qui travaille dessus, justement, pour les comparer à une empreinte partielle qui a été relevée dans le hangar de Drewick. Mais si tu as du neuf, avertis-moi.

– Sans faute.

– Nous avons aussi deux suspects pour le vol d'un pistolet d'abattage dans un grand abattoir qui se trouve pas loin d'Eastvale. Le vol a eu lieu il y a environ deux ans. Nous essayons de retrouver ces suspects, bien sûr, mais si tu...

– Donne-moi leurs noms, le coupa Burgess en ressortant son carnet.

– Ulf Bengtsson et Kieran Welles.

– Un Scandinave, ce Bengtsson ?

– Suédois.

– Oui, voilà. Si ma mémoire ne me trompe pas, il est mort. Je vérifierai, mais je suis à peu près sûr que le type que j'ai en tête s'appelait Ulf machin-chose. Les gens le surnommaient « le Suédois ».

– Ah tiens ?

– Ne t'emballe pas, Banksy. Il est mort tout seul comme un grand. Il était devenu SDF et il buvait comme un trou. Des touristes l'ont trouvé, un matin, sous un pont au bord de la Tamise. Le foie et le cœur avaient lâché.

– Comment tu es au courant de tous ces trucs ? demanda Banks, ébahi. Ne me dis pas qu'il y a eu une enquête, quand même ?

– C'est ma ville. J'essaie de suivre l'actualité. Et puis le Suédois avait aussi souffert d'hypothermie, parce que la nuit avait été très froide, et ça a soulevé un débat à la Chambre. Tu imagines : comment notre société peut-elle laisser des gens mourir de froid, blablabla. Si tu veux mon avis, pourtant, les gens qui dorment dans la rue et font la manche au lieu de se trouver un vrai travail et un endroit chaud pour pioncer, eh ben… bonne chance à eux !

– Tu n'as pas changé, hein ? dit Banks.

Burgess lui fit un clin d'œil.

– Les gouvernements changent mais les vérités fondamentales sont intangibles.

– Comme Dirty Dick Burgess. Et l'autre ? Kieran Welles ?

– Ce nom ne me dit rien. Mais « Kieran », c'est irlandais, non ?

– Ouais. Ça fait irlandais à mon oreille, en tout cas.

– Hmm, je verrai ce que je peux trouver, dit Burgess, et il but une gorgée de bière. Ce boulot qui est le nôtre, aujourd'hui, j'ai souvent l'impression de pisser au vent. Et toi, Banksy ? Ça ne te manque pas, tout ce qu'on faisait autrefois ? Quand t'étais ici, avec nous, dans les rues malfamées de la capitale… Tu avais ta réputation, toi aussi. Tu ne faisais pas de quartier, si ma mémoire est bonne.

– L'époque a changé.

– Comme tu dis ! Et à quoi bon la nostalgie, hein ?

Burgess leva son verre. Ils trinquèrent.

– Aux amis de longue date, dit Burgess.

– Quel sentimental tu fais, mon vieux, ironisa Banks.

– Attention à toi. Je suis sérieux. Les bonshommes comme Havers, et peut-être même ton Beddoes, ils ont l'air plutôt inoffensifs à première vue. Tu leur montres le poing, ils prennent leurs jambes à leur cou. Mais c'est parce qu'ils n'ont pas à jouer eux-mêmes des poings. Ils utilisent des mecs comme ton Kieran Welles et ils se foutent des dégâts que ces voyous peuvent causer. Tu penses que le meurtrier, c'est ce Kieran Welles, à propos ?

– Comme ça, au pied levé ? Impossible à dire. Je ne le connais pas. On ne sait même pas si c'est lui qui a volé le pistolet d'abattage. La seule info tangible qu'on a, et elle n'est pas piquée des hannetons, c'est qu'il se montrait cruel envers les animaux de l'abattoir où il travaillait. Mais il y a deux autres hommes. Ronald Tanner, qui a menacé un témoin, et puis un copain à lui qui s'appelle Carl Utley et que nous soupçonnons d'avoir pris le volant du camion qui contenait le tracteur. Pour l'abandonner à la sortie de Douvres, comme nous le savons maintenant. Lui, nous le recherchons. Tanner... je ne sais pas. C'est un cogneur. Mais il n'a jamais travaillé dans un abattoir et nous n'avons pas trouvé trace du pistolet d'abattage chez lui.

– Il aurait pu aider lés autres à se débarrasser du corps.

– Oh, il est mouillé de toute façon, y a pas de doute, mais je ne pense pas qu'il soit bien haut dans l'organisation. Et en fait, je ne le vois pas en tueur. Il tabasse et il charcle, comme disent les jeunes, mais il ne dégomme pas. J'espère que non, en tout cas. Nous avons été forcés de le relâcher aujourd'hui.

– Pourquoi ?

– Il est défendu par Cassandra Wakefield.

– Putain de merde ! Alors comme ça, cette salope éminemment baisable continue de remettre les criminels en liberté ?

– Eh oui.

Burgess se pencha en avant et dit un ton plus bas :

– À propos de nana baisable, Banksy... Cette inspecteur MacDonald, la fille de l'opération Hawk... elle est plutôt canon, hein ?

– Tu la connais ?

– On s'est croisés deux ou trois fois, à des réunions. Un peu glaçante, au premier contact, mais ce modèle-là c'est souvent celles qui crient le plus fort au pieu. Je ne marche pas sur tes plates-bandes, dis-moi ? Parce qu'elle m'a tout de même cité ton nom. En même temps, il paraît que tu as une jolie petite pépée italienne au feu.

Banks sourit. Il y avait longtemps qu'il n'avait entendu le mot « pépée ». Ça allait bien à Burgess.

– J'ai une copine, oui. Dont la famille est italienne. Et pour Joanna MacDonald, j'ai travaillé avec elle avant son divorce, quand elle s'appelait Joanna Passero, mais c'est tout. À ce moment-là elle était à l'Inspection générale.

– Ah ouais, carrément ! Maintenant que tu le dis, je l'imagine tout à fait à l'Inspection générale.

– Pourtant le boulot ne lui convenait pas. Elle est beaucoup plus heureuse maintenant.

– Une divorcée heureuse. Tant mieux. Vous êtes juste potes, alors ?

– Voilà.

– Même après ce week-end coquin à Tallinn ?

Banks fit la grimace. Burgess leva les mains.

– D'accord, d'accord. Je te tiens au courant au sujet de ces noms. Et de tout ce que je pourrai trouver sur John Beddoes. Souviens-toi de ce que je t'ai dit. *Adios, amigo,* et fais attention à toi.

Banks but le fond de sa pinte et se leva.

– Toujours.

La nuit était tout juste tombée lorsque Alex décida de faire un saut au petit supermarché qui était au coin de la rue. Elle n'avait plus de lait pour les céréales du petit déjeuner, plus de pain de mie et plus de vin blanc. Ian jouait à *Call of Duty*, assis en tailleur sur le canapé, la manette de la console entre les mains – il ne risquait pas de bouger de là. Et puis l'appartement étant surveillé par la police, Alex savait qu'elle n'avait aucune raison de s'inquiéter. Doug Wilson et les autres agents lui avaient dit qu'elle pouvait aller et venir comme elle le voulait, mener une vie normale. Elle ne les verrait pas, mais ils seraient là, tout près, pour la protéger. Malgré tout elle se sentit un peu nerveuse, pendant qu'elle enfilait sa veste en cuir et attrapait son sac, à l'idée de laisser Ian seul. C'était aussi la première fois qu'elle sortait dehors la nuit depuis qu'elle avait reçu la visite de cet homme – Ronald Tanner. Une heure plus tôt, elle avait vu au journal télévisé régional que le commissariat l'avait relâché dans la matinée. Malgré les empreintes digitales, donc, et en dépit du fait qu'elle l'avait clairement identifié sur l'écran du système VIPER. Elle n'y comprenait rien. Oui, d'accord, on disait que les criminels s'en sortaient toujours, mais là il était tellement *évident* que Tanner était coupable ! Elle ne pouvait que supposer que la police cherchait d'autres preuves contre lui – et le surveillait. Il ne donnerait quand même pas de raison à la justice de le remettre en cellule en revenant la terroriser ici, à l'appartement, aussitôt après avoir été libéré.

Elle sortit de l'appartement et longea le couloir d'un pas vif. Quelqu'un écoutait du hip-hop, à l'étage au-dessus, et avait laissé sa porte ouverte. Cette musique, ce n'était vraiment pas sa tasse de thé. Des amis avaient essayé de lui en vanter les mérites, mais rien n'y faisait, elle n'accrochait pas. Elle avait participé à quelques raves, adolescente, pour danser toute la nuit sur des musiques électroniques répétitives, aux tempos survoltés, et elle avait même gobé deux ou trois fois de l'ecsta. Elle pensait être ouverte à pas mal de trucs, mais elle n'arrivait pas à apprécier le hip-hop – même quand il n'était pas grossier ou n'employait pas des mots détestables pour décrire les femmes et les choses que les hommes devraient leur faire. En même temps elle connaissait les jeunes qui vivaient là-haut, et elle savait qu'ils n'étaient pas méchants. C'était juste une question de goût, sans doute. Elle aimait Beyoncé et Rihanna ; ils aimaient Tinie Tempah et Dizzee Rascal.

L'ascenseur fonctionnait, Dieu merci, et tant pis si l'odeur de pisse était pire que jamais. La faute en partie à certains jeunes cons de l'immeuble, bien sûr, mais surtout au vieux monsieur incontinent du dixième étage qui répondait, quand on lui demandait de faire attention, qu'il ne pouvait pas se retenir. Dehors l'atmosphère était tranquille. Les réverbères avaient cet éclat un peu étrange qu'ils ont à la fin du crépuscule, les piétons filaient sur les trottoirs tête baissée, l'odeur d'une cigarette planait dans l'air humide et se mêlait aux relents d'huile chaude et de vinaigre du restaurant de fish and chips. Alex regarda autour d'elle et ne vit personne qui ressemblât à un policier. Les personnes chargées de la surveiller étaient discrètes. Elle fourra les mains au fond des poches de sa veste et pressa le pas, son sac en bandoulière rebondissant contre sa hanche. Le supermarché était juste là, en face, tout illuminé, à une cinquantaine de mètres ; à travers les vitrines elle voyait des gens aller et venir à l'intérieur. Traversant la rue, elle salua une femme qui habitait au même étage qu'elle. La nuit était froide. Assez froide pour geler les flaques d'eau du caniveau, constata-t-elle, et cette pensée la fit frissonner.

Les portes automatiques s'écartèrent devant elle. En un instant, elle fut enveloppée par la chaleur et les lumières des néons du petit supermarché. Munie d'un panier en plastique, elle commença à circuler dans les allées. Les clients n'étaient finalement pas très nombreux. Elle vit une maman qui essayait de calmer deux enfants turbulents, un garçon et une fille qui faisaient le plein de bière et de chips, un monsieur âgé en cardigan, coiffé d'une casquette, qui feuilletait un magazine au présentoir presse...

Alex venait de tourner au bout d'une allée, en face du rayon des surgelés, lorsqu'une main, surgissant par-derrière, lui couvrit la bouche et l'entraîna vers le fond du magasin.

Banks prit la route de l'exploitation Beddoes dès qu'il fut de retour dans le Swainsdale. Le chemin d'accès de la ferme était défoncé et gelé, il regretta un peu de ne pas avoir pris une voiture du commissariat à la place de la Porsche, mais il parvint quand même à destination sans trop de mal.

Dans la maison, il retrouva le salon propret et joliment aménagé – mobilier de choix et porcelaines anciennes sur les étagères murales – qu'il avait découvert lors de sa première visite. La chaîne Bang & Olufsen était éteinte. Lorsque Patricia Beddoes, qui l'avait accueilli à la porte de la maison, le fit entrer dans la pièce, John était confortablement installé dans un fauteuil, une tasse de café posée à côté de lui. Il lisait un livre d'économie : une discipline à laquelle Banks n'avait jamais rien compris. Patricia, que Banks voyait pour la première fois, était une femme séduisante, quoiqu'un peu osseuse à son goût, et peut-être un zeste rigide dans ses manières, qui avait une bonne dizaine d'années de moins que son époux.

Difficile de l'imaginer avec la commissaire Gervaise, en tout cas, discutant un verre de vin à la main, autour d'une assiette de crackers et de cubes de fromage, des œuvres de Jonathan Franzen ou de Kiran Desai.

– Inspecteur principal Banks, dit Beddoes, posant son livre à côté de la tasse pour se lever. C'est tellement agréable de vous revoir ! J'espère que vous venez avec de bonnes nouvelles ?

Ils se serrèrent la main.

– Nous avons trouvé votre tracteur, si c'est ce que vous voulez dire.

Beddoes le regarda bouche bée.

– John ! s'exclama Patricia en lui agrippant le bras. C'est une merveilleuse nouvelle !

– Ah bon, vous l'avez récupéré ? bredouilla Beddoes. Je... je ne sais pas quoi dire.

– N'êtes-vous pas curieux de savoir où il se trouvait ?

– Quelque part dans un pays d'Europe de l'Est, j'imagine.

– À Douvres.

– Hein ? Vous voulez dire qu'il n'avait pas encore quitté l'Angleterre ?

– Apparemment pas.

– N'est-ce pas un peu étonnant ?

– C'est très étonnant.

Beddoes invita Banks à s'asseoir, d'un geste, avant de reprendre son propre siège.

– Alors... que s'est-il passé, d'après vous ?

– Nous ne pouvons pas encore répondre à cette question. Mais de toute évidence, les voleurs ont eu des soucis.

– Tant mieux pour moi. Je craignais de ne jamais revoir cette bienheureuse machine. Me sera-t-elle restituée bientôt ?

– Pas tout de suite. Nous devons d'abord la faire remonter jusqu'ici, puis l'examiner.

– Pour y trouver des empreintes, des indices, vous voulez dire ?

– Quelque chose comme ça, voilà. À première vue, ceci dit, les voleurs ont donné un bon coup de chiffon partout où ils avaient mis les mains.

– Ah oui ? Hmm… C'est sans doute normal, s'ils ont dû abandonner leur prise et ficher le camp dare-dare. Pourquoi risquer de laisser des empreintes derrière eux ?

– Vous pensez qu'ils étaient pressés ? Pour quelle raison ?

– Heu… Je n'en ai aucune idée, en fait. Cette histoire est un vrai mystère.

– Oui, mais je suis sûr que nous l'éclaircirons. Nos agents de la police technique et scientifique sont très compétents.

– N'avez-vous vraiment aucune idée du moment auquel je pourrai récupérer le tracteur ? Faut-il tant de temps pour chercher des empreintes et… ?

– Vous en avez besoin d'urgence ?

– Je suis un agriculteur. Dès que cette météo épouvantable va s'arranger, j'aurai beaucoup de travail aux champs.

– Oui, bien sûr. Cela m'était sorti de la tête, dit Banks en se penchant en avant. Hélas, vous devrez peut-être être patient. Le problème, voyez-vous, est que votre tracteur est une pièce à conviction, techniquement parlant, dans une enquête pour meurtre. Et peut-être deux enquêtes pour meurtre. Nous devons élucider le lien qui existe entre cette machine et le camion dans lequel elle a été trouvée. Son lien, aussi, avec la moto qui l'accompagnait. Camion et moto qui appartenaient, se trouve-t-il, à Morgan Spencer. Lequel a été assassiné dimanche matin, près de Drewick, comme vous l'avez sans doute entendu dire.

– Oui… Je… J'ignorais qu'il y avait un rapport entre tous ces éléments. Mais je vous ai déjà dit que je ne connaissais pas ce M. Spencer. Ce serait lui, le voleur du tracteur ?

– Nous pensons qu'il pourrait avoir fait partie du gang qui a volé votre engin, oui, mais je ne peux pas en dire davantage. Nous avons encore des tas de choses à démêler.

– Oui, j'imagine. Hmm… Pat, ma chérie, tu veux bien aller chercher une tasse de café pour l'inspecteur Banks ? Je crois que nous en avons encore. Celui que j'ai fait tout à l'heure.

– Certainement.

Patricia Beddoes disparut à la cuisine et revint une minute plus tard avec une tasse de café, du sucre et du lait sur un plateau. Banks ayant l'habitude de boire son café noir, il saisit simplement la tasse et la remercia. C'était un excellent café. Goûteux, mais pas amer, fort mais pas au point de lui mettre les nerfs en pelote. Il coûtait sans doute les yeux de la tête.

– Y a-t-il autre chose pour votre service, inspecteur principal Banks ?

– Peut-être. Connaissez-vous un homme qui s'appelle Montague Havers ?

– Ce nom ne me dit rien du tout.

Havers avait très probablement téléphoné à Beddoes dès que Banks avait quitté son bureau. Et il lui avait sans doute conseillé de minimiser leur relation.

– Vous avez peut-être connu ce monsieur quand il s'appelait Malcolm Hackett.

– Malcolm ? Ah oui. Bien sûr. Nous bossions ensemble, à la City, il y a je ne sais combien d'années. Pourquoi a-t-il changé de nom ?

– Il a jugé que Montague Havers faisait plus sophistiqué et convenait mieux à l'univers professionnel dans lequel il évolue aujourd'hui.

– Ça, c'est du Malcolm tout craché. Il a toujours eu ce genre de snobisme. Qu'est-ce qu'il fabrique, aujourd'hui ?

– Ces derniers temps, alors, vous n'avez pas été en contact avec lui ?

– Il y a des lustres que je n'ai pas été en contact avec lui. Depuis la fin des années quatre-vingt, à vrai dire.

– Je vois. Il est dans la banque d'investissements. Spécialisé dans les transactions internationales. C'est son métier, à tout le moins. À titre personnel, il investit aussi dans certains projets immobiliers.

– D'accord, mais quel rapport avec mon tracteur ?

Banks posa sa tasse et se pencha de nouveau en avant.

– J'y viens, monsieur Beddoes. Laissons de côté, pour le moment, les vols, les menaces et les assassinats. J'ai découvert une chose assez intéressante au sujet de M. Havers.

– Je vous écoute.

– Il a investi dans un projet de développement du site de l'aérodrome désaffecté de Drewick. Celui-là même où Morgan Spencer a été tué. Vous avez peut-être entendu dire que ce terrain devrait accueillir un jour ou l'autre un centre commercial ? Un projet très lucratif, sans doute, sur le long terme.

– J'en ai entendu parler, en effet.

– Eh bien nous pensons... je dirais même que nous sommes à peu près certains, grâce au travail de nos experts, que le hangar servait de lieu de transit pour les machines agricoles volées dans le North Yorkshire, et peut-être dans tout le nord de l'Angleterre, et destinées à être envoyées en Europe de l'Est.

– Je vois. Et mon tracteur parmi elles.

– C'est l'impression que nous avons.

– C'est une sacrée coïncidence.

– N'est-ce pas ? Et ce M. Malcolm Hackett, alias Montague Havers, affirme que vous étiez les meilleurs copains du monde dans les années quatre-vingt. Vous étiez employés par la même boîte de trading, vous buviez dans les mêmes pubs, autant que je sache vous partagiez peut-être même vos copines. C'était une époque enivrante, vous étiez jeunes et vous aviez de l'ambition à revendre.

– Attention, je ne dirais pas que nous étions si bons copains que ça. Et c'est de la vieille histoire. Mais nous avons passé des moments agréables ensemble, oui, je ne peux pas le nier.

– C'est drôle, vous savez. Au début, il ne se souvenait pas du tout de vous. Il a fallu que je lui rafraîchisse la mémoire.

– Eh bien, oui. Je vous dis que nous n'étions pas si proches.

Banks se renversa contre le dossier de son fauteuil et nota calmement quelque chose dans son carnet. Relevant les yeux, il remarqua que Beddoes n'avait pas l'air d'apprécier son attitude.

– Quand Montague Havers s'est souvenu de vous, par contre, il m'a dit qu'il vous appelait autrefois « Beddoes le baiseur ». C'est vrai, ça ?

Beddoes rougit et toussa contre son poing.

– Inspecteur, par pitié !

– Ça n'a aucune importance, John, intervint Patricia d'une voix pareille à de l'acier trempé, et elle sourit à Banks pour ajouter : Cela remonte à loin, d'une part, et puis je n'ai jamais pensé que mon mari avait mené une vie de moine avant notre rencontre. Je suis sûre qu'il a de nombreux exploits amoureux à son actif. Et tant mieux. Nous sommes pareils, lui et moi.

– Écoutez, dit Beddoes d'un air agacé. Quel intérêt, au fond, toutes ces histoires ? Vous débarquez ici et vous faites des commentaires assez désobligeants sur ma vie privée et mon passé, alors que je n'ai ni vu ni parlé à Malcolm Hackett depuis plusieurs décennies.

– Vous en êtes certain ?

– Absolument ! Vous sous-entendez que je vous mens ?

– Je ne sais pas. Dans cette affaire il y a trop de coïncidences. Et les inspecteurs de police n'aiment pas les coïncidences.

– Eh bien vous n'avez qu'à apprendre à les accepter, comme nous tous, dit Beddoes, et il se leva. Maintenant, si cela ne vous ennuie pas, il se fait tard. Je pense qu'il est temps que vous nous laissiez.

– Certainement, dit Banks en quittant son fauteuil. Caleb Ross, vous le connaissez ?

– Non, je ne le connais pas personnellement. Mais je sais qui c'est. Qui c'était. Vous le savez très bien. Tous les agriculteurs de la région le connaissaient, au moins de réputation. Vous avez parlé de laisser de côté les vols, les menaces et les assassinats. Là, il y a une minute, vous avez dit cela. Qu'aviez-vous en tête, au juste ? Quel rapport toutes ces histoires peuvent-elles avoir avec le vol de mon tracteur ?

– Je ne sais pas. En voyez-vous un ?

– Bien sûr que non !

– Quelques noms, encore, monsieur Beddoes, avant que je ne vous quitte. Kieran Welles. Ronald Tanner. Carl Utley. Ils vous disent quelque chose ?

– Non. Je ne sais pas qui sont ces individus.

– C'est bien ce que je pensais. Mais si jamais vous deviez vous souvenir, tout à coup, d'avoir connu l'un de ces hommes ne serait-ce que vaguement, et même si cela remonte à loin, prévenez-moi, d'accord ? Merci d'avoir pris le temps de me recevoir, monsieur Beddoes, et merci pour le café, madame Beddoes. Je vous souhaite une bonne soirée.

Banks sortit de la maison le sourire aux lèvres : il avait jeté un bon gros pavé dans la mare. Quand il parvint à la route goudronnée, au bout du chemin de la ferme, il freina à côté d'une voiture arrêtée sur une petite aire de stationnement.

– Tenez-les à l'œil, Doug, dit-il. Mais gardez vos distances.

– C'est compris, patron, répondit Doug Wilson.

Ils remontèrent leurs vitres. Banks accéléra sur la route.

Le cœur d'Alex fit un bond dans sa poitrine et des frissons de terreur lui fusèrent à travers le corps. Elle se trouvait dans un supermarché archi-éclairé ! Il y avait des gens autour d'elle ! Pourquoi personne ne venait l'aider, bon sang ? Elle n'arrivait pas à y croire. Et où était passée la police ? Elle essaya de mordre la main qui couvrait sa bouche, mais elle ne parvint pas à écarter suffisamment les lèvres. Tout à coup, l'homme lâcha son visage, l'agrippa si fort par les épaules qu'elle gémit de douleur, et la força à se retourner. La capuche en sweat-shirt la troubla, une fraction de seconde, mais les yeux qu'elle distinguait dessous lui étaient familiers. C'était Michael. Il était là, devant elle ! Sa première impulsion fut de l'enlacer, de l'étreindre pour ne plus jamais le laisser repartir, mais elle se retint, consciente qu'ils devaient être prudents. Un couple de jeunes gens passa à côté d'eux, en leur accordant à peine un regard, pour passer dans l'allée voisine.

– Tu m'as fait mal, dit-elle en se frottant l'épaule.

– Désolé pour l'entrée en scène, ma chérie, murmura-t-il. Mais je ne savais pas comment tu réagirais…

– Michael, tu dois t'en aller ! Tout de suite. Tu es en danger.

– Ils ne peuvent pas me chercher partout. Et ici, c'est sûrement le dernier endroit où ils s'attendent à me trouver. J'ai fait très attention. J'ai bien observé le quartier et j'attendais un moment comme maintenant.

Il l'entraîna vers le fond du magasin, derrière un présentoir de paquets de chips.

– J'avais trop envie de te voir, Alex. Tu me manquais tellement.

Elle lui caressa la joue et l'embrassa sur la bouche avec ardeur.

– Toi aussi tu m'as manqué, dit-elle, sentant ses yeux s'emplir de larmes. C'est fou comme tu m'as manqué. Mais tu dois te dépêcher. Tu ne comprends pas !

Michael souriait de ce sourire qui la faisait fondre. Mais tout à coup, elle vit une étincelle d'étonnement et de peur dans ses yeux.

– Comment ça, je ne comprends pas ?

– Ce n'est pas toi qui es surveillé.

Il perdit son sourire.

– Je ne…

Et puis tout bascula en un instant. Une voix tonitruante cria à la clientèle d'évacuer le magasin tandis que deux agents de police en tenue de combat apparaissaient au coin de l'allée.

– Police ! hurla l'un d'eux. Restez où vous êtes et pas un geste !

Alex recula, malgré elle, et renversa le présentoir de chips. Michael en profita pour se précipiter vers les caisses et la sortie du magasin. La jeune femme se figea sur place, tétanisée par la peur. Elle voulait appeler Michael, lui dire de ne pas s'enfuir, mais elle n'avait plus de voix. Étrangement, les deux agents ne paraissaient pas trop soucieux de le voir détaler. Ils rengainèrent leurs armes. L'un d'eux s'approcha d'elle et la prit par le bras en disant tranquillement :

– Venez, ma belle. Venez avec nous. Vous êtes hors de danger.

Alex aurait aimé répondre qu'elle n'était pas en danger. Tout ce qu'elle souhaitait, c'était rester avec Michael. Qu'ils rentrent chez eux, à l'appartement où les attendait Ian, et que le monde leur fiche la paix. Mais elle ne dit rien. Elle laissa l'homme l'entraîner vers la sortie, presque étonnée de constater que ses jambes la portaient. Il y avait du raffut à l'avant du magasin – elle entendait des coups, des cris, des étagères qui se renversaient.

Quand elle parvint aux caisses, des gyrophares attirèrent son regard derrière les vitrines. Elle aperçut alors Michael. Il avait les mains menottées dans le dos et un policier était en train de le faire monter à l'arrière d'une voiture de patrouille en lui poussant sur la nuque avec une main, comme on voyait à la télévision. Les portes du supermarché s'écartèrent. Elle appela Michael. Il tourna la tête. Il avait l'air tellement perdu, tellement désespéré. Elle voulut courir vers lui, le serrer dans ses bras, mais la portière se referma et la voiture démarra. Le jeune policier à la mine sévère qui la tenait par le bras l'informa qu'il allait la raccompagner jusqu'à son appartement. Elle se laissa guider, incapable de protester. Pendant qu'ils traversaient la rue, elle prit conscience qu'elle n'avait rien acheté. Au bout du compte, elle n'avait ni le lait, ni le pain, ni le vin dont elle avait besoin. Et maintenant elle n'avait pas le cœur à faire demi-tour. Elle ne pensait plus qu'à rentrer chez elle et à retrouver Ian. Et ensuite, elle voulait voir Annie Cabbot. Pour lui crier sa rage. Pour l'accabler de reproches. Pour lui demander, aussi, de la réconforter et de l'aider à comprendre ce qui venait de se passer.

14

Ce samedi matin, Winsome était seule avec Gerry Masterson dans la salle des enquêteurs. Annie se trouvait avec Alex Preston et Ian, tandis que Doug était reparti à la ferme Beddoes pour en reprendre la surveillance à la suite de l'agent en tenue qui l'avait relayé pendant la nuit. Les cheveux attachés en queue-de-cheval, Gerry tapait à toute vitesse sur le clavier de son ordinateur, les yeux scotchés sur l'écran. Winsome ignorait ce qu'elle faisait, mais de toute évidence son travail la captivait.

De son côté, Winsome examinait une fois de plus le listing du programme d'enlèvements de Caleb Ross le jour de son décès. Elle en avait posé les feuilles devant elle, sur la table, avec les notes qu'elle avait prises dans toutes les fermes où il avait chargé des animaux morts dans sa camionnette – et où elle s'était donc elle-même rendue. Il n'y en avait aucune, au bout du compte, où quelqu'un aurait eu le loisir d'échanger des sacs-poubelle remplis de carcasses d'animaux contre les sacs-poubelle des morceaux de Morgan Spencer, ou bien tout bonnement d'ajouter ces derniers au chargement de la camionnette. Tous les agriculteurs disaient s'être trouvés avec Caleb dans la cour de leur ferme, à proximité du véhicule, et la plupart l'avaient même aidé à y charger les sacs. En attendant l'arrivée de l'employé de Vaughn's ABP, en outre, les agriculteurs avaient gardé les sacs sous clé dans leurs bâtiments. Ce matin, enfin, elle ne voyait aucun détail – même à tête reposée – qui lui aurait jusqu'alors échappé : pas de chargement de dernière minute, rien de suspect, rien qui donnât à penser que le contenu de la camionnette avait été modifié d'une façon ou d'une autre !

La question restait donc posée : où Caleb Ross avait-il récolté ces sacs-poubelle remplis de morceaux de corps humain ?

Winsome sentait qu'il lui manquait une pièce du puzzle, une pièce majeure, et ce constat la contrariait au plus haut point. Ross avait commencé sa tournée à neuf heures. Il s'était arrêté dans dix fermes avant son accident survenu à quatorze heures cinq. Le plus gros de ces cinq heures de travail, il l'avait passé à conduire : à rouler de ferme en ferme, car les distances étaient assez importantes. La manipulation des sacs à charger – plus quelques minutes de conversation amicale avec chaque agriculteur – avait occupé le reste de son temps. Sauf que ça ne collait pas. En tout, l'ensemble de ses déplacements et de ses activités aurait dû l'occuper un peu plus de quatre heures. Pas cinq. Elle avait refait les calculs de diverses façons, et il lui restait toujours une petite heure qu'elle n'arrivait pas à justifier dans son programme. Elle avait supposé, bien sûr, qu'il devait s'être arrêté pour déjeuner dans l'un des nombreux établissements qui jalonnaient son trajet – même si le règlement de sa profession lui interdisait de s'éloigner de la camionnette –, mais elle avait visité tous les pubs où il aurait pu se gaver de ces Yorkshire puddings qu'il adorait et la solution n'était pas de ce côté-là. On connaissait Caleb, oui, dans tous ces endroits, mais on ne l'avait pas vu mardi dernier.

Un détail lui revint tout à coup en mémoire alors que son index, errant sur le listing, passait sur le nom « Garsley Farm » – la dernière étape du malheureux chauffeur avant son accident. M. Wythers avait mentionné en passant que Caleb avait refusé la tasse de thé et la part de gâteau de Battenberg qui lui étaient proposées parce qu'il venait de déjeuner. Sachant qu'il ne s'était pas arrêté dans un pub, Winsome devait en déduire qu'il avait mangé sur le pouce. Vaughn, son employeur, avait d'ailleurs souligné qu'il emportait souvent un sandwich et une thermos avec lui. À supposer, donc, que Caleb avait déjà déjeuné avant d'arriver à la ferme de M. Wythers, et s'il avait quitté ce dernier juste après treize heures, qu'avait-il trafiqué entre treize et quatorze heures ? Garsley Farm n'était pas loin de la passe de Belderfell. Cette exploitation était même en quelque sorte au bout du monde, elle l'avait constaté par elle-même. Au-delà de ce cap, on risquait de trouver des monstres, songea-t-elle, se remémorant les vieilles cartes de géographie accrochées aux murs de son école. Ouais, peut-être, mais... Dans cette affaire on avait un monstre, c'était certain, qui avait tiré sur un jeune homme avec un pistolet d'abattage avant de l'écorcher et de le découper comme un agneau sacrificiel.

Elle se leva pour se rendre à la bibliothèque du commissariat où étaient conservées les cartes Ordnance Survey de la région.

Alex : Tu dois leur parler, Michael, et tout leur dire. Pour repartir sur de bonnes bases. Y a pas d'autre solution.

Michael : C'est impossible. Tu comprends pas ? Je pourrais dire n'importe quoi, ils me mettraient forcément un truc sur le dos. J'ai un casier judiciaire. Je suis le suspect idéal. Affaire classée.

A : Pas si tu dis la vérité. J'ai passé un peu de temps avec une des femmes de l'équipe. Annie Cabbot. Elle s'est occupée de moi quand tu avais disparu et... tu sais... après que cet homme est venu à la maison. Elle est gentille. Elle m'a aidée. Parle-lui. Ce sera à ton avantage.

M (ricane) : C'est ce que j'adore chez toi, Al. Avec tous les coups que la vie t'a déjà donnés, tu restes toujours optimiste. Ma petite Pollyanna* !

A : Arrête, Michael, tu sais bien que je n'aime pas que tu m'appelles comme ça. Et tu te trompes. Je suis réaliste, c'est tout. Si tu n'as rien fait de mal, tu n'as rien à craindre de la police. Ce sont les autres qu'ils veulent. Ceux qui ont tué Morgan et qui ont volé le tracteur de Beddoes. Pas toi. Tu étais au mauvais endroit au mauvais moment,

* *Pollyanna,* best-seller pour la jeunesse (1913) d'Eleanor H. Porter (1868-1920), dont l'héroïne est une jeune orpheline perpétuellement optimiste. *(N.d.T.)*

c'est tout. Tu as vu quelque chose que tu n'aurais pas dû voir.

M : Tu m'étonnes ! Et j'ai entendu des choses, aussi. Mais va essayer de faire comprendre ça aux flics. En plus je me suis tiré, tu comprends ? (Il tend le bras et saisit la main d'Alex. Aucun objet ne passe entre eux.) Je suis désolé, ma chérie. C'est de ma faute si ce mec est venu et t'a fait du mal. Je supporterais pas qu'il t'arrive quelque chose, tu sais.

A (sourit) : Il ne va rien m'arriver, idiot. Pas si tu leur dis la vérité. Ils ont déjà attrapé l'homme qui est venu chez nous. Tu peux les aider à avoir les autres.

M : Mais ils ont été obligés de le relâcher, non ? Il est là, je veux dire, dans la rue ! Peut-être qu'on lui a interdit d'approcher l'appartement, je sais pas, et peut-être qu'il a été libéré provisoirement en attendant un procès, mais c'est pas ça qui arrête ce genre de type. Il reviendra. Et si c'est pas lui, ce sera un autre.

A : Et bonjour le bien que ça me fera si toi, tu es encore coincé ici ! Je te dis que la police les aura.

M : Et puis elle les remettra en liberté, mais elle gardera les gens comme moi en prison. (Il secoue la tête.) Non, mon cœur. Le mieux, si je veux m'en sortir, c'est que je la boucle. Je ne dis rien du tout. Et je trouve un bon avocat. Comme ça, ils ne pourront rien contre moi.

A : Ne fais pas l'enfant. Tu te comportes comme un imbécile. Tu ne pourras pas te taire indéfiniment.

M : J'en ai le droit.

A : Mais ils te le reprocheront, justement. J'ai entendu dire ça. Et tu sais bien que nous n'avons pas les moyens de nous payer un bon avocat. Si tu ne t'expliques pas maintenant et puis que tu changes d'avis plus tard pour essayer de t'en sortir, ça sera mauvais pour toi au tribunal.

M : Tant pis.

A : Ne sois pas si négatif. (Elle étreint sa main.) Écoute, Michael, il faut qu'on laisse tout ça derrière nous. Et qu'on prenne un nouveau départ. Toi, moi et Ian. D'abord on ira un peu en vacances, tu vois. Je suis sûre que M. Evans, à l'agence, nous fera un bon prix pour quelque chose.

Ensuite, si tu veux, on déménagera. On aura une nouvelle vie. Dans une autre ville. Près de la mer.

M : Mais on vient à peine de commencer la vie qu'on a maintenant.

A (arrache sa main à celle de M) : Mince, quoi ! À t'entendre, on dirait que tu ne veux plus qu'on soit ensemble. Que tu ne veux pas que les choses s'arrangent. Je finis par me demander si tu n'as pas quand même trempé là-dedans. Si tu n'as pas un truc à cacher, au fond. C'est pour ça que tu ne veux pas leur parler ? Tu as peur qu'ils découvrent ton secret ?

M : J'ai pas de secret, Al. Je pense juste qu'ils me coinceront de toute façon. Parce qu'ils sont comme ça. Les gens comme moi, ils nous considèrent comme de la racaille, et basta.

A : Tu recommences à te comporter comme un gamin.

M : Et toi tu fais ta Pollyanna.

A : Pollyanna n'a jamais eu autant de chance que moi, tu sais.

M : Ouais, c'est ça.

A : Arrête de bouder. Est-ce que tu veux sortir d'ici et être avec Ian et moi, oui ou non ? L'endroit où on vit, ça m'est égal, tant qu'on est tous les trois.

M : Je…

A : Tu veux ou pas !

M : Bien sûr que je veux. Tu le sais très bien.

A : Alors parle avec eux ! Montre-moi que c'est ce que tu veux.

M (baisse la tête, plusieurs secondes, puis regarde A droit dans les yeux) : D'accord. (Résigné.) D'accord, je vais leur parler. Je vais leur raconter ce que je sais.

A (lui prend la main) : Je suis avec toi, Michael. Quoi qu'il arrive, Ian et moi on est avec toi. On te soutient.

M (hoche la tête) : Je vais leur parler, je te dis.

FIN

Banks cliqua pour fermer le fichier à l'écran. Après avoir laissé mariner Michael Lane une nuit en cellule de détention provisoire, Annie et lui avaient décidé de l'autoriser, comme il le réclamait, à parler avec Alex. Ils avaient écouté leur conversation en direct et ils venaient de se repasser la vidéo, avant l'audition de Michael, pour observer le langage corporel des deux jeunes gens.

– Bon, fit Banks en se renversant contre le dossier de sa chaise de bureau. S'ils ont une espèce de code secret, je dois dire qu'ils sont drôlement doués. Je n'ai rien vu de suspect.

– Moi non plus, dit Annie. En même temps, je suppose qu'ils savaient qu'on les écoutait. Et qu'on les regardait. La caméra n'était pas à proprement parler cachée.

– C'est juste. Mais je n'ai pas l'impression qu'ils jouaient la comédie. Il a très peur, c'est visible. Pour lui-même, bien sûr, mais aussi pour elle et pour le gosse.

– Alex et Ian.

– Ouais, voilà. Par moments on a l'impression qu'il a plus peur de nous que des malfrats qui en ont après lui.

– C'est assez logique, non ? Les flics font peur. Tout le monde sait que nous sommes des enfoirés pervers qui passons notre temps à coincer des innocents pour truquer les statistiques de la criminalité.

Banks sourit.

– Ah mais oui. J'avais oublié.

– De son côté, Alex sait déjà de quoi elle a peur. Je parie que son doigt lui fait encore mal.

– Et lui, il sait de quoi ces gens sont capables s'il a été témoin du meurtre de Morgan Spencer.

– Terry Gilchrist a vu une voiture dont la description correspond à la Peugeot de Michael Lane s'éloigner de la scène.

– Ce qui signifie qu'il pourrait aussi avoir commis ce meurtre.

– Arrête, Alan. Tu te fais l'avocat du diable juste pour le plaisir. Où est ton célèbre instinct ? Ce gosse n'est pas un meurtrier.

Banks se gratta le menton. Il avait besoin de se raser. Déjà deux jours qu'il ne l'avait pas fait. Son instinct lui disait en effet que Michael Lane n'avait tué personne. Par contre, il pouvait sans doute les aider à trouver le meurtrier. Et sa copine l'avait persuadé de leur parler. Maintenant il fallait passer à l'action.

– OK, fit-il. Nous envoyons Gerry Masterson comme babysitter chez Alex Preston, et toi et moi nous entamons l'audition sans préjugés. Nous ne perdons pas de temps, non plus, à lui balancer des accusations. T'es d'accord ?

– Ça me va.

– Alex et Ian, nous les gardons comme atouts de réserve. Tu as vu comment Michael et Alex sont l'un avec l'autre. Il ferait n'importe quoi pour elle. Y compris mentir.

– Écoute, dit Annie. Oui, peut-être qu'il lui est arrivé d'aider Morgan Spencer de temps en temps. Je ne sais pas. Mais on lui reproche ça, ou on essaie d'avoir les gens qui ont tué Spencer ?

– On cherche les tueurs, pour l'essentiel, évidemment. Mais on prend aussi ce qui se présente.

Annie se leva.

– Très bien. Je suis prête.

– Allons-y, dit Banks en l'imitant.

La « bibliothèque » du commissariat d'Eastvale occupait un bureau de taille standard où l'on trouvait une table avec une chaise et, sur les murs, des étagères contenant pour l'essentiel des livres juridiques de référence. Il n'y avait pas de bibliothécaire, bien entendu, et quiconque venait consulter un ouvrage devait le remettre à sa place après l'avoir utilisé. Conséquence, c'était la pagaille sur les étagères et bien chanceux celui qui trouvait ce qu'il cherchait – Winsome se demandait parfois combien de ses collègues étaient réellement capables de réciter l'alphabet. La bibliothèque, cela dit, pouvait se prévaloir de posséder une magnifique collection de cartes Ordnance Survey dans à peu près toutes les échelles imaginables.

Winsome n'oubliait pas qu'elle aurait pu consulter les mêmes cartes sur son ordinateur, puisque aujourd'hui l'informatique régnait dans tous les domaines, mais elle continuait de préférer les objets tangibles : les plissures, la texture épaisse et sérieuse, et puis les couleurs, les contours, les points et les traits de ces cartes indéchirables lui plaisaient. Elle avait des souvenirs très forts de la carte murale, dans le bureau de son père, à la Jamaïque, qui indiquait les positions de la quasi-totalité des propriétés de la région de Springfield. Elle l'avait contemplée d'innombrables fois, quand elle était enfant, en s'amusant à placer de tête le nom de chaque famille qui habitait dans chacune de ces habitations. Bien plus tard, au club de spéléo de l'université, elle avait appris à lire les cartes topographiques – et cette aptitude lui était utile, de temps en temps, dans son travail. Le service des Homicides et crimes majeurs couvrait aujourd'hui l'ensemble du North Yorkshire, soit un territoire nettement plus vaste que le « secteur ouest » de l'ancien découpage : cela signifiait beaucoup plus de lande et de campagnes agricoles, ainsi qu'un surplus de villes assez importantes comme Harrogate et Scarborough. Elle n'était assurément pas capable de citer de tête les noms des familles qui occupaient les fermes visibles sur les cartes, mais celle qu'elle venait de sélectionner, à l'échelle 1/25 000 – où un centimètre sur le papier équivalait à deux cent cinquante mètres au sol –, lui donnerait peut-être certaines idées quant à l'endroit où Caleb Ross avait pu passer cette heure de battement inexpliquée avant sa mort.

Après avoir correctement étalé la carte sur la table, elle saisit la loupe attachée au plateau par une chaîne, se pencha en avant et commença par repérer Garsley Farm, le dernier arrêt de Ross, à un petit quart d'heure de route de la passe de Belderfell. Pour avoir fait ce trajet la veille, elle savait qu'on n'y trouvait ni maisons, ni fermes, ni boutiques, ni pubs. Rien qui aurait pu retarder le chauffeur, donc, de ce côté-là. Elle excluait aussi toute la zone située à l'est de la ferme, car si Caleb avait eu l'intention d'y faire un arrêt prolongé, il l'aurait très probablement fait *avant* de passer chez M. Wythers, pour ne pas avoir à revenir ensuite sur ses pas. Elle concentra donc son attention sur les landes situées à l'ouest et au nord de la ferme.

Il n'y avait pas grand-chose à voir. Elle pouvait déterminer les reliefs des différentes collines d'après les intervalles entre les courbes de niveau qui en marquaient les contours, elle pouvait longer les lignes en pointillés de sentiers qui semblaient tout à coup disparaître au milieu de nulle part, elle pouvait repérer d'antiques tumulus de pierres, des ravines profondes, des lits de rivière à sec, des mines de plomb abandonnées et des carrières d'ardoise. Mais tout cela ne l'avançait guère. C'est alors que la loupe passa sur Woadly Edge – une façade rocheuse, au milieu des collines, marquant l'entrée d'un complexe de grottes que Winsome avait exploré en de nombreuses occasions. Elle connaissait très bien l'endroit et ne se souvenait pas d'avoir jamais vu le moindre bâtiment à proximité. C'est la raison pour laquelle les minuscules lettres du lieu-dit « High Point Farm » attirèrent son attention. Elle se pencha davantage, approchant le nez de la loupe. Les courbes de niveau lui révélèrent que la ferme en question était à vrai dire invisible de Woadly Edge, ainsi que du chemin par lequel elle avait accédé aux grottes avec le club, car elle était dissimulée par une petite colline – un drumlin, peut-être, laissé là par les glaciers qui s'étaient retirés de la région des milliers d'années plus tôt. À bien y regarder, la ferme était même nichée dans un creux, une sorte de fossette entre deux collines ; c'était en tout cas l'impression que donnait la carte. Winsome s'étonna qu'une ferme érigée dans une dépression pareille porte le nom de « High Point », puis elle se rappela que l'ensemble de la zone, dépression et collines avoisinantes, était lui-même situé à relativement haute altitude.

Elle examina avec soin la carte dans le périmètre à l'intérieur duquel elle estimait que Caleb avait pu rouler depuis chez M. Wythers, faire halte quelque part, peut-être embarquer des sacs surnuméraires, peut-être aussi bavarder un petit moment avec quelqu'un, avant de reprendre la route pour la passe de Belderfell où la mort l'attendait. High Point Farm était le seul endroit qui satisfaisait à ces conditions. La ferme n'était pas sur la liste officielle des enlèvements de Caleb, mais cela ne voulait pas dire qu'il n'avait eu aucune raison d'y passer. Il fumait du cannabis, elle s'en souvenait, et la région ne manquait pas de petits producteurs qui pratiquaient la culture hydroponique de la fameuse plante. Peut-être les occupants de High Point Farm se livraient-ils aussi à cette activité ?

Une rapide consultation du cadastre, qui se trouvait également dans la bibliothèque, lui apprit que High Point Farm appartenait à un certain Kenneth Atherton. Ce nom ne lui disait rien.

Aiguillonnée par ses découvertes, elle retourna au pas de charge à la salle des enquêteurs. Gerry avait disparu. Winsome laissa un mot sur son bureau, puis elle s'assura que son portable était chargé et quitta le commissariat.

– Je suppose que vous nous avez écoutés, Alex et moi, dit Michael Lane.

Ils l'avaient changé de salle pour l'audition ; Banks et Annie venaient de s'asseoir et d'étaler leurs papiers devant eux sur la table métallique fatiguée. Banks observa le jeune homme. Ses quelques jours de cavale et de sommeil à la dure ne l'avaient guère amoché. Un chaume de barbe, des cheveux en bataille qui avaient besoin d'un shampooing et d'un coup de peigne, et voilà, il retrouverait toute sa bonne mine. C'était un gosse séduisant, Annie avait raison, et qui avait l'air mûr, pour son âge, en ayant encore tout l'éclat de la jeunesse. Banks pouvait comprendre ce qu'une éternelle optimiste comme Alex Preston voyait en lui : un homme qu'elle réussirait peut-être à changer et avec qui se construire un avenir ; un homme qui manquait peut-être d'ambition et de pécule, mais qui la chérirait et lui apporterait douceur et amour ; un homme qui s'occuperait d'elle et d'Ian. Qui ne souhaitait pas rencontrer ce genre d'individu ?

Michael Lane avait déjà été prévenu que toutes ses paroles pouvaient être retenues contre lui, il avait refusé d'avoir un avocat commis d'office – une conséquence, manifestement, de sa discussion avec Alex – et le magnétophone tournait.

– Nous vous avons fait une fleur en vous autorisant à passer ces quelques minutes avec Alex Preston, dit Banks. Rien ne nous obligeait à le faire. Strictement parlant, c'est même illégal. Mais nous avons voulu être gentils avec vous.

– Ben tiens.

– L'audition peut-elle commencer pour de bon, Michael ? dit Annie. Plus vite nous aurons terminé, plus vite vous pourrez retrouver Alex et Ian.

Lane la dévisagea et dit :

– C'est vous, la flic dont elle m'a parlé. Hein ? Annie quelque chose.

– Inspecteur Cabbot, pour vous.
– Comme vous voulez. Alex dit que vous êtes réglo.
– Il va falloir vous faire votre propre opinion, vous ne croyez pas ? Pourquoi ne commencez-vous pas par nous raconter ce qui s'est passé dimanche dernier, de bonne heure le matin, à l'aérodrome abandonné de Drewick ?
– Vous ne perdez pas de temps, dites donc.
– Michael, dit Banks d'un ton ferme. Vous ne gagnerez rien à nous faire poireauter ou à aligner les remarques désobligeantes. En tout cas ça n'accélérera pas les choses pour vous. Nous avons quelques idées, de notre côté, et certaines ne vous plairont peut-être pas, mais là, tout de suite, nous vous donnons une vraie chance de nous livrer votre version des faits. Contrairement à ce que vous avez dit à Alex, personne ne pense que vous êtes le « suspect idéal », et personne ne cherchera à vous coincer pour des choses que vous n'avez pas faites. J'ajoute que prendre la fuite n'est pas un crime en soi. À moins que vous n'ayez fui un acte criminel commis par vous-même.
– C'est pas pour autant que vous me croirez. Si ?
– Cela reste à déterminer. Tout ce que je sais, pour le moment, c'est qu'on vous a vu fuir une scène de crime, et je suis à deux doigts de vous incarcérer pour ce motif puisque je n'ai aucune explication à ce sujet. Il n'y a que vous qui puissiez me convaincre du contraire.
– Mais je ne fuyais pas une scène de crime !
– Que faisiez-vous, alors ?
– Ben je voulais sauver ma peau !
– C'est déjà mieux. Racontez-nous ce qui s'est passé.

Pendant quelques secondes Lane parut débattre douloureusement avec lui-même. En témoignaient l'expression torturée qui se lisait sur son visage et sa façon de triturer une bague en argent qu'il avait à l'annulaire.
– D'accord, finit-il par dire. Morgan... Morgan Spencer, c'était plus ou moins un pote à moi. Enfin... On n'était pas vraiment proches, on ne traînait pas ensemble quand on avait du temps libre, mais on se connaissait, quoi. Il était un peu plus âgé que moi. Et il aimait bien la nuit, aussi. Les fêtes chez

des gens, et puis les clubs de Leeds, de Manchester et de Newcastle. Moi, par contre, c'est pas du tout mon truc.

– Que faisiez-vous ensemble, alors ?

– On bossait, surtout. Morgan avait un camion de déménagement. Des fois, je l'aidais à trimballer les chargements des gens qui l'embauchaient. Mais ça nous arrivait aussi, quand même, de prendre une pinte ou de manger ensemble au pub.

– C'était quoi, ces chargements ?

Lane regarda Banks comme s'il était demeuré.

– Ben des meubles et des objets, quoi. Les affaires des gens.

– OK. Continuez.

– Avec Morgan, on faisait aussi pas mal de petits boulots à travers les Dales. Dans différents endroits. Genre les toitures, les petites réparations. Il était bon en mécanique, aussi, Morgan.

– Que faisiez-vous d'autre, pour gagner votre vie ?

– De mon côté, je ne suis pas mauvais pour la tonte des moutons. C'est un truc que mon père m'a appris. J'ai pigé très tôt comment ça marchait. Morgan, lui, il n'était pas doué du tout avec les animaux.

– Avant d'aller au hangar dimanche matin, quand aviez-vous vu Morgan pour la dernière fois ?

– Vendredi. On a travaillé sur une grange du côté de Lyndgarth.

– Lui avez-vous dit que John Beddoes était au Mexique ?

– Pourquoi j'aurais fait ça ?

– Pour qu'il puisse voler son tracteur. Je suis sûr que vous étiez au courant qu'il était parti en vacances. Soit par votre père, qui s'occupait de sa ferme, soit par Alex puisque les Beddoes avaient réservé leur voyage à l'agence où elle travaille. Le sujet est-il venu dans la conversation, peut-être comme ça, en passant, pendant que vous bossiez ensemble ?

– J'ai peut-être dit quelque chose, ouais. Vendredi, ça caillait. J'ai dû faire la remarque que certains enfoirés avaient bien de la chance de pouvoir se tirer dans un pays chaud comme le Mexique. Mais attention, j'ai rien à voir avec le vol du tracteur, hein !

Si c'était seulement vendredi que Spencer avait appris que la ferme Beddoes était déserte, cela expliquait que le tracteur ait été volé si tard dans la semaine. Le jeune homme aurait-il été informé plus tôt, et aurait-il fait le coup le lundi ou le mardi par exemple, l'engin aurait sans doute déjà atteint sa destination finale, peut-être en Europe de l'Est, avant que Beddoes ne revienne chez lui et ne constate sa disparition. Mais les événements se sont goupillés de telle façon qu'il n'a pas dépassé Douvres, songea Banks avant de dire :

– Très bien. Parlons de dimanche matin, maintenant.

– D'accord. Eh ben... Alex était en train de se préparer pour aller à l'église avec Ian. Elle n'est pas vraiment croyante, en fait, mais elle pense que c'est une bonne chose d'élever correctement le petit, quoi. Et puis Ian, il aime bien les histoires de la Bible, précisa Michael avec un sourire attendri. Bon, j'imagine qu'il préfère les passages où ça saigne, comme dans ses jeux vidéo, mais... Enfin voilà. À ce moment-là, Morgan me texte pour me dire de le retrouver au hangar parce qu'il a besoin de mon aide.

– De votre aide ? Pour quoi faire ? Parle-t-il du tracteur, dans son SMS ?

– Non. Il ne dit rien de plus. C'est juste un texto, quoi, pas un discours.

– De votre côté, vous avez pensé qu'il avait besoin de vous pour faire quoi ?

– Un déménagement. Un truc comme ça.

– Poursuivez.

– Eh ben comme je disais... Morgan était une sorte de pote. Et il lui arrivait de me donner un coup de main, de temps en temps, donc s'il avait besoin de moi, même sans prévenir, je ne pouvais pas vraiment dire non, voyez ?

– Ne vous êtes-vous pas douté, Michael, qu'il pouvait être mêlé à quelque chose d'illégal ?

– Non. Pourquoi j'aurais dû penser ça ?

– Vous était-il déjà arrivé de vous retrouver, Morgan et vous, au hangar de Drewick ?

– Non. Je le connaissais juste de nom, ce hangar. Et j'y étais jamais allé. Je n'avais aucune raison, quoi.

– OK, continuez.

– Quand je suis arrivé là-bas, je n'ai pas vu le camion de Morgan. Ni sa moto. Mais devant l'entrée du hangar, il y avait deux voitures que je ne connaissais pas. Le portail était ouvert, aussi, mais j'ai préféré garer ma voiture à l'extérieur du terrain. Au croisement de la route qui passe au sud de Drewick. C'est sur cette route que des gens ont dû me voir plus tard. Par là, on peut rejoindre Thirsk et l'A19.

– Pourquoi avez-vous laissé votre voiture à cet endroit ?

– Je ne sais pas. Un mauvais feeling, peut-être. Je ne savais pas qui était là-bas. J'étais un peu méfiant.

– Pourquoi vous inquiéter si vous ne pensiez pas qu'il pouvait se passer quelque chose d'illégal dans le hangar ?

– Disons… En fait, y avait un truc qui sonnait pas complètement juste. Et puis des fois, Morgan avait une façon de parler… Je sais pas.

– Une façon de parler ?

– Ouais, genre, il racontait qu'il savait certains trucs, qu'il connaissait des gens…

– Des criminels ? Des gangs ?

– Ouais, voilà. Il se la jouait, Morgan. Il aimait bien impressionner son monde. Il adorait le gangsta rap, aussi, et les mecs qui allaient avec. Souvent il me racontait que dans les boîtes, la nuit, il rencontrait des gens carrément spéciaux. Et qu'il avait des contacts avec des mecs qui pourraient l'aider, s'il avait besoin. Il voulait devenir chanteur de rap, aussi.

Chanteur. De rap. Un oxymore, aux oreilles de Banks. Mais il se contenta de dire :

– Vous étiez donc nerveux parce que vous vous demandiez avec qui il était dans le hangar, et à qui appartenaient ces voitures ? C'est bien ça ? Alors vous vous êtes garé à l'écart et… et quoi ? Vous vous êtes approché en douce ?

– Oui, tout juste. Je voulais faire gaffe. Ses histoires de copains gangsta, c'était peut-être vrai, hein.

– Quels modèles, les voitures devant le hangar ?

– Une vieille Corsa et un pick-up rouge.

Banks se souvenait que Ronald Tanner conduisait une Corsa. Il ignorait par contre à qui pouvait appartenir le pick-up rouge. Montague Havers possédait une BMW série 3, mais on savait déjà qu'il n'était arrivé dans la région qu'après les faits, dimanche après-midi. Les experts de la police technique et scientifique n'avaient pas tiré grand-chose des empreintes de pneus trouvées sur la scène de crime, mais ils avaient deux empreintes digitales partielles, dont l'une ressemblait à celle de Ronald Tanner – quoique pas assez pour être recevable au tribunal. Peut-être l'autre appartenait-elle au conducteur du pick-up rouge. L'un d'eux, Tanner ou l'homme mystère, devait aussi avoir amené un passager, puisque après le meurtre de Spencer trois véhicules, et non deux, avaient quitté l'ancien aérodrome. Et puis il était logique qu'il y ait eu trois hommes en plus de Spencer : deux pour tenir ce dernier par les bras pendant que le troisième, peut-être Kieran Welles, lui tirait entre les yeux avec le pistolet d'abattage. Cette action violente les avait-elle surpris, et même choqués, les uns et les autres – ou l'avaient-ils préméditée ? Banks décida de miser sur cette configuration : Tanner avait amené Utley, l'ex-chauffeur routier véreux, à bord de sa Corsa, et Welles possédait le pick-up rouge.

– Qu'avez-vous découvert, alors, quand vous êtes entré dans le hangar ? demanda-t-il.

– Je n'y suis même pas entré ! C'est ça le truc. Bon, vous voyez comment c'est bien dégagé, là-bas, tout le terrain de l'aérodrome autour du hangar. Dehors, il n'y avait personne. Tous les mecs étaient à l'intérieur. J'ai passé le portail, et quand j'ai entendu leurs voix je me suis approché en me baissant et je me suis planqué derrière les voitures. J'ai fait ça parce qu'ils avaient l'air de se disputer. Et tout à coup ils se sont carrément mis à crier. À brailler comme des dingues. Ils s'engueulaient grave, quoi !

– Que disaient-ils ? Vous entendiez leurs paroles ?

– Pas au début. Y avait une sorte de réverb, dans le hangar, qui déformait leurs voix.

– Mais ensuite ?

– Eh ben… d'abord, en fait, j'ai commencé à reculer. Entre tous ces mecs, c'était super tendu. Je ne savais pas si Morgan avait prévu ce truc et s'il me voulait en renfort si nécessaire, genre, mais moi je n'ai pas trop l'habitude de me bastonner. Alors j'étais mal, voyez. On était potes, quand même, et l'idée de le laisser là, ça ne me plaisait pas, mais… enfin…

– Mais vous aviez peur ?

Lane baissa les yeux.

– Oui, voilà.

– Ces voix, étaient-elles nombreuses ? Combien d'hommes entendiez-vous, au juste ?

– Difficile à dire. C'était Morgan qui gueulait le plus, déjà, et je crois qu'il se disputait surtout avec un des types en particulier. Il avait l'air de se défendre, je ne sais pas très bien pourquoi. Des fois un autre mec intervenait. Ils étaient peut-être trois à parler, en tout.

– Alors qu'avez-vous fait, au bout du compte ?

– Comme je disais, j'ai commencé à reculer, en restant accroupi derrière les voitures. Je me disais que si Morgan traînait avec des mecs dangereux, ils avaient peut-être des couteaux ou je sais pas quoi. Le mieux à faire, j'ai pensé, c'était de ficher le camp et d'appeler les flics.

– Mais vous ne l'avez pas fait.

– Non. Je n'ai pas pu !

– Pourquoi ? Que s'est-il passé ?

– Tout d'un coup, ils se sont arrêtés de crier. Il y a eu quelques secondes de silence et puis j'ai entendu une sorte d'explosion, genre… genre une détonation, en fait, comme un pistolet. Alors je me suis tiré à toutes jambes. Mais juste au moment où je partais, un des types a regardé vers la porte du hangar. Peut-être qu'il m'avait entendu, je ne sais pas, ou bien peut-être qu'il voulait juste vérifier qu'il n'y avait personne dans les environs. Il a crié un truc, et puis lui et un autre mec se sont lancés après moi.

– Avez-vous vu leurs visages ?

– Vous rigolez ! Je priais juste pour que ce tas de rouille qui me sert de bagnole démarre. Et putain, la chance que j'ai eue, elle a démarré. Du premier coup. Je me suis taillé !

– Vous ont-ils pris en chasse ?

– Je ne sais pas. Ils n'ont pas tiré sur moi, en tout cas. Et je ne me suis pas retourné pour vérifier, ça c'est clair. Mais je ne les ai pas vus quand j'ai regardé dans le rétroviseur au bout de deux ou trois kilomètres. Je suppose qu'ils ne savaient pas dans quelle direction j'étais parti.

Le silence tomba quelques instants sur la petite pièce. Puis Annie dit :

– Je ne comprends toujours pas, Michael. Vous aviez réussi à prendre la fuite. Vous pensiez que Morgan était peut-être blessé, ou même mort. Vous n'étiez pas impliqué. Et pourtant vous n'avez pas appelé la police. Pourquoi ?

– C'est à cause de ce qu'a dit à la fin le type qui se disputait avec Morgan. Peut-être le même qui a tiré sur lui, j'en sais rien.

– Il a dit quoi ? le pressa Annie.

– Je sais pas si…

– Répondez à la question de l'inspecteur Cabbot, dit Banks.

Lane les regarda l'un après l'autre, l'air apeuré.

– Il a dit : « Tu crois que t'as fait très fort, c'est ça ? Mais t'es allé trop loin, fiston. Le putain de tracteur que t'as volé, c'est celui du patron ! »

15

Lorsque Winsome s'arrêta sur une aire de croisement de la petite route de campagne, environ deux cents mètres au-dessus de High Point Farm, pour observer le terrain, il commençait déjà à neiger. Les flocons qui virevoltaient dans l'air fondaient sur le pare-brise de la voiture et sur les branches nues des quelques arbres bordant la chaussée. Ils ne blanchissaient pas encore le paysage, mais la météo annonçait plusieurs centimètres de neige d'ici la fin de la journée – en particulier du côté des Pennines. Winsome ne savait pas encore très bien ce qu'elle était venue faire ici, mais elle se rendait compte qu'elle devait agir vite.

Elle descendit de la voiture et s'accouda au muret de pierres sèches bordant la chaussée pour avoir une prise stable sur ses jumelles. Quand elle fit la mise au point, elle constata en premier lieu qu'il y avait quatre bâtiments, en tout, dans le creux entre les deux petites collines qu'elle avait repérées sur la carte : une modeste maison, une grange assez imposante – flanquée d'espèces d'enclos à bestiaux – et deux constructions plus petites, peut-être un garage et une remise. La grange, en pierre et en bois, était typique de la région des Dales, et donnait l'impression d'être fermée à double tour. De même que la maison. Pas de voiture en vue, ni sur l'allée d'accès ni dans la cour, mais bien sûr l'un des deux petits bâtiments pouvait en renfermer une. La cheminée, sur le toit de la maison, ne crachait pas de fumée ; le maître des lieux avait peut-être des radiateurs électriques, un accumulateur de chaleur ou un autre système. Qui habitait ici ? La propriété était au nom de Kenneth Atherton, mais peut-être était-elle louée. Question plus importante : était-ce ici que Caleb Ross avait fait étape entre Garsley Farm et la passe de Belderfell ? Si oui, pour quelle raison ? Pour rencontrer son fournisseur de cannabis ou pour embarquer les colis macabres d'un meurtrier ?

Comme les renforts n'arrivaient toujours pas, Winsome sortit son portable pour appeler le commissariat. Mince. Il n'y avait pas de réseau ici. C'était d'autant plus ennuyeux qu'il était midi passé : il fallait aussi qu'elle appelle Terry pour décaler ou reporter leur déjeuner. Que faire ? Elle songea à retourner à Garsley Farm, où elle se souvenait d'avoir eu trois barres de réception sur l'écran du téléphone. Et M. Wythers avait une ligne fixe. Mais High Point Farm avait l'air déserte, les collègues étaient sans doute en route, et puisqu'elle était ici… elle n'avait qu'à jeter un œil sur la propriété, non ? Tout se passerait bien. La plupart des gens qui avaient quelque chose à se reprocher avaient nettement plus tendance à mentir, s'ils étaient confrontés à la police, qu'à avoir recours à la force. Feindre l'innocence et raconter des bobards : c'était la ligne de conduite, semblait-il, de la plupart des délinquants et criminels que Winsome avait jamais interrogés. En outre, elle savait se défendre quand il le fallait.

Elle remonta en voiture, accéléra sur la route et tourna un peu plus loin sur le chemin d'accès à la ferme. Une minute plus tard elle s'arrêta au milieu de la cour. Si quelqu'un se trouvait dans la propriété, il devait l'avoir entendue arriver.

Il lui sembla, pendant qu'elle marchait vers la maison, que les flocons étaient plus lourds et plus nombreux à tournoyer autour de sa tête qu'un moment plus tôt. Elle frappa à la porte. Pas de réponse. Elle patienta et tendit l'oreille. Le vent mugissait entre les bâtiments ; c'était tout ce qu'elle entendait. Et la neige, pas de doute, tombait pour de bon. Elle avait déjà les oreilles gelées. Elle toqua de nouveau sur le battant. Toujours rien. Elle saisit la clenche. La maison était verrouillée et Winsome n'avait pas de bonne raison de forcer la serrure. Elle se retourna pour embrasser la cour du regard. À présent le vent soufflait en rafales. Elle ne devait pas lambiner ici. Il fallait qu'elle reparte bientôt, sinon elle risquait d'avoir de sérieux problèmes pour rentrer à Eastvale. La neige commençait à tenir et blanchissait déjà la cour. Et Terry ? Il ne lui pardonnerait probablement pas de lui avoir posé un lapin, et comment lui en vouloir ? Une fenêtre se trouvait à droite de la porte. Winsome se pencha, les mains autour des yeux, pour scruter l'intérieur de la maison à travers les carreaux crasseux. La tringle à rideaux était décrochée d'un côté, et le rideau rongé par les mites pendouillait de guingois en travers de la fenêtre. La pièce, derrière, paraissait sommairement meublée. Le sol était dallé et on voyait une grande cheminée – vide. L'ambiance était lugubre. Pas la moindre lumière allumée, rien qui indiquât que la maison était habitée. Atherton, ou son locataire, avait-il déjà mis les voiles ?

Winsome se dirigea vers la grange. Le sol des deux petits enclos qui la flanquaient était couvert d'excréments d'animaux dont l'odeur parvenait jusqu'à ses narines malgré la température proche de zéro. Elle avait l'estomac bien accroché – il le fallait quand on grandissait dans la campagne jamaïcaine –, mais elle n'était pas pour autant une fille de la campagne britannique. Cette puanteur lui donna un peu la nausée. La porte de la grange, contrairement à ce qu'elle avait supposé, n'était pas verrouillée. Dès qu'elle l'ouvrit, une odeur bien pire que celle des enclos l'assaillit : elle perçut d'abord de puissants relents d'excréments, et puis autre chose derrière, des relents infects de… de matière en décomposition, peut-être ? L'intérieur du bâtiment était obscur. Elle chercha en vain un interrupteur.

Elle franchit le seuil de la grange. La lumière de l'extérieur filtrait par la porte ouverte. Quand ses yeux commencèrent à s'habituer à la pénombre, elle distingua une rigole, au milieu du sol, qui semblait courir sur toute sa longueur, puis un crochet suspendu à une corde fixée à un rail qui traversait lui aussi le bâtiment de part en part. Deux enclos, également, sur le côté, qui semblaient reliés par des ouvertures mobiles aux enclos de l'extérieur. Il ne lui fallut pas longtemps pour comprendre qu'elle se trouvait dans un petit abattoir clandestin. Elle fit volte-face pour retourner à sa voiture.

La silhouette d'un homme se découpait dans l'embrasure de la porte.

– Je peux vous aider ? dit-il d'un ton posé.

Il ne bloquait pas complètement l'ouverture, mais Winsome se rendit compte qu'elle ne pourrait pas passer tant qu'il resterait planté là. Que faisait donc Gerry ? Le mot qu'elle lui avait laissé sur son clavier n'était-il pas assez clair ? Mais… Non, elle ne devait s'en prendre qu'à elle-même. Elle avait été stupide, vraiment idiote de ne pas essayer plus sérieusement d'appeler des renforts avant de débarquer ici. Même si l'endroit lui avait paru pour ainsi dire abandonné. D'où cet homme sortait-il ? S'était-il caché quand il l'avait vue approcher ? Pour quelle raison ? Et comment avait-il pu la surprendre, comme ça, sans faire le moindre bruit ? Maintenant, elle était bien avancée ! Elle serra les dents. Fais ta crâneuse, ma fille, songea-t-elle. Un conseil que sa mère ne lui aurait bien sûr jamais donné.

Elle sortit sa carte de police et la présenta à l'homme. Mais il était trop loin pour la voir et ne quitta pas le seuil de la grange pour se rapprocher.

– Brigadier Jackman, dit-elle. Unité d'investigation criminelle d'Eastvale.

Cette précision n'était pas tout à fait exacte, puisqu'elle travaillait en fait pour le service de l'inspecteur Banks, baptisé Homicides et crimes majeurs – mais là, tout de suite, elle préférait éviter de prononcer le mot « homicide ». Souviens-toi que tu es capable de mettre des armoires à glace par terre, songea-t-elle encore. Tu es même célèbre pour ce plaquage qui n'en était pas un.

Problème, l'homme qui se tenait devant elle ignorait la raison de sa célébrité – ou n'en avait cure. En tout état de cause, cette façon qu'il avait de rester planté là, si calme, si serein, était troublante.

– Dois-je comprendre que vous avez un mandat pour perquisitionner ma propriété ?

Elle perçut une pointe d'accent irlandais dans sa voix. Irlande du Nord, pensa-t-elle, pas la République.

– Non. Pas exactement.

– Pas exactement, je pense que ça veut dire pas du tout. Quel dommage.

– Écartez-vous, monsieur, et laissez-moi passer.

Il pencha la tête de côté.

– Et si je refuse ?

– Je vous préviens, dit-elle avec un aplomb qui l'étonna elle-même. Contrecarrer un policier dans l'exercice de ses fonctions est un délit passible de poursuites.

Il s'esclaffa.

– Je ne vous *contrecarre* absolument pas. Pas encore, du moins. Vous êtes entrée sans autorisation dans une propriété privée, voyez-vous. Le Seigneur nous dit de pardonner ses offenses à autrui, bien sûr, mais je ne suis pas vraiment croyant. En Amérique, les gens ont le droit de tirer sur les intrus.

– Pas sur les policiers. Et nous ne sommes pas en Amérique.

– Ouais. Et ça, ma belle, ça veut dire que vous n'êtes pas armée, dit-il en mimant un fort accent américain.

Il fit un pas en avant, tira la porte de la grange sur lui et fit glisser un loquet pour la verrouiller. Puis il attrapa une chaîne suspendue au plafond, que Winsome n'avait pas remarquée jusqu'alors, pour y donner un coup sec. Des néons s'allumèrent, révélant l'abattoir dans toute sa sinistre gloire. Le sol et la rigole étaient couverts de sang coagulé et de bouts d'entrailles – Winsome aperçut ce qui avait peut-être été un rein, ou un morceau de foie –, et il y avait des éclaboussures de sang partout sur les murs. Elle n'y accorda cependant qu'un regard avant de fixer à nouveau son attention sur l'homme.

Avec son jean, sa chemise à carreaux et sa crinière de cheveux blonds dont une mèche lui couvrait presque l'œil gauche, il ressemblait à ces beaux garçons de ferme du Minnesota ou du Wisconsin qu'on voyait dans les films américains. Ne lui manquait qu'un brin de paille entre les dents pour compléter le portrait. Le sourire qui oscillait sur ses lèvres, cependant, ne collait pas avec la lueur menaçante que Winsome percevait dans ses yeux. Tel qu'elle le voyait, de fait, il aurait tout aussi bien pu avoir un masque en cuir sur le visage et une tronçonneuse entre les mains. S'il faisait la même taille qu'elle, en outre – un mètre quatre-vingts –, il avait l'air extrêmement musclé et puissant.

Il se déporta lentement vers une boîte en métal fixée au mur et fermée par un cadenas, sans la quitter des yeux. Winsome eut l'impression d'être face à un personnage de peinture en trompe-l'œil – capable de la fixer du regard quel que soit l'angle sous lequel elle l'observait. Elle profita de ce qu'il ouvrait le cadenas pour se déplacer à son tour. Pour s'éloigner de lui. La rigole centrale les séparait, à présent, et Winsome se trouvait un petit peu plus près de la porte. Elle savait cependant qu'elle ne réussirait jamais à débloquer le loquet, pousser le battant et prendre la fuite avant qu'il ne se jette sur elle, donc elle n'essaya même pas. Elle ne voyait qu'une seule façon de s'en sortir. Si elle avait de la chance.

Dans la boîte en métal, il saisit un objet cylindrique. Elle devina qu'il s'agissait du pistolet d'abattage.

– Des fois, ça va très vite, dit-il. Mais des fois, c'est plus lent. Tout dépend de la bête.

– Qu'avez-vous compris, à ce moment-là ? demanda Banks. Quand vous avez entendu le type dire que le tracteur volé était celui du patron ?

– Qu'est-ce que j'ai compris ? marmonna Michael Lane.

– Oui. Pourquoi ça vous a fait peur ? Manifestement vous avez eu la trouille.

– Ben… C'était la façon de parler du type, vous voyez. Il était super menaçant. Et puis ils savaient que je les avais entendus, alors ça m'a paru évident qu'ils allaient aussi s'en prendre à moi.

– Mais ce « patron », comment saviez-vous qui c'était ? Ils n'ont pas cité son nom, n'est-ce pas ?

– Je… non… Je ne crois pas. Pour être honnête, c'était la panique dans ma tête. J'ai juste pensé à sauver ma peau.

– Les choses avaient l'air assez claires, pourtant, tout à l'heure, dit Annie. Pourquoi ces hommes auraient-ils dû s'inquiéter de ce que vous aviez entendu, si vous ne saviez pas qui était le patron ? Et si vous ne les connaissiez pas eux-mêmes, en plus ?

– J'avais les jetons ! Je n'ai pas réfléchi, quoi. Je pensais qu'ils venaient de buter Morgan, putain, et moi j'étais témoin ! Vous croyez vraiment que j'allais rester là pour me poser des questions ou discuter avec ces mecs ?

– Calmez-vous, dit Annie. Le patron, qui est-ce ? Vous le savez ?

– Comment je pourrais le savoir ?

– En effet, dit Banks. C'est justement la question que nous nous posons. Le moment est peut-être venu de jouer franc jeu, Michael, et de nous dire tout ce que vous savez. Ça vaudra mieux pour vous sur le long terme, croyez-moi.

– Je vous ai tout dit. Je me planquais derrière les voitures. Un des types a dit : « Le putain de tracteur que t'as volé, c'est celui du patron. » Ensuite silence, et puis une sorte de coup de feu. Je me suis barré en vitesse. Fin de l'histoire.

– Vous me décevez, dit Banks, secouant la tête. Vraiment, vous me décevez beaucoup. Vous aviez presque réussi à me faire croire que vous teniez à cette jeune femme et au petit gars. Que vous les aimiez.

– Mais oui, bien sûr que je les aime !

– Alors vous nous donnez des noms ! répliqua Banks en élevant la voix.

Lane se passa la langue sur les lèvres. Ses yeux firent quelques allers-retours entre Banks et Annie. Banks eut l'impression qu'il soupesait ses options. Peut-être, aussi, réfléchissait-il au moyen de rendre son histoire convaincante sans se mouiller lui-même.

– OK, finit-il par dire. En fait... Bon, Morgan m'avait parlé un peu plus en détail de certains trucs qu'il faisait, c'est vrai. Quand il avait avalé deux ou trois bières, genre, il avait tendance à bavasser encore plus. Mais faut bien que vous compreniez que moi, le plus souvent, je croyais qu'il se la racontait. Qu'il inventait des trucs, quoi, qu'il déconnait parce qu'il se prenait pour un caïd. Et moi, de toute façon, je n'ai jamais rien eu à voir avec ses histoires.

– C'est mieux, Michael. Quel genre d'histoires Morgan vous a-t-il racontées ? Quels noms vous a-t-il cités ?

– Je sais qui est le patron, c'est vrai. Parce que Morgan… ouais, il s'est vanté devant moi qu'il allait voler son tracteur pendant que cet enfoiré était en vacances.

– Nous sommes d'accord, dit Annie. Le patron, c'est donc John Beddoes. La question, maintenant, c'est : si Morgan savait que Beddoes était le patron, pourquoi a-t-il volé son tracteur et organisé une rencontre avec les autres membres du gang ? C'est invraisemblable. Étaient-ils tous dans le coup ?

– Mais non ! Je crois que Morgan ne savait pas qui était le patron. C'est ça le truc ! Je veux dire, c'est l'impression que j'ai eue au hangar. Quand le type a dit « le patron », Morgan a répondu un truc du genre : « Putain, quoi ? Beddoes ?! » Je n'entendais pas très bien, comme je disais, à cause de la réverb, mais Morgan, il a eu l'air vraiment, vraiment hyper surpris.

Banks hocha la tête. Cette explication tenait la route. Morgan est un sous-fifre. Il est tellement bas dans l'organisation qu'il ne connaît même pas l'identité de ses chefs. Il vole un tracteur – celui du « patron », sans le savoir. Il en rend alors compte à Tanner qui est le seul à traiter directement avec Beddoes. Voilà. L'histoire pathétique, et typique, d'un loser. Mais ce tracteur valait-il vraiment la vie d'un homme ? Banks avait-il là un mobile crédible pour un meurtre ? Pourquoi ces hommes n'avaient-ils pas simplement rendu le tracteur à Beddoes et fichu une bonne correction à Spencer ?

Banks eut alors une révélation. Beddoes avait prévu de rentrer de bonne heure ce dimanche matin. Et ses hommes ne pouvaient pas savoir que son vol avait été retardé. Pour eux, le patron devait être arrivé chez lui, il devait avoir constaté la disparition du tracteur et aussitôt fait la chose qui s'imposait : prévenir la police. Toute autre attitude aurait pu paraître étrange. Même si les hommes l'avaient appelé pour voir comment il réagissait, en outre, ils avaient probablement supposé, n'obtenant pas de réponse puisqu'il était encore dans l'avion, qu'il était parti au commissariat faire sa déclaration. Le geste de Morgan Spencer les avait perturbés et placés dans une situation délicate. Le gang s'était donc vu contraint de se comporter comme s'il avait *bel et bien* volé l'engin avec Spencer. Et la meilleure solution, pour eux, avait consisté à charger quelqu'un – le chauffeur, Utley, sans doute – de l'abandonner quelque part dans le Sud. En espérant qu'il serait retrouvé assez vite et rendu intact à son propriétaire.

Cela dit, Banks restait perplexe. Ce micmac justifiait-il de prendre le risque de voir la police mener une enquête pour meurtre ? Peut-être l'assassin était-il un individu qui prenait plaisir à tuer. Peut-être avait-il aussi une dent contre Spencer. Ces hommes, en outre, n'avaient pu imaginer que le cadavre serait découvert, à cause d'un accident de la route, au fond de la passe de Belderfell – puisqu'il devait disparaître dans l'incinérateur de Vaughn's ABP avec les animaux morts du chargement de Caleb Ross. L'un des gars, sans doute Tanner, avait fouillé la caravane de Spencer pour voir si elle contenait la moindre chose susceptible de faire accuser le gang. Puis il l'avait incendiée par excès de précaution. Ou pour faire croire aux voisins et connaissances de Spencer que celui-ci avait déménagé, simplement, après avoir perdu son logement. Par contre, le gang n'avait pas compté sur le fait que Michael Lane assisterait au meurtre et prendrait la fuite. C'était cela qui avait tout déclenché. Et Beddoes, de son côté, après avoir été informé de la gaffe de Spencer, avait tranquillement joué le propriétaire lésé, la victime, en comptant passer pour irréprochable. Et invulnérable.

– Beddoes est un connard, dit Lane. Il en a toujours eu après moi.

– J'avais cru le comprendre, dit Annie. Il vous a traité de bon à rien et de délinquant juvénile. À quel genre de trafics et d'activités, au juste, Morgan était-il mêlé ?

– Il n'a jamais été très précis. Mais je crois que le vol de tracteurs, ouais, c'était un truc qu'il faisait. Il avait son camion de déménagement, vous savez, et il était bien au courant de ce qui se passait dans les Dales.

– Qui d'autre était impliqué dans ces affaires ?

– Je ne sais pas. Honnêtement, je ne sais pas. Morgan ne connaissait pas les chefs. Je ne l'ai jamais entendu parler de Beddoes. Il a cité un mec qui s'appelait Ron, une fois, un videur de boîte de nuit, ou un truc comme ça, qui aimait bien cogner sur les gens. Morgan, ça lui plaisait de montrer qu'il fréquentait des gens dangereux. C'était un chaud, quoi. Il se la racontait. Il me disait souvent qu'un jour, c'était sûr, il allait épater tout le monde. Mais il ne connaissait pas les chefs.

– Ce Ron s'appelle en réalité Ronald Tanner, dit Annie. C'est lui qui a terrorisé Alex et lui a cassé le doigt.

Lane pâlit.

– Oh, la vache, murmura-t-il en se prenant la tête entre les mains.

– Nous n'avons pas encore terminé, dit Banks. Les larmes et les jérémiades, ce sera pour plus tard.

Lane se sécha les yeux et le toisa du regard.

– Dans le genre bel enfoiré, vous êtes pas le dernier, vous.

– Vous dites donc que Morgan Spencer avait parlé de son intention de voler le tracteur de Beddoes pendant que celui-ci était en vacances, sans savoir que Beddoes était le patron. Vous dites aussi qu'il connaissait un voyou qui s'appelait Ron. Vous a-t-il parlé d'un certain Caleb Ross ?

– Non.

– Ce M. Ross fumait de l'herbe. Savez-vous où il se la procurait ?

– Ah non. Je ne donne pas là-dedans. Si je fumais des joints, Alex n'en voudrait pas à la maison. À cause d'Ian. On prend un verre ou deux au pub quand on a les moyens, ou bien on descend une bouteille de vin pas cher devant la télé, mais question drogue, pour nous, ça ne va pas plus loin.

– Le bonheur conjugal, je vois. Spencer a-t-il cité devant vous d'autres malfrats avec qui il était acoquiné ?

– Il m'a parlé d'un autre type, oui. Il ne l'aimait pas beaucoup. J'ai même eu l'impression qu'il en avait peur. Ce mec avait l'air d'être un vrai psychopathe. Morgan disait qu'il vivait quelque part dans la lande, tout seul dans une vieille ferme. Maintenant que vous en parlez, je me demande s'il ne faisait pas pousser de l'herbe, aussi. Et puis d'après Morgan, il avait son abattoir perso. Il avait bossé comme ouvrier dans un abattoir, autrefois, mais il s'était fait virer pour je ne sais quelle raison.

Lane grimaça, l'air effrayé, puis ajouta :

– Comme je vous disais, en même temps, je croyais que Morgan se faisait mousser. Qu'il essayait de m'impressionner.

– Ce psychopathe, Morgan vous a-t-il donné son nom ? demanda Banks.

– Hmm, attendez, fit le jeune homme, fronçant les sourcils. Ken… Ken Atherton. Un truc comme ça. Ce qui est sûr, c'est qu'il avait l'air vraiment flippant.

Tandis qu'Atherton avançait vers elle, Winsome calcula la distance qu'elle avait à franchir, et le temps qu'il lui faudrait, pour mettre son plan à exécution. Vu le gabarit de son adversaire, elle estimait qu'elle pouvait sans doute le distancer à la course, mais pas le vaincre dans un combat à mains nues. Et pour la course, tout dépendrait des conditions météorologiques qu'elle trouverait dehors. Elle n'avait de toute façon aucune chance de prendre le volant et de décamper par le chemin d'accès – même si la voiture démarrait sans problème, même si la neige ne bloquait pas déjà le passage. Si elle prenait la fuite à pied, en outre, il fallait qu'elle ait une destination en tête. Or elle n'en voyait qu'une, et c'était vraiment une solution de la dernière chance.

Avant tout, néanmoins, elle devait sortir d'ici.

– Ce sera plus facile si vous vous détendez, dit Atherton. Quand les bêtes s'excitent de trop, il m'arrive de leur ficher des coups ou de leur écraser une cigarette dans l'œil pour montrer qui est le chef. Je peux en faire autant avec vous.

Il baissa les yeux sur le pistolet d'abattage pour l'armer. Winsome saisit sa chance. Elle attrapa le crochet à deux mains et le jeta de toutes ses forces sur Atherton. L'objet fila à travers les airs, mais l'homme réagit promptement, écartant la tête juste à temps pour l'éviter. Il fut assez désarçonné par le geste de Winsome, cependant, pour oublier que le crochet, suspendu à une corde, devait nécessairement revenir vers son point de départ suivant un mouvement de balancier. Et ce mouvement surprit Winsome elle-même par sa vélocité : le crochet heurta un chevron bas de la toiture, rebondit avec une vitesse stupéfiante – et cette fois Atherton le reçut en plein sur la nuque. Il trébucha et tomba à plat ventre dans la fange, lâchant le pistolet d'abattage qui atterrit à quelques mètres de là dans la rigole centrale.

Winsome ne savait pas à quel point il était sonné, mais elle n'avait aucune envie de s'attarder pour le vérifier. Atherton était nettement plus costaud qu'elle, c'était une certitude, et s'ils se battaient il aurait l'avantage. Elle décida de prendre la fuite comme elle l'avait prévu. C'était la meilleure solution.

Elle libéra le loquet, poussa la porte et s'élança à travers la cour. Il neigeait beaucoup plus fort qu'auparavant. Les flocons virevoltants étaient si nombreux qu'elle ne voyait pas grand-chose au-delà du cottage. Mais elle distinguait tout de même la face rocheuse de Woadly Edge, une imposante masse sombre sur le rideau blanc de la neige. Déjà, elle entendait des grognements derrière son dos, dans l'abattoir. Atherton se redressait. Elle accéléra pour grimper la colline, droit vers l'énorme saillie rocheuse, aussi vite que ses jambes pouvaient la porter. Comme elle avait remporté plusieurs médailles en course de vitesse pendant sa scolarité, et sachant qu'elle ne s'en tirait pas mal non plus aux épreuves de distance, elle estimait avoir l'avantage sur Atherton. Mais c'était un pari. Elle ne pourrait pas courir indéfiniment. Elle n'en avait d'ailleurs pas l'intention. Dans les minutes à venir, son sort dépendrait beaucoup de la connaissance qu'avait Atherton des grottes auxquelles Woadly Edge donnait accès. Et aussi de l'arrivée des renforts, bien sûr. Où diantre était la cavalerie ?

Banks et Annie s'étaient repliés dans un bureau pour échafauder un plan d'attaque. L'audition de Michael Lane était terminée. Le jeune homme n'avait pas été en mesure de leur donner davantage de précisions sur Ken Atherton ; il savait juste qu'il vivait quelque part dans un coin paumé de la lande. Il faudrait donc dégoter l'adresse de ce « psychopathe ». Ils avaient remis Lane en cellule, mais ils ne voyaient guère quelles charges retenir contre lui. Banks avait aussi la nette impression qu'Annie n'avait pas le cœur à envoyer le jeune homme derrière les barreaux.

– Écoute, dit-elle. Il a fait l'imbécile, c'est indiscutable. Et je présume qu'il était un peu plus impliqué dans les activités de

Spencer qu'il ne veut bien le reconnaître. Mais sur l'essentiel, il me semble que son histoire tient la route. Et je pense aussi qu'il a compris la leçon.

– S'il ne l'a pas comprise, renchérit Banks, je suis sûr qu'Alex veillera à la lui faire rentrer dans le crâne.

– Et puis qu'est-ce que le ministère public pourrait bien retenir contre lui ? Le juge nous éjectera de son bureau en rigolant.

– Ronald Tanner, s'il parle, pourrait l'incriminer. Ou Carl Utley. Ou ce fameux Atherton, quand nous le retrouverons.

– Ça ne prouvera pas grand-chose. L'avocat de Lane objectera qu'ils auront cherché à sauver leur propre peau. Quel est le bilan de tout ça, Alan ? Est-ce que je crois que Lane s'est fait un peu d'argent en aidant Morgan Spencer à accomplir certains de ses petits délits minables – peut-être en lui désignant des victimes potentielles, peut-être même en l'aidant à transporter les marchandises ? Oui, c'est bien possible. Mais est-ce que je pense qu'il était réellement partie prenante ? Non, pas du tout. Et a-t-il fait du mal à quelqu'un ? A-t-il commis un meurtre ? Non.

– Il n'est pas exclu, tout de même, qu'il ait poussé Morgan à voler le tracteur de Beddoes. Michael et Beddoes ne peuvent pas se piffer. Et Michael savait, par Alex, que Beddoes était parti au Mexique. Il a reconnu qu'il en avait parlé à Spencer le vendredi. Cela explique que le tracteur ait été volé si peu de temps avant le retour de son propriétaire. Morgan n'a eu qu'un bref intervalle de temps pour agir.

– Oui, ce n'est pas exclu, convint Annie. Mais ça n'est jamais qu'une hypothèse. Et Michael n'a pas cherché à faire tuer son copain. Les chefs d'accusation que nous aurions contre lui seraient bien vagues.

– Laissons-le mariner un moment. Nous verrons plus tard si nous pouvons lui soutirer autre chose.

– Non, Alan. Je crois qu'Alex a besoin de lui.

Banks la dévisagea quelques instants.

– Dis donc, toi, dit-il avec douceur. J'ai l'impression que tu redeviens celle que tu étais.

– J'étais trop indulgente, tu veux dire ?

– Non. Compatissante. Généreuse. Mais ces derniers temps, tu étais beaucoup plus dure.

– Ça arrive, quand on se prend des balles de revolver dans la poitrine.

– Et maintenant, alors ?

Annie sourit d'une façon qui rappela à Banks le sourire qu'elle avait autrefois. Mais ce n'était pas encore tout à fait ça. Bientôt, peut-être, elle le retrouverait pour de bon.

– Maintenant ça va mieux, dit-elle. Hé ! N'oublie pas que le bel enfoiré, d'après Michael Lane, c'est toi.

– Il faut bien que quelqu'un tienne ce rôle. Bon, d'accord, remets-le en liberté. Sous condition de nouvelle audition à date ultérieure. Et dis-lui bien de rester sagement à Eastvale. Tu peux aussi faire revenir Gerry.

– Alex et Ian ne sont plus en danger, à ton avis ?

– Continue la surveillance avec des agents, si tu veux. Mais en effet, je pense qu'ils ne risquent plus rien. Je crois que l'affaire est en train de se dénouer, et maintenant c'est chacun pour soi. Les rats quittent le navire. Reste juste à voir qui parlera le premier.

Annie sortit pour descendre faire libérer Lane au bureau de la détention provisoire. Quand il fut seul, Banks décrocha le téléphone et composa le numéro de Burgess qui répondit après la quatrième sonnerie.

– Tu étais occupé ? demanda-t-il. Tu baisais ta secrétaire, peut-être ?

– Dans ce cas-là, trois sonneries suffisent, répondit Burgess en riant. Que puis-je pour toi, Banksy ?

– Je pense que tu devrais tomber sur le paletot de Havers. Tout leur bazar est en train de s'écrouler.

Banks raconta les derniers développements de l'enquête à son collègue, qui dit ensuite :

– Ça s'effondre par le centre, ouais. D'accord, nous allons sortir l'artillerie lourde. Moi aussi j'ai quelque chose pour toi. Deux des types que tu cherchais, tu sais, Kieran Welles et Carl Utley ?

– Ouais. Nous n'avons pas encore réussi à les localiser.

– Carl Utley a pris un ferry Douvres-Calais dimanche dernier en fin de journée. Tu peux lancer Interpol après lui, mais à l'heure qu'il est tu auras sûrement du mal à le retrouver. Pour l'autre, je me suis rencardé auprès d'un pote des services de renseignement. Apparemment Kieran Welles a changé de nom. Il se fait maintenant appeler Kenneth Atherton. Il vit par chez toi, dans le North Yorkshire. Un coin isolé qui s'appelle High Point Farm.

Banks n'avait jamais entendu parler de cet endroit, mais cela n'avait pas d'importance. Il le trouverait. À présent, il était excité comme chaque fois qu'il sentait que l'équipe était près de boucler l'enquête et de coincer les coupables. Il remercia Burgess et sortit de son bureau pour trouver Winsome.

Personne dans la salle des enquêteurs. Il s'avança entre les tables jonchées de documents, carnets, objets divers, et maculées d'auréoles de gobelets à café. Sur le clavier de l'ordinateur de Gerry Masterson, il aperçut un mot sur lequel il reconnut l'écriture de Winsome : « Piste intéressante au lieu-dit High Point Farm. Proprio : Kenneth Atherton. J'y vais. Tu envoies une voiture, stp, au cas où ? Merci. Winsome. »

Winsome étant Winsome, elle avait même noté l'heure en tête de son message : onze heures trente-cinq. Banks regarda sa montre et les battements de son cœur s'accélérèrent. Il était quinze heures passées. Elle devait avoir posé ce mot ici après qu'il avait envoyé Gerry faire la baby-sitter chez Alex Preston. Et pendant que Doug Wilson surveillait la ferme Beddoes. Mais bon sang, à l'heure qu'il était elle aurait dû être revenue !

Il allait quitter la salle, lorsque le téléphone de la table de Winsome sonna. Il se jeta dessus pour décrocher.

– Winsome ? demanda une voix masculine.

– Non. Inspecteur Banks à l'appareil. À qui ai-je l'honneur ?

– Oh, inspecteur Banks. C'est Terry Gilchrist. Pourrais-je parler à Winsome ? À moins qu'elle ne soit occupée, bien sûr. C'est personnel.

– Elle n'est pas ici.

– Ah oui ? Parce que nous avions prévu de déjeuner ensemble et… elle n'est pas venue. Elle n'a même pas appelé pour prévenir. Winsome est pourtant quelqu'un de fiable…

– Ça ne lui ressemble pas, convint Banks.

– Savez-vous où elle est ?

– Je crains que non, monsieur Gilchrist, dit Banks, et sans réfléchir il demanda : Connaissez-vous un endroit qui s'appelle High Point Farm ?

– Non. Jamais entendu ce nom. Pourquoi ?

– Hélas nous sommes un peu en situation de crise, tout de suite, monsieur, donc je vais devoir vous laisser.

– C'est Winsome ? Il s'est passé quelque chose ? Je…

Banks n'avait pas le temps pour les états d'âme du petit copain de Winsome. Dans l'immédiat, il devait envoyer un maximum de voitures de patrouille à High Point Farm, autant qu'il en trouverait pour braver la tempête de neige, et puis aller lui-même sur place. Il composa le numéro du standard, donna les ordres nécessaires, puis regarda par la fenêtre et fit la grimace. La neige tombait dru – à gros flocons qui obscurcissaient la place du marché. Il imaginait sans peine ce que cette tempête devait donner en dehors de la ville, dans les hauteurs, en plein milieu de la lande. Il appela le portable de Winsome avec l'horrible pressentiment qu'elle devait se trouver dans une zone que le réseau de téléphonie mobile ne couvrait pas. Il ne se trompait pas.

Se rendre à High Point Farm devenait urgent. Mais où se trouvait ce lieu-dit ? Il n'en avait aucune idée. Et le GPS ne servait pas à grand-chose au milieu de la lande. High Point Farm aurait tout aussi bien pu se trouver sur Mars. Il se souvint alors que l'un des agents du bureau de la détention provisoire était une véritable carte ambulante des Dales. Priant pour que le bonhomme soit de service ce samedi, il s'élança vers l'escalier et en descendit les marches deux à deux. Il faillit se casser la figure quand il entendit la sonnerie de son portable. Il répondit pour entendre Doug Wilson s'écrier :

– Ils mettent les voiles, patron ! Les Beddoes. Ils se taillent !

– Interceptez-les !

Banks expliqua la situation à Doug en quelques mots, puis ajouta :

– Appelez les renforts, pour les Beddoes, et retenez-les là-bas. Ils ne vont nulle part. Ensuite rejoignez-nous à High Point Farm, si vous pouvez trouver l'endroit.

Banks se précipita dans le couloir de la détention provisoire, au sous-sol, et eut le soulagement de trouver Annie en conversation avec la carte ambulante des Dales.

16

La neige s'accumulait sur la face rocheuse, mais Winsome n'eut pas de difficulté particulière à franchir l'ouverture de la caverne qui se trouvait là. Risquant un coup d'œil par-dessus son épaule, elle vit Atherton à environ deux cents mètres de distance. Il était bel et bien lancé à sa poursuite. Par contre, il semblait avoir du mal à grimper le flanc enneigé de la colline. Et apparemment il n'avait pas le pistolet d'abattage à la main.

La caverne était assez haute pour s'y tenir debout, et profonde d'une dizaine de mètres. Là, on trouvait trois passages qui s'enfonçaient dans les profondeurs de la montagne. Un seul conduisait cependant à l'immense salle, grande comme une nef de cathédrale, que Winsome prévoyait d'atteindre. Le second se terminait rapidement en cul-de-sac, tandis que le troisième s'abaissait et se rétrécissait petit à petit, sur quelques dizaines de mètres, pour se réduire finalement à un trou minuscule dans lequel une souris aurait à peine pu se faufiler. Il fallait savoir lequel de ces passages choisir – et Winsome savait.

Pour lancer Atherton sur une fausse piste, elle retira sa veste matelassée, y récupéra son portefeuille, son portable et ses clés, puis la jeta devant l'entrée du passage central avant de s'engager dans celui de droite. Si son poursuivant ne connaissait pas Woadly Edge, il mordrait peut-être à l'hameçon et choisirait le mauvais passage.

Il faisait froid, surtout maintenant qu'elle avait abandonné sa veste. Si la roche refroidissait le complexe de galeries et de salles dans lequel Winsome commençait à s'enfoncer, elle agissait cependant aussi comme isolant thermique pour le protéger des températures très basses. La neige, en outre, ne pouvait arriver jusqu'ici – même poussée par le plus violent des vents. Les murs du passage, veinés de minéraux et de cristaux, étaient visqueux, frais et humides au toucher. Plus elle s'éloignait de l'entrée de la caverne, plus il faisait sombre. Le plafond du passage s'abaissant régulièrement, elle dut aussi bientôt se courber en deux pour continuer d'avancer. Elle n'entendait pas Atherton derrière elle : ni dans le passage, ni même dans l'antichambre conduisant aux trois tunnels. Il avait paru manquer de tonus en grimpant la colline, malgré sa solide charpente. Elle ne pouvait qu'espérer qu'il s'arrêtait de temps en temps pour reprendre son souffle.

Encore quelques mètres, elle le savait, et le plafond du passage baisserait à tel point qu'elle ne pourrait plus se tenir debout, même le dos voûté. À cet endroit, les gens qui ne connaissaient pas la spéléologie renonçaient et faisaient demi-tour. Mais Winsome était venue ici bien des fois ; elle savait que le goulet, même à son point le plus bas, était plus large qu'il n'y paraissait. Petit souci, il fallait alors avancer sur le ventre – pendant un bon moment – et il était facile de se mettre à paniquer si l'on était un tantinet claustrophobe. Or, quand on paniquait on restait coincé.

Le truc, se rappela-t-elle quand elle s'allongea pour ramper dans l'obscurité moite, consistait à imaginer qu'on était un serpent capable de s'insinuer dans les plus petits interstices. Elle pesta en son for intérieur contre les quelques kilos qu'elle avait pris depuis sa dernière sortie de spéléo, et se jura de se remettre sérieusement au sport si elle survivait à cette épreuve. Heureusement, elle réussit à continuer sur sa lancée en dépit du fait que ses fesses lui donnaient l'impression d'être énormes.

Elle se forçait à ignorer les nombreuses écorchures que lui infligeaient les irrégularités de la roche sur le ventre, les cuisses et les bras, ainsi que les petits coups de poignard des saillies de quartz. Il fallait absolument qu'elle avance. Dans la partie du goulet qu'elle savait être la plus étroite, elle eut l'impression d'être écrasée par un poids considérable, qui lui coupait la respiration, et dut faire un gros effort sur elle-même pour ne pas perdre courage. À mi-chemin, elle fit une brève pause pour tendre l'oreille. Aucun bruit suspect derrière elle. Juste le souffle du vent et, quelque part, un égouttement d'eau ténu. L'eau s'insinuait partout, y compris ici. Depuis plusieurs mètres la roche était mouillée sous son ventre : deux ou trois centimètres d'eau couvraient le sol, trempant son chemisier et son jean. Elle était frigorifiée.

Quand elle perçut une légère courbure dans les parois latérales, elle sut qu'elle était presque au bout de ses peines. Elle continua de ramper et la roche, tout à coup, sembla s'élever au-dessus de sa tête comme une presse qui remonte lentement après avoir fait son travail. En un rien de temps elle fut à quatre pattes. Les genoux de son jean étaient en lambeaux, ses coudes éraflés lui faisaient un mal de chien, mais elle était bientôt arrivée. Il faisait noir comme dans un four. Si loin de l'entrée de la caverne, la lumière ne risquait pas de circuler. Elle tira son portable de sa poche et l'alluma pour chercher le petit couloir par lequel elle devait poursuivre son chemin. Là, légèrement sur sa droite : un simple trou dans le mur, à vrai dire, qui ne donnait guère envie de s'y engager. Mais elle savait qu'il débouchait sur un surplomb situé une douzaine de mètres au-dessus du plancher de l'énorme salle de cathédrale qui avait tiré des ah ! et des oh ! émerveillés à des générations d'intrépides amateurs de spéléologie. Elle baissa la tête pour se glisser dans l'ouverture et, quelques secondes plus tard, parvint au surplomb. Celui-ci était assez large pour que trois personnes s'y assoient confortablement les unes à côté des autres.

La lumière de son téléphone n'était pas suffisamment puissante, loin de là, pour révéler la salle dans toute sa gloire, mais elle valait déjà mieux que l'obscurité totale. Si Atherton la suivait dans le complexe, s'il choisissait le bon passage et s'il ne rebroussait pas chemin dans le goulet, elle l'entendrait arriver. Elle aurait alors le temps de se mettre debout, à l'affût, le dos à la paroi, pour l'agripper dès qu'il apparaîtrait à la sortie du couloir et, profitant de son élan, le faire basculer devant elle dans le vide. Quant à savoir si la chute de douze mètres le tuerait ou pas, eh bien... Ce qui était certain c'est qu'il serait hors d'état de nuire et dans l'incapacité absolue de remonter ici pour la brutaliser.

Elle éteignit son portable pour en conserver la batterie et se blottit contre le mur, jambes repliées sur la poitrine et bras enroulés autour des genoux. Elle grelottait de froid. Ses yeux s'habituant lentement à l'obscurité, elle commençait à distinguer les contours des plus grandes stalactites et stalagmites. Elle percevait, surtout, l'immensité de l'espace dans lequel elle se trouvait. Elle allait rester ici, sans bouger, et se donner le temps d'être certaine qu'Atherton avait renoncé à la pourchasser – ou que les renforts étaient arrivés et l'avaient capturé. Ensuite elle ramperait et se tortillerait une fois de plus dans le goulet, pour retrouver la liberté. Elle prierait aussi pour que la tempête de neige n'ait pas complètement bouché l'entrée de la caverne.

Ne lui restait donc plus qu'à attendre. Elle ferma les yeux. De l'eau gouttait quelque part. Le vent gémissait et sifflait dans les passages, les goulets, les failles du complexe, et produisait un bourdonnement profond, presque musical, dans la cathédrale. Elle entendit tout à coup un cri perçant, aussitôt suivi par ce qui semblait être des jurons de rage. *Atherton.* Un frisson d'horreur la saisit. D'où venaient ces bruits ? Elle se concentra. D'autres hurlements, des grognements furieux, jaillirent de la roche. On aurait dit qu'une meute de chiens déboulait dans la vaste salle. Elle serra ses genoux contre sa poitrine, crispant les bras autour de ses jambes comme pour se rouler en boule.

Banks avait signé le bordereau de sortie d'un des 4 × 4 du commissariat. Ni sa Porsche ni l'Astra d'Annie n'auraient pu affronter la météo de cet après-midi insensé. La neige tombait à gros flocons et dès la sortie d'Eastvale la conduite était devenue difficile. Banks serrait les dents et roulait aussi vite que possible à travers la lande. Annie et lui ne parlaient pas. Il n'avait même pas mis de musique car il était tout entier focalisé sur la route.

Dans la vallée de Fortford, Helmthorpe et Swainshead, comme ils pouvaient le prévoir, la tempête était encore plus violente. La situation n'était pas grave au point d'obliger Banks à rebrousser chemin, mais à certains endroits la couverture neigeuse était déjà impressionnante. La voiture dérapa sur une congère, à un moment, et heurta un muret de pierres sèches avant que Banks ne réussisse à en reprendre le contrôle. Annie agrippait la poignée de sa portière d'une main, le bord de son siège de l'autre. La visibilité était très mauvaise. Les essuie-glaces peinaient à lutter contre le volume de neige qui leur tombait dessus. Seul point positif, les routes étaient pour ainsi dire désertes.

Après qu'ils eurent passé le croisement où partaient, d'un côté, la route de la passe de Belderfell, de l'autre, la route menant aux hautes landes des Pennines au-delà de la source de la rivière Swain, Banks crut pendant un temps qu'ils allaient être obligés d'arrêter la voiture et de continuer à pied. Heureusement la neige ne tombait pas partout aussi fort, et pour chaque tronçon de chaussée blanchie et de visibilité quasi nulle, ils avaient quelques centaines de mètres de conduite comparativement aisée.

Enfin, Banks entra dans la cour de High Point Farm – bien plus tard qu'il ne l'aurait souhaité. Mais ils étaient au moins parvenus à destination. Heureuse surprise, deux voitures de patrouille avaient réussi à les précéder. Mieux encore, un des agents l'informa qu'il avait appelé une déneigeuse avec la radio de sa voiture ; l'engin devait bientôt arriver d'un village, Crowborough, qui se trouvait une dizaine de kilomètres au nord de la ferme. Banks remarqua que des poteaux télégraphiques et un fil parvenaient jusqu'à la maison : Welles/Atherton avait donc une ligne de téléphone fixe chez lui.

La Polo de Winsome était là, à moitié engloutie sous la neige. Il se pencha pour regarder à l'intérieur par la vitre de la portière passager. Pas de Winsome. Pas de clé sur le démarreur non plus. Pas de signes de lutte dans l'habitacle. La neige avait couvert toutes les traces qui auraient pu être visibles dans la cour – sauf celles des nouveaux arrivants. Et pas de Winsome ni d'Atherton en vue.

Un agent en tenue informa Banks qu'un pick-up rouge se trouvait à l'intérieur de l'un des deux petits bâtiments voisins de la maison. Le moteur était froid, précisa-t-il. Banks le remercia. Il fallait en déduire qu'Atherton était sans doute ici, dans la propriété, à l'arrivée de Winsome. Il remonta le col de son trois-quarts et embrassa la scène d'un regard circulaire. Le vent avait amoncelé la neige devant la porte de la maison, un petit cottage au toit bas, ainsi que contre un flanc de la grange. Banks plissa les yeux. Quelque chose lui semblait bizarre dans cette ferme.

– Ces quoi, ces trucs ? demanda-t-il à Annie. Ces espèces d'enclos sur le côté de la grange.

– Je pense que ce n'est pas une grange. Enfin c'en était sûrement une autrefois, mais plus maintenant. Ces enclos, ce sont des parcs à bestiaux. C'est là qu'on met les animaux, putain, juste avant de les massacrer. Dans cette grange il y a un abattoir privé, Alan.

Banks se dirigea vers le bâtiment. Annie lui emboîta le pas. La porte était ouverte. À l'intérieur, des néons jetaient une lumière crue sur les divers éléments de ce qui formait, indiscutablement, un petit abattoir clandestin : le rail motorisé sur la longueur du plafond, le crochet sanglant suspendu à sa corde, la rigole au milieu du sol, le chevalet pour le dépouillement, etc. Ils n'y entrèrent pas, pour éviter de contaminer l'endroit – qui était sans doute une scène de crime. Peut-être aussi parce qu'ils avaient peur, plus ou moins consciemment, d'attraper un microbe. De toute évidence, le propriétaire des lieux ne se souciait guère de propreté et d'hygiène. La puanteur était insoutenable. La couche croûteuse de sang, de merde et d'autres abominations qui recouvrait le sol était invraisemblable. Banks faillit avoir un haut-le-cœur. Annie se boucha le nez, respirant par la bouche, et pointa un index vers la rigole. Banks vit qu'elle lui désignait un objet : le pistolet d'abattage. Bon, les experts se chargeraient d'examiner tout ça. L'essentiel, dans l'immédiat, était que Winsome ne se trouvait pas ici – comme il l'avait craint sans oser le formuler.

Que s'était-il passé ? Winsome et Atherton s'étaient peut-être battus, puis Atherton avait lâché le pistolet d'abattage… Mais où étaient-ils partis ?

Banks et Annie retournèrent vers la maison. La porte était verrouillée. L'un des agents alla chercher un petit bélier dans le coffre de sa voiture. Une minute plus tard le battant cédait. Personne, bien sûr, ne songea à attendre un mandat de perquisition. La vie d'un policier était menacée, et Banks et Annie avaient toutes les raisons de soupçonner l'occupant de cette ferme d'avoir commis des crimes violents, dont au moins un meurtre.

L'intérieur de la maison était presque aussi immonde que l'abattoir. Tasses, casseroles, assiettes et couverts sales s'empilaient dans l'évier repoussant de crasse, sans doute depuis des jours, sinon des semaines. Sur la petite table, les restes de nourriture d'une assiette avaient moisi. On pouvait voir des crottes de souris partout – et les signes de la présence de rats. Sur un mur était fixé un râtelier à couteaux. Pas de jolis couteaux de cuisine pour gastronome : des lames de toutes formes et tailles, tranchantes comme des rasoirs, manifestement conçues pour l'égorgement et le dépeçage des animaux. Sinon des êtres humains. C'étaient aussi les seuls objets propres de la pièce : leur inox était si bien astiqué que Banks y vit le reflet de son visage.

Banks et Annie avaient enfilé des gants en latex, mais ils veillèrent à ne rien toucher pendant l'exploration de la maison. D'abord la chambre, sale et en désordre. Le méli-mélo de draps et de couverture, sur le lit, évoqua à Banks le fantôme qu'il avait vu à la télévision, à Noël, dans l'adaptation d'une nouvelle de M. R. James*. La salle de bains était une porcherie. Rien dans les combles, par contre, sous le toit. Et toujours aucune trace de Winsome ou d'Atherton.

Banks se dit que c'était sans doute une bonne chose. Au moins, elle n'était pas là, ligotée sur un lit avec un impact de pistolet d'abattage entre les yeux. Il y avait donc une chance

* M. R. James (1862-1936), auteur d'histoires de fantômes dont plusieurs ont été portées à l'écran par la BBC. *(N.d.T.)*

pour qu'elle ait réussi à s'échapper. Ou soit en fuite quelque part. Si Winsome était partie dans la lande pourchassée par Atherton, Banks pariait sur Winsome. Il l'avait vue se lancer à la poursuite de suspects : elle était puissante et très rapide. Quant à savoir s'ils avaient, l'un et l'autre, l'énergie pour aller bien loin par ce temps, c'était une autre question.

À la cave, ils trouvèrent l'unité de production de cannabis d'Atherton : une installation hydroponique qui comportait de nombreux plants. Sur un établi, il y avait aussi un bon kilo de haschich et une brique de cocaïne. En plus de l'abattoir, donc, Atherton donnait dans la production et le trafic de drogue. Et c'était sans doute lui qui fournissait de l'herbe à Caleb Ross.

– Nous bouclons cette cave et ça suffira pour le moment, dit Banks à Annie. Il est plus important de nous organiser pour chercher Winsome. Ni elle ni Atherton n'ont pu aller très loin, je pense. Interroge les agents qui sont dehors, tu veux ? Ils connaissent peut-être le coin mieux que nous. Et puis ça m'étonnerait que l'hélicoptère puisse décoller par ce temps, mais posons quand même la question.

Ils ressortirent de la maison. Annie traversa la cour et se pencha à la vitre de l'une des voitures de patrouille pour parler aux agents qui y avaient trouvé refuge. Banks regarda autour de lui. La neige tombait toujours à gros flocons et ne semblait pas près de se calmer. Une image de Winsome coincée quelque part dans un trou, sous ce manteau blanc, et mourant lentement de froid, s'imposa à son esprit. Il secouait la tête, horrifié, lorsqu'il entendit le grondement d'un moteur de voiture. Il fit volte-face. Une Ford Focus bleu marine arrivait à toute allure sur le chemin. Elle pila derrière le 4 × 4.

Banks n'avait jamais rencontré Terry Gilchrist, mais il l'identifia au souvenir de la description que Winsome lui avait faite de sa voiture et de son handicap.

– Et merde, marmonna-t-il tandis que le bonhomme venait vers lui en boitant, puis il éleva la voix pour demander : Qu'est-ce que vous faites ici, monsieur Gilchrist ?

– J'ai pensé que vous pouviez avoir besoin de mon aide.

– La police n'a pas l'habitude de demander l'aide de la population civile pour faire son travail. Pas même celle d'un ancien soldat.

– Voilà donc tous les remerciements auxquels j'ai droit pour m'être battu pour mon pays ? répliqua Gilchrist avec bonne humeur. Sans oublier que je me suis tapé tout ce chemin, en pleine tempête, dans ma petite Ford !

Banks se contenta de hausser les épaules.

– C'est quoi, au juste, ce travail pour lequel vous ne voulez pas de mon aide ?

– Retournez à votre voiture et rentrez chez vous, monsieur Gilchrist, d'accord ? Laissez-nous tranquilles.

– C'est Winsome, n'est-ce pas ? Comme elle n'appelait pas, je me suis douté qu'un truc ne tournait pas rond.

– Oui, c'est Winsome, dit Banks qui commençait à s'impatienter. Winsome est une collègue, et une amie, et j'aimerais que vous partiez d'ici et me laissiez faire ce que j'ai à faire.

Gilchrist embrassa la cour du regard.

– Vous n'avez pas l'air de faire grand-chose.

– Pensez ce que vous voulez.

Gilchrist soupira.

– Écoutez, inspecteur, je comprends que vous soyez ennuyé de me voir débouler ici, mais si vous cherchez Winsome, je peux peut-être vous aider. Et si j'ai raison, le plus tôt sera le mieux.

– Ah ? fit Banks, intéressé malgré lui. Raison à quel sujet ?

– Savez-vous où vous vous trouvez ?

– Cet endroit s'appelle High Point Farm. Vous m'avez dit au téléphone n'avoir jamais entendu ce nom. Je regrette bien, d'ailleurs, de vous en avoir parlé.

– Je ne connaissais pas ce lieu-dit, en effet, mais je n'ai pas eu beaucoup de mal à le repérer sur la carte. Ici, voyez-vous, vous êtes à quatre cents mètres de la caverne de Woadly Edge. Ce nom vous dit-il quelque chose ? Vous ne pouvez pas la voir à cause du mauvais temps, mais elle se trouve là-bas, précisa Gilchrist en pointant un doigt devant lui. Vous grimpez cette colline, juste là, vous faites environ deux cents mètres de plus et vous y êtes.

– Et ?...

– Winsome et moi, nous avons déjà pas mal discuté ensemble. Je ne dirais pas que je la connais bien, mais je sais certaines choses dont vous devriez tenir compte.

– Mais encore ?

– Primo, Woadly Edge est l'un des principaux points d'entrée du complexe de grottes du Swainsdale. Secundo, il n'y a encore pas si longtemps Winsome faisait régulièrement de la spéléologie. Et elle connaît ces grottes par cœur.

– Alors vous voulez dire...

– Vous avez compris, dit Gilchrist, et il ajouta en laissant son regard glisser sur les bâtiments de la ferme : Si elle a eu des ennuis ici, il y a de bonnes chances pour qu'elle soit partie en direction de Woadly Edge. Pour elle, cet endroit serait un refuge. Elle y aurait l'avantage.

– Et quelles seraient ses chances, une fois là-bas ?

– Si quelqu'un la pourchassait, par exemple ? dit Gilchrist, soutenant le regard de Banks. Tout dépend si ce quelqu'un connaît aussi le complexe du Swainsdale. Ce n'est pas un endroit pour les débutants, c'est clair, donc seul un spéléologue expérimenté oserait s'y lancer derrière Winsome. Et il y a fort à parier pour que ce quelqu'un ne soit pas un spéléologue. Cette activité ne compte pas tant de pratiquants que ça.

– D'après ce que je sais de l'individu qui nous concerne, je doute en effet qu'il fasse de la spéléologie pendant son temps libre. Il est plutôt du genre à arracher les pattes des mouches. Que nous conseilleriez-vous de faire, à supposer que votre hypothèse soit la bonne ?

– Il faut aller là-bas tout de suite, évidemment ! Pour voir si j'ai raison.

Banks ne dit rien. Comme s'il percevait son indécision, Gilchrist ajouta :

– Écoutez, je vois bien que je vous dérange, mais il se trouve que j'ai moi aussi une très bonne expérience de ces grottes. Je suis un ancien soldat, en plus, et malgré ma blessure je peux me défendre. Regardez, je n'ai pas de canne ! conclut-il en écartant les mains.

– Vous n'en avez plus besoin ?

– En fait, elle est dans la voiture. Et il me la faudra, c'est sûr, pour atteindre Woadly Edge. Mais pas à l'intérieur du complexe. Tant que je n'ai pas à courir, je me débrouille.

– Je ne suis quand même pas emballé…

– Allons ! Nous devrions déjà être en route. Dites à vos hommes de nous accompagner. Nous aurons peut-être besoin d'un coup de main pour dégager l'entrée.

Banks alla parler à Annie et aux agents en tenue pendant que Gilchrist récupérait sa canne et une torche électrique dans la Focus. Ils emportèrent aussi deux pelles qui se trouvaient dans la cour. L'ascension de la petite colline, droit vers Woadly Edge, ne leur prit pas bien longtemps. Ils eurent aussi la satisfaction de découvrir que la neige ne bloquait pas l'entrée du complexe : une ouverture sombre, béante, se découpait sur la façade rocheuse blanchie.

Banks et les autres suivirent Gilchrist dans une caverne dont le sol était couvert par un mince tapis de neige. Au fond, Banks découvrit les ouvertures de trois tunnels. Et un vêtement, par terre, devant celui du milieu.

– C'est la veste de Winsome ! dit-il en l'éclairant avec sa lampe. Elle a dû passer par là. Je me demande où est Atherton.

Sa voix résonnait dans la caverne – une salle assez haute de plafond qui faisait office de vestibule, il le comprenait maintenant, pour les trois tunnels qu'il avait devant lui.

– Le passage du milieu est un cul-de-sac, dit Gilchrist. Je pense que Winsome a laissé sa veste ici pour lancer cet homme sur une fausse piste.

– Donc elle savait qu'il la poursuivait. Et il n'était pas loin. Merde ! Elle doit être frigorifiée.

Gilchrist inclina le buste et pénétra dans le tunnel de droite.

– Que faites-vous ? demanda Banks.

– Si elle a continué, elle est forcément passée par ici, répondit l'ancien soldat en se retournant. Elle sait aussi bien que moi ce qui l'attendait dans le passage de gauche.

– Et qu'y a-t-il, dans le passage de gauche ?

– Il se rétrécit petit à petit. On a l'impression de pouvoir avancer, mais au bout d'un moment on ne passe plus. Celui-ci rétrécit également, je vous préviens, et ça paraît long, mais d'ici c'est la seule voie d'accès.

– D'accès à quoi ? demanda Annie.

– Je n'ai pas le temps de vous expliquer, dit Gilchrist, et il pivota pour s'enfoncer dans le passage. C'est un vaste réseau de couloirs, de goulets et de grottes, un des plus importants d'Europe. Il y a des kilomètres et des kilomètres de salles connectées entre elles. C'est un peu un labyrinthe.

– Et par là c'est jouable, vous êtes sûr ? dit Banks en se penchant dans l'entrée du tunnel.

– Oui, absolument, répondit Gilchrist, et il disparut dans les ténèbres.

Banks le rattrapa et lui tapota l'épaule.

– Soyez prudent, dit-il. N'oubliez pas qu'Atherton est peut-être quelque part par ici. Et nous pensons que c'est un assassin.

– Les assassins, je connais. Celui-là, je ferai en sorte de le voir avant qu'il ne me voie.

Banks recula pour rejoindre Annie.

– Merde, dit-il. Ça ne me plaît pas du tout.

– Hmm… Tu veux le suivre ?

Banks leva sa lampe pour scruter le tunnel obscur. Ses murs suintants ne l'attiraient vraiment pas. La simple idée d'entrer là-dedans le rendait claustrophobe.

– Je n'en ai aucune envie. Mais pour Winsome…

Il fit un pas en avant. Annie le retint par la manche.

– Reste ici. Laisse faire Gilchrist. Il n'est pas flic, d'accord, mais c'est un ancien militaire et un spéléologue expérimenté. Il sait ce qu'il fait. Toi tu n'y connais rien et tu risques de rester coincé quelque part. Ou de te perdre.

– L'idée d'attendre sans rien faire me vrille les nerfs.

– Moi aussi. Mais comme tu disais, c'est de Winsome qu'il s'agit. Et Gilchrist peut l'aider mieux que nous.

– Et si Atherton est là-dedans ?

– Au moins, il n'a pas son pistolet d'abattage. Et puis… s'il est ici, je suppose que la partie est déjà terminée d'une façon ou d'une autre, tu ne crois pas ? On ne reviendra pas sur ce qui est fait.

– Tu es hyper rassurante.

Elle était à Spring Mount et rentrait à la maison après le catéchisme, mais un homme coiffé d'un chapeau bosselé et enveloppé dans un manteau noir rongé par les mites la suivait. Sauf qu'il neigeait. Et ça c'était étonnant, se souviendrait-elle d'avoir pensé dans son rêve, car normalement il ne neige jamais à Maroon Town. Mais les flocons tombaient, abondants, et recouvraient les flamboyants qui devenaient rouge, vert et blanc comme des sapins de Noël. Elle avait peur. L'homme la poursuivait. C'était sans doute celui qu'on appelait « le Dépouilleur ». Elle avait entendu parler de ses crimes. Il dépouillait ses victimes comme des animaux après leur avoir fait subir tous les supplices imaginables. Mais il y avait un autre homme dans la campagne blanche : son père. Il n'était pas vêtu de son uniforme, mais de son plus beau costume du dimanche. Et maintenant il se battait avec le Dépouilleur ! Le Dépouilleur allait tuer son père et le dépouiller ! Elle devait revenir sur ses pas, pour aider son père, mais elle n'y arrivait pas. Elle dérapait sur le sol, elle glissait, elle était engluée jusqu'aux genoux, et elle sentait qu'elle n'arriverait jamais à temps, la lame du couteau du Dépouilleur brillait...

Agitée par un mouvement convulsif, Winsome ouvrit les yeux. Elle s'était endormie. Elle avait rêvé. Elle se réveillait au milieu d'un cauchemar. La peur qu'elle avait éprouvée la faisait encore frissonner. Veillant à ne faire aucun geste brusque, elle colla le dos à la paroi de la grotte et resserra les bras autour de ses jambes repliées contre sa poitrine. Après tout ce qu'elle avait déjà enduré, il aurait été un peu fort qu'elle bascule du surplomb. Elle regarda l'heure sur son portable. Bientôt dix-sept heures. Près de quatre heures, donc, qu'elle se trouvait ici. Avait-elle suffisamment attendu ? La cavalerie était-elle arrivée à High Point Farm ? Évidemment, Banks et Annie ne pouvaient se douter qu'elle s'était réfugiée dans cette grotte. Peut-être se souvenaient-ils vaguement qu'elle leur avait raconté, un jour, avoir fait de la spéléologie, mais ils ne connaissaient sans doute pas le complexe du Swainsdale, et encore moins l'entrée de Woadly Edge. S'ils la recherchaient, ils devaient arpenter la lande aux alentours de la ferme. Ralentis par la tempête de neige.

Où était Atherton ? Elle ne savait plus si les espèces de cris, les braillements qu'elle avait entendus peu après son arrivée ici étaient ceux d'un homme, ou juste un effet du vent dans les failles de la roche, mais ces bruits semblaient s'être définitivement tus – et depuis un bon moment déjà. Atherton n'était pas parvenu jusqu'ici, c'était clair, mais cela ne voulait pas dire qu'il ne l'attendait pas à la sortie. Il pouvait même être retourné à la ferme pour récupérer son pistolet d'abattage. Ou alors il avait supposé qu'il existait d'autres issues, qu'elle devait avoir disparu, et il avait fiché le camp. Comment savoir ? Devait-elle prendre le risque de revenir sur ses pas pour vérifier ?

Même si la roche était un bon isolant thermique, et protégeait la salle des températures trop basses, Winsome était frigorifiée. Elle regrettait d'avoir abandonné sa veste pour tromper Atherton. Elle frotta ses mains l'une contre l'autre et ramena encore un peu plus ses genoux contre sa poitrine. Pour ses pieds qui lui donnaient l'impression d'être deux blocs de glace, par contre, elle ne pouvait pas grand-chose.

Elle décida de patienter encore une heure. Si les secours n'étaient pas arrivés à ce moment-là, elle retournerait vers la caverne, par le goulet, aussi lentement et silencieusement que possible. Oui, voilà, elle ferait cela. Même si les renforts qu'elle avait demandés à Gerry Masterson sur son mot ignoraient qu'elle se trouvait ici, dans la grotte, ils devaient tout de même être arrivés jusqu'à High Point Farm. Et si Atherton l'attendait dans la caverne, eh bien… elle réussirait sans doute à le distancer une fois de plus, pour regagner la ferme.

Elle s'efforçait de se réinstaller aussi confortablement que possible sur le surplomb lorsqu'il lui sembla percevoir un bruit du côté du goulet. Une sorte de frottement.

Atherton.

Elle tendit l'oreille, n'entendit rien pendant quelques instants, puis le même bruit revint : une sorte de frottement léger, oui… comme faisait un individu qui rampait sur le ventre.

Elle se redressa le plus silencieusement possible et se colla, le dos au mur, près de la sortie du petit couloir d'accès au surplomb. Quand Atherton en déboucherait, il marcherait le dos voûté sous le plafond bas, penché en avant. Elle n'aurait qu'à lui agripper le bras et tirer un bon coup : emporté par son élan, il basculerait dans le vide. Elle avait répété cette action d'innombrables fois dans sa tête pendant les premières minutes angoissantes qu'elle avait passées ici.

Il se rapprochait. Le son était de plus en plus net. Il était sorti du goulet et se tenait debout. Le bruit étouffé de ses pas avait quelque chose d'un peu étrange. Si Atherton avait une lampe, il devait l'avoir éteinte car le couloir d'accès était encore plongé dans l'obscurité la plus complète. Winsome se prépara. Encore quelques secondes. Tire un bon coup, pensa-t-elle, et lâche tout. Si elle ne le lâchait pas, bien sûr, elle basculerait avec lui dans le vide et s'empalerait sur une stalagmite. Il se rapprochait encore. Il venait de pénétrer dans le couloir. Elle tendait les mains, prête à le saisir, lorsqu'elle comprit pourquoi le bruit de ses pas lui paraissait un peu bizarre. Il boite ? songea-t-elle. Elle laissa ses bras retomber le long de son corps à l'instant où une voix familière demandait :

– Winsome ? Tu es là ? Tu es seule ?

Terry. Ivre de soulagement, elle se laissa glisser contre la paroi pour se rasseoir par terre. Des larmes lui montèrent aux yeux.

– Oui ! cria-t-elle, moitié riant, moitié pleurant. Seule, oui ! Je suis là, oui, putain de merde !

Elle qui ne jurait jamais, elle fut choquée de s'entendre lâcher ce « putain de merde ». Elle plaqua une main sur sa bouche et éclata en même temps de rire.

– J'ai dit des gros mots ! J'arrive pas à y croire ! J'ai dit des gros mots !

Terry apparut à la sortie du couloir. Il actionna sa torche qui illumina tout à coup l'immense cathédrale naturelle.

– Vilaine fille, dit-il en pouffant de rire. Je devrais t'apprendre à tourner ta langue sept fois…

– Oui ! l'interrompit-elle. Tu dois. Apprends-moi !

Il tendit la main pour l'aider à se relever. Elle l'enlaça et l'embrassa à pleine bouche beaucoup, beaucoup plus longtemps qu'elle n'aurait jamais pu imaginer le faire.

– Désolé de vous avoir fait attendre si longtemps, monsieur Beddoes, dit Banks. Nous avons eu une petite crise qu'il nous fallait résoudre en priorité.

Il était vingt et une heures. Les Beddoes avaient été placés en cellule de garde à vue à seize heures, et n'avaient pas cessé de se plaindre depuis. Patricia Beddoes avait notamment exigé de voir Cathy Gervaise – mais lorsque l'un des agents avait jugé qu'il devait tout de même prévenir la commissaire, « Cathy » Gervaise avait répondu qu'elle était indisponible.

Cassandra Wakefield était arrivée depuis une demi-heure. Son associée s'occupait de Patricia Beddoes, dans une autre salle d'audition, avec Annie et Doug Wilson, et elle venait de prendre place, à côté de John Beddoes, face à Banks et à Gerry.

– C'est proprement stupéfiant, grogna Beddoes. Ma femme et moi vaquons tranquillement à nos occupations lorsqu'un agent de police m'oblige à arrêter la voiture, se comporte vis-à-vis de nous en véritable voyou, et nous traîne de force jusqu'ici !

– Où alliez-vous ? demanda Banks.

– Ça ne vous regarde pas, putain !

– Les grossièretés ne nous avanceront pas, monsieur Beddoes, dit Me Wakefield.

Banks consulta ses notes.

– D'après notre analyse préliminaire de l'activité récente de votre ordinateur portable, vous venez de réaliser un certain nombre de transactions financières importantes. Des transferts de fonds, à vrai dire, vers des comptes bancaires offshore situés dans les îles Vierges britanniques.

– Et alors ? Ces comptes sont parfaitement en règle avec la loi. Je paie mes impôts.

– Je n'en doute pas, monsieur Beddoes, mais ne trouvez-vous pas qu'il est un peu tôt pour repartir en vacances ?

Allons ! Vous rentrez à peine du Mexique. Pensez à tous ces ultraviolets.

– En quoi ça vous regarde, la fréquence de nos vacances ?

– Vous emportiez aussi une impressionnante quantité de bagages. Pendant combien de temps pensiez-vous vous absenter, au juste ?

– Je ne sais pas. Un moment.

– Et cela ne vous paraît pas un peu suspect ? Alors que nous venons de retrouver Michael Lane, qui a été témoin du meurtre de Morgan Spencer, que nous venons de passer vous voir et vous avons appris avoir parlé avec Malcolm Hackett, votre vieux complice en affaires, nous vous surprenons, votre femme et vous, en train de fuir.

– Fuir ? Pas du tout !

– C'est pourtant l'impression que j'ai. Pas vous, Gerry ?

– Bien d'accord, inspecteur. Ce n'est pas tout le monde, quand même, qui emporte en vacances le vase très fragile de la cheminée, deux anciennes pinces à sucre en argent et...

– Ce vase est une antiquité précieuse, l'interrompit Beddoes. Et vu ce qui s'est passé lors de notre dernière absence, il m'a paru tout à fait justifié d'emporter quelques objets de valeur.

– Soyons sérieux, inspecteur principal Banks, dit Cassandra Wakefield en triturant son collier de perles. Le contexte que vous évoquez me paraît bien mince pour garder mon client en garde à vue et le priver de ce droit fondamental qu'est la liberté de circulation.

– C'est Morgan Spencer qui a volé votre tracteur, n'est-ce pas ? dit Banks à Beddoes.

– Ah bon ? Eh bien je ne peux pas dire que ça m'étonne.

– Vous connaissiez donc Morgan Spencer ? Lors de nos précédentes discussions, vous m'avez dit ne pas savoir de qui il s'agissait.

– Je ne le connaissais pas bien. Pas personnellement. Mais je savais que c'était un ami du jeune Lane. Je les ai vus ensemble. Ils avaient l'air copains comme cochons. Écoutez, vous savez déjà tout ça. Pour quelle raison suis-je ici ?

– Vous êtes ici parce que nous pensons que vous êtes l'un des dirigeants d'un réseau criminel international qui vole et revend du matériel agricole et des animaux d'élevage. Pour faire d'excellents bénéfices, bien sûr. Votre partenaire, Malcolm Hackett, alias Montague Havers, qui est interrogé en ce moment même par mes collègues de Londres, s'occupe de la partie export du business, tandis que vous dénichez la marchandise dans le North Yorkshire. Des tracteurs, des moissonneuses-batteuses, des Range Rover, des agneaux, etc. Dans votre organisation vous avez un certain nombre d'employés, à divers échelons, dont Ronald Tanner, Carl Utley, Kenneth Atherton alias Kieran Welles, Caleb Ross et Morgan Spencer. Votre épouse, Patricia, est peut-être partie prenante. La police a aussi arrêté les principaux agents de M. Havers dans le Lincolnshire et en Cumbrie. D'autres interpellations vont suivre. Et beaucoup de gens se sont déjà mis à parler.

– Ah tiens ? dit Beddoes. Et quelles preuves avez-vous, pour m'accuser ainsi ?

Cette question, c'était une épine dans le pied de Banks. Il manquait de preuves, à vrai dire. L'examen approfondi des finances de Beddoes révélerait sans doute des anomalies, mais cela prendrait du temps. Et la parole seule de Michael Lane ne suffirait pas, même si l'accusation pouvait aussi s'appuyer là-dessus.

– Nous pensons également, poursuivit Banks, que Morgan Spencer a été assassiné parce qu'il avait volé votre tracteur et parce que ses collègues, surtout Atherton, en avaient marre de lui. Spencer aimait fanfaronner, il voulait plus de responsabilités, plus d'argent. En volant un tracteur de prix comme le vôtre, il a pensé donner la preuve de son esprit d'initiative et de sa capacité à jouer dans la cour des grands. Malheureusement, ce tracteur vous appartenait.

– Alors quelqu'un vole mon tracteur et c'est moi le criminel !

– Kenneth Atherton a tué Morgan Spencer avec un pistolet d'abattage qu'il avait volé à l'abattoir Stirwall à peu près à la période où il en a été licencié, il y a deux ans. Il a aussi commis un précédent meurtre avec la même arme. Les relevés des empreintes digitales sur le pistolet d'abattage et sur les scènes de crime le confirment.

– C'est tout à fait fascinant, dit Beddoes. Et rien de ce que vous racontez au sujet de Morgan Spencer ne me surprend. Mais tout cela n'a aucun rapport avec moi. À part le fait que ce petit merdeux a volé mon tracteur.

– Pourquoi avez-vous agi ainsi, John ? Pourquoi vous êtes-vous lancé dans ce commerce ? Vous aviez tout. La vie dont vous aviez toujours rêvé. Assez d'argent pour ne pas souffrir comme les véritables fermiers. Avez-vous fait cela *uniquement* par appât du gain ? Vous n'étiez pourtant pas mal loti. Ou bien Havers vous a-t-il fait une offre que vous ne pouviez pas refuser ? Avait-il quelque chose qu'il pouvait utiliser contre vous ? Un événement de votre passé ? Un délit d'initié, par exemple ?

Beddoes s'esclaffa. Cassandra Wakefield regardait Banks d'un air perplexe.

– Envisagez-vous d'inculper mon client parce qu'il aurait commis un délit d'initié dans les années quatre-vingt ? Je crains que ce dossier ne soit encore plus difficile à défendre, pour vous, que celui-ci, que vous avez déjà de la peine à bâtir en ce moment. Mais ne vous gênez pas. Je suis sûre que le procès sera très amusant.

– Juste avant qu'Atherton ne tue Spencer, quelqu'un l'a entendu lui dire : « T'es allé trop loin, fiston. Le putain de tracteur que t'as volé, c'est celui du patron. » Qu'est-ce que cela vous inspire ?

– Rien, dit Beddoes. À ce moment-là j'étais sans doute quelque part au-dessus de l'océan Atlantique.

– Mais pourquoi a-t-il dit cela ? C'est étrange, juste avant de tuer un homme, de livrer une telle précision. Vous ne trouvez pas ? « Le putain de tracteur que t'as volé, c'est celui du patron. » Bon, il faut dire que ni Morgan Spencer ni Michael Lane qui a entendu ces propos et dont la réapparition vous a poussé à préparer vos bagages et à vous sauver aux îles Vierges ne savaient jusqu'alors qui était le « patron ». Néanmoins, c'est bien à *votre* tracteur qu'Atherton faisait référence, et Lane se doutait un peu que Spencer risquait d'essayer de le voler pour prouver sa valeur. Problème, Spencer ignorait totalement que le chef, le « patron », c'était vous. Vous étiez trop haut placé, trop inaccessible, pour fréquenter la populace. Vos ordres passaient par Tanner, et voilà tout.

– Ce petit enfoiré de Lane est un menteur. Il l'a toujours été. Il était autant impliqué dans…

Beddoes s'interrompit.

– Dans quoi, John ? Dans votre trafic de matériel agricole et d'animaux ? Et autant impliqué que qui ? Que Morgan Spencer ?

– Spencer, répéta Beddoes avec mépris. Sale petit métis arrogant. Il…

Cassandra Wakefield tapota l'épaule de son client et lui murmura quelque chose à l'oreille. Beddoes s'empourpra et répliqua à voix haute :

– Ils veulent me coller un meurtre sur le dos ! Je ne suis pas un meurtrier. D'accord, je ne suis pas un saint non plus, mais si Atherton a tué Spencer, c'est parce que ce petit con avait la grosse tête. Et Atherton c'est un vrai psychopathe, putain ! Ce meurtre, c'est un truc personnel. Aucun rapport avec moi.

– Le tracteur du *patron*, John ?

– Il a dû mal entendre. Le jeune Lane. Il m'en veut depuis toujours. Depuis que j'ai repris la ferme. Son père voulait cette terre mais j'ai offert davantage d'argent, alors voilà.

– On comprendrait que cela ait donné un mobile à Frank Lane pour vous tuer, mais il ne l'a pas fait. Et pourquoi Michael Lane se soucierait-il de ces histoires ? Il était tout môme, quand vous avez acheté votre ferme.

– Je ne sais pas. Certains gamins sont mauvais dès la naissance, c'est ainsi. Et ça se voit. Tout ce que j'ai fait, moi, c'est lui donner une gifle.

– Si Spencer ignorait que vous étiez le patron, le chef du gang, Michael Lane n'en savait sans doute rien, lui non plus. Par contre, il savait à qui appartenait le tracteur. Et Spencer lui avait dit, ou laissé entendre, qu'il le volerait pendant votre absence. Quand Michael a entendu Atherton évoquer le « patron », il a tiré la conclusion qui s'imposait. Et il a pris ses jambes à son cou parce qu'il était terrifié.

– Simples conjectures, inspecteur Banks, dit Cassandra Wakefield.

– Nous avons la déposition du témoin. Michael Lane, je veux dire.

– Ça ne suffit pas.

– Ils ne m'ont jamais accepté, marmonna Beddoes.

Cassandra Wakefield tourna subitement la tête vers lui, plissant les yeux. Banks et Gerry le dévisagèrent avec perplexité.

– Quoi ? grogna Beddoes. Pourquoi vous me regardez comme ça ? Vous êtes pareils. Vous êtes comme tous ces enfoirés d'agriculteurs, dans la région. Ils riaient derrière mon dos, ils me traitaient de « fermier du dimanche », ils se foutaient de moi. Mais à moi tout seul, je valais mieux que tous ces connards réunis. J'étais un loup de la City, merde !

– Un loup de la City, John ? dit Banks. Ça remonte à loin. C'était le monde de la finance.

– Je vous dis qu'ils ne me respectaient pas. Mes propres voisins ! Alors que j'ai grandi à la ferme. J'ai ça dans le sang, moi aussi !

– Est-ce la raison pour laquelle vous avez commencé ? C'est pour cela que vous vous êtes mis en cheville avec Havers ?

– Je savais que je pouvais leur donner une leçon. D'une façon ou d'une autre.

– En volant leurs bêtes et leurs machines ?

– Y a que ça qui compte pour eux, putain !

L'avocate lâcha son crayon noir sur la table.

– Ça suffit, dit-elle. J'estime qu'il faut interrompre l'audition immédiatement.

– Nous sommes un peu trop près du but, n'est-ce pas, maître Wakefield ? dit Banks.

– Mon client a besoin de faire une pause. Ces dernières heures il a subi un énorme stress. Selon la réglementation en vig…

– D'accord, l'interrompit Banks, levant une main. Audition interrompue à vingt et une heures vingt-sept. À suivre.

Il se mit debout pour appeler l'agent en uniforme qui attendait derrière la porte.

– Ramenez-le à sa cellule, Nobby.

– Bien, inspecteur, dit l'agent, et il saisit Beddoes par le bras.

Beddoes se leva et l'accompagna sans protester.

Cassandra Wakefield regarda sa montre.

– Il vous reste environ dix-neuf heures pour dégoter des preuves dignes de ce nom, sinon mon client sort d'ici.

– Je ne pense pas, dit Banks. Il a déjà admis le vol du matériel agricole et des animaux.

Cassandra Wakefield ricana mais ne dit plus rien. Elle sortit de la petite pièce à la suite de Beddoes et de l'agent.

Geraldine Masterson expira comme si elle avait retenu sa respiration un bon moment. Banks sourit.

– Il faut vous y faire, Gerry. Ainsi va le monde.

Une policière en uniforme passa la tête dans l'encadrement de la porte.

– Téléphone pour vous, patron.

– Merci, dit-il. Je prends l'appel dans mon bureau.

Ayant demandé à Gerry de retourner dans la salle des enquêteurs, il gagna son bureau. Dès qu'il eut décroché le combiné, une voix familière lança :

– Salut, Banksy ! As-tu eu du pot, de ton côté ?

– On y travaille. Malheureusement c'est Cassandra Wakefield qui représente Beddoes.

– Elle fait son chemin, celle-là, hein ? Mais à ta place je ne parlerais pas de malheur. T'as vu les nichons qu'elle a ? Et ces tétons, la vache, comme des boutons de porte. Ce que je donnerais pas pour…

– Oui, oui, j'imagine ce que tu pourrais faire, dit Banks. Mais comme avocate, en tout cas, elle est douée. Nom de Dieu !

– Personne n'est parfait. Enfin c'est quand même ton jour de chance. J'ai des nouvelles qui vont te faire dresser les poils du cul.

– Vas-y. J'ai hâte.

– Havers a avoué. La totale.

Banks crispa les doigts sur le combiné.

– Il a quoi ?

– Il a craqué. Et fastoche, même.

– Comment t'as fait ça ? Tu lui as mis la tête sous l'eau ?

– Ça n'a même pas été nécessaire. Il a tout craché. Pour sauver sa peau, d'une part, et pour protéger ses chefs à l'étranger. Il a davantage peur d'eux que de nous. En gros, il s'est sacrifié. Il savait que les opérations dans le nord du pays étaient fichues. Ses complices aussi. La nouvelle a circulé et ils ont été lâchés par les chefs. Terminé. Maintenant ils sont prêts à se dénoncer les uns les autres pour éviter d'être accusés de meurtre. Ils veulent bien prendre pour évasion fiscale, pour recel de biens volés, pour tout ce que tu peux imaginer, mais pas pour le meurtre. Et dans la tête de Havers, pas question de tomber seul. Alors il nous a donné Beddoes, Ronald Tanner et Kenneth Atherton. Carl Utley aussi, en bonus. Celui-là, à propos, il se planquait dans une ferme en Provence. Nous allons te l'envoyer. Il a été tellement secoué par ce qu'il a vu Atherton faire dans le hangar qu'il n'arrête plus de jacasser. C'est Ronald Tanner et lui qui tenaient les bras du pauvre môme. Ils pensaient qu'Atherton allait le bousculer un peu, le tabasser, et puis tout d'un coup il a sorti ce pistolet d'abattage de sa poche et bam, entre les yeux. Voilà ce que raconte Utley, en tout cas. Apparemment il y avait déjà eu des précédents entre Atherton et Spencer. Avec pas mal d'animosité. De plus, tout ça s'est passé de façon assez précipitée. D'après Utley, Spencer n'a contacté Tanner au sujet du tracteur qu'il avait volé que le dimanche matin de bonne heure. Ils n'ont donc pas eu le temps de faire monter l'équipe habituelle de Londres pour le transfert, et ils ont décidé de se retrouver d'urgence au hangar pour prendre des décisions : Spencer, Tanner, Utley et Atherton. C'est là que les aînés ont découvert de quel tracteur il s'agissait. Et que ça a bardé.

– Ouais, ça se tient, observa Banks. Et Michael Lane ?

– Personne n'a cité son nom. À aucun moment. En tout cas c'est du béton, Banksy. Nous t'envoyons tout ça par fax dans la demi-heure. La prochaine fois que tu t'assieds en face de Beddoes et de Mlle Gros-nichons, tu auras les heures, les dates, les montants, les comptes bancaires, et la déposition d'Utley en tant que témoin oculaire. Rien que du bon. À partir de là… nous savons que certaines personnes manipulent

Havers et Beddoes, nous pensons même connaître plusieurs d'entre elles, mais le souci c'est qu'elles savent se protéger. Côté pognon, il n'y a aucune piste qui permette de remonter jusqu'à elles. Et évidemment les échelons inférieurs ne caftent pas. Quant à Kieran Welles, ou Atherton, ce n'est pas le seul malade mental qu'ils ont à leur disposition. Enfin, nous avons tout de même tous les lascars de la branche du Nord dans le sac. Pas très futés ni les uns ni les autres. Attends le fax, lis et pleure. Je t'ai encore battu, Banksy ! Et attends-moi pour fêter ça, d'accord ? Je veux être des vôtres. Tu pourras inviter Cassandra Wakefield, si ça te branche.

Banks remercia Burgess, raccrocha et laissa échapper un profond soupir. Pendant un moment il eut le sentiment d'essuyer une défaite. Il n'était pas allé aussi loin qu'il aurait voulu avec Beddoes, mais Burgess avait réussi à briser Havers – manifestement le maillon le plus faible. D'un autre côté, ne venait-il pas de dire « ainsi va le monde » à Gerry ? Pourquoi devait-il se sentir vaincu ? C'est comme ça, mon vieux, se dit-il. Il y aura toujours des Cassandra Wakefield, et il y aura toujours des Dirty Dick Burgess. Il sourit en imaginant le genre de couple que ces deux-là auraient pu former. Et puis Burgess n'avait assurément pas tort quant aux charmes de la dame.

Non, ce n'était pas une défaite, mais bel et bien une victoire. Et elle méritait de sabrer le champagne. Ou une bière, à tout le moins. Peut-être ne réussiraient-ils pas à coincer Beddoes pour meurtre, mais ils mettraient à coup sûr ce crime sur le dos d'Atherton. S'ils le retrouvaient. Tanner, Utley et Beddoes iraient en prison, aussi, pour diverses raisons. Et s'il se tenait à carreau, Michael Lane pourrait sans doute couler des jours heureux jusqu'à la fin des temps avec Alex et Ian. Annie serait contente pour eux. Banks se demandait encore, néanmoins, dans quelle mesure Lane avait incité Spencer à voler le tracteur de Beddoes, cet homme qu'il détestait et qui l'avait un jour giflé. Lane n'avait pu imaginer que Spencer serait tué, bien sûr. S'il avait été l'instigateur du vol, il avait juste cherché à atteindre Beddoes. Et son père, peut-être. La suite n'était que tragique ironie. Banks était convaincu, à part cela, que Lane avait aidé Spencer pour certains boulots pas forcément très honnêtes. Il espérait juste que le gosse aurait assez de jugeote pour comprendre qu'il était passé à deux doigts de la catastrophe et qu'il devait protéger ce qu'il avait avec Alex et Ian. Certains individus savaient tirer les leçons des événements marquants de leur vie. Beaucoup ne le faisaient jamais. Tout cela, il fallait dire, se jouait un peu à pile ou face.

À présent, il ne restait plus qu'à faire le ménage. Mettre de l'ordre dans les indices, voir ce que les experts rapporteraient de la ferme et de l'abattoir privé d'Atherton. L'ADN de Morgan Spencer se trouvait forcément dans le dégueulis infect de sang et de matière organique de la rigole centrale. Les empreintes d'Atherton étaient sur le pistolet d'abattage. La petite affaire qu'il avait fait tourner à High Point Farm expliquait sans doute la disparition de bien des animaux d'élevage dans la région depuis un peu plus d'un an.

Banks porta une main à son front, la fit glisser en arrière sur ses cheveux. Il était fatigué. Et il avait faim. Il regarda sa montre : vingt et une heure quarante-cinq. Récupérer le fax de Burgess, d'abord, et puis direction la maison. Poulet tikka masala au micro-ondes. Une bouteille de rouge. Peut-être pas du champagne, mais un très bon rouge – une bouteille de la « cave ». Du vin, ses pensées le menèrent à l'Australie et à Oriana. Quelle heure pouvait-il être là-bas ? Sifflotant « You Win Again », Banks décrocha son trois-quarts au portemanteau, éteignit la lumière et quitta son bureau.

– Pour moi une pinte de blonde, Banksy, dit Burgess.

– Comme si je risquais d'oublier, marmonna Banks pendant qu'il se dirigeait vers le bar pour commander la tournée de boissons.

Une semaine avait passé. Ils étaient tous réunis au Queen's Arms et entamaient la célébration « officielle » de la fin de l'affaire. Le ministère public avait examiné le dossier et convenu que les charges étaient solides contre Beddoes, Tanner, Utley, Atherton et Havers. Dans le camion de Spencer, Vic Manson avait relevé, entre autres empreintes digitales, celles de Carl Utley. L'examen toxicologique de Caleb Ross s'était révélé négatif. Selon Banks, Ross devait ignorer qu'il chargeait des morceaux de cadavre humain quand il s'était arrêté à High Point Farm. Atherton, son fournisseur de marijuana, lui avait sans doute dit qu'il s'agissait de moutons ou de porcs qu'il avait découpés dans son abattoir clandestin.

Comme d'habitude, Cyril passait de vieux tubes – Amen Corner, en ce moment, dans une version tout feu tout flamme de « If Paradise Is Half as Nice ». Autour des tables, derrière Banks, l'équipe était rassemblée au grand complet : il y avait Annie, Winsome, Gerry, Doug, Burgess venu spécialement de Londres, Stefan Nowak, Vic Manson, et même Terry Gilchrist par dérogation spéciale de la commissaire Gervaise qui avait payé la première tournée. Banks la trouvait un peu morose, ce soir – peut-être parce que Patricia Beddoes avait hurlé comme un putois quand son mari avait été inculpé, reprochant à Gervaise d'être une fausse amie. Patricia avait aussi juré qu'elle ignorait tout des activités illégales de son époux ; au sujet de leur départ précipité, elle avait affirmé qu'il lui avait proposé, sur un coup de tête, de repartir en vacances, et qu'elle n'avait vu aucune raison de refuser. C'était de toute évidence un mensonge, et Banks savait que Gervaise en gardait d'autant plus une dent contre Patricia, mais ils n'avaient rien pour prouver la culpabilité de cette femme et aucun des membres de l'organisation qui s'étaient mis à table n'avait jamais cité son nom.

Déception pour l'équipe, Atherton ne serait pas jugé. Son cadavre avait été retrouvé à Woadly Edge, le lendemain du supplice de Winsome, par le groupe de recherche qui avait exploré les lieux. Atherton s'était engagé dans le passage de gauche, avait persisté quand le goulet avait commencé à se rétrécir – sans doute persuadé de filer Winsome – et s'était retrouvé coincé. Il avait dû beaucoup insister, et en se tortillant avec vigueur, car il avait réussi à enfoncer la tête et les épaules dans un étranglement où aucun homme n'aurait pu passer. Là, il avait été définitivement bloqué au niveau de la taille. Quand il s'était débattu, il n'avait réussi qu'à se piéger de plus belle entre le sol et le plafond rocheux du passage. Pour dégager son corps, il avait fallu entailler la roche à la pioche. D'après le médecin légiste, il était clair qu'Atherton avait paniqué et connu un véritable calvaire, car son cadavre était couvert d'ecchymoses et de coupures. Sa colonne vertébrale, en outre, était brisée. Personne n'aurait pu le sauver. Il était sans doute déjà mort lorsque Banks, Annie et Gilchrist étaient arrivés à la caverne pour secourir Winsome.

C'était une horrible façon de perdre la vie, et Banks en frissonnait d'effroi quand il y pensait, mais la mort de Spencer avait elle aussi été affreuse – sans parler du traitement que son cadavre avait ensuite subi. Banks peinait à éprouver beaucoup de compassion pour un tueur qui prenait plaisir à brûler les yeux des cochons avec sa cigarette. Et histoire de voir les choses du bon côté, le décès d'Atherton leur évitait la dépense de son procès et de sa peine d'emprisonnement à vie.

Annie le rejoignit pour l'aider à porter les verres alors que Bobby Vee commençait à chanter « Take Good Care of My Baby ».

Ils retournèrent aux tables. Burgess faisait du gringue à la commissaire Gervaise. Banks se dit que c'était une bonne chose : comme ça, au moins, elle oublierait Patricia Beddoes un moment. Burgess jouait le macho et le mec grossier devant les hommes, mais au fond il n'était pas de ce moule-là. Surtout, il était encore assez beau gosse, pour un type de son âge, et il avait cette espèce de charme viril, un peu rugueux aux entournures, qui plaisait aux femmes. Il n'avait pas l'air dur ou brutal – il était même beaucoup trop sophistiqué pour cela –, mais les femmes étaient sensibles, voilà, à sa belle gueule et à son côté mauvais garçon revenu de tout.

Ayant distribué les verres, Banks et Annie reprirent leurs places. Sirotant sa pinte, Banks commença à avoir l'impression qu'il s'éloignait, petit à petit, de tous les gens qui l'entouraient. Les voix des uns et des autres diminuèrent et se mélangèrent pour ne plus former qu'un brouhaha ténu. Il connaissait ce phénomène. Désormais il en faisait assez souvent l'expérience. Même la musique de Bobby Vee paraissait lointaine, différente, quand elle ne s'estompait pas complètement par instants.

Le visage d'Oriana lui apparut. Il l'avait appelée, un soir, à Sydney, après avoir fait de savants calculs sur le fuseau horaire pour tomber à ce qu'il espérait être un bon moment. Elle n'avait pas paru franchement exaltée de l'entendre. Elle avait même semblé distraite, et pressée, comme si elle n'avait pas le temps de lui accorder son attention. Elle était très occupée, avait-elle dit, et encore fatiguée par le décalage horaire. Il comprenait bien cela, mais il n'avait pu se départir de l'impression qu'elle n'appréciait pas qu'il fasse irruption dans son autre vie. Pour finir, il avait raccroché de bien moins bonne humeur qu'il ne l'avait été avant de composer son numéro.

– T'es où, là ? lui demanda Annie à l'oreille.

– Nulle part, dit-il, revenant tout à coup à l'ambiance étourdissante de leur petite fête collective. Je pensais… Tu sais. À la vie.

– La vie, le cosmos et tout ça ?

– Ouais, en gros. Tu vas bien, toi ?

Annie sourit et fit tinter son verre contre celui de Banks.

– Je vais très bien.

Burgess venait de raconter une histoire drôle et tout le monde se bidonnait. C'est alors que Joanna MacDonald entra dans le pub et s'avança vers eux, offrant un grand sourire à Burgess. Elle avait été invitée, mais Banks était persuadé qu'elle ne viendrait pas. Pourtant si, elle était là, plus jolie que jamais avec ses cheveux blonds tombant librement sur ses épaules, sa veste bleu pastel cintrée par-dessus un chemisier blanc et sa jupe qui lui tombait juste au-dessus du genou. Les uns et les autres bougèrent leurs chaises pour lui faire une place. Banks lui demanda ce qu'elle voulait, elle répondit un gin tonic, il retourna au bar.

Pendant qu'il attendait d'être servi, il s'accouda au comptoir pour regarder les membres de son équipe. Ils méritaient, tous, d'être contents. De savourer le sentiment d'avoir bien travaillé. Bobby Vee fit place, dans les haut-parleurs, à « Man of the World » de Fleetwood Mac. Winsome semblait en pleine forme malgré l'expérience terrifiante qu'elle avait vécue la semaine passée. À cet instant, elle se penchait contre Terry Gilchrist et l'écoutait parler avec un sourire ravi. Banks était heureux pour elle. Il était temps qu'elle rencontre quelqu'un qui apprécie ses précieuses qualités, si rares en ce monde, et Gilchrist avait l'air d'un type bien. Mais pourquoi avait-il l'âme, lui, Banks, à se montrer protecteur envers Winsome ? Il n'en savait rien. Annie, elle aussi, méritait de rencontrer quelqu'un, mais il savait que cela prendrait peut-être encore un peu de temps. Bien souvent, elle était assez ombrageuse. Même si tout allait bien, désormais, sur le plan physique, elle n'avait pas totalement surmonté l'agression par balles qu'elle avait subie. Banks soupira. Il tenait à eux tous, voilà. Il s'en rendait bien compte. Parfois, cette responsabilité lui inspirait un exaltant sentiment de fierté ; à d'autres moments il était plutôt accablé par la tâche. Ce soir, c'était une joie de partager la leur. Même s'il se sentait loin d'eux et plus qu'un peu mélancolique.

Burgess avait abandonné la commissaire Gervaise pour s'intéresser à Joanna MacDonald. Et forcer un chouïa sur le charme. Banks voyait que Joanna était réceptive ; elle avait un sourire engageant sur les lèvres, riait facilement à ses blagues, et leurs épaules se touchaient. Soudain son expression se fit plus sérieuse et elle hocha la tête, tout à l'écoute de ce que lui disait Burgess. Banks retourna vers les tables avec le gin tonic et un double Laphroaig pour lui-même, bien forcé de constater, s'il devait être honnête avec lui-même, qu'il éprouvait un petit quelque chose qui ressemblait fort à de la jalousie. Il s'assit, prit un instant pour chasser ce sentiment, puis leva son verre et avala le whisky d'un trait.

REMERCIEMENTS

Je souhaite d'abord remercier Sheila Halladay d'avoir lu le manuscrit, quand je le croyais terminé, pour me faire remarquer qu'il y avait encore du boulot.

Chez Hodder, merci à Carolyn Mays pour son remarquable travail éditorial, surtout avec de telles contraintes de temps. Merci aussi à Katy Rouse de toute l'aide qu'elle m'a apportée, et à Justine Taylor pour sa révision précise du texte. Chez McClelland & Stewart, j'aimerais remercier Ellen Seligman et Kendra Ward de leur travail éditorial, et chez Morrow, Carolyn Marino et Emily Krump.

Merci à mes agents, Dominick Abel et David Grossman, de continuer à me soutenir. Merci aussi aux publicitaires : Kerry Hood chez Hodder, Ashley Dunn chez McClelland & Stewart, et Laurie Connors chez Morrow. Je dois aussi des remerciements à Debby de Groot à Toronto et à Jane Acton chez Four Colman Getty à Londres.

Un merci tout particulier à Nicholas Reckert pour ces randonnées passionnantes qui semblent vouées à m'inspirer des idées de scènes de crime.

Enfin, merci aux équipes commerciales qui organisent les tournées promotionnelles, aux représentants qui prennent la route pour proposer le livre aux libraires, et aux libraires eux-mêmes car sans eux vous n'auriez pas cet ouvrage entre les mains. Et merci, bien sûr, à vous, les lecteurs.

DU MÊME AUTEUR

Aux Éditions Albin Michel

QUI SÈME LA VIOLENCE… 1993.

SAISON SÈCHE, 2000.

FROID COMME LA TOMBE, 2002.

BEAU MONSTRE, 2003.

L'ÉTÉ QUI NE S'ACHÈVE JAMAIS, 2004.

NE JOUEZ PAS AVEC LE FEU, 2005.

ÉTRANGE AFFAIRE, 2006.

LE COUP AU CŒUR, 2007.

L'AMIE DU DIABLE, 2009.

TOUTES LES COULEURS DES TÉNÈBRES, 2010.

BAD BOY, 2011.

LE SILENCE DE GRACE, 2013.

FACE À LA NUIT, 2014.

Composition Nord Compo
Impression CPI Bussière en octobre 2016
Éditions Albin Michel
22, rue Huyghens, 75014 Paris
www.albin-michel.fr
ISBN : 978-2-226-31939-5
N° d'édition : 21886/01 – N° d'impression : 2021632
Dépot légal : novembre 2016
Imprimé en France